JIANG RONG
Der letzte Wolf

Buch

Der chinesische Student Chen Zhen reist während der Kulturrevolution in den 60er-Jahren in die Innere Mongolei, um dort das Leben der nomadisierenden Viehzüchter kennenzulernen. Sofort ist er völlig in den Bann gezogen von dieser ihm gänzlich unbekannten und archaischen Welt. An der Seite Bilgees, seines alten mongolischen Lehrers, trotzt er Schneestürmen und sengender Hitze, und er erhält Einblick in die alten Mythen und Traditionen des mongolischen Volkes. Vor allem aber macht Chen Zhen die Bekanntschaft mit den Wölfen, deren Klugheit und Mut die Mongolen von jeher fasziniert haben – und bald verbindet ihn eine tiefe Liebe zu einem Wolfsjungen, das er aufzieht. Doch dann kündigt sich Unheil an, denn als die Chinesen das wirtschaftliche Potenzial der mongolischen Steppe wittern, drohen Profitgier und blinder Fortschrittsglaube das Jahrhunderte währende Gleichgewicht zwischen Mensch und Natur zu zerstören …

»Millionen Leser haben Jiang Rongs Roman verschlungen. Dieses Buch ist eine Hymne an die Natur und an den unbezähmbaren Willen, die eigene Freiheit zu behaupten.«
Paris Match

Autor

Jiang Rong wurde 1946 in der südchinesischen Provinz Jiangsu geboren. 1967 meldete er sich freiwillig zum Arbeitseinsatz in der Mongolei, wo er elf Jahre verbrachte. »Der letzte Wolf«, an dem er sechs Jahre lang schrieb, sorgte auf Anhieb international für Furore und wurde mit zahlreichen Literaturpreisen ausgezeichnet.

Jiang Rong
Der letzte Wolf

Roman

Aus dem Chinesischen
von Karin Hasselblatt

Unter Mitarbeit
von Marc Hermann und Zhang Rui

GOLDMANN

Die Originalausgabe erschien 2004 unter dem Titel »Lang Tuteng«
bei Chang Jiang Culture und Arts Publishing House.
Auf Deutsch bereits unter dem Titel »Der Zorn der Wölfe«
bei Goldmann erschienen.
Dieses Buch ist unter dem Titel »Der Zorn der Wölfe«
auch als E-Book erhältlich.
Die Übersetzung der Kapitel 7-12, 21-22 sowie
von Vorwort und Epilog besorgte Zhang Rui.
Marc Hermann übertrug die Kapitel 31-35 ins Deutsche.
Der Verlag dankt dem Übersetzerfond
des Amtes für Presse und Publikationswesen der VR China
für die großzügige Förderung der Übersetzung.

Verlagsgruppe Random House FSC-DEU-0100
Das FSC®-zertifizierte Papier *Pamo House* für dieses Buch
liefert Arctic Paper Mochenwangen GmbH.

1. Auflage
TaschenbuchausgabeNovember 2015
Copyright © der Originalausgabe 2004 by Jiang Rong
Copyright © der deutschsprachigen Erstausgabe 2008
by Wilhelm Goldmann Verlag, München,
in der Verlagsgruppe Random House GmbH
Umschlaggestaltung: UNO Werbeagentur, München
nach einem Artwork von Isaraufwärts/© Wild Bunch Germany GmbH
AG · Herstellung: Str.
Druck und Bindung: GGP Media GmbH, Pößneck
Printed in Germany
ISBN 978-442-3-48458-4
www.goldmann-verlag.de

Besuchen Sie den Goldmann Verlag im Netz

Inhalt

»Es ist ein Wunder, dass ich am Leben bin.«   7
Über den chinesischen Autor Jiang Rong

Der Zorn der Wölfe – ein Festmahl für die Sinne   12
Vorwort von An Boshun
(Herausgeber der chinesischen Ausgabe)

Der Zorn der Wölfe   15

Interview mit Jiang Rong   698

Glossar   703

»Es ist ein Wunder, dass ich am Leben bin.«
Über den chinesischen Autor Jiang Rong und seinen Roman »Der Zorn der Wölfe«

Im Norden Pekings, hinter dem Gebirgszug mit der Großen Mauer, frisst sich, wenige Autostunden von den Vororten der Metropole entfernt, die Wüste ins Land. Wo sich heute die karge Steppe ausbreitet, erstreckten sich noch vor einem halben Jahrhundert schier unermessliche Weideflächen. »Wir waren die erste große Gruppe Han-Chinesen, die dort eintraf«, erinnert sich der Autor Jiang Rong an seine Ankunft in der Inneren Mongolei 1967. »In dieser Gegend hatten die Menschen ihr Leben als einfache Nomaden bewahrt, und man konnte sämtliche Landschaftsformen vorfinden: Seen, Flüsse, Grasland und auch einige Sandflächen. Die Dichte der Bevölkerung war gering. Als wir ankamen, gab es lediglich 800 Menschen. Unsere Gruppe umfasste ungefähr 100 Leute.« In seiner Ursprünglichkeit haben dieses Weideland nur wenige Chinesen je kennengelernt – es ist die Heimat der mongolischen Nomaden.

Die Mongolen bilden innerhalb des chinesischen Volkes eine ethnische Minderheit, und im Westen würde kaum jemand vermuten, dass es gerade diese Minderheit ist, um deren Charakter in China heftige Debatten entbrannt sind. Ausgelöst hat sie Jiang Rong mit seinem autobiographischen Roman »Der Zorn der Wölfe« (»Lang Tuteng«, deutsch: Wolftotem). Jiang Rong schildert darin aus der Perspektive seines Alter Egos Chen Zhen seine Erfahrungen in der Inneren Mongolei, wo er von 1967 bis 1978 als Schafhirte sein Leben mit den Nachfahren Dschingis Khans teilte. Ungewöhnlich scharf kritisiert er in seinem Buch die Eigenschaften der größten Volksgruppe Chinas, der Han-Chinesen, und deren Raubbau an der Natur. »Der Zorn der Wölfe« sorgte für eine literarische Sensation: Seit Erscheinen im April 2004 wurden in China offiziell mehr als 2,6 Millionen Exemplare verkauft, zusätzlich geht man von etwa 20 Millionen Raubkopien aus. Damit ist »Der Zorn der Wölfe« in China zu einem der meistgelesenen Bücher aller Zeiten avanciert und in seiner Verbreitung wohl nur von der Mao-Bibel übertroffen.

Dass der Druck des Buches von der chinesischen Zensurbehörde überhaupt erlaubt wurde, verdankt der Autor der Wahl des Pseudonyms Jiang Rong: »Ich war überrascht, dass die Regierung meine wahre Identität erst so spät herausfand. Wenn bekannt gewesen wäre, dass ich das Buch geschrieben habe, wäre es verboten worden.« Denn Lu Jiamin, so sein richtiger Name, wurde in seinem Leben viermal als Konterrevolutionär verfolgt und verbrachte mehrere Jahre als politischer Gefangener in Haft. Sein Buch war in China schon auf dem Weg, alle Bestsellerrekorde zu brechen, da wusste noch immer nur eine Handvoll Eingeweihter, wer hinter dem Pseudonym steckte. Jiang Rong gab zwar Interviews, ließ aber nie ein Foto von sich veröffentlichen. Doch als ihm am 10. November 2007 für »Der Zorn der Wölfe« der erste *Man Asian Literary Prize* verliehen wurde, ließ sich seine Identität nicht länger verheimlichen – zu groß waren das Interesse der Medien am Preisträger und das Renommee des Stifters: Der *Man Asian Literary Prize* verfolgt das Ziel, neue asiatische Autoren ins Blickfeld des internationalen Literaturbetriebes zu rücken, und wird von der Man Group vergeben, die den bedeutenden *Man Booker Prize* ins Leben gerufen hat. »Jetzt verstecke ich mich nicht mehr vor den ausländischen Medien«, sagt Jiang Rong. »Und in China ist meine Identität im Internet ohnehin ein offenes Geheimnis.«

Jiang Rong wurde 1946 in der Provinz Jiangsu geboren, seine Eltern waren engagierte Mitglieder der Kommunistischen Partei. Nach dem frühen Tod seiner Mutter zog er im Alter von elf Jahren mit dem Vater nach Peking. Mit 20 Jahren schloss er sich den Rotgardisten an, doch bald schon geriet er in einen unlösbaren Konflikt: Seit seiner Kindheit hegte er eine Leidenschaft für Literatur, und nun sollte er aus politischer Überzeugung Bücher verbrennen, die als konterrevolutionär galten. Er versteckte rund 200 verbotene Bücher in zwei großen Koffern – darunter Klassiker der Weltliteratur von Balzac, Puschkin, Tolstoi und Jack London. »Zu diesem Zeitpunkt waren wir von der Kulturrevolution desillusioniert. Wir verspürten das Bedürfnis, aufs Land zu gehen. In ihren Forschungsberichten über Weideland schrieben einige Experten, die drei schönsten Grasflächen der Welt lägen in Russland, in den Vereinigten Staaten und in der Inneren Mongolei. Die ersten beiden hatten sich bereits in Wüsten verwandelt, allein das Grasland der Inneren Mongolei existierte noch.« Bevor Mao Zedong Millionen von Studenten und Intellektuellen zur Umerziehung aufs Land schickte, verließ Jiang Rong als einer der ersten Freiwilligen Peking und reiste mit seinen Koffern voll Bücher ins Olonbulag-Grasland.

»Als wir in der Inneren Mongolei eintrafen, waren viele Studenten wegen der Lebensbedingungen dort niedergeschlagen. Ich hingegen war begeistert, weil ich die Weideflächen und den Schnee liebte. Jeder von uns bekam ein Pferd und wir gingen auf die Jagd. Ich erfuhr eine wilde, raue Freiheit. Jeder sollte diese Art von Freiheit erleben«, schwärmt Jiang Rong. Mit großem Interesse beobachtete er die Bräuche und Rituale der Mongolen. Am meisten faszinierte ihn das komplizierte Wechselverhältnis zwischen Menschen, Schafen und Wölfen. Jiang Rong erforschte das Leben der Wölfe, ihre Sozialstrukturen und Jagdgewohnheiten und versuchte sogar, selbst einen jungen Wolf großzuziehen. Anders, als er es erwartet hätte, verteufelten die Nomaden die Wölfe nicht, sondern brachten ihnen großen Respekt und Bewunderung entgegen. »Die Wölfe«, erläutert Jiang Rong, »spielen aus ökologischer Sicht eine wichtige Rolle bei der Erhaltung des Weidelandes. Seit alters haben die Mongolen die Wölfe als Bewahrer des Weidelandes geachtet.«

Zurück in Peking, absolvierte Jiang Rong die Aufnahmeprüfung zum Masterstudium an der Chinesischen Akademie der Sozialwissenschaften und schlug eine akademische Laufbahn ein. Aber der heute 62-jährige emeritierte Professor für Wirtschaftspolitik gibt über die letzten 30 Jahre seines Lebens kaum etwas preis. Fest steht, dass er Ende der 70er Jahre maßgeblich an der »Xidan-Bewegung«, der sogenannten »Mauer der Demokratie«, beteiligt war und 1989 eine wichtige Rolle bei den Demonstrationen spielte, die im Zug auf den Tian'anmen-Platz gipfelten. »Es ist ein Wunder, dass ich noch am Leben bin«, kommentiert er knapp die Gerichtsurteile, die gegen ihn verhängt wurden. Während all dieser Zeit ließen ihn seine Erlebnisse in der Mongolei nicht los. Immer stärker wurde sein Drang, über die faszinierenden Landstriche und wilden Tiere, über das Leben der Nomaden im Einklang mit der Natur und seine eigenen Begegnungen mit den Wölfen zu schreiben. Er wollte seinen Landsleuten vermitteln, dass Freiheit existenziell für das Überleben eines Volkes ist, und die Wölfe repräsentierten für ihn auf ideale Weise diesen Freiheitsgeist. Er trug das Material von 25 Jahren intensiver Recherche zusammen und machte sich ans Schreiben. Sechs Jahre lang habe er derart besessen an seinem Buch gearbeitet, dass sie ernsthaft um seine Gesundheit besorgt gewesen sei, berichtet Jiang Rongs Ehefrau, die bekannte chinesische Schriftstellerin Zhang Kangkang. Bis heute müsse sich ihr Mann von den Strapazen erholen.

»Der Zorn der Wölfe« ist Roman, anthropologischer Forschungsbericht, Naturstudie, Lehrstück und politischer Aufruf zugleich. »Das Buch untergräbt die Erwartungen der Leser. Es spaltet sie in zwei Parteien und bringt sie dazu, darüber nachzudenken und darüber zu reden«, sagt Jiang Rong. Hitzige Kontroversen haben vor allem seine provokanten anthropologischen Thesen über den Wolfs- und Schafscharakter der Menschen entfacht: Jiang Rong verurteilt die ethnische Mehrheit der Han-Chinesen für ihren trägen Gehorsam und ihre Ignoranz gegenüber der Umweltzerstörung. Mit ihrem Schafscharakter blieben die Han-Chinesen anderen Völkern immer unterlegen, es sei denn, sie lernten wie die Mongolen, sich die Charaktereigenschaften der Wölfe anzueignen: Freiheit, Unabhängigkeit, Konkurrenzgeist, Zähigkeit und Teamfähigkeit. In den Medien und unter Intellektuellen werden diese Thesen ausführlich diskutiert. »Diejenigen, denen mein Roman gefällt, vergöttern mich. Sie behaupten, das Buch sei eine der besten Veröffentlichungen der letzten 200 Jahre und sollte zur Bibel der Chinesen erhoben werden. Diejenigen, denen mein Buch nicht gefällt, wollen mich umbringen«, weiß der Autor. Während die einen ihn als Liberalen, Konterrevolutionär, Verräter und Faschist beschimpfen, setzen andere seine Ideen bereits in die Praxis um und wenden seine Erkenntnisse über Wolfsstrategien bei der Ausbildung von politischen Führungskräften, Soldaten und Geschäftsleuten an. Diesen Trend erklärt Jiang Rong mit der Veränderung des ökonomischen Systems: »Die Menschen jedes neuen Zeitalters brauchen einen neuen Geist, ein neues Totem und neue Modelle, die sie wachrütteln. Früher erforderte das chinesische Wirtschaftssystem keinen Konkurrenzgeist, es verlangte Gehorsam. Heutzutage braucht die Wirtschaft Wettbewerbsfähigkeit, Mut, Freiheit und Unabhängigkeit. Dieses Buch hat die Gesellschaft beeinflusst. Der Wolf ist zum neuen Totem geworden, zum neuen Symbol einer ganzen Ära.«

Aus der Inneren Mongolei ist das Totemtier des neuen Zeitalters verschwunden. Die Wölfe wurden ausgerottet, die Kultur des Nomadenvolkes ist dem Untergang geweiht. »In Zukunft werden wir unsere größten Kämpfe nicht zwischen Ländern oder Völkern austragen, sondern gegen die Umweltzerstörung führen. Naturkatastrophen werden die Länder zur Zusammenarbeit zwingen. Es versetzte mich in Schrecken zu erleben, wie ein Ökosystem, das seit Jahrtausenden bestanden hatte, in nur einem Jahrzehnt zu Staub zerfiel. Mein Buch ist eine Lektion für die Welt.«

Elke Kreil

Der Zorn der Wölfe – ein Festmahl für die Sinne
Vorwort des Herausgebers der chinesischen Ausgabe

Vor mehr als dreißig Jahren zog der Autor des vorliegenden Buchs, Jiang Rong, als einer der jungen Intellektuellen aus Peking freiwillig in die Innere Mongolei, um an der Grenze zur Äußeren Mongolei, auf dem Olonbulag-Grasland, bei den Viehzüchtern zu leben. Elf Jahre später, im Jahr 1979, kehrte er als Student der Chinesischen Akademie der Sozialwissenschaften in die Hauptstadt zurück. Auf dem Grasland hatte er sich in einen Wolfsbau gewagt, Wolfsjunge aus der Höhle geholt und einen jungen Wolf großgezogen. Er kämpfte gegen Wölfe und lernte ihre weiche, zärtliche Seite kennen. Mit seinem geliebten Zögling, dem kleinen Wolf, teilte er Freud und Leid, und in der gemeinsam verbrachten Zeit lernte der damals junge Mann das »geistige Nomadenleben« kennen.

Die Arglist und Weisheit der Wölfe, ihre hohe Kriegskunst und ihr unbeugsamer Charakter, die Liebe und der Hass der Graslandbewohner und die magische Anziehungskraft der Wölfe haben Jiang Rong dazu bewegt, mit dem Wolf eine untrennbare Verbindung einzugehen. Es war der Wolf des mongolischen Graslands, der ihn zur Lösung eines Rätsels führte: Der Wolf ist den Völkern des Graslands Urahn, Lehrmeister, Kriegsgott und Vorbild zugleich. Wölfe kennen Teamgeist und Verantwortung für die Sippe, es sind weise, zähe Kreaturen. Im Kampf gegen Wolfsrudel trainierten mongolische Krieger ihr Können; Wölfe waren es, die das Grasland vor ökologischen Katastrophen schützten, und Nomadenvölker zollen dem Tier schon seit Jahrhunderten höchste Verehrung. Bei der althergebrachten Himmelsbestattung der Mongolen werden die fleischlichen Überreste der Toten von Wölfen gefressen.

Und dann sind da noch das Wolfsgeheul, die Wolfsohren, die Wolfsaugen, die Wolfsnahrung, der Wolfsrauch, die Wolfsbanner ...

All das hat den Autor so sehr in seinen Bann gezogen, dass er mehr als dreißig Jahre über den Wolf nachgedacht, geforscht und schließlich diesen Roman geschrieben hat, der von Mensch und Natur, von Menschlichkeit und Wolfseigenschaften, vom »Dao« der Wölfe und des Himmels handelt.

»Der Zorn der Wölfe« erzählt viele Geschichten, die den Leser geheimnisvolles Neuland betreten lassen. Auf jeder Seite scheinen die magischen Wölfe so lebendig zu werden, dass man das Buch kaum aus der Hand legen mag: wie sie die hohe Kunst der Erkundung von Terrain, des Bildens von Kampfformationen, der Überfälle und Überraschungsangriffe ausüben, wie sie die Klima- und Geländeverhältnisse geschickt zu nutzen wissen, wie gefasst sie dem Tod ins Auge sehen und sich nie aufgeben, wie innig die Liebe und Freundschaft zwischen den Mitgliedern eines Rudels und in einer Wolfsfamilie sind. Wie eng die Existenz der Wölfe mit der anderer Bewohner des Graslands verbunden ist, und wie der um seine Freiheit betrogene kleine Wolf, ein trotziges und liebenswertes Tier, unter schwierigen Bedingungen heranwächst.

»Der Zorn der Wölfe« regt uns zum Nachdenken über uns selbst an: Wie konnte eine Armee von nur etwas mehr als einhunderttausend mongolischen Kriegern über Eurasien hinwegfegen? Was waren die tiefer liegenden Gründe für das Zustandekommen des riesigen chinesischen Territoriums? Hat die chinesische Zivilisation die Nomadenvölker erobert, oder verdanken vielmehr die Chinesen das Fortbestehen ihrer Zivilisation den wiederholten Vermischungen mit den Nomadenvölkern? Warum verehren die Reitervölker Chinas bis heute nicht ein Pferdetotem, sondern das Wolfstotem? Hat es in China von jeher eine Kultur gegeben, in der das Wolfstotem verehrt wurde, und ist dies der Grund, dass sich die chinesische Zivilisation ohne Unterbrechungen erhalten hat?

Dies ist bis heute der einzige Roman, in dem der Wolf des mongolischen Graslands beschrieben und erforscht wird. Seine Lektüre ist ein Festmahl der Sinne. Die Grasebene der Nomaden, über die einst mongolische Kavallerien galoppierten und Wolfsrudel hinwegfegten, verschwindet oder ist schon verschwunden. Alle Legenden und Geschichten, die sich um den Wolf ranken, verblassen mehr und mehr. Ohne diesen Roman blieben uns und künftigen Generationen einzig Schriftzeugnisse, in denen der Wolf Zielscheibe moralischer Verurteilungen und vernichtender Schmähungen wird. Ohne dieses Buch wäre der Wolf des mongolischen Graslands unserer Erde und der Menschheit so fern wie die dunkle Materie im All und blickte gleichsam ungerührt auf uns Unwissende herab.

Die Natur wird drangsaliert, immer mehr Arten sterben aus, und der Mensch scheint nur mehr passiver Beobachter. Was den Wolf betrifft, haben die Gelehrten seit alters her für dieses Raubtier nur Furcht und Ablehnung übrig, und die chinesische Literatur verbreitet Missverständnisse und Vorurteile. Dem Wolf ein Werk zu widmen, sich mit ihm zu verbünden und nach der Wahrheit zu suchen, das schien ausgeschlossen – bis Jiang Rongs Roman uns alle in den Bann geschlagen hat.

An Boshun
März 2004

Der Zorn der Wölfe

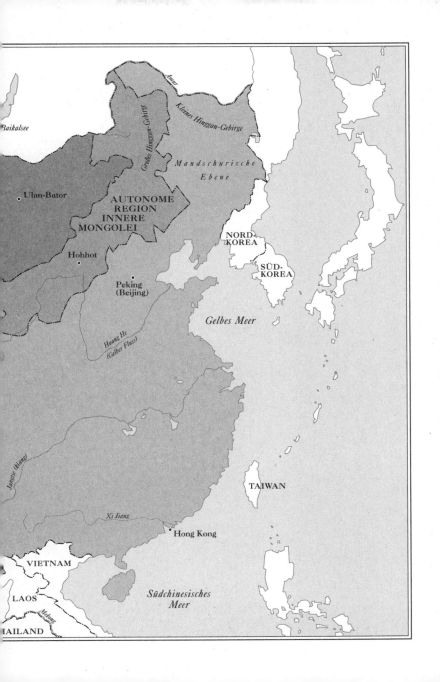

I

Die Quanrong nennen zwei weiße Hunde ihre Ahnen, daher dürften sie den Hund als ihr Totem gewählt haben.

Fan Wenlan, Abriss der Geschichte Chinas, Bd. 1

König Mu der Zhou unternahm einen Feldzug gegen die Quanrong und kehrte mit vier weißen Wölfen und vier weißen Hirschen zurück.

Geschichte der Han-Dynastie, Biographie der Hunnen

Chen Zhen kauerte hinter dem schützenden Schneewall und fing mit seinem Fernglas den stechenden Blick der Wölfe ein. Wieder stellten sich seine Haare auf wie Wildschweinborsten, als wollten sie verhindern, dass sein Hemd am Körper festklebte. Der alte Bilgee an seiner Seite wirkte immerhin so beruhigend auf Chen Zhen, dass der junge Mann diesmal nicht das Gefühl hatte, die Seele verlasse seinen Körper.

Auch in seinem zweiten Jahr in der mongolischen Grasebene fürchtete Chen Zhen Riesenwölfe, ganz zu schweigen von vollständigen Wolfsrudeln. Tief in den Bergen und weit vom Lager entfernt auf ein so großes Rudel zu stoßen ließ den kalten Atem vor seinen Lippen zittern. Denn sie hatten kein Gewehr dabei, kein Schwert, keine Stangen, wie man sie für die Wagen verwendete, ja nicht einmal Steigbügel. Ihnen standen nur zwei Gerten zur Verfügung. Wenn also das Wolfsrudel ihre Witterung aufnähme, würde ihnen möglicherweise eine vorzeitige Himmelsbestattung zuteil. Chen Zhen schauderte, keuchte leise und sah den alten Mann mit schräg gelegtem Kopf an.

Bilgee beobachtete das Umfeld des Wolfsrudels mit seinem eigenen Fernglas. »Mit so wenig Mut kommst du nicht weit«, raunte er Chen zu.

»Ihr Chinesen seid wie die Schafe – ihr habt eine Heidenangst vor Wölfen, darum zieht ihr immer den Kürzeren.« Als Chen schwieg, dämpfte der alte Mann seine Stimme weiter: »Sei nicht so ängstlich – und sei vor allen Dingen still. Das kleinste Geräusch kann uns den Spaß verderben.«

Chen Zhen nickte. Er griff eine Handvoll Schnee und drückte das kalte Weiß zu einem kleinen Ball zusammen.

Am Hang gegenüber weidete eine Herde Mongolischer Gazellen, wachsam zwar, doch noch schienen sie des Wolfsrudels nicht gewahr zu sein. Der Kreis der Wölfe zog sich immer enger um den Schneewall der beiden Männer zusammen. Chen Zhen wagte kaum zu atmen, er schien selbst zu einem Eiszapfen erstarrt.

Der alte Bilgee war der bekannteste Jäger auf dem Olonbulag, doch ging er selten auf die Jagd. Und wenn er es tat, jagte er Füchse, keine Wölfe. Es war die Zeit, in der die Menschen mit der Kulturrevolution beschäftigt waren und das Viehzüchter- und Jägerleben fast wie eine vom Schneesturm zerstreute Schafherde außer Kontrolle geraten war. In diesem Winter, als große Herden von Gazellen über die Grenze auf das Olonbulag gewandert waren, wollte Bilgee endlich sein Versprechen einlösen, Chen möglichst nah an ein Wolfsrudel heranzuführen. Er wollte so seinen Mut auf die Probe stellen und ihm etwas über die Raubtiere beibringen.

Dies war bereits die dritte Begegnung Chens mit Wölfen, doch der Schreck vom ersten Mal jagte ihm jetzt noch einen Schauer über den Rücken.

Als Chen Zhen vor knapp zwei Jahren zur grenznahen Produktionsgruppe der Viehzüchter in die Innere Mongolei versetzt worden war, schrieben sie bereits Ende November, und das weite Olon-Grasland, das Olonbulag, war tief verschneit. Unterkünfte für die jungen Intellektuellen aus der Stadt gab es noch nicht, also wurde Chen Zhen erst einmal beim alten Bilgee untergebracht und sollte als Schäfer arbeiten. Nach etwas mehr als einem Monat brach er mit dem Alten zu einem ungefähr achtzig Li weiten Ritt auf, um Studienmaterial abzuholen und ein paar Dinge einzukaufen. Als sie sich auf den Rückweg machen wollten, wurde der alte Mann in seiner Eigenschaft als Mitglied des Revolutionskomitees der Viehzüchter aufgehalten, und da das Material im Hauptquartier sofort gebraucht wurde, musste Chen allein zurückreiten. Der alte Mann stellte ihm sein schnelles und erfahrenes schwarzes Pferd zur Verfügung und schärfte dem Jüngeren ein, auf keinen Fall Abkürzungen zu nehmen, sondern den Spuren der Wagen auf den großen Wegen zu folgen. Da sich alle zwanzig bis dreißig Li Jurten-Lager befanden, sollte er die Reise ohne Zwischenfälle bewältigen können.

Auf dem Rücken des Mongolischen Pferdes spürte Chen Zhen sofort dessen unbändige Kraft, die nach einem schnelleren Tempo verlangte. Als er von einem Hügel aus den Berg Chaganuul erspähte, in dessen Nähe die Brigade stationiert war, verwarf er die Warnung des alten Mannes und nahm die Abkürzung querfeldein.

Es wurde langsam kühl, und ungefähr auf halbem Weg verschwand die Sonne wie vor Kälte zitternd hinter dem Horizont. Eisiger Nebel stieg aus der Steppe auf, und die lederne Tasche, die Chen Zhen am Körper trug, war bereits steif gefroren und knirschte bei jeder seiner Bewegungen. Das Pferd war bedeckt mit weiß gefrorenen Schweißperlen, seine Hufe sanken tief in den Schnee ein, seine Schritte wurden immer langsamer. Ringsum erhob sich ein Hügel hinter dem anderen, sie waren umgeben von Ödnis, nicht die kleinste Rauchfahne war zu sehen. Das Pferd trottete ruhig und gleichmäßig voran, also ließ Chen Zhen die Zügel locker, um es dem Tier selbst zu überlassen, seine Kraft einzuteilen und die Geschwindigkeit und Richtung zu bestimmen. Doch mit einem Mal, ohne ersichtlichen Grund, bekam der junge Mann Angst: Angst, das Pferd könnte sich verlaufen, Angst vor einem Wetterumschwung, Angst vor einem Schneesturm, Angst davor, auf dem winterlichen Grasland zu erfrieren – nur daran, Angst vor Wölfen zu haben, dachte er nicht.

Plötzlich wurden die gleichmäßigen Schritte des Pferdes sprunghaft, es schüttelte den Kopf, schnaubte und richtete seine Aufmerksamkeit auf etwas hinter dem unmittelbar vor ihnen liegenden Pass. Chen Zhen, der zum ersten Mal allein mit einem Pferd im Wald unterwegs war, konnte die Unruhe des Pferdes nicht deuten, auch dann nicht, als es nervös die Nüstern blähte, seine Augen aufriss und in die andere Richtung davonlaufen wollte. Chen begriff nicht, was das Tier instinktiv vorhatte, nahm deshalb die Zügel fester und ließ es weiter geradeaus traben. Die Schritte des Pferdes wurden immer unsicherer, das Tier schien halb zu gehen, halb zu traben und halb zu galoppieren, bereit, jederzeit durchzugehen.

Als ob es ungehalten sei, wie wenig seine Warnungen bisher bewirkt hatten, drehte das Pferd den Kopf und biss in Chen Zhens Filzschuh. Erst in diesem Moment erhaschte Chen in den vor Angst geweiteten Augen des Tieres etwas von der drohenden Gefahr. Aber da war es zu spät, denn das Pferd trug ihn bereits auf wackeligen Beinen zu dem trompetenförmigen Eingang in das dämmrige Tal.

Als Chen Zhen endlich seinen Kopf wandte und genauer in die vom Pferd eingeschlagene Richtung sah, fiel er vor Schreck fast vom Sattel. Keine vierzig Meter von ihm entfernt stand auf einem schneebedeckten Hang in den letzten Strahlen der Abendsonne ein Rudel golden schimmernder, mordlüsterner mongolischer Wölfe.

Einige Tiere sahen ihn unverwandt an, andere mit geneigtem Kopf, und ihre stechenden Blicke schienen ihm wie Pfeile um die Ohren zu schwirren. Ihm am nächsten standen einige Riesenwölfe, groß wie Panther, mit gut doppelt so breitem Kreuz wie die Wölfe, die er im Pekinger Zoo gesehen hatte, und um die Hälfte größer und länger. Ein gutes Dutzend Wölfe kauerte im Schnee vor ihm, bis alle zugleich plötzlich aufstanden, die Schwänze wie gezückte Säbel in die Höhe gereckt: bereit zum tödlichen Angriff.

Mitten im Rudel und von den anderen umringt, stand würdevoll und Ehrfurcht gebietend der Rudelführer, dessen fast weißes Fell an Hals,

Brust und Bauch wie Weißgold glänzte. Insgesamt mussten es dreißig, vierzig Wölfe sein.

Als Chen Zhen dem alten Bilgee die Szene später ausführlich beschrieb, tupfte der sich mit dem Zeigefinger kalte Schweißperlen von der Stirn und sagte, die Wölfe hätten sich wahrscheinlich gerade versammelt, weil der Rudelführer ihnen einen Angriffsplan vorlegte. Denn auf dem Hügel gegenüber standen Pferde. Zum Glück seien es keine hungrigen Wölfe gewesen. Wölfe, deren Fell glänzte, seien nicht hungrig.

Chen konnte keinen klaren Gedanken mehr fassen. Das Letzte, an das er sich erinnerte, war ein leises, schreckliches Geräusch in seinem Kopf, ein Pfeifton wie vom Dahinblasen über eine Silbermünze, um ihre Echtheit zu prüfen. Mit diesem Geräusch schien seine Seele durch die Schädeldecke zu entschwinden. Chen hatte das Gefühl, als stehe sein Leben einige Sekunden still, lange genug für seine Seele, um den Körper zu verlassen.

Wenn Chen Zhen lange Zeit danach an seine Begegnung mit den Wölfen zurückdachte, war er seinem alten Freund Bilgee und dessen großem schwarzem Pferd zutiefst dankbar. Denn kurz bevor Chen Zhen vor lauter Angst fast aus dem Sattel gerutscht wäre – und nur, weil das Pferd schon immer im Land der Wölfe gelebt hatte –, wurde das Tier vollkommen ruhig. Es tat, als hätte es die Wölfe gar nicht gesehen oder sei aus Versehen in ihre Versammlung geplatzt. Es nahm allen Mut zusammen und setzte seinen Weg ruhigen Schrittes fort, beherrschte seine Hufe, um weder nervös zu trippeln noch plötzlich um sein Leben zu rennen. Um dem erstarrten Körper Chen Zhens, seines Reiters, Sicherheit einzuflößen, balancierte es seine Schritte aus wie ein Jongleur seine Glastellerchen.

Vielleicht waren es der Mut und die Weisheit des mongolischen Pferdes, die Chen Zhens Seele zurückkehren ließen. Oder es lag an der Liebkosung Tenggers im Himmel, der Chens vor der Zeit eingetroffener Seele Vertrauen und Entschlusskraft einflößte. Die Seele Chen Zhens jedenfalls kehrte nach einigen Sekunden außerhalb seines Körpers zu ihm zurück. Er riss sich zusammen, setzte sich im Sattel zurecht und machte es unwillkürlich dem Pferd nach: Er tat, als habe er das angriffsbereite Wolfsrudel nicht gesehen, beobachtete es aber zugleich scharf aus den Augenwinkeln. Er kannte die Schnelligkeit mongolischer Wölfe; wenn sie wollten, konnten sie das nur einige Dutzend Meter entfernte Ziel in wenigen Sekunden erreichen. Als Mensch und Pferd den Wölfen schräg vor ihnen immer näher kamen, wusste Chen, dass er keine Angst zeigen durfte, dass er bluffen musste wie ein Feldherr, dessen Truppe für den Gegner zu schwach war, der sich aber gebärdete, als hätte er Millionen Soldaten und Myriaden Kavalleristen hinter sich. Nur so war ein Angriff dieser grausamen Mörder des Graslands zu umgehen.

Chen Zhen spürte, wie der Rudelführer plötzlich etwas hinter seinem Rücken fixierte, und sah, wie sich die spitzen Ohren der anderen Wölfe wie Radargeräte nach der vom Führer vorgegebenen Richtung drehten. Die Mörder warteten auf den Befehl ihres Anführers. Pferd und Reiter aber, ohne Verstärkung und ohne Waffen, gingen ostentativ immer weiter auf die lauernden Raubtiere zu.

Das Abendrot verblasste allmählich, und es wurde dunkel, als sich der Abstand von Mensch und Pferd zu den Wölfen weiter verkürzte. Man konnte mit Fug und Recht sagen, dass diese paar Schritte zu den gefährlichsten in Chen Zhens bisherigem Leben gehörten und zu den längsten seines Lebens wurden. Im Weitergehen spürte er plötzlich, dass ein Wolf auf den verschneiten Hügel hinter ihm lief, und er wusste, dass der vom Rudelführer ausgesandte Späher sicherstellen sollte, dass die Eindringlinge keine größeren Truppen im Hinterhalt hatten. Chens gerade in ihm aufgewärmte Seele wollte von neuem ausbrechen.

Der Schritt des Pferdes schien auch unsicherer zu sein als zuvor, die zitternden Beine Chens spürten die Flanken des Tieres unter sich beben, sodass Pferd und Reiter noch ängstlicher wurden. Die Ohren des Tieres waren nach hinten gerichtet und horchten nervös dem Späherwolf hinterher, denn wenn der die Lage sondiert hätte, würden sie dem Wolfsrudel vermutlich am nächsten sein. Chen Zhen hatte das Gefühl, durch ein riesiges Wolfsmaul zu gehen, oben scharfe, spitze Zähne, unten scharfe, spitze Zähne, und womöglich schlug das Tier sein Maul genau in dem Augenblick zu, wenn er mittendrin war. Das Pferd ging hinten leicht in die Knie, um sich auf einen letzten Kampf vorzubereiten – aber die Last auf seinem Rücken würde von tödlichem Nachteil sein.

Wie er es bei den Viehzüchtern gelernt hatte, flehte Chen Zhen innerlich Tengger an: Lieber Himmel, bitte breite deine Arme über mir aus und hilf mir! Und noch einmal rief er im Stillen den alten Bilgee an. »Bilgee« bedeutet in der mongolischen Sprache so viel wie »tiefe Weisheit«, und nun hoffte Chen Zhen, dass der Alte ihm in diesem Augenblick alle Graslandweisheiten des mongolischen Volkes übersenden möge. Doch in der totenstillen Ebene war weiterhin nichts zu hören, absolut nichts. Entmutigt hob er den Kopf, um ein letztes Mal den wunderschön blau strahlenden Tengger zu sehen, den Himmel.

Da fiel eine Bemerkung des alten Bilgee wie Donnergrollen vom Himmel auf ihn herab: Wölfe fürchten Gewehre, Stangen, wie man sie zum Anspannen von Wagen braucht, und Eisengerät. Gewehr und diese Stangen hatte er nicht, aber wie war es mit Eisengerät? Plötzlich schienen ihm die Schuhsohlen zu glühen, das war es! Seine Schuhe steckten in großen Steigbügeln, und seine Beine begannen vor Aufregung zu zittern.

Bilgee hatte Chen sein Pferd gegeben, nicht aber seinen Sattel – als habe er gewusst, dass der Jüngere seinen eigenen Sattel benötigen würde. Seinerzeit, als Chen das Reiten erlernt hatte, hatte Bilgee gesagt, für Anfänger sei es sicherer, große Steigbügel zu benutzen. Falls er abgeworfen werde, könne er sich so leichter aus ihnen befreien und werde vom Pferd nicht zu Tode getrampelt. Darum hatten diese Steigbügel eine weite Spitze und eine abgerundete Sohlenform und waren doppelt so groß und dreimal schwerer als gewöhnliche Steigbügel.

Das Rudel wartete noch auf die Rückkehr des Spähers, da standen Pferd und Reiter bereits vor ihnen. Chen Zhen zog blitzschnell die Füße aus den Steigbügeln, beugte sich vor, griff mit jeder Hand eines der eisernen Hilfsmittel – und hob seine Lebensretter in die Höhe. Dann sammelte er alle Kraft für eine letzte Anstrengung, nahm die Steigbügel vor der Brust zusammen und schlug sie unter gewaltigen Brüllen lautstark gegeneinander.

Es war ein helles und ohrenbetäubend lautes Geräusch wie vom Hämmern der Gleisarbeiter auf stählernen Gleisen, das die Stille der Ebene zerriss und gänzlich überraschend über die Wölfe hereinbrach. Ein unnatürliches, metallisches Kreischen, beängstigender als plötzlich über ihnen explodierender Donner, beängstigender sogar als das Klappern eiserner Wildtierfallen.

Beim ersten Zusammenschlagen der Steigbügel schrak das ganze Rudel zusammen. Beim zweiten Schlag zogen die Wölfe sich unter Anführung ihres Leittieres mit angelegten Ohren zurück, um sich dann umzudrehen und mit gesenkten Köpfen in Richtung der Berge davonzulaufen. Auch der Späherwolf ließ seine Aufgabe fahren und folgte den anderen mit eingezogenem Schwanz.

Chen Zhen wagte seinen Augen nicht zu trauen. Diese gewaltigen mongolischen Wölfe ließen sich mit Steigbügeln in die Flucht schlagen! In diesem Augenblick kehrte sein Mut zurück, er schwenkte die Arme wie ein Schafhirte und rief hinter den Wölfen her: »Hurdan! Hurdan! Schnell! Schnell!« Seines Wissens verstanden die Wölfe Mongolisch oder erkannten zumindest die Zeichensprache der Hirten, und vielleicht ließen sie sich deshalb in die Flucht schlagen, weil sie die Gesten als Hinweis für Jäger deuteten, die irgendwo im Hinterhalt lauerten.

So hastig die Wölfe auch davonrannten, war in ihrem Rudel doch die gewohnte, uralte Ordnung ihrer Vorfahren zu erkennen. So wild sie auch davonstürmen mochten, das Leittier ging voran. Ihr Fluchtverhalten hatte keinerlei Ähnlichkeit mit dem von aufgescheuchten Hühnern oder anderen Tieren. Im nächsten Augenblick waren die Wölfe in einer Wolke aufgewirbelten Schnees verschwunden.

Es war dunkel geworden. Chen hatte sich kaum im Sattel zurechtgesetzt, da stob das Pferd auch schon davon und auf die nächste Siedlung zu, die ihm bekannt war. Der eisige Wind drang in Kragen und Ärmel ein, sodass der kalte Schweiß Chens zu Eis zu gefrieren drohte.

Den Klauen und Zähnen der Wölfe mit knapper Not entkommen, dankte er Tengger, wie er es vom Volk des Graslands gelernt hatte. Und seit diesem Erlebnis empfand er eine geradezu betörende Ehrfurcht vor den mongolischen Wölfen des Graslands, denn sie hatten seine Seele berührt.

Bilgee lag immer noch regungslos hinter dem Schneewall und beobachtete aus angestrengt zusammengekniffenen Augen die Gazellen am Hang gegenüber und das Wolfsrudel, das immer näher rückte. »Warte noch einen Augenblick«, flüsterte er Chen Zhen zu. »Dann wirst du ein grandioses Schauspiel erleben!«

Mit Bilgee an seiner Seite fühlte Chen Zhen sich erheblich sicherer. Er rieb sich kleine Eiskristalle aus den Augen und zwinkerte dem alten Mann zu. Dann nahm er sein Teleskop auf und beobachtete die Gazellen und den Kreis der Wölfe um sie herum. Von den Wölfen war nach wie vor nicht das leiseste Geräusch zu hören.

Seit seiner ersten hautnahen Begegnung mit den Wölfen verstand Chen Zhen die Bewohner des Graslands besser, die immer auf eine Konfrontation mit den Wölfen gefasst sein mussten. Tagsüber, auf der Weide, fand er oft Schafe, Rinder oder Pferde, die den Wölfen zum Opfer gefallen waren, zwei oder drei, wenn es wenige waren, häufig Dutzende. Kam er an einem Viehzüchterzelt vorbei, so konnte Felle gehäuteter Wölfe sehen, die wie Wolfsfahnen hoch an einem Mast vor dem Zelt hingen. Wenn er vom Schafeweiden kam, sah er wenige Schritte von der Siedlung entfernt große Abdrücke von Wolfstatzen im Schnee, und je weiter er zum grasbewachsenen Moor an den Hügeln kam, umso mehr wurden es. Dazu grauweißer Wolfskot und Wolfsschatten, die fast jeden Abend wie Geister umherirrten. Besonders im kalten Winter blitzten wenige Meter abseits der Schafherden die smaragdgrünen Augen der Wölfe auf, zuweilen zwei oder drei Paar, häufiger fünf oder sechs und nicht selten weit über ein Dutzend. Eines Nachts erspähte er zusammen mit Galsanma, der ältesten Schwiegertochter Bilgees, fünfundzwanzig funkelnde Augenpaare. Wie Guerillakämpfer bevorzugten die Viehzüchter ein einfaches Leben mit jahrein, jahraus den gleichen Regeln, nur dass die Schafe im Winter mit Ochsenkarren, beweglichen Gattern und großen Filzmatten vor Wind geschützt waren – was allerdings nicht die Wölfe fernhielt. Die Südseite der Lager wurde von Hunden und Frauen bewacht. Wenn die Wölfe einbrachen, kämpften die Hunde einen Kampf auf Leben und Tod mit ihnen, sodass die Körper der Tiere schwer gegen die Wände der mongolischen Jurten schlugen und die Menschen jäh aus dem Schlaf gerissen wurden. Chen Zhen war schon zweimal auf diese Weise geweckt worden – ohne die Jurtenwand wären die Wölfe jedes Mal direkt auf ihm gelandet.

Nachts, wenn die Wölfe auf Jagd gingen, zwang Chen Zhen sich zu einem oberflächlichen Schlaf und bat Galsanma, laut nach ihm zu rufen, sobald die Wölfe bei den Schafen eindrangen, denn er werde die Tiere mit ihr zusammen vertreiben. Der alte Bilgee zwirbelte schmunzelnd sein Ziegenbärtchen und meinte nur, er habe noch keinen Chinesen getroffen, der sich derartig für Wölfe interessierte. Doch die Neugier des Pekinger Schülers schien ihm zu gefallen.

Dann, im selben Winter, traf Chen Zhen zum zweiten Mal direkt auf die Wölfe.

»Chen Zhen! – Chen Zhen!«, hallte eine Frauenstimme laut durch die Nacht. Wie gewünscht wurde er durch einen Hilferuf Galsanmas in ihrem harten Dialekt abrupt aus dem Schlaf gerissen. Er sprang auf, zog Filzstiefel und Ledermantel an, griff zu Taschenlampe und Hirtenstab und rannte auf zittrigen Beinen nach draußen. In dem von der Taschenlampe beleuchteten Schneegestöber sah er auf einmal Galsanma, die das Ende eines langen Wolfsschwanzes in Händen hielt und daran zog. Der Wolf, den sie mit aller Kraft aus der Menge der eng beieinander stehenden Schafe herauszuzerren versuchte, mochte von Kopf bis Schwanz die Länge eines erwachsenen Mannes messen. Verzweifelt versuchte das Tier, die Frau hinter sich zu beißen. Die dümmlichen, plumpen Schafe drängten sich derweil in Todesangst vor den gierigen Wölfen im eisigen Wind so dicht zusammen und an die schützende Wand hinter sich, dass der Schnee zwischen ihren Leibern als Dampf aufstieg. Jetzt konnte der Wolf sich gar nicht mehr bewegen, mit den Pranken am Boden spannte er seinen Körper an, schnellte plötzlich in die Höhe, biss um sich und spielte eine Art Tauziehen mit Galsanma. Chen Zhen kam schwankend und taumelnd angelaufen, unsicher, was zu tun sei. Zwei großen Hunden Galsanmas, die durch die Schafe vom Wolf getrennt waren, blieb nichts anderes übrig, als wie verrückt – aber völlig sinnlos – zu bellen. Die fünf, sechs gewaltigen Hunde Bilgees, zusammen mit weiteren Tieren aus der Nachbarschaft, rangen mit den Wölfen östlich der Schafherde. Ein ohrenbetäubendes Jaulen, Heulen und Schreien stieg zum Himmel auf. Chen Zhen wollte Galsanma zu Hilfe eilen, doch seine zitternden Beine ließen es nicht zu. Sein anfänglich brennendes Interesse, einen lebendigen Wolf zu berühren, hatte sich in Luft aufgelöst.

Galsanma, die dachte, er werde zu ihr laufen, rief: »Nein! Komm nicht her! Der Wolf wird dich beißen! Jag die Schafe davon! Die Hunde kommen!«

Galsanma zog aus Leibeskräften an dem Wolfsschwanz, sodass sie fast auf den Rücken fiel und ihr der Schweiß auf die Stirn trat. Mit beiden Händen brach sie dem Wolf schließlich den ersten Schwanzknochen. Mit blutigem Fang drehte sich das Tier zu Galsanma um und wollte diesen Feind vernichten. Ein ratschendes Geräusch, und er hatte die untere Hälfte ihres Ledermantels fortgerissen. Die schmalen mongolischen Augen Galsanmas versprühten das Feuer einer Panthermutter, während sie weiterhin zog und zerrte. Mit einem plötzlichen Sprung nach hinten zog sie den Wolfskörper erneut gerade und zerrte ihn weiter zurück, hin zu den Hunden.

Chen Zhen geriet in Panik und reckte die Taschenlampe in die Höhe – falls sie den Wolf nicht deutlich sähe und er zubeißen wollte. Zugleich schwang er den mitgebrachten Hirtenstab im Kreis und ließ ihn auf die Köpfe der Schafe niedersausen. Das versetzte die Schafe in helle Aufregung, sie drängten aus Angst vor dem riesigen Wolf in Richtung der Taschenlampe in ihrer Mitte – Chen hatte es nicht geschafft, sie aus ihrer Starre zum Davonlaufen zu bewegen. Ihm entging nicht, dass Galsanma die Kräfte verließen und sie von dem gefährlichen Raubtier wiederum ein paar Schritte nach vorn gezogen wurde.

»Ma...! Mama! Mama!«, war plötzlich der verzweifelte Schrei eines Kindes zu hören.

Der neunjährige Sohn Galsanmas, Bayar, war aus seiner Jurte gerannt, und sein Geschrei bekam beim Anblick seiner Mutter plötzlich einen anderen Tonfall. Er schien wie über die Schafe hinweg direkt an der Seite seiner Mutter zu landen, um den Schwanz des Wolfes zu ergreifen.

»Greif das Bein des Wolfs!«, rief Galsanma. »Greif das Bein!«

Mit beiden Händen umklammerte der Junge ein Hinterbein des Wolfes und zog aus Leibeskräften daran, bis das Tier tatsächlich in seinem Drang nach vorn geschwächt wurde. Mutter und Sohn hatten dem Wolf Einhalt geboten und sorgten dafür, dass der riesige Wolf den filzverstärkten Windschutz an der Westseite nicht durchbrechen konnte, um Schafe nach draußen zu treiben.

Der alte Bilgee war inzwischen auch herbeigeeilt, schob die Schafe zur Seite und brüllte in Richtung Osten: »Bar! Bar!« »Bar« bedeutete auf Mongolisch so viel wie »Tiger«, und der Ruf galt dem größten, kräftigsten und tollkühnsten Hund der Gruppe, in dessen Adern das Blut des tibetischen Wolfsjagdhundes floss. Kürzer als ein Wolf, übertrafen dafür Schulterhöhe und Breite seines Brustkorbs die des Raubtieres. Beim Ruf seines Besitzers ließ Bar sofort von den Wölfen ab und lief zu Bilgee hin. Er kam zum Stehen, und der üble Geruch von Wolfsblut stieg aus seinem Maul auf. Der Alte riss Chen Zhen die Taschenlampe aus der Hand und ließ ihren Lichtstrahl über den Wolf in der Mitte der Schafherde gleiten. Bar setzte zum Sprung über die Schafe an, trat mehreren dabei auf den Kopf und stürzte sich robbend und kriechend auf den Wolf.

»Treib die Schafe zu dem Wolf hin!«, rief der Alte. »Dräng ihn in die Enge! Lass ihn nicht entkommen!«

Er nahm Chen Zhens Hand, und gemeinsam bahnten sie sich einen Weg zum Wolf und zu Galsanma.

Der wütende Bar stellte sich schnaufend vor Galsanma, an deren anderer Seite sich die vollkommen atemlosen Schafe drängten. Die Jagdhunde der Mongolen waren darauf abgerichtet, den Wolf weder am Rücken noch am Brustkorb zu packen, um das Fell nicht zu beschädigen. Bar bellte und jaulte wie wild, als er die richtige Stelle zum Zubeißen suchte. Als Galsanma des Hundes gewahr wurde, drehte sie sich zur Seite, hob ein Bein, packte mit beiden Händen den Schwanz des Wolfes und legte ihn über ihr Knie. Dann sammelte sie alle Kraft wie zum Brechen einer dicken Holzstange, stieß einen wilden Schrei aus – und mit lautem Knacken brach das Steißbein des Tieres. Der Wolf heulte auf, der Schmerz ließ schlagartig alle Kraft aus seinen vier Gliedmaßen schwinden, sodass Mutter und Sohn ihn aus der Mitte der Schafe herausziehen konnten. Der Wolf wurde am ganzen Körper vor Schmerz geschüttelt, und als er den Kopf nach hinten drehte, um seine Wunde in Augenschein zu nehmen, bot er Bar seine Kehle dar. Der kümmerte sich nicht um die kraftvollen Pranken des Tieres und stemmte sich auf Hals und Brust des Größeren. Die Kiefer des Hundes schlugen in den Hals des Raubtieres, aus der Halsschlagader seines Gegners sprudelte Blut, und der Wolf ruderte ein bis zwei Minuten mit den Beinen, bevor ihn die Kräfte endgültig verließen und er blutend zusammensackte. Galsanma tastete mit der Hand nach dem Blut auf ihrem Gesicht und stöhnte erleichtert auf. Chen fand, dass ihr rotes Gesicht aussehe, als habe sie es mit Schminke aus Wolfsblut verschönert wie einst prähistorische Völker es taten – eine mutige, tapfere und schöne Frau.

Während der schwere Geruch nach Wolfsblut sich allmählich verzog, verebbte auch das Hundegebell im Osten, das Wolfsrudel zog sich zurück und verschwand langsam in der Dunkelheit. Einen Augenblick später drang aus Richtung der moorigen Grasebene im Nordwesten gellendes Schmerzensgejaul herüber – als Zeichen der Trauer um den im Kampf Gestorbenen.

»Wie feige ich bin, ängstlicher als ein Schaf.« Chen Zhen seufzte beschämt. »Unfähiger als die Hunde der Steppe, unnützer als eine Frau, selbst ein neunjähriges Kind weiß besser zu helfen als ich.«

Galsanma schüttelte lachend den Kopf. »Nein, nein. Wenn du nicht gekommen wärst, hätte der Wolf das Schaf aufgefressen.«

Der alte Bilgee stimmte in das Lachen ein. »Du bist der erste Chinese aus der Stadt, der eine Taschenlampe holt und uns hilft, die Schafe in Bewegung zu bringen. Das hatten wir hier wirklich noch nie.«

Da faßte Chen Zhen endlich Mut, den inzwischen erkalteten Körper des toten Wolfes zu berühren. Er bereute, nicht mit Galsanma am Schwanz des Wolfs gezogen zu haben. So eine Gelegenheit bot sich einem Han-Chinesen höchstens einmal im Leben: mit bloßen Händen gegen einen Wolf zu kämpfen.

Chen tätschelte Bars großen Kopf und nahm allen Mut zusammen, um sich neben das tote Tier zu hocken, das leblos noch genauso beeindruckend aussah wie lebendig. Er spreizte Daumen und Zeigefinger auseinander und maß: Mit einem Meter neunzig war das Tier von Kopf bis Fuß länger als er selbst. Chen atmete einmal tief durch.

Bilgee leuchtete mit der Taschenlampe zu der Schafherde hinüber. Drei oder vier Tieren hatte der Wolf in die fleischigen Schwänze gebissen, sie abgerissen und aufgefressen, wobei Stümpfe zurückblieben, an denen das Blut bereits gefror. »Ein paar Schafsschwänze für einen so großen Wolf, das ist kein schlechter Tausch«, sagte er. Zusammen mit Chen trug er den schweren Wolfsleib in die Jurte, um zu verhindern, dass die Nachbarshunde ihren Unmut an ihm ausließen. »Und morgen«, fuhr Bilgee fort, »zeige ich dir, wie man einen Wolf häutet.«

Galsanma trat mit einem großen Teller Fleisch aus ihrer Jurte, um Bar und die anderen Hunde zu belohnen. Chen Zhen folgte ihr, liebkoste mit beiden Händen Bars großen Kopf und seine breite Brust. Der Hund kaute krachend auf einem fleischigen Stück Knochen und wedelte dankbar mit dem Schwanz.

Chen Zhen musste Galsanma diese Frage einfach stellen: »Hattest du gerade Angst?«

Sie lachte. »Angst, Angst. Ich hatte Angst, die Wölfe würden meine Schafe verjagen, dann wäre es um meine Arbeitspunkte geschehen gewesen. Denn ich bin immerhin Vorsteherin der Produktionsgruppe.« Galsanma beugte sich vor und tätschelte Bar den Kopf. »*Sain*, brav«, sagte sie, »guter Bar.« Bar ließ augenblicklich vom Fleisch ab, hob den Kopf, leckte die Handfläche seiner Herrin, bohrte seine Schnauze in ihren Ärmel und wedelte so heftig mit dem Schwanz, dass es einen leichten Luftzug gab. Chen Zhen war nicht entgangen, dass der im kalten Wind stehende, hungrige Bar jedes Essen und jede warme Decke für eine Belohnung seiner Herrin stehen und liegen gelassen hätte.

»Chen Chen«, sagte Galsanma, »nach dem Frühlingsfest gebe ich dir einen viel versprechenden Welpen. Es gibt viele Wege, einen Hund großzuziehen. Wenn er es gut bei dir hat, wird er ein zweiter Bar.«

Zurück in der Jurte gestand Chen Zhen Bilgee, dass er sich zu Tode gefürchtet hatte.

»Das habe ich gemerkt, als ich deine Hand nahm«, erwiderte der Alte. »Aber wie willst du ein Messer halten, wenn du so zitterst? Wenn du hierbleiben willst, musst du stärker sein als die Wölfe. Ich werde dich zu Wolfskämpfen mitnehmen und dich ausbilden. Dschingis Khan hat nur die besten Wolfsbezwinger zu Soldaten gemacht.«

Chen Zhen nickte verständig. »Ja, und Galsanma zu Pferde schlägt Hua Mulan, unseren bekanntesten weiblichen General, bestimmt um Längen.«

»Ach, ihr Chinesen und eure Generalinnen«, sagte der Alte. »Davon gibt es nicht viele. Aber wir Mongolen haben in jedem Haushalt eine Galsanma.« Der alte Mann lachte röhrend wie der Rudelführer der Wölfe.

Nach dieser Nacht wollte Chen Zhen erst recht mit den Wölfen auf Tuchfühlung gehen, sie aus nächster Nähe beobachten und studieren. Er spürte eine geheimnisvolle, enge Verbindung zwischen Menschen und Wölfen der Grasebene. Vielleicht würde er die Geheimnisse der Steppe und ihrer menschlichen Bewohner erst richtig verstehen, wenn er die Wölfe verstand. Und die Wölfe waren eindeutig die rätselhaftesten, undurchschaubarsten Lebewesen der Steppe. Chen Zhen wollte alles über Wölfe lernen, ja am liebsten hätte er sich ein Wolfsjunges genommen und eigenhändig großgezogen – obwohl er bei diesem Gedanken selbst noch zusammenzuckte. Doch je näher der Frühling rückte, umso nachdrücklicher wurde sein Wunsch nach einem Welpen aus einem Wolfsbau.

Die beiden Männer lagen nun schon lange Zeit hinter dem Schneewall und beobachteten aufmerksam die wohl tausend Gazellen am Hang gegenüber. Einige große Männchen hielten Wache, die Nasen witternd in der Luft, während die übrigen Tiere weiterhin Gras unter dem Schnee zu finden suchten.

Trotz der Eiseskälte in ihrem Schneeversteck und der dicken Kleidung spürte er, wie der alte Bilgee ihn leicht mit dem Arm anstieß und in Richtung des teilweise schneebedeckten Hügels wies. Eilig griff Chen Zhen zum Teleskop und sah hin: Die Gazellen grasten nervös weiter. Dann sah er einen der Wölfe aus seinem Rudel ausbrechen und in die Berge im Westen laufen. Chens Gesicht verfinsterte sich kaum merklich, als er den Älteren leise fragte: »Die Wölfe geben doch nicht auf, oder? Dann hätten wir uns hier umsonst stundenlang in die Kälte gelegt.«

»Im Gegenteil«, sagte der andere, »sie wollen sich die günstige Gelegenheit einer so riesigen Herde nicht entgehen lassen und schicken einen aus, um Verstärkung zu holen. So etwas bekommen sie nur alle fünf, sechs Jahre geboten, und hungrig wirken sie auch, sie scheinen tatsächlich einen Großangriff zu planen – ich habe dir nicht zu viel versprochen. Doch übe dich endlich in Geduld, eine günstige Gelegenheit zum Jagen muss man abwarten können.«

2

Der König der Hunnen hatte zwei Töchter, die von solcher Schönheit waren, dass das Volk sie für göttlich hielt. Der König sagte: »Meine Töchter sind außerordentlich schön, nicht mit einem gemeinen Mann dürfen sie verheiratet, sie müssen dem Himmel gegeben werden.« Er ließ im unbewohnten Norden eine große Plattform errichten, seine beiden Töchter hinbringen und sprach: »Möge der Himmel sie zu sich nehmen.« Im Jahr darauf kam ein alter Wolf und heulte Tag und Nacht. Er grub sich unter der Plattform eine Höhle und verließ die beiden Schönen fürderhin nicht mehr. Die kleine Schwester sagte zur großen: »Unser Vater hat uns hierhergebracht, um uns dem Himmel zu opfern, und nun ist ein Wolf gekommen. Vielleicht ist er vom Himmel geschickt. Ich werde hinabsteigen, ihn zu heiraten.«

Die ältere Schwester, sehr überrascht, erwiderte: »Tu das nicht, es ist ein wildes Tier! Du bringst Schande über unsere Eltern!« Die jüngere Schwester hörte nicht auf sie, ging hinunter und heiratete den Wolf. Sie gebar ihm einen Sohn. Ihre Nachkommen gründeten einen Staat, und die Einwohner dieses Landes singen aus vollem Hals, dass es dem Heulen von Wölfen gleicht.

Geschichte der Wei-Dynastie, Biographien der Rouran, der Hunnen, der Tuhe und der Gaoche.

Sechs, sieben neue Wölfe gesellten sich lautlos zu den Belagerern, sodass drei Flanken bereits geschlossen und zum Angriff formiert waren. Chen Zhen hielt sich seinen dicken, hufeisenförmigen Ärmel vor Mund und Nase und raunte dem alten Mann zu: »Werden die Wölfe jetzt den Kreis schließen?«

»Noch nicht«, flüsterte Bilgee, »der Rudelführer wartet auf eine günstigere Gelegenheit. Wölfe sind aufmerksamer als menschliche Jäger, wenn sie einen Überfall planen. Denk mal nach – worauf könnte der Leitwolf warten?« Die weißen Augenbrauen des Alten bewegten sich, und winzige Eisstückchen fielen herunter. Seine Mütze aus Fuchsfell bedeckte Stirn und Gesicht, ging in einen Umhang über und war dünn vereist – vom Gesicht des Alten waren nur die Augen zu sehen, hellbraune Augen, die auch im Alter noch wie Bernstein funkelten.

Die Weidefläche vor ihnen, die der Zweiten Produktionsbrigade in harten Wintern als Ausweichweide diente, maß insgesamt fünfzig Quadratkilometer und war windgeschützt, schneeärmer und mit hohem und festem Gras bewachsen, dem selbst der stärkste Sturm nichts anhaben konnte.

»Wenn du genau hinsiehst, wirst du es begreifen«, sagte der Alte. »Es ist deshalb ein idealer Ort, weil der Nordwestwind verhindert, dass Schnee liegen bleibt. Als ich acht Jahre alt war, gab es einen Wintereinbruch wie seit Jahrhunderten nicht, der Schnee lag in der Ebene so hoch, dass er eine Jurte vollständig unter sich begrub. Glücklicherweise konnten die meisten Menschen und Tiere unter Anleitung der erfahrenen Alten rechtzeitig handeln. Als der Schnee erst knietief lag, ebneten sie mit tausenden von Pferden einen Weg, ließen ihn von Dutzenden Rindern platt trampeln und bauten so eine Straße für Schafherden und Ochsenkarren, auf der sie drei Tage und drei Nächte bis hierher unterwegs waren. Hier reichte der Schnee bis knapp über die Knöchel, die Grasspitzen lugten noch drei Fingerbreit heraus. Als die halb verhungerten Rinder, Schafe und Pferde des frischen Grases ansichtig wurden, muhten, blökten und wieherten sie wie verrückt und stürmten darauf zu. Die Menschen warfen sich in den Schnee, weinten vor Freude und machten einen so tiefen Kotau vor Tengger, dass ihr Gesicht weiß von Schnee war. Hier fanden Schafe und Pferde Gras unter dem dünnen Schnee, ja selbst die Rinder, die es allein nicht geschafft hätten, folgten den anderen Tieren und fraßen vom freigelegten Gras – die meisten würden bis zur Schneeschmelze im nächsten Jahr überleben. Für die Familien, die nicht rechtzeitig aufgebrochen waren, nahm es ein tragisches Ende: Die Menschen überlebten zwar, aber das Vieh kam nicht über den Winter. Gäbe es dieses Gebiet hier nicht, Mensch und Tier des Graslands wären längst ausgestorben. Inzwischen haben die Menschen keine Angst vor Wintereinbrüchen mit starken Schneefällen mehr. Mensch und Tier verlegten einfach ihren Wohnsitz vorübergehend hierher.«

Der Alte seufzte. »Das hier ist die Rettung, die Tengger Menschen und Tieren des Graslands zugedacht hat. Die Viehzüchter besteigen seither jedes Jahr den Berg da drüben, um Tengger und dem Gott des Berges zu opfern. Aber jetzt, wegen der Kulturrevolution, wagt es seit Jahren keiner mehr hinaufzusteigen. Die meisten tun es jetzt einfach in ihrem Herzen. Es ist ein magischer Berg, und egal, wie knapp das Weideland anderswo auch sein mag, die Viehzüchter kommen im Frühling, Sommer und Herbst niemals hierher. Für die Pferdehirten ist es besonders schwer, dieses Gebiet zu schonen. Auch die Wölfe schützen den Berg und gehen hier nur einmal alle fünf, sechs Jahre auf Gazellenjagd, sie huldigen so dem Berg und Tengger auf ihre Weise. Dieser magische Berg rettet also nicht nur Mensch und Vieh, sondern auch die Wölfe. Und die Wölfe waren seit Angedenken schlauer als die Menschen: Sie hatten sich schon hier in Sicherheit gebracht, als die Menschen noch keinen Gedanken daran verschwendeten. Am Tage versteckten sie sich auf der Spitze des Berges zwischen den Steinhügeln und im verharschten und vereisten Schnee an der Rückseite des Berges. Nachts kamen sie herunter und fraßen die erfrorenen Schafe und Rinder. Denn solange sie Nahrung finden, sind sie keine Gefahr für Mensch und Tier.«

Zarte Wolken glitten über den Himmel. Der alte Mann blickte andächtig in das Eisblau über ihnen – Tengger. Auf seinem Gesicht spiegelte sich Ehrfurcht wider.

In diesem Jahr hatte es schon früh Schnee gegeben, und er hielt sich hartnäckig. Das Gras war noch nicht ganz verdorrt, da versank es schon in dem kalten Weiß und sah aus wie in Eis gelagert. Jeder einzelne hohle

Halm und jede kleinste Lücke im Schnee verströmten den zarten Duft frischen Grüns. Die aus dem Norden vor Hunger und Eis geflüchteten Gazellen fanden hier so etwas wie eine Oase vor und wollten sich von dem frischen Gras gar nicht mehr entfernen. Fast alle schlugen sich den Magen voll und sahen bald aus, als trügen sie eine Hüfttrommel. Sie konnten sich kaum noch bewegen.

Einzig der alte Bilgee und die Wölfe wussten, dass die Gazellen einen gewaltigen Fehler begangen hatten.

Die Gazellenherde war nicht besonders groß. In seinem ersten Jahr im Grasland hatte Chen Zhen mitunter riesige Herden von zehntausenden Tieren gesehen. Ein Kader der Brigade hatte gesagt, in den drei schwierigen Jahren nach 1960 seien große Armeeeinheiten aus dem Norden mit Wagen und Maschinengewehren angerückt und hätten Jagd auf Gazellen gemacht, um die Soldaten im Hinterland mit Nahrung zu versorgen. Das Resultat war, dass sie die Gazellen aus der Gegend vertrieben hatten. Wegen der angespannten Lage an der Grenze hatte man in den letzten Jahren die groß angelegte Jagd auf Gazellen eingestellt, sodass sie sich wieder auf der ausgedehnten Ebene des Olonbulag versammelten. Beim Schafehüten konnte Chen Zhen oft riesige Gazellenherden vorüberziehen sehen, bei deren Anblick sich seine Schafe und Bergziegen vor Schreck eng aneinanderdrängten und den wilden, freiheitsliebenden Gazellen ängstlich, aber auch neidisch hinterhersahen.

Mongolische Gazellen beachteten unbewaffnete Menschen gar nicht. Einmal war Chen Zhen mitten in eine Herde hineingeritten und hatte versucht, ein Tier zu fangen, um den Geschmack von Gazellenfleisch zu kosten. Aber die Gazellen waren zu schnell, die schnellsten Vierhufer des Graslands, mit denen sich selbst die schnellsten Jagdhunde und Wölfe nicht messen konnten. Chen hatte mit der Pferdepeitsche geknallt, aber die Gazellen rannten und sprangen weiter, links und rechts von ihm, und flogen in nur wenigen Metern Abstand an ihm vorüber, um sich weiter vorn wieder zu versammeln und ihren Weg fortzusetzen. Er hatte einen derartigen Schreck bekommen, dass er ihnen nur staunend hinterherstarren konnte.

Die heutige Herde hatte allenfalls mittlere Größe, war für ein Rudel Wölfe, fand Chen, aber dennoch zu groß. Es hieß immer, es gäbe kein ehrgeizigeres Tier als den Wolf, und Chen Zhen wollte zu gern in Erfahrung bringen, wie groß ihr Kampfgeist und Appetit wirklich waren und wie gut Wölfe die Treibjagd beherrschten.

Die Wölfe schienen die günstige Gelegenheit, die sich ihnen bot, zu schätzen zu wissen. Beim Einkreisen gingen sie mit größter Sorgfalt vor, und sobald eine der Gazellen mitten in der riesigen Herde auch nur den Kopf hob, lagen die Wölfe flach im dichten Gras, regungslos, selbst der weiße Hauch ihres Atems ging leicht und vorsichtig.

Die Gazellen grasten unbeirrt weiter. Bilgee und Chen Zhen warteten ruhig ab. »Die Gazellen sind das Verhängnis des Graslands«, flüsterte der Alte. »Sie sind schnell und fressen viel – sieh nur, was für eine große Fläche sie schon abgegrast haben. Was Mensch und Tier mühsam gepäppelt und erhalten haben, ist von ihnen im Nu mindestens zur Hälfte vernichtet. Noch ein paar Gazellenherden, und das Gras ist ganz und gar fort. Es schneit jetzt schon heftig, und es ist nur noch eine Frage der Zeit, wann der Schneesturm kommt. Wenn es diese Ausweichflächen nicht gibt, sterben alle – Mensch und Tier. Zum Glück sind da die Wölfe, sie werden die Gazellen binnen Tagen vernichtet oder verjagt haben.«

Chen Zhen sah den alten Mann überrascht an. »Kein Wunder, dass du keine Wölfe jagst.«

»Ich jage Wölfe«, berichtigte ihn der Alte, »nur nicht so oft. Wenn die Wölfe ausgerottet würden, hätte das Grasland keine Überlebenschance mehr. Und was wäre dann mit den Menschen und ihrem Vieh? Diesen Zusammenhang versteht ihr Han-Chinesen einfach nicht.«

»Doch, doch, so langsam verstehe ich, was du meinst«, sagte Chen. Er spürte eine seltsame Erregung, ohne den genauen Grund zu kennen. Eine vage Erinnerung an das Bild eines Wolftotems erwachte in ihm.

Als er vor mehr als zwei Jahren erfuhr, dass er in die Innere Mongolei gehen würde, hatte er eine Menge Material über die Bewohner des Graslands gesammelt und gelesen und dabei gelernt, dass sie fest an das Wolftotem glaubten. Und doch schien er die Bedeutung erst jetzt richtig zu erfassen und zu begreifen, warum sie hier die bei den Chinesen und Bauernvölkern so verhassten Wölfe als Teil ihres Volkes betrachteten und als ihr Totem-Tier verehrten.

Der Alte lächelte Chen Zhen verschmitzt zu. »Ihr Schüler aus Peking habt eure Jurte nun schon mehr als ein Jahr da stehen und immer noch zu wenig Filzmatten. Wir werden dieses Mal ein paar Gazellen mehr mitnehmen und sie an der Ankaufsstelle gegen Filzmatten eintauschen, damit ihr vier weniger friert.«

»Eine gute Idee«, stimmte Chen Zhen zu. »Wir haben gerade einmal eine Schicht von zwei dünnen Matten um uns herum, sogar die Tinte friert uns in den Fässern ein.«

Da lachte der Alte. »Also pass gut auf, denn die Wölfe sind dabei, euch ein wunderbares Geschenk zu machen!«

Im Olonbulag konnte man für eine ausgewachsene gefrorene Gazelle zwanzig *Kuai* bekommen, fast der halbe Monatslohn eines Schafhirten. In der Ankaufsstelle hieß es, dass die Fliegerjacken der Piloten aus Gazellenleder gefertigt wurden. Chinesische Piloten allerdings trugen so etwas noch nicht. Das Gazellenleder der Inneren Mongolei wurde in die Sowjetunion und nach Osteuropa exportiert, um dafür im Austausch Stahlprodukte, Autos und Munition zu bekommen; Gazellenfilet wurde zu hochwertigem Büchsenfleisch verarbeitet und ebenfalls in großer Menge exportiert. Der Rest und die Knochen blieben den Mongolen, tauchten aber nur selten – und nur gegen Lebensmittelmarken – in den Läden auf.

In diesem Winter waren so viele Gazellen über die Grenze gekommen, dass in den grenznahen Volkskommunen und Kreisen wie auch in den Regierungen der mongolischen Banner große Aufregung herrschte. Die Ankaufsstellen erweiterten ihre Lagerräume; Kader, Jäger und

Viehzüchter setzten wie Fischer, denen ein großer Fang angekündigt wurde, eifrig die Segel. Die meisten Jäger und Pferdehirten der Kommune hatten ihre schnellsten Pferde gesattelt und waren mit Jagdhunden und Gewehren zur Stelle, um so viele Gazellen wie möglich zu erlegen. Chen Zhen aber konnte seiner Schafherde wegen nicht teilnehmen, außerdem besaß er weder Gewehr noch Munition. Auch verfügten Schafhirten nur über vier Pferde, und nicht über sieben bis acht oder gar zehn ausgebildete Tiere wie die Pferdehirten. Den Schülern aus Peking blieb nichts anderes übrig, als den Jägern neidvoll beim Jagen zuzuschauen.

Chen Zhen hatte ein paar Tage zuvor die Jurte des Jägers Lamjab aufgesucht, der kurz nach Eintreffen der Gazellen bereits elf große Tiere erlegt hatte, davon zwei zugleich mit nur einem Schuss. In nur wenigen Tagen belief sich der Verdienst eines Jägers schnell auf den dreifachen Monatslohn eines Pferdehüters. Stolz erzählte Lamjab, bereits das Geld für Zigaretten und Alkohol eines ganzen Jahres eingenommen zu haben, noch ein paar Tage, und er werde sich einen neuen Kurzwellenempfänger der Marke Rote Laterne kaufen, um ihn zu Hause einzusetzen und das alte Radio in dem mobilen Zelt der Pferdehüter mitzunehmen.

In Lamjabs Jurte aß Chen Zhen zum ersten Mal frisches Gazellenfleisch und fand, das sei der wahre wilde Geschmack des Graslands. Die agilen Gazellen hatten nicht ein Gramm Fett am Körper, und jede Faser ihres Fleisches, das wie Hirsch schmeckte, war unglaublich zart.

Seit die Gazellen in das Weidegebiet eingedrungen waren, mussten die Schüler aus Peking sich mit dem Status »Bürger zweiter Klasse« zufriedengeben. Sie hatten in den zwei Jahren auf dem Olonbulag gelernt, Rinder und Schafe zu hüten, aber von der Jagd verstanden sie rein gar nichts. Doch im Leben der Nomadenvölker in der mittleren und östlichen Inneren Mongolei zählte die Jagd auch in den Produktionsbrigaden mehr als das Hüten der Herden. Die Vorfahren des mongolischen Volkes waren Jäger in den Wäldern des Schwarzdrachen-Flusses im Nordosten Chinas gewesen, die langsam in das mongolische Grasland weitergezogen waren, um dort als Jäger und Viehhüter zu bleiben. Von der Jagd bestritten sie ihren Lebensunterhalt, sie war nach wie vor ihre wichtigste Einnahmequelle. Unter den Viehhütern auf dem Olonbulag hatte der Pferdehüter die höchste Stellung inne, und die besten Jäger wiederum gingen meistens aus der Gruppe der Pferdehüter hervor. Von den Intellektuellen aus der Stadt wurden nur wenige überhaupt Pferdehüter, und die paar, die es schafften, erreichten allenfalls den Status eines Lehrlings. So merkten die jungen Leute, die sich insgeheim schon für eine neue Generation von Viehzüchtern gehalten hatten, erst jetzt, am Vorabend der großen Jagd, dass sie Welten davon entfernt waren.

Selbst wenn die Oberschüler aus Peking längst ihre eigenen Jurten bewohnten, so hatte Chen Zhen seine Besuche bei Bilgee immer beibehalten, wie auch an diesem Abend, als er nach seinem Mahl bei Lamjab direkt zu Bilgee lief.

Bilgees Jurte war groß und schön, geräumig und warm. An der Innenwand hingen rundum Wandteppiche mit religiösen Motiven der Tibeter und Mongolen, auf dem Boden lag ein Teppich mit einem weißen Hirsch als Motiv. Die Schalen aus Holz und Metall auf dem Tisch sowie die kupfernen Teller und die Teekanne aus Aluminium im Regal waren blank poliert. Man lebte hier weit von der Zentralregierung entfernt, und die verrückten Parolen der Rotgardisten von der »Bekämpfung der stinkenden Alten Vier« hatten die Teppiche Bilgees bisher verschont. Die vier jungen Männer in Chen Zhens Jurte waren auf der höheren Schule gewesen, drei von ihnen gehörten zur Gruppe der »schwarzen Kapitalisten« oder waren Kinder von »reaktionären Gelehrten«. Da die Ausgangssituation bei allen ähnlich war, kamen die jungen Männer gut miteinander aus. Sie verband der Widerwille gegen die radikalen, dummen Parolen der Roten Garden, die seit 1967 in Peking allenthalben skandiert wurden und vor denen sie Ruhe in den Weiten des mongolischen Graslands suchten.

Für Chen Zhen war die Jurte des alten Bilgee wie das Zelt eines Stammeshäuptlings, in dem er umsorgt und angeleitet wurde und sich heimisch und sicher fühlte. Bilgee und seine Familie hatten den jungen Pekinger wie ein Familienmitglied aufgenommen, und die ausländische und chinesische Literatur – vor allem die über die Geschichte der Mongolen –, die Chen kofferweise aus Peking angeschleppt hatte, vertiefte ihre Freundschaft noch. Bilgee nahm oft Gäste auf, und dank einiger Bänkelsänger und Geschichtenerzähler wusste er nicht wenig über Geschichte und Geschichten der Mongolen. Als er die Bücher Chen Zhens sah, insbesondere die Illustrationen und Karten, interessierte er sich vor allem für historische Abhandlungen über die Mongolei aus der Feder von Schriftstellern und Historikern Chinas, Russlands, Persiens und anderer Länder. Bilgee, der ein wenig Chinesisch beherrschte, nutzte jede Gelegenheit, Chen Zhen Mongolisch beizubringen. Er wollte die Bücher möglichst schnell verstehen und zugleich die Geschichte seiner Vorfahren an den Jüngeren weitergeben. Chen Zhen allerdings verschwieg Bilgee die Berichte alter Chinesen und westlicher Historiker, die unermüdlich ein hasserfülltes Bild der Mongolen verbreiteten.

Eigentlich hatte Chen Zhen die Jurte des alten Bilgee gar nicht verlassen wollen, aber auf dem üppigen Weideland waren die Nutztierherden immer größer geworden. Nach dem letzten Lammen seiner Schafe hatte seine Herde mit über dreitausend Tieren eine Größe erreicht, die weit über die Grenzen dessen hinausging, was ein einzelner Hirte übersehen konnte. Die Herde musste geteilt werden und Chen Zhen mit der einen Hälfte der Tiere die Jurte Bilgees nach einem Jahr verlassen. Von da an waren er und die drei anderen Oberschüler aus Peking auf sich gestellt. Zum Glück lagen die Camps so nah beieinander, dass man das Bellen der Nachbarhunde hören konnte und sich morgens und abends auf dem Weg begegnete. Zu Pferd war der Sattel noch nicht warm, da war man schon bei der Jurte des Nachbarn angekommen.

Auch nach der Teilung der Schafherden wollte Chen Zhen seine Gespräche mit dem Alten fortsetzen, vor allem, um mehr über Gazellen und Wölfe zu erfahren.

Chen hob also auch am Vorabend der Jagd den dicken Vorhang mit glücksbringenden Motiven aus Kamelhaar hoch und setzte sich mit seinem Milchtee auf den dicken Teppich.

»Sei nicht neidisch auf die Leute, die viele Gazellen erlegen«, munterte der alte Mann Chen Zhen auf. »Morgen kommst du mit mir, und wir werden einen Wagen voll Gazellen zurückbringen. Ich habe mich in den Bergen umgesehen und weiß, wo es Gazellen gibt. Bei der Gelegenheit bekommst du auch etwas von großen Wolfsrudeln mit. Sprichst du nicht immerzu davon? Ihr Chinesen seid so feige wie grasfressende Schafe, wir Mongolen dagegen sind fleischfressende Wölfe – und dir könnte der Mut eines Wolfes nicht schaden!«

Und so waren sie früh am nächsten Morgen in Richtung der Berge im Südwesten aufgebrochen, wo sie sich in den Hinterhalt gelegt hatten. Bilgee hatte statt Gewehr und Hund nur ein Fernglas und zwei Gerten dabei. Chen Zhen war schon mit dem Alten auf Fuchsjagd gewesen, aber dies hier mit bloßen Händen war ihm neu. Er fragte mehrfach, ob sie mit dem Fernglas Gazellen erlegen würden? Bilgee lachte nur. Er liebte es, seinen Schüler voll Neugier und Zweifel zu lassen.

Und endlich, als er durch sein Teleskop das Wolfsrudel still und leise die Gazellen einkreisen sah, begriff Chen Zhen. Augenblicklich war die Eiseskälte vergessen, das Blut schoss ihm nur so durch die Adern, und der erste Schreck vom Anblick der Raubtiere verflog langsam. Der alte Bilgee grinste ihn nur verschmitzt an.

Auf dem Gras in den Bergen bewegte sich kein Lüftchen. Die Beine waren Chen Zhen fast steif gefroren, die bittere Kälte wurde besonders in der Magengegend immer spürbarer. Wie gut täte jetzt eine dicke Bettunterlage aus Wolfsfell! Da kam ihm plötzlich eine Idee, und leise fragte er: »Es heißt immer, Wolfsfell sei das wärmste Fell überhaupt, warum also gibt es bei den Viehzüchtern zu Hause keine Wolfsfelle? Sie jagen doch genug. Selbst die Pferdehirten verwenden in Eiseskälte und im dicksten Schnee keine Wolfsfelle. Nur bei Dorji zu Hause habe ich welche gesehen. Dorjis Vater trug sogar Hosen aus Wolfsfell, die Haare nach außen gewendet, und darunter noch eine Hose aus Schaffell. Er sagte, Hosen aus Wolfsfell seien das Beste gegen rheumatische Schmerzen, er habe sie nur wenige Monate getragen und dann an den Beinen endlich wieder schwitzen können. Großmutter Eji leidet doch auch an Rheuma, wieso machst du ihr nicht auch eine Hose aus Wolfsfell?«

»Die Familie von Dorji kommt aus dem Nordosten«, erwiderte Bilgee. »Sie lebte ursprünglich von Ackerbau und betreibt die Schaf- und Rinderzucht nur nebenbei. Ihre Gewohnheiten ähneln denen der Han-Chinesen, denn diese zugereisten Familien kennen oft das Gedankengut der Mongolen nicht, haben ihre Vorfahren und ihre Wurzeln vergessen. Wenn jemand stirbt, beerdigen sie ihn in einem Sarg, statt ihn den Wölfen zum Fraß zu geben. Sie verwenden Bettunterlagen und Hosen aus Wolfsfell, denn Wolfsfell gilt als das dickste und dichteste und am besten vor Kälte schützende Material, zwei Schaffelle übereinander halten weniger warm. Tengger liegen die Wölfe am Herzen – er gab ihnen das dickste Fell –, aber die Menschen des Graslands verarbeiten Wolfsfell nie zu Bettunterlagen. Mongolen respektieren Wölfe, und ein Mongole, der das nicht tut, ist kein richtiger Mongole. Ein Mongole des Graslands würde eher erfrieren, als auf Wolfsfell zu schlafen. Wer auf einer Bettunterlage aus Wolfsfell schläft, beleidigt den Geist der Mongolen, seine Seele wird nicht zu Tengger aufsteigen. Denk mal nach: Warum schützt Tengger die Wölfe?«

»Hast du nicht gesagt, dass Wölfe die Schutzgeister des Graslands sind?«, überlegte Chen Zhen.

Der alte Mann lächelte. »Genau! Tengger ist der Vater, das Grasland die Mutter. Die Wölfe jagen nur Tiere, die das Grasland schädigen – und natürlich beschützt Tengger die Wölfe!«

In das Wolfsrudel kam wieder etwas Bewegung. Die beiden richteten ihre Aufmerksamkeit zurück auf die Tiere, die kurz aufblickten. Aber dann senkten die Wölfe ihre Köpfe wieder und verharrten regungslos. Chen Zhen ließ seinen Blick suchend über die Tiere im hohen Gras gleiten, konnte aber keine Bewegung mehr wahrnehmen.

Der Alte reichte ihm sein Fernglas. Es bestand aus zwei Linsen und war ein sowjetisches Modell, das Bilgee vor über zwanzig Jahren auf dem Olonbulag, einem ehemaligen Schlachtfeld des russisch-japanischen Krieges, gefunden hatte. Im Zweiten Weltkrieg hatten nicht weit von hier erbitterte Kämpfe zwischen Russen und Japanern stattgefunden. Gegen Ende des Zweiten Weltkriegs verlief eine wichtige Achse der russisch-mongolischen Armee durch das Olonbulag, und bis heute war das Grasland zerfurcht von tiefen Spurrillen der Panzer, deren Wrackteile verstreut herumlagen. Fast alle der alten Hirten aus dieser Gegend besaßen ein russisches oder japanisches Bajonett, Wasserkanister, Spaten, Stahlhelm, Fernglas oder anderes Armeegerät. Die lange Kette, mit der Galsanma junge Kälber festband, war einmal eine Art Schneekette für sowjetische Armeefahrzeuge gewesen. Doch von allen Hinterlassenschaften der Armee schätzten die Viehzüchter die Ferngläser am meisten, sie waren auf dem Grasland zu einem wichtiges Arbeitsutensil geworden.

Auf dem Olonbulag zerlegten die Hirten ihre Ferngläser in zwei Teile. Zum einen, weil sie dann kleiner und leichter zu tragen waren; zum anderen, weil man aus einem kostbaren Stück auf diese Weise zwei »Teleskope«, wie sie sie nannten, machen konnte.

»Seit wir Ferngläser haben«, sagte Bilgee, »ist die Ausbeute bei der Jagd erheblich höher, und verlorene Pferde sind leichter wieder eingefangen. Aber es kommt mir auch so vor, als seien die Augen der Wölfe noch schärfer als früher. Wenn man sie mit dem Fernglas beobachtet, kann man genau erkennen, wie sie geradewegs in die Linse starren.«

Chen hatte ein halbes Jahr bei Bilgee gewohnt, als der alte Mann eines Abends aus den Tiefen eines Koffers die zweite Hälfte eines Fernglases zutage förderte, um sie dem Jüngeren zu schenken. Bilgees Sohn Batu wurde neidisch, denn er, der große Pferdehüter Batu, verwendete immer noch ein einheimisches Fernrohr. Und auch wenn das sowjetische schon einige Jahre alt war und sich das Messing außen schon in hirseartigen gelben Klümpchen abrieb, so war die Vergrößerung doch immens, und Chen Zhen konnte seine Hände gar nicht davon lassen. Er bewahrte es in roten Samt gewickelt auf, benutzte es kaum und packte es nur aus, wenn er einem Rinderhirten Rinder, einem Pferdehüter Pferde suchen half, oder wenn er mit Bilgee auf die Jagd ging.

Als Chen Zhen mit den Augen des Jägers durch sein Teleskop spähte, erwachte der tief in ihm verborgene Jagdinstinkt. Selbst wenn er aus der hochentwickelten chinesischen Hauptstadt in diese archaische Gegend gekommen war, dachte Chen Zhen, warum nicht noch Primitives erleben und etwas von der Ursprungsrolle des Menschen erspüren? Sein Jagdinstinkt sei viel zu spät erst erwacht, fand er, und bedauerte, dass er Nachfahre von sesshaften Bauern war. Vielleicht waren die ackerbauenden Völker im Lauf der Generationen über ihren Feldfrüchten und dem Füttern von Schafen selbst so ängstlich wie Schafe geworden und hatten das Nomadenblut der Vorfahren in ihren Adern erkalten lassen.

Das Wolfsrudel machte keine Anstalten anzugreifen, sodass Chen Zhen fast die Geduld verlor. Er fragte den Alten, ob die Wölfe wohl heute noch zur Sache kommen würden. Oder ob sie erst bei Dunkelheit angriffen?

Der alte Mann senkte die Stimme. »Kriegführen erfordert Geduld. Nur Menschen mit Geduld und Tiere sind dazu fähig, und nur mit Geduld wirst du die günstige Gelegenheit abpassen. Wie sonst hätten Dschingis Khan und seine Reiter die gewaltigen Armeen der Jin schlagen können? Und all die anderen Völker? Mit der Angriffslust der Wölfe allein ist es nicht getan, es bedarf auch der Geduld. Jeder an Zahl und Schlagkraft noch so überlegene Feind hat Augenblicke der Unkonzentriertheit. Wenn ein großes Pferd einen Moment unaufmerksam ist, kann der kleinste Wolf es töten. Ein ungeduldiger Wolf wäre kein Wolf, ein ungeduldiger Jäger ist nicht Dschingis Khan. Du sagst, du möchtest die Wölfe verstehen und Dschingis Khan, und ich sage dir, lieg geduldig auf der Lauer und beobachte.«

Der Alte wirkte etwas ungehalten, sodass Chen Zhen keine Fragen mehr zu stellen wagte und sich in Geduld übte. Er konzentrierte sich wieder auf einen Wolf, den er schon vorher durch das Teleskop beobachtet hatte. Das Tier lag da wie tot, und das schon seit einer halben Ewigkeit.

»Du beobachtest diesen Wolf schon so lange«, sagte Bilgee leise. »Hast du eine Ahnung, worauf er wartet?«

Chen Zhen schüttelte den Kopf.

»Er wartet, bis die Gazelle sich den Magen vollgefressen hat und einnickt.«

»So vorausschauend denken Wölfe?«, staunte Chen Zhen. »Sie warten, bis die Gazelle satt ist und sich nicht mehr bewegen kann und greifen dann erst an?«

»Ihr Han-Chinesen versteht nichts von Wölfen«, brummelte der Alte kopfschüttelnd. »Wölfe sind schlauer als Menschen. Prüfungsfrage: Kann ein Wolf allein eine Gazelle erlegen?«

Chen Zhen überlegte kurz und sagte dann: »Nein, drei Wölfe, drei müssen es sein. Zwei jagen die Gazelle, der dritte lauert im Hinterhalt, so schaffen sie es. Aber einer allein gegen eine Gazelle, das scheint mir unmöglich.«

Der Alte schüttelte wieder den Kopf. »Ob du es glaubst oder nicht, ein gut trainierter Wolf kann eine Gazelle ganz allein erlegen.«

»Und wie?«, fragte Chen Zhen ungläubig.

»Er hat so seine Kniffe«, erwiderte Bilgee. »Bei Tage sucht er sich eine aus, rührt sie aber nicht an. Bei Dunkelheit sucht sich die Gazelle ein Plätzchen im Windschatten, um zu schlafen. Auch jetzt greift der Wolf noch nicht an. Denn die Gazelle schläft zwar auf den ersten Blick, doch ihre Nase und Ohren sind hellwach. Bei der kleinsten Regung springt sie auf und rennt davon, und kein Wolf vermag sie einzuholen. Der Wolf wartet die ganze Nacht, wartet völlig regungslos in der Nähe, wartet bis zum nächsten Morgen. Die Gazelle hat ihren Harndrang die ganze Nacht unterdrückt und eine volle Blase. Da kommt der Wolf aus seinem Hinterhalt geschossen, sie schreckt hoch, und er nimmt die Verfolgung auf. Die Gazelle kann sich während der Flucht nicht erleichtern, nach ein paar Schritten und Sprüngen drückt ihre Blase heftig. Die Hinterläufe krampfen, sie kommt nicht mehr voran. Siehst du, so schnell die Gazelle normalerweise auch ist, es gibt Augenblicke, da sie langsam wird, und die alten und weisen Wölfe kennen diesen Moment genau. Nur die pfiffigsten Gazellen achten darauf, dass sie warm liegen, und stehen mitten in der Nacht zum Wasserlassen auf – sie brauchen die Wölfe nicht zu fürchten. Die Jäger des Olonbulag nutzen oft den frühen Morgen, um die Gazelle zu erbeuten, die ein Wolf zuvor erlegt hat, und wenn sie ihr den Bauch aufschneiden, finden sie eine prallvolle Blase vor.«

Chen Zhen grinste. »Im Leben wäre ich nicht darauf gekommen, dass Wölfe so heimtückisch sind! Aber mongolische Jäger sind noch raffinierter, oder?«

Der Alte lachte laut auf. »Sie sind die Schüler der Wölfe, natürlich sind sie raffiniert!«

Schließlich hoben die meisten der Gazellen den Kopf. Ihre Bäuche waren rund wie Trommeln und noch dicker als nach einer Nacht ohne Wasserlassen. Einige standen wackelig auf ihren auseinandergespreizten Beinen herum. Der alte Mann beobachtete sie durch sein Fernrohr und sagte: »Sie sind richtig vollgefressen, schau nur, sie können sich kaum noch bewegen. Jetzt werden die Wölfe zuschlagen.«

Chen Zhen wurde ganz aufgeregt. Die Wölfe zogen sich zu einem halbmondförmigen Ring im Osten, Norden und Westen der Herde zusammen, im Süden versperrte ein Berg den Weg. Chen vermutete, dass einige der Wölfe jenseits des Bergrückens auf das Startsignal für den Angriff der Hauptmeute warteten, die Gazellen dann über den Berg gejagt und von ihren Verfolgern und den Wölfen, die dort bereit waren, eingekreist würden. Er hatte gehört, dass Wölfe bei der Gazellenjagd oft so vorgingen. »Alter Freund«, fragte er Bilgee, »wie viele Wölfe warten hinter dem Berg? Wenn es nicht genug sind, können sie kaum mehr als eine Gazelle einkreisen.«

»Hinter dem Berg sind keine Wölfe, der Rudelführer hat keinen dort hingeschickt«, antwortete der alte Mann und lächelte dabei listig.

»Wie kreisen sie die Gazellen dann ein?«, fragte Chen Zhen verwundert.

Der Alte kicherte leise vor sich hin. »Zu dieser Zeit und an diesem Ort ist es effizienter, an drei statt an vier Seiten einzukreisen.«

»Das verstehe ich immer noch nicht. Was ist das denn wieder für ein Trick?«

»Hinter dem Berg befindet sich die berühmte Schneesenke des Olonbulag. Der Berg ist dem Wind voll ausgesetzt. Sobald es also stürmt, bleibt kein Schnee liegen, sondern alles wird hinübergeweht, sodass dort ein regelrechtes Schneebecken entsteht, am Rand mannstief, in der Mitte so, dass ein Fahnenmast darin versinken würde. Bald werden die Wölfe die Gazellen von drei Seiten über den Berg treiben und von dort immer weiter den Hang hinunter.«

Chen Zhen wurde schwarz vor Augen. Als Soldat einer Armee im alten China hätte er diese raffinierte Strategie sicher nicht durchschaut, dachte er bei sich. Allmählich verstand er ein wenig besser, warum der stets siegreiche General Xu Da der Ming-Zeit, der die Mongolen in ihr Land zurückgedrängt hatte, sobald er ins Grasland eindrang, früher oder später stecken geblieben und seine gesamte Armee vernichtet worden war. Und der andere mingzeitliche General Qiu Fu war mit seiner gewaltigen Armee ebenfalls ins Grasland eingedrungen, bis zum Fluss Cherlen gekommen, hatte dann jedoch große Verluste erlitten, sodass die Kampfmoral seiner Truppen am Ende war und der Rest der Armee von den Mongolen eingekesselt und vernichtet wurde.

»Im Krieg«, sagte der Alte, »im Krieg sind Wölfe klüger als Menschen. Wir Mongolen haben das Jagen, Einkreisen und Kriegführen von den Wölfen gelernt. Bei euch Chinesen gibt es keine Wolfsrudel, darum könnt ihr nicht Krieg führen. Beim Kriegführen entscheidet über Sieg oder Niederlage einzig dies, ob du Wolf oder Lamm bist.«

In diesem Moment passierte es – die Wölfe griffen an! Die am weitesten im Westen postierten schossen unter der Führung eines großen Tieres mit grauem Hals und grauer Brust wie der Blitz zu einem Hügel in der Nähe der Gazellen vor, wo ganz offensichtlich die letzte Lücke in ihrem Kordon geklafft hatte. Mit dem Einnehmen dieses Hügels schloss sich der Kreis endgültig. Dieser unvermittelte Vorstoß wirkte wie ein Signalschuss. Die lauernden Wölfe schnellten aus ihrer Deckung in die Höhe und stürzten aus Richtung Osten, Westen und Norden zugleich auf die Gazellen los. Chen Zhen hatte einen solchen Angriff noch nie mit eigenen Augen gesehen. Wenn Menschen im Sturm angriffen, dann mit gellendem Schlachtgeschrei. Wenn Hunde angriffen, bellten und knurrten sie laut, um ihre Kraft zu demonstrieren und den Gegner einzuschüchtern. Wölfe dagegen verhielten sich im Sturmangriff vollkommen lautlos: kein Kriegsgeschrei, kein Wolfsgeheul. Nur Wölfe!

Das Wolfsrudel schoss durch das hohe Gras wie scharf gemachte Torpedos, mit stechendem Raubtierblick und gierig gefletschten Zähnen, geradewegs auf die Gazellenherde zu. Die vollgefressenen Gazellen kamen nicht von der Stelle, sie taumelten vor Angst. Die Geschwindigkeit war ihre wesentliche Waffe gegen Wölfe, lahmgelegt aber waren Gazellen wie eine Herde Lämmer, nicht mehr als ein Haufen Fleisch. Chen Zhen stellte sich die unbändige Angst der Gazellen vor, die der bei seiner ersten Begegnung mit den Wölfen ähneln musste. Bestimmt waren schon zahlreiche Seelen zu Tengger aufgestiegen. Doch etliche Tiere standen immer noch zitternd da, einige lagen mit eingeknickten Beinen auf dem Boden, die Zunge weit aus dem Hals hängend, den Schwanz eingezogen.

Chen wurde Zeuge der Klugheit, Geduld, Gruppenordnung und Disziplin der Wölfe: wie sie Hunger und Gier unterdrückten, um eine für sie günstige Kampfsituation abzuwarten – und so mit spielerischer Leichtigkeit die Waffe der Gazellen zu entschärfen!

Und plötzlich verstand er: Der große Feldherr und Analphabet Dschingis Khan, die Quanrong, Hunnen, Xianbei, Türküt, Mongolen bis hin zu den Jurchen mit ihren nur halb oder gar nicht alphabetisierten Oberbefehlshabern und Offizieren, sie alle hatten die Chinesen geschlagen. Das großartige Volk der Chinesen, das »Die Kunst des Krieges« von Sunzi hervorgebracht hatte, wurde von ihnen in die Knie gezwungen, sodass ganze Landstriche unterjocht und ganze Dynastien gestürzt wurden. Denn sie hatten großartige Militärberater, sie konnten aus realen Kriegssituationen lernen und sie profitierten von der langen Erfahrung ihres Dauergefechts mit einer gut ausgerüsteten und kampfbereiten Wolfsarmee.

Chen hatte das Gefühl, schon aus diesen wenigen Stunden Anschauungsunterricht mehr gelernt zu haben als durch jahrelange Lektüre von Sunzi oder Karl von Clausewitz. Von klein auf war er fasziniert von Geschichte und hinter des größten Rätsels Lösung her: Woher nämlich hatte das kleine Volk der Mongolen die militärische Schlagkraft genommen, um über Asien und Europa hinwegzufegen und das größte Imperium der Geschichte zu errichten? Er wurde nicht müde, Bilgee zu befragen, und dieser trotz wenig Schulbildung weise alte Mann hatte mittels seiner archaischen und doch hochmodernen Lehrmethode Chens Fragen klären geholfen. Und mit jeder Lektion stieg Chen Zhens Respekt – vor den Wölfen des Graslands und vor den Menschen des Olonbulag, die das Wolftotem verehrten.

Währenddessen gingen der unerbittliche Kampf und Chen Zhens Anschauungsunterricht weiter.

In die Gazellenherde kam Bewegung. Nur die erfahrenen alten Gazellen und das Leittier hatten der Versuchung des duftenden grünen Grases mitten im Winter widerstehen können und ihren Mageninhalt auf eine Menge beschränkt, die ihre Laufgeschwindigkeit nicht beeinträchtigen würde. Instinktiv drehten sie sich herum, liefen in die einzige Richtung, in der keine Wölfe warteten, und brachten die meisten übrigen Gazellen dazu, mit ihnen um ihr Leben zu rennen. Mit dickem Bauch, im tiefen Schnee einsinkend und sich den Hügel hinaufquälend, gaben die Gazellen ein Bild des Jammers ab. Den Augen bot sich ein regelrechtes Schlachtfest: die Bestrafung der Dummheit durch die Weisheit. In den Augen Bilgees hatten die Wölfe gleichsam im Auftrag des Himmels gehandelt und dem Grasland eine Wohltat erwiesen.

Die Wölfe würdigten die paar Gazellen, die mit vollem Bauch zusammengebrochen waren, keines Blickes, sondern tauchten in die Herde ein. Sie stürzten sich auf ein paar große Gazellen, bissen ihnen die Kehle durch, blutrote Ströme sprudelten wie Lava in die Höhe und ergossen sich in den Schnee. In der kalten Luft hing sofort ein strenger Geruch, ähnlich dem nach Hammelfleisch. Die Gazellen mit ihrem empfindlichen Geruchssinn und Sehvermögen ließen sich durch dieses Ablenkungsmanöver der Wölfe den Berg hinauf in die Flucht schlagen. Einige große Böcke, die mit kleinem Gefolge vorweggeprescht waren, blieben oben am Grat stehen und drehten sich um sich selbst. Kein Tier wagte es, auch nur einen Schritt weiterzugehen. Offenbar hatten die Anführer die Gefahr der riesigen Schneefläche ohne einen Grashalm erkannt. Die älteren Tiere, die die Gegend kannten, durchschauten endlich die Gefahr, die von der Strategie der Wölfe ausging.

Plötzlich drehte die eng zusammengerückte Gazellenherde sich um die eigene Achse und strömte in rückwärtiger Richtung wie ein Erdrutsch den eben erklommenen Hang wieder hinab. Ein Dutzend Tiere hatte offenbar die Risiken gegeneinander abgewogen und war zu dem Ergebnis gekommen, es sei weniger gefährlich, die Einkreisung der Wölfe zu durchbrechen, als im Schnee zu versinken. Die mutigen Böcke spielten mit ihrem Leben. Drei bis fünf von ihnen schlossen sich zu Gruppen zusammen, Schulter an Schulter, Bauch an Bauch, mit gesenkten Köpfen, um mit Hörnern wie Speere gegen die Wölfe anzurennen. Die Gazellen, die noch laufen konnten, folgten ihnen.

Chen Zhen wusste um die Gefährlichkeit von Gazellenhörnern. Sie wurden von den Viehzüchtern zu Werkzeug verarbeitet, Nadeln zum

Nähen von zähem Rindsleder oder von Wolfshaut. Die Offensive der Gazellen tat ihre Wirkung. Der Kordon der Wölfe bekam eine Lücke, eine gelbe Flut durchbrach gleichsam den Deich.

Chen Zhen war ganz aufgeregt, fürchtete, die Wölfe könnten kurz vor dem Ziel scheitern. Doch sah er im nächsten Augenblick den Rudelführer in aller Ruhe neben dem gebrochenen Deich warten, als sei er ein Schleusenwärter, der gerade absichtlich Wasser hatte ablaufen lassen, das der Deich ohnehin nicht hätte halten können. Die Gazellen, die ein gewisses Tempo schafften und solche, die über scharfe Hörner verfügten, hatten kaum den Weg ins Freie gefunden, da führte der Leitwolf die anderen an, das Loch wieder zu schließen. Nun befanden sich nur noch Tiere ohne Tempo, Waffen und Verstand innerhalb der Umzingelung. Es bedurfte nur eines Ansturms durch die Wölfe, und der führerlose wilde Gazellenhaufen drängte sich zu Tode erschrocken erneut den Berg hinauf, nur um mit großem Gepolter in die Schneesenke auf der anderen Seite hinabzustürzen. Chen Zhen konnte sich das Knäuel aus Hufen, knochigen Beinen und aufgequollenen Bäuchen sehr gut vorstellen – und auch, welches Ende die Tiere nehmen würden.

Gazellenherde und Wolfsrudel verschwanden, wo Himmel und Berg sich trafen. Und während tausende von Gazellen um ihr Leben rannten, kam der blutige Jagdschauplatz der Einkreisung zur Ruhe. Auf dem Gras zurück blieben ein paar Gazellenleichen sowie einige kraftlos zuckende Tiere. Der Vernichtungskrieg hatte seit dem ersten Angriff keine zehn Minuten gedauert. Chen Zhen glaubte schon lange keine Luft mehr geholt zu haben, und sein Puls raste.

Der alte Mann stand auf, streckte sich und ließ sich ein paar Meter weiter wieder im hohen Gras nieder. Aus seinem mongolischen Filzstiefel zog er eine Pfeife mit jadegrünem Mundstück, stopfte sie mit Tabak aus dem Nordosten, entzündete sie, schloss eine aus einem Silberdollar geformte Art Deckel und nahm einen tiefen Zug. Chen wusste, dass Bilgee diese Pfeife und das Werkzeug in jungen Jahren bei einem durchreisenden chinesischen Händler aus Zhangjiakou gegen zwanzig

Fuchsfelle eingetauscht hatte. Die Oberschüler aus Peking fanden, er habe sich über den Tisch ziehen lassen, aber er liebte seine Pfeife. Der Händler habe es auch nicht leicht gehabt, sagte Bilgee, so eine weite Reise, und bei einem Überfall sei sein Leben in Gefahr.

Jetzt nahm der alte Mann erst einmal ein paar Züge und sagte: »Nach dieser Pfeife gehen wir nach Hause.«

»Schauen wir nicht einmal kurz hinter den Bergkamm?«, fragte Chen, noch ganz im Jagdfieber. »Ich möchte sehen, wie viele Gazellen die Wölfe dort in die Falle gelockt haben.«

»Das ist zu gefährlich. Und ich weiß auch, ohne mich zu vergewissern, dass es Hunderte sind, abzüglich der kleinen, dünnen, die entkommen konnten. Die, die es nicht geschafft haben, sehen Tengger. Keine Angst, das Wolfsrudel frisst nicht viele. Selbst wenn wir später alle zusammen da waren, bleiben noch welche übrig.«

»Wieso gelingt den kleinen und dünnen Tieren die Flucht?«, wollte Chen Zhen wissen.

Der Alte blinzelte den Jungen an. »Sie sind leicht, sinken nicht in den Schnee ein und können deshalb fortlaufen. Die Wölfe trauen sich nicht, die Verfolgung aufzunehmen.« Er lachte. »Junge, heute hast du gesehen, was die Wölfe uns Gutes tun. Sie wachen nicht nur über das Grasland, sondern sorgen auch noch für Ware zum Frühlingsfest. Wir werden heuer ein üppiges Fest feiern können. Früher gehörten die von den Wölfen erlegten Gazellen dem Viehhüter und den Adligen. Seit 1949 gehören sie den Viehzüchtern. Laut Olonbulag-Gesetz gehört das von den Wölfen erlegte Tier dem, der es zuerst sieht, also dir und mir. Wir Mongolen legen großen Wert auf das Zurückzahlen einer Dankesschuld, also geh in Zukunft nie mit anderen Chinesen oder irgendwelchen Zugereisten auf die Jagd.«

Chen wollte vor Begeisterung sofort einen Wagen voll Gazellen mit nach Hause nehmen. »Gut zwei Jahre bin ich jetzt hier«, sagte er. »Ich habe genug unter den Wölfen gelitten und hätte nie gedacht, dass ich auch einmal von ihnen profitieren würde.«

»Es gibt viele Beispiele dafür, dass die Mongolen von Wölfen profitieren«, meinte der Alte. Dann wies er mit seinem Hirtenstab auf einen Berg schräg hinter sich. »Hinter diesem gibt es noch weitere Berge, die zwar nicht mehr zu unserem Viehzüchtergebiet gehören, aber sehr bekannt sind. Die Alten erzählen, dass General Mohlai des Dschingis Khan dort gekämpft und einmal seinen Intimfeind, die Jin, in eine Schneesenke gelockt habe. Im nächsten Frühjahr habe Dschingis Khan seine Leute hingeschickt, um Kriegsbeute einzusammeln: Messer, Gewehre, Pfeil und Bogen, außerdem Helme und Rüstungen, Sattel und Steigbügel – es türmte sich zu regelrechten Bergen auf. Wenn diese Taktik nicht den Wölfen abgeschaut ist! Bei näherem Hinsehen wird dir auffallen, dass die Mongolen mehr als die Hälfte ihrer großen Schlachten mit der Wolfsstrategie geschlagen haben.« Bilgee klopfte die Pfeife aus. »Manchmal denkt auch Tengger wie die Wölfe.« Der alte Mann kicherte, dass sein Gesicht über und über mit Lachfältchen bedeckt war.

Die beiden schlugen den Weg zum Tal ein, und als das große schwarze Pferd seines Herrn gewahr wurde, nickte es vor Freude immer wieder mit dem Kopf. Immer wenn Chen das Tier sah, das ihm das Leben gerettet hatte, tätschelte er ihm dankbar die Stirn, und das Pferd rieb seinen Kopf an der Schulter des jungen Mannes. In diesem Augenblick verspürte Chen Zhen den brennenden Wunsch, einem Wolf über den Kopf zu streichen.

Sie banden die rindsledernen Fußfesseln ihrer Pferde los, schwangen sich hinauf und ließen die Tiere in einem leichten Galopp den Heimweg antreten.

Der Ältere blickte gen Himmel und sagte: »Tengger ist auf unserer Seite. Morgen wird es weder stürmen noch schneien. Wir werden die Gazellen in Ruhe einsammeln können.«

3

Der König von Wusun nannte sich Kunmo, sein Vater regierte ein kleines Königreich westlich der Hunnen. Zum Zeitpunkt der Geburt Kunmos griffen die Hunnen das Reich an und töteten seinen Vater. Sie setzten Kunmo auf freiem Felde aus. Vögel brachten ihm Fleisch zu essen, eine Wölfin kam und stillte ihn. Der König der Hunnen staunte und hielt den Jungen für göttlich. Er adoptierte ihn und machte ihn zum Heerführer. Dann gab er ihm das Volk seines Vaters zurück und stationierte ihn in Xicheng … Nach dem Tod des Königs führte Kunmo die ihm Anbefohlenen in die Ferne und gründete ein neues Reich, das nicht den Hunnen unterstand. Umsonst führten diese einen Blitzangriff gegen ihn. Nachdem sie mehrfach geschlagen worden waren, glaubten die Hunnen, es mit einem göttlichen Wesen zu tun zu haben, und gingen Kunmo aus dem Weg.

Sima Qian, Historische Aufzeichnungen, Biographien der Dayuan

Früh am nächsten Morgen war es wie erwartet windstill, und es fiel kein Schnee. Der weiße Rauch, der von den Kochstellen in den Jurten aufstieg, zog sich schlank nach oben wie hochgereckte Birken, deren Wipfel Zuflucht im Himmel suchten, bei Tengger. Rinder und Schafe käuten gemächlich wieder, während die Sonne schon die Kälte der Nacht zerstreute und der Reif auf dem Rücken der Tiere sich erst in weißen Tau verwandelte und dann als dünner Dunst auf ihrem Fell lag.

Chen Zhen bat seinen Nachbarn Gombo, einen Tag lang seine Schafe zu hüten. Als ehemaliger Herdenbesitzer stand Gombo unter öffentlicher Aufsicht, und das Hirtenrecht war ihm entzogen worden. Doch die vier jungen Chinesen gaben ihm bei jeder Gelegenheit zu tun, und Galsanma teilte ihm die entsprechenden Arbeitspunkte zu.

Chen und sein Hirtenkollege Yang Ke spannten einen Ochsenkarren mit eisernen Rädern an und fuhren zum alten Bilgee. Yang, der in einer Jurte mit Chen lebte, war der Sohn eines berühmten Professors einer großen Pekinger Universität. Zu Hause in Peking hatte er so viele Bücher stehen wie in einer Bibliothek. In der achten, neunten Klasse hatten die beiden oft Bücher ausgetauscht und sich danach ausgiebig über das Gelesene unterhalten. In Peking war Yang zart und schüchtern gewesen und errötete leicht. Nach zwei Jahren Hammelfleisch, mongolischem Käse und vier Jahreszeiten pausenloser Sonnenbestrahlung war er zu einem kräftigen jungen Mann des Graslands geworden, Gesicht und Hände so dunkelrot wie die der Mongolen. Von seiner einstigen Stubengelehrsamkeit haftete ihm nichts mehr an.

Im Moment war er noch aufgeregter als Chen Zhen und trieb, auf dem Wagen sitzend, mit einem Stock den Ochsen an. »Gestern habe ich die ganze Nacht nicht geschlafen. Wenn Bilgee noch einmal auf die Jagd geht, musst du mir Bescheid sagen. Selbst wenn ich zwei Nächte durchwachen muss, nur um dabei zu sein! Auf einmal heißt es, dass die Wölfe uns Menschen Gutes tun, doch wenn ich heute nicht mit eigenen Händen eine Gazelle aus dem Schnee ziehe, glaube ich das nicht. Können wir wirklich eine Wagenladung voll aufsammeln?«

»Natürlich«, erwiderte Chen Zhen lachend. »Es wird vielleicht nicht leicht, aber wir werden unseren Ochsenkarren vollbekommen und die wertvollsten Tiere gegen Ware eintauschen, zum Neujahrsfest zum Beispiel, gegen große Filzmatten für unsere Jurte.«

Yang schwenkte fröhlich seinen Stock und schlug den Ochsen, dass er die Augen weit aufriss. »Es sieht so aus«, sagte er zu Chen, »als wärest du in diesen zwei Jahren nicht umsonst Wolfsfan geworden, denn jetzt zahlt es sich aus. Ich will auch von ihrer Art zu jagen lernen. Wer weiß, möglicherweise werden wir in Kriegszeiten davon profitieren. Vielleicht hast du Recht, und jeder, der hier im Grasland dauerhaft das einfache Leben der Viehzüchter teilt, wird – egal welchem Volksstamm er angehört – am Ende den Wolf verehren. So erging es den

Hunnen, den Usun, den Türküt, Mongolen und anderen Völkern, und so steht es auch in den Büchern. Bis auf die Chinesen. Glaube mir, wir Han-Chinesen werden auch nach Jahrzehnten im Grasland kein Wolftotem verehren.«

»Wer weiß«, Chen zügelte sein Pferd, »ich zum Beispiel habe mich schon jetzt von den Wölfen überzeugen lassen, und das in nur gut zwei Jahren.«

»Aber die Chinesen«, wandte Yang Ke ein, »sind größtenteils Bauern oder stammen von Bauern ab, sie halten hartnäckig an ihrem nicht rosten wollenden kleinen Bauernbewusstsein fest – es würde mich wundern, wenn sie im Grasland nicht noch den letzten Wolf häuten würden. Wir Chinesen sind eine ackerbauende Nation, Pflanzenesser, wir fürchten und hassen Wölfe aus tiefstem Herzen, wie sollen wir jemals das Wolftotem anbeten? Chinesen verehrten den, der für die Lebensader der Landwirtschaft zuständig ist, den Drachenkönig, wir liegen einem Drachentotem zu Füßen, ängstlich und ehrfurchtsvoll, und schicken uns ins Unvermeidliche. Wie sollen wir also, wie die Mongolen, von Wölfen lernen, sie schützen, verehren und doch auch töten? Das Totem eines Volkes ist es, das Geist und Charakter der Menschen ausmacht. Die Temperamente ackerbauender und nomadisierender Völker liegen einfach zu weit auseinander. Solange wir im grenzenlosen Meer aller Chinesen mitschwimmen, fällt das nicht weiter auf, aber bei der ersten Berührung mit dem Grasland treten die tief verwurzelten Angewohnheiten des ackerbauenden Volkes zutage. Schau, und das, obwohl mein Vater Hochschulprofessor ist – aber sein Großvater und die Großmutter meiner Mutter waren Bauern.«

Chen Zhen argumentierte weiter: »Früher, als es gerade einmal einen Mongolen auf hundert Chinesen gab, nahmen diese wenigen doch weit mehr Einfluss auf die Welt als die Chinesen. Bis auf den heutigen Tag werden Chinesen überall in der Welt als zur mongolischen Rasse gehörig angesehen, und sie haben diese Zuordnung sogar angenommen. Aber als China in der Qin-Dynastie geeint wurde, gab es noch nicht einmal den Begriff ›Mongole‹. Irgendwie tun wir Chinesen mir leid. Wir haben diese gewaltige Chinesische Mauer gebaut und uns groß und stark gefühlt, sahen uns als Nabel der Welt an, als das zentrale Imperium. In den Augen des Westens aber war China im Altertum nicht mehr als das ›Land der Seide‹, ›des Porzellans‹ oder ›Land des Tees‹, ja selbst die Russen hielten das winzige Volk Khitan für China und sprechen bis heute von China als ›Khitai‹.«

»Die Wölfe scheinen es wert zu sein, sich näher mit ihnen zu befassen. Ich habe mich von dir anstecken lassen«, sagte Yang. »Wenn ich jetzt in den Geschichtsbüchern lese, bin ich immer wieder versucht, bei den Berichten nach Verbindungen zu Wölfen zu suchen.«

»Du bist auch bald ein Mongole«, scherzte Chen. »Du brauchst nur noch ein bisschen Wolfsblut in deinen Adern!«

Yang lachte laut auf. »Ich bin dir wirklich dankbar, dass du mich überzeugt hast, hierher ins Grasland zu kommen. Weißt du noch, welcher Satz von dir damals den Ausschlag gegeben hat? Du sagtest: ›Das Grasland ist der Ort ausgeprägtester Einfachheit und Freiheit.‹«

Chen ließ die Zügel locker und antwortete: »So etwas habe ich ganz bestimmt niemals gesagt, du legst mir irgendwelche Worte in den Mund.«

Sie lachten glücklich und neckten sich weiter, während der Ochsenkarren bei rasanter Fahrt hohe Schneefontänen aufwirbelte.

Menschen, Hunde und Wagen standen im Schnee verstreut wie ein buntes Zigeunerlager.

Alle Mitglieder aus Galsanmas Produktionsgruppe, vier »Hots« (zwei Jurten bildeten ein »Hot«), zusammen also acht Jurten, stellten Menschen und Wagen. Die acht Ochsenkarren waren beladen mit Filzmatten, Holzschaufeln, Brennholz und Eisenhaken an hölzernen Stangen. Die Menschen trugen dreckige alte Lederkleidung für die schwere Arbeit, die vor ihnen lag, so abgewetzt, dass sie speckig glänzte und schwarz war vom Gebrauch, überzogen mit Flicken aus Schafsleder. Die Stimmung war ausgelassen, denn man war – wie in alten Zeiten – mit dem Karren zum Einsammeln der Kriegsbeute ausgezogen. Alkohol und Lieder begleiteten den lärmenden Zug aus Pferden und Wagen, während eine große, in Filzmatten eingewickelte Schnapsflasche vom Beginn des Zuges zum Ende und wieder zurückgereicht wurde, von Männern zu Frauen und wieder zu Männern. Es wurde gesungen, mongolische Lieder, Loblieder, Kriegslieder, Trinklieder und Liebeslieder, wieder und wieder und ohne Ende. Vier, fünf Hunde wirkten mit ihrem flauschigen Fell wie in Festtagsgala und führten sich aus Anlass dieser seltenen Gelegenheit auf wie verwöhnte Kinder vor Gästen, rannten um die Wagen herum, neckten einander, spielten und flirteten.

Zusammen mit dem Pferdehüter Batu sowie mit Jäger Lamjab und fünf, sechs Kuh- und Schafhirten drängte Chen sich um den alten Bilgee, als umringten sie den Stammeshäuptling. Der breitgesichtige Lamjab mit hoher Nase und den für die Türküt typischen großen Augen wandte sich an Bilgee und sagte: »So treffsicher ich auch sein mag, mit Ihnen kann ich es nicht aufnehmen. Sie verschwenden keine Kugel, um allen Familien der Gruppe ein gutes neues Jahr zu ermöglichen. Und trotz Ihres chinesischen Schülers Chen Zhen vergessen Sie Ihre alten mongolischen Jünger nicht. Ich hätte niemals vorhergesehen, dass die Wölfe an dem Berg dort gestern einen Angriff planten.«

Der alte Mann starrte Lamjab zornig an und erwiderte: »Wenn Sie in Zukunft jagen, denken auch Sie an die Alten und jungen Schüler, und lassen Sie sie nicht nur den Geruch des Fleisches riechen. Sie haben Chen Zhen erst ein Stück Gazellenbein gegeben, als er zu Ihnen ins Haus kam. Bewirten Mongolen so ihre Gäste? Als ich jung war, wurden die erste erbeutete Gazelle und der erste Otter des Jahres den Alten und den Gästen geschenkt. Ihr jungen Leute vernachlässigt die ehrwürdigen Sitten und Gebräuche der alten Klans. Ich frage Sie, wie viele Wölfe trennen Sie noch vom Helden Buhe der Kommune Bayangobi? Wollen Sie in die Zeitung, ins Radio, wollen Sie einen Preis gewinnen? Wenn Sie die Wölfe ausrotten, wo wird Ihre Seele nach Ihrem Tod landen? Sie werden wohl kaum wie die Chinesen in einem Flecken Erde enden wollen, eingegraben in einem Loch, als Nahrung für die Würmer. Dann wird Ihre Seele nie zu Tengger aufsteigen.« Der Alte seufzte. »Als ich das letzte Mal zur Sitzung im Hauptquartier des Banners war, sorgten sich einige Kommunen im Süden, man habe ein halbes Jahr keine Wölfe gesehen und überlege, sich auf dem Olonbulag niederzulassen.«

Lamjab klopfte leicht auf den hinteren Teil seiner Fuchsfellmütze und sagte: »Batu ist Ihr ältester Sohn, wenn Sie mir schon nicht glauben, dann doch sicher ihm? Fragen Sie ihn, ob ich Held der Gazellenjäger werden will. Neulich kam ein Journalist aus Mungli, und ich habe die Zahl der getöteten Wölfe halbiert. Batu war auch da, Sie können ihn fragen, ob das stimmt.«

»Stimmt das?«, fragte der Alte den Sohn.

Der bestätigte, das sei richtig. »Aber die Leute wollten es nicht glauben, denn sie hatten von der Verkaufsstelle erfahren, wie viele Gazellenfelle Lamjab verkauft hat. Wenn man ein Gazellenfell im Wert hat schätzen lassen, schenkt die Verkaufsstelle einem bekanntlich noch zwanzig Gewehrkugeln zum Ankaufspreis dazu. Das lässt sich in den Büchern leicht nachlesen. Der Journalist berichtete daraufhin in Mungli, Lamjab habe Buhe fast eingeholt. Jetzt ist Lamjab so alarmiert, dass er fortan immer andere die Felle für sich verkaufen lässt.«

Der Alte runzelte die Stirn und sagte: »Ihr seid zu oft auf Wolfsjagd, keiner erlegt so viele wie ihr.«

»Das Weideland unserer Pferde reicht fast bis an die Äußere Mongolei heran«, verteidigte sich Batu. »Hier gibt es viele Wölfe. Wenn wir sie nicht jagen, kommen von der anderen Seite der Grenze noch mehr dazu. In diesem Jahr haben nicht viele Fohlen überlebt.«

»Wie kann es dann sein, dass ihr beide hier seid und Zhang Jiyuan allein bei den Pferden ist?«

»Wir lösen ihn in der Nacht ab, wenn mehr Wölfe unterwegs sind«, erklärte Batu. »Mit dem Einsammeln der Gazellen hatte er noch nichts zu tun. Wir beide können schneller arbeiten.«

Die Wintersonne stand tief und schien jetzt unmittelbar auf dem Grasland zu liegen. Der blaue Himmel wurde weiß, genau wie das trockene Gras; der Schnee schmolz allmählich und ließ so etwas wie einen gewaltigen weißen Reflektor zurück. Menschen, Hunde und Wagen wurden vor dem blendenden Weiß wie zu Trugbildern, die Männer setzten ihre Sonnenbrillen auf, Frauen und Kinder schützten ihre Augen mit den wie ein Pferdehuf geformten Ärmeln. Einige Viehhirten kniffen ihre Augen zu, doch die tränten bereits. Die großen Hunde dagegen rissen ihre Augen auf, um weit entfernte Kaninchen zu beobachten oder mit gesenktem Kopf der Spur eines Fuchses am Wegesrand nachzugehen.

Als sie sich dem Platz näherten, auf dem die Tiere zusammengetrieben worden waren, bemerkten die Hunde sofort die Fremdkörper auf dem verschneiten Hügel und stürmten wild bellend darauf los. Einige nicht ganz satt gewordene Hunde rissen Fleisch aus den toten Leibern, die die Wölfe liegen gelassen hatten. Bar aus dem Haus Bilgees sowie einigen in der Gruppe bekannten Jagdhunden stellten sich die Nackenhaare auf, als sie im Schnee allenthalben den Uringeruch der Wölfe wahrnahmen, und sie rollten die Augen, während sie Anzahl und Stärke der Wölfe sowie ihr Leittier sorgfältig erschnüffelten. »Bar kennt die meisten Wölfe des Olonbulag«, sagte der Alte, »und sie kennen ihn. Wenn sich ihm die Nackenhaare aufstellen, bedeutete das, dass besonders viele Wölfe unterwegs waren.«

Der Reitertrupp kam zuerst auf dem Jagdplatz an und sah sich genau um. Von den meisten Gazellen hatten die Wölfe nur Kopf und Skelett auf dem Berg zurückgelassen.

Bilgee wies auf die Spuren von Wolfstatzen im Schnee.

»Gestern Nacht waren noch mal Wölfe hier.« Dann zeigte er auf gelbgraue Härchen. »Und hier haben zwei Wolfsrudel miteinander gekämpft. Wahrscheinlich haben die Wölfe des Nachbarreviers die Witterung der Gazellen aufgenommen, und da Nahrung drüben knapper war, wurden sie angriffslustig.«

Mittlerweile hatten die Reiter endlich den Berg erklommen. Plötzlich schrien und riefen alle ekstatisch durcheinander, die ersten winkten den hinter ihnen Kommenden wie verrückt mit ihren Mützen zu – als hätten sie einen gewaltigen Schatz gehoben. Galsanma sprang vom Wagen und begann, das Führungsrind vorwärtszuziehen, um es zum Laufen zu bringen. Die anderen Frauen taten es ihr nach und schlugen auf ihre Rinder ein. Da die Wagen leicht und die Tiere kräftig waren, setzte sich der Zug rasch in Bewegung.

Als Lamjab den Jagdplatz am Fuße des Berges sah, quollen ihm fast die Augen aus dem Kopf. »Diese Wölfe sind unglaublich, so viele ausgewachsene Gazellen anzugreifen. Im vorletzten Jahr haben wir mit über zwanzig Pferde- und Kuhhirten eine Treibjagd gemacht und nur etwas über dreißig gekriegt.«

Bilgee zügelte sein Pferd, hob das Fernglas an die Augen und suchte sorgfältig die Schneesenke und die Berge ringsum ab. Auch die anderen hielten ihre Pferde an, ließen ihre Blicke schweifen und warteten, was der Alte zu sagen hatte.

Chen Zhen griff ebenfalls zum Fernglas. Am Abhang lagen unzählige Gazellen und – wer weiß – vielleicht auch Krieger aus alten Zeiten begraben. In der Mitte war der Abhang eben wie ein zugefrorener und zugeschneiter Gebirgssee, rundherum lag ein gutes Dutzend übrig gebliebener Gazellengerippe herum. Am grauenhaftesten aber war der Anblick von sieben, acht gelben Punkten in dem See, von denen einige noch zuckten. Nahebei sah Chen Dutzende große und kleine Löcher im Schnee, in der Ferne noch mehr, Spuren von Gazellen, die im Ozean aus Schnee ertrunken waren. Anders als im Gebirgssee hinterlässt in einem See aus Schnee alles Versunkene Spuren.

Bilgee wandte sich an Batu: »Schaufelt einen Weg durch den Schnee frei, damit die Wagen weiterkommen.« Dann führte der Alte Chen Zhen und Lamjab zu dem Schneesee. Zu Chen sagte er: »Vermeide

Abdrücke von Gazellenhufen und Wolfstatzen und lenke dein Pferd am besten nicht dahin, wo kein Gras wächst.«

Äußerst behutsam ritten die drei den Berg hinab. Die Schneedecke wurde immer dicker, das Gras immer lichter. Einige Schritte weiter schließlich war die Schneedecke von kleinen Löchern durchsiebt, aus denen sich jeweils ein Grashalm in die Höhe reckte. Die kreisrunden Löcher hatten diese Grashalme gebohrt, als sie sich in kreisenden Bewegungen im Wind wiegten. »Diese kleinen Öffnungen hat Tengger für die Wölfe bestimmt«, sagte Bilgee. »Wie sonst könnten sie den Geruch ihrer Beute unter der dicken Schneedecke ausmachen?«

Chen Zhen lächelte zustimmend.

Löcher und Grashalme waren Symbole der Sicherheit, etwas weiter weg waren nur noch Spuren von Gazellenhufen und Wolfstatzen zu sehen. Die Hufe der kräftigen Mongolischen Pferde schlugen knirschend durch die drei Finger dicke Schneedecke und sanken tief ein. Die Reiter steuerten auf den Schneesee zu und kamen den am nächsten gelegenen Gazellengerippen immer näher. Als die Tiere endgültig stecken blieben, sprangen die drei Männer aus dem Sattel, brachen ihrerseits durch die vereiste Schneedecke und sanken ein. Mühsam trampelten sie sich eine Fläche fest, auf der sie stehen konnten. Zu den Füßen Chens steckten halb abgenagte Gazellenknochen kreuz und quer im Schnee, daneben ein gefrorener Klumpen unverdauten Mageninhalts. Es mochten dreißig, vierzig Gazellen gewesen sein, die das Wolfsrudel gerissen hatte, doch weiter waren die Wölfe nicht vorangekommen.

Chen hob den Kopf. Noch nie hatte sich ihm ein derartig eigenartiges, grausames Bild geboten: Keine hundert Meter von ihm entfernt standen acht, neun kleine Gazellen, am ganzen Körper bebend und zu allen Seiten umgeben von Schneegruben – Gräbern ihrer Artgenossen. Die Tiere wagten in ihrer Angst keinen Schritt vor oder zurück, und die Schneedecke konnte jeden Augenblick einbrechen. Einigen waren alle vier Beine eingesunken, nur ihr Körper wurde noch vom Schnee getragen. Sie lebten, waren aber zur Bewegungslosigkeit verurteilt. Diese schnellsten Tiere des Graslands steckten in grausamer Not fest, ihre freiheitsliebende Seele litt Todesqualen. Den grauenhaftesten Anblick aber boten die Schädel, die aus dem Schnee herausragten, Hälse und Körper, die nur zur Hälfte darin steckten, als hätten die Beine auf dem Boden darunter Halt gefunden oder auf den Knochen und Gerippen toter Artgenossen. Durch sein Teleskop glaubte Chen Zhen zu sehen, wie einige der Tiere das Maul wie zum stummen Schrei weit aufrissen.

Über der Schneedecke am Berg und auf dem See lag ein strahlender Glanz, herrlich und grausam zugleich, eine Gabe Tenggers an Wölfe und Menschen zum Schutz des Graslands, eine mörderische, eiskalte Waffe. Die hart gewordene Schneedecke am winterlichen Berg war das Werk von Schneesturm und Sonne. Ein Sturm nach dem anderen fegte die zarten Schneeflocken fort und hinterließ eine harte, schrotkornartige Schicht auf dem weichen Weiß. Unter der starken Sonne des Vormittags und Mittags schmolz die oberste Schicht leicht an, was unter dem eisigen Wind des Nachmittags gleich wieder gefror. Nach mehreren Schneestürmen entstand eine mehrere Finger dicke Schicht aus Eis und Schnee und Schnee und Eis, die härter als Schnee und brüchiger als Eis, hier dick und dort dünn war. Die am stärksten verhärteten Flächen trugen einen ausgewachsenen Mann, doch brachen die meisten Stellen unter den scharfen Gazellenhufen ein.

Aber etwas anderes ganz in ihrer Nähe flößte den Menschen noch viel mehr Angst ein: Alle Gazellen in Reichweite der Wölfe hatten diese bereits aus dem Schnee ausgegraben und fortgeschleppt. Rund um die Senke verliefen kreuz und quer Gräben im Schnee, die die Wölfe beim Abtransportieren ihrer Beute hinterlassen hatten. Das Ende jedes Grabens mündete in einer Art Schlacht- und Picknickplatz. Die Gazellen waren nicht sehr sorgfältig aufgefressen worden, die Wölfe hatten sich nur über Innereien und das beste Fleisch hergemacht und den Rest liegen gelassen. Dabei waren sie wohl von näher kommenden Menschen und Hunden gestört worden und hatten sich gerade erst zurückgezogen, sodass ein paar aufgestöberte Schneeflocken noch umeinanderwirbelten und vom Wolfskot geschmolzene Stellen im Schnee noch nicht wieder zugefroren waren.

Wölfe des mongolischen Graslands waren Experten des Kampfes im Schnee, sie ahnten alle Tiefen und Untiefen des Terrains. Die Gazellen, die tiefer in der Schneesenke lagen, ob auf der Schneedecke oder darin eingesunken, wurden von den Wölfen dort belassen. Kein einziger Tatzenabdruck war in ihrer Nähe zu sehen – denn diese Gazellen würden nach der Schneeschmelze für ausreichend Nahrung im nächsten Jahr sorgen. Diese riesige Schneesenke, dieser Schneesee war ein natürlicher Kühlschrank der Wölfe, der ihre Nahrungsmittel bevorratete.

»Das Olonbulag«, klärte der alte Bilgee Chen Zhen auf, »ist voll von gewaltigen Eistruhen dieser Art, dies hier ist aber die größte. Die Wolfsrudel verstecken oft Nahrung darin, um für den Hunger im nächsten Frühjahr gerüstet zu sein. Sie bewahren fetthaltiges Gazellenfleisch darin auf, das den sehnigen Wölfen das Überleben bis zum nächsten Frühling sichert.« Bilgee lachte. »Die Wölfe verstehen zu leben. Dass die Viehzüchter jedes Jahr zu Beginn des Winters ihr Vieh schlachten und einfrieren, bevor es den Herbstspeck verliert, haben sie den Wölfen abgeschaut.«

Als sie die lebenden Gazellen sahen, erwachten Jagd- und Mordinstinkt Bars und der anderen Hunde, und sie versuchten hinzukriechen, doch wo die Wölfe stehen geblieben waren, wagten auch sie sich nicht weiter vor, sondern bellten und jaulten die Gazellen mit gereckten Hälsen aufgeregt an. Die ängstlicheren unter den Gazellen versuchten vor Schreck, sich nach vorn in Richtung des Schneesees zu retten, doch sofort gab die dünne Eiskruste unter ihren Füßen nach, brach, und die Tiere sanken in die mürbe gewordene, eisige Schneedecke ein wie in eine Sandgrube. Sie strampelten nach Leibeskräften – vergeblich –, und in kürzester Zeit war die Schneedecke über ihnen wieder geschlossen. Wie in einer Sanduhr der Sand, so rieselte der Schnee hinab, immer tiefer, bis eine Trichterform entstanden war. Eine Gazelle hatte sich im Augenblick des Einbrechens mit beiden Vorderhufen auf einen festeren

Teil der Schneedecke gestützt, der hintere Körperteil verschwand in der Tiefe, sie hatte für den Moment ihr halbes Leben gerettet.

Der Weg durch den Schnee war freigeschaufelt, die Wagen konnten den Berg hinunterfahren. In einer langen Reihe setzten sie sich in Bewegung und suchten sich eine geeignete Stelle zum Ausladen.

Die Männer kamen zu Bilgee. »Schaut«, sagte der Alte, »der Schnee im Osten ist härter gefroren, dort gibt es keine Schneegräben, kaum Kot und Hufabdrucke von Gazellen, da ist etlichen die Flucht gelungen.«

»Wie schön, dass auch Wölfe Fehler machen«, feixte der Schafhirte Sanjai, »wenn das Leittier hier vier oder fünf Wölfe postiert hätte, wären diese Gazellen auch nicht davongekommen.«

»Wenn du Leitwolf wärst, würde dein Rudel verhungern«, schnaubte Bilgee. »Wenn du alle Gazellen auf einmal vernichtest, wovon würdet ihr im nächsten Jahr leben? Wölfe sind nicht so habgierig wie Menschen, sie können rechnen. Rechnen und planen!«

Sanjai lachte. »In diesem Jahr gibt es so viele Gazellen, die rottest du nicht aus, auch wenn du ein paar tausend tötest. Ich will genug Geld verdienen, um eine neue Jurte zu kaufen und zu heiraten.«

Bilgee sah ihn an. »Ja ja, und wenn eure Söhne und Enkel heiraten wollen, gibt es keine Gazellen mehr. Ihr jungen Leute verhaltet euch immer mehr wie die Zugereisten.«

Als der Alte sah, dass die Frauen die Wagen bereits entladen und den von den Wölfen beim Schleppen ihrer Beute hinterlassenen Schneegraben in einen nutzbaren Pfad verwandelt hatten, stieg er auf eine kleine Anhöhe aus Schnee, sah in den Himmel und murmelte etwas vor sich hin. Chen Zhen vermutete, dass er Tengger um seine Erlaubnis bat, im Schnee nach toten Gazellen zu suchen. Der alte Mann schloss die Augen, verharrte einen Moment und wandte sich dann an die Gruppe: »Es wird etliche Gazellen unter dem Schnee geben, aber seid nicht zu gierig. Schenkt zuerst den noch lebenden die Freiheit, bevor ihr die gefrorenen einsammelt. Tengger hat ihnen das Leben gerettet, da dürfen wir Menschen es ihnen nicht nehmen.« Der Alte senkte den Kopf und wandte sich an Chen Zhen und Yang Ke: »Dschingis Khan hat nach einer Umzingelung immer einen kleinen Teil der Gefangenen laufen lassen. Wir Mongolen jagen seit Jahrhunderten nach dieser Methode, und wieso wohl gibt es jedes Jahr wieder genug Beute? Weil wir von den Wölfen gelernt haben, die Gazellen nie auszurotten.«

Bilgee teilte jedem Haushalt ein Areal zu, in dem nach Gazellen gesucht werden sollte. Und wie die Regeln der Jagd es wollten, wurden die Stellen, die am nächsten lagen und an denen das Suchen einfach war, Bilgee und den Oberschülern aus Peking überlassen.

Bilgee nahm Chen und Yang mit zu seinem Ochsenkarren und lud zwei dicke Filzmatten von fast zwei Metern Breite und vier Metern Länge ab. Sie mussten mit Wasser besprizt worden sein, denn sie waren bretthart gefroren. Die beiden Pekinger zogen je eine hinter sich her und gingen den getrampelten Pfad entlang. Bilgee schulterte eine Stange aus Birkenholz, an deren Ende ein eiserner Haken montiert war. Batu und Galsanma waren ebenfalls mit Filzmatten in Richtung des tieferen Schnees unterwegs, und mit einem eisernen Haken beladen folgte der kleine Bayar seinen Eltern.

An einer Stelle mit tiefem Schnee angekommen, hieß der Alte die beiden Schüler, ihre Matten darauf zu legen, und bat den größeren und schwereren Yang Ke, sie nacheinander auf ihre Tragfähigkeit zu prüfen. Die breite und dicke Matte verhielt sich ähnlich wie Skier: Als Yang darauftrat, knirschte der Schnee unter der Matte hörbar, gab jedoch keinen Millimeter nach. Yang wollte es genau wissen und sprang mit geschlossenen Füßen ein paarmal in die Luft, sodass die Matte sich eine Winzigkeit nach unten dellte, doch von Einbrechen keine Spur. »Vorsicht!«, warnte der Alte. »Ihr dürft auf der Matte nicht so einen Unsinn machen, wenn sie einbricht, legt ihr euch zu den gefrorenen Gazellen, das hier ist kein Spaß. Also, Chen ist etwas leichter, ihn nehme ich zuerst mit, um zwei Gazellen zu holen, danach geht ihr zwei los und holt jeder eine.« Yang sprang gehorsam von der Matte herunter und half dem Älteren hinauf. Chen folgte. Die große Matte trug zwei Menschen mit Leichtigkeit, und zwei Gazellen dazu waren auch kein Problem.

Nachdem die beiden festen Stand auf der ersten Matte gewonnen hatten, zogen sie die zweite seitlich an sich selbst vorbei und legten sie vor die erste. Als beide genau aneinanderstießen, traten die beiden mit einem großen Schritt auf die zweite und legten die Stange mit dem Haken nieder. Dann wiederholten sie das Manöver mehrmals, und mit diesem wechselnden Voranziehen der Matten über den Schnee glitten die beiden sicher wie in einer Arche auf eine Stelle mit lebenden Gazellen zu.

So saß Chen Zhen höchstpersönlich im magischen Boot des mongolischen Graslands, das die Menschen hier als Transportmittel erfunden hatten, um damit durch das Gebiet der weißen Katastrophe, des drohenden nächsten Schneesturms zu navigieren. Unzählige Viehzüchter des mongolischen Graslands hatten in den letzten Jahrhunderten in diesem magischen Boot gesessen, kamen bei Katastrophen knapp mit dem Leben davon, hatten wer weiß wie viele Schafe und Wölfe aus dem tiefen Schnee gerettet. Ganz zu schweigen von der Beute und Kriegsbeute, die Wölfe, Jäger und Kavallerie im großen Schneesee versenkt hatten. Bilgee hatte seinem Schüler, der einem anderen Volk angehörte, kein Geheimnis der Mongolen verschwiegen, auch jetzt gab er ihm eigenhändig dieses Werkzeug in die Hand. Chen Zhen hatte das Glück, der erste Han-Chinese zu sein, der diese alte, primitive mongolische Arche lenken durfte.

Das Filzmattenboot glitt immer schneller dahin, der Schnee darunter knirschte und knackte. Chen fühlte sich, als säße er auf einem fliegenden Teppich, ängstlich einerseits und doch aufgeregt, gleichsam ein Unsterblicher, den Wölfen und Menschen des Graslands unendlich dankbar, dass sie ihm ein so archaisches, fast mystisches Leben ermöglichten. Acht fliegende Boote, sechzehn fliegende Filzmatten, bewegten sich Seite an Seite voran, wirbelten große Mengen Schnee auf und schleuderten kleine Eiskristalle durch die Luft. Hunde jaulten, Menschen schrien, Tengger lächelte. Plötzlich wehten dicke Wolken daher, kalte Luft fiel herab. Die dünn angeschmolzene Schneedecke gefror schlagartig, sodass die Tragfähigkeit der Eisdecke sich um das Dreifache verbesserte und man noch unbedenklicher tote Gazellen bergen konnte. Plötzlich setzten alle ihre Sonnenbrillen ab, rissen die Augen auf, hoben die Köpfe, und es ertönte ein einziger Ruf: »Tengger! Tengger!« Dann wurden die fliegenden Boote immer schneller, ihre Manöver immer mutiger. In diesem Moment glaubte Chen Zhen die Existenz des mongolischen Himmels Tengger regelrecht zu spüren, und seine Seele erahnte das Streicheln Tenggers über das Grasland.

Da hörte er plötzlich vom Ufer her die Stimmen Yangs und Bayars und wandte sich um. »Wir haben eine! Wir haben eine!«, riefen sie. Chen Zhen sah mit Hilfe seines Teleskops genauer hin und entdeckte, dass Yang sich unter der Führung Bayars eine große Gazelle geangelt hatte und sie nun, das Tier an den Beinen hinter sich herziehend, auf den Ochsenkarren zusteuerten, während andere mit geschultertem Spaten herbeieilten.

Das Filzmattenschiff hatte die Sicherheitszone weit hinter sich gelassen und steuerte auf eine große Gazelle zu. Ein trächtiges Weibchen, ängstliche Verzweiflung und herzerweichendes Flehen in den Augen. Umgeben von Schneegruben, stand das Tier nur auf einer Fläche so groß wie ein Tisch, der jederzeit zusammenbrechen konnte. »Zieh die Matte ganz langsam herüber«, sagte der Alte, »aber wiederum nicht zu langsam! Erschreck sie nicht, denn es sind zwei Tiere, und das Überleben auf dem Grasland ist nicht leicht, wir müssen alle ab und zu mal Leben retten.«

Chen Zhen nickte, legte sich auf den Bauch und zog die vordere Matte ganz langsam über die Schneegrube, der Gazelle fast vor die Füße. Die Schneedecke war nicht eingebrochen. Ob die Gazelle schon einmal die Hilfe der Menschen erfahren hatte oder ob sie um des Kleinen in ihrem Bauch willen ihren letzten Überlebensmut zusammennahm, jedenfalls sprang sie auf die Matte, knickte in den Beinen ein, zitterte am ganzen Körper, war vor Erschöpfung wie gelähmt und vor Kälte steif gefroren. Chen atmete erleichtert auf, die beiden traten vorsichtig auf die vordere der Matten und zogen die andere besonders behutsam an der Schneegrube vorbei zu einer Stelle, an der der Schnee vereist war. Ein Dutzend Mal mochten sie so die Filzmatten gewechselt haben, bevor sie die gefährlichen Gruben hinter sich gelassen hatten – und größere Mengen Kot und Hufabdrücke hinzugekommen waren. »Gut«, sagte der Alte. »Lassen wir sie laufen. Wenn sie doch noch hineinfällt, hat Tengger es so gewollt.«

Chen Zhen ging langsam auf die Gazelle zu, die für ihn keine beliebige Gazelle, sondern eine wunderbar warme und weiche Hirschkuh war, hatte sie doch diese schönen, liebenswerten großen Augen einer Ricke. Als Chen dem Tier über den Kopf strich, riss es angstvoll die Augen auf, als wolle es um sein Leben bitten. Chen streichelte das zarte Tier, das vor ihm zusammengebrochen war und nun so hilflos da lag, und sein Herz zog sich vor Mitleid zusammen. Wieso schützte er diese zarten, schönen, friedliebenden Tiere nicht, die sich nur von Pflanzen ernährten, sondern stand auf der Seite dieser mordlüsternen Wölfe? Chen, der mit Hassgeschichten und Märchen vom gefährlichen Wolf aufgewachsen war, entfuhr es auf einmal: »Diese Gazellen sind bedauernswert und die Wölfe einfach nur grausam, sie morden sinnlos, für sie zählt ein Leben nichts, man sollte sie in Stücke reißen.«

Bilgees Gesichtsfarbe wechselte schlagartig. Chen Zhen schluckte den letzten Satz hinunter, denn er spürte, dass er den alten Mann tief verletzt und den Totemwolf des Graslands schwer angegriffen hatte. Aber er konnte seine Worte nicht zurücknehmen.

Der Alte sah Chen Zhen erregt an. »Ist Gras vielleicht kein Leben? Und das Grasland? Gras und Grasland sind das Große Leben, alles andere ist Kleines Leben, und das lebt überhaupt nur dank des Großen Lebens. Wolf und Mensch gehören zum Kleinen Leben. Pflanzenfresser sind verabscheuungswürdiger als Fleischfresser. Du findest Gazellen bedauernswert und Gras nicht? Die Gazelle hat vier schnelle Beine, der

Wolf spuckt vor Anstrengung Blut, wenn er sie verfolgt. Die Gazelle kann zum Fluss laufen, wenn sie Durst hat und auf die sonnige Seite der Berge klettern, wenn ihr kalt ist, aber das Gras?«

Bilgee beruhigte sich kaum. »Das Gras ist zwar das Große Leben, dennoch ist seine Existenz die fragilste von allen. Kurze Wurzeln in dünner Erde. Am Boden festgewachsen kann es sich keinen Zentimeter vom Fleck rühren, keinen Millimeter zur Seite rücken. Jeder kann darauf herumtrampeln, es auffressen, daran herumknabbern, es ausreißen und wegwerfen. Eine Blase voll Pferde-Urin kann eine große Fläche Rasen verbrennen. Gras im Sand oder in Steinritzen ist bedauernswert, denn da es keine Blüten trägt, werden die Samen nicht befruchtet. Wenn man im Grasland von Mitleid spricht, so hat das Gras selbst dieses Mitleid am ehesten verdient. Was den Mongolen am meisten Herzschmerz bereitet, sind Gras und das Grasland.

Du sprichst von morden«, fuhr Bilgee fort, »doch die Gazellen ermorden das Gras, und das auf sehr viel grausamere Art als ein Rasenmäher. Wenn Gazellenherden am Gras knabbern, ist das kein Mord? Heißt das nicht, das Große Leben des Graslands töten? Wenn das Große Leben tot ist, hat kein Kleines Leben mehr eine Chance! Die Gazellen sind zu einer größeren Gefahr geworden als die Wölfe. Im Grasland gibt es nicht nur die weiße und die schwarze Katastrophe, es gibt auch die gelbe. Wenn die gelbe Katastrophe kommt, ist es, als würden die Gazellen Menschen fressen.« Der dünne Bart des alten Mannes bebte immer noch heftiger als die Gazelle zu ihren Füßen.

Chen Zhen war sehr bewegt. Die Worte Bilgees waren wie zum Rhythmus einer Kriegstrommel gesprochen und erschütterten sein Innerstes. Er fühlte, dass die Bewohner des Graslands nicht nur in der Weisheit der Kriegsführung ackerbauenden Völkern weit überlegen waren, sondern auch in Charakter, Einstellungen und Meinungen. Die alten mongolischen Weisheiten erklärten den ewigen Streit zwischen vegetarisch lebenden und Fleisch essenden Völkern und schienen Jahrtausende des Mordens und Schlachtens um des eigenen Überlebens willen im Nachhinein ad absurdum zu führen. Der Alte sprach wie von einer mongolischen Hochebene aus, den Blick auf China gerichtet; der Wolf zeigte seine scharfen Zähne, die hell aufblitzten, geschärft und entschlossen und nicht aufzuhalten. Chen, sonst so wortgewandt, verschlug es die Sprache. Seine chinesische, bäurische Sicht des Lebens, der Existenz und des Alltags war auf Logik und Kultur des Graslands geprallt und in sich zusammengebrochen. Chen musste zugeben, dass die himmlischen Prinzipien auf der Seite der Mongolen waren. Die Völker des Graslands verteidigten das »Große Leben« – ihnen waren Grasland und Natur wichtiger als ein Menschenleben; die ackerbauenden Völker schützten das »Kleine Leben«, für sie stand das menschliche Leben an erster Stelle. Aber: »Ohne das Große Leben ist jedes Kleine Leben leblos.« Diesen Satz murmelte Chen Zhen wieder und wieder vor sich hin, als ihm plötzlich einfiel, dass im Lauf der Geschichte die Völker des Graslands in großem Umfang ackerbauende Völker vernichtet und mit aller Kraft versucht hatten, Felder wieder in Viehzüchtergebiet zurückzuverwandeln. Chen Zhen beschlichen immer mehr Zweifel. Er hatte geglaubt, es handle sich um einen Rückfall in barbarisches Verhalten. Aber wenn man, wie der Alte es vormachte, das Große und das Kleine Leben zueinander in Beziehung setzte und neu bewertete, dann konnte man dieses Handeln nicht länger mit dem Wort »barbarisch« beschreiben. Denn dieses »barbarisch« enthielt auch so etwas tiefgreifend Zivilisatorisches wie den Schutz der Grundlage jeder menschlichen Existenz. Die ackerbauenden Völker haben mit Brandrodung und anderen Verfahren in großem Umfang Land urbar gemacht und ihre Grenzen geschützt, das Grasland und das Große Leben jedoch zerstört und das Kleine Leben in Gefahr gebracht. Ist das nicht noch viel barbarischer? Im Orient wie im Okzident gilt die Erde als Mutter der Menschheit – aber kann Muttermord ein Zeichen von Zivilisiertheit sein?

Atemlos fragte er: »Warum wolltest du dann gerade die Gazelle freilassen?«

»Weil Gazellen die Wölfe ablenken können«, antwortete der Alte. »Solange die Wölfe auf Gazellenjagd sind, gibt es weniger Verluste unter Pferden, Rindern und Schafen. Außerdem ist die Gazellenjagd Grundlage eines großen Teils der Nettoeinkünfte der Viehzüchter, viele Mongolen sind im Erwerb einer Jurte, beim Heiraten und Familiegründen darauf angewiesen. Mongolen sind Jäger, ohne die Jagd ist ihr Leben wie Fleisch ohne Salz, es macht ihnen keinen Spaß. Ohne die Jagd werden Mongolen verrückt. Mongolen jagen auch um das Große Leben des Graslands zu schützen, Mongolen jagen Pflanzen fressende Tiere und sind damit erheblich effizienter, als wenn sie Fleisch fressende Tiere jagen würden.«

Der Alte seufzte laut. »Es gibt viel, was ihr Han-Chinesen nicht versteht. Du hast viele Bücher gelesen, aber gespickt mit was für teuflischen Weisheiten! Die Bücher der Chinesen sind immer für Chinesen geschrieben – das Problem der Mongolen ist, dass sie keine Bücher schreiben können. Du solltest zum Mongolen werden und Bücher verfassen, das wäre gut!«

Chen Zhen nickte. Er dachte an die Märchen, die er früher gelesen hatte und in denen der große graue Wolf immer dumm, unersättlich und grausam gewesen war, der Fuchs dagegen schlau, raffiniert und niedlich. Erst seit er auf dem Grasland war, wusste er, dass es kein höher entwickeltes und schöneres wildes Tier in der Evolution gab als den »großen grauen Wolf«.

Der alte Mann half der Gazelle auf die Beine und schob sie vorsichtig auf den Schnee. Spitzen trockenen Grases lugten an dieser Stelle heraus, auf die das hungrige Muttertier gleich zuging und sie auffraß. Chen entfernte sich hastig von der Filzmatte. Die Gazelle stakste zitternd ein paar Schritte voran, dann sah sie all die Hufabdrücke im Schnee, galoppierte auf die Berge zu und war auch schon am Horizont verschwunden.

Auch Batu und Galsanma schleppten eine lebende junge Gazelle herbei: »Choorchii, choorchii (armes Tier)«, murmelte Galsanma unablässig vor sich hin. Dann setzte sie das Tier auf dem Schnee ab, tätschelte ihm den Rücken und ließ es in die Berge laufen.

Die Schneeflöße kamen eins nach dem anderen zurück, die lebenden Gazellen in dem Schneesee bildeten schon eine kleine Herde und wandten sich den Bergen zu. »Diese Gazellen haben etwas gelernt«, sagte der Alte. »In Zukunft werden die Wölfe sie nicht mehr so leicht fangen können.«

4

Die Türküt waren ein Zweig der Hunnen. Sie bildeten den Ursprung eines Volkes Aschina, das von einem anderen stammte, welches ausgelöscht worden war. Nur ein zehnjähriger Junge überlebte, den die Soldaten nicht töteten, weil er noch so klein war. Sie schnitten ihm nur die Füße ab. Das Kind wurde in das Gebüsch am Rand eines Sumpfes geworfen, wo eine Wölfin es mit Fleisch nährte. Als er erwachsen geworden war, paarte der Junge sich mit der Wölfin, die sich daraufhin schwanger fand. Als der König des Nachbarlandes hörte, dass der Junge noch lebte, sandte er einen Gehilfen aus, ihn zu töten. Der Abgesandte wollte auch die Wölfin töten. Das Tier aber rettete sich und fand Zuflucht in einer Höhle in den Bergen im Norden des Königreichs Khocho ... Sie gebar zehn Kinder, die sich als Erwachsene anderswo niederließen, wiederum heirateten und Kinder bekamen. Ihre Nachfahren trugen zehn verschiedene Namen, einer davon Aschina ...

Geschichte der Zhou-Dynastie, Türküt

Endlich kamen die Menschen an ihre wohlverdiente Neujahrsware und frische Vorräte. Die kalte Luft über dem Schneesee verdichtete sich mehr und mehr, die Oberfläche wurde immer härter. Der alte Mann sagte zu den Jägern: »Tengger treibt uns zur Eile an, sputen wir uns also.« Alle eilten zu ihren magischen Booten, und wieder erfreuten sich alle bester Laune.

Der Alte führte Chen Zhen an den Rand einer mittelgroßen Schneegrube. »Such dir keinen zu großen Graben aus«, sagte er. »Wenn sieben, acht oder sogar zehn und mehr Gazellen hineingestürzt sind, wird es zu warm darin, und das Eis schafft es nicht mehr, die Kadaver zu frieren. Es entsteht zu viel warme Luft, der Magen der Tiere bläht sich, die Beine stellen sich auf, die Bauchhaut verfärbt sich dunkelrot, und ein Teil des Fleisches fängt an zu stinken. Jetzt sind die Tiere zwar gefroren, aber ihr Fleisch war schon vorher verdorben. Diese Tiere bringen an der Ankaufsstelle kaum den halben Ertrag. Denn sobald die Käufer diesen Bauch sehen, drücken sie den Preis und zahlen nur für das Leder, nicht für das Fleisch. Die Wölfe des Olonbulag dagegen lieben dieses stinkende Fleisch, sie vergessen die hier begrabenen Gazellen nicht. Lassen wir ihnen ihr bestes Futter!«

Der alte Mann lag bäuchlings auf seiner Filzmatte und ließ seinen langen Haken in das bestimmt zwei Meter tiefe Loch hinab. Vorsichtig tastete er sich mit der Stange voran, dann packte er sie mit einem Ruck fester und sagte zu Chen: »Eine habe ich am Haken, lass sie uns gemeinsam hochziehen.« Die beiden rührten und wühlten in der Grube herum, damit der Schnee unter den Körper des Tieres rieselte, das Loch ausfüllte und das Tier etwas höher lag. Dann standen beide auf und zogen mit aller Kraft, bis eine gefrorene Gazelle mit vollständig verschneitem Kopf über dem Rand der Schneegrube erschien. Der Haken saß akkurat an der Kehle des Tieres und ließ das Fell intakt. Chen Zhen beugte sich vor, fasste mit beiden Händen den Kopf des Tieres und zog mit einem Ruck ein fünfzig, sechzig Kilo schweres Tier auf die Filzmatte. Die Gazelle war steif gefroren, ihre Bauchhaut weder verfärbt noch gebläht – dieses Tier musste schnell erstickt und erfroren sein.

»Das ist eine erstklassige Gazelle«, sagte der alte Mann. Für sie werden wir den höchsten Preis erzielen.« Er atmete tief ein und aus: »Da sind noch mehr drin, hol du sie heraus. Es ist wie mit einem Eimer, den du aus einem tiefen Brunnen ziehen willst: Wenn du sie an der richtigen Stelle am Haken hast, musst du kräftig ziehen. Sonst machst du das Fell kaputt, und dann sind sie nichts mehr wert.«

Chen nickte, nahm die Stange entgegen, tastete damit vorsichtig die Grube ab und stellte fest, dass noch ein, zwei Tiere dort liegen mussten. Es kostete ihn einige Zeit, die Umrisse einer Gazelle zu erspüren, dann ihren Hals zu finden und nach mehreren vergeblichen Versuchen den Haken richtig anzusetzen. So angelte Chen seinen ersten »großen Fisch« im Schneesee des Graslands, und dann gleich ein Tier von einem guten Zentner, das man selbst auf einem schnellen Pferd sitzend kaum zur Strecke gebracht hätte. Aufgeregt rief er Yang Ke zu: »Sieh mal! Ich habe auch eine erwischt! Und was für eine! Es ist gigantisch!«

»Komm zurück!«, rief Yang ganz aufgeregt. »Ich löse dich ab! Und Bilgee soll sich ausruhen!«

Auf dem See und an den Hängen ertönten allenthalben Rufe der Freude und des Staunens, eine Gazelle nach der anderen mit herrlichem Pelz und fettem Fleisch wurde geborgen, und ein Floß nach dem anderen strebte wieder dem Ufer zu. Die jungen, kräftigen unter ihnen brachten schon die zweite Ladung zurück. Die beiden Boote von Batu, Galsanma und Lamjab waren am effizientesten, ihre Haken saßen sicher und schnell an den Tieren, und sie bargen hochwertige, große Gazellen. Denn sobald sie eine kleinere am Haken hatten oder eine große mit aufgeblähtem Magen oder verfärbtem Bauch, jedenfalls eine, die keinen guten Preis einbringen würde, warfen sie sie in die Schneegrube zurück. Auf der öden, verschneiten Fläche zeigte sich eine reiche Ernte, wie man sie sonst nur im Frühjahr erlebte, wenn die Schafe lammten. Die Wölfe, Meister des Raubens und Plünderns, wurden eben doch mitunter vom Menschen beraubt. Chen freute sich diebisch.

Mit dem alten Mann und ihren zwei erbeuteten Gazellen steuerte er das Ufer an. Als sie angelegt hatten, stützten Yang Ke und Bayar den Alten an Land. Chen Zhen nahm die beiden Tiere vom Schneefloß, und zu viert schleppten sie sie zu ihren Ochsenkarren. Da sah Chen, dass ihre Wagen bereits mit mehreren großen Gazellen beladen waren, und fragte, was es damit auf sich habe.

»Von Bayar und mir ist nur eine, die übrigen haben die anderen uns geschenkt. Sie haben gesagt, das sei Gesetz auf dem Olonbulag.« Er lachte vor Freude laut auf. »Mit dem Alten hatten wir wirklich alle Vorteile auf unserer Seite.«

Bilgee freute sich genauso: »Ihr seid ja jetzt auch Bewohner des Graslands, ihr solltet euch seine Gesetze gut einprägen.« Dann setzte er sich, sichtlich müde, im Schneidersitz neben den Ochsenkarren und holte seinen Pfeifentabak hervor. » Wenn ihr beide allein losgeht, seid um Himmels willen vorsichtig. Solltet ihr in einen Graben stürzen, spreizt die Beine, streckt die Arme zur Seite und haltet die Luft an, dann stürzt ihr nicht so tief. Derjenige, der auf der Matte zurückgeblieben ist, sollte hastig seine Stange mit Haken in den Graben hineinhalten – aber nicht das Gesicht des anderen verletzen, sonst bekommt der keine Frau ab.« Der Alte hüstelte und trug Bayar auf, Holz zusammenzutragen und für das Mittagessen Feuer zu machen.

Chen und Yang liefen aufgeregt zu ihrem Schneefloß. Am Ufer entdeckte Chen plötzlich eine Art Schneetunnel, der dorthin führte, wo der Schnee noch tiefer war.

»Als der Alte eben dabeistand, habe ich mich nicht getraut es zu sagen«, erklärte Yang Ke seinem Freund. »Diesen Tunnel haben Bayar und ich gegraben, als wir die Gazelle geborgen haben. Bayar ist klein, hat es aber faustdick hinter den Ohren. Als er euch sah, hat er sich ganz auf sein geringes Gewicht verlassen, seinen Pelzmantel geöffnet, sich bäuchlings auf den Schnee gelegt und ist vorangekrochen – ihn trug die Schneedecke. Fünf, sechs Meter weiter entdeckte er eine Schneegrube, robbte zurück und grub mit mir zusammen diesen Tunnel, in den er dann hineinkroch und der Gazelle ein Seil ans Bein band. Ich habe sie dann herausgezogen. Bayar ist sehr mutig, während ich die ganze Zeit fürchtete, der Schnee könnte einbrechen und ihn unter sich begraben.«

»Das wundert mich nicht«, sagte Chen. »Er wagt es, einen Wolf mit bloßen Händen am Bein zu ziehen, wieso sollte er Angst vor so einem Tunnel haben? Mongolische Kinder haben es in sich!«

»Als ich Bayar vor dem Tunnel warnte«, fuhr Yang Ke fort, »sagte dieser Kerl, er sei schon in einem Wolfsbau gewesen, da werde er vor einer Schneehöhle wohl keine Angst haben! Mit sieben sei er in die Höhle eines großen Wolfes gekrabbelt und habe einen Wurf Welpen mitgenommen. Wolltest du nicht einen Wolfswelpen haben? Dann nehmen wir Bayar mit, wenn es so weit ist.«

Chen schüttelte unablässig den Kopf: »Das traue ich mir nicht zu. Wenn ich mir den Mut der Mongolen so ansehe, kann ich nur bewundernd zuschauen.«

Dann bestiegen Yang Ke und Chen Zhen das mongolische Schneefloß, und Yang strahlte vor Begeisterung: »Die Jagd auf dem Grasland ist hochspannend, es wäre langweilig, tagein tagaus nur Schafe zu hüten. Mir ist klar geworden, wie sehr es das Leben auf dem Grasland bereichert, mit einem Wolf Bekanntschaft zu machen! Das ist richtig aufregend.«

»Es ist ein dünn besiedeltes Land«, sagte Chen. »Auf Dutzenden Quadratmetern Fläche siehst du nicht eine einzige Jurte. Wenn du hier nicht hinausgehst und mit Wölfen zusammentriffst, vereinsamst du regelrecht. In den letzten Tagen habe ich spannende Dinge gelesen, und es scheint so, als verehrten sie den Totemwolf hier schon seit Jahrtausenden.«

Zum Frühstück hatten die beiden viel Lammfleisch zu ihrem Tee gegessen, sodass sie vor Kraft strotzten. Ihr Atem dampfte weiß in der kalten Luft, und wie Drachenbootfahrer bei Wettrennen bewegten sie ihr Floß aus zwei Filzmatten gleichmäßig und ruhig wie motorgetrieben über den Schnee. Am Ende angelte auch Yang eine Gazelle. Er wollte vor Freude auf der Filzmatte Luftsprünge machen, doch Chen brach der kalte Schweiß aus, und er konnte ihn gerade noch davon abhalten. Yang tätschelte die Gazelle und rief: »Eben noch habe ich die Leute Gazellen angeln sehen und dachte, ich träume. Aber es ist wahr! Es ist wirklich wahr! Es stimmt tatsächlich. Danke euch, Wölfe, liebe Wölfe, danke!«

Yang umklammerte die Hakenstange und wollte sie Chen partout nicht mehr geben. Der wagte nicht, auf dem instabilen Floß darum zu rangeln, und fügte sich in die Rolle des Dieners. Yang angelte drei große Gazellen nacheinander, er wurde richtig süchtig danach und wollte gar nicht mehr ans Ufer, sondern sagte mit einem verschlagenen Lächeln: »Angeln wir erst und transportieren sie dann ab, das ist effizienter.« Ohne weiter nachzudenken, legte er die erbeuteten Tiere auf den Schnee.

Am Ufer hatte Bilgee seine Pfeife zu Ende geraucht, stand auf und ermahnte die am See Zurückgebliebenen, neben der Wagenkolonne Platz zu machen. Die Frauen trugen morsche Holzbretter, Speichen alter Wagen und sonstiges Material zu zwei großen Stapeln Brennholz zusammen. Auf dem freien Boden breiteten sie abgenutzte Filzmatten aus, holten Kannen mit Milchtee und Wein und stellten Holzschalen und Salzdosen hin. Sanjai hatte mit einem Kind zusammen zwei verletzte Gazellen getötet, die nicht erfroren, deren Beine aber gebrochen waren. Die Bewohner des Olonbulag aßen grundsätzlich keine Gazellen, die tot gefangen worden waren, und nahmen diese zwei daher als ihr Mittagessen. Die großen Hunde hatten sich längst über das hergemacht, was die Wölfe ihnen übrig gelassen hatten, und blieben diesen beiden gehäuteten, gereinigten und dampfenden Tieren gegenüber völlig gleichgültig. Es wurden Feuer entfacht, Bilgee und die Kinder nahmen sich Holz- und Metallspieße, steckten das noch zuckende Gazellenfleisch darauf, bestreuten es mit Salz und setzten sich ans Feuer, um das Fleisch zu grillen, sich zu wärmen, Tee zu trinken und zu essen. Der Duft von Tee und Alkohol wehte mit dem Rauch des Feuers auf den Schneesee hinaus und lockte die Jäger vom See heran.

Gegen Mittag hatten alle ihre Schneeboote zwei-, dreimal entladen, und auf jedem Ochsenkarren stapelten sich sechs bis sieben Gazellen. Jetzt wurden alle Männer zurückgerufen, und die satt gegessenen und getrunkenen Frauen und Kinder erklommen die Boote, um Gazellen zu angeln.

Frische, gegrillte Gazelle war eine Spezialität der Mongolen. Insbesondere wenn man nach getaner Arbeit mitten im Jagdrevier Feuer machte, die Beute zubereitete und aß, setzte man eine Angewohnheit der Khane, Könige und Herzoge fort, aber auch einen Brauch einfacher Jäger. Chen Zhen und Yang Ke, schon ganz Jäger, genossen das feierliche Bankett. Chen glaubte, dass sie das hier mehr genossen als jeder große Khan, weil sie dort picknickten, wo gerade noch wilde Wölfe ihre Mahlzeit genossen hatten, mitten in den von den Wölfen abgenagten und liegen gelassenen Knochen der Gazellen. Chen Zhen und Yang Ke, die sich auf einmal so frei und unbefangen wie mongolische Männer fühlten, nahmen von den munter essenden Jägern Flaschen mit Schnaps entgegen, legten den Kopf in den Nacken und tranken in großen Schlucken.

Bilgee musste laut lachen und meinte: »Ich möchte eure Väter in einem Jahr lieber nicht treffen, denn ich habe euch schon zu halben Mongolen gemacht.«

Yang Ke prustete, sein Atem stank nach Alkohol. »Chinesen könnten eine ganze Menge von den Mongolen lernen!«

Und Chen Zhen rief aus vollem Hals: »Vater! Vater! Vater!« Dann hob er die Flasche hoch über den Kopf und trank auf den Häuptling Bilgee. Der Alte nahm drei große Schlucke und sagte ebenfalls drei Mal: »Minii chuu, minii chuu, minii sain chuu (Mein Sohn, mein Sohn, mein guter Sohn).«

Stockbetrunken breitete Batu die Arme aus und schlug dann Chen fest auf den Rücken: »Du ... du bist nur ein halber Mongole. W... wenn du irgendwann eine M... Mongolin heiratest und in einer J... Jurte einen Sohn bekommst, dann erst bist du ein echter M... Mongole. Jetzt bist du noch zu schwach, das ... das, das reicht nicht. Mongolische F... Frauen in ihren Lederjacken haben es f... faustdick hinter den Ohren, mehr als W... W... Wölfe, davor haben mongolische Männer richtig Angst. Wie die Sch... Schafe.«

Sanjai fügte hinzu: »Am Abend gleichen Männer den Schafen und Frauen den Wölfen. Allen voran Galsanma.«

Die ganze Sippe brüllte vor Lachen.

Aufgeregt warf Lamjab Yang Ke in den tiefen Schnee, dass er sich überschlug, und sagte, ebenfalls stotternd: »W… w… wenn du mich umwirfst, dann b… bist du ein Mongole.«

Yang nahm alle Kraft zusammen, ging auf den anderen los – und landete mit drei Purzelbäumen im Schnee.

Lamjab sagte nur: »Ihr Ch… Ch… Chinesen *nogoo idne*, ihr seid Pflanzenfresser wie die Schafe. Wir Mongolen *mach idne*, wir sind Fleischfresser wie die Wölfe.«

Yang klopfte sich den Schnee von der Kleidung: »Wart's ab! Nächstes Jahr kaufe ich mir einen Ochsen und esse ihn allein auf. Ich will noch größer werden, einen Kopf größer als du, dann bist du das Schaf.«

Wieder lachten alle zustimmend. »Das war eine gute Antwort!«

Die Trinkfestigkeit der Mongolen im Grasland war weit übers Land bekannt, und nachdem die Flasche sieben-, achtmal die Runde gemacht hatte, war sie leer bis auf den letzten Tropfen. Als Yang sah, dass kein Schnaps mehr da war, wurde er mutig und drehte sich zu Lamjab um. »Beim Hinfallen habe ich den Kürzeren gezogen – mal sehen, wer trinkfester ist!«

Lamjab ging darauf ein. »Du bist ganz schön gefuchst – aber die Füchse des Graslands sind weniger raffiniert als die Wölfe. Warte hier, ich hab noch was!« Damit lief er los, kramte in seiner Satteltasche aus Filz und förderte eine weitere große Flasche Grasland-Schnaps zu Tage, dazu zwei Becher. Er schwenkte die Flasche und sagte: »Die habe ich extra für G… Gäste aufgehoben, und nun wirst d… du damit bestraft.

Die Umstehenden grölten: »Strafe! Strafe! Wir wollen die Strafe sehen!«

Yang Ke grinste verlegen und bat: »Der Fuchs hat gegen den Wolf keine Chance, die Strafe ist nicht nötig, schon gut.«

»Hör … hör gut zu!«, sagte Lamjab. »Nach unseren Sitten und Gebräuchen m… musst du trinken, wenn ich das bestimme. Als ich seinerzeit einmal etwas Falsches gesagt habe, wurde ich von einem Journalisten, der China- und Mongolei-Experte war, abgefüllt. Jetzt bist du dran.« Er goss einen Becher voll, hob ihn hoch und sagte in etwas unbeholfenem Chinesisch: »Es fliegen zwei Lerchen im Paar, an jedem Flügel zwei Gläser.«

Yang Ke wich vor Schreck die Farbe aus dem Gesicht. »Vier Flügel, je zwei Gläser, das macht zusammen acht! Nehmen wir ein Glas pro Flügel.«

»Wenn man sich auf dein Wort nicht verlassen kann, hängen gleich d... drei Gläser an jedem Flügel!«, gab Lamjab zurück.

Chen Zhen fiel in den Chor der Männer ein: »Trin-ken! Trin-ken!«

Yang Ke blieb nichts anderes übrig, als eine unbewegte Miene aufzusetzen und acht Becher nacheinander zu leeren.

Bilgee wandte sich an den Jungen: »Siehst du, bei uns wird es sofort bestraft, wenn du Freunde austricksen willst.«

Dann reichte der Alte Chen und Yang Fleischspieße, die er extra für sie gegrillt hatte. Sie bissen gierig hinein, sodass das Blut ihnen aus den Mundwinkeln lief.

»Alter Freund, das ist das erste Mal, dass ich die Überreste eines Wolfsmahls esse, und es ist das Beste, das ich in meinem Leben je zu mir genommen habe. Ich verstehe jetzt erst, wieso die Kaiser und ihre Söhne die Jagd so sehr liebten. Kaiser Taizong der Tang-Dynastie war einer der größten, und er liebte die Jagd. Sein Sohn und Nachfolger nahm häufig seine Leibwächter, die den Türküt angehörten, zur Jagd mit ins Grasland. Er errichtete sogar im Palastgarten ein typisches Grasland-Zelt, in dem er wie ihr Schafe schlachtete, kochte und das Fleisch mit dem Messer von den Knochen schnitt. Er liebte das Leben auf dem Grasland so sehr, dass er nicht einmal Kaiser werden wollte. Er wollte die Kriegsflagge mit Wolfskopf der Türküt aufstellen und mit Türküt-Reitern auf die Jagd gehen, das Leben der Türküt auf dem Grasland teilen. Am Ende verlor er tatsächlich die Position des Thronfolgers, denn Kaiser Taizong ernannte seinen Bruder. Das Leben auf dem Grasland kann Menschen süchtig machen, so sehr, dass ihnen auch der Kaiserthron egal ist.«

Der Alte hörte mit weit aufgerissenen Augen zu und erwiderte: »Das hast du mir nie erzählt. Interessant, sehr interessant. Wenn ihr Chinesen das Grasland nur ebenso liebtet wie dieser Thronfolger. Und wenn er doch die Position des Khan nicht verloren hätte! Die Kaiser der Qing liebten die Jagd im mongolischen Grasland und heirateten gern Mongolinnen. Und sie erlaubten ihren Untertanen nicht, dort Land urbar zu machen und zu bebauen. Damals führten Mongolen und Han-Chinesen keinen Krieg, das Grasland lebte in Frieden.«

Bilgee liebte es, wenn Chen Zhen historische Anekdoten erzählte, und wollte anschließend immer gern mongolische Geschichten zum Besten geben. »Wer im Grasland nicht das isst, was Wölfe essen, ist kein wirklicher Mongole des Graslands. Gäbe es keine Wolfsnahrung, die Mongolen wären möglicherweise ausgestorben.

Immer wenn Mongolen in die Enge getrieben waren, haben sie sich von Wolfsnahrung ernährt. Ein Vorfahre des Dschingis Khan wurde einmal tief in die Berge gejagt, wo es nichts mehr gab, gar nichts, er wie ein Wilder lebte und fast verhungert wäre. Ihm blieb nichts anderes übrig, als heimlich den Wölfen zu folgen und abzuwarten, dass sie Beute machten. Dann verhielt er sich ruhig, bis die Wölfe sich satt gefressen hatten, und las die Reste auf, um sie zu essen. So überlebte er mehrere Jahre allein in den Bergen. Bis sein großer Bruder ihn fand und wieder mit nach Hause nahm.

Der Wolf ist der Retter der Mongolen, ohne ihn hätte es keinen Dschingis Khan gegeben, gäbe es keine Mongolen. Wolfsnahrung ist vorzüglich, sieh nur, wie viel Neujahrsgaben sie uns überlassen haben. Aber an Wolfsnahrung ist gar nicht so leicht heranzukommen, das wirst du noch lernen.«

Sie hatten das Fleisch zweier Gazellen sauber von den Knochen gelöst, das Feuer erlosch langsam, und Bilgee hielt die anderen dazu an, Schnee auf die Asche zu schaufeln.

Die Wolken wurden immer dichter und dicker, und der Pulverschnee auf dem Berg hob sich in die Luft wie ein großer Schleier aus Gaze. Aus jeder Familie bestiegen die kräftigsten Männer und Jäger erneut ihr Floß und fuhren auf den Schneesee hinaus. Sie mussten die Ochsenkarren vollgeladen haben, bevor die Gräben wieder ganz und gar mit Schnee ausgefüllt und bedeckt waren. Jede Gazelle mehr bedeutete sechs, sieben Stück Sichuaner Ziegeltee mehr, gut ein Dutzend Zigarettenschachteln der Tianjiner Marke Haihe oder fünfzehn, sechzehn Flaschen mongolischen Markenschnapses. Unter der Anleitung Bilgees bewegten die Flöße sich von tieferen Stellen des Schneesees zu seichteren und bargen möglichst viele Gazellen, die dort leichter an den Haken zu nehmen waren. Dann teilte der alte Mann sie noch in zwei Gruppen; die guten Angler sollten nur Gazellen bergen, und die, die gut in der Fortbewegung der Flöße waren, nur abtransportieren. Je näher die Gefährte dem Ufer kamen, umso mehr kamen die langen Seile zum Einsatz. Ein paar kräftige Männer am Ufer warfen sie wie Schiffstaue zu den randvoll mit Gazellen beladenen Filzflößen hinüber, die Männer dort banden ein Ende am Floß fest und warfen das Seil ans Ufer zurück, sodass die Männer dort das Floß unter Aufbietung aller Kräfte zu sich ziehen konnten. Dann wurde das Seil den nächsten auf dem See zugeworfen, damit auch die an Land gezogen werden konnten. So ging es immer fort, ein ums andere Mal.

Die Menschen auf dem See wurden allmählich von den Schatten der Berge verschluckt, und die Ochsenkarren waren überladen. Aber einige der Jäger wollten im Schein von Fackeln weiterarbeiten, stapelten Tiere am Ufer und ließen sie von bewaffneten Wachen schützen, um sie tags darauf abholen zu können. Doch Bilgee gebot ihnen lautstark Einhalt: »Tengger hat uns einen guten Tag beschert, wir sollten es mit einer Ladung Gazellen bewenden lassen. Tengger ist gerecht, die Wölfe haben unsere Schafe und Pferde gerissen, dafür mussten sie bezahlen. Der Wind jetzt zeigt den Wunsch Tenggers, die übrigen Gazellen den Wölfen zu überlassen. Wer würde es wagen, Tengger zuwiderzuhandeln? Wer will hier zurückbleiben, wenn in der Nacht Schneesturm und Wölfe den Berg herunterkommen?«

Niemand sagte etwas. Der alte Mann befahl der Gruppe, sich zurückzuziehen. Erschöpft und glücklich schoben die Menschen ihre Karren über den Bergrücken, setzten sich dann auf Pferd und Wagen, um zum Lager der Gruppe zurückzukehren.

Chen Zhen spürte, wie der Schweiß, der ihm den Körper hinunterlief, eiskalt wurde. Auf dem See und am Ufer, am Berg und auf dem Weg, überall hatten die Menschen Spuren hinterlassen, Brennholz und Asche, Zigarettenkippen und Schnapsflaschen – und Fahrspuren, die allesamt ins Lager der Gruppe führten. Chen drückte seine Schenkel dem Pferd in die Flanken und galoppierte zu Bilgee.

»Alter Freund«, begann er. »Diesmal haben die Wölfe das Nachsehen. Werden sie sich nicht rächen?«

»Wir haben uns viele Gazellen genommen – und doppelt so viele den Wölfen überlassen. Wenn ich raffgierig wäre, würde ich in jede Schneegrube einen langen Holzstab stecken, dem die Schneestürme nichts anhaben können, und die restlichen Gazellen später auch noch holen. Aber wenn ich das täte, nähme Tengger später meine Seele nicht zu sich. Im nächsten Frühjahr gibt es so genug gefrorene Gazellen für die Wölfe, und sie werden die Menschen und ihr Vieh in Ruhe lassen. Keine Sorge, der Rudelführer weiß genau, um was es geht.«

Am Abend, als ein Schneesturm übers Grasland fegte, saßen die Schüler aus Peking in ihrem Zelt um das Feuer. Chen Zhen klappte die »Geheime Geschichte der Mongolen« zu und sagte zu Yang Ke: »Der Mann, von dem Bilgee erzählte, dass er von aufgelesener Wolfsnahrung lebte, hieß Buduncher und war ein Vorfahr von Dschingis Khan. Dschingis Khan gehörte zum Stamm der Borjigin, der mit Buduncher die Bühne der Geschichte betreten hat. Natürlich erlebten spätere Generationen jede Menge Rückschläge und Veränderungen.«

»So gesehen«, erwiderte Yang, »hätte es ohne die wölfischen Militärberater und Lehrmeister keinen Dschingis Khan mit Familie gegeben und die kluge und mutige mongolische Kavallerie schon gleich gar nicht. Der Einfluss der Grasland-Wölfe auf das mongolische Volk ist gewaltig.«

»Und ihr Einfluss auf China und die Welt erst!«, begeisterte sich Chen. »Nachdem Dschingis Khan seine Kavallerie aus dem Reich der Mongolen hinausführte, wurde die Geschichte seit der Jin- und südlichen Song-Dynastie neu geschrieben.

Das Gleiche galt für Mittelasien, Persien, Russland und Indien. Das Schießpulver, von Chinesen erfunden, bahnte sich mit den mongolischen Reiterhorden seinen Weg durch den asiatisch-europäischen Raum nach Westen, es half, die Festung des Feudalismus dort zum Einsturz zu bringen, und ebnete den Weg für den ungehinderten Aufstieg des Kapitalismus. Später dann kehrte die Kanone in den fernen Osten zurück, schoss Chinas Tore weit auf, brachte die Regierung der mongolischen Reiterhorden zum Einsturz und kehrte auf der Erde das Unterste zuoberst.

Aber die historische Bedeutung der Wölfe und ihr Einfluss auf die Geschichte kommen in den Büchern nicht mehr vor. Wenn Tengger die Geschichtsbücher schriebe, er würde den Wolf in die Annalen eingehen lassen.«

Der Kuhhirte Gao Jianzhong konnte seine unbändige Freude über die Nebeneinkünfte, die die beiden an Land gezogen hatten, nicht länger im Zaum halten: »Was redet ihr denn da über die alten Zeiten?«, fragte er. »Jetzt und hier sollten wir uns besser überlegen, wie wir die übrigen Gazellen aus den Gruben herausbekommen. Damit können wir noch eine ganze Menge verdienen!«

»Der Himmel ist auf der Seite der Wölfe«, wandte Chen Zhen ein. »Er hat uns diese Wagenladung Gazellen gegeben, das reicht doch erst einmal. Dieser gewaltige Schneesturm jetzt wird gut und gern drei Tage und drei Nächte andauern und einen halben Meter Schnee in die Gruben wehen, sodass man die Tiere gar nicht mehr erkennt. Dann suchst du nach Gazellen wie nach der Nadel im Heuhaufen.«

Gao trat aus dem Zelt, sah in den Himmel, kam zurück und gab zu: »Dieser Sturm dauert wirklich drei Tage und drei Nächte, fürchte ich. Mist, hätte ich doch bloß heute noch Stangen in die tiefsten drei Gruben gesteckt.« Er seufzte. »Na gut, da muss ich eben bis zum nächsten Frühjahr warten. Aber dann werde ich einen ganzen Wagen vollbeladen und direkt zur Ankaufsstelle der Kommune Bayangobi bringen. Wenn ihr zwei nichts sagt, wird niemand etwas davon erfahren.«

Während der einsamen Wintermonate hütete Chen Zhen jeden Tag Schafe oder hielt Nachtwache, doch in seiner Freizeit suchte er überall nach Wolfsgeschichten. Am meisten Zeit verwendete er auf das Gerücht um die »fliegenden Wölfe«. Diese Geschichte war auf dem Olonbulag am weitesten verbreitet, die Ereignisse lagen am wenigsten weit zurück, und es sollte in seiner Produktionseinheit geschehen sein. Chen beschloss, dem Rätsel dieser Überlieferung auf den Grund zu gehen und herauszufinden, wie die Wölfe des Olonbulag das »Fliegen« gelernt hatten.

Bereits kurz nach ihrer Ankunft auf dem Grasland hatte man den jungen Intellektuellen aus Peking erzählt, dass Tengger die Wölfe der Gegend vom Himmel herabgesandt habe und sie deshalb fliegen könnten. Seit Hunderten von Jahren praktizierten Viehzüchter des Graslands die Himmelsbestattung, sie legten den Körper des Toten auf ein dafür vorgesehenes Bestattungsfeld und ließen die Wölfe den Rest erledigen – so werde die »Himmelsbestattung« vollendet. Man nannte sie »Himmelsbestattung«, da der Wolf fliegen konnte – zum Himmel, und er nahm dabei die Seele eines Menschen mit, so wie der Geier in Tibet. Sobald die Schüler aus Peking sagten, das sei Aberglaube und gehöre zu den »stinkenden Alten Vier«, wandten die Viehzüchter ein, es gebe dafür Beweise. Man müsse gar nicht so weit in der Geschichte zurückgehen, sagten sie, denn circa drei Jahre vor der Kulturrevolution sei ein kleines Wolfsrudel in die zweite Produktionsgruppe auf die Stein umfasste Weide des Hirten Cherendorji geflogen und habe ein Dutzend Schafe gerissen sowie mehr als zweihundert getötet. Als die Wölfe gesättigt waren, seien sie aus einer steinernen Umfassung wieder herausgeflogen. Diese Mauer war über zwei Meter hoch, kein Mensch schaffte es, sie zu überklettern, wie also die Wölfe, wenn sie nicht fliegen konnten?

Der Lagerleiter Uljii führte damals alle wichtigen Leute der Produktionsgruppe zu der Mauer, die immer noch stand, und selbst der Leiter der Polizeidienststelle, Harbar, kam mit. Nach eifrigem Messen und Fotografieren kam man überein, dass der Wall zu hoch war. Ein Wolf konnte unmöglich darüberspringen, und einen Tunnel, durch den die Tiere hätten kriechen können, gab es nicht. Nach mehreren Tagen genauen Studiums der Mauer und der Umgebung rätselte man immer noch, wie die Wölfe denn nun in das Gehege hinein- und wieder herausgelangt waren. Nur die Viehzüchter wussten es tief in ihrem Innern genau.

Diese Geschichte blieb Chen Zhen lange im Gedächtnis haften, und jetzt, den Wölfen verfallen, fiel sie dem jungen Mann wieder ein. Er ritt ein beträchtliches Stück zu diesem Steinwall, um ihn genau in Augenschein zu nehmen, verstand es aber wieder nicht. Dann suchte er den alten Cherendorji auf.

»Ich weiß nicht, welcher meiner nichtsnutzigen Söhne Tengger so verärgert hat«, sagte der Alte, »dass meine Familie bis heute verflucht ist.«

Doch einer seiner Söhne, der die Mittelschule besucht hatte, klärte Chen auf. »Das Ganze ist einfach den unnützen Regeln, die für Weideland gelten, anzulasten. Früher gab es solche Mauern auf dem Olonbulag nicht, aber irgendwann beschloss die Verwaltung, die Ausgaben für Nachtwachen zu senken und mehr Sicherheit für das Vieh zu garantieren. Also errichtete man zunächst nur um die Stelle, an der die Tiere lammten, mehrere große Steinwälle. Es hieß, über diese Mauern würden die Wölfe nicht kommen und Nachtschichten überflüssig. Wir schlossen das Tor, gingen in unsere Jurte und legten uns schlafen, ohne Nachtwache. Eines Nachts hörte ich die Hunde wie verrückt anschlagen, als sei eine große Zahl von Wölfen eingedrungen, aber da es von der Verwaltung geheißen hatte, Nachtwachen seien nicht mehr notwendig, sah ich nicht nach. Aber dann – als ich tags darauf das Tor öffnete, fiel mein Blick auf ein Feld toter und im Sterben liegender Schafe. Innerhalb der Mauer war die Erde voller Blut, zwei Finger dick, sogar die Steinmauer war von oben bis unten bespritzt. Jedes tote Schaf hatte vier blutige Löcher am Hals, und das flüssige Rot lief auch noch aus dem Gehege hinaus. Dazu noch jede Menge Wolfskot ... Später kam von der Verwaltung die Anweisung, die den Steinwällen am nächsten Wohnenden müssten jemanden für die Nachtwache abstellen, und es würden Arbeitspunkte dafür vergeben. In diesen Jahren wurden die Mauern um die Wiese zum Lammen immer höher gebaut, und wenn jemand Nachtwache hielt, kursierten nie wieder Geschichten von Wölfen, die über den Wall geflogen kamen, um Schafe zu reißen.«

Chen Zhen gab die Hoffnung nicht auf, befragte viele Viehzüchter, Jung wie Alt, Mann wie Frau, doch alle versicherten ihm, dass die Wölfe fliegen könnten. Und dass die Seele des Wolfes nach seinem Tod zu Tengger zurückkehren werde.

Irgendwann war auch Harbar, der Leiter der Polizeidienststelle, der einer Untersuchung durch höher gestellte Kader auf Banner-Ebene unterzogen worden war, entlastet worden und auf seine frühere Position zurückgekehrt. Also eilte Chen Zhen mit guten Pekinger Zigaretten zu ihm, um von ihm eine Erklärung zu bekommen, wie die Wölfe über die Steinwälle »flogen«. Der Leiter Harbar war auf der Polizeischule der Inneren Mongolei ausgebildet worden und sprach fließend Chinesisch. »Dieser Fall ist längst zu den Akten gelegt«, sagte er, »nur leider komme ich mit meiner wissenschaftlichen Analyse hier nicht weiter. Die meisten Viehzüchter glauben mir nicht, sondern sind davon überzeugt, dass Wölfe fliegen können. Nur wenige gebildete Jäger mit Erfahrung schenken meiner Untersuchung und meinem Urteil Vertrauen.« Der Dienststellenleiter lachte. »Ganz Unrecht hat das Volk mit seinem Glauben, dass die Wölfe über die Steine fliegen, nicht. Denn einen Teil des Weges legten die Tiere tatsächlich in der Luft zurück.«

Nach einer Pause fuhr er fort.

»An jenem Morgen waren die Viehzüchter wegen des Blutbades in Panik. Sie fürchteten den Zorn Tenggers, der sich darin zeigen könnte, dass er eine große Schneekatastrophe schickte. Die Pferdehirten ließen die Herden in den Bergen und kamen angeritten. Alte und Frauen warfen sich auf den Boden und machten Kotau vor Tengger. Die Kinder weinten so verzweifelt, wie sie es nicht einmal zu tun wagten, wenn Ältere sie verprügelten. Uljii fürchtete um die Produktivität im Lager und stellte mir ein Ultimatum: In zwei Tagen müsse ich den Fall gelöst haben. Ich trommelte alle Kader zusammen, um den Ort des Geschehens schützen zu lassen. Doch der war längst nicht mehr unberührt. Außerhalb des Steinwalls waren alle Spuren durch Schafe und Menschen zertrampelt worden. Ich suchte den Steinwall mit der Lupe Zentimeter für Zentimeter ab. Und fand an der nordöstlichen Außenseite zwei blutige Abdrücke von Wolfspfoten. Damit war der Fall klar. Jetzt rate mal, wie die Wölfe hineingekommen sind!«

Chen Zhen schüttelte unwissend den Kopf.

»Ich gehe davon aus«, sagte der Polizist, »dass der größte Wolf sich an der Außenseite der Mauer aufgerichtet hat, die hinteren Pfoten fest auf dem Boden, die vorderen auf der Mauer, um mit seinem Körper ein Sprungbrett zu bilden. Dann haben die übrigen Wölfe Anlauf genommen, sind auf den Rücken des großen Wolfes gesprungen, haben sich auf seinen Schultern abgestützt und sind mit einem kraftvollen Sprung auf die andere Seite der Mauer gelangt. Sähe das von drinnen nicht aus, als würden sie fliegen?«

Chen Zhen starrte einen Augenblick stumm vor sich hin und meinte dann: »Die Wölfe des Olonbulag sind sehr intelligent. Da hat man kaum hohe Mauern errichtet, schon wissen sie, wie sie sie überwinden. Raffiniert ... Es war also gar nicht so falsch, wenn Viehzüchter sagten, dass Wölfe fliegen können. Die Wölfe mussten nur sehr hoch springen. Und wenn sie dann mitten in der Schafherde vom Himmel fallen, sind die armen Tiere schon allein deshalb vor Schreck halbtot. Die Wölfe hatten reiche Beute gemacht, sie konnten sich in der Herde satt fressen und nach Lust und Laune töten. Nur der Wolf draußen hatte das Nachsehen, er bekam nichts ab. Bestimmt war es das Leittier, das so selbstlos für die Gruppe handelte.«

Harbar lachte laut auf und widersprach Chen Zhen. »Nein, nein, der Wolf draußen fliegt ebenfalls hinein und frisst sich satt. Du musst wissen, dass die Wölfe im Grasland einen stark ausgeprägten Gemeinschaftssinn haben, sie würden ihre Artgenossen und Familienmitglieder niemals im Stich lassen. Sobald die Wölfe drinnen satt sind, spielt einer von ihnen Sprungbrett, und ein anderer ›fliegt‹ hinaus. Er macht für den Hungrigen die Sprungschanze. Wie sonst sollten die zwei Pfotenabdrücke außen auf der Mauer blutig sein? Der, der zuerst Sprungbrett gespielt hat, hatte noch keine blutigen Pfoten, nicht wahr? Unglaublich, wie die Wölfe uns Menschen an der Nase herumgeführt haben. Da wird eine extra hohe Mauer zum Schutz vor Wölfen gebaut, und die Tiere dringen einfach ein und veranstalten ein Gemetzel. Die Mauer hindert am Ende nur die Schäferhunde daran, hereinzukommen und die Schafe zu schützen. Der Hund Cherendorjis muss sich seine Nase vor Wut blutig gestoßen haben. Hunde wollen und können nicht von Wölfen lernen, um ebenfalls über den Steinwall zu ›fliegen‹ und sich mit den Wölfen anzulegen. Hunde sind dümmer als Wölfe.«

»Ich auch«, sagte Chen. »Aber noch eine Frage: Wie können alle Wölfe fliehen? Ich meine den letzten, wer hilft ihm hinaus?«

Chens Spitzfindigkeit erfreute Harbar sichtlich. »Menschen sind in der Tat dümmer als Wölfe. Deine Frage haben sie sich damals auch gestellt. Am Ende watete Lagerleiter Uljii durch tiefe Lachen aus Schafsblut in das Gehege hinein und verstand nach genauer Beobachtung: An einer Mauerecke türmten sich sechs, sieben tote Schafe übereinander. Alle schlossen daraus, dass das letzte Tier der klügste und kräftigste Leitwolf war. Im Maul schleppte er die toten Schafe eins nach dem anderen heran und stapelte sie an der steinernen Mauer übereinander, um sie als Sprungbrett zu nutzen und wieder hinauszugelangen. Andere meinten, das sei eine viel zu schwere Arbeit für einen einzelnen

Wolf, da müssten mehrere zusammen gearbeitet haben, und die seien dann einer nach dem anderen wieder hinausgesprungen. Anschließend rief Lagerleiter Uljii die Leiter der verschiedenen Produktionsgruppen und Kleingruppen zusammen, um am Ort des Geschehens zu erklären und zu demonstrieren, wie die Wölfe die Steinmauer überwunden hatten. Allmählich kehrte wieder Ruhe unter den Viehzüchtern ein. Die Lagerleitung kritisierte Cherendorji nicht, noch verhängte sie eine Strafe. Lagerleiter Uljii aber übte Selbstkritik und sagte, er sei zu nachlässig gewesen, habe den Feind Wolf unterschätzt.«

Chen Zhen standen die Haare zu Berge. Er schenkte der Argumentation und Analyse von Leiter Harbar der Polizeidienststelle zwar Glauben, dennoch nahmen die Wölfe des Graslands in seinen Träumen immer mehr die Form fliegender Geister an. Oft schreckte er in Schweiß gebadet aus dem Schlaf hoch, und die Legenden des Graslands erschienen ihm nicht mehr so unterhaltsam wie zuvor.

Ein paar Tage später untersuchte Chen Zhen die beiden Orte zur Himmelsbestattung, die es in seiner Produktionsgruppe gab, genauer. Einer lag am nördlichen Hang des Berges Chagantolgai, der andere am nordöstlichen Hang des Berges Schwarzfels. Oberflächlich betrachtet unterschieden sich diese beiden Orte nicht wesentlich von anderen Weideplätzen an Hängen oder auf Hochplateaus. Aber wenn man genauer hinsah, so waren sie doch ganz verschieden. Sie befanden sich weit entfernt von den Viehzüchterrouten in einem verlassenen, abgelegenen, ja geradezu toten Winkel nördlich des Magischen Berges, nahe den Wolfsrudeln, nahe bei Tengger, was den Weg in den Himmel kürzer zu machen schien. Das Terrain war uneben und holprig, sodass Ochsenkarren ins Hüpfen kommen konnten.

Seit Hunderten von Jahren war es auf dem Olonbulag bei einigen Sippen üblich, verstorbenen Viehzüchtern alle Kleidung auszuziehen und ihren Körper fest in eine Filzmatte einzurollen. Manchmal jedoch ließ man ihn bekleidet, um die Filzmatte einzusparen. In jedem Fall wurde der Tote auf den Ochsenkarren gelegt. An der Deichsel wurde ein langer Stock waagrecht festgebunden. Im Morgengrauen ergriffen zwei ältere Mitglieder der Sippe je ein Ende der langen Stange, schwangen sich aufs Pferd, lenkten den Wagen in Richtung des Bestattungsplatzes und trieben die Pferde mit der Peitsche zum Galopp. Wo immer der Tote auf der unebenen Straße vom Wagen holperte, war der Ort der Heimkehr seiner Seele zu Tengger. War der oder die Tote in eine Filzmatte eingerollt, so stiegen die beiden Alten vom Pferd, wickelten ihn aus und legten den Körper mit dem Gesicht zum Himmel auf den Boden, so nackt und rein, wie er einst auf die Welt gekommen war. In diesem Augenblick gehörte der Tote den Wölfen und den Göttern. Ob die Seele eines Toten zu Tengger aufstieg oder nicht, hing von den guten und schlechten Taten des Menschen zu Lebzeiten ab. Meistens wurde die Angelegenheit innerhalb von drei Tagen entschieden. Wenn von den sterblichen Überresten des Toten dann nur noch die Knochen übrig waren, so war die Seele bereits zu Tengger aufgestiegen; wenn der Tote noch dalag, musste die Familie es mit der Angst bekommen. Doch gab es viele Wölfe im Grasland, und Chen hatte noch von keinem Toten gehört, der den Aufstieg zu Tengger nicht geschafft hätte.

Chen wusste von der Himmelsbestattung in Tibet, hatte jedoch vor seinem Aufenthalt im Grasland nie etwas von der Himmelsbestattung der Mongolen gehört, die nicht von riesigen Geiern, sondern von Wölfen durchgeführt wurde. Chens Furcht und Neugier wuchsen. Kaum hatte er vom Chef des Fahrdienstes für Produktionsgüter die ungefähre Lage des Ortes erfragt, wohnte er gleich zweimal heimlich Bestattungen bei. Doch wegen der dicken Schneedecke sah er nicht, was er sehen wollte. Erst gegen Ende der kalten Jahreszeit entdeckte er im Schnee Spuren von Pferdehufen und Wagenrädern, die zum Platz der Himmelsbestattung führten, und als er ihnen folgte, kam er zu einem alten Mann, der an einer Krankheit gestorben und offenbar gerade erst hier abgelegt worden war. Der alte Mann lag friedlich wie ein Neugeborenes da, bedeckt mit einer feinen Schicht Pulverschnee, der sich ausnahm wie dünne Gaze, sein Gesichtsausdruck darunter sanft und andächtig.

Chen Zhen erstarrte und schwebte auf dem Rückweg in tausend Ängsten, die nur langsam einer gewissen Demut und Gottesfurcht Platz machten. Der Tote hatte nicht etwa wie jemand auf dem Weg ins Totenreich ausgesehen, sondern wie auf dem Weg zu einem Festessen bei Tengger, um mit heiligem Wasser getauft zu werden, in Erwartung einer Wiedergeburt. Jetzt erst verstand Chen Zhen die große Bedeutung des Wolftotems für das mongolische Volk: Am Endpunkt eines Menschenlebens setzte man den entblößten Körper als aufrichtige Opfergabe ein, um sich selbst gründlich zu reinigen – wer wollte da noch an der tiefen Verehrung der Mongolen für Tengger und die Grasland-Wölfe, denen sie ihre Seele anvertrauten, Zweifel hegen?

Chen Zhen wagte nicht, an diesem heiligen Ort allzu viel Zeit zu verbringen, weil er fürchtete, die Seelen der Verstorbenen zu stören und den tiefen Glauben des mongolischen Volkes zu schmähen. Er verbeugte sich vor dem alten Mann und führte sein Pferd vom Platz der Himmelsbestattung herunter.

Nach drei Tagen machte die Familie des Toten sich keine Sorgen mehr, und Chen fiel ein Stein vom Herzen. Es war Brauch, nach der Himmelsbestattung an den Ort des Geschehens zurückzukehren, und vielleicht war anhand der fremden Fuß- und Hufabdrücke entdeckt worden, dass ein Außenstehender den Ort besucht hatte. Doch bislang hatte noch niemand ihn belangt. Wenn die Seele des Toten nicht zu Tengger aufgestiegen wäre, hätte das anders ausgesehen. Neugier und Interesse Chen Zhens, musste er selbst erkennen, begannen mit Totem und Tabus der Bewohner des Graslands in Konflikt zu geraten. Also konzentrierte er sich wieder auf das Weiden der Schafe und arbeitete hart, auch wenn er weiter danach trachtete, diesen geheimnisvollen Grasland-Bewohnern, die seine Neugierde anstachelten und seinen Respekt ihnen gegenüber immer größer werden ließen, immer näher zu kommen.

In diesem Jahr kam der Frühling über einen Monat zu früh. Milde Winde tauchten den Olonbulag in leuchtendes Gelb. Das von der Last des Schnees niedergedrückte Gras richtete sich auf, an den sonnigen Abhängen spross zartes Grün empor. Trockene Winde kamen in Begleitung von warmer Sonne, sodass in allen Produktionsgruppen Maßnahmen zum Feuerschutz und zur Bekämpfung der Trockenheit ergriffen wurden.

Gao Jianzhong kam zu spät. Die Leiharbeiter von außerhalb und ihre Familien, die im Transportwesen und auf dem Bau arbeiteten, hatten im vorigen Winter neidisch mit ansehen müssen, welchen Gewinn die kleine Produktionsgruppe Galsanmas beim Verkauf der Gazellen erzielt hatte. Sie bedrängten einen Jäger, ihnen den günstigsten Jagdgrund zu nennen, doch die Jäger sagten, es lägen keine gefrorenen Gazellen mehr im Schnee. Also versuchten sie, Bayar mit seinen Lieblingssüßigkeiten zu bestechen, aber der Kleine führte sie zu einem leeren Tal. Doch irgendwann fanden die zumeist aus dem Nordosten Angereisten doch noch den fatalen Schwachpunkt der Mongolen – Alkohol. Mit Sorghum-Schnaps aus dem Nordosten füllten sie den Schafhirten Sanjai ab, bis er den genauen Ort der verbleibenden toten Gazellen preisgab. Sie eilten voran, ließen die Wölfe und Gao hinter sich, und schlugen in Sichtweite der Gazellen und genau neben der Fundstelle ihr Zeltlager auf, um innerhalb eines Tages sämtliche gefrorenen Tiere, groß wie klein, gute wie schlechte Qualität, einzusammeln. Die ganze Nacht hindurch fuhren sie mit vier Wagen hin und her, um ihre Beute an der Bayangobi-Ankaufsstelle loszuwerden.

Die Pferdehirten der Zweiten Produktionsgruppe hörten nächtelang das hungrige und wütende Geheul der Wölfe im kahlen Tal wiederhallen. Sie wurden nervös, blieben Tag und Nacht nah bei den Pferden und wagten nicht, sich auch nur einen Schritt von der Herde zu entfernen. Sie ließen sogar ihre Geliebten weinend und klagend in den Jurten allein. Die Frauen wussten, dass sie einen hohen Preis für den Hunger der Wölfe bezahlen würden, und ließen ihre Wut und Ohnmacht an den Hunden aus.

Kurz darauf setzte die Lagerleitung einen einst jährlich praktizierten Brauch zur Bewahrung des Graslands wieder in Kraft: das Stehlen von Wolfswelpen. Der Vertreter des Militärs Bao Shungui setzte einen noch höheren Preis als in vorangegangenen Jahren aus. Felle von Wolfswelpen, hieß es, stünden dieses Jahr besonders hoch im Kurs. Aus dem zarten und schönen, seltenen und kostbaren Wolfswelpenfell wurden erlesene Damenjacken gefertigt, die zu den beliebtesten Günstlingsgeschenken für höhere Beamtengattinnen zählten und als harte Währung zur Bestechung in unteren Kaderkreisen dienten.

Der alte Bilgee schwieg dazu und zog nur immer wieder an seiner Pfeife. Doch dann hörte Chen ihn leise vor sich hin murmeln: »Die Wölfe werden bald Rache nehmen.«

5

Eine andere Geschichte will wissen, dass die Vorfahren der Türküt im Land Suo nördlich der Hunnen zu suchen sind. Es war ein Stamm, dessen Führer Abangbu genannt wurde. Der hatte siebzehn Brüder, von denen einer Yizhi Nishidou genannt wurde, geboren von einer Wölfin. Da Abangbu und seine Brüder von Natur aus dumm waren, ging ihr Reich unter. Nishidou entwickelte übernatürliche Kräfte und nahm Einfluss auf Wind und Regen. Er nahm sich zwei Frauen, die vorgaben, Töchter des Gottes des Sommers und des Winters zu sein, und bekam vier Söhne ... So hat diese Geschichte etwas mit der vorhergehenden gemein: Die Türküt stammen von den Wölfen ab.

Geschichte der Zhou-Dynastie, Türküt

Dicke dunkle Wolken rasten über den Horizont im Norden, überschlugen sich und wälzten sich dem blauen Himmel entgegen, bedrohlich wie dunkle Flammen und schwarzer Rauch. Im Nu hatten die Wolken über Kilometer hinweg die Bergkuppen einfach verschluckt, als habe sich eine riesige dunkle Handfläche über die Höhen des Viehzüchtergebiets gelegt. Der orangefarbene Sonnenuntergang im Westen war noch nicht ganz verdeckt, als der Nordwind dichten Schnee über das weite Land des Olonbulag trieb. Die wirbelnden Schneeflocken sahen im schräg stehenden Sonnenlicht wie Millionen von hungrigen Heuschrecken aus.

Ein mongolisches Sprichwort besagte: Der Wolf flieht mit dem Wind. Seit Jahrzehnten bewegten sich die Wolfsrudel diesseits und jenseits der Grenze wie Guerillakämpfer durch das Olonbulag, traten mit einem Kälteeinbruch im frühen warmen Frühling über die Grenze, sprangen über die Feuerschutzbarriere und überqueren die bewachten Wege, um zum Grasland zurückzukommen. Der Winter war eisig gewesen, das Gras spärlich und die Beute rar, sodass die Wölfe großen Hunger litten. Doch in diesem Jahr waren die Fleischvorräte der Wölfe unter dem Schnee gestohlen worden, jenseits der Grenze hatte die Frühjahrsdürre sich verschlimmert, und es war schwer für die geschwächten Tiere, die flinken Gazellen zu fangen. Viele hungrige Wölfe hatten sich bereits an der Grenze zusammengerottet. Ihre Augen glühten rot, als sie die Grenze überschritten, ihr Töten war grausam, ohne Rücksicht auf die Folgen ihres Tuns. Ihre Leittiere wurden getrieben von mörderischen Rachegedanken, als sie ihre Rudel näher und näher an die Menschen führten, bereit, für Nahrung in den Tod zu gehen.

Diesseits der Grenze war man auf dem Olonbulag damit beschäftigt, Wolfshöhlen auszuheben, nichts ahnend, welche Geißel im Anzug war.

Seit Jahren schon waren die Wettervorhersagen äußerst ungenau, und deshalb hielt Vorsteher Uljii sie für blanken Unsinn. Außer Bilgee und einigen anderen alten Männern, die sich besorgt zeigten, weil der Lagerleiter so viele Arbeitskräfte abzog, um Wolfshöhlen auszuheben, hatte niemand die Kaltfront im frühen Frühling und das Wolfsunheil vorausgesehen, ja selbst die für die Viehzüchter und ihre Produktion zuständige Grenzschutzstation war nicht wie sonst in der Lage, die nahende Bedrohung zu erkennen und eine Warnung auszusprechen. Normalerweise müssten sie rudelweise große Abdrücke von Wolfstatzen sofort Lagerleitung und Viehzüchtern melden. Im Grenzgebiet des Olonbulag behindern keine hohen Berge kalte Winde und Schneestürme, und die Wölfe, die gut als Wetterstation dienen konnten, nutzten diese Stürme oft erfolgreich zu einem ihrer Blitzkriege.

Im Nordwesten des Olonbulag hatte man vor kurzem eine neue Pferdeherde auf einem grasbewachsenen Hügel geführt. Unter dem guten Dutzend Pferdeherden des Olonbulag, die es in verschiedenen Divisionen und Einheiten der Kavallerie der Volksmiliz gab, waren das die besten Pferde – siebzig, achtzig Stück mochten es sein. Die Volksmiliz wartete nur noch auf den schriftlichen Bericht der jährlichen Routineuntersuchung, und wenn alle Tiere gesund waren, konnten Pferde und Reiter sich auf den Weg machen. Die Lage war angespannt, der Kriegseintritt möglich, deshalb lastete große Verantwortung auf den Reitern. Die Miliz und das Revolutionskomitee wählten vier Pferdehirten mit Verantwortungsgefühl, Wachsamkeit, Mut und sehr guten Reitkünsten aus und teilten sie in zwei Gruppen auf, um die Pferde vierundzwanzig Stunden zu bewachen. Batu, der Kompanieführer der Zweiten Produktionsgruppe war, stand den beiden Gruppen vor. Es galt zu verhindern, dass die Pferde zu ihrer Stammherde zurückliefen, und man stationierte sie deshalb in zig Kilometern Entfernung. In den letzten Tagen war das Klima angenehm gewesen, mit leichtem Wind und viel Sonne, das Wasser war klar, und erste Frühlingssprossen zum Anknabbern brachen durch. Die Kriegspferde freuten sich, keines lief fort. Die vier Pferdehirten waren mit Leib und Seele dabei, alles war ruhig.

Doch plötzlich wurde aus der leichten Brise ein Schneesturm, der mit Windstärke zehn und mehr über das Grasland fegte. Der See lief wie eine schräg stehende Schüssel über, Tiere nahmen alle Kräfte zusammen, um den Zaun zu durchbrechen. An der zugigsten Stelle griff der Wind an, stülpte eine Jurte um wie zu einer großen Schale, die emporflog, dann zu Boden fiel und zerbrach. Wagen, die dem Wind entgegenfuhren, wurden die Abdeckung entrissen, hochgehoben und stiegen als Filzmatten in den Himmel. Das Schneetreiben war so dicht, dass die Reiter Kopf und Schwanz ihres Pferdes nicht sahen. Der Schnee kam wie aus einer Kanone geschossen, raste durch die Luft und riss dabei Millionen haarfeiner weißer Narben in den Himmel. Der alte Mann erzählte, ein mongolischer Schamane habe einst gesagt, bei Schneesturm, da drehe ein weißhaariger Dämon durch. Mit diesem Satz war der Schneesturm berühmt geworden, und kein Lebewesen, ob Mensch oder Tier, erschrak bei der Nachricht von einem Schneesturm nicht zu Tode. Menschen schrien, Pferde wieherten, Hunde bellten, Schafe blökten, Millionen Stimmen vereinten sich zu einem einzigen, markerschütternden Schneesturmschrei.

Die Menschen, die für weitere nächtliche Gänge zum Ausheben der Wolfshöhlen bereit waren, saßen in den Bergen fest und konnten weder vor noch zurück. Und von den Jägern, die zurückkehren wollten, hatten die meisten sich verirrt. Die wenigen Arbeitskräfte, fast alles Alte, Schwache, Frauen und Kinder, die zurückgeblieben waren, um die Herden zu hüten, versuchten mit letzter Kraft, ihre Herden zusammenzuhalten, streunende Tiere einzufangen und alle zu schützen. Auf dem Grasland konnte das in Jahren harter Arbeit Aufgebaute innerhalb eines Tages verloren gehen.

Das erste Angriffsziel der Wölfe nach Überschreiten der Grenze waren die stämmigen und starken Militärpferde. Bilgee glaubte, dass Pferde und Reiter wie vorgesehen längst wieder fort waren, und beglückwünschte sich bei Ausbruch des Schneesturms selbst. Später erst erfuhr er, dass der Bericht über die jährliche Routineuntersuchung einen Tag auf sich hatte warten lassen. Der Bote überbrückte die Wartezeit, indem er mit dem Vertreter der Armee Bao Shungui zur Jagd auf Wolfswelpen in die Berge zog. In diesem Frühjahr waren bereits besonders viele erbeutet worden, weit über hundert. Die trauernden Wolfsmütter hatten sich den anderen Wölfen angeschlossen, sodass die Rudel entsprechend wild entschlossen und grausam waren.

»Diese Gelegenheit zum Kampf hat Tengger dem Rudelführer gewährt«, sagte der Alte später, als alles vorbei war, »wahrscheinlich dem weißen Wolf, der sich so gut auf dem Olonbulag auskennt und der so den Weg seines Rachefeldzugs genau bestimmen kann.«

Sowie der Wind das erste Mal aufbrauste, kam Batu pfeilschnell aus seiner einfachen Hirtenjurte gefegt. Er hätte heute eigentlich Pause gehabt, viele Nachtschichten lagen hinter ihm, sein Pferd und er waren völlig erschöpft, aber er konnte dennoch nicht schlafen, hatte den ganzen Tag kein Auge zugetan. Batu, der mit den Pferden groß geworden war, hatte unzählige Male unter Schneestürmen und Wölfen zu leiden gehabt. Herrschte mehrere Tage hintereinander verdächtige Ruhe, so waren seine Nerven gespannt wie Saiten aus Pferdehaar, und beim kleinsten Anzeichen von Wind summte ihm der Schädel. Die alten Pferdehirten kannten den mit Blut geschriebenen Lehrsatz genau: Im mongolischen Grasland gab es keine Ruhe nach der Ruhe, sondern nur Gefahr nach der Gefahr.

Batu hatte kaum sein Zelt verlassen, als er schon den Geruch des Schneesturms atmete, und sowie er den Himmel im Norden und die Windrichtung witterte, färbte sich seine dunkelrote Gesichtshaut grau, die bernsteinfarbenen Augen funkelten vor Angst. Er drehte sich wieder um, stürmte ins Zelt zurück, weckte mit einem Fußtritt seinen Kollegen Laasurung, dann griff er hastig zu Taschenlampe, Gewehr und Munition, band sich die Reitgerte an den Gürtel, zog seinen Pelzmantel an, löschte das Feuer im Ofen und vergaß auch nicht, zwei Pelzmäntel für die Wache schiebenden Hirten mitzunehmen. Die beiden schulterten ihre Gewehre, nahmen große Taschenlampen mit, schwangen sich auf ihre Pferde und eilten zu den Pferdeherden im Norden.

Im Westen versank die Sonne hinter den Bergen und ließ das Olonbulag im Dunkeln zurück. Die beiden Pferde stürmten den Hang hinunter und wurden frontal vom Schneesturm erwischt wie von einer Flutwelle oder Lawine. Pferde und Reiter waren im Nu ganz und gar verschluckt. Der Schneesturm schlug den Männern ins Gesicht, sodass ihnen Atem und Sicht genommen wurden. Die beiden Pferde schienen Witterung von irgendetwas aufzunehmen, wollten umdrehen und wie um ihr Leben davongaloppieren. Die Freunde ritten nah beieinander, doch sah Batu die Hand vor Augen nicht, er brüllte nervös, ohne jedoch eine Antwort von Laasurung zu erhalten. Der Sturm erstickte alle anderen Geräusche. Batu nahm sein Pferd fester an die Kandare, wischte sich Schweiß und Schnee von der Stirn, zwang sich zur Ruhe, griff nach der Taschenlampe und schaltete sie ein. Wenn eine solche Lampe normalerweise hundert Meter im Umkreis eines Pferdes erleuchten konnte, so waren es jetzt nur wenige Schritte. Im Lichtstrahl tanzten und wirbelten scheinbar flaumige Schneeflocken dicht bei dicht, und plötzlich tauchte aus Batus Richtung ein Schneemann mit Schneepferd auf, von dem seinerseits ein schwacher Lichtstrahl ausging. Beide zeichneten mit ihren Taschenlampen einen großen Kreis, versuchten alles, um die verschreckten Pferde zu beruhigen, und schafften es schließlich, nebeneinander zum Stehen zu kommen.

Batu hielt Laasurung fest, hob eine Ohrenklappe seiner Fellmütze hoch und rief laut: »Bleib hier stehen, hier fangen wir die Pferde ab und treiben sie nach Osten, wir müssen unbedingt den Teich am Jiazi Berg meiden, sonst ist die gesamte Herde verloren.«

Laasurung brüllte zurück: »Mein Pferd ist ängstlich, als seien Wölfe in der Nähe. Wie sollen wir das zu viert schaffen?«

»Und wenn es unser Leben kostet«, schrie Batu. »Wir werden es schaffen!«

Damit hoben beide ihre Taschenlampen in Richtung Norden hoch und ließen sie kreisen, um den anderen beiden Pferdehirten Zeichen zu geben.

Plötzlich brach ein einzelnes graues Pferd mit grauer Mähne in die Lichtkegel der Taschenlampen ein, verlangsamte seinen Schritt und kam neben Batu zum Stehen, als habe es seinen Retter gefunden. Das Pferd keuchte aus weit aufgerissenem Maul, unter dem Hals klaffte eine Bisswunde, über seine Brust floss Blut, die Wunde dampfte, und unterhalb waren zwei weitere Rinnsale Blut zu Eis erstarrt. Beim Anblick von Blut sprang das Pferd Laasurungs in die Höhe, senkte den Kopf, streckte den Hals und galoppierte wild los. Batu wendete sein Pferd und folgte ihm, das graue Pferd war nicht zu halten und im nächsten Moment in einer Schneewolke verschwunden.

Als Batu schließlich die Zügel von Laasurungs Pferd zu fassen bekam, hatte sie die Pferdeherde auch schon erreicht. Im unsteten Licht der Taschenlampen wirkten die Tiere so verschreckt und ängstlich wie jenes große graue. Sie wieherten in den Wind, rannten umher und schlugen aus, sodass Hunderte von Hufen eine tosende Schneewolke lostraten und den unter ihren Leibern wütenden Sturm niederzutrampeln schienen. Batu und Laasurung richteten ihren Lichtstrahl voller Furcht auf den Boden unter den Pferdehufen, und Laasurung erschrak so sehr, dass er den Hals seines Pferdes umklammern musste, um nicht herunterzurutschen. So undeutlich das Bild auch sein mochte, das sich ihnen im dichten und von den Taschenlampen angestrahlten Schnee bot, die Wölfe unter den Pferden entgingen den scharfen Augen der beiden Pferdehirten nicht. Schräg hinter fast jedem einzelnen Tier bleckte einer die Zähne. Vom Schnee waren sie am ganzen Körper weiß. Die Wölfe schienen dicker als sonst, beängstigend groß und furchterregend weiß. Weiße Wölfe, verfluchte Wölfe, teuflische Wölfe, die die Pferdehirten zu Tode erschreckten! Wenn sich die Tiere sonst beim ersten Strahl einer Taschenlampe abwandten und fortliefen, so waren sie jetzt hasserfüllt und rachsüchtig, angeführt vom Leitwolf und den rasenden Muttertieren.

Batu glaubte, Wolfsgeister vor sich zu haben und die Strafe Tenggers zu erleiden. Jeder Nomade wusste, dass ihm am Ende die Himmelsbestattung zuteil- und er im Magen von Wölfen enden würde, so war es seit tausend Jahren, seit Abertausenden von Jahren. Dennoch fürchtete jeder gesunde oder auch nur halb gesunde Mensch die Wölfe und wollte um keinen Preis schon zu Lebzeiten gebissen oder aufgefressen werden.

Batu und Laasurung hatten die anderen beiden Pferdehirten aus dem Blick verloren und vermuteten, dass sie steifgefroren und entmutigt von ihren Pferden fortgetragen worden waren. Sie gehörten zur Tagschicht, waren unbewaffnet, ohne Taschenlampen und ohne Felljacken. Batu sagte zähneknirschend: »Kümmern wir uns nicht um sie, Hauptsache die Pferde werden gerettet!«

Im Strahl der Taschenlampe Batus sah man die Tiere immer noch wie verrückt umhergaloppieren. Siebzig, achtzig Kriegspferde, das Herzstück von einem guten Dutzend Herden und der gehütete Schatz von

Dutzenden von Pferdehirten, von besonderem Blut und reinrassig, waren es die aus der Geschichte bekannten mongolischen Kriegspferde, später Türküt-Pferde genannt. Sie hatten einen herrlichen Körperbau, besaßen Leidensfähigkeit, konnten Hunger und Durst ertragen, Hitze und Kälte, galoppierten schnell und ausdauernd. Normalerweise ritten nur die besten Hirten und Lagerleiter diese Tiere, nur aus strategischen Gründen wurden sie jetzt auch Kavalleristen der Volksmiliz gegeben. Wenn diese Pferde von Wölfen gefressen würden oder im Schlamm des Sees erstickten, würden die Hirten Batu in der Luft zerreißen.

Batu sah seinen Kollegen Laasurung zögern, drückte die Schenkel zusammen und preschte mit seinem Pferd vor. Er versperrte Laasurung und seinem Pferd den Weg, drängte es an die Seite der Herde, dann griff er zur Taschenlampe, leuchtete Laasurung ins Gesicht und schrie: »Wenn du abhaust, töte ich dich!«

Laasurung brüllte zurück: »Ich bin es nicht, der Angst hat, das Pferd ist es!« Wütend schlug er dem Tier mit den Zügeln über den Kopf, bis er es wieder unter Kontrolle hatte, dann schaltete er die Taschenlampe ein und ritt mit dem Hirtenstab fuchtelnd auf die Pferde zu. Mit den Lichtstrahlen lenkten sie die Pferde, schlugen mit den Stöcken unsanft auf die Widerwilligen ein, die mit dem Wind davongaloppieren wollten, und drängten sie Richtung Osten ab. Batu nahm an, dass sie jetzt nicht weit vom See entfernt waren, es konnten höchstens zehn Kilometer sein. Die Kriegspferde, hochgewachsene Hengste mit breiter Brust und großem Kopf, bewegten sich nicht in einer gewöhnlichen Herde mit Muttertieren und Fohlen und waren deshalb so schnell, dass sie den schlammigen Teich in knapp einer halben Stunde erreicht hatten. Das Problem war, dass der kleine See in nordsüdlicher Richtung sehr schmal, in ostwestlicher breit war, er zog sich lang hin, und wenn der Wind nicht drehte, würde es schwer sein, auf die andere Seite zu gelangen. Für Batu war der See ein unersättlicher Dämon, dem Wind und Wölfe die Pferde ins große Maul trieben.

Die Richtung des Schneesturms änderte sich kein bisschen, er tobte weiterhin wild und ungestüm aus Richtung Norden nach Süden. An der Art, wie sich der Schritt seines Pferdes änderte, konnte Batu Unebenheiten im Boden, Erdströme und Bodenbeschaffenheit erkennen und so seine eigene Position und die Windrichtung bestimmen. Batu war sehr in Sorge, denn Wolfsmütter, deren Höhlen ausgehoben und denen die Jungen geraubt worden waren, gebärdeten sich im Allgemeinen wilder als die Rudelführer. Ohne Rücksicht darauf, dass er schon einmal von Wölfen umzingelt gewesen war, ungeachtet der Gefahr, dass die Wölfe jederzeit sein Pferd anfallen und beißen konnten, und ungeachtet der Tatsache, dass sein Pferd über seine Vorderläufe stolpern und den hungrigen, irrsinnigen Wölfen genau vor die Nase stürzen konnte – ohne Rücksicht auf Verluste stieß er einen Kriegsschrei aus und schlug mit dem Stock wie ein Wahnsinniger auf sein Pferd ein. Nur der eine Gedanke beherrschte ihn: die Kampfmoral zu stärken, die versprengten Pferde zusammenzuführen und Richtung Osten um den See herumzuleiten. Von da aus zu den Jurten, wo die Pferde zusammen mit Hunden und Menschen den Wölfen trotzen konnten.

Die Pferde beruhigten sich unter der Führung der beiden Hirten und ihrer Taschenlampen, unter ihren Schlägen und Schreien, langsam wieder. Ein großer Schimmel bot sich an, das Leitpferd zu spielen, und wieherte mit stolz emporgerecktem Kopf. Batu und Laasurung richteten den Strahl ihrer Lampen sofort auf das Tier. Mit einem Leittier vor sich wurde die Herde lebendig, fand zu dem Gruppengeist zurück, der mongolischen Kriegspferden eigen ist, und baute ihre jahrtausendealte Formation im Kampf gegen Wolfsrudel auf. Plötzlich stieß das Leitpferd ein Kommandowiehern aus, und die durch die Wölfe in ihrer Ordnung gestörten Pferde drängten zu ihm hin, Schulter an Schulter und Bauch an Bauch, sodass kein Grashalm dazwischengepasst hätte. Wie auf Kommando begannen Hunderte von Hufen wild um sich zu treten, zu trampeln und auszuschlagen. Es passierte so plötzlich, dass die Wölfe die Kontrolle über die Situation verloren. Einige von den Pferden überraschte Wölfe kauerten unter deren Bäuchen, drängten sich zwischen dem Wald aus Beinen, konnten nicht entkommen, ihre Knochen wurden gebrochen, Rücken zermalmt, Köpfe zertreten. Das grausame Klagegeheul der Wölfe war noch unerträglicher für die Menschen als das Pfeifen des Schneesturms. Batu atmete vorsichtig auf, er ging davon aus, dass mindestens zwei, drei Wölfe den Hufen der Pferde zum Opfer gefallen waren, merkte sich die Stelle und würde einige Tage später bei klarem Wetter zurückkehren, um Wolfsfelle zu holen. Nach dem Massaker stellten die Pferde ihre Ordnung wieder her, schwache Tiere in die Mitte der Herde, starke nach außen. Mithilfe der kraftvollen und für Wölfe so beängstigenden eisenbeschlagenen Hufe bauten sie eine Verteidigungslinie auf, die einer Kette aus eisernen Fäuste ähnelte.

Je näher sie dem See kamen, umso zufriedener war Batu mit der Ordnung der Pferde, denn so waren die Tiere gut zu führen – solange er das Leittier im Griff hatte, würde es ihm in der Kürze der verbleibenden Zeit wahrscheinlich gelingen, die Herde an die östliche Seite des Sees zu bringen. Aber ohne Angst war Batu nicht, denn dieses Wolfsrudel war nicht wie die anderen. Gegen toll gewordene Wölfe konnte man nicht viel ausrichten. Je mehr man es versuchte, umso brutaler wurden sie, je häufiger man einzelne Tiere tötete, umso wilder wurden die Lebenden. Das Rudel musste das traurige Geheul der Wolfsmütter gehört haben, und so lag ein gefährliches Stück Weg vor Batu und den Pferden. Ein Blick auf die Pferde zeigte Batu, dass viele schon gebissen worden waren. Jedes einzelne war ein gutes Kriegspferd, das schon Kämpfe mit Wölfen überstanden hatte. Auch die verletzten Tiere taten alles, um mit der Herde Schritt zu halten und die Ordnung der Gruppe präzise einzuhalten. Sie wollten den Wölfen keine Möglichkeit zum Angriff geben.

Doch trotz allem gab es einen Schwachpunkt. Die meisten der Tiere waren kastriert, ihnen gebrach es an Kampfkraft, es fehlten junge »Pferdesöhne« – Hengste, die einen Angriff hätten initiieren können. Jede Pferdeherde im mongolischen Grasland bestand aus einem guten

Dutzend Familien, und jede hatte einen Hengst. Die Tiere mit Mähnen, die mitunter bis zu den Knien oder sogar auf den Boden hingen, einen Kopf größer als andere Pferde und mutiger obendrein, sie waren die eigentlichen Anführer und Killer jeder Herde. Sobald sie auf Wölfe stießen, formierten sich die Pferde unter Anleitung der Hengste um diese herum, Muttertiere und Fohlen innen, größere Tiere außen. Alle Hengste stellten sich außerhalb des Kreises den Wölfen entgegen, sie schüttelten ihre Mähne, blähten die Nüstern, stiegen auf die Hinterbeine, bis sie über dem Kopf eines Wolfes schwebten, und donnerten dann herunter und zerschmetterten mit ihren riesigen Vorderhufen den Wolf unter ihnen. Wenn die Wölfe fliehen wollten, nahmen die »Pferdesöhne« mit gesenktem Kopf die Verfolgung auf, traten oder bissen, und die größten, wildesten, kräftigsten unter ihnen konnten einen Wolf ins Maul nehmen, ihn zum Himmel schleudern und auf den Boden schmettern, bis er an seinen Verletzungen starb. Im Grasland ist der stärkste Wolf kein Gegner für ein solches Tier. Bei Tag und Nacht passen sie auf die Pferdeherde auf und beschützen sie, ja selbst im Angesicht von Wolfsrudeln, bei Blitz und Donner oder einem Vulkanausbruch sind sie um ihre Herde herum und tun alles, um Tod und Verletzung bei weiblichen Tieren und Fohlen, bei alt und jung möglichst gering zu halten und die Herde an einen sicheren Ort zu bringen.

Wie Batu in diesem Augenblick einen Hengst herbeisehnte! Aber das Tier, das im Schneesturm die Führung übernommen hatte, war wie alle anderen Pferde ein Wallach – so kräftig sie sein mochten, ihre Manneskraft war dahin, ihre Angriffsmoral schlecht. Im Stillen bedauerte Batu, dass die Armee schon seit Jahren keine Hengste vom Grasland mehr rekrutiert und die Menschen vergessen hatten, welche Konsequenzen daraus erwuchsen. Und wenn doch jemand daran dachte, so war der nächste Gedanke, dass die Kriegspferde ohnehin bald abgezogen und das Grasland dann unwichtig würde. Die Chancen, dass etwas passierte, waren gering, hieß es, aber die Wölfe fanden immer genau die Schwachstelle, die sie brauchten. Batu bewunderte die Weitsicht des Leitwolfs, der wahrscheinlich längst mitbekommen hatte, dass es hier keinen Hengst gab.

Batu beeilte sich, vor die Herde zu gelangen, um sie Richtung Osten abzudrängen. Gleichzeitig machte er die Hände frei, um sich ein halbautomatisches Gewehr vor die Brust zu hängen, entsicherte es, würde es jedoch nur im äußersten Notfall einsetzen. Es waren neue Kriegspferde, und ein Schuss würde sie nicht nur erschrecken, sie könnten auch durchgehen. Laasurung traf ebenfalls seine Vorbereitungen. Der Schneesturm tobte immer heftiger, die Arme wurden beiden lahm, dass sie ihre langen Hirtenstäbe kaum noch halten, geschweige denn schwingen konnten. Sie kamen dem See immer näher, müssten bald seinen salzigen Geruch in der Nase haben.

Batu beschloss, von zwei Übeln das geringere zu wählen. Er nahm alle Kraft zusammen, schlug dem Leitpferd auf den Kopf und spitzte den Mund zu einem schrillen Pfiff, als das kluge Leittier mit Herde endlich verstand: In südlicher Richtung lag der See, zu dem die Pferde jeden zweiten Tag zum Saufen gingen. Und da es in diesem Frühjahr bisher fast gar keinen Niederschlag gegeben hatte, war das Wasser zu einer Pfütze zusammengeschrumpft, darum herum nur Schlamm. Wenige beim Trinken platt getrampelte Stellen konnte man noch als sicher bezeichnen, sonst bestand alles aus Fallgruben, und seit Beginn des Frühjahrs war schon eine erkleckliche Zahl von Tieren im Schlamm erstickt oder einfach verhungert, weil sie nicht mehr herauskamen. Normalerweise tranken die Tiere, wenn sie der Hirte pfeifend dazu anleitete, nur dann wagten sie weit in den See vorzudringen. Selbst bei Tage würde kein Pferd in diesem Tempo darauf zustürmen.

Das Pfeifen Batus tat seine Wirkung. Die mit den Gesetzen des Graslands vertraute Pferdeherde bemerkte sofort die große Gefahr im Süden. Die Tiere wieherten jammervoll. Sie hielten an, wandten sich um und galoppierten so schnell sie konnten Richtung Südosten, mit Seitenwind. Im Süden lauerte als Fallgrube der Schlamm, im Norden waren es die wilden Wölfe – den Pferden blieb nur der Südosten als Ausweg. Alle hatten sie große traurige Augen, als sie mit gesenktem Kopf dahingaloppierten, sie schnauften laut, von Wiehern war nichts mehr zu hören, Angst und Nervosität legte sich erstickend über die Herde, die um ihr Leben lief.

In dem Augenblick, da die Herde gewendet hatte, war die Lage eine vollkommen andere. Jetzt liefen die am wenigsten aggressiven, in der Verteidigung schwächsten Tiere außen und waren Wind und Wölfen ausgesetzt. Die tödlichen Waffen der kräftigsten Pferde, ihre hinteren Hufe, befanden sich plötzlich mitten in der Herde an völlig unnützer Stelle. Der stürmische Seitenwind bremste ihr Tempo zusätzlich und schwächte ihre Kampfkraft. Den Wölfen jedoch verlieh er gleichsam zusätzlich Flügel. Unter normalen Umständen sind Wölfe schneller als Pferde, ob gegen den Wind oder mit ihm. Mit dem Wind waren Wölfe zwar schnell, Pferde jedoch nicht viel langsamer, und wenn ein Wolf auf Hals oder Rücken eines Pferdes springen wollte, so wagte er es nicht von hinten zu tun, denn wenn es ein fixes Tier war, würde es plötzlich an Tempo zulegen, sodass der Wolf nur die hinteren Hufe erwischte und entweder verletzt oder tot war. Die Wölfe mussten seitlich springen, um zum Ziel zu gelangen. Dann aber waren sie nicht so schnell, bekamen die Pferde weder zwischen die Pfoten noch zwischen die Zähne und hinterließen höchstens Kratzspuren – ihre Erfolgsquote ließ empfindlich nach.

In dem Augenblick, als die Pferde ihre Richtung ändern mussten, gaben sie den Wölfen Gelegenheit zum Angriff. Mit dem Wind im Rücken und langsamer werdenden Pferden mussten sie nur noch seitlich aufspringen, um sich gierig in Hals oder Rücken der Tiere zu verbeißen. Mit ihren scharfen Krallen gruben sich die Wölfe dann in das Fleisch eines Pferdes und benutzten ihre messerscharfen Zähne, um in die lebenswichtigen Organe zu beißen – und sofort wieder vom Körper des Pferdes abzulassen. Wenn das Pferd sich auf der Erde wälzen und den Wolf abschütteln wollte, so mochte ihm das mit einem Angreifer gelingen, nicht aber mit mehreren. Sowie es sich auf die Erde legte, war die Meute über ihm und riss es in Stücke.

Langgezogenes, verzweifeltes Wiehern war zu hören, als die Wölfe ein Pferd nach dem anderen zerrissen, Blut spritzte, Fleisch- und Hautfetzen flogen durch die Luft. Das blutrünstige Massakrieren stimulierte die mordstollen Wölfe, egal wie viel Fleisch und Blut ihnen auch zwischen den Zähnen klebte, das Beißen und Zerfleischen ging weiter. Immer mehr Pferde hatten schwere Verletzungen, und immer mehr Wölfe stürzten sich wie wahnsinnig auf die Reittiere. Rudelführer und Leittiere gebärdeten sich besonders wild und brutal, sprangen auf die größten Pferde, bissen sich in Haut und Fleisch, klammerten sich am Pferd fest, die Krallen tief im Beutetier vergraben, sie spannten jeden Muskel an, um schließlich wie eine Stahlfeder in die Höhe zu schnellen und dabei Fleisch und Fell mit herauszureißen. Dann spuckten sie aus, was sie im Maul hatten, rollten über den Rücken wieder auf die Beine und rannten los, um auf das nächste Pferd zu springen. Die anderen taten es den Leittieren nach, in den Adern jedes Einzelnen floss das Blut von Generationen jagender und mordender Wölfe, sie hatten Weisheit, Brutalität und Freiheitsliebe mit der Muttermilch aufgenommen.

Die Pferde hatten Wunden über Wunden, Blut färbte den Schnee. Das erbarmungslose Grasland wurde wieder zur Kulisse jahrtausendealter grausamer Rituale. Im schwachen Licht der Taschenlampen wurden die beiden Pferdehirten wieder einmal Augenzeugen eines Massakers. Obwohl es fast jährlich dazu kam, war es diesmal besonders schwer, weil die Pferde für die Armee vorgesehen waren. Sie verkörperten Ruhm und Ehre des Graslands, und das Schicksal hatte es bislang immer gut mit ihnen gemeint und sie der Gefahr der Wölfe entkommen lassen. Mit starrem Blick sahen Batu und Laasurung dem Morden und Zerfleischen der Wölfe zu. Sie hatten nicht einmal mehr Tränen; sie erstickten fast an Wut und Ärger, mussten sich aber beherrschen und ihren Zorn unterdrücken, um mit all ihrer Kraft den Rest der Herde zu schützen. Batu wurde immer unruhiger, denn langjährige Erfahrung hatte ihn gelehrt, dass diese Wölfe kein gewöhnliches Rudel formten, sondern von einem ortskundigen Leittier angeführt wurden, das unberechenbar war, weil man ihm Nahrung und Fleisch weggenommen hatte. Dazu kamen noch die Weibchen, wahnsinnig vor Trauer um ihre Jungen.

Das Leittier allerdings war nicht wahnsinnig. Daran, wie die Wölfe die Pferdeherde immer mehr nach Süden abdrängten, konnte man die Taktik des Leitwolfs erkennen: Er wollte die Pferde in den südlich gelegenen Schneesee drängen, koste es, was es wolle, eine bekannte Strategie der Leitwölfe im Grasland. Batu wurde umso nervöser, je länger er sich das vorstellte, denn er hatte schon beobachtet, wie Wölfe Gazellen in den Schlamm trieben, genau wie Rinder und Pferde. Aber gleich eine ganze Herde – davon hatte er die Alten nur erzählen hören und nicht erwartet, heute vielleicht Augenzeuge dieses Spektakels zu werden. Waren sie wirklich fähig, die Pferdeherde mit einem Mal zu vernichten? Batu zwang sich, nicht weiter darüber nachzudenken.

Mit Hilfe der Taschenlampe lotste er Laasurung herbei, und unter Einsatz ihres Lebens ritten sie mal auf die eine, mal auf die andere Seite der Herde und versuchten, die Wölfe aufzuhalten, indem sie mit ihren Hirtenstöcken und mit Taschenlampen herumfuchtelten, sie durch die Luft wirbelten und damit um sich schlugen. Wölfe scheuen Licht, sie hassen es, geblendet zu werden. Die beiden Reiter galoppierten im fahlen Licht der Taschenlampe auf und ab und hin und her, um die östliche Seite zu schützen. Die Pferde erholten sich von ihrem größten Schreck und versuchten, die eigenen Beine und Hufe zu ordnen, um die letzte Gelegenheit zu nutzen, östlich am See vorbeizukommen. Ihnen war klar, wenn sie den See umrundeten, könnten sie mit dem Wind laufen und Tempo aufnehmen, zu den Hütten, in denen Lämmern auf die Welt geholfen wurde, wo viele Jurten standen und viele Menschen sie kannten. Sie konnten ihre Stimmen schon hören, das blendende Licht sehen und die guten Freunde der Pferde – die großen, kräftigen, gefährlichen Hunde, die beim Anblick der Wölfe zur Rettung der Pferde herbeieilen und zubeißen würden.

Nur waren die Wölfe diejenigen im Grasland, die die beste Nase für gute Gelegenheiten zum Angriff hatten und am ausdauerndsten warten konnten, und wenn sich ihnen einmal eine Gelegenheit bot, schöpften sie sie gründlich aus. Hasserfüllt würden sie ihr Bestes geben, um kein Pferd durch die Maschen ihres Netzes schlüpfen zu lassen. Die Pferdeherde war zum Schafgras neben dem Schneesee gelaufen, die Hufe der wild galoppierenden Tiere wirbelten Schnee und salzhaltige Erde auf, dass Reiter und Pferd die Augen tränten. Ringsum war es schwarz, man sah den Schneesee nicht, spürte ihn nur. Doch die Pferde ignorierten den salzigen Staub und rissen mit letzter Kraft ihre Augen auf, um nach vorn zu sehen. Sobald die Hufe nichts mehr aufwirbelten, das die Nase reizte, war klar, dass die Herde den Hügel im Osten des Sees erreicht hatte und abdrehte, den Schneesee östlich streifte und im wilden Galopp mit dem Wind nach Süden strebte.

Menschen, Pferde und Wölfe rannten wie im Tandem, und als die Wölfe kurz aussetzten, umklammerte Batu mit schwitzenden Händen den Gewehrlauf. Ein gutes Dutzend Jahre Erfahrung als Pferdehüter reicht, um zu spüren, dass die Wölfe sich nur zu ihrem Schlussangriff formierten. Denn es war ihre letzte Gelegenheit, und dieses Wolfsrudel würde sich die Möglichkeit zur Rache nicht entgehen lassen. Doch der Salzstaub brannte auch den Wölfen in den Augen, sodass sie wieder blind ein Stück mit den Pferden mitliefen. Sobald die Pferde den Abhang erreichten, würde er schießen können, um einerseits die Pferde zu schnellerem Lauf anzustacheln und andererseits die Wölfe zu verschrecken oder zu töten und gleichzeitig nach der Polizei zu schicken und Verstärkung zu holen.

Batu tat alles, um seinen leicht zitternden Arm unter Kontrolle zu bringen und machte Anstalten zu schießen – was Laasurung ihm nach tun würde.

Doch bevor sein Zittern sich beruhigt hatte, stieß die Pferdeherde ein einziges furchterregendes Wiehern aus, und sein eigenes Pferd geriet ins Straucheln. Batu rieb sich die tränenden Augen und richtete seine Taschenlampe nach vorn, wo einige große Wölfe, die sich nicht zu schade für Huftritte waren, vor seinem Pferd her liefen, um das Tempo von Batus Pferd zu verringern. Als Batu sich umwandte, sah er, dass Laasurung hinter ihm genauso von Wölfen bedrängt wurde und verzweifelt versuchte, die Kontrolle über sein scheuendes Pferd nicht zu verlieren, während die Wölfe schon ihren Angriff auf das Reittier begonnen hatten. Batu fuchtelte aufgeregt mit seiner Taschenlampe durch die Luft, um Laasurung zu bedeuten, er solle nach vorn aufrücken, doch das Pferd des anderen trat vor Angst um sich und schlug aus. Einige große Wölfe bissen und kratzten das Tier, hatten Wunde über Wunde hinterlassen, ja der Saum von Laasurungs Pelzmantel hing bereits in Fetzen.

Laasurung war inzwischen alles egal, er warf den unhandlichen Hirtenstock fort, fasste die große Taschenlampe fester, schwenkte sie hin und her und schlug wie wild auf die ihn anspringenden Wölfe ein. Das Licht ging aus, die Lampe ging kaputt, der Leitwolf war irritiert – doch die Attacken durch immer andere Wölfe hörten nicht auf. Schließlich biss einer der Riesenwölfe dem Pferd in die Weichteile unter seinem Gesäß, sodass das Tier schmerzvoll wieherte und auf die Kandare biss, den Hals reckte, den Kopf senkte und durchging. Laasurung hatte keine Chance, das Leitpferd zu halten, das um sein Leben nach Südwesten lief. Als die Wölfe sahen, dass sie das störende Tier in die Flucht geschlagen hatten, verfolgten sie es kurz und wandten sich dann wieder der restlichen Pferdeherde zu.

Jetzt sah Batu sich allein einem neuerlichen Angriff der Wölfe ausgesetzt. Sein großes schwarzes Tier schnaubte laut, riss die Augen auf, trat, trampelte, schlug aus und biss, wehrte sich nach Leibeskräften und ungeachtet seiner Biss- und Kratzwunden. Immer mehr Wölfe bedrängten Pferd und Reiter, und Batu wurde klar, dass er nicht fliehen konnte. Er warf seinen Hirtenstab ebenfalls fort und hielt sich mit einer Hand vorn am Sattel fest, um nicht von dem bockenden Pferd abgeworfen zu werden, die andere Hand löste den an einem Ende mit Eisen eingefassten Hirtenstock vom Sattel, wickelte sich die Lederschnur, die daran befestigt war, um das Handgelenk und nahm den Stock fest in die Hand. Er riss sich zusammen, mutierte vom Pferdehirten zum todesmutigen mongolischen Krieger und war entschlossen, in den Entscheidungskampf mit den Wölfen einzutreten. Er würde alle von den Vorfahren überlieferten Techniken und Kunstgriffe anwenden. Sein Hirtenstock war so lang wie der Säbel eines Kavalleristen, eine Waffe, die Bilgee ihm überreicht hatte, erprobt von seinen Vorfahren im Kampf gegen die Wölfe. Der Stock war so dick wie der Griff einer Schaufel und sein unteres Ende mit Eisenblech eng umwickelt, in den Ritzen dunkle Klümpchen, das getrocknete Blut von Generationen von getöteten Wölfen. Mehrere große Wölfe sprangen abwechselnd neben dem Pferd in die Höhe, es war die beste Ausgangssituation, um den Stock gegen Wölfe einzusetzen, eine bessere würde Batu in dieser Nacht nicht bekommen. Das Entscheidende war jetzt die Sicherheit seiner Schlagführung.

Batu versuchte, sein pochendes Herz zu beruhigen, richtete den Strahl der Taschenlampe nach rechts, dann hob er den Stock über die Köpfe der Wölfe, holte aus und schlug brutal und gezielt zu, um den empfindlichsten Punkt eines Wolfes zu treffen – die Zähne. Das Tier sprang mit ausgefahrenen Krallen in die Höhe, doch der herabsausende Stock hatte ihm die vier Reißzähne ausgeschlagen.

Der Wolf sank mit dem Kopf voran in den Schnee, das Maul voll Blut, und heulte in den Himmel, schmerzerfüllt und laut, schlimmer als wollte ihm jemand ans Leben. Im mongolischen Grasland sind Zähne für den Wolf sein Leben. Ohne Zähne sind ihm aller Mut, alle Stärke, Klugheit, List, Grausamkeit, Gier, Arroganz, Wildheit, alle Heldenhaftigkeit, Geduld, Findigkeit genommen. In der Welt der Wölfe ist ein Leben mit zerstörtem Auge, abgerissenen Ohren oder zerfleischtem Bein immer noch möglich. Aber ohne Zähne ist er verloren. Nie wieder wird er Zuchttiere jagen, nie wieder Kämpfe mit rivalisierenden Wölfen und Schäferhunden austragen, nie wieder mit den Zähnen zerfleischen, zerreißen und große Brocken herunterschlingen, nie wieder wird er sich stärken können. Aller Stolz und Mut, seine Stellung im Rudel und der Respekt von Artgenossen, alles löst sich ohne Zähne in Luft auf. Er vegetiert dahin; sieht seine Brüder Beute machen und auffressen, und am Ende bleibt ihm nur eins – langsam sterben, erfrieren, verhungern.

Batu roch das rohe Fleisch von immer mehr sterbenden Pferden und war entschlossen, diesen ultimativen Schlag gegen die Wölfe auszuführen, um sie die Grausamkeit und Unbarmherzigkeit der Menschen auf dem Grasland spüren zu lassen. Als die Wölfe noch gar nicht recht begriffen hatten, wie ihnen geschehen war, schlug er erneut zu, verfehlte diesmal die Zähne, traf die Schnauze, das Fleisch löste sich vom Knochen, der Wolf stürzte, wälzte sich im Schnee, rollte sich vor Schmerz zu einem Knäuel zusammen. Die Kunst Batus im Wölfetöten und das schmerzerfüllte Heulen der beiden großen Tiere flößte den umstehenden Wölfen Respekt und Furcht ein. Sie sprangen nicht mehr in die Höhe, sondern rotteten sich vor Batu zusammen, um zu verhindern, dass er der Pferdeherde näher kam.

Batu hatte den Angriff des Wolfsrudels zurückgeschlagen und überblickte die Pferdeherde. Er spürte, dass die Zeit drängte, aber auch, dass er den Wölfen einen schweren Schlag verpasst hatte. Vom Wolfsrudel war ein Heulen wie vom Reißen des Windes an Stromleitungen zu hören, erfüllt von Todesqualen, Angst und Schrecken.

Doch unter Führung des Leitwolfes setzte das Rudel alles auf eine Karte und wandten als letztes Mittel eine unvorstellbar grausame, blutige Methode an: Sie schickten ein Selbstmordkommando auf den Weg. Ein Wolf nach dem anderen – darunter viele trauernde Muttertiere – biss sich in der Rippengegend eines Pferdes fest, an der empfindlichsten Stelle, hängte sich mit seinem ganzen Gewicht daran und war bereit, seinen halben Leib zu opfern. Für Pferd und Wolf gleichermaßen gefährlich, hing der Wolf am Pferd wie zum Sterben aufgehängt, denn wenn das Pferd loslief, wurde der Leib des Wolfes zwischen den Hinterbeinen und unter den Hufen des Pferdes mitgeschleppt. Das erschreckte Pferd trat dann wie wild nach dem Tier, um es loszuwerden, verletzte Knochen und Weichteile des Wolfes, dessen Innereien schließlich aus seinem Bauch heraushingen. Nur die besten Wölfe schafften es, sich schadlos mit scharfen Zähnen im Pferd zu verbeißen und wieder fallen zu lassen. Wenn das Pferd aber den Wolf nicht loswurde, drohte es hinter die Herde zurückzufallen, vom Wolfsrudel umzingelt und vernichtet zu werden. Wenn es besonders schwer zutrat, biss der Wolf noch fester zu und konnte dem Reittier die letzte tödliche Verletzung zufügen.

Die sterbenden Pferde und selbstmörderischen Wölfe bildeten eine zitternde, tragische Einheit.

Bei den geschundenen und getretenen Wölfen handelte es sich zumeist um weibliche Tiere. Sie waren leichter als ihre männlichen Artgenossen, daher war es schwer für sie, den Bauch des Pferdes allein mit ihrem Körpergewicht aufzureißen; sie mussten mit aller Kraft zerren und reißen. Sie waren getrieben von Rachegefühlen und nahmen in Kauf, mit ihrem Opfer gemeinsam zugrunde zu gehen.

Bei den Pferden, denen die Wölfe den Bauch seitlich aufgerissen hatten, handelte es sich um dickbäuchige satte Tiere mit dem ersten Frühlingsgras im Bauch und Resten des Herbstgrüns vom Vorjahr, prall gefüllt mit Gras und Wasser und mit vollem Darm. Sobald ein Wolf die dünne Bauchhaut des Pferdes verletzt hatte, pladderten Magen- und Darminhalt auf den Schnee. Die völlig verschreckten Pferde galoppierten weiter, ihre hinteren Hufe trampelten auf Magen, Darm, Leber und Galle herum, bis auch noch Luftröhre, Herz und Lunge aus dem Leib quollen.

Dieser entfesselte Angriff der Wölfe brach endgültig den geordneten Widerstand der Pferdeherde. Das Grasland hatte sich in ein Schlachtfeld verwandelt, ein Pferd nach dem anderen brach im Schnee zusammen, wand sich in Krämpfen, und der Brustkorb, in dem gerade noch heißes Blut und warme Luft zirkulierten, füllte sich mit eisigem Schnee. Einige wenige Pferde flohen Hals über Kopf durch eine Wolke blutroter

Schneeflocken, und der immer schärfer wütende Schneesturm trieb sie ihrem endgültigen Ende entgegen.

Batu war angesichts des Selbstmordangriffs der Wölfe wie erstarrt, der kalte Schweiß gefror ihm auf der Haut. Kein Zweifel, das Spiel war so gut wie verloren, er konnte das Ruder nicht mehr herumreißen. Um wenigstens noch einzelne Pferde zu retten, nahm er sein eigenes Tier fest an die Kandare, zügelte seine Kraft, dann presste er dem Tier seine Beine in die Flanken, ließ die Zügel wieder locker, sodass das Tier leicht über die Wölfe hinwegsprang und zu den Leittieren lief. Die Überreste der Pferdeherde aber waren von den Wölfe schon weit zerstreut worden, und die Tiere hatten vor Schreck völlig vergessen, dass es im Süden diesen kleinen See gab.

Das zu dem kleinen See hin abschüssige Gelände beschleunigte den Lauf der Pferde, die Gewalt des immer wilder tobenden Schneesturms trieb die Tiere zusätzlich vor sich her, sodass sie wie schwere Steine den Berg hinunterdonnerten. Im Nu hatte die Eisfläche Risse, Schlamm spritzte auf, und die Herde brach ein. Verzweifelt wiehernd rafften sich die Tiere in einer letzten Kraftanstrengung auf und kämpften sich mit ihren im Morast steckenden Beinen zur tiefsten Stelle des Schneesees vor. Wenn sie schon keine Überlebenschance hatten, wollten sie wenigstens im Schlamm versinken, statt sich an die Wölfe zu verfüttern und damit deren Rachefeldzug mit Erfolg zu krönen. Die ihrer Männlichkeit beraubten Tiere leisteten einen letzten Widerstand, indem sie den Angriff der Wölfe durch kollektiven Selbstmord sinnlos machten. In diesem Augenblick waren sie die unerschrockensten Lebewesen des mongolischen Graslands.

Doch das grausame Grasland verachtet die Schwachen und gewährt ihnen auch nicht das kleinste bisschen Gnade. Mit Einbruch der Nacht hatte sich auf dem Schlamm im Nu wieder eine Eisschicht gebildet. Aber auch wenn am Rand des Schneesees alles dick gefroren war, so hatte das Eis in der Mitte noch nicht die Festigkeit, eine Pferdeherde zu tragen. Als die Pferde das Eis in Stücke traten und in den Schlamm einsanken, stießen sie auf noch zäheren Morast. Der eisige Schneesturm hatte ihn kälter und dickflüssiger gemacht, die breiige Masse lud förmlich zum Straucheln ein. Die Pferde kämpften sich nach vorn, sie drängten und strebten voran, zwischen Pferdekörper und Schlamm tobten Schneeflocken und eisiger Wind, und die Tiere mischten noch mehr Kälte und Klebrigkeit darunter. Schließlich waren die Pferde zu Tode erschöpft und konnten sich nicht mehr rühren, einige steckten bis zum Hals im Morast, andere nur bis zum Bauch. Die Pferde wieherten traurig und verzweifelt, weil ihr Selbstmord nicht gelingen würde; über Schnee, Eis und gefrorenem Schlamm stieg weißer Atem auf und setzte sich als Tau auf den Härchen des verschwitzten Fells der Tiere fest. Jedes einzelne Tier der Herde wusste, dass es keine Erlösung geben würde, niemand mehr die Wölfe von ihrer Massenschlachtung abhalten konnte.

Batu nahm sein Pferd fest an die Zügel, ließ es langsam Richtung Schneesee laufen, und sobald das große schwarze Tier auf den gefrorenen Schlamm trat, blähte es nervös die Nüstern, blickte mit gesenktem Kopf angstvoll voraus und traute sich keinen Schritt weiter. Batu leuchtete mit seiner Taschenlampe nach vorn, doch nur wenn der Schneesturm kurzfristig nachließ, waren verschwommen die Umrisse der Pferdeherde zu erkennen. Einige Tiere schüttelten kraftlos den Kopf und wieherten sterbend ihrem Besitzer zu, der doch ihr Überleben sichern sollte. Batu presste die Hacken seiner Reitstiefel fest in die Flanken seines Pferdes, um es weiter voranzuzwingen. Es versuchte mit größter Vorsicht fünf, sechs weitere Schritte, bis es mit den Vorderhufen einbrach und in den Morast sank, woraufhin das Tier mehrere Sätze rückwärts machte und erst am Ufer auf sicherem Boden zum Stehen kam. Wie sehr Batu auch mit dem Stock auf die Schultern des Tieres einschlug, es ging keinen Schritt weiter. Batu wäre am liebsten abgestiegen, um sich selbst zur Herde vorzuarbeiten und sie mit dem Gewehr zu schützen, aber wenn er das täte, Pferd und Reiter getrennt würden und in die Fänge der Wölfe gerieten, hätte er seinen strategisch günstigen höheren Punkt, von dem aus er seinen Hirtenstock schwingen konnte, ebenso verloren wie auch die Steigeisen des Pferdes. Außerdem hatte er nur zehn Kugeln, und selbst wenn er als außerordentlich guter Jäger mit jeder Kugel einen Wolf tötete, würde er nicht alle erlegen können. Und selbst wenn er die Wölfe in die Flucht schlug, so würde der immer kältere Schneesturm in der zweiten Hälfte der Nacht die Pferdeherde in dem Morast einfrieren. Mit gefrorenen Tränen im Gesicht wandte Batu sich nach Osten und flehte: »Tengger, Tengger, ewiger Tengger! Gib mir Weisheit, schenke mir übernatürliche Kräfte, bitte hilf mir die Pferde zu retten!« Doch Tengger blies die Backen auf und ließ eine besonders starke Windbö Batu die Worte von den Lippen reißen.

Batu wischte sich mit seinem weiten ledernen Ärmel die vereisten Tränen fort, den Pferdestock am Handgelenk, dann löste er sein Halfter, griff nach Gewehr und Taschenlampe und wartete auf das Wolfsrudel. In diesem Augenblick hatte er nur noch den einzigen Gedanken: möglichst viele Wölfe zu töten.

Nach einiger Zeit war Batu so steif gefroren, dass er sich kaum noch im Sattel halten konnte. Plötzlich stürmten die Wölfe wie ein über den Boden fegender Wind zu dem Matschsee hin. Sie hielten am östlichen Ufer inne und waren in dem vom Schnee aufsteigenden Dunst kaum zu sehen. Dann löste sich ein magerer Wolf aus der Gruppe und bewegte sich vorsichtig auf die Pferde zu, mit jedem Schritt die Festigkeit des Eises prüfend. Da es ein kleiner Wolf war, schoss Batu nicht. Nach ein paar vorsichtigen Metern hob der Wolf plötzlich den Kopf, erhöhte das Tempo und rannte schließlich auf die Pferdeherde zu. Er war noch nicht angekommen, da toste am Ufer plötzlich eine weiße Windhose los, die auf die Pferdeherde zuraste und mit hoher Geschwindigkeit um sie herum kreiste, sodass nur noch weiße Wolken zu sehen waren und man Himmel und Erde nicht mehr voneinander unterscheiden konnte.

Batu bekam in dem Schneesturm die Augen nicht mehr auf. Ihm war so kalt, dass er am ganzen Leib zitterte. Das Pferd mit seinem ausgeprägten Geruchssinn bebte und schlotterte und stieß mit gesenktem Kopf ein trauriges Wiehern aus. Es war tiefe Nacht, als das weiße Haar des Schneesturms sich wieder einmal über ein blutig rot gefrorenes Schlachtfeld legte.

Der fast vollkommen zu Eis erstarrte Batu schaltete seine Taschenlampe aus, versank in Dunkelheit, um zu verschwinden. Dann senkte er den Kopf und zielte mit seinem Gewehr auf den Schneesee. Doch mit einem Mal hob er den Lauf und schoss in den Himmel, einmal, zweimal, dreimal.

6

Zu den Waffen der Türküt zählen Bogen und singende Pfeile, Krummschwert und Speer sowie Helm und Harnisch. In ihrem Zierrat finden sich Dolch und Stilett, und auf ihre Fahnen ist das vergoldete Haupt eines Wolfes gestickt. Die Garde besteht aus Kriegern, die Fuli genannt werden (»Fuli« bedeutet in der alten Sprache der Türküt »Wolf«, Anm. d. Romanautors), in der Sprache der Xia ist dies der »Wolf«. Der Grund dafür ist, dass sie von Wölfen abstammen und ihre Herkunft nicht vergessen können.

Geschichte der Zhou-Dynastie, Türküt

Das fahle Sonnenlicht fiel durch dünne Wolken und treibenden Pulverschnee auf den weiten Olonbulag. Nachdem der Sturm zwei Tage und zwei Nächte gnadenlos gewütet hatte, war ihm nun die Puste ausgegangen, er trug keine Schneeflocken mehr mit sich und keine Eiskristalle. Unter den Wolken zogen Raubvögel gemächlich ihre Kreise. In dem warmen vorfrühlingshaften Klima zog sich der Nebel über dem Schneefeld wie zu Rauchwolken zusammen und ließ sich im Wind treiben. Eine Schar rotbrauner Steppenhühner flog raschelnd aus einem Gebüsch von mongolischen Buschweiden in die Höhe, die wie weiße Korallen aussahen. Die Zweige zitterten und schüttelten sanft den weißen, schneeartigen Flaum der Samenkapseln von sich, wobei die tiefrote Farbe der Büsche zum Vorschein kam, als wüchsen in einem weißen Korallenwald plötzlich strahlend rote Korallen. Der Gebirgszug im Norden lag unter blauem Himmel, vereinzelt trieben schwarzblaue Wolken über die weißen Schneeberge hin. Der Himmel klarte auf, das Olonbulag hatte zu seiner alten Ruhe und Gelassenheit zurückgefunden.

Laasurung und Chen Zhen behandelten Batus Erfrierungen und wichen den ganzen Tag nicht von seiner Seite. Das düstere, grausame Grasland, von dem Batu berichtete, schien nichts mit der wunderschön strahlenden Landschaft zu tun zu haben, die sich ihren Augen jetzt bot. Fast alle Hirten hatten schon einmal zwei Tage und Nächte mit dem grausamen Schneesturm gekämpft, aber Chen Zhen konnte dem, was Batu erzählte, kaum Glauben schenken.

Als er die frische, kalte Luft atmete, die nach Frühling im Grasland roch, ging es Chen Zhen etwas besser. Nach so viel Schnee würde die diesjährige Frühlingstrockenheit gut zu überstehen sein. Die Tage mit trockenem Wind und trockener Luft, trockenem Gras und trockenem Mist, die Tage, in denen einem die Augen vor Trockenheit brannten, sie waren gezählt. Wenn der Schnee schmolz, würden sich Seen und Flüsse mit frischem Wasser füllen, das Gras wachsen, Frühlingsblumen blühen, und das Vieh hätte Hoffnung, Fett anzusetzen. Der alte Bilgee sagte immer: »Das Fett eines Tieres beginnt mit dem Frühlingsspeck. Wenn es im Frühjahr nicht genug Fett gibt, wird das Tier im Sommer auch kein ›wässriges‹ Fett ansetzen, und im Herbst kein ›öliges‹ Fett. Wenn ein Schaf im Herbst keine drei Zentimeter dicke Speckschicht angesetzt hat, wird es den sieben Monate langen, harten Winter nicht überstehen.«

In den Viehzüchtergebieten wurde daher vor dem Winter jedes Tier, das nicht genügend Fett angesetzt hatte, billig verkauft. In besonders katastrophenreichen Jahren wurden Herden vor dem Wintereinbruch auf die Hälfte oder weniger dezimiert. Im Viehzüchtergebiet entschied das Frühjahr über Wohl und Wehe eines Jahres. Alle hofften, dass der Frühling jetzt einen Teil der Verluste wettmachte, die das Gebiet hatte erleiden müssen.

Chen Zhen und einige andere Schüler dieser und benachbarter Gruppen wurden von ihrer Produktionsgruppe einem Sonderkommando zur Untersuchung der Katastrophe zugeteilt und sollten den Schneesee besuchen, um sich vor Ort ein Bild zu machen. Der Leiter des Revolutionskomitees, Militärvertreter Bao Shungui, außerdem Lagerleiter Uljii, die Pferdehirten Batu, Laasurung und andere Repräsentanten der Gruppe sowie einige kräftige Viehzüchter brachen gemeinsam auf. Unterwegs wurden ihre Gesichter immer ernster, je näher sie dem Schneesee kamen. Die örtlichen und übergeordneten Leiter der Armee waren außer sich bei dem Gedanken, dass eine Pferdearmee, die noch nicht einmal einen Feldzug unternommen hatte, einfach vernichtet worden war. Batu saß jetzt auf einem anderen Pferd als tags zuvor. Sein großes schwarzes war so schwer verletzt, dass es auf der Veterinärstation behandelt wurde. Batu hatte sich das Gesicht dick mit Fettcreme eingeschmiert, die dennoch die entstellenden Erfrierungen nicht ganz verbergen konnte. Die Haut auf Nase und Wangen war schwarz und rissig, und an den offenen Stellen trat eine gelbe Flüssigkeit aus. Ein kleines Stück rosa nachwachsenden Fleisches stach auf Batus dunkler Gesichtshaut geradezu hervor. Eine große Holzschaufel schräg im Gürtel am Rücken steckend, ritt er völlig erschöpft und wortlos neben Bao Shungui her.

Laasurung war es, der Batu nach einer Nacht und einem halben Tag tobenden Schneesturms südlich des Schneesees hinter einem zerstörten Gatter kauernd gefunden hatte. Das Pferd konnte sich vor lauter Wunden kaum mehr bewegen, Batu selbst war halb erfroren. Laasurung zog das Pferd und trug Batu nach Hause. Damit die Untersuchungsgruppe dem Hergang der Katastrophe auf den Grund gehen konnte, musste Batu sich zusammenreißen und die Gruppe an den Ort des Geschehens führen. Die anderen beiden Pferdehirten, die auch schwere Erfrierungen davongetragen hatten, waren bereits getrennt befragt worden.

Chen Zhen ritt neben Bilgee, schräg hinter den anderen. Leise fragte er: »Wie wird Batu bestraft werden?«

Der alte Mann wischte sich mit seinem weiten Ärmel die Feuchtigkeit aus seinem dünnen Ziegenbärtchen, diffuses Mitgefühl in den gelben Augen. Er wandte sich dem anderen nicht zu, hielt den Blick auf die fernen Berge gerichtet: »Was meint ihr klugen Schüler denn, sollte man ihn maßregeln?« Er wandte den Kopf und fuhr fort: »Lagerleitung und Militärvertretung legen Wert auf eure Meinung, sie haben euch eigens hergebeten, um eure Meinung zu hören.«

»Batu ist ein guter Kerl«, sagte Chen Zhen. »Er war bereit, sein Leben für die Pferde zu geben, hatte nur leider kein Glück. Ob er sie gerettet hat oder nicht, für mich ist er in jedem Fall ein Held. Ich habe ein Jahr bei euch gewohnt, jeder weiß, dass Batu wie mein großer Bruder ist. Ich kann Bao Shunguis Einstellung verstehen, und meine Meinung interessiert doch keinen. Und wir Schüler aus der Stadt sind uns sowieso nicht einig. Du bist der Vertreter der armen Viehzüchter und Mitglied des Revolutionskomitees, auf dich sollten die Leute hören. Ich jedenfalls werde sagen, was du sagst.«

»Was sagen die anderen Schüler?«, fragte Bilgee besorgt.

»Die meisten in unserer Eineit halten Batu für einen guten Kerl. Dass diesmal zu Wind- und Schneekatastrophe auch noch die Wölfe hinzukamen, damit wäre niemand fertig geworden, dafür kann man Batu nicht verantwortlich machen. Aber es gibt auch Stimmen, die behaupten, dass bestimmte Leute sich die Naturkatastrophe zunutze gemacht haben, um gegen das Militär und gegen die Revolution zu arbeiten. Deshalb sollte der Hintergrund der vier Pferdehirten genau überprüft werden.«

Bilgees Blick verdüsterte sich, aber er schwieg.

Sie ritten um die östliche Seite des Sees herum und zu der Stelle, an der Batu zum Schluss die Schüsse abgegeben hatte. Chen Zhen hielt sein Pferd zurück, um sich innerlich auf den Anblick eines bluttriefenden Schlachtfeldes vorzubereiten.

Aber dann war da nicht ein einziger Tropfen Blut. Knapp zwei Zentimeter Schnee deckten zu, was durch das Gemetzel in der Nacht zuvor angerichtet worden war. Wenigstens einen Pferdekopf müsste man doch aus dem See ragen sehen – doch nichts davon, nur gewellte Schneebänke, zwischen denen der Schnee besonders tief lag. Die Bänke waren vom Wind die ganze Nacht über den See verteilt worden und bedeckten die Pferdeleichen, die gut sichtbar aus dem Schnee hätten ragen müssen. Chen Zhen und seine Freunde blickten stumm auf die Szenerie, niemand stieg vom Pferd, niemand wollte die Schneedecke zertreten. Sie alle versuchten lediglich, sich das Ausmaß der Katastrophe auszumalen.

»Ein Jammer.« Bilgee sprach als Erster, indem er mit seinem Hirtenstab auf das östliche Ufer des Schneesees wies. »Seht, ein paar Meter weiter wäre nichts passiert. Und es war nicht einfach für Batu, die Pferde vom nördlichen Weideland hierherzutreiben, bei einem solchen Sturm und so vielen Wölfen. Selbst wenn der Mensch vielleicht keine Angst hat, dann aber das Pferd, auf dem er sitzt. Batu ist die ganze Zeit bei den Pferden geblieben und hat unter Einsatz seines Lebens mit den Wölfen gekämpft. Er hat sein Äußerstes gegeben.«

So legte der alte Mongole mutig ein gutes Wort für seinen Sohn ein.

Chen Zhen lehnte sich zu Bao Shungui hinüber und sagte: »Batu hat sich um der Produktionsmittel der Allgemeinheit willen eine ganze Nacht lang Kämpfe mit den Wölfen geliefert und wäre dabei fast selbst gestorben. Wenn das keine Heldentat ist ...«

Bao Shungui starrte ihn an und meckerte: »Ich höre immer Heldentat! Wenn er die Herde Militärpferde noch hätte – dann wäre er ein Held.« Er wandte sich an Batu und fuhr gnadenlos fort: »Wieso hast du die Pferdeherde nördlich des Sees weiden lassen? Du bist so viele Jahre Pferdehirte und weißt nicht, dass die Tiere bei einem Sturm sofort in den See hineingetrieben werden?! Das zu vermeiden wäre deine Aufgabe gewesen.«

Batu wagte ihn nicht anzusehen, nickte pausenlos und sagte: »Mein Fehler, es war mein Fehler. Wenn ich die Pferde vor Einbruch der Dunkelheit auf die Weide östlich des Sees getrieben hätte, wäre das alles nicht passiert.«

Laasurung drückte seinem Pferd die Hacken in den Bauch, schloss auf und widersprach: »Die Lagerleitung war es, die uns dorthin geschickt hat, da sei noch viel Herbstgras übrig, und das Frühjahrsgras sprieße schon. Militärpferde hätten weite Wege vor sich, da müsse man darauf achten, dass sie ausreichend fräßen und Fett ansetzten. Damit die Soldaten, die sie abholen kämen, schon bei ihrem Anblick in Ekstase gerieten. Ich erinnere mich, dass Batu sehr revolutionär dachte und auf der Produktionssitzung mit großer Dringlichkeit vorbrachte, dass es sehr unsicher sei, die Pferde nördlich des Sees zu weiden. Aber die Lagerleitung beschwichtigte, im Frühling komme der Wind meist aus Nordosten, warum sich das ausgerechnet in diesen paar Tagen plötzlich ändern solle. Dem haben Sie damals beigepflichtet. Warum wollen Sie jetzt die Verantwortung auf Batu abwälzen?«

Die Lagerleiter waren still. Schließlich räusperte sich Uljii. »Laasurung hat Recht: Alle waren bester Absicht und wollten, dass die Pferde kräftig und robust würden. Denn sie sollten in der Lage sein, an Kriegsmanövern teilzunehmen. Keiner konnte ahnen, dass ein derartiger Schneesturm aufkäme und dann auch noch aus Richtung Norden, und dass er ein riesiges Wolfsrudel mitbrächte. Wenn das nicht gewesen wäre, hätte Batu die Pferdeherde ganz bestimmt rechtzeitig an einen sicheren Ort gebracht. Sturm, Schnee und Wölfe – eine solche Summe von Katastrophen gibt es einmal in hundert Jahren! Ich bin für die Produktion zuständig, ich trage für alles, was passiert ist, die Verantwortung.«

Bao Shungui zeigte mit seiner Reitpeitsche auf Laasurung. »Du bist nicht ganz unschuldig an allem. Bilgee hat insofern Recht, dass den Pferden nur ein winziger Weg gefehlt hätte, um in Sicherheit zu sein. Wenn ihr drei nicht kurz vorher weggelaufen, sondern bei Batu geblieben wärt, wäre das alles auch nicht passiert. Wenn du nicht am Ende noch Batu das Leben gerettet hättest, wäre längst eine Untersuchung eingeleitet worden.«

Bilgee drückte mit seinem Hirtenstock die Peitsche Bao Shunguis herunter, blickte ihn regungslos an und sagte: »Herr Bao, Sie sind zwar Mongole aus einer landwirtschaftlichen Gegend, sollten aber dennoch die Regeln der nomadisierenden Mongolen kennen. Im Grasland darf man nicht mit der Reitpeitsche auf jemanden zeigen, wenn man mit ihm spricht. Dieses Recht war Königen, Adligen und Herdenbesitzern vorbehalten. Wenn Sie mir nicht glauben, fragen Sie den Leiter Ihres Militärbezirks. Wenn er das nächste Mal unsere Arbeit kontrolliert, reden wir mit ihm.«

Bao Shungui ließ die Peitsche sinken, nahm sie in die linke Hand und zeigte mit dem Zeigefinger der rechten auf Laasurung und Batu. »Ihr!«, brüllte er. »Ausgerechnet ihr! Ihr steigt ja noch nicht einmal ab, um Schnee zu schaufeln! Ich will die toten Tiere sehen und selber einschätzen, wie gefährlich diese Wölfe waren. Schiebt die Verantwortung nicht auf die Wölfe! Schon der Vorsitzende Mao hat uns gelehrt: Der menschliche Faktor ist das Entscheidende!«

Jetzt saßen alle ab, nahmen die mitgebrachten Spaten, Schaufeln und Besen zur Hand und begannen, um die toten Tiere herum aufzuräumen. Nur Bao Shungui blieb im Sattel sitzen, zückte seine Kamera, um Beweisfotos zu machen, und brüllte dabei ununterbrochen: »Sauber! Ihr müsst gründlich sauber machen! In ein paar Tagen wird ein Untersuchungskomitee vom Banner kommen, um sich ein Bild zu verschaffen.«

Chen Zhen stapfte mit Uljii, Bilgee, Batu und Laasurung durch den tiefen Schnee auf mehrere Schneehügel an der tiefsten Stelle des Sees zu. Der Schlamm unter ihnen war fest gefroren, jeder Schritt im Schnee knirschte. »Wenn die Pferde tief im See von Wölfen getötet wurden, dann wissen wir, dass es besonders wilde Tiere waren«, sagte der Alte.

Chen Zhen wollte es genauer wissen: »Warum?«

»Überleg mal«, sagte Uljii. »Zu dem Zeitpunkt war es umso gefährlicher, je weiter man in den See hineinging. Denn dort war er erst ganz zum Schluss zugefroren, die Wölfe mussten fürchten einzubrechen, und das Risiko würde kaum ein Wolf eingehen. Wenn die Pferde so weit im See noch von Wölfen getötet wurden, dann müssen es todesmutige Tiere gewesen sein.«

Der Alte wandte sich an Batu: »Das Schießen hat auch nichts genützt?«

Batu verzog das Gesicht. »Gar nichts. Ich hatte nur zehn Patronen dabei, die im Nu verschossen waren. Außerdem hat der Schneesturm den Klang der Schüsse davongetragen. Die Wölfe flohen zwar erschreckt, aber sobald die Munition verbraucht war, kamen sie zurück. Es war dunkel und die Batterien der Taschenlampe fast leer, ich habe überhaupt nichts gesehen. Aber währenddessen habe ich auch gar nicht so viel nachgedacht.« Batu tastete behutsam nach der erfrorenen Haut in seinem Gesicht. »Es war dunkel und alles voller Schnee, da hatte ich Angst, aus Versehen ein Pferd zu erschießen. Ich habe nur gehofft, dass der Wind nachlässt, der See nicht weiter zufriert und die Wölfe sich zurückziehen, dann hätten noch ein paar Pferde überlebt. Ich erinnere mich, den Gewehrlauf nach oben gerichtet zu haben.«

Bilgee und Uljii atmeten langsam aus.

An dem Schneehügel in der Mitte des Sees zögerte Batu kurz und griff dann schnell zur Schaufel, um die Stelle, an der die Köpfe mehrerer Tiere sein mussten, freizuschaufeln. Die Männer sogen scharf die kalte Luft ein: Die Wölfe hatten den Hals eines großen grauen Pferdes in der Mitte durchgebissen und nach hinten verdreht, sodass Hals und Kopf auf dem Rücken des Tieres lagen. Die Augen traten aus den Höhlen und waren zu durchsichtigen, schwarzen Eiern geworden, in denen alle Verzweiflung, Panik und Schrecken des Augenblicks eingefroren schienen, ein grauenhafter Anblick. Der Schnee, auf dem der Pferdekopf lag, war blutrot verfärbt und so fest gefrorenen, dass die Männer ihre Werkzeuge nicht recht einsetzen konnten. Schweigend schippten und fegten alle vor sich hin. Das halbe Pferd ragte jetzt aus dem gefrorenen Schlamm heraus. Chen Zhen hatte weniger das Gefühl, dass das Tier gebissen worden, sondern eher, dass eine Bombe in seinem Innern explodiert sei. Die Bauchdecke lag zu beiden Seiten hin offen, Magen, Darm und weitere Organe waren über mehrere Quadratmeter verteilt, das halbe Hinterteil fehlte einfach, es waren nur noch Knochen übrig.

Auf der Eisfläche verstreut abgerissene Gliedmaßen, Fetzen von Haut und Fell, die Wölfe hatten nur Herz und das fettere Fleisch des Pferdes gefressen, sie hatten ihre geballte Wut an diesem toten Tier ausgelassen.

Sie starrten auf die Szenerie, und Chen spürte eine Kälte an Armen und Beinen, die bis ins Mark ging.

Mit beiden Händen griff der alte Bilgee seine Schaufel und sagte gedankenverloren: »Das ist das drittgrößte, wenn nicht das zweitgrößte Wolfsrudel, das ich in meinem Leben gesehen habe. Und wenn sie schon das Leitpferd so zerrissen haben, brauche ich die anderen gar nicht zu sehen, um zu wissen, dass nicht eine einzige unversehrte Pferdeleiche dabei ist.«

Uljii zog ein ernstes Gesicht und seufzte: »Dieses Pferd habe ich zwei Jahre lang geritten, mit ihm habe ich drei Wölfe erledigt, es war das schnellste. Selbst als Kavallerist, der Verbrecher jagte, hatte ich nicht ein so gutes Pferd. Die Kriegslist der Wölfe war raffinierter als die der berittenen Banditen damals. Sie haben Schneesturm und Schneesee so geschickt für sich genutzt, dass wir Menschen uns einfach blöd vorkommen – wenn ich ein bisschen intelligenter wäre, würde dieses Pferd noch leben. Ich trage auch meine Verantwortung für den Vorfall: Hätte ich Bao Shungui nur besser zugeredet.«

Der größte Teil des Schlachtfeldes war mittlerweile freigelegt. Das Eis war bedeckt mit Kadavern, gefrorenem Blut, mehrfach gebrochenen Gliedmaßen. Es sah aus wie nach einem Bombenangriff. Eine Herde galoppierender Lebewesen, die sich vorbereitete, in den Krieg zu ziehen, war vernichtet worden. Jedes Pferd bot den gleichen erbärmlichen Anblick wie das große weiße, und wo die Kadaver besonders dicht nebeneinander lagen, türmen sich abgetrennte Gliedmaßen und zerbrochene Knochen übereinander, sodass nur anhand der Farbe des Fells festgestellt werden konnte, um wie viele Tiere es sich handelte. Die beiden Pferdehirten knieten auf dem Eis, wischten mit ihren weiten Ärmeln und Ledertaschen über die Köpfe ihrer geliebten Pferde und weinten bitterlich. Alle waren ob des Bildes, das sich ihnen bot, wie erstarrt. Chen und einige andere Schüler aus Peking, die in ihrem Leben bisher weder einen derartigen Platz des Grauens noch den Massenmord eines Wolfsrudels an einer Pferdeherde gesehen hatten, waren vor Schreck schneeweiß im Gesicht und starrten einander fassungslos an. Ihrer aller erster Gedanke schien zu sein: Was, wenn einer von uns im Schneesturm den Wölfen begegnet wäre? Ob dessen Leiche zerstückelt worden wäre wie die der Pferde?

Bilgee warf Chen Zhen einen missbilligenden Blick zu: »Ihr Han-Chinesen reitet unsicher, sitzt nicht fest im Sattel. Bei der kleinsten Unebenheit im Weg kippt ihr nach einer Seite und stürzt euch zu Tode.«

Chen hatte selten Vorwürfe von dem Alten gehört, doch er verstand die Botschaft hinter den Worten, verstand jetzt die Stellung, die der Totemwolf in der Seele des Mannes innehatte – sie war noch unverrückbarer als ein mongolischer Reiter im Sattel. Die Totembestie des Graslandvolkes hatte Jahrtausende der Erschütterungen und den Untergang kleinerer Völker überlebt und war nicht durch den Tod von siebzig, achtzig guten Pferden zu erschüttern. Plötzlich fielen Chen Redensarten ein: »Der Gelbe Fluss, Ursache Hunderter Katastrophen und Bereicherung für alles, was er berührt«, »Der Gelbe Fluss – Mutter aller Flüsse«, »Der Gelbe Fluss – Wiege der chinesischen Nation«. Das chinesische Volk würde nie leugnen, dass der Gelbe Fluss die Mutter seiner Nation ist, ungeachtet des Unheils, das er angerichtet, ungeachtet der unzähligen Felder, die er überschwemmt und Millionen Menschenleben, die er zerstört hatte. Es schien, dass »Zerstörung« und »Mutter« nebeneinander existieren konnten. Entscheidend war, ob die »Mutter des Unheils« dieses Volk hervorgebracht und sein Bestehen und seine Fortentwicklung unterstützt hatte. Der Totemwolf des Graslands erfuhr genauso viel Verehrung wie der Mutterfluss der Chinesen.

Bao Shungui, der immer weniger herumbrüllte, drehte mehrere Runden auf seinem Pferd, um sich einen Überblick zu verschaffen. Chen sah, dass er beim Fotografieren zitterte und sich immer wieder sammeln musste, um die Kamera ruhig zu halten.

Bilgee und Uljii schaufelten um einen Platz mit Pferdeleichen herum Schnee, schippten hier und gruben dort, als suchten sie nach einem wichtigen Beweis. Chen Zhen eilte ihnen zu Hilfe und fragte Bilgee: »Was suchst du?«

»Den Weg der Wölfe«, erwiderte der andere. »Wir müssen mit Bedacht vorgehen.«

Chen suchte sorgfältig nach einer Stelle, an die er seinen Fuß setzen konnte, beugte sich vor und begann ebenfalls zu suchen. Nach kurzer Zeit hatten sie einen schmalen Trampelpfad der Wölfe gefunden, festgetreten und hart gefroren auf dem vereisten Schlamm. Sie schaufelten den neuen Schnee herunter und sahen Spuren von Wolfstatzen, einige groß wie Rinderhufe, die kleineren wie die der großen Hunde. Einige mit Pferdeblut darin.

Uljii und Bilgee riefen alle zusammen, um den Weg komplett freizulegen. Bilgee sagte, so werde sich die ungefähre Größe des Rudels bestimmen lassen. Sie schaufelten und schaufelten und entdeckten schließlich, dass der Wolfspfad gekrümmt verlief, sie arbeiteten sich weiter vor und stellten fest, dass er im Halbkreis verlief. Mehr als eine Stunde dauerte es, ihn ganz freizulegen, und dann war klar, dass es sich um einen vollständigen Kreis handelte, ein weißer ausgetrampelter Weg, ein Pfad aus rotem Eisschlamm, der sich faustdick auf der Eisfläche erhob und so furchteinflößend wirkte wie ein Kreis mit teuflischen Schriftzügen. Alle waren durch diesen Anblick zu Tode erschrocken, und auch die stämmigsten Kerle zitterten hilflos, stotterten und stammelten: »In meinem ganzen Leben habe ich solche Wolfsspuren noch nicht gesehen.«

»Das war kein Wolfsrudel, das waren Ungeheuer.«
»Entsetzlich groß müssen diese Wölfe gewesen sein.«
»Mindestens vierzig oder fünfzig.«

»Batu, du hast wirklich Mut bewiesen – ein Kampf auf Leben und Tod allein gegen dieses Rudel. Ich wäre vom Pferd gefallen und Futter für die Wölfe geworden.«

»Es war so dunkel und der Schnee fiel so dicht, ich konnte gar nichts sehen, schon gar nicht, wie groß das Rudel war.«

»Unser Leben hier im Viehzüchterland wird immer härter.«

»Welche Frau wird sich jetzt noch nachts allein ins Freie trauen?«

»Diese Idioten in der Zentrale klauen den Wölfen ihre Vorräte – wenn ich Leitwolf wäre, würde ich auch auf Rache sinnen und ihre Schweine und Hühner töten.«

»Irgendwer hatte die grandiose Idee, möglichst viele Leute in die Berge zu schicken, um Wolfsjunge zu rauben, da müssen die Muttertiere ja durchdrehen. Im letzten Jahr haben wir das nicht getan, und da ist den Pferden auch nichts passiert.«

»Die Lagerleitung sollte ab und zu zur Wolfsjagd aufrufen, denn sonst stehen wir Menschen als Nächstes auf dem Speiseplan der Wölfe.«

»Weniger Sitzungen, mehr Wölfe jagen!«

»Wenn ich mir das Fressverhalten der Wölfe so ansehe, hätten noch so viele der Zuchttiere ihnen nicht gereicht.«

»In die Leitung des Viehzüchtergebiets sind Bauern eingesickert und haben ziemlichen Unsinn gemacht, da hat Tengger die Wölfe geschickt, um uns zu maßregeln.«

»Pass auf, was du sagst, sonst bist du das nächste Opfer einer Versammlung zu Kritik und Selbstkritik.«

Bao Shungui untersuchte und fotografierte zusammen mit Uljii und Bilgee den Wolfsweg und hörte genau zu, was die beiden Einheimischen zu sagen hatten. Allmählich löste sich die Anspannung auf seinem Gesicht. Chen Zhen vermutete, dass Bilgee die Worte Bao Shunguis vom »menschlichen Faktor« relativiert hatte: Was konnte der Mensch angesichts solcher Natur- und Wolfsgewalt ausrichten? Untersuchung hin oder her, beim Anblick dieses Schlachtfeldes musste jeder zugeben, dass der Mensch gegen derart geballtes Unheil keine Chance hatte, nicht gegen ein so raffiniert vorgehendes Wolfsrudel in einem derart katastrophalen Schneesturm. Chen Zhens Sorge um Uljii und Batu ließ allmählich nach.

Chen untersuchte den ringförmigen Wolfsweg nochmal genauer. Dieser eigenartige Kreis gab ihm Rätsel auf, er wand sich in immer neuen Schlingen um sein Herz, eine enger als die andere, bis er kaum mehr Luft bekam. Warum waren die Wölfe im Kreis gelaufen? Was hatten sie vorgehabt? Der Mensch wurde aus dem Verhalten der Wölfe im Grasland einfach nicht klug, jede Wolfsspur warf ein neues Rätsel auf. Ging es darum, die Kälte zu beherrschen? Hielten sie sich durch das Laufen warm? Oder wollten sie ihre Verdauung anregen? Wenn sie Energie verbrannten, würde ihr Appetit auf das Pferdefleisch noch gesteigert. Auch das war möglich. Anders als viele der Graslandbewohner horteten die Wölfe kein Futter. Was von ihrer Beute nicht gefressen werden konnte, blieb zurück. Um ihr Jagdopfer optimal zu verwerten, stopften sie sich den Magen voll, bis sie fast platzten. Dann rannten sie, um die Verdauung anzukurbeln und möglichst viel Nahrung zu verwerten; sie leerten so ihre Bäuche, um weiterfressen zu können.

Oder hatten die Wölfe ihre Truppen so neu aufgestellt? Auch das war eine Möglichkeit. Die Spuren bewiesen, wie organisiert und diszipliniert die Wölfe waren. Die kreisrunde Spur war etwa einen Kilometer lang, und es gab kaum Tritte, die über den Rand hinausgingen. Wenn das kein Truppenaufmarsch war, was dann? Chen überlegte, dass Wölfe zwar auch alleine jagten, aber auch in kleinen Gruppen von drei bis fünf Wölfen und im Familienverband von acht bis zehn Tieren. Was hier vorgefallen war, durch eine kleine Wolfsarmee, war selten. Sie hatten wohl beschlossen, sich als Feldarmee zu organisieren, für den mobilen Kampfeinsatz. War diese Art von Umstrukturierung ein angeborener Instinkt?

Oder doch ein Siegeszug? Oder die ausgelassenen Freude, die einem großen Fressen vorausging? Wahrscheinlich, denn in diesem mörderischen Angriff hatten sie jedes Pferd geschlachtet. Keines konnte entkommen. Rache. Glühender Hass. Ihr Triumphgefühl musste grandios gewesen sein, während sie das riesige Schlachtfeld umkreisten und umkreisten und ihren Totentanz aufführten.

Als die Männer hinter Batu Richtung Norden aufbrachen, weg von der mörderischen Szene, näherte Chen sich Bilgee. »Papa, warum haben die Wölfe diesen Kreis gezogen?«

Der alte Mann blickte sich um und zügelte sein Pferd, sodass sie ein bisschen hinter die Übrigen zurückfielen.

»Ich lebe jetzt seit über sechzig Jahren auf dem Olonbulag«, sagte er leise, »und Kreise wie diese habe ich bereits ein paarmal gesehen. Und genau dieselbe Frage habe ich einmal meinem Vater gestellt. Er antwortete mir, dass Tengger die Wölfe als Beschützer des Heiligen Bergs und des Olonbulag geschickt hat. Tengger und der Berg sind zornig, wenn das Grasland in Gefahr ist. Wölfe werden ausgeschickt, um die Feinde zu töten und zu fressen. Jedes Mal, wenn die Wölfe dieses Geschenk erhalten, rennen sie voller Freude im Kreis umher, bis der Pfad so rund ist wie die Sonne und der Mond. Dieser Kreis ist ihre Danksagung an Tengger. Sobald er ihren Dank angenommen hat, kann das Festmahl beginnen. Wölfe sind bekannt dafür, den Mond anzuheulen; so treten sie mit ihm in Kontakt. Erscheint um den Mond ein Ring, wird in dieser Nacht Wind aufkommen und die Wölfe werden umherziehen. Wölfe sind bessere Klimatologen als wir. Sie erschaffen den Kreis, um ihn im Himmel widerzuspiegeln. Anders gesagt, sie harmonieren perfekt mit den Mächten des Himmels.«

Chen Zhen, der ein Faible für Legenden hatte, war begeistert. »Spannend, wahnsinnig spannend. Die Sonne kann einen Lichthof bekommen, genau wie der Mond, und wenn die Hirten mit jemandem weit weg kommunizieren wollen, beschreiben sie mit ihren Armen einen Kreis in der Luft. Der Kreis scheint ein spirituelles Zeichen zu sein. Bei deiner Erzählung stellen sich mir die Haare auf, denn dass die hiesigen Wölfe so mystisch veranlagt sind und Kreise als Zeichen für

Tengger in den Boden schreiben oder besser gesagt laufen ist ganz schön gruselig.«

»Wölfe haben etwas Übernatürliches«, sagte Bilgee. »Mein ganzes Leben lang geben sie mir nun schon Rätsel auf. Eine Katastrophe wie diese überrascht auch mich. Wölfe tauchen immer auf, wann und wo man sie nicht erwartet und immer gleich im Rudel. Meinst du, das würden sie ohne die Hilfe Tenggers schaffen?«

Vorn blieben die Menschen stehen, einige saßen ab und begannen Schnee zu schaufeln. Chen und Bilgee gaben ihren Pferden die Sporen und sahen vor den Menschen noch mehr Pferdeleichen liegen, nicht auf einem Haufen jedoch, sondern immer vier oder fünf nebeneinander. Etwas weiter entfernt rief jemand: »Ein Wolf! Ein toter Wolf!«

Das musste die Stelle sein, an der die Wölfe todesmutig die Bäuche der Pferde aufgerissen hatten, dort wo die Pferdeherde am Ende endgültig untergegangen war. Chens Herz schlug zum Zerspringen.

Bao Shungui fuchtelte auf dem Pferd sitzend wild mit einer Peitsche und schrie: »Nicht durcheinanderlaufen! Nicht weglaufen! Kommt alle her. Grabt erst die Pferde aus, erst die Pferde, dann die Wölfe. Und vergesst die drei Regeln der Disziplin und die acht Punkte nicht. Die Beute ist für alle! Wer das ignoriert, bekommt eine eigene Belehrung!«

Sofort sammelten sich alle Leute um die zwei Pferde herum und begannen zu graben. Langsam kamen die Tiere zum Vorschein, ihre Därme, Magen, Herz, Lunge, Leber und Nieren, die sie selbst mit ihren Hufen zertrampelt hatten, in Stücke gerissen und platt getreten und über zig Meter mitgeschleift. Aber dann schienen die Wölfe die toten Pferde sich selbst überlassen zu haben. Vielleicht hatten sie im See mehr Spaß, konnten töten und sich rächen und darum die zwei Pferde postum begnadigen. Chen schaufelte weiter und dachte dabei, dass die aufgerissenen Pferde auf sehr viel grausamere Art ums Leben gekommen waren als die im See ertrunkenen. In ihren Augen waren Panik und Schmerz um vieles deutlicher als bei den Pferden im See.

»Dieses Wolfsrudel war so grausam wie seinerzeit die Japaner!«, brüllte Bao Shungui. »Die Wölfe wussten, dass es reicht, den Pferden ein Loch in den Bauch zu reißen, um sie sich dann selbst zertrampeln zu lassen – so etwas Bösartiges habe ich noch nie erlebt! Die mongolischen Wölfe haben den Geist des Bushido von den Japanern gelernt und schrecken vor Selbstmordangriffen nicht zurück. Ich werde nicht eher ruhen, bis ich sie ausgerottet habe!« Bao Shungui war außer sich.

Uljii wandte sich mit ernster Miene an Bao: »Wie hätten Batu und die Pferde diesen teuflischen Angriff abwehren können? Es muss schon schwer genug für Batu gewesen sein, mit den Wölfen kämpfend von Norden bis hierher zu kommen. Dass dieser Angriff keine Menschenleben gefordert hat, ist nur dem Schutz Tenggers zu verdanken. Lass die Untersuchungsgruppe dem mal auf den Grund gehen, ich bin sicher, dass sie die richtigen Schlüsse ziehen werden.«

Bao nickte. Zum ersten Mal fragte er Batu in Ruhe: »Hattest du keine Angst, dass die Wölfe auch dein Pferd zerreißen könnten?«

»Ich war so fixiert darauf, die Pferde auf die andere Seite des Sees zu bekommen, dass ich gar nichts gemerkt habe«, sagte Batu arglos. »Fast hätten wir es geschafft.«

»Und die Wölfe haben sich nicht auf dich gestürzt?«, fragte Bao weiter.

Batu streckte ihm die Stange mit dem Eisenbeschlag entgegen: »Hiermit habe ich einem Wolf vier Zähne ausgeschlagen und einem anderen die Schnauze zertrümmert. Sonst wäre ich von ihnen zerrissen worden. Laasurung und seine Leute hatten ohne Waffe keine Chance, sie haben mich nicht im Stich gelassen.«

Bao Shungui wog die Stange in der Hand: »Toll!«, sagte er. »Einfach toll!« Den Wölfen die Zähne ausschlagen, das ist ganz schön grausam. Gut, Wölfen gegenüber kann man gar nicht brutal genug sein. Batu, dein Mut und deine Technik sind bewundernswert. Wenn die offizielle Untersuchungsgruppe kommt, musst du ihnen genau erzählen, wie du die Wölfe besiegt hast.«

Bao reichte Batu den Stock zurück und wandte sich an Uljii. »Wie ich sehe, haben eure Wölfe hier etwas Magisches und mehr Köpfchen als die Menschen. Ich habe die Vorgehensweise der Wölfe verstanden. Ihr Ziel war, die Pferdeherde um jeden Preis in den See zu treiben. Schau ...«, er zählte an den Fingern ab. »Schau, Wölfe verstehen etwas von Wetterkunde, von Bodenbeschaffenheit, sie verstehen es, die rechte Gelegenheit abzupassen, kennen sich und den Gegner genau, wissen etwas über Kriegsstrategie und Kriegskunst, über Nahkampf, Nachtkampf, Guerillakrieg, Bewegungskrieg, schnelle Vorstöße, Überraschungsangriffe, Blitzkriege, sie verstehen es, eine Übermacht zu bilden und einen Vernichtungskrieg zu führen. Sie machen einen Plan und setzen sich ein Ziel und sind fest entschlossen, ihren Vernichtungskrieg zum Erfolg zu führen. Ihr Kampf könnte in ein Lehrbuch der Militärangelegenheiten eingehen. Wir sind Soldaten und sehen, dass die Wölfe nicht nur Stellungskriege beherrschen, sondern auch alle Strategien und Techniken der Achten Route-Armee aus dem antijapanischen Krieg. Ich hatte Wölfe immer so eingeschätzt, dass sie unbedarft über das Grasland ziehen und bei Gelegenheit mal ein Schaf oder Huhn reißen. Offensichtlich habe ich mich getäuscht.«

»Seit ich hierher ins Viehzüchtergebiet gekommen bin«, sagte Uljii, »hatte ich nie das Gefühl, das Schlachtfeld jemals verlassen zu haben. Das ganze Jahr über herrscht Krieg mit den Wölfen, kein Tag vergeht, ohne eine Waffe am Leib zu tragen, und im Schießen bin ich inzwischen sicherer, als ich es als Soldat war. Sie haben Recht, Wölfe verstehen etwas von Kriegführung, wenigstens setzen sie die wichtigsten Regeln der Kriegskunst absolut treffsicher ein. Ich habe nun über zehn Jahre mit Wölfen zu tun und so manche Erkenntnis gewonnen. Wenn man mich heute noch einmal in den Kampf gegen Verbrecher schicken würde, wäre ich unschlagbar.«

Chen Zhen fand das immer spannender. »Dann haben die Menschen ihre Kriegskunst vom Wolf gelernt?«

Die Augen Uljiis leuchteten: »Richtig, einen großen Teil der Kriegskunst hat der Mensch von den Wölfen gelernt. Früher haben die Völker des Graslands ihre Kriegskunst im Kampf gegen Bauernvölker aus dem Süden eingesetzt. Ihr Chinesen habt nicht nur etwas über kurze Kleidung und Bogenschießen vom Pferd aus von den Viehzüchtervölkern gelernt, sondern auch viel über Kriegskunst. In meinen Jahren in Huhehot«, fuhr Uljii fort, »hatte ich Gelegenheit, viele Bücher über Kriegskunst zu lesen, und ich fand, dass ›Die Kunst des Krieges‹ von Sunzi sich nicht wesentlich von der Kriegskunst der Wölfe unterscheidet.«

»Aber«, erwiderte Chen Zhen, »dann ist es nicht richtig, dass in den chinesischen Büchern über Kriegskunst weder von den Menschen im Grasland noch von Wölfen die Rede ist.«

»Die Mongolen sind kulturell etwas im Hintertreffen«, sagte Uljii. »Außer ihrer ›Geheimen Geschichte‹ gibt es weiter kein Buch von Bedeutung.«

»Es scheint, wenn man sich mit Viehzüchtern auf dem Grasland befasst«, meinte Bao, »muss man die Wölfe studieren und die Kunst der Kriegführung, sonst ist man der Dumme. Kommen Sie, es ist schon spät, wir zwei sehen uns jetzt den toten Wolf an, ich muss noch ein paar Fotos machen.«

Die beiden ritten fort. Chen Zhen blieb auf seine Schaufel gestützt zurück und starrte vor sich hin. Die Untersuchung dieses Kriegsschauplatzes steigerte noch seine Begeisterung für das Volk des Graslands und die Wunder Dschingis Khans und seiner Truppen. Wie hatten es Dschingis Khan und seine Söhne und Enkel geschafft, mit kaum hunderttausend Reitern ganz Eurasien zu überrennen? Hunderttausende Kavalleristen der Westlichen Xia auszurotten, unzählige Armeen der großen Jin, mehr als eine Million Marinesoldaten und Kavalleristen der südlichen Song, die russischen Kyptschaken, die teutonischen Reitertruppen Roms zu besiegen und Mittelasien zu erobern, Ungarn, Polen, ganz Russland, außerdem Persien, China und Indien zu Fall zu bringen? Und sie zwangen dem Kaiser von Ostrom auch noch die politische Heirat auf, indem sie darauf bestanden, Prinzessin Maria mit dem Urenkel von Dschingis Khan zu verheiraten. Die Mongolen schufen das ausgedehnteste Imperium in der Geschichte der Menschheit. Wie konnte ein einfaches kleines Viehzüchtervolk, ohne Schrift und nur mit knöchernen Pfeilspitzen ausgestattet, zu so gewaltiger Armee und Kriegsweisheit gelangen? Das war eins der größten, jahrtausendealten Rätsel der Geschichte.

Nach zwei Jahren Erfahrung mit Wölfen im Grasland und nachdem er unzählige Geschichten gesammelt und mit eigenen Augen Schlachtfelder inspiziert hatte, auf denen Wölfe Gazellen eingekreist und getötet oder Pferde vernichtet hatten, kam Chen zu der Überzeugung, dass die Antwort auf die Wunder der Armeen Dschingis Khans bei den Wölfen lag. Im Krieg gibt es Angriff und Verteidigung, im Krieg sind beide Seiten bis an die Zähne bewaffnet, während bei der Jagd die Initiative ganz und gar vom Menschen ausgeht und die meisten Tiere zu den Gejagten gehören. Die Jagd von Kaninchen, Murmeltieren oder Gazellen ist eine Jagd von Stärkeren, die hinter Schwächeren her sind, kein Kampf auf Leben und Tod, kein Krieg. Zwar kann man bei der Jagd auch bestimmte Techniken der Armee anwenden, doch kommen sie nur im wirklichen Krieg zu vollem Einsatz.

Chen Zhen überlegte: Im Grasland gab es keine Gruppen von Tigern, Leoparden, Schakalen, Bären, Löwen oder Elefanten, denn sie alle könnten unter den harten Bedingungen dort nicht leben. Und selbst wenn sie sich gerade noch an das raue Klima anpassen können, dann aber bestimmt nicht an den gnadenlosen Existenzkampf. Sie wären den klugen Einkreisungs- und Ausrottungsjagden von Mensch und Wolf widerstandslos ausgeliefert. Menschen und Wölfe des Graslands sind im harten Konkurrenzkampf die einzigen gesetzten Spieler, die eine Chance haben zu überleben. In den Geschichtsbüchern hieß es oft, die herausragende Kriegskunst des Viehzüchtervolkes sei aus dem Jagen geboren, doch Chen war inzwischen anderer Meinung: Richtiger war, dass die bemerkenswerte Kriegskunst der Viehzüchter auf den grausamen und ununterbrochenen Existenzkampf der Menschen und Wölfe im Grasland zurückzuführen sei. Im Kampf zwischen Viehzüchtervolk und Wolfsrudeln herrschte ein ausgeglichenes Kräfteverhältnis, und er dauerte schon Tausende von Jahren an. In seinem Verlauf setzten Mensch und Wolf alles ein, was später zu Prinzipien und Glaubenssätzen des Militärwesens wurde: Sich selbst und den Feind kennen. Im Krieg ist Schnelligkeit entscheidend. Jede List ist erlaubt, Finten im Osten, Angriff im Westen. Alle Kräfte sammeln, um jeden Angriff abzuwehren. Das Ganze in Teile teilen, um die eigene Größe zu kaschieren. Den anderen überraschen, keinen Angriff sichtbar vorbereiten. Bei Gewinn weitermachen, bei Niederlage das Weite suchen. Ein verlorener Finger ist schlimmer als zehn verletzte. Wenn der Feind stark ist, den Rückzug antreten, wenn er schwach ist, angreifen.

Chen spann den Faden weiter. Er hatte das Gefühl, am Beginn von fünftausend Jahren chinesischer Zivilisationsgeschichte zu stehen. Auf dem mongolischen Hochland kämpften Mensch und Wolf jeden Tag, jede Nacht, ständig kleine Techtelmechtel, ab und zu große Schlachten. Die Häufigkeit dieser Kämpfe übertraf die zwischen nomadisierenden Stämmen in ackerbauenden Gegenden des Westens wie überhaupt jegliche Aggression zwischen Menschen unterschiedlicher Nationalitäten. So war das Volk des mongolischen Graslands gegenüber allen ackerbauenden und nomadisierenden Völkern der Welt von Natur aus im Vorteil, war kämpferischer und verstand mehr von Taktik. Seit der Zhou-Dynastie, während der Streitenden Reiche, der Qin, Han, Tang und Song sind die großen ackerbauenden Völker, die an Bevölkerungszahl und Staatskraft den nördlichen Nachbarn mit Sicherheit überlegen waren, von dem kleinen Volk der mongolischen Viehzüchter immer wieder vernichtend geschlagen worden und haben ihre Souveränität eingebüßt. Nach dem Ende der Song-Dynastie dann übernahmen die Mongolen unter Dschingis Khan die zentralen Gebiete Chinas für fast ein Jahrhundert. Auch die letzte feudalistische Dynastie Chinas, die Qing, wurde von Viehzüchtern begründet. Die ackerbauenden Chinesen hatten nicht die hervorragende Kriegsschule der Wölfe besucht, nicht ihre ununterbrochene Schulung erfahren. Die »Kunst des Krieges« von Sunzi aus dem alten China stand nur auf dem Papier, die »Kriegsführung der Wölfe« wurde nie schriftlich festgehalten, obwohl Erstere ihre Wurzeln in ihr hat.

Chen Zhen glaubte herausgefunden zu haben, worunter Millionen Chinesen im Norden seit Jahrtausenden gelitten hatten. Er freute sich über diese Erkenntnis und fühlte zugleich eine tiefe Schwere und Deprimiertheit. Das Zusammenspiel von Ursache und Wirkung zwischen den Kreaturen dieser Welt prägt die Menschheitsgeschichte. Die Fähigkeit eines Volkes zum eigenen Schutz und zur Selbstverteidigung ist Grundlage seines Überlebens. Ob China und die Welt ohne die Wölfe der Mongolei anders wären?

Als die Menge sich plötzlich mit großem Getöse auf den Weg machte und wieder in die Ferne galoppierte, schrak Chen Zhen aus seinen Gedanken hoch, sprang aufs Pferd und schloss sich ihnen an.

Zwei tote Wölfe hatten sie ausgegraben, deren Tod der Preis für das Pferdemassaker gewesen war. Chen trat an eines der Tiere heran, während Batu und Laasurung noch um ein anderes herum Schnee schaufelten und den Umstehenden zugleich die selbstmörderische Methode des Bauchaufreißens der Wölfe erklärten. Der Wolf, der da im Schnee vor ihnen lag, war recht klein und grazil, vermutlich ein Weibchen. Den Unterleib hatten Pferdehufe zwar zertrampelt, doch waren noch die geschwollenen Zitzen zu sehen, aus denen Milch und Blut tropfte und zu rosafarbenen Eisperlen fror.

»Die arme Wölfin«, sagte Bilgee. »Ihr wurde bestimmt ein ganzer Wurf Jungtiere geraubt. All diese Weibchen haben Rache genommen und selbst auch keinen Sinn mehr im Leben gesehen. Im Grasland gehen alle bis zum Äußersten: Das Kaninchen beißt den Wolf, der es in die Enge treibt, und die Wolfsmutter rächt ihre Jungen, selbst wenn es sie ihr Leben kostet.«

Chen wandte sich an die anderen Schüler aus Peking: »In den Geschichtsbüchern steht, dass Wolfsweibchen im Grasland die stärksten Muttergefühle haben. Sie haben sogar menschliche Kinder adoptiert, sodass unter den Vorfahren der Hunnen und der Türküt Wolfskinder sind – Kinder, die von Wölfen großgezogen worden.«

Bao Shungui unterbrach ihn: »Was heißt hier ›Wolfskinder‹! Wölfe reißen und fressen Menschen und adoptieren sie nicht! Mensch und Wolf sind Erzfeinde und bekämpfen sich auf Leben und Tod. Ich gab den Befehl, die Wolfsjungen zu rauben, und es ist eine gute Tradition, dies jedes Jahr zu tun, um größere Katastrophen zu vermeiden. Aber das Dezimieren der Wölfe reicht nicht, wir müssen das Wolfsproblem an der Wurzel packen! Die Wolfshöhlen im gesamten Viehzüchtergebiet leeren! Die Wölfe wollen sich rächen? Ich werde sie alle ausrotten, wir werden ja sehen, wer sich dann noch rächt. Ich habe meinen Befehl nicht zurückgenommen und erwarte, wenn wir hier fertig sind, von jeweils zwei Familien die Felle von einem Wurf junger Wölfe. Wer das nicht schafft, kann auch das Fell eines ausgewachsenen Wolfes abgeben, das zählt genauso viel. Sonst werden Arbeitspunkte abgezogen!«

Bao Shungui machte Fotos von dem toten Wolf und ließ ihn auf einen Wagen verladen.

Die Männer gingen zum nächsten Wolfskadaver. In seinen zwei Jahren hier hatte Chen Zhen viele lebende Wölfe, tote Wölfe und Wolfsfelle gesehen, aber so etwas wie der, der jetzt zu seinen Füßen lag, war neu für ihn. Sein Kopf war so groß wie der eines Leoparden, sein Leib noch kräftiger. Als der Schnee von seinem Körper geschaufelt war, kam gelbgraues Fell zum Vorschein, an Nacken und Rücken trat vereinzelt festes schwarzes Haar wie Stahlnadeln durch das gelbe Fell. Seine hintere Körperhälfte war von Pferdehufen zertrampelt, die Erde um ihn herum voll gefrorenen Blutes.

Batu zerrte an dem Tier, konnte es jedoch nicht von der Stelle rücken. Er wischte sich den Schweiß ab und sagte: »Dieser Wolf muss ziemlich dumm gewesen sein. Er hat offenbar nicht fest genug zugebissen, denn bei dieser Größe hätte er den Bauch des Pferdes mit einem Biss aufreißen, sich selbst fallen lassen können und hätte überlebt. Irgendein Knochen muss ihm zwischen den Zähnen stecken geblieben sein, selber Schuld, dass er so ein Ende genommen hat.«

Bilgee sah sich das Tier genauer an und hockte sich hin, um ein Büschel Haare auseinanderzuziehen. Zwei fingerdicke blutige Löcher kamen zum Vorschein und die jungen Pekinger fuhren zusammen. Diese Blutlöcher kannten sie, jedes vom Wolf gerissene Schaf hatte sie im Nacken, meist zwei an jeder Seite, zusammen vier für die vier Wolfszähne, mit denen die Hauptschlagader des Opfers durchtrennt worden war.

»Die Pferde haben dieses Tier nicht totgetrampelt«, sagte der Alte, »sie haben ihm nur schwere Verletzungen zugefügt. Dieser Wolf ist von einem Artgenossen, der sich an Pferdefleisch satt gefressen hat, totgebissen worden.«

Bao Shungui schimpfte: »Wölfe sind genauso brutal wie Straßenräuber! Töten ihre Mitkämpfer!«

Bilgee sah ihn an: »Straßenräuber kommen nicht in den Himmel, wenn sie sterben, Wölfen steht dieser Weg offen. Diesem Wolf hat ein Pferd die Bauchgegend völlig zertrampelt, er war zum Sterben verurteilt, starb aber nicht sofort. Wäre ein Leben als Halbtoter nicht furchtbarer gewesen als der Tod? Ein anderer Wolf litt bei dem Anblick mit, biss zu, um ihm einen schnellen Tod zu bereiten, dann hatte der Körper keine Schmerzen mehr, und die Seele kehrte zu Tengger zurück.

Das war kein Akt der Grausamkeit des Leitwolfs, sondern eine gute Tat, denn sonst hätte der verletzte Wolf womöglich die Schmach erlitten, den Menschen in die Hände zu fallen. Wölfe sterben lieber, als eine solche Schande zu erleben, und der Leitwolf wollte seine Brüder und Schwestern davor bewahren.

Sie stammen von Bauern ab. Wie viele gibt es unter den Ihren, die lieber sterben, als in Schande zu leben? Diese Selbstdisziplin und Stärke der Wölfe treiben jedem Alten im Grasland die Tränen in die Augen.«

Uljii sah Bao Shungui etwas unglücklich an und fügte eilig hinzu: »Wissen Sie, woher die Wölfe ihre Stärke nehmen? Ein wichtiger Teil ist, dass der Leitwolf einen verletzten Kameraden tötet. So wird dem Rudel eine Last genommen und die Leistungsstärke und Geschwindigkeit der Truppe gesichert. Wenn Sie diesen Punkt verstehen, können Sie bei Ihrem nächsten Kampf mit den Wölfen die Lage besser einschätzen.«

Bao nickte, als sei ihm plötzlich etwas klar geworden. »Richtig, für die Versorgung der Verletzten benötigt jede Armee eine große Struktur aus Krankenträgern, Pflegern, Wachleuten, Krankenschwestern, Ärzten und Wagen mit Fahrern. Ich tat jahrelang Dienst bei den Streitkräften der Armee, und wir haben ausgerechnet, dass für einen Verletzten ein gutes Dutzend Leute tätig ist, eine schwere Last für die Truppe, durch die ihre Kampfkraft empfindlich geschwächt wird. So gesehen wird ein Wolfsrudel immer beweglicher und schneller sein als eine menschliche Armee. Andererseits handelt es sich bei den Verletzten oft um mutige Oberbefehlshaber und Generäle, die nach ihrer Genesung das Rückgrat der Truppe sind. Tötete man sie, würde man die Kampfkraft der Armee treffen.«

Uljii seufzte. »Die Wölfe haben natürlich ihre Gründe, so zu handeln. Einmal sind sie sehr fruchtbar, ein Wurf kann ein Dutzend Junge umfassen, und die Überlebensrate ist ebenfalls hoch. Im Herbst habe ich einmal eine Wölfin mit elf Jungen gesehen, die alle gerade einmal einen Kopf kleiner waren als ihre Mutter und kein bisschen langsamer, wenn sie losrannten. Zwei Jahre später waren die Weibchen aus dem Wurf auch wieder geschlechtsreif. Kühe werfen vielleicht fünf Jungtiere in drei Jahren. Wie viele Weibchen werfen Wölfinnen in drei Jahren? Eine ganze Menge, denke ich. Wölfe füllen ihre Armeeeinheit schneller bis auf den letzten Platz aus, als Menschen es tun. Außerdem ist ein Wolf mit einem Jahr bereits kampffähig. Im Frühjahr geworfene Junge sind im Frühling des nächsten Jahres zu kräftigen großen Tieren herangewachsen. Ein einjähriger Hund fängt Kaninchen, ein einjähriger Wolf jagt Schafe, ein einjähriges Kind hat noch nicht gelernt seine Blase zu kontrollieren. Der Wolf ist dem Menschen überlegen. Natürlich töten sie ihre verletzten Artgenossen. Ich glaube, sie wissen selbst, dass sie zu viele sind, und praktizierten so ihre eigene Art der Geburtenkontrolle. Das Aussieben der Schwachen lässt nur Elitetruppen und starke Feldherren zurück. Das ist der Grund, warum die Schlagkraft der mongolischen Wölfe in Tausenden von Jahren nicht nachgelassen hat.«

Die Stirn Baos glättete sich. »Bei dieser Untersuchung heute habe ich eine Menge gelernt. Im Kampf gegen Naturkatastrophen hilft immerhin der Wetterbericht, aber was tun bei Wolfskatastrophen? Wir Bauern sind mit der Einschätzung von Wölfen zu wenig vertraut. In diesem Fall hätten Menschen nicht viel ausrichten können, das wird das offizielle Untersuchungskomitee schnell verstehen.«

»Um das hier zu begreifen, brauchen sie alle Informationen«, sagte Uljii.

»Das ändert nichts an der Tatsache«, fuhr Bao Shungui fort, »dass wir mehrere große Wolfsjagden inszenieren müssen, sonst wird das Viehzüchtergebiet zum Speisesaal der Wölfe. Ich werde um mehr Munition bitten.«

Etwas abseits der Gruppe führten die Pekinger Schüler eine erhitzte Debatte. Ein Schüler der Dritten Produktionsgruppe, der Rotgardist Li Hongwei, war ganz aufgeregt. »Der Wolf ist ein Klassenfeind, alle Reaktionäre der Welt sind böse Wölfe. Wölfe sind einfach grausam, es reicht nicht, dass sie das Eigentum des Menschen zerstören und töten – Pferde, Rinder und Schafe – sie töten auch noch ihre Artgenossen. Wir müssen uns gegen die Wölfe zusammentun und eine Diktatur der besitzlosen Klasse bilden. Die Wölfe entschieden und gründlich auslöschen. Ebenso müssen die alten Ansichten, Traditionen und Gebräuche, Wölfe zu tolerieren, Mitgefühl zu haben und ihnen tote Menschen als Nahrung zu überlassen, scharfer Kritik unterworfen werden.«

Als Chen Zhen sah, wie der andere mit seinem Finger auf Bilgee zeigen wollte, unterbrach er ihn hastig: »Du gehst ein bisschen zu weit. Soziale Klassen unterscheiden wir nur bei Zweibeinern. Wenn du Wölfe in Klassen einteilen willst, bist du dann Wolf oder Mensch? Fürchtest du nicht, bei deiner Einteilung den großen Führer des Proletariats in den Kreis der Wölfe zu drängen? Außerdem töten Menschen ihresgleichen, wenn sie Menschen töten. Und sie tun das viel öfter als Wölfe, allein im Ersten und Zweiten Weltkrieg waren es Millionen und Abermillionen. Seit der Zeit des Peking-Menschen, der in Zhoukoudian gefunden wurde, haben wir die Angewohnheit, unseresgleichen zu töten, wir sind vom Wesen her erheblich brutaler und grausamer als der Wolf. Du solltest mehr Bücher lesen.«

Li Hongwei hob wütend seine Reitpeitsche, zeigte auf Chen Zhen und sagte: »Nur weil du zur Oberschule gehst, hältst du dich wohl für etwas Besseres, was? Dass ich nicht lache! Alles, was du liest, ist kapitalistisch, feudalistisch oder revisionistisch. Schlechte Bücher sind das! Gift! Der Einfluss deines verfluchten Vaters auf dich ist groß. In der Schule hast du nichts gesagt und dich schön aus allem rausgehalten, und in dieser primitiven Gegend hier fühlst du dich wohl wie ein Fisch im Wasser, du Anhänger der stinkenden Alten Vier!«

Chen kochte vor Wut und wollte sich am liebsten wie ein Wolf auf den Rotgardisten stürzen, um ihn vom Pferd zu beißen. Aber dann dachte er an die Geduld der Wölfe und riss sich zusammen, schlug zweimal gegen seine eigenen Stiefel und ging kopfschüttelnd davon.

Es begann zu dämmern, und die Oberschüler aus Peking, die sich an das frühe Frühstück der Mongolen gewöhnt hatten, begannen vor Hunger zu frieren und zu zittern. Die Leiter des Untersuchungstrupps, die meisten Viehzüchter und die Schüler kehrten mit den Wagen, die die toten Wölfe transportierten, ins Lager zurück. Chen Zhen wollte mit Batu und Laasurung Batus geliebte Lassostange suchen und weitere zu Tode getrampelte oder verwundete Wölfe finden. Mehr noch hoffte er, die beiden tapferen Pferdehirten würden ihm Geschichten von den Wölfen erzählen und wie man mit den Tieren fertig wurde.

7

»Mögen die Unseren dem Rat des grauen Wolfes folgen!«

In der Morgendämmerung schien ein Licht vom Himmel herabzusinken und ins Zelt von Ughuz Khan zu gleiten. Ein Wolf mit dunklem Pelz und grauer Mähne trat aus dem Licht und flüsterte Ughuz Khan ins Ohr: »... Ich werde Euch als Führer dienen.«

Dann löste Ughuz Khan das Lager auf. Er sah, wie der Wolf an der Spitze seiner Armee marschierte.

Dann sah er wieder diesen Wolf, der zu ihm sprach: »Sitzt auf, wie es Eure Offiziere und Soldaten tun!« Ughuz Khan bestieg also das Pferd und der Wolf fügte hinzu: »Versammelt die Imame und das Volk. Ich werde voranmarschieren und Euch den Weg weisen.«

Später ritt Ughuz Khan wieder zu Pferde und zog mit dem grauen Wolf in die Reiche Sindhu, Tdan-ghu ...

Das Epos von Ughuz Khan, nach Han Rulins
Himmelsbogen-Textsammlung

Im mongolischen Grasland machte man seit jeher in den ersten Tagen des Winters Jagd auf Wölfe, denn das war die Zeit, in der die Murmeltiere zu den Hügeln zogen, um in ihren unzähligen Höhlen Winterschlaf zu halten. Größer als Hasen und mit reichlich Fett gepolstert waren Murmeltiere für Wölfe die wichtigste Nahrung. Waren sie aber erst mal in ihren Höhlen, erreichten die Wölfe sie nicht mehr, rissen dann verstärkt Zuchttiere auf den Weiden und zwangen so die Jäger zu handeln. Auch trugen die Wölfe in dieser Jahreszeit ihr besonders weiches, dichtes und glänzendes Winterfell. Erstklassiger Wolfspelz, für den man in der Ankaufsstelle höchste Preise erzielte, war nur jetzt zu gewinnen. Den Viehzüchtern diente es als eine willkommene Aufbesserung ihres Einkommens. Die Jungen unter ihnen sahen in der Treibjagd eine Gelegenheit, Mut und Jagdkunst zu demonstrieren. Die Leiter der einzelnen Produktionsbrigarden konnten geradezu militärisches Geschick beweisen, angefangen vom Ausspähen eines Rudels über die Wahl von Ort und Zeitpunkt des Angriffs bis hin zur Jagd selber. Seit Generationen nutzten die Altvorderen und Khans des Graslands die Treibjagd dazu, mit ihren Stämmen und Sippen derartige Manöver durchzuführen, eine Tradition, die bis heute erhalten geblieben war. Sobald eine dicke Schneedecke lag, machte man sich zur Jagd fertig. Wolfstatzen hinterließen deutliche Spuren im Schnee, die Wölfe konnten sich nicht mehr verstecken. Auch wurden sie im neuen und nassen Schnee deutlich langsamer. Den Pferden der Jäger mit ihren langen Beinen machten Schlamm und Schneewasser dagegen wenig aus. Der erste Schnee des Jahres bedeutete für die Wölfe des Graslands daher eine Zeit des Sterbens, in der die Viehzüchter die Wolfsrudel in ihre Schranken wiesen und ihrem ein Jahr angestauten Ärger über die Raubtiere Luft machten.

Doch es blieb nicht allein den Menschen vorbehalten, die Gesetzmäßigkeiten auf dem Grasland zu durchschauen. Auch die Wölfe wurden immer schlauer und erwarteten die Treibjagd schon, die jedes Jahr unweigerlich über sie kam. Sobald der erste Schnee liegen blieb und alles um sie herum weiß wurde, machten sich die Wölfe auf den Weg über die Landesgrenze oder flüchteten in die Berge, wo sie den Gazellen und Wildkaninchen nachstellen konnten. Oder sie harrten in der durch den Schnee für Menschen unzugänglich gewordenen unendlichen Weite der Wildnis aus und fraßen von den Kadavern verendeter Tiere. Erst wenn der Schnee überfroren war und ihre Pfoten sich an den eisigkalten Boden gewöhnt hatten, kamen sie zur Plünderung der Zuchtherden wieder in die Nähe der Menschen, denen die Lust an der Wolfsjagd dann meist schon vergangen war.

»In den letzten Jahren haben wir bei der Treibjagd so gut wie keine großen Wölfe gefangen«, eröffnete Uljii die Sitzung im Hauptquertier. »Das muss anders werden, wir müssen die Jagd den Wölfen anpassen, also nicht immer dieselbe Taktik anwenden, sondern ab und zu mit Überraschungen kommen. Wir sollten Ruhe bewahren und dann nach einer Pause erneut zuschlagen. Hauptsache, wir zeigen keine Regelmäßigkeiten, damit die Wölfe sich auf nichts einstellen können. Jetzt haben wir Frühling. Ich schlage vor, wir brechen dieses Jahr mit der Tradition der Winterjagd und überraschen die Wölfe jetzt schon. Die Pelze aus dieser Jahreszeit werden nichts einbringen, aber für jeden erfolgreichen Schuss bekommen wir die doppelte Munition zurück.«

Also wurde auf der Versammlung beschlossen, sämtliche Viehzüchter der Kommune zu einer großen Ausrottungskampagne zu mobilisieren. Es sollte eine Art Wiedergutmachung für den Verlust der Kriegspferde sein, und außerdem war da noch die Anweisung von ganz oben zur Bekämpfung der Wolfsplage.

»Ich weiß, dass jetzt die Arbeit mit den neugeborenen Lämmern alle beansprucht und eigentlich keine Jäger zur Verfügung stehen«, beteuerte Bao Shungui. »Aber wir müssen diese Schlacht gegen die Wolfsrudel führen, das sind wir allen Seiten schuldig.«

Uljii fuhr fort: »Unserer Erfahrung nach zieht der größte Teil des Wolfsrudels nach einem Überfall ab, weil er fest mit der Rache der Menschen rechnet. Ich vermute daher, dass die Wölfe an der Grenze jetzt aufhorchen. Sobald sich irgendetwas tut, werden sie sich davonmachen. Darum sollten wir noch ein paar Tage abwarten. Wenn das Pferdefleisch in ihren Bäuchen verdaut ist und sie nichts mehr zu fressen finden, weil die Murmeltiere und Ratten noch im Winterschlaf sind, werden sie sich bestimmt an die zugefrorenen toten Pferde erinnern und alles riskieren, um an ihr Fleisch heranzukommen.«

Bilgee nickte zustimmend. »Ich werde einige Leute zu den toten Pferden mitnehmen und dort Fallen aufstellen, um die Wölfe in die Irre zu führen. Denn die Leitwölfe werden die Fangeisen bestimmt als Zeichen von Passivität auf unserer Seite deuten. Früher, bei der organisierten Jagd, als wir die Jagdhunde immer bei uns hatten, mussten wir die Geräte ja vor dem Angriff immer wieder abbauen, damit nicht die Hunde darin verletzt wurden. Diesmal lassen wir die Fallen bis zum Angriff stehen, das wird selbst den schlauesten Leitwolf täuschen. Geraten Wölfe in die Fallen, wird das Rudel verwirrt sein. Sie werden sich weder an die Pferde herantrauen noch aber weglaufen, sondern einfach dortbleiben. Dann rücken wir leise an und schlagen zu. Bestimmt werden uns da nicht mehr viele entwischen, und vielleicht können wir sogar einige der Leitwölfe kriegen.«

»Stimmt es«, fragte Bao Shungui, »dass die Wölfe auf dem Grasland so schlau sind? Um die Stellen mit Gift und Fangeisen machen sie einen Bogen, und alte Wölfe und Leitwölfe beißen einen Kreis um das vergiftete Fleisch herum, um die Weibchen und Jungwölfe zu warnen, so heißt es. Manche Leitwölfe treiben ein böses Spiel mit den Jägern und können sogar die Fallen wie Minen aus dem Boden entfernen. Ist das alles wahr?«

»Nicht ganz«, antwortete Bilgee. »Das Gift von der Versorgungsgenossenschaft riecht einfach zu stark. Selbst unsere Hunde erkennen es, von den Wölfen ganz zu schweigen. Ich benutze das Gift nicht, sonst gehen mir noch die Hunde drauf. Ich stelle lieber Fallen auf, nach einem ausgefallenen System. Nur Wunderwölfe können die Stellen ausfindig machen.«

Das Verwaltungsbüro der Kommune war für Bao eher ein Hauptquartier der Armee, und statt in einer Besprechung der Viehzüchter zu sein, hatte er das Gefühl, einer militärischen Kommandositzung beizuwohnen. Die Ernennung Uljiis, dem ehemaligen Kompanieführer der Kavallerie, als Versammlungsleiter war ein Volltreffer gewesen, und auch Bao selbst schien sich als Vertreter der Armee nur allzu gut einzufügen.

Bao klopfte mit einem Stift an sein Glas und rief in den Raum: »Die Sache ist beschlossen!«

Die Leitung gab strikte Order: Ohne Erlaubnis durfte niemand in den nördlichen Bereichen des Olonbulag auf Wolfsjagd gehen, insbesondere wurde ein Schießverbot erlassen. Eine groß angelegte Treibjagd würde von der Leitung organisiert, alle Produktionsbrigaden sollten sich bereithalten.

Die Vorbereitungen der Viehzüchter gingen ruhig und geordnet vonstatten: Es wurden Pferde ausgewählt und die Hunde gefüttert, Fangeisen instand gesetzt, Messer geschliffen, Schusswaffen gereinigt, Munition besorgt. Alles machte einen geschäftigen, aber keineswegs chaotischen oder hektischen Eindruck. Es erinnerte an die auch sonst jährlich wiederkehrenden Arbeiten: im Frühjahr das Lammen der Schafe, im Sommer das Scheren, im Herbst Heu zusammentragen, im Winter Schafe schlachten.

Früh am nächsten Morgen hingen die Wolken tief und dunkel am Himmel, sodass die Bergspitzen in der Ferne wie abgeschnitten schienen. Das Grasland wirkte noch flacher als sonst und irgendwie bedrohlicher. Winzige Schneeflocken trieben im leichten Wind. Ab und zu hustete der Blechschornstein einer Jurte wie ein lungenkranker Patient. Rauch legte sich über den verschneiten Zeltplatz, auf dem Viehmist, Grasbüschel und Schafwolle herumlagen. Die Frühjahrskälte zog sich in diesem Jahr schier endlos hin. Zum Glück konnte das Vieh vom dicken Winterspeck zehren und so bis zu den wärmeren Frühlingstagen durchhalten, wenn der Schnee schmelzen und das Gras wieder wachsen würde. Unter dem Schnee konnten die Schafe schon erste Grassprossen finden, das erste frische Futter des Jahres.

Ruhig zusammengekauert lagen die Schafe in ihrem Stall aus Lehm und Stroh, käuten gemächlich wieder und waren froh, nicht hinaus in die Kälte zu müssen. Die drei großen Wachhunde hatten die ganze Nacht gebellt, jetzt drängten sie sich hungrig und vor Kälte zitternd vor der Tür der Jurte. Kaum hatte Chen Zhen die Tür geöffnet, sprang Huanghuang an ihm hoch und legte seine Vorderpfoten auf die Schultern seines Herrn. Der Hund wedelte wild mit dem Schwanz und leckte Chen das Kinn: seine Art, um Futter zu betteln. Chen holte eine Schüssel mit Knochen von der letzten fettigen Mahlzeit aus der Jurte und warf sie den Hunden vor. Die Tiere stürzten sich darauf. Sie kauerten auf dem Boden, klemmten sich die Knochen zwischen die Pfoten, nagten gierig mit schräg gelegtem Kopf daran herum, dass es laut knackte, und schlangen alles hinunter.

Chen ging in die Jurte zurück, um extra für Yir einige Stücke fettes Lammfleisch aus dem großen Fleischtopf herauszusuchen. Yir war ein Weibchen mit schwarz glänzendem Fell und stammte wie Huanghuang von einer Jagdhundrasse aus dem Xing'an-Gebirge, schmaler Kopf, lange Beine, schlanker Rumpf und dünnes Fell. Beide Hunde besaßen einen ausgeprägten Jagdinstinkt. Sie konnten mit hohem Tempo ihre Beute verfolgen, waren unglaublich wendig und bissen überraschend zu. Die Fuchsjagd beherrschten sie geradezu perfekt, und besonders Huanghuang schien Instinkt und Technik von seinen Eltern geerbt und gelernt zu haben. Er ließ sich niemals von dem großen, hin- und herschwingenden Fuchsschwanz täuschen, sondern schnappte diesen zielsicher mit dem Maul, bremste scharf und ließ den Fuchs weiterhin versuchen wegzulaufen. Dann öffnete Huanghuang plötzlich sein Maul, sodass der Fuchs aus der Balance geriet und in einer Rolle vorwärts kopfüber losstolperte. Sofort sprang ihm Huanghuang dann in ein, zwei großen Sätzen hinterher und biss dem auf dem Rücken liegende Tier in den Rachen. Ein Biss nur, der Fuchs war auf der Stelle tot, und der Jäger bekam ein vollkommen unbeschädigtes Fell. Andere Hunde ließen sich bei der Jagd entweder vom Schwanz des Fuchses irritieren oder rissen große Löcher in das Fell ihrer Beute, sodass manche Jäger die Tiere vor Ärger prügelten. Huanghuang und Yir fürchteten sich nicht einmal vor Wölfen. Wenn sie es mit einem Wolf zu tun hatten, sprangen sie geschickt um ihn herum, griffen ihn an und verwickelten ihn in einen

Kampf, bei dem sie selbst keine Wunde davontrugen, so lange, bis die Jäger mit den anderen Hunden kamen.

Chen Zhen hatte Huanghuang von Bilgee und Galsanma geschenkt bekommen, und auch Yir war ein Geschenk, sie kam von der mongolischen Familie, bei der Yang Ke anfangs untergebracht war. Die Viehzüchter des Olonbulag-Graslandes gaben stets ihre besten Sachen an die Schüler aus Peking, so auch die beiden Hunde, die bei ihren neuen Besitzern groß geworden und viel besser geraten waren als die anderen Hunde aus demselben Wurf. Vor allem wegen dieser Hunde lud Batu mit Vorliebe Chen Zhen und Yang Ke zur gemeinsamen Fuchsjagd ein. Im vergangenen Winter hatten die Hunde ihren Besitzern fünf große Füchse ins Haus gebracht. Die im Grasland üblichen Fuchsfellmützen waren sozusagen Geschenke für Chen und Yang, von ihren geliebten Vierbeinern.

Nach dem chinesischen Frühlingsfest hatte Yir sechs Junge geworfen, von denen drei Bilgee, Lamjab und einem Schüler aus Peking gegeben worden waren. Ein Weibchen und zwei Männchen waren beim Muttertier geblieben, zwei von ihnen trugen gelbes Fell und eines ein schwarzes. Pummelig wie kleine Ferkel waren sie, man musste sie einfach ins Herz schließen.

Yang Ke, ein gutmütiger Junge, liebte und verwöhnte Yir und ihre drei Kleinen über alle Maßen. Fast täglich kochte er für die Hundemutter einen großen Topf dicken Brei aus Fleischbrühe, gehacktem Fleisch und Getreide, wobei ein großer Teil ihrer monatlichen Getreideration draufging. Damals bezogen die Schüler aus der Hauptstadt noch den dortigen Standard von dreißig Pfund Getreide pro Kopf. Nur die Zusammensetzung war eine andere: drei Pfund gebratener Hirsebrei, zehn Pfund Mehl, der Rest unverarbeitete Hirse. Seitdem all ihre Hirse als Hundefutter verbraucht wurde, mussten die jungen Chinesen aus Peking sich wie die Viehzüchter auch hauptsächlich von Fleisch ernähren. Die Einheimischen bekamen monatlich nur neunzehn Pfund Getreide zugeteilt, dabei sehr wenig Hirse. Hirsebrei mit Fleisch, so hatte Galsanma

Chen und Yang die Zubereitung der Hundemahlzeiten eigenhändig beigebracht, sei das beste Futter für eine Hundemutter. Und tatsächlich hatte Yir so viel Milch für ihre Jungen, dass diese viel kräftiger gewachsen waren als die Welpen der mongolischen Nachbarn.

Der dritte große Hund bei Chen und Yang stammte aus einer einheimischen, mongolischen Rasse. Er war fünf oder sechs Jahre alt, schwarz, hatte einen kantigen Schädel, ein riesiges Maul, und seine Beine waren sehr lang. Das Gebell aus seiner starken Brust ließ einen glauben, es brülle ein Tiger. Das Tier war ein ungestümer Draufgänger, wie die vielen Narben, schwarze, haarlose Streifen kreuz und quer über Kopf, Brust und Rücken, bezeugten – ein durch und durch furchteinflößendes Tier. Von seinen zwei auffallend gelben geschwungenen Augenbrauen war nur noch eine übrig, die andere hatte er wahrscheinlich im Kampf mit einem Wolf verloren. So sah der Hund aus, als hätte er drei Augen, auch wenn das dritte etwas verrutscht schien. Chen und Yang nannten den Hund nach einer dreiäugigen göttlichen Figur aus der chinesischen Mythologie »Erlang Shen«, »Dämon Erlang«, oder kurz: Erlang.

Chen Zhen hatte dieses teuflische Tier aufgelesen, als er einmal vom Einkauf in der Versorgungsstelle der Nachbarkommune nach Hause fuhr. Er hatte im Rücken eine unbehagliche Kälte gespürt, und auch der Ochse, der den Karren zog, schien nervös zu sein. Chen wäre beinah vom Sitz gefallen, als er sich umdrehte: Er sah einen abscheulichen Hund, groß wie ein riesiger Wolf, der den Ochsenkarren lautlos und mit heraushängender Zunge verfolgte. Chen versuchte den Hund mit seinem Stock für das Kühehüten zu verscheuchen, doch was er auch anstellte, das Tier folgte ihm den ganzen Weg und bis nach Hause.

Die Pferdehirten wussten sofort, mit wem sie es zu tun hatten. Ein bissiger Hund sei er, vertrieben von seinem Besitzer, nachdem er mehrere Schafe gerissen hatte. Fast zwei Jahre schon vagabundiere er durch das Grasland. Nachts und bei Schneesturm suche er Schutz in verlassenen Ställen, tagsüber jage er Wildkaninchen, Murmeltiere, fresse von verendetem Vieh, oder er prügle sich mit einsamen Wölfen um ihre Beute. Familien, bei denen er Unterschlupf gesucht habe, hätten ihn hinausgeworfen, weil er immer wieder Schafe gerissen habe. Längst wäre er von den Viehzüchtern totgeschlagen worden, hätte man sich nicht darauf besonnen, dass er immerhin auch einige Wölfe totgebissen hatte. Die Viehzüchter redeten auf Chen Zhen ein, sich von dem Hund zu trennen. Doch Chen hatte Mitleid mit dem Tier, und er war neugierig auf diesen tapferen Überlebenden des rauen, eiskalten und von Wolfsrudeln bevölkerten Graslands. Hinzu kam, dass Chen, seit er aus der Jurte Bilgees ausgezogen war und den furchtlosen Wolfsmörder Bar nicht mehr in seiner Nähe wusste, das Gefühl hatte, ihm fehle die rechte Hand.

Chen widersprach den Viehzüchtern: »In unserer Jurte gibt es nur junge und schnelle Hunde für die Jagd, was uns fehlt, ist ein so großer Hund zum Schutz von Mensch und Vieh. Ich werde den bissigen Hund vorerst behalten. Wenn er ein Schaf tötet, komme ich für den Verlust auf.«

Zwei Monate waren seither vergangen, ohne dass ein Schaf von »Dämon Erlang« angefallen worden war. Chen Zhen hatte beobachtet, wie sehr sich der Hund beherrschen musste, sich von der Schafherde fernzuhalten.

»Auf dem Olonbulag«, so berichtete der alte Bilgee, »hat es streunende Hunde wie deinen Schützling auch früher schon gegeben, doch in den letzten Jahren sind es immer weniger geworden. Die Wanderarbeiter stellen ihnen meist unerbittlich nach. Sie locken einen streunenden Hund in eine leere Lehmhütte, hängen ihn dann auf und flößen ihm Wasser ein, bis das Tier erstickt. Anschließend häuten sie den Hund, kochen und essen ihn. Ganz sicher ist auch ›Erlang Shen‹ schon in eine solche Falle geraten und konnte im letzten Augenblick fliehen, was ihn schließlich davon abgebracht haben dürfte, weiter herrenlos durch die Steppe zu ziehen. Ein streunender Hund wie er hat keine Angst vor Schafe reißenden Wölfen. Menschen aber, die Hunde essen, hat er fürchten gelernt.«

In seinem neuen Zuhause gab der Hund nun sein Bestes, die Schafherde nachts vor Angriffen zu schützen, und oft konnte man an seiner Schnauze morgens Wolfsblut sehen. Ganz selten nur wurde eines der Schafe in Chens und Yangs Obhut von nun an Opfer eines Angriffs von Wölfen. Doch suchte er keine Nähe zu den Menschen, zeigte seinem neuen Herrn gegenüber nicht einmal Dankbarkeit für die Aufnahme. Er spielte weder mit Huanghuang noch mit Yir. In den freien Stunden am Tag streifte er oft allein durch die Steppe. Oder er lag im Gras, weit weg von der Jurte, und schaute aus halb geschlossenen Augen sehnsuchtsvoll in die Ferne.

Manchmal kam es Chen Zhen in den Sinn, dass dieser Hund doch eher einem Wolf ähnelte. Hunde stammten ja von Wölfen ab, und eine der frühesten Volksgruppen im Nordwesten Chinas, das Quanrong-Volk, hielt zwei weiße Hunde für ihre Ahnen und betete sie als Totemtiere an. Chen hatte sich schon oft gefragt, wie so ein tapferes Nomadenvolk ein von den Menschen domestiziertes Tier – den Hund – verehren konnte. Waren die Hunde des Graslands vor Tausenden von Jahren besonders wild gewesen? Oder waren es Wölfe mit Hundecharakter? Bei den zwei weißen Hunden, den Totemtieren des alten Quanrong-Volkes, handelte es sich sehr wahrscheinlich um zwei weiße Wölfe. Und in den Adern seines Hundes, dachte Chen Zhen, floss da vielleicht auch Wolfsblut? Oder war er tatsächlich ein Wolf mit dem Instinkt eines Hundes, vielleicht ein Fall von Atavismus?

Chen Zhen versuchte oft den Hund zu kraulen, hockte sich neben ihn und strich ihm durchs Fell, doch »Dämon Erlang« reagierte kaum darauf. Der Ausdruck seiner Augen blieb schwer zu deuten, tiefsinnig und starr zugleich. Mit dem Schwanz wedelte er nur so leicht, dass niemand außer Chen es überhaupt wahrnahm. Der Hund schien weder Liebkosungen von Menschen zu mögen noch die Nähe seinesgleichen zu vermissen. Chen Zhen fragte sich gelegentlich, ob »Dämon Erlang« nicht viel am normalen Leben eines Hundes lag und er vielleicht doch in die Welt der Wölfe zurückkehren wollte? Aber warum hatte er dann die Wölfe immer so aggressiv angegriffen, als seien sie seine Erzfeinde? Äußerlich sah er zweifellos wie ein Hund aus, allein schon sein schwarzes Fell unterschied ihn von den gelb-grauen Wölfen. Doch wenn man bedachte, dass überall auf der Welt – in Indien, Russland, Amerika, im antiken Rom und früher in der mongolischen Steppe – menschliche Säuglinge von Wölfen aufgenommen und aufgezogen wurden, so konnte dasselbe doch auch einem Hundewelpen geschehen sein. Und sollte »Dämon Erlang« tatsächlich auf der Seite der Wölfe stehen, dann wäre das eine Katastrophe für Pferde, Rinder und Schafe. Das Schlimmste für seinen Hund war wahrscheinlich die Ablehnung durch sowohl Hunde als auch Wölfe und dass er sich nirgendwo zugehörig fühlte. Dann wieder kam Chen Zhen zu dem Schluss, dass dieser Hund auf gar keinen Fall ein Wolfshund war. Denn ein Wolfshund war zwar aggressiv, besaß aber alle Eigenschaften eines Hundes. Gut möglich, dass es sich bei seinem Schützling um den selten vorkommenden Hundswolf handelte, eine Mischung aus Hund und Wolf, bei der das Wölfische überwog. Doch wie er es auch drehte und wendete, Chen Zhen wurde aus seinem Hund nicht recht schlau. Er wollte ihn aber gut behandeln, ihn studieren und über ihn nachdenken und ihm ein guter Freund sein. Für die Zukunft beschloss Chen Zhen, den Hund anders zu nennen. Der »Dämon« sollte aus seinem Namen verschwinden, »Erlang« genügte vollkommen.

In der Jurte schliefen Yang Ke und Gao Jianzhong noch, als Chen draußen die Hunde fütterte, mit den Jungtieren spielte und den ausdruckslos dreinblickenden Erlang streichelte.

Über ein Jahr schon wohnten die vier Klassenkameraden in ihrer Gemeinschaftsjurte – der Pferdehirt, ein Kuhhirt und zwei Schäfer. Pferde-, Kuhhirten und Schäfer hatten ihre eigenen Verpflichtungen, die ineinandergriffen und von denen jede einzelne unverzichtbar war.

Zhang Jiyuan, ein tüchtiger und ehrgeiziger Pferdehirt, hütete zusammen mit Batu und Lamjab fast fünfhundert Pferde. Da die Tiere ungeheuer viel Gras brauchten und mit Rindern und Schafen um Weideplätze zu konkurrieren drohten, musste man mit ihnen weit fortziehen. Tief in den Bergen auf einsamen Weidegebieten, wo Wolfsrudel ihr Unwesen trieben, führten die Pferdehirten ein noch einfacheres Leben als die Daheimgebliebenen in den Siedlungen. Sie übernachteten das ganze Jahr über in provisorisch eingerichteten Filzzelten, gerade groß genug für zwei Personen, und machten sich auf einem kleinen Blechofen, der mit getrocknetem Pferdemist geheizt wurde, ihr Essen warm. Pferdehirten führten ein gefährliches, hartes Leben und trugen große Verantwortung, wofür sie unter den Viehzüchtern das höchste Ansehen genossen.

Das Einfangen eines Pferdes mit der Lassostange war eine hohe und schwere Kunst, die im Einfangen und Töten von Wölfen ihre Vollendung findet. Ein Pferdehirt musste unablässig Pferde einfangen, um sie zu zähmen, zu pflegen oder zu untersuchen. Generationen von Pferdehirten trainierten die Kunst von alters her und verfeinerten sie. Fest im Sattel ihres galoppierenden Pferdes, in einer Hand die lange Stange mit dem an der Spitze befestigten Lasso, beugten sie sich im entscheidenden Augenblick weit vor, um das Lasso durch die Luft zu schleudern. Mit einem Ruck legte sich die Schlinge um den Hals des fraglichen Tieres. Ein guter Pferdehirt verfehlte sein Ziel so gut wie nie und fing auf die gleiche Weise auch Wölfe ein, vorausgesetzt, das Reittier war schnell genug und das Raubtier hatte einen nicht zu großen Vorsprung. Wenn ein Jäger es geschafft hatte, einem Wolf das Lasso um den Hals zu legen, dann zog er ihn so lange hinter sich her, bis der in der zugezogenen Schlinge Gefangene ohnmächtig wurde oder ihn die Hunde totbissen. Am helllichten Tag hatten die Wölfe großen Respekt vor den Lassostangen. Ihr Anblick allein trieb sie in die Flucht, oder sie legten sich ins Gras, um sich unsichtbar zu machen. Vielleicht waren diese Stangen der Grund, warum Wölfe tagsüber vor einem Kampf gegen die Menschen zurückschreckten und die Nacht abwarteten, bevor sie zu ihren Raubzügen aus den Verstecken kamen.

Die Lassostangen des Olonbulag waren die schönsten und besten, die Chen Zhen je gesehen hatte. Sie waren im Vergleich zu denen anderer Viehzuchtgebiete – er hatte zu Hause in Magazinen Fotos davon gesehen – viel länger, feiner ausgearbeitet und funktionaler. Voller Stolz behaupteten die Pferdehirten des Olonbulag, sie hätten die besten Lassostangen in der ganzen Inneren Mongolei. Am Oberlauf des Maju-Flusses war im Lauf der mongolischen Geschichte das bekannte Streitross Ujumchin gezüchtet worden (einst Türküt-Pferd genannt). Pferde waren für die Mongolen wichtige Partner und Kampfgefährten, und eine entsprechend große Rolle spielten die Lassostangen, das wichtigste Arbeitsgerät der Pferdehirten. Meist maßen sie fünf bis sieben Meter. Chen Zhen hatte aber auch schon Exemplare von neun Metern Länge gesehen, gefertigt aus zwei Birkenschaften, die aneinandergeleimt werden. Mit jedem Meter stieg die Erfolgschance beim Fangen von Pferden oder Wölfen. Für die Lassostangen wurden nur Birken verwendet, die so gerade waren wie rippenfreier Bambus. Man hobelte die Birkenschäfte so lange, bis alle Verdrehungen und Astlöcher beseitigt waren. Kam man mit dem Hobel nicht weiter, so wurde der Schaft auf den Boden gelegt, die widerspenstige Stelle mit feuchtem Ochsendung weich gemacht und anschließend ganz langsam geradegebogen. An die Spitze der Stange wurde mit Hilfe von geflochtenem Pferdehaar ein fingerbreiter, anderthalb Meter langer Stab und an diesem schließlich das Lasso befestigt. Das Lasso war die widerstandsfähigste, zäheste Schnur, die es auf dem Olonbulag gab und der einzige Teil der Stange, den ein Pferdehirt nicht eigenhändig herstellen konnte. Aus Schafsgedärm gedreht, mussten die Pferdehirten des Graslands es in einer speziellen Abteilung der Versorgungsstelle kaufen. Mit einer Paste aus Schafhaaren und frischem Schafkot rieben sie ihre Stangen kräftig ein, bis die schneeweiße Birkenfarbe nicht mehr zu sehen war. Die getrockneten Stangen wurden anschließend poliert, und es entstand ein bronzener, intensiver Glanz, der die Lassostange wie eine mächtige metallene Waffe aus alter Zeit aussehen ließ.

Wenn ein Pferdehirt mit seiner Lassostange über das Grasland galoppierte, dann bog sich der Stab an der Spitze durch die Last des aufgerollten Seils leicht nach unten, und die Stange bebte im Rhythmus der Pferdehufe, als schlängele sich eine Natter durch die Luft. Die Wölfe des Graslands kannten den erbärmlichen Anblick eines von dieser Schlange verschlungenen Gefährten, in ihren Augen musste sie eine schreckliche, dämonische Mischung aus Schlange und Drache sein. Und ein Reiter mit Lassostange, ob Mann oder Frau, jung oder alt, konnte am helllichten Tag die verlassensten Gegenden der Steppe passieren, ohne sich vor den Wolfsrudeln fürchten zu müssen. Die Stange wirkte wie ein magisches Schutzzeichen Tenggers.

Zhang Jiyuan arbeitete seit über einem Jahr als Pferdehirt, war aber miserabel in der Handhabung der Lassostange. Nach mehreren vergeblichen Versuchen wollte sein Pferd meistens nicht weiter, und da kein anderes ihn aufsitzen lassen wollte, musste Batu ihm helfen. Hatte er endlich das Lasso um den Hals eines Pferdes geworfen, so gelang es ihm bestimmt nicht, hinter den Sattel zu rutschen, um nicht vom Pferd gezogen zu werden, das fliehende Tier riss ihm die Stange aus der Hand, galoppierte davon und zertrampelte das Ergebnis mehrtägiger mühevoller Arbeit unter seinen Hufen. Wochen hatte er an einer Schafherde geübt und dabei die Tiere derart erschreckt, dass sie um ihr Leben rannten, als wäre ein Rudel Wölfe hinter ihnen her, und einige Weibchen beinahe Fehlgeburten erlitten. Auf Bilgees Rat hin hatte er danach erst mal nur versucht, die hinteren Deichseln eines fahrenden Ochsenkarrens zu »fangen«, und tatsächlich machte Zhang mittlerweile Fortschritte.

Zhang war höchstens sieben Tage im Monat bei den anderen in der Jurte. Wenn er heimkehrte, fiel er sofort in tiefen Erschöpfungsschlaf und erzählte seinen Freunden anschließend spannende Geschichten von Menschen, Pferden und Wölfen.

Pferdehirten kamen viel herum. Sie hatten jeder acht oder neun eigene Reitpferde zur Verfügung, zuzüglich der herrenlosen, wilden Tiere, die sie auch jederzeit reiten konnten. Selten ritten sie ein neues Pferd länger als einen Tag und wechselten sogar innerhalb des Tages von einem zum anderen, um mit den Kräften ihrer Pferde hauszuhalten. So galoppierten sie stolz über das Grasland und waren stets gern gesehene Gäste, weil man dann ihre Dienste in Anspruch nehmen konnte: Pferde austauschen, Nachrichten übermitteln, Dinge zurückbringen, einen Arzt holen oder die neuesten Gerüchte erzählen. Die Mädchen zeigten sich mit ihrem Lächeln gegenüber Pferdehirten besonders großzügig, sodass die Kuhhirten und Schäfer mit ihren lächerlichen vier oder fünf Pferden und ohne interessante Geschichten regelmäßig vor Neid erblassten.

Andererseits leisteten die Pferdehirten auch die härteste und gefährlichste Arbeit. Nur diejenigen wurden von der Leitung als Pferdehirten ausgewählt, die die Eigenschaften eines Wolfes oder besser gesagt die Qualitäten eines Soldaten besaßen. Kräftig gebaut mussten sie sein, mutig, geschickt und intelligent, wachsam, zäh und widerstandsfähig gegen Hunger, Durst, Kälte und Hitze. Chen Zhen wie auch die anderen drei Schüler seiner Jurte konnten froh sein, dass die Wahl überhaupt auf einen von ihnen gefallen war. Zhang Jiyuan, der Auserkorene, lieferte nun Chen immer neuen Stoff für seine Sammlung von Wolfsgeschichten. Während Zhangs seltener Aufenthalte in der Jurte sorgte Chen dafür, dass sein Kamerad immer Gutes zu essen und zu trinken bekam und sich wohl fühlte, um sich dann mit ihm über sein Lieblingsthema zu unterhalten. Als Pferdehirt kämpfte Zhang an der vordersten Front gegen die Wölfe, und entsprechend war seine Haltung ihnen gegenüber sehr ambivalent. Mit Yang Ke zusammen unterhielten sie sich oft bis tief in die Nacht hinein und lieferten sich hitzige Diskussionen. Und wenn Zhang sich wieder auf den Weg ins Grasland machen musste, dann lieh er sich von seinen Kameraden ein, zwei Bücher, um gegen die gelegentliche Langeweile draußen gewappnet zu sein.

Gao Jianzhong, der vierte in der Pekinger Schülergruppe, war für mehr als hundertvierzig Rinder verantwortlich. Diese Arbeit zählte zu den angenehmsten auf dem Grasland, und die Leute sagten gern, ein

Kuhhirt würde seinen Posten nicht einmal gegen den eines Kreisvorstehers tauschen wollen. Die Tiere fanden jeden Morgen auch ohne den Hirten zur Weide und abends wieder zurück. Junge Kälber standen, mit Schnüren aus Pferdehaar festgebunden, brav nebeneinander vor der Jurte und warteten auf ihre Mütter, die zurückkommen und sie säugen würden. Lediglich die Bullen machten den Hirten das Leben ein wenig schwer. Sie waren immer auf der Suche nach besserem Gras, und am Ende eines langen Tages wiederum zu faul, den weiten Heimweg anzutreten. Und so war es die schwerste Arbeit eines Kuhhirten, die weit verstreut grasenden Tiere ausfindig zu machen und nach Hause zu treiben. Besonders halsstarrige Bullen konnte der Hirte schlagen wie er wollte, sie klimperten nur mit den Augenlidern, bewegten sich keinen Millimeter vom Fleck und machten den Hirten so wütend, dass er am liebsten zugebissen hätte.

Andererseits hatten die Kuhhirten die meiste Freizeit, und so war es üblich, dass die Schäfer sie je nach Bedarf um Unterstützung baten. Ohne Rinder wäre ein häusliches Leben der nomadisierenden Mongolen nicht vorstellbar. Man brauchte sie als Zugtiere, Milch- und Fleischlieferanten und verarbeitete ihr Leder zu allerhand Werkzeug und Kleidung, ja selbst der getrocknete Mist tat noch seinen Dienst als Brennmaterial.

Chen Zhen und Yang Ke waren Schäfer einer tausendsiebenhundert Tiere umfassenden Herde. Der größte Teil bestand aus Olonbulag-Schafen mit dem für sie typischen waschschüsselgroßen Schwanz, der aus fast durchsichtigem, knusprigem Fett bestand. Ihr Fleisch war saftig, schmackhaft und frei vom strengen Hammelfleischaroma. Lagerleiter Uljii meinte, die Weideplätze des Olonbulag-Graslands seien die besten der Inneren Mongolei, sodass die Schafe hier besonders gut gediehen. Schon der Kaiserhof in Peking wusste die Qualität der Schafe einst zu schätzen und ließ sie sich als Tributzahlung liefern, ebenso wie Kublai Khan für seine Regentschaft in Peking persönlich angeordnet haben soll, nur Olonbulag-Schafe für die Speisen seiner Sippe zu verwenden. Auch heute noch wurden Lammfleischgerichte nur von diesen Schafen zubereitet, wenn die chinesische Regierung in der Großen Halle des Volkes Staatsoberhäupter aus arabischen Ländern zum Bankett empfing, und es hieß, da diskutiere man dann eher die Herkunft des guten Fleisches als Staatsgeschäfte. Zu denen, die Olonbulag-Schafe verspeisten, machte sich Chen Zhen schließlich klar, gehörten auch die Wölfe des Graslands, und das war bestimmt mit ein Grund dafür, dass diese Raubtiere so ungewöhnlich stark waren und ihr Gehirn mitunter schneller arbeitete als das des Menschen. Es gab auch Schafe einer anderen Züchtung, eine Kreuzung aus Schafen des Olonbulag-Graslands mit solchen aus der Provinz Xinjiang. Die feine Wolle dieser veredelten Xinjiang-Schafe wuchs deutlich schneller und ließ sich aufgrund ihrer besonders feinen Qualität drei- bis viermal so teuer verkaufen wie die Wolle der Olonbulag-Schafe. Doch ihr Fleisch war weder fest noch schmackhaft, kein Einheimischer mochte es essen.

Ziegen machten etwa vier oder fünf Prozent einer Herde aus. Sie ruinierten mitunter ganze Weideflächen, weil sie das Gras mit den Wurzeln ausrissen und fraßen, aber ihr Kaschmir brachte hohe Preise ein. Auch waren kastrierte Ziegen mit ihren scharfen Hörnern mutig genug, sich einzelnen Füchsen und Wölfen entgegenzustellen. Daher wurden einige Dutzend Ziegen oft als Leittiere einer mongolischen Schafherde eingesetzt. Sie fanden sowohl die richtigen Weideplätze als auch den Weg zurück, sie meckerten um ihr Leben und schlugen Alarm, sobald sie von Wölfen angegriffen wurden. Die unbedarften Schafe hingegen ließen sich ohne einen Mucks von den Raubtieren die Bäuche aufreißen. Chen Zhen kam zu dem Schluss, dass die mongolischen Viehzüchter sich sehr gut darauf verstanden, die Eigenschaften der verschiedenen Lebewesen der Steppe zu ihrem Vorteil zu nutzen. Sie wussten mit Widersprüchen umzugehen und Schaden und Nutzen optimal auszutarieren.

Einer der beiden Schäfer war tagsüber bei den Schafen, der andere übernahm die Nachtwache. Für eine Tagschicht gab es zehn Arbeitspunkte, für die Nachtwache acht. Sie wechselten einander ab, tauschten Schichten, und wenn einer einmal anderweitig zu tun hatte, übernahm der andere beide Schichten, mitunter zwei Tage am Stück. Mit verlässlichen Hunden und einem schützenden Steinwall konnte man während der Nachtwache, im Frühjahr vor allem, recht ruhig schlafen. In den anderen Jahreszeiten aber wurde von einem Weideland zum nächsten gezogen, es gab keinen Steinwall wie für das Lammen im Frühjahr, sondern nur notdürftig errichtete Umzäunungen aus Ochsenkarren, Brettern und Filzdecken, die den Tieren zwar Windschutz boten, die Wölfe aber nicht fernhielten. Dann wurde die Nachtwache zu richtig schwerer Arbeit, und an Schlaf war nicht zu denken. Der Schäfer drehte unzählige Runden mit seiner Taschenlampe und rief im Chor mit den bellenden Wachhunden. »Nachtwachen dienen vor allem dem Schutz vor Wölfen«, sagte Uljii. »Die Ausgaben für die Nachtwachen machen fast ein Drittel der Ausgaben für die Arbeitspunkte des ganzen Jahres aus.« Das war ein riesiger Kostenfaktor, der vor allem auf das Konto der Wölfe ging.

Die Nachtwache war bei den Mongolen vor allem Aufgabe der Frauen, und da ihnen tagsüber die Hausarbeit oblag, kamen sie kaum zum Schlafen. Die nachtaktiven Wölfe stellten den Lebensrhythmus der Graslandbewohner auf den Kopf, machten ihnen einen ruhigen Schlaf und geregelte Mahlzeiten unmöglich. Dieses harte Leben hatte bereits Generationen von Frauen aus unzähligen mongolischen Familien zermürbt, und so gab es in fast jeder Jurte kränkliche Hausherrinnen, die meist früh starben. Einige Mongolinnen wurden jedoch gerade durch die Herausforderungen des Graslands hart und zäh. Die Wölfe vermehrten sich über die Maßen, während die Bevölkerungszahl der Menschen fast konstant blieb, sodass es in der Mongolei nie einen größeren Bedarf an Land zur Ernährung der Bevölkerung gab. Die Wölfe verhinderten das natürliche Wachstum der Bevölkerung.

Schafe waren die Grundlage des Viehzüchterlebens auf dem Grasland. Sie lieferten Fleisch zum Essen, Felle für die Kleidung, Mist als

Brennmaterial und die doppelte Menge an Arbeitspunkten. Die Schafzucht sicherte die Befriedigung der Grundbedürfnisse des einfachen Nomadenlebens der Mongolen. Nur war Schafehüten eine ungemein eintönige Arbeit ohne jede Bewegungsfreiheit. Von früh bis spät war der Hirte mutterseelenallein mit der Herde auf der Weide, weit und breit nur grünes Gras oder weißer Schnee, und selbst wenn er von einer Anhöhe in die Ferne blickte, war im Umkreis von zig Kilometern kein Mensch zu sehen. Der Schäfer konnte sich weder mit jemandem unterhalten noch lesen, denn er musste jederzeit mit einem Überfall der Wölfe rechnen. Tagein, tagaus auf sich allein gestellt, einsam und verlassen, so musste sich auch Su Wu gefühlt haben, ein Gesandter des chinesischen Kaisers vor zweitausend Jahren, der während seiner jahrzehntelangen Gefangenschaft bei einem Steppenvolk Schafe hüten musste. Chen Zhen kam sich ungeheuer alt vor, älter noch als der greise Su Wu. Die Steppe hatte sich in den Zehntausenden Jahren ihres Bestehens kein bisschen verändert, ihre Bewohner führten nach wie vor ein einfaches Nomadenleben, kämpften nach wie vor grausam und verbissen mit den Wölfen um Nahrung. Seit eh und je war das Leben auf dem Grasland unverändert geblieben. Was hatte das Antlitz der Steppe in ihrer alten, immer gleichen Erscheinung verharren lassen? Ging auch das wieder auf den Wolf zurück?

Als Schäfer zu arbeiten hatte für Chen vor allem einen Vorteil: Er hatte viel Zeit, nachzudenken und seinen Gedanken freien Lauf zu lassen. Die zwei Kisten Bücher, die er aus Peking mitgebracht hatte, und der Koffer ausgewählter historischer und auch verbotener Schriften, den Yang Ke bei sich hatte, waren genau das Richtige. Abends in der Jurte, beim Licht der Öllampe, fraß er alte und moderne Klassiker aus dem In- und Ausland in sich hinein wie ein Schaf das Gras; tagsüber käute er neben den weidenden Tieren die gelesenen Texte wieder. Jetzt lernte Chen von seinen Schützlingen das Verdauen. Er kaute und schluckte an dem Gelesenen, und ihm war, als könne er aus den trockenen Papierblättern den frischen Saft grüner Gräser pressen. Manchmal konnte er einige Seiten aus einem mitgebrachten Buch überfliegen, aber nur wenn er ganz sicher war, dass keine Wölfe in der Nähe der Herde lauerten. Doch war es ein schwieriges Unterfangen, den Wolf zu erkennen, denn während der Mensch sich sichtbar bewegte, agierten die Raubtiere im Verborgenen. Selbst ihr Geheul konnte man nur aus sicherer Entfernung anhören. Und während er nachdachte und Schafe hütete, wurde der schon so lange gehegte Wunsch nach einem Wolfsjungen immer stärker: um es Tag und Nacht zu beobachten, es heranwachsen zu sehen, um durch das Junge das Wesen des Wolfes zu verstehen.

Chen Zhen musste an die Wölfin denken, die vor ein paar Tagen ein Lamm gerissen hatte. Wo wohl ihre Höhle mit den Jungtieren war?

An jenem Tag hatte er gerade nach der Herde gesehen, sich anschließend ins Gras gelegt und mit wachsamen Augen die am Himmel kreisenden Geier verfolgt. Plötzlich hörte er ein Geräusch aus der Richtung der Schafherde und setzte sich mit einem Ruck auf. Ein großer Wolf stürzte in die Herde hinein, schnappte ein Lamm im Nacken und rannte mit der Beute im Maul zum Berg Schwarzfels. Bald war er nicht mehr zu sehen. Normalerweise schlug ein Lamm bei Gefahr laut Alarm, sodass in einer Art Kettenreaktion auch alle anderen Schafe zu blöken begannen, bis die ganze Herde in ein lärmendes Durcheinander geriet. Aber mit seinem Nacken fest im Maul des Wolfes konnte das arme Tier keinen Laut von sich geben, seine Kehle war wie zugeschnürt. Und so hatte sich der Dieb so schnell davonmachen können, wie er gekommen war. Die meisten Tiere hatten gar nichts mitbekommen, nicht einmal das Mutterschaf des Opfers schien den Verlust zu bemerken. Wäre Chen Zhen nicht so hellhörig und wachsam gewesen, er hätte erst beim nachmittäglichen Abzählen der Tiere ein Lamm vermisst. Er kam aus dem Staunen nicht heraus. Es war, als hätte er mit angesehen, wie ein virtuoser Langfinger vor seiner Nase eine Geldbörse entwendete und sich dann in aller Seelenruhe davonmachte.

Nachdem Chen Zhen sich beruhigt hatte, ritt er zum Tatort. Dort sah er eine flache Mulde mit niedergedrücktem Gras. Offensichtlich hatte sich der Wolf nicht aus den Bergen zur Herde geschlichen, was der Schäfer vielleicht noch gemerkt hätte, sondern in dieser Grube gelegen und das Herannahen der Herde abgewartet. Chen schaute kurz zur Sonne hoch. Nach seiner Einschätzung hatte das Tier gute drei Stunden auf der Lauer gelegen. Zu dieser Jahreszeit musste es sich bei dem Wolf um ein Weibchen handeln, das seinen Welpen ein lebendiges Lamm geholt hatte, entweder als leichtverdaulichen Leckerbissen für den ganz jungen Nachwuchs oder als Spielzeug, mit dem die etwas Älteren das Beutemachen üben sollten.

Chen ärgerte sich über den Vorfall, selbst wenn er auch etwas Gutes darin sah. In letzter Zeit waren wiederholt Lämmer aus der Herde verschwunden. Bisher war der Verdacht der Schäfer immer auf Raubvögel gefallen, die Piraten der Lüfte, die ein Lamm im Sturzflug ergreifen und mit sich forttragen konnten. Sie stießen aus geringer Höhe nieder, sodass die Schafe vor Schreck wild blökend auseinanderstoben, was den Schäfern eigentlich nicht entgehen konnte. Daher hatten Chen und Yang lange über die unerklärlichen Verluste gerätselt. Erst jetzt, da Chen mit eigenen Augen die Fangkunst der Wölfin sowie ihr Versteck gesehen hatte, war der Fall für ihn klar. Jetzt würden die Schäfer keine Lämmer mehr an diese geschickte Wolfsmutter verlieren.

So viele Hinweise und Hilfen die Viehzüchter auch gegeben hatten, war es Chen dennoch nicht gelungen, Fehler ganz zu vermeiden. Die Wölfe passten sich ständig an die veränderten Verhältnisse des Graslands an. Selbst ohne Flügel waren sie die wahren Räuber des Graslands, ihre Angriffe immer eine Überraschung.

Chen kraulte Erlang vorsichtig den Nacken, wovon der Hund sich wie immer unbeeindruckt zeigte.

Schneeflocken wirbelten durch die Luft, und Chen drängte sich mit Yang und Gao um den Ofen, in dem trockener Dung verbrannt wurde. Sie tranken Milchtee, aßen Fleisch und den Mongolischen Doufu von Galsanma. Chen wollte die beiden für seinen Plan gewinnen und die freie Zeit jetzt nutzen, ein Wolfsjunges zu rauben. Er fand seine Argumentation überzeugend: »Wir werden noch viele Schlachten mit den Wölfen zu schlagen haben. Nur wenn wir ein Wolfsjunges großziehen und sein Verhalten studieren, werden wir den Feind kennen wie uns selbst.«

Gao Jianzhong hantierte mit dem Fleisch, das auf der Ofenplatte garte, und zeigte sich nicht gerade begeistert. »Mit so etwas ist nicht zu spaßen«, meinte er. »Vor ein paar Tagen hat Lamjab mit anderen zusammen einen Wolfsbau ausgeräuchert, aus dem dann eine wild gewordene Wölfin herauskam und Lamjab beinah einen Arm abgebissen hätte. Drei Pferde- und Kuhhirten mit ihren sieben oder acht großen Hunden waren nötig, um das Tier irgendwie totzukriegen. Und dann war die Höhle auch noch sehr tief, sie haben mit zwei Teams zwei Tage lang gegraben, bis sie die Welpen hatten. Außerdem haben wir nicht einmal ein Gewehr. Oder möchtet ihr vielleicht mit Spaten und Hirtenstäben da hineingehen? Eine Wolfshöhle auszugraben ist wirklich kein Kinderspiel. Ich habe mal Sanjai dabei geholfen, und nach zwei Tagen waren wir immer noch nicht am Ziel, schließlich haben wir das Graben aufgegeben und die Höhle ausgeräuchert. Aber ob der Rauch überhaupt etwas bringt, wusste Sanjai auch nicht so richtig, er meinte, die Wölfin könne den Rauch aufhalten, oder sie hat in der Höhle heimliche Lüftungen oder was weiß ich. Das Schwierigste an der ganzen Sache ist ja, überhaupt erst einmal eine Höhle mit Welpen zu finden. Beim Wolf weißt du doch nie, was wahr ist und was nicht. Die Viehzüchter sagen jedenfalls, von zehn Wolfshöhlen sind neun leer, die Tiere ziehen dauernd um. Selbst für die Viehzüchter ist es reine Glückssache, wenn sie Welpen finden. Und ausgerechnet uns soll das gelingen?«

Yang Ke sagte dagegen spontan zu. »Ich komme mit, Chen Zhen. Übrigens habe ich eine Eisenstange, die liegt sehr gut in der Hand und ist an einer Spitze scharf geschliffen wie eine Lanze. Soll noch einer sagen, dass wir beide einen einzelnen Wolf nicht überwältigen können. Wir nehmen noch ein Hackebeil und ein paar Doppelkracher mit, dann werden wir das Muttertier problemlos verjagen. Noch viel besser wäre natürlich, eine riesige Wölfin zu erledigen.«

»Da ist einer aber schon vor der Zeit mächtig stolz«, kommentierte Gao Jianzhong sarkastisch. »Pass bloß auf, dass die Wolfsmutter nicht einen einäugigen Drachen aus dir macht. Ein Biss, und du wirst tollwütig wie ein Hund, oder besser wie ein Wolf, jedenfalls wirst du krepieren.«

Yang schüttelte den Kopf. »Keine Sorge, ich stehe unter dem Schutz des Himmels. Ihr erinnert euch doch an den Kampf in unserer Schule? Damals sind von den fünf Kameraden meiner Gruppe vier verletzt worden, nur mir ist nichts passiert. Man darf einfach nicht zu zaghaft sein. Was meint ihr, warum wir Chinesen Zentralchina im Lauf der Geschichte so oft an die Nomadenvölker verloren haben? Weil alle wie du waren, Gao. Lamjab sagt dauernd zu mir, ich sei das Gras fressende Schaf und er der Fleisch fressende Wolf. Ich bin gespannt, ob er das noch sagen wird, wenn wir mit eigenen Händen eine Wolfshöhle ausheben. Für diesen Triumph würde ich sogar ein Auge riskieren!«

Chen schlug sofort ein. »Abgemacht! Aber du darfst hinterher nichts bereuen«, fügte er hinzu.

Yang knallte seine Teeschale mit der Öffnung nach unten auf den Tisch. »Wann ist es so weit? Wir müssen sofort handeln! Bald schickt die Leitung uns zur Treibjagd, und die will ich auch nicht verpassen.«

Chen sprang auf. »Dann gleich nach dem Essen! Wir müssen uns erst noch ein bisschen schlau machen.«

Gao wischte sich den Mund ab. »Na wunderbar, Gombo muss für euch Schafe weiden, und unsere Jurte hat wieder Arbeitspunkte für einen ganzen Tag weniger.«

»Armer Kerl«, sagte Yang ironisch. »Und wie viele Monate Arbeitspunkte hat uns der Karren Gazellen eingebracht, den Chen und ich letztes Mal geholt haben, du Rechenkünstler?«

Als Chen und Yang ihren Pferden die Sattel auflegten, kam Bayar auf einem großen gelben Pferd angeritten, um auszurichten, sein Opa bitte Chen zu sich nach Hause. »Wenn Bilgee mich rufen lässt, ist es bestimmt wichtig«, sagte Chen.

Yang meinte: »Vielleicht hat es mit der Treibjagd zu tun, besser, du gehst hin – und beeil dich. Du kannst ja die Gelegenheit nutzen und Bilgee nach Techniken für unsere Jagd fragen.«

Chen schwang sich aufs Pferd. Yang Ke wollte den kleinen Bayar, der vom Boden aus sein Pferd noch nicht besteigen konnte, auf den Sattel heben, doch der Junge lehnte stolz ab. Er führte sein Pferd zum Ochsenkarren, stieg auf die Deichsel, legte einen Fuß in den Steigbügel und kletterte so in den Sattel. Die beiden Pferde stoben davon.

8

Unter der Herrschaft des Kaisers Mingdi aus der Dynastie der Östlichen Han lebten westlich der Präfektur Wenshan die Völker der Bailang, Panmu und andere. Sie zählten mehr als 1,3 Millionen Familien, was sich insgesamt auf sechs Millionen Einwohner belief. Sie zeigten ihr Ansinnen, sich Kern-China zu unterwerfen, und schufen unter dem Titel Gesänge weißer Wölfe drei poetische Werke. Diese widmeten sie dem Kaiser und brachten darin »das Verlangen des Königs der weißen Wölfe … nach Zivilisation und Gerechtigkeit« zum Ausdruck.

Zhang Chuanxi, Kompendium der Geschichte
des alten China, Bd. 1

Noch bevor Chen Zhen vom Pferd gestiegen war, roch er gebratenes Fleisch – aber es schien kein Lammfleisch zu sein. Neugierig betrat er die Jurte. »Halt! Halt!«, rief ihm der alte Mann entgegen. Chen blieb stehen und sah sich um. Die Teppiche im Osten, Norden und Westen waren zusammengerollt, stattdessen lag ein Pferdefell auf dem Boden, darauf sieben oder acht stählerne Wolfsfallen. Und in der Mitte der Jurte dampfte ein großer Kessel über dem Feuer. Galsanma kniete vor dem Ofen und legte trockenen Viehmist nach, ihr Gesicht von Rauch und Schweiß gezeichnet. Checheg, ihre fünfjährige Tochter, spielte mit einem Haufen Schafsknochen, sechzig oder siebzig Stück mochten es sein. Neben ihr saß Batu und schrubbte mit Bilgees Frau Eeji die Fallen, sein Gesicht noch gezeichnet von den Spuren des Kampfes mit den Wölfen. Der alte Mann machte einen Platz an seiner Seite frei.

Chen war unsicher und versuchte die Situation mit einem Scherz zu retten. »Kochst du Wolfsfallen? Da brauchst du aber gute Zähne.«

Bilgees Augen wurden schmal, als er lachte: »Ja, ich koche gerade Fallen, das hast du zur Hälfte richtig erraten. Aber meine Zähne können wir vergessen, da bauen wir lieber auf die Falle. Ist jede nicht ein Maul voll Stahlzähne?«

»Aber wozu kochst du sie?«

»Um damit Wölfe zu fangen natürlich. Und jetzt sag mir, nach was für Fleisch riecht es hier?« Chen schüttelte den Kopf. Bilgee zeigte auf eine große Schüssel neben dem Ofen und sagte: »Pferdefleisch. Das ist Pferdefleisch, das ich aus dem See mit den toten Pferden geholt habe. Und warum koche ich eine Pferdebrühe und anschließend die Fangeisen darin? Um den rostigen Geruch der Fallen wegzubekommen.«

Chen war sofort von der Taktik begeistert. »Stimmt, damit kriegst du die Tiere in die Fallen. Am Ende ist der Wolf dem Menschen eben doch unterlegen.«

Bilgee strich sich über seinen gelblich weißen Bart. »Wenn du so denkst, wirst du keinen Wolf fangen. Wölfe riechen besser als Hunde. Sollten die Geräte nicht hundertprozentig frei sein von rostigem und menschlichem Geruch, dann wird alle Mühe umsonst gewesen sein. Einmal habe ich die Dinger gründlich gereinigt und trotzdem keinen Wolf erwischt. Warum? Ich dachte lange nach, bis ich es endlich verstand. Ich hatte damals Husten und musste ausspucken, nachdem ich die Fallen aufgestellt hatte. Ich hätte alles mit dem Schnee zusammen entfernen sollen, dann wäre es gut gegangen, aber ich habe die Stelle nur leicht mit Schnee bedeckt und dachte, das sei genug. Ich habe wirklich nicht damit gerechnet, dass die Wölfe das riechen würden.«

Chen Zhen staunte nicht schlecht. »Unglaublich!«

»Der Wolf ist ein intelligentes Tier, ihm stehen Götter und Dämonen zur Seite, er ist ein Gegner, der es in sich hat.«

Chen Zhen wollte gerade genauer nach den Göttern und Dämonen fragen, als Bilgee aufstand, um eine Falle aus der Brühe zu fischen. Groß und schwer wie sie waren, konnten sie nur einzeln gekocht werden. Mit einer Holzstange half Chen dem alten Mann, das Ding auf einen öligen

Jutesack zu legen und anschließend das nächste Fangeisen in den Topf zu legen. Bilgee sagte: »Gestern hat die ganze Familie den ganzen Tag lang gekochte Fallen geschrubbt, heute wiederholen wir die Prozedur, aber das reicht immer noch nicht. Wir müssen sie noch zweimal mit Pferdemähne und Darmfett abreiben, erst danach sind sie einsetzbar. Und wenn wir die Fallen aufstellen, müssen wir Handschuhe tragen, und nachher noch trockenen Pferdemist rund herum verstreuen. Wenn du dich mit den Wölfen anlegst und den Krieg gewinnen willst, musst du extrem sorgfältig vorgehen, noch sorgfältiger als eine Frau, oder sagen wir noch sorgfältiger als Galsanma.« Der alte Mann kicherte.

Galsanma blickte auf und deutete mit dem Finger auf das Geschirrregal. »Ich weiß, du willst von meinem Milchtee. Mach dir selbst einen, meine Hände sind schmutzig.« Chen mochte den gebratenen Hirsebrei der Mongolen nicht sonderlich, dafür aber sehr gerne den Mongolischen Doufu aus Galsanmas Küche. Er nahm sich eine Schale, füllte sie mit warmem Milchtee aus der Kanne und gab einige Stücke Doufu dazu. »Eigentlich wollte dein alter Freund mit Batu zusammen zu den toten Pferden reiten«, sagte Galsanma. »Aber mit so einem Gesicht kann Batu noch nicht vor die Tür. Und so haben wir gedacht, er soll doch seinen chinesischen Sohn mitnehmen.«

Chen lachte Bilgee an. »Wenn es um den Wolf geht, dann denkt er eben an mich, nicht wahr, alter Freund?«

»Junge«, der Alte betrachtete Chen eindringlich, »ich glaube, du bist vom Wolf besessen. Ich bin alt und möchte dir mein Können gern weitergeben. Und wenn du mit ganzem Herzen dabei bist, wirst du das mit den Fallen auch lernen, aber vergiss niemals die Worte deines alten Freundes: Die Wölfe sind von Tengger geschickt, um das Grasland zu schützen. Sind sie nicht mehr da, ist das Grasland am Ende, und ohne sie können die Seelen der Mongolen nicht in den Himmel aufsteigen.«

»Aber wenn Wölfe die Schutzgeister des Graslands sind«, fragte Chen erstaunt, »warum willst du sie dann töten? Es heißt, du hast auf der Sitzung einer groß angelegten Treibjagd zugestimmt.«

»Wenn es zu viele gibt«, antwortete der Alte, »dann hören sie auf, Schutzgeister zu sein, dann werden sie Plagegeister, und die zu vernichten ist für den Menschen nicht verwerflich. Denn sollte unser Vieh den bösen Geistern zum Opfer fallen, wäre es aus mit uns und dem Grasland. Wir Mongolen sind ebenfalls von Tengger geschickt, um das Grasland zu schützen. Ohne das Grasland gäbe es keine Mongolen, und ohne Mongolen kein Grasland.«

Chen bohrte weiter nach. »Du meinst, Wölfe und Mongolen sind die Schutztruppe des Graslands?«

Da wurde der Blick des alten Mannes wachsam und irgendwie abweisend. »Richtig. Aber ihr ... ihr Han-Chinesen versteht das nicht.«

»Hör mal«, beteuerte Chen, »du weißt doch, ich bin gegen den Chauvinismus der Chinesen, und ich finde es auch falsch, die Bauern aus Zentralchina hierherzuschicken und Getreide anbauen zu lassen. Das muss dir doch klar sein, alter Freund.«

Die Falten im Gesicht des alten Mannes glätteten sich ein wenig, und er sagte, während er eine weitere Falle schrubbte: »Wir Mongolen sind zu wenige, um das große Grasland zu verteidigen, und wir werden noch weniger werden, wenn wir Wölfe töten. Je öfter wir das tun, desto weniger Mongolen wird es geben.«

Geheimnisvoll klangen diese Sätze in Chens Ohren, und schwer verständlich zugleich. Er schluckte weitere Fragen hinunter.

Nachdem alle Fallen gereinigt waren, forderte Bilgee den Schüler auf: »Jetzt komm mit und schau gut zu, wie ich sie auslege.« Er zog sich Segeltuchhandschuhe an und gab Chen auch ein Paar. Dann ging er zu seinem Karren, in dem schon ein Stück Filz lag, das mit Talg aus Pferdedarm präpariert worden war. Chen und Bayar packten mit an. In der kalten Luft gefror der Talg am Fangeisen sofort zu einem dünnen öligen Film, der das Eisen darunter unsichtbar machte. Bilgee holte noch einen kleinen Sack Pferdemist, dann stiegen er, Chen Zhen und der kleine Bayar auf ihre Pferde. Aus der Jurte kam Galsanma geeilt und rief: »Chen Chen, pass auf deine Handgelenke auf, die Fangeisen können sie dir abtrennen.« Ihre Stimme klang so, als ob sie eigentlich ihren Sohn warnen wollte.

Der bloße Anblick der Fangeisen hatte Bars Jagdinstinkt und den der anderen Hunde geweckt, und sie wollten mitkommen. Doch Batu packte Bar im Nacken, und Galsanma hielt einen der anderen Hunde fest. Bilgee scheuchte die übrigen Hunde zurück, dann setzten sich der Karren, drei Menschen und vier Pferde Richtung See in Bewegung.

Die Wolken hingen zwischen den Bergspitzen, und Schneeflocken tanzten vor ihren Augen. Bilgee hob seinen Kopf zum Himmel, um Schnee darauffallen zu lassen, der sofort schmolz. Dann zog er die Handschuhe aus, ließ Schnee auf seine ausgebreiteten Hände fallen und wischte sich damit über das Gesicht. »In den letzten Tagen habe ich oft sogar vergessen, mir das Gesicht zu waschen, so beschäftigt war ich. Schnee reinigt und ist erfrischend. Vom langen Sitzen am Ofen hat das Gesicht den Dunstgeruch angenommen, besser, ich wasche ihn mit Schnee fort.«

Chen machte es dem Alten nach, roch dann an den Ärmeln seines Pelzumhangs und stellte einen Hauch Brandgeruch vom Schafmist fest. Könnten dadurch alle bisherigen Anstrengungen vergebens sein? Laut fragte er: »Stört die verrauchte Kleidung nicht?«

»Nein, der Geruch wird sich verflüchtigt haben, bis wir dort sind. Merk dir aber eines: Dort dürfen weder dein Mantel noch deine Hose mit den gefrorenen Pferden in Berührung kommen.«

»Der Kampf gegen die Wölfe ist ganz schön anstrengend!«, rief Chen. »Gestern haben Hunde und Wölfe die ganze Nacht um die Wette gebellt und geheult, ich habe kein Auge zugetan.«

»Ihr Chinesen könnt zu Hause jede Nacht ruhig schlafen, wir Mongolen aber sind wie Soldaten auf dem Schlachtfeld, so verlangt es das Grasland von uns, und wer ruhigen Schlaf liebt, ist kein guter Soldat. Du musst lernen, dann einzuschlafen, wenn die Zeit es erlaubt, und sofort wieder aufzuwachen, wenn die Hunde bellen. Der Wolf schläft auch mit gespitzten Ohren, und beim geringsten Anzeichen von Gefahr rennt er los. Diese Eigenschaft des Feindes musst du dir aneignen, wenn du ihn besiegen willst. Dein alter Freund zum Beispiel ist schon ganz wie ein alter Wolf.« Bilgee lachte. »Ich kämpfe, esse und schlafe – die Dauer einer Pfeifenlänge reicht für ein Nickerchen. Die Wölfe des Olonbulag hassen mich bis auf den Tod, sie werden eines Tages meine Knochen sauber abnagen, und ich werde dann der schnellste von allen sein, die zu Tengger aufsteigen.«

Chen musste gähnen und meinte dann: »Immer mehr von uns halten das alles nervlich nicht aus, eine Mitschülerin ist schon nach Peking zurückgebracht worden. Wenn das so weitergeht, werden die Wölfe uns noch alle nach Hause schicken. Aber meine Leiche lasse ich nicht an die Wölfe verfüttern, die wird verbrannt, basta.«

Bilgee hörte nicht auf zu lachen. »Ihr Chinesen seid so verschwenderisch und umständlich, für den Toten muss auch noch ein Sarg her. Schade um das gute Holz. Wie viele Ochsenkarren hätte man daraus bauen können!«

»Ich brauche keinen Sarg, ich lasse mich einfach verbrennen«, sagte Chen.

Den alten Mann amüsierte auch das. »Na gut, aber für Feuer braucht man Brennholz! Verschwendung, reine Verschwendung. Wie sagt man heutzutage so schön? Wir Mongolen sparen für die Revolution! Bei uns wird eine Leiche auf den Ochsenkarren gelegt, und der fährt nach Osten, bis die Leiche vom Karren fällt und sich die Wölfe um sie kümmern.«

Jetzt musste Chen auch lachen. »Aber ihr macht das doch nicht nur so, damit die Wölfe eure Seelen zu Tengger bringen, sondern auch, um Holz zu sparen, oder? Auf dem Grasland wachsen schließlich keine großen Bäume.«

»Ja«, gab Bilgee zu, »das mit dem Holzsparen stimmt schon. Es geht aber viel mehr noch um etwas anderes, denn es heißt, wer Fleisch isst, gibt Fleisch zurück.«

»Wer Fleisch isst, gibt Fleisch zurück?« Den Spruch hörte Chen zum ersten Mal. Seine Müdigkeit war verflogen, er hakte nach: »Und was bedeutet das?«

»Wir Graslandbewohner sind Fleischesser und töten dafür in unserem Leben unzählige Tiere. Das ist natürlich eine Sünde. Und es ist nur dann gerecht, wenn nach dem Tod unser Fleisch dem Grasland zurückgegeben wird. Dadurch wird unsere Seele erlöst, und sie kann zu Tengger aufsteigen.«

»Das ist fair«, sagte Chen Zhen schmunzelnd. »Vielleicht lasse ich mich auch an die Wölfe verfüttern, vorausgesetzt, sie haben mich bis dahin noch nicht nach Hause gejagt. Ein Rudel Wölfe kann einen Leichnam in kürzester Zeit verputzen, bestimmt noch schneller als eine Feuerbestattung.«

Der Alte freute sich, doch im nächsten Augenblick verfinsterte sich seine Miene. »Früher konnte man die Chinesen bei uns an einer Hand abzählen, die sieben- bis achthundert Bewohner aus den über hundertvierzig Jurten waren Mongolen. Dann kam die Kulturrevolution und mit ihr mehr als hundert junge Intellektuelle aus Peking, so wie du. Ihnen folgen jetzt noch einmal so viele Soldaten, Lastwagenfahrer, Pferdekutscher und Bauarbeiter. Sie alle hassen den Wolf und lieben seinen Pelz. Ich fürchte, sie werden die Tiere zum Schießen freigeben und ausrotten. Dann kannst du nicht mehr Wolfsfutter werden, selbst wenn du es wolltest.«

»Keine Sorge, alter Freund. Wer weiß, womöglich bricht ein Krieg aus, jemand wirft die Atombombe, dann sterben Mensch und Wolf gemeinsam, und keiner wird an keinen verfüttert.«

Bilgee zeichnete einen Kreis in die Luft und fragte: »Atombombe ... Was ist das?«

Chen versuchte sich mit Händen und Füßen verständlich zu machen, doch wie er es auch anstellte, der alte Mann verstand ihn nicht.

Sie hatten fast den nördlichen Rand des Sees erreicht, da zügelte der alte Bilgee sein Pferd, ließ den kleinen Bayar mit dem Lastkarren an Ort und Stelle warten, griff sich zwei Fallen, eine kleine Hacke, den Sack mit

Pferdemist und ritt mit Chen Zhen zu den toten Tieren hinüber. Hier und da blieb der Alte stehen, schaute sich prüfend um und ritt dann weiter. An einigen der Pferdeleichen hatte sich schon jemand zu schaffen gemacht, die Bisswunden waren unter der dünnen Schicht Neuschnee zu erkennen, dazu die frischen Pfotenspuren neben den Pferdeleibern. »Sind die Wölfe zurück?«, brach es aus Chen Zhen heraus.

Bilgee schwieg und schaute sich weiter um. Erst nachdem er mehrere der Tierleichen unter die Lupe genommen hatte, antwortete er auf Chens Frage. »Das große Rudel war noch nicht hier. Uljii liegt richtig mit seiner Vermutung, dass die Wölfe noch an der Grenze ausharren.«

»Woher kommen diese Spuren?« Chen zeigte auf den Boden.

»Wahrscheinlich von Füchsen ... Und eine Wölfin war auch hier. Einige der Wolfsmütter können nicht mit dem Rudel ziehen, wegen ihrer Jungen.« Der Alte dachte kurz nach und sagte dann: »Eigentlich wollte ich hier dem Rudelführer und seinen Leitwölfen eine Falle stellen, aber jetzt, wo diese Füchse dazwischengekommen sind, wird das wohl nichts.«

»Dann war alle Mühe umsonst?«

»Nicht ganz. Unsere wichtigste Aufgabe ist es, die Wölfe zu verwirren. Die Fallen werden sie zu der falschen Annahme verleiten, dass wir keine Treibjagd planen. Sie werden dann mutiger und kommen her, um sich an dem Pferdefleisch satt zu fressen. Und sobald das Rudel da ist, schlagen wir zu.«

»Können wir mit den Fallen auch einen großen Wolf erwischen?«

»Natürlich. Wir stellen alle Fangeisen auf und spannen sie so stark wie möglich, dann werden sie nur bei Wölfen und nicht bei einem Fuchs zuschnappen.«

Der alte Mann ritt noch zweimal suchend im Kreis, dann hatte er neben einem toten Pferd die passende Stelle für die erste Falle gefunden. Chen Zhen beeilte sich, abzusteigen und den Schnee dort wegzuschaufeln. Der Boden war nicht sehr tief gefroren, und Bilgee hockte sich nieder, um mit seiner kleinen Hacke eine Grube von etwa vierzig

Zentimetern Durchmesser und fünfzehn Zentimetern Tiefe auszuheben. In die Mitte dieser Grube kam eine zweite, kleinere. Dann zog sich Bilgee die mit Talg eingeriebenen Handschuhe an und legte ein Fangeisen in die große Grube, riss die Arme der Falle mit einem kräftigen Ruck auseinander, sodass es seine stählernen Zähne zeigte, bereit, sie in das Bein eines Wolfs zu schlagen. Um die Federn unter Spannung zu halten, stellte er seine Füße darauf und klemmte einen kleinen eisernen Stab in das offene Maul. Dann legte er ein Stoffkissen, das wie ein Stickrahmen aussah, daneben und verband es durch einen Haken mit dem Eisenstab.

Mit bangem Respekt sah Chen den alten Mann das gefährliche Manöver durchführen. Jeder Griff musste sitzen, sonst würden seine Hände zerquetscht werden. Bilgee wischte sich mit dem Ärmel die Schweißperlen von der Stirn, achtete aber darauf, dass kein Tropfen auf das tote Pferd fiel. Erst jetzt, nachdem der alte Mann erstmals vor seinen Augen eine solche Falle aufgebaut hatte, begriff Chen, wie sie funktionierte: Ein Tritt des Wolfes auf den Stoff, und der Eisenstab sprang aus der Falle. Mit ungeheurer Wucht würden die Stahlzähne dem Wolf die Knochen zertrümmern und die Sehnen zerreißen. Kein Wunder, dass das Tier allein vor dem Klang stählerner Gegenstände größte Furcht hatte, die ja auch Chens Rettung gewesen war, als er sich das erste Mal mitten in einem Wolfsrudel befunden hatte.

Als Letztes fehlte noch die Tarnung. »Man darf die Grube nicht einfach mit Schnee zuschütten, denn der ist auf die Dauer viel zu schwer«, sagte Bilgee. Der Stoff würde unter der Last einsinken. Außerdem könnte der Schnee bei zu viel Sonne schmelzen, dann friert das Fangeisen womöglich fest und schnappt gar nicht mehr zu. Gib mir mal den Sack mit dem Pferdemist.«

Der Alte zerrieb den trockenen Pferdemist zwischen den Fingern und streute die Krümel über den Stoff. Das tödliche Riesenmaul darunter füllte sich langsam; so lag einerseits der Spannrahmen hoch genug, andererseits würde das Eisen frostfrei bleiben. »So, jetzt wird Schnee darüber geschaufelt«, sagte Bilgee, nachdem er das Ende einer Eisenkette, die mit der Falle verbunden war, in die Knochen des toten Pferdes eingehakt hatte. Chen schaufelte Schnee auf Feder und Kette, ließ den Pferdemist sorgfältig unter einer Schneeschicht verschwinden, und mit einem Lappen aus Schafpelz strich er die Schneedecke glatt. Jede seiner Bewegungen machte er unter der Anleitung des alten Bilgee.

Es schneite immer noch, und auf dem Boden würde man ihre Spuren bald nicht mehr sehen können. »Warum funktioniert deine Falle nur beim Wolf und nicht beim Fuchs?«, wollte Chen wissen.

»Ich habe den Eisenstab sehr tief in die Feder gesteckt«, erklärte Bilgee. »Er springt nicht heraus, wenn ein leichtgewichtiger Fuchs in die Falle tritt. Ein Wolf dagegen ist groß und schwer, bei ihm schnappt die Falle zu.«

Bilgee schaute sich um, trat zwei Schritte zur Seite und wählte dort die nächste Stelle. »Jetzt bist du dran, ich schaue zu«, sagte er zu Chen.

»Warum sollen zwei Fallen so nah beieinanderliegen?«

»Weißt du, manche Wölfe sind gegen sich selbst gnadenlos. Sie beißen sich das eingeklemmte Bein einfach ab und hinken auf drei Pfoten davon. Und jetzt schau mal, der Abstand zwischen den beiden Fallen ist gerade so lang wie die Kette, und warum? Mit einem Bein im Fangeisen wird der Wolf vor Schmerzen wie verrückt an der Kette ziehen und sich im Kreis drehen, irgendwann wird eines seiner Hinterbeine in die zweite Falle treten, und dann haben wir ihn wirklich.«

Chen spürte, wie sich sein Herz plötzlich zusammenzog und seine Haare aufstellten. Wie grausam dieser Krieg zwischen Mensch und Wolf war. Sie bekämpften einander aufs Blut, setzten Grausamkeit gegen Brutalität und List gegen Tücke. Zwar hasste Chen die Gräueltaten der Raubtiere zutiefst, doch zitterten ihm die Hände, als er jetzt diese besonders heimtückische Falle aufstellen sollte: unmittelbar vor dem gut genährten, toten Pferd, nach dem jeder Wolf sich verzehren würde, das nur nach Fleisch, Fett und Mist roch, weit und breit kein Geruch nach Menschen oder rostigem Stahl. Chen Zhen war fest überzeugt, dass jeder noch so schlaue Wolf in diese Falle tappen musste. Um dann mit zerquetschten Knochen, abgezogenem Fell als Kadaver irgendwo in der Wildnis zu enden. Chen dachte an die berühmten Schlachten der chinesischen Geschichte, in denen ganze Heere Chinas in die hinterste Ecke der Steppe gelockt worden waren, um in einem Hinterhalt mit Mann und Maus unterzugehen. Die Kavallerien der alten Steppenvölker fegten ganze Heere weiterentwickelter Länder einfach fort. Die Viehzüchtervölker waren in der Tat die Schutztruppen der Steppe. Mit der kriegerischen Weisheit, die sie von den Wölfen übernommen hatten, verteidigten sie die Steppe erfolgreich gegen chinesische Expansionsversuche mit Eisen und Feuer, Hacke und Pflug, da hatte Bilgee völlig Recht. Chens Hände hörten trotzdem nicht auf zu zittern.

Bilgee lachte herzhaft, während er ihn beobachtete. »Ein bisschen weich in den Knien, was?«, sagte er. »Vergiss nicht, das Grasland ist ein Schlachtfeld. Wenn du kein Blut sehen kannst, bist du kein guter Soldat. Tut es dir nicht in der Seele weh, dass die listenreichen Wölfe eine Riesenherde Pferde getötet haben? Meinst du, wir kriegen sie ohne Tricks?«

Chen holte tief Luft und begann mit widerstrebenden Gefühlen zu fegen und zu graben. Als der Platz vorbereitet war, zitterten seine Hände wieder – diesmal aus Angst, er werde sich beim Aufstellen der Falle die Finger zerquetschen. Schließlich war es das erste Mal in seinem Leben. Doch Bilgee führte ihn mit fester Hand und steckte seinen Hirtenstab zwischen die Kiefer des Fangeisens, damit im Ernstfall nicht Chens Hände brächen. Chen wurde ruhiger. Unter der sicheren Anleitung des alten Mannes stellte er seine erste Wolfsfalle auf. Als er sich den Schweiß von der Stirn wischte, merkte er, dass der Alte mehr geschwitzt hatte als er selbst.

Bilgee atmete tief durch. »Einmal sehe ich dir noch zu, Junge, beim dritten Mal wirst du es alleine schaffen. Du machst deine Sache gut.«

Chen nickte. Sie gingen zusammen zum Lastkarren und holten zwei weitere Fallen. Dann suchten sie sich einen Pferdekadaver und zwei geeignete Stellen daneben aus, wo sie die Prozedur wiederholen. Die letzten vier Fangeisen teilten sie sich, jeder übernahm zwei, und Bilgee wies Bayar an, Chen Zhen zu helfen.

Mit Einsetzen der Dämmerung wurde die Sicht schlechter. Bilgee überprüfte Chen Zhens Fallen, grinste und sagte: »Gut gemacht. Wäre ich ein Wolf, ich würde auch in deine Fallen tappen.« Dann wurde seine Miene wieder ernst. »Es ist spät geworden. Was, denkst du, sollen wir jetzt tun?«

Chen Zhen dachte kurz nach und antwortete: »Vielleicht sollten wir unsere Fußspuren verwischen und die Geräte nachzählen, damit wir nichts vergessen.«

Der alte Mann nickte zufrieden. »Du wirst immer besser.«

Von Norden her fingen die drei an, ihre Spuren zu beseitigen und überprüften dabei ihre Ausrüstung. Am Karren angekommen, begann Chen, ihre Gerätschaften einzupacken und fragte in Bilgees Richtung: »Was schätzt du, wie viele Wölfe werden wir mit so vielen Fallen erwischen?«

»Ein Jäger fragt vorher nie nach der Menge der Beute«, antwortete Bilgee, »sonst kehrt er mit leeren Händen heim. Der Mensch gibt sein Bestes, und Tengger bestimmt, was daraus wird.«

Sie machten sich auf den Heimweg.

»Kommen wir morgen früh wieder her um zu sehen, wie erfolgreich wir waren?«, wollte Chen noch wissen.

»Nein, egal ob es schon etwas zu holen gibt oder nicht. Das Rudel soll die gefangenen Wölfe erst einmal begutachten. Wenn die Tiere keine Menschen sehen, die auf ihre Pferde scharf sind, werden sie misstrauisch, und umso länger werden sie in der Nähe bleiben. Wir sollen schließlich nicht nur ein paar Wölfe fangen, sondern das ganze Rudel vertreiben. Morgen brauchst du übrigens nicht mitzukommen, ich werde das Ganze aus der Ferne im Auge behalten.«

Gut gelaunt ritten sie nach Hause. Chen Zhen fielen die Wolfsjungen ein und dass er den alten Mann noch einiges über den Nestklau fragen wollte. Immerhin handelte es sich um die gefährlichste, schwierigste und technisch anspruchsvollste Jagd auf dem Grasland, und für seine Bewohner war es eine der wichtigsten Methoden, die schier unaufhaltsame Vermehrung der Wölfe zu bremsen. Raubte man im Frühjahr eine Höhle voller Welpen aus, vernichtete man auf einen Schlag ein künftiges Rudel. Die Wölfe setzten ihrerseits Intelligenz und Können ein, um den Nachwuchs zu schützen. Unzähligen Geschichten vom Abenteuer und Glück der Jagd auf Wolfswelpen hatte Chen Zhen schon bei den verschiedensten Gelegenheiten gelauscht. Wenn er sich demnächst selbst an einem Wolfsbau mit Welpen versuchte, war er auf alles gefasst. Zwei Jahre lebte er nun schon auf dem Grasland, und keiner seiner mehr als hundert Kameraden aus Peking hatte sich in dieser Zeit eigenhändig Jungtiere aus einer Wolfshöhle geholt. Nicht dass er überzogene Hoffnung auf sein Glück hegte, er wollte sich nur mit Bilgee zusammen einige Male in dieser Kunst üben. Seit dem Vorfall mit den Pferden hatte der alte Mann allerdings keine Zeit mehr für seinen jungen Freund und die Jagd auf Welpen gehabt. Chen konnte den erfahrenen Jäger also lediglich um Rat zu fragen.

»Alter Freund, vor ein paar Tagen hat eine Wölfin vor meiner Nase ein Lamm gerissen. Sie ist mit ihrer Beute nach Nordosten in Richtung Schwarzfels gelaufen, ich bin sicher, dort irgendwo hat sie ihre Jungen. Ich will morgen früh nach ihr suchen und wollte dich fragen, ob du mitkommst.«

»Morgen kann ich nicht. Die Vorbereitung auf die Treibjagd ist wichtig, und die Leitung erwartet von mir eine Rückmeldung«, sagte Bilgee. Dann wandte er sich um und fragte: »Bist du sicher, dass die Wölfin in Richtung Schwarzfels geflüchtet ist?«

»Ja, ganz sicher.«

Der Alte strich sich über den Bart. »Bist du ihr gefolgt?« Chen verneinte: »Sie war zu schnell.«

»Dann ist es ja gut«, sagte Bilgee. »Sie hätte dich bestimmt in die Irre geführt, denn sie rennt nicht auf dem kürzesten Weg zu ihrem Bau, wenn sie verfolgt wird.« Der Alte überlegte einen Moment. »Das ist eine außerordentlich schlaue Wölfin. Im vergangenen Frühjahr hat unsere Gruppe genau dort drei Wolfshöhlen geleert. Keiner von uns käme auf die Idee, wieder dorthin zu gehen und nach Welpen zu suchen. Ich hätte nicht gedacht, dass dieses Tier ausgerechnet in dieser Gegend wieder werfen würde. Ja, geh du morgen zum Schwarzfels nachschauen, ob sie da irgendwo ist. Nimm am besten mehrere Leute und Hunde mit. Such dir unbedingt ein paar mutige und erfahrene Viehzüchter aus, nur du und Yang Ke, das wäre zu gefährlich.«

»Was wird das Schwierigste dabei sein?«

»Nun, die Tiere aus der Höhle zu holen ist schon schwierig genug. Noch schwieriger ist es allerdings, überhaupt eine Höhle zu finden. Pass auf, ich verrate dir einen Trick: Du stehst morgen früh vor dem Morgengrauen auf und versteckst dich in der Nähe des Berges an erhöhter Stelle. In der Morgendämmerung suchst du dann die Umgebung mit dem Fernglas ab. Die Wolfsmutter ist die ganze Nacht unterwegs und kommt erst kurz vor Tagesanbruch zurück zu ihren Jungen. Aus der Entfernung stellst du fest, in welche Richtung sie läuft und gehst mit ein paar guten Hunden genau dort auf die Suche. Mach ruhig ein paar Runden mehr, dann wirst du den Wolfsbau schon finden. Damit ist natürlich noch nicht alles getan, es wird erst richtig gefährlich, wenn das Muttertier in der Höhle ist. Seid bloß vorsichtig!«

Der Blick des alten Mannes verfinsterte sich. »Hätte das Rudel nicht so viele Pferde getötet, dann wäre ich gar nicht damit einverstanden, dass ihr jetzt bei dieser Kampagne mitmacht. Weißt du, Jagd auf Welpen zu machen, ist so ziemlich das Letzte, was ein alter Mann wie ich auf dem Olonbulag tun mag.«

Chen traute sich nicht, weitere Fragen zu stellen. Er wollte den alten Mann nicht weiter reizen, denn ganz offensichtlich war ihm die von der Leitung angeordnete Jagdkampagne eine sehr bittere Pille. Womöglich würde er ihm die Welpenjagd noch verbieten. Er wusste aber, er musste sich den Welpen jetzt holen, denn wenn die Tiere erst einmal die Augen aufgemacht hatten, wenn sie die Welt erblickt und in Freund und Feind eingeteilt hatten, dann war es zu spät, denn er wollte das Wolfsjunge aufziehen und nicht etwa töten müssen. Chen Zhen plante, Batu, der als hervorragender Wolfstöter bekannt war, um Rat zu fragen. Wegen der bitteren Niederlage gegen die Wölfe immer noch wütend, würde Batu bestimmt gerne seine Erfahrung an Chen Zhen weiterreichen.

Es war tiefe Nacht, bis sie bei Bilgee ankamen. Drinnen waren die schönen Teppiche wieder an ihrem Platz, drei Schaföllampen beleuchteten die weiträumige Jurte, und auf dem niedrigen Tisch standen zwei große Teller, auf denen Würste, fettes Fleisch und Innereien dufteten. Nach dem langen Arbeitstag knurrte den dreien der Magen. Chen zog seinen Pelzmantel aus und setzte sich an den Tisch. Galsanma stellte die Platte mit den Würsten im Schafsdarm vor den Gast und die andere mit Schafsbrust darauf vor ihren Schwiegervater, so bekam jeder sein Lieblingsessen. Dann überreichte sie Chen Zhen eine kleine Schüssel mit Spezialsojasoße aus fester Pekinger Sojasoßenmasse und einheimischen Pilzen. Diese Würzmischung »Peking plus Grasland« war in den Jurten beider Männer inzwischen zur unverzichtbaren Geschmacksverfeinerung für das fette Hammelfleisch geworden. Chen schnitt sich ein großes Stück der Innereien ab und tunkte es in die Soße. Es schmeckte ihm so gut, dass er darüber die Sache mit den Wolfswelpen erst einmal vergaß. Diese Art Dickdarmwurst war nämlich das Juwel der Hammelfleischgerichte des Graslands: etwa dreißig Zentimeter lang und mit dem mageren Fleisch von Magen, Dünndarm und Zwerchfell der Schafe gefüllt, ohne Fett. Für das Gericht wurde alles vom Schaf verwendet, das normalerweise weggeworfen wurde, doch aus diesem Mischmasch bereiteten die Mongolen eine ihrer köstlichsten Spezialitäten.

»Ihr Mongolen wisst aber auch wirklich mit dem Schaf umzugehen«, sagte Chen zufrieden schmatzend. »Nicht einmal das Zwerchfell wird weggeschmissen, stattdessen macht ihr eine Delikatesse daraus.«

Bilgee nickte. »Ein hungriger Wolf frisst auch Fell und Pfoten des

Schafs. Und wenn eine Katastrophe das Grasland heimsucht, haben weder Mensch noch Wolf es leicht, genug Nahrung zu finden. Darum wird vom Schaf nichts verschwendet.«

»Soll das heißen, die Mongolen haben von den Wölfen gelernt, Schafe mit Haut und Haar zu verzehren?«, witzelte Chen Zhen.

Alle mussten herzhaft lachen. »Ja, genau!« Und Chen nahm sich noch drei Stücke Wurst.

Galsanma strahlte übers ganze Gesicht. Chen Zhen erinnerte sich gehört zu haben, dass sie Gäste mochte, die sich beim Essen wie hungrige Wölfe verhielten. Der Gedanke, dass er selbst jetzt dieses Bild abgab, bremste ihn trotzdem ein wenig. Er hatte schon gut eine halbe Wurst verschlungen, dabei wusste er doch, dass die ganze Familie sie gern aß. Galsanma streckte sich, nahm das Messer in die Hand und schob damit die Blutwürste beiseite, um mit der Spitze des Messers eine zweite große Dickdarmwurst aus dem Topf zu fischen. Lächelnd meinte sie zu Chen: »Ich wusste, du würdest zum Essen bleiben, darum habe ich gleich zwei deiner Lieblingswürste gekocht. Iss wie ein Wolf, keine Reste!« Lautes Gelächter am Tisch. Bayar griff sich eine der beiden Würste. Seit gut zwei Jahren kannte Chen die Familie nun und wusste immer noch nicht, wie er sein Verhältnis zu Galsanma definieren sollte. Vom Alter her war Batu für ihn wie ein großer Bruder und dadurch Galsanma seine Schwägerin. Doch empfand er sie manchmal wie eine große Schwester, manchmal wiederum wie eine junge Tante. Offenherzig und fröhlich und unschuldig war sie, wie das Grasland selbst.

Chen aß seine Wurst auf, trank in einem Zug die Hälfte einer Schale Milchtee und fragte Galsanma: »Sag mal, dein kleiner Bayar traut sich ja eine Menge. Den Wolf am Schwanz ziehen, Wolfswelpen aus der Höhle rauben, ungezähmte Pferde reiten ... Hast du gar keine Angst um ihn?«

»Mongolenkinder sind nun mal so«, antwortete sie. »Als Junge war Batu sogar noch mutiger als sein Sohn. Schau, unser Bayar hat sich Welpen aus einer Höhle genommen, das stimmt, aber die konnten nicht beißen, und das Muttertier war nicht dabei. Sein Vater ist in einer Höhle einer Wölfin begegnet und hat sie am Ende sogar herausgezerrt.«

Chen traute seinen Ohren nicht. Er schaute zu Batu. »Wieso hast du mir nie davon erzählt? Schieß los!«

Über der guten Stimmung schien Batus schlechte Laune verflogen zu sein, er nahm einen großen Schluck Schnaps und begann: »Ich war etwa dreizehn Jahre alt. Vater und seine Leute hatten nach mehreren Tagen Suche endlich eine Wolfshöhle gefunden, in der ein Wurf Welpen steckte. Sie war groß und tief – schwer zu heben. Vater ließ sie ausräuchern, um die Wolfsmutter, wenn sie drin war, aus der Höhle zu vertreiben. Es kam aber keine raus. Na gut, dachten wir, dann war sie eben nicht da. Ich krabbelte hinein, bei mir eine Schachtel Streichhölzer und einen Jutesack. Als ich mit dem Kopf voran bis zu den Füßen in dem Bau steckte, sah ich plötzlich in die Augen einer riesigen Wölfin, nur einen halben Meter war sie von mir entfernt. Beinah hätte ich mir vor Schreck in die Hose gemacht. Sofort zündete ich ein Streichholz an und hielt es der Wölfin entgegen. Da konnte ich im Licht sehen, dass sie zitterte, genau wie ein ängstlicher Hund zittert, mit genau so eingezogenem Schwanz. Ich lag regungslos auf dem Bauch, und als das Streichholz erlosch, stürzte das Tier auf mich zu. Das war's dann wohl, dachte ich. Doch die Wölfin wollte gar nicht mich, sie wollte über meinen Kopf springen und aus der Höhle hinaus. Damit rechnete draußen keiner, das war mir klar, und ich wollte Vater schützen. Irgendwie fand ich die Kraft, mich abzustützen und mit einem Ruck aufzurichten, um der Wölfin den Weg zu versperren. Mein Kopf traf ausgerechnet den Hals des Tieres, und nun drückte ich Kehle und Kinn der Wölfin mit aller Kraft nach oben an die Decke des Tunnels. Das Tier war gefangen, kratzte und zerrte wie wild an meiner Kleidung, doch ich setzte mich aufrecht hin, drückte weiter nach oben und hielt auch die Vorderpfoten der Wölfin nach einigem Gerangel fest. Schließlich konnten weder das Tier mich fassen noch ich mich bewegen, und ich war am Ende meiner Kräfte.«

Batu wirkte so ruhig, als erzähle er die Geschichte eines anderen. »Draußen vor der Höhle wartete man eine Ewigkeit auf mich, und langsam wurden alle nervös. Schließlich kroch Vater hinter mir her in den Wolfsbau, entzündete ebenfalls ein Streichholz und staunte nicht schlecht, als er mich mit der Wölfin sah. Dann sagte er, ich solle das Tier weiter gegen die Decke drücken, er werde mich an der Hüfte packen und langsam nach draußen ziehen. So machten wir es, und gleichzeitig ließ ich die Vorderpfoten der Wölfin nicht los, damit sie mit zum Ausgang vorrückte. Vater schrie den anderen zu, sie sollten ihn an den Füßen herausziehen. Erst als er die Öffnung der Höhle erreicht hatte, sahen sie, was los war. Alle hielten Messer und Stöcke bereit, und sobald der Kopf der Wölfin erschien, stach ihr einer mit dem Messer so ins Maul, dass der Kopf an die Außenwand der Öffnung genagelt wurde. Schließlich wurde das Tier getötet. Nachdem ich mich einigermaßen erholt hatte, krabbelte ich zum zweiten Mal in den Wolfsbau. Je weiter ich eindrang, desto enger wurde es, Erwachsene hatten da keine Chance mehr. Aber ganz am Ende des Tunnels wurde es plötzlich breit, der Boden war mit Schafsfellen ausgelegt, und darauf kauerten neun Wolfsjunge. Ihr Schlafplatz war hinter einem Erdwall verborgen, den das Muttertier zum Schutz ihrer Welpen gebaut und sich selbst offenbar davorgelegt hatte. Die Wölfin war im Rauch nicht erstickt, weil es tatsächlich Lüftungslöcher gab. Ich riss den Erdwall nieder, holte die Jungtiere, packte sie in meinen Jutesack und kroch rückwärts aus der Höhle heraus.«

Chen hatte atemlos gelauscht, und auch die anderen schienen die Geschichte lange nicht gehört zu haben. In einem Punkt fand Chen Batus Erlebnis anders als all die anderen Geschichten, die er kannte. »Ich habe immer gehört, eine Wolfsmutter kämpfe bis auf den Tod, um ihre Jungen zu schützen«, sagte er. »Warum hat diese Wölfin das nicht getan?«

»Alle Wölfe haben Angst vor Menschen«, antwortete der alte Bilgee. »Denn auf dem Grasland können nur die Menschen Wölfe töten. Diese Wölfin war vom Rauch wahrscheinlich benommen, sah dann einen

Menschen, der sich in ihre Höhle wagte und Feuer machte. Wie sollte sie es nicht mit der Angst bekommen? Sie war zwar von großem Wuchs, aber ich denke, sie war nur zwei Jahre alt und hatte wahrscheinlich ihren ersten Wurf Junge. Traurig, traurig! Keiner von uns spricht gern von ihr ... hättest du heute nicht gefragt.«

Die Freude war aus Galsanmas Gesicht gewichen, in ihren Augen standen Tränen.

Da meldete sich der kleine Bayar zu Wort. »Chen möchte morgen früh in die Berge, um Jagd auf Wolfsjunge zu machen. Da will ich gern mit, denn er und die anderen sind ohnehin zu groß, um in die Höhle hineinzukriechen. Ich werde heute bei Chen übernachten, damit wir morgen in aller Frühe aufbrechen können.«

»Gut, mach das«, antwortete Galsanma. Aber pass auf dich auf.«

Chen winkte entschieden ab. »Nein, nein, das kommt gar nicht in Frage! Dem Kleinen darf nichts passieren, du hast doch nur diesen einen Sohn.«

»Bisher hat unsere Gruppe nur eine einzige Wolfshöhle als Erfolg zu vermelden«, erwiderte Galsanma. »Uns fehlen noch drei. Bao Shungui wird uns die Hölle heiß machen, fürchte ich, wenn wir uns nicht anstrengen.«

»Nein, keine Diskussion«, rief Chen, »lieber verzichte ich auf die Welpen, als Bayar mitzunehmen.«

Nun sprach der alte Bilgee, indem er einen Arm um seinen Enkel legte und ihn liebevoll an sich drückte. »Bayar bleibt zu Hause. In meinen Fallen bei den toten Pferden bleiben mit Sicherheit zwei oder drei große Wölfe hängen, und damit haben wir dann unser Soll erfüllt, auch wenn unsere Pelze nicht von Wolfsjungen sind.«

9

Der Urahn der Yuan stammt von einem grauen Wolf und einer weißen Hirschkuh ab. Nach der Paarung hatten die beiden Tiere einen See namens Tengis durchquert, um bis zur Quelle des Flusses Onon zu wandern und sich am Fuße des Berges Burhan Chaldun niederzulassen. Dort brachten sie einen Sohn, Batatschichan, zur Welt.

Geheime Geschichte der Mongolen, übersetzt und kompiliert zu Beginn der Ming-Dynastie, nach der mit Anmerkungen versehenen Übersetzung des gleichnamigen Werkes von Yu Dajun

Bodontschar (Urahn von Dschingis Khan, acht Generation voraus, Anm. d. Romanautors) galoppierte entlang des Flusses Onon und stieg bei der Insel Baldschun ab. Er ließ sich dort nieder, indem er eine Strohhütte errichtete. Wenn er hungrig war, hielt er nach Tieren Ausschau, die von den Wölfen am Fuße eines Steilhangs eingekreist worden waren. Er spannte seinen Bogen und tötete einige davon, die er mit den Wölfen teilte, oder er sammelte die Reste der Mahlzeiten der Wölfe, um seinen Hunger zu stillen und seinen Falken zu nähren. So überlebte er mehr schlecht als recht von einem Tag zum anderen.

Geheime Geschichte der Mongolen, neu übersetzt und mit kurzen Anmerkungen versehen von Daorun Tibu

Früh um halb vier Uhr am Morgen fanden sich Chen Zhen und Yang Ke in Begleitung zweier Hunde auf einer Anhöhe am Berg Schwarzfels ein. Ihre Pferde hatten sie, mit rindsledernen Fußfesseln versehen, hinter der Anhöhe versteckt. Ihr ausgeprägter Jagdinstinkt hatte den Hunden Erlang und Huanghuang verraten, dass das frühe Aufstehen nur eines bedeuten konnte: eine Jagd. Die Hunde lagen regungs- und lautlos auf dem schneebedeckten Boden und schauten wachsam um sich. Mond und Sterne waren hinter den dichten Wolken verschwunden, das Grasland versank in tiefer Finsternis, und die beiden Jäger wurden von ungewöhnlicher Kälte und beklemmender Stille umhüllt. Außer ihnen war weit und breit keine Menschenseele unterwegs, es war die Stunde der Wölfe. Jetzt wanderten sie herum, jetzt waren sie auf dem Höhepunkt ihrer gefräßigen Aggressivität. Chen spürte hinter sich das Gebirgsmassiv, das wie eine Reihe in Stein gehauener Ungeheuer emporragte und ihm Schauer über den Rücken jagte. Langsam machte er sich Sorgen um die beiden Pferde, und das Abenteuer wurde ihm mit jeder Minute unheimlicher.

Plötzlich war aus nordöstlicher Richtung fernes Wolfsgeheul zu hören und verlor sich über der Weite der Hügel. Es erinnerte an die ruhige Melodie einer chinesischen Bambusflöte, langgezogen und voller Wehmut und minutenlang andauernd. Es folgte das ebenso ferne Gebell eines Hundes. Erlang und Huanghuang blieben ungerührt liegen. Sie kannten die Regeln genau: Bei der Nachtwache bellen was das Zeug hält, sich auf der Jagd aber vollkommen still verhalten. Um sich ein wenig zu wärmen, streckte Chen eine Hand zwischen die Vorderbeine Erlangs, die andere legte er ihm an den Hals. Yang hatte die Hunde zu Hause gefüttert, aber sie waren nicht ganz satt, sonst wären sie zu träge geworden. Sie hatten gerade genug bekommen, dass ihre Kraft für die Jagd ausreichte. Und so tat die Nahrung jetzt bereits ihre Wirkung im Körper des Hundes. Chen Zhens Hand wurde schnell warm, er drückte sie auf Erlangs kalte Schnauze, worauf der Hund ganz leicht mit dem Schwanz wedelte. Diesen exzellenten Wolfsjagdhund nah bei sich zu haben, beruhigte die Nerven des jungen Mannes.

Die letzten Tage und Nächte waren für Chen recht anstrengend gewesen. Noch am Abend zuvor hatten er und Yang sich um junge Viehzüchter bemüht, die mit auf Wolfswelpenjagd gehen wollten. Doch keiner von ihnen hatte geglaubt, dass eine Wölfin ausgerechnet am

Schwarzfels Junge geworfen hätte. Es sei vergebliche Mühe, dafür so früh aufzustehen, die chinesischen Freunde sollten ihren Plan lieber aufgeben, so ging es in einer Tour. Enttäuscht und ein wenig verärgert hatten Yang und Chen am Ende beschlossen, ihr Glück allein zu versuchen. Und so lagen sie jetzt da, neben sich nur ihre eigenen Vierbeiner – keine imposante Jagdtruppe.

Yang hielt Huanghuang fest im Arm und raunte Chen zu: »Du, Huanghuang zittert am ganzen Körper. Vielleicht wittert er die Wölfe schon.«

Chen tätschelte dem Hund den Kopf und flüsterte ihm ins Ohr: »Hab keine Angst, bald ist es hell, dann haben die Wölfe Angst vor uns. Außerdem haben wir unsere Lassostangen dabei.«

Das Zittern übertrug sich auf seine Hand, als er zu Yang sagte: »Wir zwei kommen mir wie Geheimagenten vor, die weit hinter die feindlichen Linien vorgestoßen sind, um dem Wolf einen Zahn zu ziehen. Weißt du was, ich bin gar nicht mehr müde.«

Sein Kamerad versuchte ebenfalls, sich Mut zu machen. »Wolfsjagd ist wie Krieg, ein Wettstreit von Kraft und Energie, Intelligenz und Mut. Man kann alle sechsunddreißig Strategeme anwenden – nur die nicht, bei denen die Reize einer schönen Frau gefragt sind.«

»Aber man kann nie vorsichtig genug sein. Außerdem bin ich mir nicht sicher, ob die Strategeme gegen die Wölfe ausreichend wären.«

»Stimmt«, sagte Yang. »Welche wenden wir denn jetzt gerade an? Die Wolfsmutter kehrt zur Fütterung ihrer Jungen heim, und wir finden den Eingang zu ihrer Höhle – das lehrt uns keines der sechsunddreißig Strategeme. Ich muss sagen, unser alter Freund hat es faustdick hinter den Ohren, dieser Trick von ihm ist richtig gemein.«

»Sie haben es nicht anders verdient! Auf einen Schlag eine ganze Pferdeherde vernichten – sie haben Bilgee keine Wahl gelassen. Übrigens hat er mir gestern, als ich mit ihm die Fallen aufstellte, erzählt, dass er das seit Jahren schon nicht mehr gemacht hat. Er ist der Letzte, der die Wölfe ausrotten würde.«

Allmählich wurde es hell. Die in Stein gehauenen Ungeheuer verwandelten sich nach und nach in den vertrauten Berg. Im Osten arbeitete sich das Sonnenlicht durch die dünne Wolkendecke, der Blick reichte in immer weitere Ferne. Jäger wie Hunde lagen auf dem verschneiten Boden, und Chen hielt durch ein Fernglas in alle Richtungen Ausschau, sah aber nichts als den aufsteigenden Morgennebel. Umsonst hätten Menschen und Hunde die halbe Nacht gefroren, bangte er schon, sollte das Tier seine Höhle womöglich bereits im Schutz des Nebels erreicht haben. Zum Glück stieg der Nebel bald höher und gab die Sicht auf das Grasland frei. Wenn sich jetzt ein größeres Tier bewegte, würde es den Nebel auseinandertreiben und dadurch sichtbar werden.

Plötzlich drehte Huanghuang den Kopf nach Westen. Sein Fell stellte sich auf, sein Körper spannte sich. Auch Erlang wandte den Kopf. Chen richtete sofort sein Teleskop auf das grasbewachsene Moor westlich ihrer Position. Am Fuß der Anhöhe, dort wo sie ins Moorland überging, wuchs trockenes Schilf, das sich weit nach Nordosten erstreckte. Solche Orte liebten die Wölfe besonders. Im Schilf verborgen und gegen den Wind gelegen, bot es ihnen im Kampf gegen die Menschen ideale Bedingungen. Chen hatte Bilgee oft sagen hören, dass die Wölfe das Schilfmoor im Winter wie im Frühling gern aufsuchten, wenn sie von einer Höhle zur anderen zogen und einen Ort als Versteck brauchten. Manchmal schliefen sie auch im relativ sicheren Schilf, was für die Jäger wiederum bedeutete, das Schilfmoor als günstiges Jagdgebiet zu schätzen. Möglicherweise hatten die beiden Hunde das Geräusch der Pfoten eines Wolfs im trockenen Schilf wahrgenommen. Der Zeitpunkt schien richtig, die Richtung stimmte, schätzte Chen, und rechnete nun jederzeit mit der heimkehrenden Wolfsmutter. Unter größter Anspannung suchte er den Rand des Moors ab, wo er die Wölfin vermutete. Der Wolfsbau, das hatte er von Bilgee gelernt, konnte unmöglich im Moor sein, weil sich das Wasser in der Niederung leicht sammelte, wenn der Schnee im Frühling schmolz. Normalerweise wurden Höhlen an einem vor Überflutung sicheren, höher gelegenen Platz angelegt. Chen durfte auf keinen Fall verpassen, wo genau die Wölfin aus dem Schilfmoor herauskam, denn die Höhle befand sich sicher auf einem nahe gelegenen Berghang.

Auf einmal fixierten beide Hunde eine bestimmte Stelle am Rand des Moors. Chen folgte ihren Blicken, sein Herz raste: Ein großer Wolf wagte sich zur Hälfte aus dem Schilf heraus und spähte umher. Augenblicklich senkten die Hunde den Kopf, und die Jäger duckten sich ebenfalls. Der Wolf musterte einen Moment den Berghang vor sich, schoss dann aus dem Schilf und lief Richtung Nordosten. Chen verfolgte ihn mit dem Teleskop: Das Tier sah der Wölfin von neulich sehr ähnlich. Es lief in hohem Tempo, aber irgendwie angestrengt, hatte bestimmt in der Nacht Schafe gerissen und war nun vollgefressen. Vor dem einen Tier brauchte er keine Angst zu haben, dachte er, zwei Menschen und zwei Hunde waren ihm überlegen, und besonders mit Erlang an ihrer Seite würden sie mit der Wölfin fertig werden.

Die Wölfin lief einen Hang hinauf. Gleich müsste sie die Richtung zu ihrer Höhle einschlagen, vermutete Chen, und im gleichen Augenblick erreichte das Tier den höchsten Punkt des Abhangs und blieb dort stehen. Es drehte sich ein paarmal um die eigene Achse, hielt plötzlich inne, und sein Blick heftete sich auf den Punkt, an dem Chen und Yang sich versteckt hielten. Die beiden wagten kaum zu atmen. Anders als aus dem Schilf heraus konnte die Wölfin sie von dem deutlich höher gelegenen Hügel aus sehr wohl entdecken. Mit etwas mehr praktischer Erfahrung, bedauerte Chen Zhen, hätten sie sich mit den Hunden einige Meter zurückgezogen, während die Wölfin den Hang hinauflief. So aber hatten sie nicht bedacht, dass die Wölfin dermaßen misstrauisch war. Nervös reckte das Tier seinen Rumpf, um noch einmal eine bessere Sicht auf mögliche Feinde zu haben. Ratlos lief es mehrmals im Kreis, zögerte einen Augenblick, drehte dann abrupt ab und schoss nach Osten zu einem sanften Abhang hinüber. Kurz darauf verschwand die Wölfin in einer Höhle.

»Wunderbar! Ein Volltreffer! Das Muttertier nehmen wir auch mit«, rief Yang Ke und klatschte in die Hände.

Chen Zhen war nicht weniger begeistert: »Los, auf die Pferde!«

Die Hunde sprangen um Chen herum und hechelten, ungeduldig das Kommando ihrer Besitzer abwartend. Denn das hatte Chen in der Aufregung völlig vergessen. Jetzt zeigte er in die Richtung der Wolfshöhle und rief: »Such! Die Vierbeiner stürzten den Hügel hinunter und direkt auf das vorgegebene Ziel zu. Die beiden schwangen sich in die Sättel und ritten ebenfalls los. Die Hunde bellten in die Höhle hinein, und als ihre Besitzer endlich zu ihnen stießen, stürmte Erlang zähnefletschend in die Öffnung – nur um gleich wieder zurückzuweichen und von neuem hineinzustürmen. Er traute sich nicht allzu tief in den Bau hinein. Huanghuang stand daneben und feuerte seinen Kameraden lautstark an. Dabei grub er in der Erde, dass Schnee- und Erdklumpen in die Luft spritzten. Der Anblick der sich den eintreffenden Jägern bot, erschreckte sie zu Tode: Unmittelbar am Höhleneingang, der vielleicht einen Durchmesser von siebzig bis achtzig Zentimetern messen mochte, verteidigte die Wölfin ihre Jungen bis aufs Blut. Sie schlug den Angreifer mit den Pfoten zurück, kam dann zur Hälfte aus dem Bau heraus und biss wütend drauflos wie um ihr Leben.

Chen warf die Lassostange fort, griff mit beiden Händen nach seinem Eisenspaten und schlug blindlings auf den Kopf der Wölfin ein. Doch sie zog sich blitzschnell in die Höhle zurück, nur um im nächsten Augenblick zähnefletschend wieder herauszublicken. Diesmal schlug Yang mit seiner Eisenstange zu, traf jedoch ebenfalls nur Luft. Nach mehrmaligem Hinein und Heraus trafen beide ihr Ziel, was den Kampfgeist der Wölfin erst richtig entfachte. Sie zog sich etwa einen Meter weit in die Höhle zurück, Erlang folgte ihr, sie biss ihm in die Brust, dass er blutüberströmt wieder herausstürmte, die Augen vor Raserei rot unterlaufen. Wutentbrannt raste er von neuem in den Bau. Man sah nur noch seinen Schwanz wedeln.

Da fiel Chen die Lassostange wieder ein, er drehte sich um und las sie auf. Yang verstand sofort. »Ja, wir bauen ihr eine Schlinge.«

Chen legte das Lassoseil über dem Eingang der Höhle zurecht. Sobald das Tier das nächste Mal herausschaute, wollte er die Wölfin mit dem Kopf in der Schlinge aus ihrer Höhle zu ziehen. Yang könnte dann mit der Eisenstange zuschlagen, die Hunde würden sie beißen, so würden sie die Wölfin mit vereinten Kräften überwältigen. Die Anspannung nahm Chen schier den Atem. Doch noch bevor Lassostange und Lasso richtig in Position waren, biss die Wölfin Erlang wieder aus der Höhle heraus. Seine Hinterläufe brachten das Seil durcheinander, und im nächsten Moment schoss die Wölfin heraus, den Kopf voll Blut. Sie trat auf das Seil, doch als sie die Stange erblickte, wich sie zurück, wie vom Stromschlag getroffen. Chen streckte den Kopf in die Höhle. Der Gang verlief in einer Neigung von etwa fünfunddreißig Grad steil nach unten, bog nach zwei Metern ab, und danach konnte man die Tiefe nicht einmal mehr erahnen. Verärgert brüllte Yang in die Höhle hinein, doch das schier bodenlose schwarze Loch verschluckte seine Rufe.

»Was bin ich doch für ein Trottel«, seufzte Chen, als er sich vor dem Wolfsbau fallen ließ. »Hätte ich bloß früher an die Stange gedacht! Im Kampf mit einem Wolf muss man schnell reagieren, wird für den kleinsten Fehler bestraft!«

Yang war mindestens genauso verärgert. Er stach die Spitze der Eisenstange in den Boden und schnaubte vor Wut. »Verdammt, nur weil wir kein Gewehr haben, kann sie uns so auf der Nase herumtanzen. Am liebsten möchte ich ihr die Schädeldecke wegschießen.«

»Die Leitung hat Alarmstufe eins ausgerufen und Schießverbot verhängt. Selbst wenn du jetzt ein Gewehr hättest – du dürftest es nicht benutzen.«

»Aber so geht es doch nicht weiter. Lass es uns mit Krachern probieren!«

»Das ist auch nichts anderes als schießen.« Chen wurde auf einmal wieder ruhig. »Wenn du damit das große Wolfsrudel verjagst, kann man die Treibjagd vergessen, und wir beide kriegen richtig Ärger. Abgesehen davon kannst du mit ein paar Krachern sowieso keinen Wolf erlegen.«

Aber Yang wollte nicht nachgeben. »Das nicht, aber die Explosion wird die Wölfin zu Tode schrecken, und der Rauch wird sie ersticken. Die Grenze ist dreißig, fünfunddreißig Kilometer von hier entfernt, das Rudel dort kann von uns hier unmöglich etwas mitbekommen. Außerdem könnte ich mit meinem Mantel die Öffnung zuhalten, sobald ich die Kracher hineingeworfen habe, dann ist draußen gar nichts mehr zu hören. Wie wäre das?«

»Aber was ist, wenn die Wölfin nicht herauskommt?«

Yang löste den Gürtel seines Mantels. »Das wird sie. Ich habe von den Pferdehirten gelernt, Wölfe fürchten sich besonders vor dem Knall eines Schusses und vor dem Geruch einer Explosion. Drei Doppelkracher werden sechsmal knallen, und da die Höhle den Ton noch verstärkt, wird drinnen ein Höllenlärm entstehen. Die Wölfin wird erst einmal ganz schön benommen sein, und je enger die Höhle ist, umso intensiver und beißender wird der Schießpulvergestank sein. Ich wette mit dir, nach drei Doppelkrachern haben wir sie draußen, wo du mit deiner Lassostange wartest. Und wer weiß, vielleicht laufen ihr noch ihre Jungen hinterher und uns direkt in den Jutesack.«

»Na gut, machen wir es so. Diesmal sollten wir aber vorbereitet sein. Ich möchte erst schauen, ob es in der Nähe noch weitere Eingänge zu dieser Höhle gibt. Hasen sind schlau und haben immer drei Gänge zu ihrem Bau, und darum wird diese Wölfin auch mehr als diesen einen Eingang haben. Egal, wie klug wir es anstellen, gegen eine gerissene Wölfin kommen wir nie an.«

Chen saß auf und suchte in Begleitung der Hunde einen Umkreis von einhundert Metern um den Wolfsbau herum nach weiteren Eingängen ab. Nichts. So band er beide Pferde etwas abseits wieder an, legte das Lasso an den Eingang zum Wolfsbau und hielt Spaten und Eisenstange griffbereit. Dann sah er Erlang, der sich die Wunde an seiner Brust leckte. Die Wölfin hatte dem Hund eine zwei Finger breit klaffende Bisswunde zugefügt. Das Fell um die Wunde herum zitterte, was starken Schmerz verriet. Doch Erlang gab nicht einen Ton von sich. Die zwei hatten weder Medizin noch Verband bei sich und konnten nur zusehen, wie der verletzte Hund sich selbst half, indem er mit seiner Zunge die Wunde desinfizierte, das Blut stillte und den Schmerz zu lindern suchte. Die vielen Narben an Erlangs Körper stammten wahrscheinlich ebenfalls von Wunden, die Wölfe ihm zugefügt hatten. Deshalb bekam er beim bloßen Anblick eines Wolfes rot unterlaufene Augen.

Inzwischen hatte Yang Ke seine Vorbereitungen abgeschlossen. Mit dem Mantel über den Schultern, drei großen Doppelkrachern in der Hand und einer Zigarette zwischen den Lippen brachte er Chen zum Lachen. »Du siehst ganz und gar nicht wie ein Jäger aus, eher wie ein japanischer Soldat aus dem Film ›Tunnelkrieg‹.«

»Wie sagt man so schön?«, antwortete Yang. »Andere Länder, andere Sitten. Ich mime jetzt mal einen nomadischen Krieger. Und was den Tunnelkrieg angeht, so werden wir nicht auf Gasgranaten als Gegenwehr stoßen, denke ich.«

»Gut, dann schmeiß du mal deine Granaten hinein! Ich bin gespannt«, sagte Chen.

Yang zündete den ersten Doppelkracher an und warf ihn in die Höhle, dann die nächsten zwei. In dem nach unten geneigten Tunnel rollten die drei Ladungen wie von selbst in die Tiefe. Yang legte rasch seinen Mantel über den Eingang, und kurz darauf hörten die beiden sechsmal hintereinander das dumpfe Grollen der Explosionen, unter ihren Füßen spürten sie das leichte Beben des Bodens. Drinnen musste es höllisch gedonnert, schwere Druckwellen und starken Pulverrauch gegeben haben, ein gewaltiges Bombardement, das kein Wolfsbau auf dem mongolischen Grasland je erlebt hatte. Doch leider hörten die beiden weder Heulen noch Winseln aus der Tiefe, und das war kein gutes Zeichen.

Yang umarmte sich selbst, um sich vor der Kälte zu schützen. »Wann nehmen wir meinen Mantel runter?«

»Wir lassen die Tiere noch ein bisschen schmoren. Wir machen erst ein kleines Loch auf, und wenn Qualm herauskommt, machen wir den Eingang frei.«

Als Chen den Mantel ein wenig anhob, kam ihm kein Rauch entgegen. Yang zitterte vor Kälte, doch als Chen seinen Mantel mit ihm teilen wollte, winkte er ab. »Nein, pass lieber auf. Gleich zeigt sich die Wölfin. Ich komme klar.«

Sie wurden abrupt unterbrochen, als ihre Hunde aufsprangen und die Hälse unruhig knurrend Richtung Nordwesten reckten. Die Blicke der Männer folgten dem der Hunde, und da stieg in gut zwanzig Meter Entfernung ein hellblaues Rauchwölkchen vom Boden auf.

Chen prang in die Höhe. »Verdammt, da ist doch noch ein Eingang. Du bleibst hier, ich gehe nachsehen.« Er rannte mitten im Satz los, in der Hand den Eisenspaten, gefolgt von den Hunden. Da schnellte ein großer Wolf genau dort in die Höhe, wo der Rauch hervorquoll. Wie eine ferngesteuerte Rakete schoss das Tier in großen Sprüngen bergab nach Westen und verschwand im dichten Schilf. Erlang folgte ihm auf den Fersen. Chen sah die Spitzen des Schilfs sich bewegen. Aus Angst, der Hund könnte in einen Hinterhalt geraten, schrie Chen: »Zurück! Sofort zurück!« Er war sich sicher, dass Erlang sein Rufen hören konnte, doch war der Hund nicht zu halten. Huanghuang war vor dem Schilfmoor stehen geblieben, bellte ein paarmal und machte dann kehrt.

Yang Ke hatte inzwischen seinen Mantel genommen und war zu Chen gelaufen. Die beiden staunten nicht schlecht: Das Loch unterm Schnee war ganz frisch, wie herumliegende Erd- und Steinklumpen verrieten. Offenbar handelte es sich um einen äußerst gut getarnten Notausgang, den das Tier eben erst geöffnet hatte. Die Stelle war von außen nicht zu erkennen und vermutlich für den Notfall gedacht.

Yang Ke bekam einen dicken Hals. »Diese verfluchte Wölfin hat uns an der Nase herumgeführt!«

»Bei einem schlauen Hasen kannst du blind mit drei Löchern rechnen, aber bei einem Wolf wirst du nie wissen, wie viele Ein- und Ausgänge sein Bau hat«, seufzte Chen Zhen. »Die Lage dieses Ausgangs ist raffiniert gewählt, schau, direkt davor ist der steile Abhang, und unten beginnt gleich das Schilfmoor. Mit wenigen Schritten ist der Wolf in Sicherheit. Ich sage dir, dieses eine Loch bietet mehr Schutz als ein Dutzend Löcher von so einem pfiffigen Hasen. Neulich hat Bao Shungui doch behauptet, die Wölfe beherrschen den Nahkampf, Überraschungskrieg, Guerillakrieg, mobilen Krieg und was nicht alles. Wenn ich ihn das nächste Mal sehe, werde ich ihm sagen, die Wölfe kennen offenbar auch den Tunnelkrieg und den ›Kampf im Schutz des grünen Getreidefeldes‹, ja sie können sogar beides kombinieren. Wie heißt es so schön? ›Ein Krieger weiß Ränke zu schmieden.‹ Ich muss sagen, der Wolf ist der Krieger Nummer eins in der Welt.«

Yang konnte sich gar nicht beruhigen. »In Filmen wird über Tunnelkriege und den Kampf im Schutz des grünen Getreidefeldes geschwätzt, als hätten die Chinesen das vor dreißig Jahren im Krieg gegen die Japaner erfunden. Dabei führen mongolische Wölfe seit Tausenden von Jahren diese Kriege.«

»Und? Was willst du jetzt tun? Willst du klein beigeben?«, fragte Chen. Das wäre ihm alles andere als recht gewesen, denn die Wolfsjagd war nichts für einen allein.

»Wie kommst du denn darauf? Schafe weiden ist eine einsame Sache und langweilig, Mut und Intelligenz mit einem Wolf zu messen dagegen bereichernd, und es macht Spaß. Als Schäfer habe ich geradezu die Pflicht, die Raubtiere zu bekämpfen, die meine Schafe angreifen.«

Die beiden gingen zum ersten Höhleneingang zurück. Der Rauch war schwächer geworden, aber es lag noch beißender Geruch von Schießpulver in der Luft.

Yang steckte den Kopf in das Loch. »Die Welpen müssten längst herausgekrochen sein. Wie können sie bloß die Explosion und den Geruch aushalten? Sind sie etwa alle tot?«

»Das frage ich mich auch. Wir warten noch etwa eine halbe Stunde, dann sollten sie herausgekommen sein. Wenn nicht, weiß ich auch nicht weiter. Um so tief zu graben, bräuchten wir zu zweit mindestens drei Tage und drei Nächte, und ob wir dann wirklich das Ende des Tunnels erreicht haben, wissen wir nicht. Wie schaffen das diese Tiere bloß, nur mit ihren Krallen? Unglaublich. Übrigens, was wollen wir mit toten Wolfsjungen?«

»Schade, dass Bayar nicht mitgekommen ist. Er könnte bestimmt hineinkriechen«, seufzte Yang.

Chen musste auch seufzen. »Aber kannst du garantieren, dass da drin nicht noch ein großer Wolf steckt? Du weißt doch, die Mongolen haben es in dieser Hinsicht nicht leicht, Bayar ist Galsanmas einziger Sohn, und sie lässt ihn trotzdem wilde Wölfe beim Schwanz packen oder in Wolfshöhlen kriechen. ›Wer nicht bereit ist, sein Kind zu opfern, bekommt den Wolf nicht‹, dieses alte Sprichwort ist zwar in ganz China bekannt, aber es muss aus dem Grasland kommen. Schließlich haben die Mongolen China fast ein Jahrhundert regiert. Ich habe das Sprichwort nie recht verstanden. Sollte das Kind als Köder eingesetzt werden? Jetzt ist es mir klar. Man riskiert, dass das Kind in der Höhle auf große Wölfe stößt. Der Gang ist für Erwachsene zu eng, nur Kinder können die Welpen da herausholen. Und ich sage, wenn die mongolischen Frauen ihre Kinder genauso verwöhnten, wie die chinesischen Frauen es tun, wäre das mongolische Volk längst untergegangen. Kein Wunder, dass Mongolen so mutige und starke Menschen sind.«

Chen ging zu seinem Pferd, um die Segeltuchtasche mit ihrem Proviant zu holen. Als Huanghuang die Tasche sah, sprang er um Chen herum, denn sie enthielt das Futter für die Hunde. Huanghuang bekam ein ordentliches Stück Fleisch, doch das meiste von dem Hundefutter hielt Chen für Erlang zurück, der noch nicht wieder da war und um den er sich langsam Sorgen machte. Im Winter und Frühling war das Schilfmoor die Domäne der Wölfe. Sollte Erlang dort einem Rudel begegnen, konnte das kein gutes Ende nehmen. Die Jagd war bisher nicht gut verlaufen, und sie würde zur Pleite, wenn ihr bester Wachhund dabei auch noch draufginge.

Huanghuang wedelte beim Fressen ununterbrochen mit dem Schwanz. Dieser Hund war ein cleveres Kerlchen. Hasen, Füchsen oder Gazellen gegenüber war sein Mut legendär, traf er aber auf Wölfe, hielt er sich zurück. Waren die Hunde den Wölfen zahlenmäßig überlegen, marschierte er beherzt nach vorn, fehlte es aber an Unterstützung durch Kampfgefährten, dann spielte er nie den Helden und lieferte sich den Wölfen auch niemals allein aus. Aus Angst vor einem im Moor lauernden Rudel hatte er sich gerade davor gedrückt, Erlang bei der Verfolgung der Wölfin beizustehen. Huanghuang wusste sich selbst zu schützen, was auch eine Form der Überlebenskunst war. Chen Zhen warf ihm das nicht vor, er mochte den klugen Hund, obgleich ihm Erlang, der Einzelgänger mit dem rauen Wesen, seit dem Frühling immer besser gefiel. Chen erhob sich und suchte mit dem Teleskop das Moor nach Erlang ab.

Doch der zeigte sich nicht. Also machte Chen sich an seinen Proviantbeutel. Er war aus unverarbeitetem Schafsleder und ein Geschenk von Galsanma, dicht genug für feuchten und fettigen Inhalt und geschützt gegen die Körperwärme. Er holte Fladenbrot, Fleisch und einige Stücke Milchtofu heraus und teilte alles zwischen sich und Yang auf. Keiner von beiden hatte eine Idee, wie es weitergehen sollte, und so versuchten sie beim Essen, einen neuen Plan zu entwickeln.

Yang riss ein Stück vom Fladenbrot ab und steckte es in den Mund. »Diese Wolfshöhlen sind das reinste Versteckspiel«, sagte er. »Die, in denen es Jungtiere gibt, sind immer da, wo kein Mensch sie vermutet. Da wir jetzt mal eine gefunden haben, dürfen wir uns die Jungen auf keinen Fall entgehen lassen. Wenn das Ausräuchern nicht funktioniert, versuchen wir es mit Wasser. Wir überfluten die Höhle mit neun oder zehn Wagenladungen voll Wasser und lassen die Jungen im Bau ertrinken!«

»Du vergisst den Sand«, antwortete Chen spöttisch. »Selbst das Wasser eines ganzen Stausees wird in kürzester Zeit im Berg versickern.«

»Ich hab's!«, rief Yang. »Wir schicken Huanghuang in die Höhle. Die Wölfin ist weg, da kann er die Jungen eins nach dem anderen herausbringen.«

Chen musste lachen. »Dieser Hund ist mehr Mensch als Wolf – sobald er die Raubtiere wittert, wird er sich drücken. Wenn es so einfach wäre, würden die Menschen ihre Hunde in Wolfsbaue schicken, die von der Wolfsmutter verlassen wurden, und die Wölfe des Graslands wären längst ausgerottet. Für wie blöd hältst du sie?«

Yang wollte sich nicht geschlagen geben. »Wir können es immerhin versuchen, kostet doch nichts.« Er kommandierte Huanghuang vor das Loch, aus dem nur noch wenig Rauch kam. Aber der Hund durchschaute seine Absicht und schreckte zurück. Yang klemmte sich den Hund zwischen die Beine, nahm seine Vorderpfoten in die Hände und versuchte ihn in den Eingang des Wolfsbaus zu drängen. Mit eingezogenem Schwanz jaulte der Hund auf, wehrte sich verzweifelt und schielte mit jammervollem Blick in Chens Richtung, als wolle er seinen zweiten Herrn anflehen, ihn von der bevorstehenden Aufgabe zu befreien.

»Lass es, du siehst doch, dass es nicht funktioniert.«, mischte Chen sich ein. »Entwicklung ist schwer, sie umzukehren noch schwerer. Ein Hund wird sich nicht mehr zum Wolf zurückentwickeln, sondern schwach, faul und dumm bleiben. Wie der Mensch.«

Yang ließ den Hund los. »Schade, dass Erlang nicht hier ist. Der ist wölfischer als ein Wolf, der würde sich sicher da hineintrauen.«

»Er würde aber auch alle Welpen totbeißen, und ich will einen lebendigen.«

»Auch wieder wahr. Er will jeden Wolf in seiner Nähe gleich töten.«

Satt gefressen streunte Huanghuang umher, schnüffelte mal hier, mal da, setze seine Duftmarken und entfernte sich immer weiter vom Platz des Geschehens, während Erlang wie vom Erdboden verschluckt blieb. Chen Zhen und Yang Ke wussten nichts anderes zu tun, als vor der Höhle zu sitzen und zu warten. Sie waren ratlos. In der Höhle herrschte Totenstille. Bis zu einem Dutzend Junge müsste die Wölfin geworfen haben, und ein, zwei von ihnen sollten die Explosion und den Qualm überlebt haben. Wieso versuchten sie nicht, aus dem Bau zu fliehen? Fast eine Stunde war vergangen, nichts passierte, und die beiden rätselten: Entweder waren alle Welpen erstickt, oder in dieser Höhle hatte es nie welche gegeben.

Als sie ihre Sachen schon einpackten und sich auf den Heimweg machen wollten, hörten sie Hunghuang hinter dem Bergrücken im Norden bellen, als hätte er Beute gemacht. Die beiden schwangen sich in den Sattel und galoppierten hin. Auf der Bergkuppe wurde das Gebell lauter, doch Huanghuang war immer noch nicht zu sehen. Sie ritten weiter, mussten ihre Pferde aber bald zügeln, weil die Reittiere im Geröll ins Stolpern gerieten. Vor ihnen lag ein tief zerfurchter, von dichten Wildgräsern bewachsener Berghang, mit kreuz und quer im Schnee verteilten Spuren von Hasen, Steppenfüchsen, Ratten und – Wölfen. Unterm Schnee nur Felsen und Steinplatten, durch die sich fast mannshohes Alang-Alang-Gras, Disteln und Dornen hindurchgearbeitet hatten. Eine Öde, die einem wilden chinesischen Friedhof in den abgelegenen Bergen nicht unähnlich war. Die Reiter führten ihre Pferde behutsam über den unwegsamen Boden. Hier waren sie noch nie gewesen, wozu auch, hier konnten weder Kühe noch Schafe noch Pferde weiden.

Das Gebell wurde lauter, der Hund musste ganz in ihrer Nähe sein, doch zu sehen war er nicht. »Hier sind so viele Spuren von Wildtieren«, sagte Chen. »Vielleicht hat Huanghuang einen Fuchs gefangen.«

Und Yang meinte: »Dann gehen wir wenigstens nicht mit leeren Händen nach Hause.«

Mühsam bahnten sie sich einen Weg durch das Dickicht. Endlich sahen sie den Hund. Huanghuang, den Schwanz in die Höhe gereckt, bellte in einen Wolfsbau hinein, der erheblich größer war als der erste. Die Männer hatten das unangenehme Gefühl, um sie herum sei alles voller Wölfe, und unzählige Augenpaare beobachteten sie. Chen Zhen spürte kalten Wind im Gesicht. Er bekam eine Gänsehaut.

Die beiden saßen ab, banden die Pferde fest, griffen zu ihren Waffen und gingen in Richtung Höhle. Chen hatte noch nie einen so gewaltigen Wolfsbau gesehen. Die Öffnung war einen Meter hoch und sechzig Zentimeter breit, beeindruckender als der Tunnel, den die Chinesen im Kampf gegen die japanischen Invasoren gegraben hatten. So ein

Tunnel war ihm während eines Einsatzes zur Erntehilfe auf dem Land gezeigt worden. Diese Höhle hier war perfekt in einer Bergspalte versteckt, durch Wildgräser verdeckt und nur zu sehen, wenn man schon davorstand. Huanghuang sprang um Chen herum und erwartete eine Belohnung.

»Vielleicht hat Huanghuang hier Wolfsjunge gesehen«, sagte Chen. »Schau, wie aufgeregt er ist!«

Yang nickte. »Ja, ich sehe es. Das hier muss ein Versteck der Wölfe sein, düster und unheimlich genug ist es ja.«

»Hier stinkt's doch richtig nach Wölfen, die sind bestimmt da drin!«, rief Chen aus.

Dann untersuchte er die Spuren vor dem Wolfsbau. Denn vor jeder Wolfshöhle gibt es ein kleines Plateau aus Steinen und Sand, das beim Graben des Wolfsbaus entsteht, und Chen wusste, je größer es war, desto größer musste auch der Bau sein. Dies hier war so groß wie zwei Schulpulte. Es lag kein Schnee darauf, stattdessen sah man eine Menge Abdrücke von Pfoten und ein paar Knochenreste. Chens Herz raste, denn was er sah, war genau das, was er zu sehen gehofft hatte. Er ließ Huanghuang etwas abseits Wache stehen. Auch wenn Huanghuang die Spuren auf dem Plateau schon verwischt hatte, waren zwei, drei Pfotenabdrücke eines ausgewachsenen Wolfes doch erkennbar. Und ein paar von Jungtieren, Zwei-Fen-Münzen groß, in der Form von Pflaumenblüten und richtig niedlich. Die Abdrücke schienen so frisch, als hätten die Kleinen gerade noch dort herumgetollt. An den Knochenresten eines gerissenen Lamms war zu erkennen, dass auch die jungen Wölfe mit ihren Zähnchen daran genagt hatten. Außerdem fanden die beiden Kot von den Wolfsjungen, kleine glänzende Kügelchen wie handgefertigte Medizin aus der Apotheke.

Chen schlug sich aufs Knie. »Hier sind sie, hinter denen bin ich her. Die Wölfin hat uns dahinten ausgetrickst. Da ist gar nichts, hier sind die Welpen!«

Auch bei Yang war der Groschen gefallen. »Genau. Anfangs war sie ja in diese Richtung gelaufen, doch dann hat sie uns oben auf dem Berg gesehen, die Richtung geändert und uns zu der leeren Höhle gelockt. Du, die hat uns das alles nur vorgegaukelt, hat gekämpft, als hätte sie wirklich ihre Jungen in dem Bau und müsse sie verteidigen. Verfluchter Wolf, diesmal hast du gewonnen!«

»Als sie die Richtung änderte«, meinte Chen sich zu erinnern, »hatte ich schon so ein Gefühl, aber sie hat sich so gut verstellt, dass ich meinen Zweifeln selbst nicht glauben wollte. Sie hat uns gesehen und blitzschnell reagiert. Ohne deine drei Doppelkracher hätte sie uns wahrscheinlich noch bis zum Abend an der Nase herumgeführt.«

»Zum Glück haben wir die beiden Hunde dabei, sonst wären wir längst als Verlierer nach Hause zurückgekehrt«, freute sich Yang.

Chen zog ein sorgenvolles Gesicht. »Aber jetzt haben wir erst recht ein Problem. Die Jagd hat uns den halben Tag gekostet, dazu die ›Gasgranaten‹. Und diese Höhle hier führt ganz tief in den Berg, sage ich dir. Viel tiefer als die von vorhin.«

Yang steckte seinen Kopf in die Öffnung des Wolfsbaus. »Wir haben nicht mehr viel Zeit, und die ›Gasgranaten‹ sind alle«, bestätigte er. »Ich bin mit meinem Latein am Ende. Lass uns erst einmal herausfinden, ob da noch andere Öffnungen sind. Wenn ja, dann stopfen wir die zu und kommen morgen wieder, und zwar mit Verstärkung. Du könntest Bilgee fragen, was wir machen sollen, er hat immer die besten Ideen.«

Chen war nicht gerade glücklich über den Verlauf der Dinge. »Eine Idee habe ich noch. Schau dir diesen Höhleneingang mal genau an. Er ist so groß wie der Tunnel damals in Pingshan, und da sind wir doch auch hineingekrochen. Warum sollte das heute nicht gehen? Die Wölfin ist noch lange mit Erlang beschäftigt, und einen zweiten großen Wolf wird es da drin kaum geben. Ich schlage vor, du bindest mir deinen Gürtel um die Füße und lässt mich hinunter. Ich taste mich langsam voran, wenn wir Glück haben, bis zu den Welpen. Und wenn nicht, habe ich die Höhle wenigstens mit eigenen Augen gesehen.«

Yang schüttelte den Kopf. »Bist du lebensmüde? Was ist, wenn doch noch ein Wolf darin ist? Von deren Tricks habe ich für heute genug. Woher nimmst du die Gewissheit, dass diese Höhle auch der Wölfin von vorhin gehört? Was, wenn eine andere drinsitzt?«

Der Wunsch, den er über zwei Jahre mit sich herumtrug, überwältigte Chen und drückte alle Angst und Unsicherheit nieder. Er biss die Zähne zusammen. »Wenn selbst mongolische Kinder sich in Wolfshöhlen trauen, sollen wir vielleicht kneifen? Ich muss jetzt da rein! Du hilfst mir von draußen, ich nehme Taschenlampe und Spaten mit. Wenn ich auf einen Wolf stoße, werde ich mich damit wehren.«

»Wenn wir unbedingt rein müssen, lass wenigstens mich vorgehen«, erwiderte Yang. »Ich bin zäher als du, und du bist zu dünn.«

»Aber das ist gerade mein Vorteil. Da drin ist es sehr eng, irgendwann wirst du hilflos eingeklemmt. Der dickere bleibt draußen, basta.«

Nachdem Chen seinen Mantel ausgezogen hatte, gab Yang Ke ihm widerwillig Taschenlampe, Spaten und seine Tasche. Dann band er ihre beiden jeweils fast sechs Meter langen Gürtel zusammen und das eine Ende davon an Chens Fuß. Bevor Chen in der Höhle verschwand, sagte er noch: »Man kann keine Wolfsjungen fangen, ohne sich in die Höhle des Wolfes zu trauen.«

Yang rief ihm nach: »Wenn du auf eine Wölfin stößt, dann schrei und rucke kräftig am Gürtel. Ich ziehe dich dann raus.«

Halb kriechend und halb rutschend tastete sich Chen Zhen an der Tunnelwand entlang. Der Gang hatte ein starkes Gefälle von bestimmt vierzig Grad. Beißender Gestank erfüllte die Luft, Chen wagte kaum zu atmen. Die erdig-steinige Wand des Tunnels fühlte sich relativ glatt an. An einigen vorspringenden Stellen waren graugelbe Wolfshaare hängen geblieben, am Boden unzählige Pfotenabdrücke der Jungen zu sehen. Noch ein paar Meter, dachte Chen Zhen begeistert, dann würde er die Welpen anfassen können.

Draußen gab Yang Ke Stück für Stück den Gürtel aus der Hand und fragte dauernd in die Öffnung der Höhle, ob der andere nicht doch lieber wieder herauswolle.

Chen rief zurück: »Weiter, weiter!«, und robbte im Schneckentempo Zentimeter für Zentimeter in die Tiefe.

Nach guten zwei Metern machte der Tunnel einen Bogen, und danach drang kein Tageslicht mehr ein. Chen drückte den Schalter der Taschenlampe nach vorn, ohne den Lichtstrahl war nichts zu sehen. Nach der Kurve war die Neigung des Tunnels auf einmal sanfter, aber umso niedriger und enger wurde der Gang selbst. Chen musste den Kopf tief am Boden halten und seine Schultern zusammenziehen, um überhaupt noch vorwärtszukommen. In dieser Tiefe war die Wand noch glatter als am Anfang. Chen erschien sie auch stabiler, kaum vorstellbar, dass Wolfskrallen sie gegraben hatten. Selbst als Chen Zhen mit dem Spaten prüfend gegen die Decke des Tunnels stieß, fiel so gut wie nichts herunter. Seine Sorge, dass der Tunnel einstürzen könnte, war unbegründet. Nirgendwo gab es scharfe Kanten, hier mussten Generationen von Wölfen durchgelaufen sein. Chen hatte das Gefühl, tief in die Welt der Wölfe eingedrungen und umgeben von ihrer Aura zu sein.

Gleichzeitig wuchs in ihm mit jeder Sekunde die Angst. Vor seiner Nase sah er die Spuren der Pfoten eines ausgewachsenen Wolfes. Konnte er einen ausgewachsenen Wolf mit dem Spaten überwältigen? Aufgrund der Enge würde ihn der Gegner nicht mit den Zähnen angreifen können, aber die Krallen an den langen Vorderläufen waren gefährlich genug, um einen Menschen zu zerreißen. Daran hatte er bisher nicht gedacht. Chen überfiel kaltes Grauen. Er hielt inne, zögerte, war versucht, mit dem Fuß am Gürtel zu rütteln – Yang würde ihn sofort herausziehen. Aber der Gedanke an die vielleicht ein Dutzend Wolfsjungen war zu verlockend. Er biss die Zähne zusammen, ließ den Gürtel in Ruhe und setzte sich wieder in Bewegung. Inzwischen befand er sich in enger Umarmung der Tunnelwände und fühlte sich weniger wie ein Jäger denn wie ein Grabräuber. Die Luft wurde dünner und dünner, es stank immer mehr nach Wolf, und er fürchtete, er könnte ersticken. Nicht selten hatten die Archäologen bei ihren Grabungen in engen Tunneln erstickte Grabräuber entdeckt.

Chen stieß auf eine Verengung. Ein großer Wolf würde problemlos passieren können, er nicht. Offensichtlich ein Verteidigungswall gegen den einzigen natürlichen Feind des Wolfes auf dem Grasland. Die Barriere war geeignet, Rauch und Wasser aufzuhalten, und sie versperrte Menschen den Weg. Aber an Aufgeben war nicht zu denken, und deshalb hämmerte er gegen den Erdwall, merkte jedoch schnell, wie raffiniert diese Verteidigung gebaut war. Die Wände bestanden aus riesigen Gesteinsbrocken mit großen Lücken dazwischen, was sie zugleich stabil und gefährlich machte. Chen bekam kaum noch Luft, ihm schwanden die Kräfte. Jetzt traute er sich nicht, weiterzuschaufeln und -zuhacken, denn er befürchtete, alles um ihn herum könnte einstürzen, und dann wäre der Jäger gefangen in der Falle des Wolfes.

Chen atmete die schwere Wolfsluft tief ein, in der immerhin ein paar versprengte Anteile Sauerstoff enthalten waren. Er wusste, dass er verloren hatte, aber er wollte einen Blick auf das erhaschen, was hinter der Barriere war, wollte die Wolfsjungen wenigstens sehen. Mit letzter Kraft stemmte er sich gegen die Barriere und streckte die Taschenlampe und seinen Kopf in den zu engen Durchgang. Was er sah, ließ alle seine Hoffnungen schwinden. Der Tunnel hinter der Barriere stieg sanft an und fand im Lichtstrahl der Taschenlampe gar kein Ende. Die Wölfin hatte ihre Jungen weiter oben untergebracht, wo es trockener, bequemer und vor Überflutung durch starken Regen oder natürliche Feinde sicherer war. Chen hatte von komplexen Höhlenanlagen der Wölfe gewusst, doch diese Abwehranlage übertraf seine Erwartungen bei weitem.

Er lauschte in den Tunnel hinein. Kein Ton war zu hören, kein Geräusch, gar nichts. Vielleicht waren die Welpen eingeschlafen, vielleicht verhielten sie sich instinktiv ruhig, nachdem sie Lärm gehört hatten, den sie nicht zuordnen konnten. Ihm wurde plötzlich so schwindelig, dass er mit letzter Kraft noch sein Bein bewegen konnte, um an dem Gürtel zu ziehen.

In heller Aufregung zog Yang Ke ihn aus dem Loch. Im nächsten Augenblick saß Chen Zhen mit erdigem Gesicht vor der Höhle und schnappte heftig nach Luft. »Das Spiel ist aus«, sagte er keuchend. »Es ist eine Teufelshöhle, die kein Ende zu nehmen scheint.« Enttäuscht legte Yang ihm den Mantel um die Schultern.

Nachdem Chen wieder auf die Beine gekommen war, suchten die beiden in einem Umkreis von etwa zweihundert Metern nach weiteren Zugängen zu der Höhle, und nach einer halben Stunde fanden sie tatsächlich einen. Sie stemmten ein paar Gesteinsbrocken aus dem Berg, groß genug, dass die Wölfe sie nicht würden fortrücken können, und mauerten die zwei Ausgänge zu. Die verbliebenen Spalten dichteten sie mit Erde ab. Zum Schluss rammte Chen vor dem Haupteingang den Spaten in den Boden. Die Wölfin sollte wissen, dass die Jäger morgen mit Unterstützung und noch größerer Angriffslust wiederkommen würden.

Es wurde Abend, und von Erlang war immer noch nichts zu sehen. Allein mit seiner wilden Tapferkeit konnte sich der Hund gegen die heimtückische, mit allen Wassern gewaschene Wölfin kaum durchsetzen, und die beiden Männer machten sich große Sorgen um ihren Hund. Sie konnten jedoch nichts tun und kehrten mit Huanghuang nach Hause zurück. Kurz vor ihrer Jurte, es war schon stockdunkel, trennte Chen sich von seinem Freund, der mit Jagdutensilien und Hund direkt nach Hause ritt. Gao Jianzhong sollte nicht länger auf Nachricht von ihnen warten müssen. Chen Zhen schlug die Richtung zu Bilgee ein.

10

In einigen Abschriften mongolischer Annalen steht Folgendes zu lesen: ... Die Taidschiut stammten von Dscherkeh Lingkum, Sohn des Kaidu Khan (Urahn von Dschingis Khan, sechs Generation voraus, Anm. d. Romanautors) ab, der drei Söhne hatte. Der Älteste nannte sich Baisengkur (fünf Generationen vor Dschingis Khan, Anm. d. Romanautors). Mit ihm begann eine Familienlinie von Dschingis Khan ... Sein zweiter Sohn nannte sich Dscherkeh Lingkum und heiratete nach dem Tod seines älteren Bruders Baisengkur seine Schwägerin. Diese war auch die Mutter von Tumbinai Khan (vier Generationen vor Dschingis Khan, Anm. d. Romanautors) ... Mit Dscherkeh Lingkum hatte sie zwei weitere Söhne, Gendu Dschineh und Ulgedschin Dschineh ... Die beiden Namen bedeuten »Wolf« bzw. »Wölfin« ... Ihre Nachkommen bildeten einen Clan namens Dschinesch (auf mongolisch hat »Dschineh« die Bedeutung »Wolf«, und »Dschinesch« heißt »Wolfsrudel«, Anm. d. Romanautors).

Rashid al-Din (persischer Historiker),
Die Universalgeschichte, Bd. 1

Bilgee zog an seiner Tabakspfeife. Mit düsterer Miene hörte er sich Chen Zhens Bericht schweigend an. Der alte Mann klopfte auf den silbernen Pfeifendeckel, sein Bart bebte. Dann brach es aus ihm heraus. Besonders ärgerte ihn die Idee der beiden, Knallkörper in die Wolfshöhle hineinzuwerfen. »Eine Sünde ist das, eine Sünde!«, rief er. »Nur ein paar Kracher, ja? Und schon habt ihr die Wolfsmutter aus der Höhle herausgebombt, ja? Das ist ja sehr gelungen von euch Chinesen. Und so viel effektiver als wir Mongolen mit unserem Feuer und Rauch. Die Wölfin kam nicht einmal dazu, einen Schutzwall hochzuziehen, und hätte es Welpen in der Höhle gegeben, wären sie heraus und euch in die Arme gelaufen. Wenn sich alle so über die Welpen hermachten, gäbe es bald keinen einzigen Wolf mehr auf dem Grasland! Ja, es gibt gute Gründe für die Wolfsjagd, aber doch nicht so! Ihr erregt den Zorn Tenggers, und ihr stürzt das Grasland ins Verderben. Ich will euch nie wieder mit Knallkörpern gegen Wölfe vorgehen sehen. Und erzählt den anderen nichts von eurer Idee. Wenn die Grünschnäbel unter den Pferdehirten erst anfangen, euch nachzueifern ...«

Mit dieser Reaktion des Alten hatte Chen nicht gerechnet, wurde sich aber auch erst jetzt über die möglichen Folgen ihres Tuns klar. In kürzester Zeit wäre kein Bau mehr sicher, die Wölfe hätten keine Chance, ihre Jungen großzuziehen. Mongolen machten an Festtagen kein Feuerwerk, das war erst mit den chinesischen Städtern und mit den Wanderarbeitern in die Steppe gekommen. Zwar unterlag der Besitz von Gewehr und Munition auf dem Grasland strengen Kontrollen, aber die Verbreitung von Feuerwerkskörpern oblag nicht den Behörden, sie einzuführen war nicht verboten. Kämen die Feuerwerkskörper, Chilikracher und Tränengas bei der Wolfsjagd unkontrolliert zum Einsatz, es wäre das Aus für den Wolf, der seit Jahrtausenden über das Grasland regierte.

Das Totemtier eines Volkes auszurotten hieß, den Geist des Volkes zu vernichten. Das Grasland wäre tot, die Existenzgrundlage der Mongolen verloren.

Chen wischte sich den Schweiß von der Stirn. »Alter Freund, bitte ärgere dich nicht so. Beim Namen Tenggers schwöre ich, den Wölfen nie wieder mit Feuerwerkskörpern nachzustellen und niemandem von dieser Methode zu erzählen.« Er wiederholte sein Versprechen, wohl wissend, dass ein Versprechen bei den mongolischen Viehzüchtern viel zählte. So mancher Mongole hatte schon seinen besten Hund, sein bestes Pferd oder Messer verloren oder sich sogar von seiner Geliebten trennen müssen, weil er ein im Suff gegebenes Versprechen nicht hatte einhalten können.

Die Miene des alten Mannes entspannte sich. »Ich weiß, du jagst Wölfe, um unsere Schafe und Pferde zu schützen. Aber das Grasland, weißt du, ist wichtiger als unser Vieh. Die jungen Leute von heute, besonders die jungen Pferdehirten, wetteifern in der Jagd auf Wölfe, dabei verstehen sie so wenig von dem Tier. Im Radio höre ich sie dauernd diese Helden der Wolfsjagd loben. Das kann nicht gut gehen.«

Galsanma reichte Chen eine Schüssel Nudeln mit Lammfleisch, dazu – extra für den Gast – einen kleinen Krug eingelegten Schnittlauch. Vor dem Ofen kniend legte sie dem Schwiegervater eine zweite Schlüssel Nudeln nach und sagte zu Chen: »Jetzt hören immer weniger Leute auf den Vater. Zu den anderen sagt er, sie sollen nicht auf die Wolfsjagd gehen, und selbst erlegt er nicht wenige. Wer soll ihm da auch glauben?«

Bilgee lächelte bitter. »Und du? Glaubst du mir?«, wollte er von seinem jungen Freund wissen.

»Ja, ich glaube dir!«, beteuerte Chen. »Ohne Wölfe wäre das Grasland ruiniert. Ganz weit weg im Südosten gibt es ein Land, das Australien heißt. Dort haben die Menschen ein riesiges Weideland, auf dem es weder Wölfe noch Hasen gibt. Dann hat jemand Hasen ins Land gebracht, einige von ihnen flüchteten ins Weideland und konnten sich dort ungehindert vermehren, denn Wölfe gab es ja nicht. Bald war das Weideland durchlöchert von Hasenbauen, und die Hälfte des Landes war kahl gefressen. Die Viehzucht in Australien erlitt größte Verluste, und in der Not legte man schließlich riesige Netze aus Draht aus, um die Hasen in ihren Bauen verhungern zu lassen. Diese Lösung war für das riesige Weideland unbezahlbar und musste am Ende wieder aufgegeben werden. In Peking hatte ich von dem guten Gras in der Inneren Mongolei gehört und Unmengen Hasen erwartet. Aber das Olonbulag belehrt mich eines Besseren: Hier gibt es nur so viele Hasen, wie es das Weideland verträgt, und das haben wir den Wölfen zu verdanken. Ich habe auf den Weiden oft sehen können, wie Wölfe Hasen jagen. Gegen zwei Wölfe gibt es für einen Hasen kein Entkommen.«

Der Alte hörte dem Jüngeren gut zu, sein Blick war sanft geworden. »Australien, Australien, Australien«, murmelte er vor sich hin. »Bring morgen deine Weltkarte mit, ich will das Land sehen. Wer in Zukunft vom Ausrotten der Wölfe spricht, dem werde ich von Australien erzählen. Die Hasen, Unheil des Graslands. Jedes Jahr werfen sie mehrmals, und jedes Mal mehr Jungtiere als eine Wolfsmutter. Murmeltiere und Feldmäuse halten in ihren Löchern Winterschlaf, aber Hasen sind selbst im Winter aktiv, was die Wölfe wiederum freut. Dieser speziellen Winternahrung ist es zu verdanken, dass die Wölfe nicht noch mehr unserer Schafe reißen. Ohne Wölfe würden wir bei jedem dritten Schritt in ein Hasenloch stolpern.«

»Gleich morgen bringe ich dir die Weltkarte vorbei. Sie ist schön groß, du wirst deine Freude damit haben.«

»Ja, tu das. Aber jetzt geh nach Hause und schlaf dich aus. Du hast anstrengende Tage hinter dir.« Als Bilgee sah, dass der junge Mann keine Anstalten machte zu gehen, fragte er: »Du möchtest von deinem alten Freund noch wissen, wie du jetzt an die Welpen herankommst. Habe ich Recht?«

Chen zögerte zuzustimmen, gab sich dann aber einen Ruck. »Es ist doch mein erstes Mal, gönn mir doch bitte diesen einen Erfolg.«

»Ich werde es dir beibringen, aber du wirst in Zukunft nicht so viele Wolfsnester ausheben, ja?«

»Ja, ganz sicher.« Das war Chens zweites Versprechen an diesem Abend.

Der Alte nahm einen Schluck Milchtee zu sich und lächelte geheimnisvoll. »Das mit den Welpen würde tatsächlich nie etwas, wenn du mich nicht gefragt hättest. Das Wichtigste ist: Verschone die Wolfsmutter, treib es nicht zu weit.«

»Willst du mir damit sagen, dass ich sie nie bekommen werde?«, fragte Chen aufgeregt.

Bilgee hörte auf zu lächeln. »In die erste Höhle habt ihr Knallkörper hineingeworfen, in die zweite seid ihr eingedrungen, sodass sie nach

Mensch riecht, und die Eingänge habt ihr verbarrikadiert. Ich sage dir, die Wölfin wird noch in dieser Nacht umziehen. Sie wird einen Eingang nehmen, den ihr nicht entdeckt habt und ihre Jungen herausholen. Sie wird sie in einer neuen, provisorischen Höhle verstecken, nach ein paar Tagen kommt wiederum ein Umzug, und dann immer wieder, bis die Wölfin sich sicher ist, dass sie euch mit ihren Jungen entkommen ist.«

Chens Herz raste, als er fragte: »Ist diese provisorische Höhle leicht zu finden?«

»Menschen haben keine Chance, Hunde schon. Dein gelber Hund schafft das, zusammen mit den beiden schwarzen. Und du willst den Kampf mit der Wölfin nicht verloren geben, was?«

»Und wenn du morgen mitkommst?«, fragte Chen Zhen. »Yang Ke meinte, die Tricks der Wölfin machen ihn fertig.«

Der alte Mann lachte. »Morgen muss ich wieder nach den Fallen sehen. Heute Nacht ist schon ein großer Wolf in eine Falle gegangen, aber ich habe ihn liegen lassen. Das Rudel aus dem Norden scheint vor Hunger zurückgekommen zu sein. Mal sehen, vielleicht baue ich morgen alle Fallen wieder ab. Die Treibjagd steht vor der Tür, du solltest dich lieber ausschlafen. Lass uns später nach Welpen suchen.«

Chen wurde blass im Gesicht vor lauter Enttäuschung. Bilgee sprach in milderem Ton: »Schon gut, dann geht ihr morgen noch einmal hin und sucht mit den Hunden nach der provisorischen Höhle. Sie wird auffällig intensiv riechen und nicht besonders tief sein, aus ihr kann man die Wolfsjungen recht mühelos herausholen. Später hätte man es wieder schwer. Es ist sowieso reine Glückssache. Wenn ihr keinen Erfolg habt, komme ich nach, und wenn ich dabei bin, darf auch unser Bayar in die Wolfshöhle hinein.«

Der Kleine meldete sich zu Wort und sprach wie ein erfahrener Jäger: »Der letzte Engpass, von dem du gerade erzählt hast, wäre für mich bestimmt kein Problem. Weißt du, bei dieser Aktion muss man vor allem schnell sein, sonst erstickt man. Hättest du mich heute dabeigehabt, wäre die Sache nicht gescheitert.«

Chen machte sich auf den Weg, und als er zu Hause eintraf, wartete Yang noch auf ihn. Chen musste ihm Bilgees Einschätzung der Lage gleich zweimal erzählen, und selbst dann schien Yang nicht überzeugt.

Mitten in der Nacht wurde Chen von Hundegebell geweckt. Erlang war zurück! Chen erkannte ihn am kräftigen Schritt, mit dem er um die Schafherde herumrannte, um seiner Pflicht als Nachtwächter nachzukommen. Am liebsten wäre Chen aufgestanden, um den Hund zu füttern und ihm seine Wunden zu behandeln, doch er war so müde, dass er einschlief, sobald Erlang aufhörte zu bellen.

Am nächsten Morgen erwachte Chen Zhen davon, dass Yang Ke und Gao Jianzhong mit Dorji frühstückten und über das Ausrauben von Wolfsnestern sprachen. Dorji war ein mongolischer Kuhhirte aus einer benachbarten Produktionsgruppe. Mitte zwanzig war er, intelligent und als umsichtiger Jäger bekannt. Die Schule hatte er nach der achten Klasse abgebrochen, um als Kuhhirt zu arbeiten und wenig später die Buchhaltung seiner Produktionsgruppe zu übernehmen. Sein Vater stammte aus einer Gegend im Nordosten Chinas, wo Viehzucht und Landwirtschaft nebeneinander betrieben wurden. Kurz nach der Einrichtung des Produktionslagers war die Familie Dorjis hierher umgesiedelt, und sie gehörte damit zu den wenigen mongolischen Haushalten aus dem Nordosten, die es auf dem Olonbulag gab. Die alteingesessenen Mongolen unterschieden sich in Sitten und Gebräuchen von den Zugereisten ihrer Volksgruppe, und so blieben die Gruppen getrennt, denn geheiratet wurde über die Herkunftsgrenzen hinweg nur selten. Die Mongolen aus dem ackerbauenden Nordosten konnten, wenn auch mit Akzent, fließend Chinesisch sprechen, und so waren sie für die Schüler aus Peking die ersten Dolmetscher und Lehrer für die mongolische Sprache. Bilgee und die anderen alten Viehzüchter pflegten kaum Kontakt zu den Zugereisten, während die jungen Chinesen sich aus diesem innermongolischen Konflikt herauszuhalten versuchten.

Dorjis morgendlicher Besuch, vermutete Chen Zhen, geht wahrscheinlich auf eine Einladung Yangs zurück, der den erfahrenen Mongolen aus Sorge vor weiteren Reinfällen oder gefährlichen Begegnungen mit der Wolfsmutter als Berater zu sich gebeten hatte.

Also stand Chen auf, griff nach seiner Kleidung und gesellte sich zu den beiden.

Dorji begrüßte ihn mit einem breiten Grinsen im Gesicht. »Du hast dich in eine Wolfshöhle getraut? Ab jetzt musst du aufpassen! Die Wölfin hat sich deinen Geruch gemerkt und wird dich überallhin verfolgen.«

Chen erschrak so sehr über diese Bemerkung, dass er sich in seinem Mantel verfing. »Dann müssen wir sie unbedingt töten, sonst schwebe ich ständig in Lebensgefahr.«

Dorji lachte erneut belustigt auf. »Jetzt habe ich dich aber erschreckt, was? Der Wolf fürchtet sich vor dem Menschen. Er wird es nicht wagen, dich anzugreifen, selbst wenn er dich am Geruch erkennt. Wären die Wölfe zu so etwas fähig, hätten sie mich längst gefressen. Ich habe ihre Höhlen schon mit dreizehn oder vierzehn von innen gesehen und dabei so manchen Welpen mitgehen lassen, bin aber, wie du siehst, noch quicklebendig.«

Chen atmete auf und fragte: »Sag mal, wie viele Wölfe hat so einer wie du schon erlegt?«

»Zwischen sechzig und siebzig, denke ich. Die Welpen aus bestimmt sieben oder acht Höhlen nicht mitgezählt.«

»Das müssen noch mal fünfzig, sechzig sein, oder? Also kommst du auf mindestens hundertzwanzig Tiere. Haben sich die Wölfe nie an dir gerächt?«

»Und ob! In den letzten Jahren haben sie sieben oder acht Hunde meiner Familie totgebissen, ganz zu schweigen von den vielen getöteten Schafen.«

»Hast du gar keine Sorge, was mit deiner Familie nach ihrem Tod passiert, wenn du weiter Wölfe tötest und die Tiere irgendwann ausgerottet sind?«

Dorji sah Chen durchdringend an: »Wir Mongolen aus dem Nordosten sind nicht viel anders als ihr Han-Chinesen. Der Leichnam eines Menschen kommt in einem Sarg unter die Erde. Die Wölfe spielen bei uns keine Rolle. Nur die hiesigen Mongolen sind so rückständig.«

»Die Sitten auf dem Olonbulag sind nun einmal, wie sie sind«, entgegnete Chen. »In Tibet werden Leichen den Geiern überlassen. Werden die Leute dich nicht hassen, wenn du alle Wölfe tötest?«

»Auf dem Olonbulag gibt es so viele Wölfe, die wirst du nie ausrotten. Selbst die Regierung hat uns Viehzüchter zur Wolfsjagd aufgerufen. Es heißt, ein toter Wolf bedeute das Leben von hundert Schafen, und Wolfsjunge aus zehn Höhlen zu vernichten, sichere zehn Schafherden. Ihr habt sicher von diesem Helden der Wolfsjagd aus der Kommune Bayangobi gehört. Vor zwei Jahren hat er in einem Frühjahr fünf Wolfshöhlen geleert. Das bringe ich mit Mühe in zehn Jahren zustande. In seiner Gegend leben viel mehr Mongolen aus dem Nordosten als hier bei uns, und entsprechend gibt es da auch mehr Wolfsjäger – und natürlich weniger Wölfe.«

»Und wie sieht es dort mit der Viehzucht aus?«, wollte Chen wissen.

»Na ja, viel schlechter als hier jedenfalls. Sie haben arg viele Hasen und Feldmäuse auf ihren Weiden.«

Chen war inzwischen angezogen und eilte hinaus, um nach Erlang zu sehen. Der Hund fraß gerade an einem gehäuteten Lamm. Im Frühjahr gab es ab und zu erfrorene oder verhungerte Lämmer, die die Hunde aber erst anrührten, wenn sie gehäutet waren. Chen sah, dass Erlang, während er fraß, immer wieder begehrliche Blicke auf die im Stall umherspringenden Lämmer warf. Er rief seinen Hund zu sich, der aber nur mit einem schwachen Schwanzwedeln reagierte und weiter flach auf dem Boden liegen blieb. Huanghuang und Yir waren längst auf ihren Besitzer zugelaufen und hatten ihm zur Begrüßung die Vorderpfoten auf die Schultern gelegt.

Erlangs Verletzungen waren bereits von Yang und den anderen Männern versorgt worden. Doch die Verbände waren ihm anscheinend lästig, denn er biss daran herum und versuchte, seine Wunden zu lecken. Chen Zhen hatte den Eindruck, dass der Hund schon wieder für einen neuen Einsatz bereit war.

Nach dem Frühstück ging Chen zu seinem Nachbarn Gombo und bat ihn, seine Schafe zu hüten. Gao Jianzhong, den der greifbare Erfolg mit den Welpen zum Mitmachen animierte, hatte schon Gombos Sohn gebeten, an diesem Tag seine Kühe zu übernehmen. Auf dem Olonbulag wurde jedem, dem es gelang, Wolfswelpen zu rauben, große Ehre zuteil.

Mit Werkzeug, Waffen und Proviant im Gepäck und zwei Hunden als Begleiter ritten die vier Richtung Schwarzfels. Die Kälte hielt sich in diesem Frühjahr hartnäckig, die Sonne schaffte es in vier, fünf Tagen nicht durch die dichten Wolken, sodass die dunkelroten Gesichter der Viehzüchter erblassten und das erste Grün unter dem Schnee gelb wurde. Es sah aus wie die abgenutzte Füllung einer Bettdecke, und nicht einmal die Schafe wollten davon fressen.

Dorji schaute in die Wolken, die sich wie Watte über den Himmel ausbreiteten, und sagte mit heiterer Miene: »Bei der andauernden Kälte werden die Wölfe leere Mägen haben. Heute Nacht haben die Hunde schon heftig angeschlagen, ein sicheres Zeichen, dass das Wolfsrudel zurück ist.«

Der Spur folgend, die Chen Zhen und Yang Ke am Tag zuvor hinterlassen hatten, erreichten sie nach gut zwei Stunden das von Dorngestrüpp überwachsene Tal, wo vor dem Eingang der Wolfshöhle der Eisenspaten im Boden steckte, daneben große, frische Abdrücke von Wolfspfoten. Erde und Steine, mit denen Chen und Yang den Eingang verbaut hatten, waren unberührt. Der Spaten schien seine Wirkung auf die zurückgekehrte Wolfsmutter nicht verfehlt zu haben. Die Hunde schnüffelten aufgeregt herum. Erlang war besonders unruhig, die Augen rachelüstern funkelnd. Chen zeigte auf die Berghänge ringsum und rief: »Such!« Worauf sich die Hunde, die Nase dicht am Boden, auf den Weg machten. Die Männer gingen zum anderen Eingang der Höhle und fanden dort ebenfalls frische Pfotenabdrücke. Auch hier schien alles unverändert. Dorji ließ die anderen nach weiteren Öffnungen suchen, doch bald hörten sie die Hunde von einem Hang im Norden her bellen . Sie unterbrachen ihre Suche und ritten zu den Hunden. Chen vergaß nicht, den Spaten aus dem Boden zu ziehen und mitzunehmen.

Auf dem Hügel angekommen, sahen sie die Hunde in der Ebene aufgeregt graben. Erdklumpen flogen durch die Luft. »Sie haben sie!«, rief Dorji. Die Männer galoppierten über das lose Gestein den Hang hinunter, sprangen vom Pferd; die Hunde gruben wie verrückt weiter, ohne Platz zu machen, und kümmerten sich nicht um ihre Besitzer.

Erlang steckte immer wieder die Schnauze in ein Loch, als wollte er etwas zu fassen bekommen. Chen trat auf Erlang zu und zog den Hund rückwärts aus der von ihm gegrabenen Öffnung heraus. Dann sah er es: Auf dem flachen Boden war ein Loch mit einem Durchmesser von nur etwa dreißig Zentimetern. Gar kein Vergleich mit den riesigen Wolfshöhlen, die sie bisher gesehen hatten. Auch gab es davor kein Plateau, lediglich ein paar Erdklumpen lagen vor dem Bau herum.

Gao Jianzhong verzog das Gesicht. »Das hier soll eine Wolfshöhle sein? Bestenfalls ein Hasenbau ist das oder einer für Murmeltiere.«

Dorji blieb unbeindruckt. »Schau genau hin, die Erde ist frisch aufgehäuft. Das ist eine neue Höhle, und bestimmt hat die Wolfsmutter ihre Jungen genau hierhergebracht.«

»Selbst einen neue Wolfshöhle kann nicht so klein sein, oder?«, äußerte Chen seine eigenen Zweifel. »Wie kommt ein ausgewachsener Wolf da überhaupt hinein?«

»Es ist eine provisorische Höhle«, antwortete Dorji. »Für eine schmale Wölfin kein Problem. Und die Welpen sollen hier nur ein paar Tage bleiben.«

Den Eisenspaten schwingend sagte Yang: »Ob Wölfe oder Hasen ist mir egal, Hauptsache wir kehren nicht mit leeren Händen zurück. Macht Platz, ich grabe jetzt.«

Aber Dorji hielt ihn zurück. »Lass mich erst mal nachsehen, ob überhaupt etwas drin ist.« Er stocherte mit dem dicken Ende seiner Lassostange vorsichtig in das Loch hinein, und als sie gut einen Meter darin verschwunden war, hob er den Kopf und lächelte Chen verschmitzt an. »Ha! Da ist etwas, schön weich. Versuch selbst mal.«

Chen nahm die Stange und bewegte sie vorsichtig. Tatsächlich glaubte er etwas Weiches, Elastisches zu spüren. Er lachte übers ganze Gesicht. »Oh ja, da ist was! Hoffentlich sind es die Welpen!«

Auch Yang und Gao stocherten mit der Stange und meinten, etwas Weiches zu ertasten.

Dorji versuchte, mit der Stange das Ende der Höhle zu finden, zog sie dann aus dem Bau heraus und legte sie so auf die Erde, dass der Verlauf des Tunnels damit markiert war. Dann tippte er mit der Fußspitze auf eine Stelle am Boden und sagte entschlossen: »Grab hier. Aber vorsichtig, da sind die Welpen. Verletze sie nicht.«

Chen riss Yang den Spaten aus der Hand. »Wie tief?«

»Etwa einen halben Meter tief. Die gefrorene Erde könnte durch die Wärme der Welpen weich geworden sein, setz also nicht zu kräftig an«, wies Dorji ihn an.

Chen kratzte den Schnee zur Seite und trat den Spaten mit einem Fuß sacht in den Boden. Plötzlich sank die Erde ein. Wie auf Kommando stürmten die Hunde zu dem neuen Loch und bellten wild. Chen schoss das Blut in den Kopf, ihm wurde schwindlig. Selbst bei der Ausgrabung einer kaiserlichen Grabstätte der Han-Dynastie hätte er nicht aufgeregter sein können. Aus dem Haufen von Erd- und Steinklumpen tauchten die Köpfe der Wolfsjungen auf: graues, flaumiges Fell, schwarze Wolfshaare.

Für einen kurzen Moment erstarrten die Pekinger Schüler, dann riefen sie ekstatisch: »Wolfswelpen!« Nach Tagen und Nächten der Gefahren, der Mühe und Anspannung hatten Chen und Yang mit einer blutigen letzten Schlacht gerechnet, und nun das: Statt einer erbitterten Schlacht und eines langwierigen, zermürbenden Kampfes war die

Sache mit einem Spatenstich entschieden. Sie konnten es nicht fassen, dass diese pelzigen Knäuel nun ihre Wolfsjungen sein sollten.

Yang ergriff als Erster das Wort. »Träume ich? Haben wir tatsächlich die Welpen erwischt?«

»Das Schicksal meint es eben gut mit euch zwei blinden Hühnern aus Peking«, sagte Gao grinsend. »Die mongolischen Welpen sind euch praktisch auf den Spaten gesprungen. Schade um meine Kampfkunst, ich habe tagelang trainiert und wollte es den Wölfen mal so richtig zeigen.«

Chen Zhen ging in die Hocke und befreite die Jungen von Erde und Steinen. Er zählte insgesamt sieben Wolfsjunge, jedes so groß wie seine Handfläche. Ihre schwarzen Köpfchen eng beieinander, lagen sie zusammengerollt da, nahezu regungslos. Doch ihre Augen waren geöffnet, mit einer blauen und etwas wässrigen Membran darüber und hier und da tiefschwarzen Sprenkeln. »Wie lange ich euch gesucht habe!«, sagte Chen Zhen leise mehr zu sich selbst. »Endlich seid ihr da.«

»Sie sind vor etwa zwanzig Tagen geworfen worden, bald machen sie die Augen ganz auf«, sagte Dorji.

»Schlafen sie? Warum bewegen sie sich nicht?«, wollte Chen wissen.

»Wölfe sind von klein auf pfiffig. Das Hundegebell und Menschengeschrei haben sie bestimmt geweckt, und jetzt stellen sie sich tot. Fass einen an, wenn du mir nicht glaubst.«

Zum ersten Mal in seinem Leben sollte Chen nun mit seinen eigenen Händen lebendige Wölfe anfassen. Er zögerte, traute sich nicht. Schließlich nahm er vorsichtig das Ohr eines Welpen zwischen Daumen und Zeigefinger und fischte das Tier erst dann aus der Grube heraus. Es blieb regungslos, seine vier Beinchen hingen herab, kein Aufbäumen, kein Widerstand. Mehr wie ein totes Kätzchen denn wie ein junger Wolf, fand Chen Zhen. Er hielt das Tier in die Höhe, damit alle drei es sähen. Hundewelpen waren ihm aus dieser Nähe vertraut, und so fielen ihm die Unterschiede zum Wolfsjungen sofort auf. Ein Hundejunges trug von Geburt an glattes, gleichmäßiges Fell und wirkte niedlich – was man von einem Wolfswelpen nicht sagen konnte. Der war zwar mit feinem, weichem und angenehm trockenem Flaum bedeckt. Aber hier und da stachen aus dem aschgrauen Welpenfell lange, harte, schwarze Wolfshaare hervor. Das ungleichmäßige Fell verlieh dem Jungtier etwas Wildes. Sein Kopf glänzte so schwarz, als habe man Pech darübergegossen. Die Augen mochten noch nicht ganz geöffnet sein, doch die kleinen Zähne bleckten zwischen den Lippen hervor und verliehen dem Tier etwas Aggressives, Gefährliches. Der Welpe roch nach Erde, gemischt mit dem Eigengeruch der Wölfe. Auch darin unterschied er sich von den sauberen, süßen Hundejungen. Aber in Chens Augen war es das edelste, kostbarste und zugleich schönste Geschöpf auf dem mongolischen Grasland.

Solange er das Wolfsjunge festhielt, stellte es sich tot und verhielt sich mucksmäuschenstill. Als Chen eine Hand auf die Brust des Tiers legte, überraschte ihn das schnelle Pochen des kleinen Herzens.

»Setz ihn auf den Boden«, sagte Dorji, »und dann pass auf.«

Kaum spürte der Welpe den Boden unter sich, erwachte er zum Leben. Nur weg von Menschen und Hunden! Er kroch und krabbelte, dass er an ein aufgezogenes Spielzeugauto erinnerte. Mit zwei Schritten holte Huanghuang das Tier ein und wollte gerade nach ihm schnappen, als ihn die Männer mit entschiedenen Kommandos stoppten. Chen Zhen beeilte sich, den Kleinen in seine Segeltuchtasche zu packen, während Huanghuang ihn wütend ansah. Zu gern hätte er ein paar Jungtiere zerfleischt und so seinem Hass auf die Wölfe Luft gemacht. Chen entging nicht, dass auch Erlang wie gebannt auf die Wolfsjungen in der Grube starrte und dabei zögernd mit dem Schwanz wedelte.

Er machte seine Tasche weit auf, und die drei Männer aus Peking verwandelten sich in drei Lausbuben, die in einem Vorort Pekings Eier aus Vogelnestern stibitzten. Sie rissen sich um die Beute und hatten im Nu alle Welpen in der Tasche verstaut. Dann knotete Chen Zhen die Tasche zu und hängte sie an den Sattel seines Pferdes. Es war Zeit, den Rückzug anzutreten.

Dorji sah sich um. »Die Mutter ist mit Sicherheit in der Nähe, wir dürfen nicht ohne Umwege nach Hause reiten, sonst folgt sie uns bis zu unserem Zeltplatz.«

Bei diesen Worten wurde den jungen Männern die Gefahr bewusst, nicht Vogeleier, sondern von den Chinesen so gefürchtete Wolfsjunge gestohlen zu haben.

11

Nach dem Tod seines älteren Bruders heiratete Dscherkeh Lingkum seine Schwägerin. Sie schenkte ihm zwei Söhne: Gendu Dschineh und Ulgedschin Dschineh. Im Mongolischen hat »Dschineh« die Bedeutung »Wolf« ... In der Universalgeschichte vermerkt der Autor ausdrücklich, dass die Namen der beiden Söhne »Wolf« bzw. »Wölfin« bedeuten. Der Clan der Dschinesch ist die Nachkommenschaft dieser beiden Söhne.
[...]
Im Kaiserlichen Stammbaum aus der Geschichte der Yuan-Dynastie schreibt sich Dschinesch »Zhilus«. Das »s« bildet den Plural von Zhilu, das damit die Bedeutung »Wolfsrudel« erhält.

Han Rulin, Untersuchung der Dreizehn-Lager-Schlacht
des Dschingis Khan

Eilig saßen die drei auf, folgten Dorji durch das Schilf im Westen und schwenkten dann nach Süden über das säurehaltige Sumpfland. Hier würde die Wölfin ihren Spuren nur schwer folgen können. Nervös suchten die Pekinger Schüler ihren Weg, kein Triumphgefühl begleitete sie, keine Siegesfreude.

Der Gedanke an sein von der Wolfsmutter gerissenes Lamm spendete Chen Zhens geplagter Seele ein wenig Trost. Immerhin hatte er in seiner Eigenschaft als Schafhirt seinen verlorenen Schützling gerächt, und ein Wurf Wolfswelpen weniger bedeutete eine gerettete Schafherde. Und wenn es auch anstrengend gewesen war, dieser sieben Welpen habhaft zu werden, so war es doch ungleich anstrengender, sieben ausgewachsene Wölfe zu jagen und zu erlegen. Chen verstand auf einmal nicht mehr, warum die Mongolen, die um diese Wahrheit nur allzu gut wussten, die Jagd nicht längst auf Welpen konzentriert hatten, und er fragte Dorji danach.

»Weil diese Tiere so schlau sind. Sie werfen zu einem Zeitpunkt, der das verhindert«, klärte Dorji ihn auf. »Es heißt, Hunde und Wölfe gehörten vor zehntausend Jahren derselben Familie an, in Wahrheit sind Wölfe aber an Gerissenheit Hunden haushoch überlegen. Hunde werfen schon im Februar, Wölfe dagegen erst im Frühling nach der Schneeschmelze, zu einem Zeitpunkt, wenn die Schafe gerade gelammt haben, wenn aus einer Herde zwei werden und jede Arbeitskraft mit dem Vieh beschäftigt und bald schon erschöpft ist. Später aber, wenn die Zeit des Lammens vorbei ist, sind auch die Wolfsjungen längst zu Jungtieren herangewachsen und aus den Höhlen verschwunden. Denn darin leben Wölfe nur zur Geburt ihrer Jungen. Nach zwei Monaten schon sind sie mit ihrer Mutter draußen unterwegs. Du siehst, wie raffiniert diese Tiere sind. Die Wölfe werfen nur dann, wenn wir garantiert keine Zeit haben, sie zu jagen. Sie selbst aber können Lämmer reißen – das beste Fleisch für ihre Brut – ihre Jungen die Jagd lehren.«

Yang gähnte ununterbrochen, und auch Chen überkam eine bleierne Müdigkeit. Er wollte nur noch ins Bett. Doch das Thema Wölfe war zu spannend, um es abzubrechen. »Warum tun die alten Viehzüchter das nicht gern? Wolfsjungen aus ihren Bauen holen, meine ich.«

»Die alteingesessenen Viehzüchter sind Anhänger des Lamaismus«, erwiderte Dorji. »Früher hat fast jede Familie einen Sohn in den Tempel geschickt, um Mönch zu werden. Die Lamas sind für ihre friedliebende Haltung bekannt, sie lassen das Töten nicht zu. Sie glauben, dass sie früher sterben, wenn sie Wolfswelpen töten. Ich glaube nicht daran. Wir Mongolen aus dem Nordosten lassen unsere Toten auch nicht von Wölfen auffressen. Von mir aus können die Wölfe ausgerottet werden. Seit wir den Ackerbau gelernt haben, denken wir genauso wie ihr Chinesen und finden unsere letzte Ruhe unter der Erde.«

Die Reiter entfernten sich immer weiter von der Wolfshöhle. Doch

Chen wurde das Gefühl nicht los, dass ein Geist ihn wie ein kalter Wind verfolgte, durch den er eine Angst erlebte, die aus der Tiefe seiner Seele kam. Es schien ihm immer noch unwirklich, dass er – der in der Großstadt ohne jede Beziehung zu Wölfen aufgewachsen war – nun Herr über sieben mongolische Wölfe sein sollte. Sie stammten von einer wilden und intelligenten Wölfin ab, waren möglicherweise sogar vom Rudelführer gezeugt, auf jeden Fall aber von einem reinrassigen mongolischen Wolf. Und nun war ihnen seine Besessenheit zum Verhängnis geworden, sie würden nie zu tapferen Kämpfern des Graslands heranwachsen. Chen spürte, dass er für diese sieben Wolfsjungen zum Schicksal geworden und von nun an mit allen Wölfen des Olonbulag eine unauflösbare Verbindung eingegangen war und unversöhnlichen Hass gesät hatte. Im Dunkel der Nacht würden die Wölfe zu ihm kommen, angeführt von dem unbeugsamen, klugen Muttertier. Sie würden ihn immer und immer wieder nach den geraubten Jungen fragen, ihn drängen und an seiner Seele nagen. Ihm dämmerte, dass er sich womöglich an den Wölfen versündigt hatte.

Es war bereits früher Nachmittag, als die Männer zu Hause bei einem verspäteten Mittagessen saßen und darüber sprachen, was mit den sieben Welpen geschehen solle.

»Was soll das ganze Gerede«, meinte Dorji ungeduldig. »Gleich nach dem Essen zeige ich euch, was man mit ihnen macht, es dauert keine zwei Minuten.«

Chen Zhen wusste, dass der Zeitpunkt gekommen war, seinen Plan, ein Wolfsjunges großzuziehen, offenzulegen. Seit der Wunsch in ihm das erste Mal aufgekommen war, rechnete er fest mit heftigem Widerstand von Seiten der Viehzüchter, Kader und Mitschüler. Wie würde man sein Verhalten beurteilen? Ob von Politik, Glauben oder Religion aus betrachtet, ob im Hinblick auf die Produktion, auf Sicherheit und den Gemeinschaftssinn, die Aufzucht eines Wolfes konnte nur verdammt werden, und wer sie betrieb, konnte nur abgrundtief Böses im

Schilde führen. Chen erinnerte sich an einen Fall im Pekinger Zoo. In der Anfangszeit der Kulturrevolution hatten Tierpfleger versucht, ein Tigerjunges, das von seiner Mutter nicht genug Milch bekam, vor dem sicheren Tod zu retten, indem sie es mit einer Hündin zusammen in ein Gehege sperrten und von ihr säugen ließen. Das Ganze wuchs sich zu einer ernsten politischen Krise aus. Reaktionäre Klassenversöhnung lautete das Stichwort, man habe mit der Zuchtmethode die reaktionäre Theorie der Klassenversöhnung propagieren wollen, es müsse eine Untersuchung geben, die Pfleger müssten kritisiert werden. War das nicht das Gleiche wie das, was Chen vorhatte? Einen Wolf in direkter Nachbarschaft zu Schafen, Kühen und Hunden zu halten, hieße das nicht, den Feind nicht vom Freund zu unterscheiden? Für die Viehzüchter ist der Wolf einerseits der verhasste Feind, andererseits sehen insbesondere die Alten in ihm das verehrte, göttliche Totemtier, den Überbringer ihrer Seelen zu Tengger. Ein heiliges Tier wie der Wolf muss angebetet, es kann nicht wie ein Hund zum Diener des Hauses gemacht werden! Was Religion, Sicherheit und die Produktion anging, so sagte das Sprichwort genug: »Einen Tiger großzuziehen bedeutet Gefahr, einen Wolf großzuziehen eine Katastrophe.« Doch seine größte Sorge galt Bilgee. Würde der Mongole ihn auch mit dem Wolfsjungen noch behandeln wie seinen eigenen Sohn?

Es lag Chen fern, die Götter der Mongolen zu schmähen oder die religiösen Gefühle der Menschen des Olonbulag zu verletzen. Im Gegenteil, gerade weil er das Wolftotem dieses Volkes respektierte und vom Geheimnis um den Wolf so fasziniert war, war sein Wunsch nach einem eigenen Wolfsjungen von Tag zu Tag dringlicher geworden. Sie kamen und gingen wie ein Spuk, und ohne selbst einen Wolf großzuziehen, den er ständig vor Augen hätte, bliebe sein Bild von diesem Tier aus Legenden genährte Phantasterei. Was er brauchte, war eine akzeptable Begründung für sein Handeln, sonst würden die Viehzüchter und ganz besonders der alte Bilgee ihn nicht gewähren lassen.

Schon lange vor der Jagd hatte er gegrübelt, bis ihm ein vernünftig klingender Grund eingefallen war: Die Wolfszucht sei ein wissenschaftliches Experiment mit dem Ziel, einen Wolfshund zu züchten. Wolfshunde genossen auf dem Olonbulag einen guten Ruf. In einer Grenzstation gab es fünf, sechs Exemplare von imposantem Wuchs. Sie waren zuverlässige und schnelle Jäger, die neun von zehn Malen den anvisierten Fuchs oder Wolf erwischten. Einmal war Leiter Zhao der Grenzstation mit zwei Wolfshunden auf Inspektionsreise zu den Milizen, als die Tiere vier große Füchse erbeuteten. Alle Jäger, die ihn auf seiner Inspektionsreise sahen, staunten, und die Viehzüchter wollten auch solche Wolfshunde haben. Doch selbst mit guten Beziehungen zum Militär hatten sie keine Chance, ein Exemplar dieser seltenen Rasse zu ergattern. Chen hatte von der Geschichte damals gehört und sich seinen Teil dazu gedacht. Der Wolfshund war ja nichts anderes als eine Kreuzung aus einem Wolf und einer Hündin. Er brauchte einen jungen Wolf, dazu eine Hündin, und das Ergebnis würden Wolfshunde sein, die er den Viehzüchtern schenken würde. Schließlich lebten die besten Wölfe der Welt auf dem Olonbulag, und daraus müssten sich die besten Wolfshunde züchten lassen, bessere als deutsche und russische Armeehunde. Mit etwas Glück wäre er dann sogar verantwortlich für eine ganz neue Zucht.

Chen fasste sich ein Herz und sagte zu Dorji: »Mit sechs von den sieben Welpen kannst du machen, was du willst. Lass mir einen von den männlichen, am besten den kräftigsten. Ich möchte ihn großziehen.«

Verdutzt schaute Dorji den jungen Chinesen an und brachte zunächst kein Wort heraus. Dann fragte er ungläubig: »Du willst einen Wolf großziehen?«

»Ja, das will ich. Wenn er ausgewachsen ist, werde ich ihn mit einer Hündin paaren, und wenn das gut läuft, dann kommt eine Kreuzung heraus, die so intelligent und widerstandsfähig ist wie diese Wolfshunde von der Grenzstation. Alle Viehzüchter werden einen Hund aus dieser Züchtung haben wollen, sage ich dir.«

In Dorjis Augen blitzte Verständnis auf. »Keine schlechte Idee!«, rief er aus. »Das könnte klappen! Mit einem Wolfshund wird die Jagd auf Wölfe und Füchse ein Kinderspiel. Der Verkauf dieser Züchtung könnte aus uns sogar reiche Männer machen.«

»Die anderen sind aber vielleicht gegen so ein Experiment«, wandte Chen ein.

»Du züchtest einen Wolf, um Wölfe zu jagen, wodurch das kollektive Eigentum besser geschützt wird. Wer gegen uns ist, kriegt später einfach keine Welpen«, entschied Dorji.

»Aha, soll das heißen, du bist dabei?«, amüsierte sich Yang.

Dorji erwiderte entschlossen: »Wenn ihr einen Wolf großzieht, tue ich es auch.«

Chen rieb sich die Hände und rief: »Abgemacht! Und mit zwei Wolfswelpen werden die Erfolgschancen doppelt so groß sein!« Doch dann dachte er kurz nach. In einem Punkt bin ich mir allerdings nicht so sicher. »Werden ein Wolf und eine Hündin sich wirklich paaren?«

»Aber sicher«, antwortete Dorji, ohne zu zögern, »keine Frage, ich kann euch da einen Trick verraten. Vor drei Jahren hatte ich ein Prachtexemplar von einer Hündin, und ich wollte sie mit meinem schnellsten Hund paaren. Nun hatten wir in unserer Familie zehn Hunde, davon acht Rüden, darunter waren auch ganz durchschnittliche. Wenn die Hündin einen der schlechteren Hunde an sich heranließe, welche Verschwendung! Als die Zeit reif war, sperrte ich sie mit dem ausgewählten Rüden in einen Brunnen, so groß wie eine Jurte und fast zwei Mann tief, man hatte ihn nie fertig gebaut. Dazu ein totes Schaf, und alle paar Tage sorgte ich für Nachschub an Nahrung und Wasser. Nach ungefähr drei Wochen war die Hündin trächtig. Noch vor dem Frühling hatte sie ihre acht Jungen geworfen, vier Männchen und vier Weibchen, alle prächtig gewachsen. Die Weibchen tötete ich, und aus den Rüden sind die größten, stärksten und besten Hunde geworden. Ihnen verdankt meine Familie ihre Jagderfolge. Meine Methode wird uns auch bei dem Wolf weiterhelfen. Merkt euch aber eins: Das Wolfsjunge muss von klein auf mit dem weiblichen Hundewelpen aufwachsen.«

Chen Zhen und Yang Ke waren begeistert.

Da tat sich etwas in der Segeltuchtasche. Die Welpen hatten es aufgegeben, sich totzustellen, wahrscheinlich weil sie hungrig waren, und versuchten, ins Freie zu krabbeln. Fünf dieser sieben edlen Leben, denen er so viel Respekt zollte, würden sterben müssen, dachte Chen. Sein Herz wurde schwer, und ihm kam das Relief vor dem Pekinger Zoo in den Sinn. Wenn er die fünf doch dorthin bringen könnte, fünf unschuldige Wolfswelpen aus dem tiefsten mongolischen Grasland. Ihm graute auf einmal vor dem Menschen, vor dessen Habgier und Geltungssucht. Eigentlich hatte er sich auf die Welpenjagd gemacht, um sich einen kleinen Wolf für die Zucht zu beschaffen. Warum hatte er stattdessen alle mitgenommen? Vielleicht war es keine gute Idee gewesen, Dorji und Gao Jianzhong mitzunehmen. Aber hätte er sich ohne die beiden mit einem Welpen zufriedengegeben? Eher nicht, dachte er bei sich. Einen ganzen Wurf von der Jagd mit nach Hause zu bringen bedeutete Mut, brachte einem Respekt und Ehre ein, man wurde ganz anders angesehen. Im Vergleich dazu waren die Leben der sieben Wolfsjungen bedeutungslos.

Trotz allem plagten ihn Gewissensbisse, denn längst waren ihm die sieben Wolfsjungen ans Herz gewachsen. Zwei lange Jahre hatte er davon geträumt, und nun waren sie endlich da, diese kleinen Wölfe. Er hätte sie am liebsten alle behalten, wusste aber auch, dass es unmöglich war, denn woher sollte er das viele Futter für die sieben hungrigen Mäuler nehmen? Da kam ihm eine Idee. Wie wäre es, wenn er die fünf aussortierten Welpen in die Wolfshöhle zurückbrächte? Allerdings würde ihn niemand außer Yang Ke begleiten. Und allein würde er schon gar nicht gehen, der Vier-Stunden-Ritt war für Pferd und Reiter viel zu anstrengend. Auch war die Wolfsmutter jetzt sicher bei dem leeren Bau, außer sich vor Schmerz und Wut, und ihr dort mit den Welpen unterm Arm zu begegnen wäre reiner Selbstmord.

Zögernd trat Chen Zhen, die Tasche mit den Welpen in der Hand, vor die Jurte. Die anderen folgten ihm. »Warten wir doch noch ein paar Tage ab, ich möchte sie mir gern genauer anschauen«, sagte Chen.

»Womit willst du sie füttern?«, fragte Dorji. »Ein Tag ohne Muttermilch, und sie sind verhungert – bei der jetzigen Kälte.«

»Ich werde die Kühe melken.«

»Das kommt doch gar nicht in Frage!«, meldete sich Gao Jianzhong zu Wort. »Ich bin hier der Kuhhirte, und die Milch meiner Kühe ist für Menschen. Die Wölfe fallen meine Kühe an, und du willst ihren Jungen Kuhmilch geben, was ist das für eine Logik? Außerdem bin ich dann meinen Posten als Kuhhirt los.«

Yang Ke versuchte, zwischen den streitenden Parteien zu vermitteln. »Lass sie jetzt von Dorji erledigen, Chen Zhen. Galsanma macht sich Sorgen um ihr Jagdsoll, und mit diesen fünf Pelzen wäre ihr so weit geholfen, dass sie bei unserer Wolfszucht ein Auge zudrücken wird. Wenn wir hier den ganzen Wurf haben, lockt das die gesamte Brigade an, und dann bist du die Welpen los. Lass Dorji die Sache zu Ende bringen. Ich pack's jedenfalls nicht, und du noch weniger. Wir können uns glücklich schätzen, dass Dorji uns hilft.«

Chen schluckte die Tränen hinunter. »Wenn es denn sein muss«, gab er mit einem tiefen Seufzen nach.

Er holte eine Kiste mit trockenem Rindermist für den Ofen, kippte sie aus und legte die Wolfsjungen hinein. Die kleinen Tiere flohen in alle Ecken und stellten sich tot, ein letzter Versuch, ihrem Schicksal doch noch zu entkommen. Sie zitterten, die schwarzen Haare ihres Fells bebten, als stünden sie unter Strom. Dorji bewegte die Wolfsjungen mit der Hand hin und her, als seien es Hasen, und schaute Chen Zhen an. »Vier Männchen, drei Weibchen, das größte und kräftigste ist deins, das hier meins!« Dann stopfte er die übrigen fünf in die Tasche zurück.

Mit ihr in der Hand ging Dorji vor die Jurte, griff sich einen Welpen und stellte mit einem flüchtigen Blick fest: »Ein Weibchen, wir schicken es als Erstes zu Tengger! Mit diesen Worten holte er nach hinten aus, kniete mit dem rechten Bein nieder und schleuderte das kleine Knäuel mit aller Kraft in die Höhe zu Tengger. Jedes Jahr wurden so kurz nach dem Frühlingsfest die überzähligen Hundewelpen der Viehzüchter getötet. Die Seele des Tieres wurde in den Himmel geschickt, und auf die Erde fiel die sterbliche Hülle. Chen Zhen und Yang Ke hatten diesem uralten Ritual oft beigewohnt – aber bisher war es immer um Hunde gegangen. Sie wussten zwar, dass man mit Wolfswelpen nicht anders verfuhr, sahen es heute aber zum ersten Mal mit eigenen Augen. Sie erschraken, ihre Gesichter wurden so grau wie der schmutzige Schnee unter ihren Füßen.

Das Wolfsjunge schien seine Ankunft bei Tengger hinauszögern zu wollen. Es ruderte in der Luft mit seinen winzigen Läufen und Krallen wild umher, als wolle es sich an die Brust seiner Mutter klammern oder an den Hals seines Vaters. Chen Zhen meinte, dem armen Ding in die Augen mit den schwarzen Pupillen und der blutunterlaufenen blauen Membran sehen zu können. Den Himmel konnte es mit seinen frühzeitig geöffneten Augen nicht sehen, denn er hing voll schwarzer Wolken. In einem erstickten Schrei öffnete die kleine Wölfin noch einmal das Maul, dann fiel sie ihrem Tod entgegen.

Wie eine überreife Melone schlug das Bündel auf dem harten, schneelosen Boden auf und blieb reglos liegen, rosarotes Blut lief ihm aus Nase, Mund und Augen, etwas milchig verfärbt. Chen Zhen blieb fast das Herz stehen. Drei Hunde sprangen auf den toten Welpen zu, doch Dorji ging sofort dazwischen, um das kostbare Fell zu retten. Zu Chens Überraschung richtete Erlang sich gegen seine Artgenossen und schien sie von dem Wolfsjungen fernhalten zu wollen, damit sie es nicht zerrissen. Einem würdevollen General ähnlich verachtete der stolze Erlang die Leichenschändung. Im Gegenteil, er schien am Schicksal der Wolfswelpen regelrecht Anteil zu nehmen.

Dorji holte den zweiten Welpen aus der Tasche. Der hatte das Schicksal seiner Schwester wohl mitbekommen und fing sofort an, um sich zu beißen. Mit seinen kleinen Krallen verpasste er dem hartgesottenen Mongolen ein paar ordentliche Kratzer auf dem Handrücken. Doch Dorji beeindruckte das nicht. Er wollte das Wolfsjunge schon in die Höhe schleudern, da hielt er inne und schaute zu Chen hinüber.

»Willst du nicht auch einen töten? Mit eigenen Händen? Zeig deinen Mut! Auf dem Grasland klebt an den Händen jedes richtigen Schäfers Wolfsblut!«

Bei der Vorstellung allein schrak Chen Zhen schon zusammen. »Nein, nein, mach ruhig weiter.«

Dorji lachte ich aus. »Ihr Chinesen habt einfach keinen Mumm in den Knochen, hasst die Wölfe wie die Pest und könnt nicht einmal Hand an einen Welpen legen. Wie wollt ihr denn Krieg führen? Kein Wunder, dass ihr keine Mühe gescheut habt, eine fünftausend Kilometer lange Mauer zu bauen. Seht her …«

Kaum waren seine letzten Worte verklungen, warf der Mongole den Wolfswelpen schon in die Luft, und sofort danach den nächsten, und noch einen, bevor noch der erste überhaupt wieder auf dem Boden gelandet war. Mit jedem Tier steigerte sich Dorjis Mordlust, und jedem seiner Opfer gab er die gleichen Worte mit auf den Weg: »Steige auf zu Tengger, und führe dort ein glückliches Leben.«

Chen schaute sich das traurige Schauspiel an und dachte darüber nach, wie sehr sich doch das mongolische Viehzüchtervolk von den ackerbauenden Chinesen unterschied. Wer mit dem Schlachtermesser umzugehen wusste, hatte offenbar weniger Hemmungen gegenüber Eisen und Blut als derjenige, der mit der Sichel Mutter Natur seine Ernte abtrotzte.

Fünf bedauernswerte Wolfswelpen waren durch die Luft geflogen, fünf entseelte Leiber lagen blutverschmiert auf dem Boden. Chen Zhen sammelte sie mit einer Kehrichtschaufel ein, schaute lange in den grau verhangenen Himmel und betete innig für die Aufnahme dieser Seelen durch Tengger.

Dorji schien hochzufrieden zu sein. Er beugte sich vor, um die Hände an den Spitzen seiner Stiefel abzuwischen. »Fünf Wölfe an einem einzigen Tag, das ist eine Seltenheit. Ich muss sagen, da ist das Raubtier uns Menschen haushoch überlegen. Wenn die Bedingungen günstig sind, kann ein Wolfsrudel es auf hundert bis zweihundert Schafe bringen. So gesehen sind meine fünf Welpen gar nichts. Also Freunde, es ist spät geworden, ich muss mich um meine Kühe kümmern.«

Dorji wollte sich schon aufmachen, da hielt Chen ihn zurück. »Warte, du musst uns zeigen, wie man den Tieren das Fell abzieht.«

»Das ist ganz einfach, keine Angst, das haben wir gleich«, erwiderte Dorji.

Erlang stellte sich schützend neben die toten Welpen und bellte Dorji an. Chen Zhen legte den Arm um seinen Hund. Dorji machte sich an die Arbeit, und im Handumdrehen waren alle fünf Felle abgezogen und auf Rahmen gespannt. Dorji legte sie auf das schräge Dach der Jurte. »Beste Ware«, kommentierte er mit Kennerblick. »Vierzig davon und du hast eine Pelzjacke – leicht, warm und schick. So was kriegst du nirgendwo sonst, egal wie viel Geld du hinblätterst.«

Dann wusch er sich mit Schnee die Hände, holte aus dem Ochsenkarren einen Spaten und sagte gut gelaunt: »Ihr seid aber wirklich zu nichts zu gebrauchen, lasst uns jetzt Ordnung machen. Also, Hunde fressen niemals Wolfswelpen, die Kadaver müssen tief vergraben werden, sonst kann die Wolfsmutter sie wittern, und dann bekommen eure Schafe und Rinder unangenehmen Besuch vom ganzen Rudel.«

Die Männer gruben etwa hundert Meter von der Jurte entfernt ein knapp einen Meter tiefes Loch und legten die Überreste der toten Wolfswelpen hinein. Nachdem sie alles sorgfältig zugeschüttet und festgetreten hatten, streuten sie noch ein Magenmittel aus, um den Geruch der Kadaver zu überdecken.

»Wollen wir als Nächstes für unseren kleinen Wolf einen Stall bauen?«, fragte Yang Ke.

»Nein, kein Stall. Lieber eine Grube, dann hat er wieder ein Erdloch«, entschied Dorji. Also hoben Chen Zhen und Yang Ke etwas abseits der Jurte eine sechzig Zentimeter tiefe Grube von etwa einem halben Quadratmeter Durchmesser aus, legten Schaffelle hinein, ließen aber einen Teil des Bodens frei. Dann setzten sie den Welpen in seinen neuen Bau.

Kaum mit der Erde in Berührung gekommen, lebte der Kleine auf. Er schnupperte herum, versuchte mit den noch nicht ganz geöffneten Augen die neue Umgebung zu erkennen, und drehte ein paar Runden, als sei er wieder im vertrauten Heim. Er beruhigte sich langsam und rollte sich dann auf einem Schaffell zusammen, schnüffelte aber weiter, als suche er seine Geschwister. Chen hätte für das einsame Kerlchen am liebsten auch den zweiten Welpen behalten. Doch Dorji steckte sich, als hätte er Chen Zhens Gedanken erraten, sein Wolfsjunges unter den Pelzmantel, verabschiedete sich kurz und ritt davon. Mit einem verächtlichen Blick auf Chen Zhens Wolfswelpen verschwand auch Gao Jianzhong, denn er musste seine Rinder nach Hause treiben.

Chen Zhen und Yang Ke blieben neben der Grube hocken und betrachteten sorgenvoll den kleinen Wolf.

»Ich frage mich ernsthaft«, sagte Chen nach einer Weile, »ob er bei uns überleben kann. Das wird nicht leicht, denke ich. Da steht uns jedenfalls einiges bevor.«

»Schlechte Nachrichten machen schnell die Runde, so wird es auch mit unserer Wolfszucht sein, fürchte ich«, erwiderte Yang. »Du kennst doch das Lied, das man zurzeit überall hört: ›Ohne die Schakale ausgerottet zu haben, ziehen wir nicht vom Schlachtfeld ab!‹ Und wir nehmen ausgerechnet einen Wolf bei uns auf. Das ist Verrat am Freunde, wir laufen sozusagen zum Feind über.«

»Ach was, das Land ist groß und der Kaiser fern, hier haben wir nichts zu befürchten. Was mir Sorgen macht, ist, wie der alte Bilgee reagieren wird.«

»Die Kühe sind längst von der Weide zurück, ich werde melken gehen. Unser Kleiner hier stirbt bestimmt schon vor Hunger.«

Chen winkte ab. »Lass das lieber, er kriegt seine Milch von Yir. Eine Hündin kann sogar Tigerjunge säugen, warum also nicht Wolfsjunge?« Er fischte den Welpen aus der Grube und hielt ihn vor sich hin. Den ganzen Tag hatte das Tier nichts gefressen, sein Bauch war ohne Wölbung, die Pfoten kalt wie Kiesel unterm Schnee. Kälte, Angst und Hunger machten dem schwachen Geschöpf schwer zu schaffen. Chen steckte es unter seinen Pelzmantel, um es an seiner Brust zu wärmen.

Als es dämmerte und für die Hündin Yir Zeit war, ihre Jungen zu säugen, gingen Chen und Yang zu ihr hinüber. Ihre alte Bleibe, die Yang und Chen aus Schnee gebaut hatten, war mit der aufziehenden Frühlingswärme vor dem neuerlichen Kälteeinbruch geschmolzen, und der neue Schnee war nicht dick genug, deshalb hatten die beiden ihr vor Wochen in einen Haufen von trockenem Kuhmist eine Höhle gegraben und den Boden mit Schaffellen ausgelegt. Am Eingang hing ein riesiges Stück ungegerbter Pferdehaut, das seinen Dienst als Schiebetür tat, hart aber beweglich. Es war ein warmes Zuhause für Yir und ihren Wurf. Und nachdem die Hündin von Yang ihren speziellen Hirsebrei bekommen hatte, lief sie nach Hause, schob das Pferdeleder zur Seite und legte sich an einer Wand der Höhle hin, die Welpen kamen angerannt und saugten gierig an ihren Zitzen.

Chen schlich sich zu der Hündin, tätschelte ihr den Kopf, und sie leckte ihm die Hand. Er versperrte ihr die Sicht, damit Yang einen Hundewelpen zur Seite setzen und aus einer von Yirs Zitzen etwas Milch in seine geöffnete Hand drücken konnte. Damit benetzte er Kopf, Rumpf und Beine des Wolfsjungen, den Chen unter seinem Mantel mitgenommen hatte, und legte es zu den Hundewelpen. Eine uralte Methode, mit der die Viehzüchter einem verwaisten Lamm zu einem neuen Mutterschaf verhalfen. Aber Hunde sind klüger als Schafe und ihr Geruchssinn besser. Wenn ein Welpe Yirs gestorben oder gestohlen worden wäre, hätte sie den Wolf vielleicht akzeptiert, nicht aber mit drei eigenen Jungen. Sobald sie den Wolf in der Höhle gewittert hatte, mussten Chen und Yang sie mit beiden Händen festhalten, damit sie nicht den Kopf hob und aufstand, um ihren drei eigenen Jungen zur Seite zu stehen.

Als sie den durchgefrorenen kleinen Wolfswelpen zu Yir legten und er ihre Milch roch, hörte er auf, sich tot zu stellen, und erwachte plötzlich zu einem großen Wolf, der Blut gerochen hatte. Er fletschte die

Zähne und schlug mit den Pfoten um sich, denn was nach Milch roch, musste seine Mutter sein. Er war anderthalb Monate jünger als die Hundewelpen und kleiner, dafür aber kräftiger und seine Technik im Kampf um die Zitzen besser. Der kleine Wolf machte sich an die Milchquelle heran. Am Bauch der Hündin gab es zwei Reihen von Zitzen, große und kleine, und aus allen floss die Milch anders. Zur Verblüffung der beiden Schüler hatte es der ausgehungerte kleine Wolf nicht eilig mit dem Trinken, sondern probierte der Reihe nach alle durch. Im Nu hatte er die drei Hundewelpen weggebissen. Ein Eindringling, Straßenräuber, Gewaltverbrecher war in die Höhle der Hunde eingedrungen und hatte in dem friedlichen Miteinander das Unterste zuoberst gekehrt. Bald fand er die Zitze mit der meisten Milch, und während er mit seinen Pfoten die umgebenden Zitzen gegen die Hundewelpen verteidigte, saugte und saugte er nun die köstliche Nahrung in sich hinein. Die drei süßen Hundewelpen hatten das Nachsehen.

Die Männer rissen Mund und Augen auf. »Himmel«, sagte Yang, »was für ein Tier! Noch halb blind und schon so gemein. Kein Wunder, dass er unter den sieben der Kräftigste war, für seine Geschwister kannte er sicher auch keine Gnade.«

Chen, der das Spektakel aufgeregt verfolgt hatte, war in Gedanken versunken und sagte schließlich: »Wir sollten alles genau studieren. Was sich hier eben abgespielt hat, das ist – das ist nicht weniger als die komprimierte Entwicklungsgeschichte der Menschheit! Schon Lu Xun hat gesagt, die Menschen im Westen hätten den Charakter von Wildtieren, während bei den Chinesen die Eigenschaften von Haustieren überwögen.«

Chen zeigte auf das Wolfsjunge. »Der hier hat die Natur eines Wildtieres.« Dann zeigte er auf die Hundewelpen. »Und die hier zeigen die Eigenschaften von Haustieren.« Er streichelte dem Wolfsjungen über den Kopf. »Der Charakter bestimmt nicht nur das Schicksal eines Einzelnen, sondern auch das ganzer Völker. Bei den Bauernvölkern hast du den gefügigen Charakter, der ihm zum Verhängnis werden kann. Die vier großen alten Kulturen der Menschheitsgeschichte sind ackerbauernde Zivilisationen, und drei davon sind untergegangen. Die vierte, China, wurde einerseits dank das Gelben Flusses und des Yangtse mit ihren riesigen Anbauflächen an den Ufern vor dem Untergang bewahrt. Diese zwei Ströme haben die größte Bevölkerung der Welt hervorgebracht und ernähren sie. Andererseits verdankt die chinesische Zivilisation ihr Überleben auch dem Beitrag der Nomadenvölker. Aber darüber muss ich noch mehr nachdenken. Jedenfalls habe ich in den gut zwei Jahren auf dem Grasland eines gelernt, nämlich dass es hier vieles zu lernen gibt.«

Yang nickte zustimmend. »So gesehen verbirgt sich in der Wolfszucht nicht nur die Chance, mehr über Wölfe zu erfahren, sondern auch die Gelegenheit, Natur- und Menschheitsgeschichte zu studieren. In der Stadt und bei den Bauern hättest du dazu keine Möglichkeit, da kannst du nur Menschen und Haustiere beobachten.«

»Ja, und wenn man Menschen und Haustiere auf der einen und Wölfe und wilde Tiere auf der anderen Seite nicht vergleichend erforscht, wird man nicht weit kommen«, ergänzte Chen.

Yang lachte. »Genau! Gleich am ersten Tag haben wir von unserem Zögling viel gelernt, den geben wir nicht mehr her.«

Die Hündin Yir, ob der ungewöhnlichen Unruhe in ihren vier Wänden immer noch höchst misstrauisch und durch das Gewinsel ihrer Jungen alarmiert, versuchte sich aus Chens Griff zu befreien und aufzustehen. Aber aus Sorge, die Hündin könnte das Wolfsjunge entdecken und töten, drückte Chen der Hündin sanft den Kopf nach unten, murmelte immer wieder beruhigend ihren Namen und streichelte sie. Erst als der kleine Wolf satt war, ließ Chen die Hündin los. Sie wandte sich um und bemerkte den zusätzlichen Welpen sofort. Sie beschnupperte ihre Jungen einen nach dem anderen, verharrte kurz bei dem Fremdling und war für einen Moment irritiert, weil er nach ihrer Milch roch. Dann stieß sie den fremden Welpen mit der Schnauze fort, wollte sich aufrichten und hinausgehen, um im Sonnenlicht einen besseren Überblick über die Lage zu bekommen.

Doch Chen hinderte die Hündin daran. Er musste ihr klarmachen, dass er mit ihrer Hilfe den Wolf großziehen wollte. Dazu brauchte er ihren Gehorsam, keinen Widerstand. Yir knurrte unwillig. Sie hatte verstanden, dass es sich bei dem überzähligen Jungen in ihrer Höhle um den jungen Wolf handelte, den ihr Herrchen in den Bergen gefangen hatte, und dass er sie zwingen wollte, ihren Todfeind zu säugen. Im Inland Chinas konnte man einer Hündin sogar ein Tigerjunges unterjubeln, doch das Grasland war ein Schlachtfeld für Hunde und Wölfe, da konnte Yir nicht einfach die Seite wechseln und ein Wolfsjunges großziehen. Yir war aufgebracht, voller Groll und Ekel, wollte aber nicht ungehorsam sein. Ihr blieb nichts anderes übrig, als wutschnaubend dazuliegen und alles über sich ergehen zu lassen.

Auf dem Grasland bestimmen die Menschen über Leben und Tod der Hunde. Sie spielen ihre herrischen Kräfte und das Lockmittel Nahrung aus, um die Hunde zu Haustieren zu erziehen und zu zähmen, und jeder widerspenstige Hund wird von den Viehzüchtern entweder davongejagt oder getötet. Seine Unabhängigkeit hat der Hund längst verloren, und damit auch die wilde Natur seines Wesens. Chen spürte ein tiefes Bedauern gegenüber Yir und ihren Artgenossen. Dann aber dachte er wieder an die Parallelen zwischen der Tierwelt und der menschlichen Gesellschaft. Hält starke Unterdrückung zu lange an, dann geben die Menschen ihren Willen auf, ihre rebellische Natur verliert sich, und heraus kommt ein nur noch gehorsamer Untertan. Eine Nation von Untertanen lässt sich zwar leicht lenken, aber gegen Angreifer, gegen Feinde von außen kann sie ihre verloren gegangene Widerstandsfähigkeit nicht mehr mobilisieren. Was bleibt, sind gefügige Menschen, die sich der fremden Nation unterwerfen, wenn ein Überleben überhaupt möglich ist. Nicht wenige glorreiche Zivilisationen von Ackerbauern sind heute nur noch Gegenstand von Ausgrabungen, deren kümmerliche Überbleibsel man in Museen besichtigen kann.

Allmählich kehrte Ruhe in die Hundehütte ein. Yir war die erste eigene Hündin von Yang Ke und Chen Zhen, und schon vor der Geburt ihrer Jungen gut versorgt. Sie konnte ihren drei Welpen problemlos Milch geben, und wenn man ihr ihre eignen Jungen zwischenzeitlich wegnahm, stellte auch die zusätzliche Versorgung des Wolfsjungen kein Problem dar. Binnen weniger Minuten hatten sich alle an die neue Situation gewöhnt. Die drei Hundewelpen begnügten sich mit den kleineren Zitzen und bekamen immer noch genug ab. Bald tollten die kleinen Hunde wieder auf der Mutter herum, während das Wolfsjunge immer noch an der großen Zitze hing und saugte. Chen Zhen vermutete, dass die Wölfe es wohl gewohnt waren, selbst gegen ihre Räubergeschwister ums nackte Überleben zu kämpfen und doch nie genug zu kriegen. Aber hier in der Hundehütte war die geborene Kämpfernatur uneingeschränkt erfolgreich, und so trank der Wolf sich hemmungslos voll und voller, ohne Rücksicht auf seinen kleinen Magen.

Chen sah zu, und ihm gefiel nicht, was er sah. Der Bauch des Wolfsjungen, war im Nu größer geworden als die Bäuche der rundlichen Hundewelpen. Die Haut war viel zu gespannt und dünn wie Papier. Aus Angst, sie könne platzen, packte Chen den Welpen im Nacken und zerrte ihn von Yir weg. Doch das Tier ließ die Zitze nicht los und zog sie in die Länge. Yir heulte vor Schmerz auf.

Yang Ke kniff dem Welpen in die Lefzen, damit er endlich das Maul aufmachte. »Donnerwetter!«, sagte er. »Wölfe haben tatsächlich einen Bauch aus Gummi, das habe ich den Viehzüchtern nie glauben wollen.«

Chen strahlte übers ganze Gesicht. »Mit diesem Appetit und so viel Lebenskraft wird es nicht schwer sein, ihn großzuziehen, meinst du nicht auch? Ab jetzt kriegt er so viel zu fressen wie er will, kein Problem!«

Es war dunkel geworden, und Chen brachte das Wolfsjunge in seine Grube. Dann legte er noch einen weiblichen Hundewelpen dazu, die beiden Jungtiere sollten miteinander vertraut werden, bevor der junge Wolf die Augen richtig aufmachen konnte. Chen hoffte auf eine problemlose Paarung in der Zukunft. Die Kleinen beschnüffelten sich gegenseitig, und der gemeinsame Milchgeruch schien die Unterschiede zu überbrücken. Schließlich legten sie sich eng nebeneinander hin und schliefen ein. Erlang hatte die Szene beobachtet und wedelte seinen Besitzer lebhafter an als üblich, sodass Chen glaubte, sein Hund heiße die Sache gut. Zur Sicherheit deckte er die Grube aber mit einem aussortierten Hackbrett ab und packte einen großen Stein darauf.

Der ehrliche und gutmütige Gombo hatte die ihm anvertraute Schafherde schon in den Stall getrieben, als er von der erfolgreichen Welpenjagd der Pekinger Schüler erfuhr. Sofort kam er mit seiner Taschenlampe herübergelaufen, um sich den jungen Wolf anzuschauen. Beim Anblick der Felle auf dem Dach der Jurte staunte er und sagte anerkennend: »Hier auf dem Olonbulag hat noch kein Han-Chinese Wolfswelpen aus einem Bau geholt. Nie. Ich bin beeindruckt.«

Es war schon Nacht, als die drei Pekinger Schüler wieder allein um die Kochstelle herum saßen und Nudeln mit Hammelfleisch aßen. Plötzlich schreckten Hufgetrappel und das Gebell einer Hundemeute sie auf. Einen Augenblick später hob der Pferdehirt Zhang Jiyuan den Vorhang aus Fell am Eingang der Jurte an, die Zügel zweier Pferde noch in der Hand. Er hockte sich nieder, während die Pferde draußen mit den Hufen stampften und rief aufgeregt: »Befehl der Lagerleitung! Die Wolfsrudel an der Grenze bewegen sich aus unterschiedlichen Richtungen auf uns zu. Morgen sollen alle drei Brigaden an jeweils festgelegten Orten versammelt sein, um die Rudel einzukreisen. Unsere Brigade übernimmt die nordwestliche Seite, und zur Verstärkung kriegen wir noch Jäger aus den beiden anderen Brigaden. Bilgee führt bei uns das Kommando. Die Leitung unserer Brigade befiehlt, um ein Uhr in der Nacht bei Bilgee anzutreten. Außer ein paar Alten und Kindern, die zu Hause bleiben und auf Rinder und Schafe aufpassen, müssen alle an der Treibjagd teilnehmen. Wir Pferdehirten sorgen jetzt dafür, dass jede Familie ein Pferd hat und müssen dann zum vorgesehenen Sammelplatz kommen. Seht zu, dass ihr etwas Schlaf bekommt. Ich mache mich jetzt auf den Weg, und seid bloß pünktlich!«

So schnell, wie er gekommen war, war er wieder fort.

Gao Jianzhong setzte seine Schüssel ab und sagte bitter: »Kaum ist ein kleiner Wolf da, schon kommen die großen. Die Wölfe sind unser Tod!«

»Wer weiß, in ein paar Jahren werden wir hier auf dem Grasland vielleicht selbst zu Wölfen«, sagte Yang Ke.

Alle drei sprangen auf, um Vorbereitungen für die nächtliche Jagd zu treffen. Gao holte die Reitpferde und gab ihnen aus dem Heuspeicher zu fressen. Yang brachte den Hunden Schafsknochen und Lammfleisch und prüfte dann sorgfältig den Zustand von Sätteln, Zaumzeug und Lassostangen. Zusammen mit Chen suchte er lederne Halsriemen für die Jagdhunde heraus. Von früheren, kleineren Jagden wussten sie, dass Hundegeschirre und Zügel tadellos in Schuss sein mussten. Chen legte Erlang ein Geschirr um, fädelte eine lange Leine ein und hielt beide Enden davon in der Hand. Er machte einige Schritte, um zu sehen, ob sich der Hund gut führen ließ. Dann zeigte er nach Norden, rief »Such!«, und ließ das eine Ende der Leine los. Erlang lief los, die beiden Enden der Leine wurden zu einem, das schließlich aus der Öse am Geschirr herausrutschte, sodass der Hund nur noch sein Geschirr trug. Das andere Ende der Leine hielt Chen nach wie vor in der Hand. Mit dieser Technik konnten die Jäger ihre Hunde bei der Treibjagd in einer Formation halten, gleichzeitig wurde verhindert, dass die Tiere sich durch die Leinen gegenseitig behinderten, wenn man sie losließ. Yang Ke machte dasselbe mit Huanghuang.

Beide Jagdhunde hatten die Befehle befolgt, beide Jäger beherrschten ihr Handwerk, die Treibjagd konnte beginnen.

12

In seinen Direktiven forderte Dschingis Khan von seinen Söhnen, sich in der Jagd zu üben, die in seinen Augen militärischen Manövern gleichkam. Wenn sie nicht gegen Menschen kämpften, erlegten sich die Mongolen Kämpfe gegen Tiere auf. Zu Anfang des Winters wurde eine Treibjagd in solch großem Stile veranstaltet, dass sie an einen militärischen Angriff erinnerte ... In Begleitung seiner Ehefrauen, Konkubinen und nahen Gefolgsleuten eröffnete der Großkhan die Jagd und fand Vergnügen daran, mit Pfeil und Bogen eine beträchtliche Anzahl Tiere und Vögel zu töten ... Tage waren so vergangen, und die Anzahl an Tieren und Vögeln war beträchtlich zurückgegangen. Alte Menschen näherten sich dem Großkhan und baten ihn um Gnade im Namen des restlichen Wildes, das freigelassen und seiner Vermehrung überlassen werden solle, um späteren Jagden zu dienen.

Constantin d'Ohssons Geschichte der Mongolen, übersetzt von Feng Chengjun

Die Könige hielten eine Versammlung ab. Dann rückten sie vor, jeder an der Spitze seiner Armee in Jagdformation, und nahmen im Sturm die Länder, welche ihnen den Weg versperrten. Möngke Khan (Kaiser Xianzong der Yuan – Anm. d. Romanautor) führte seine Armee ans linke Ufer des Flusses (Wolga, Anm. d. Autors).

Rashid al-Din (persischer Historiker), Die Universalgeschichte, Bd. 2, übersetzt und mit Anmerkungen versehen von Zhou Liangxiao

Eine große Kampftruppe aus Menschen, Pferden und Jagdhunden marschierte unter der Führung des alten Bilgee über das in pechschwarze Dunkelheit getauchte Olonbulag Richtung Nordwesten. Fast jeder Reiter hatte einen Hund dabei, manche mehrere. Der Wind blies ihnen ins Gesicht, die Wolken verschluckten jedes Sternen- und Mondlicht. Selbst der Schnee unter den Hufen der Pferde schien schwarz zu sein. Chen Zhen riss seine Augen weit auf, aber sehen konnte er trotzdem nichts. Am liebsten hätte er sich mit einem Streichholz vergewissert, dass seine Augen überhaupt noch funktionierten.

Er ritt vorsichtig zu Bilgee vor und flüsterte ihm zu: »Alter Freund, darf ich die Taschenlampe im Ärmel kurz einschalten? Ich fürchte, ich sehe nichts mehr.«

Bilgee raunzte zurück: »Wage es bloß nicht!« Der scharfe Ton des alten Mannes verriet Anspannung und Besorgnis.

Eingeschüchtert folgte Chen Zhen den Geräuschen der Hufe im Schnee.

In aller Stille bewegte sich die Marschkolonne ihrem Einsatzort zu. Auf Nachtangriffe verstanden sich nicht nur die Wölfe, auch die Menschen wussten ihre Überraschungskriege in der Nacht zu führen. Chen spürte, dass heute ein ungewöhnliches Rudel ihr Gegner sein würde. Es hatte dem Hunger besonders lange standgehalten, um erst in dieser finsteren Nacht herauszukommen. Doch ebenso außergewöhnlich waren Bilgees Führungsfähigkeiten. Präzise hatte er die Kriegslage eingeschätzt und seine Leute in die jetzige Richtung gelenkt. Chen fieberte vor Erwartung. Es würde zu einer Begegnung zwischen zwei Leitwölfen kommen, und er würde dabei sein!

Die Truppe ritt einen leichten Abhang hinunter und einen steilen wieder hinauf, als Bilgee wieder neben Chen Zhen ritt und in milderem Ton das kurze Gespräch noch einmal aufnahm. Er hielt sich den Ärmel seines Mantels vor den Mund und sagte: »Wenn du ein guter Jäger werden willst, dann musst du dein Gehör trainieren. Die Wölfe haben sehr scharfe Augen, aber sie haben noch schärfere Ohren.«

Ebenfalls mit dem Ärmel vor dem Mund fragte Chen leise zurück: »Muss man dann nicht fürchten, dass sie uns jetzt reden hören?«

»Solange wir den Hügel zwischen uns und den Wölfen haben«, unterwies ihn Bilgee, »und solange wir gegen den Wind reiten, ist das kein Problem. Außerdem sind wir ja leise.«

»Und, alter Freund«, fragte Chen weiter, »kannst du dich tatsächlich ganz auf deine Ohren verlassen, um uns an einen bestimmten Ort zu führen?«

»Die Ohren allein reichen natürlich nicht«, erklärte Bilgee. »Das Gedächtnis ist dabei ganz wichtig. An den Geräuschen der Pferdehufe höre ich, ob sie auf überschneitem Gras, Sand oder Kiesel laufen, und weiß, wo wir sind. Hilfreich ist auch, den Wind zu riechen, denn er bringt den Geruch von Schnee, Gras, Sand, Salpeter, Alkali, Wolf, Fuchs, Pferdemist oder einer mongolischen Jurte mit sich. Aber selbst wenn der Wind mir nichts sagt, auf meine Ohren und meine Erinnerung kann ich mich verlassen, sie reichen mir, um in der dunkelsten Nacht den richtigen Weg zu finden.«

Chen seufzte. »Ach, alter Freund, werde ich das alles je beherrschen wie du?« Sie ritten weiter bergauf, und Chen stellte noch eine Frage: »Haben andere auf dem Olonbulag auch dein Können?«

Bilgee musste schmunzeln. »Oh ja, da gibt es einige alte Pferdehirten. Die alten Wölfe nicht zu vergessen.«

»Und wer ist besser? Die Menschen oder die Wölfe?«

»Menschen sind den Wölfen im Grunde immer unterlegen. Es gab einmal einen Alpharüden, der tat dem Vieh viel Leid an. Sogar das Lieblingspferd des Fürsten hat er zu Tode gebissen. Der Fürst schickte daraufhin dem Raubtier seine besten Jäger auf den Hals, und selbst die konnten den Wolf erst nach mehr als sechs Monaten fangen. Und was stellten sie da fest? Der Wolf war halbblind, das eine Auge vertrocknet, das andere trüb.«

Bilgee unterbrach sich, als sie oben auf dem Hügel angelangt waren. Ruhig und in geordnetem schnellem Marsch ging es bergab und durch ein sumpfiges Tal. Bilgee wurde schneller, die anderen folgten ihm, lautlos und behende. Chen Zhen kam die Truppe vor wie eine disziplinierte Armee auf wichtiger militärischer Mission. Dabei waren sie ein recht bunter Haufen, zusammengewürfelt aus Alten, Frauen und Kindern.

Je näher sie dem Ziel kamen, desto angespannter wurde die Atmosphäre um Chen herum. Mit ihrem Sieg vor wenigen Tagen, durch den die Viehzüchter ihre besten Pferde verloren hatten, hatten die Wölfe eine Runde gewonnen. Und sie hatten die Viehzüchter zum Handeln gezwungen. Ob der Gegenangriff nun mit einem Sieg oder einer Niederlage ausgehen würde, war ungewiss. Chen bezweifelte, dass man die Wölfe mit der Strategie Nachtgefecht, Überraschungsangriff, Einkreisungstaktik erfolgreich würde schlagen können. Schließlich waren Gehör und Geruchssinn der Raubtiere viel stärker ausgeprägt als beim Menschen. Wollte hier nicht der Schüler seinem Meister etwas beibringen? Oft schon waren die alljährlichen Treibjagden erfolglos gewesen, und der Chef der Lastwagenkutscher lästerte gern, Treibjagden seien wie ein Zuchtesel mit einem Hoden – meist ohne Treffer.

Aber die Lagerleitung sah sich genötigt, diese Treibjagd zu veranstalten, denn nach der Vernichtung fast aller Armeepferde stand sie kurz davor, abgesetzt zu werden. Eine Wiedergutmachung musste her. Es wurde bereits gemunkelt, dass Kader aus anderen Kommunen hierher abgestellt werden sollten, die bessere Ergebnisse bei der Wolfsjagd vorzuweisen hatten. So setzte Uljii mit dem alten Bilgee und den Pferdehirten nun alles auf eine Karte. Auf der Mobilmachungsversammlung hatte Bilgee allen klargemacht, dass die oberen Kader mindestens ein Dutzend Felle großer Wölfe sehen wollten, andernfalls würden die Viehzüchter des Olonbulag demnächst wohl von den Helden der Wolfsjagd anderer Kommunen verwaltet.

Es wurde noch frostiger und dunkler – Kälte und Finsternis nahmen ihnen schier den Atem. Yang Ke schlich zu Chen Zhen und flüsterte: »Wenn wir für die Einkreisung ausschwärmen, werden gewaltige Lücken in unseren Reihen entstehen, und wir sehen die Tiere nicht einmal, die uns entschlüpfen. Ich bin gespannt, welchen Trick Bilgee da noch auf Lager hat.« Dann steckte er den Kopf in den weiten Ärmel seines mongolischen Pelzmantels, um auf die Leuchtziffern seiner Uhr zu schauen. »Wir sind seit gut zwei Stunden unterwegs. Wird bald Zeit für die Einkreisung, was?«

Chen griff nach Yangs Ärmel und steckte ebenfalls den Kopf hinein. Endlich sah er das schwach fluoreszierende Licht der alten Schweizer Uhr. Er rieb sich die Augen, seine Angst wuchs.

Dann spürte er einen kühlen Geruch herüberwehen, süßlich und bitter und mit jedem Schritt der Pferde intensiver werdend. Chen erkannte den Duft von Beifuß auf saurem Moorboden. Sobald die Pferdehufe auf den von Beifuß dicht bewachsenen Boden traten, zügelte der alte Bilgee sein Pferd. Alle Reiter blieben stehen. Mit gedämpfter Stimme gab der Alte nun Kommandos an die Leiter der einzelnen Produktionsgruppen, woraufhin diese sich mit ihren Leuten nach links und rechts verteilten. In kürzester Zeit wurde aus der Kolonne von mehr als hundert Reitern eine breite Angriffslinie. Das Geräusch der Hufe entfernte sich, um schließlich ganz zu verklingen. Chen blieb in der Nähe des alten Bilgee.

Unversehens wurde er geblendet – die große Taschenlampe in Bilgees Hand strahlte hell, was von Lichtern aus östlicher und westlicher Richtung erwidert wurde. Dann schwenkte der Alte die Lampe dreimal, und die Lichter gaben das Signal weiter.

Plötzlich brüllte der Alte mit durchdringender Stimme: »Uuh... haa...«

Der Ton breitete sich in der kalten Luft vibrierend aus, die Stille des Graslands verwandelte sich in ohrenbetäubendes Lärmen: »Uuh... Iihaa... Aahii...«, ein einziges Geschrei von Männern, Frauen, Alten und Kindern. Die hellen Stimmen der Frauen aus der von Galsanma geleiteten Produktionsgruppe, die sich unweit von Chen befand, hoben sich besonders hervor, wobei das rhythmische Auf und Ab mongolischen Singsangs der Vorsängerin Galsanma nicht zu überhören war. Sie feuerte Frauen und Männer ihrer Gruppe an, dass sie ihr Bestes gäben. Und so brüllten alle aus Leibeskräften – wie auf Nachtwache –, um die Wölfe zu erschrecken und auszutricksen. Die drohenden Rufe schwappten in Wellen Richtung Nordwesten.

Gleichzeitig bellten mehr als hundert Hunde und rissen an ihren Leinen. Ihr markerschütterndes Geheul donnerte wie Geschützsalven über die Ebene, ebenfalls Richtung Nordwesten.

Auf den Krieg des Lärms folgte der Krieg des Lichts. Große und kleine, starke und schwache, weiße und gelbe Taschenlampen schossen ihre Lichtstrahlen nach Nordwesten. Auf dem dunklen, schneebedeckten Boden blitzten plötzlich weiß blendende Lichtstrahlen auf, furchterregender als blitzende Schwerter, die die kalte Nacht zerteilten.

Lichter und Schreie füllten die Lücken in den Reihen der Angreifer. So bildete die Kette der Reiter und Hunde ein gewaltiges Netz, das sich über das Wolfsrudel senkte.

Chen Zhen, Yang Ke und die anderen Schüler aus Peking waren fasziniert von dem Spektakel, sie gestikulierten, riefen und schrien vor Aufregung. Chen glaubte jetzt, dass er sich östlich von dem Teich befand, in dem die Herde der Militärpferde zu Tode gekommen war. Der alte Bilgee hatte seine Leute exakt an den nordöstlichen Rand des Teichs geführt, um von dort aus das Netz auszubreiten. Jetzt hatten sie einen großen Bogen um den Teich geschlagen und erstaunlich schnell eine Umzingelung an der nördlichen, schmalen Seite des Teichs fertig aufgestellt.

Die Kampflinie entlanggaloppierend, suchte der alte Bilgee im Licht seiner Taschenlampe den verschneiten Boden nach Wolfsspuren ab. Hier und da hieß er die Leute, zusammenzurücken oder größeren Abstand zueinander zu nehmen. Chen folgte ihm. Zum Schluss zügelte der Alte sein Pferd und atmete erleichtert auf. »Das Rudel ist gerade hier vorbeigelaufen, schau mal, diese Fährten hier sind frisch, und es sind viele. Ich glaube, die Umzingelung ist uns gelungen, wir haben nicht umsonst die halbe Nacht gefroren.«

»Warum haben wir die Wölfe nicht hier auf dem Teich eingekreist?«, fragte Chen.

»Das wäre nicht gut gegangen«, lautete Bilgees einfache Antwort. »Die Wölfe kommen in den dunkelsten Stunden nach Mitternacht zu den toten Pferden, um sich an ihnen satt zu fressen. Kurz vor Tagesanbruch ziehen sie wieder ab. Wenn wir sie auf dem Teich einkreisen, wie sollen wir sie da im absoluten Dunkel der Nacht fangen? Nicht einmal die Hunde können ihre Feinde dann klar sehen. Die Wölfe würden uns einfach davonlaufen. Bei einer Treibjagd muss man nach Mitternacht aufbrechen, die Wölfe noch vor der Morgendämmerung langsam einkreisen und im Tageslicht dann die Schlinge zuziehen.«

Von links und rechts kamen jetzt die Lichtsignale. Bilgee stützte sich mit einer Hand auf den Sattelknauf, um in den Steigbügeln stehend seine Signale mit der Taschenlampe an die Gruppenleiter geben zu können.

Wohl geordnet rückte die halbkreisförmige Front vor, das Netz wurde immer undurchlässiger. Bilgees Lichtsignale waren ein komplexes System ausgeklügelter taktischer Anweisungen. Pferde, Menschen und Hunde wieherten, riefen und bellten beim Anblick der Wolfsspuren durcheinander, Anzeichen der Aufregung vor dem Höhepunkt der Schlacht.

Neugierig fragte Chen Zhen: »Alter Freund, welche Befehle gibst du gerade?«

Ohne seine Kommandos zu unterbrechen antwortete Bilgee: »Die Leute im Westen sollen langsamer machen, die im Osten schneller, damit sie den Anschluss an die anderen in den Bergen finden, und die in der Mitte müssen die Linie halten und sich in Geduld üben, sie dürfen nicht zu früh am Ziel sein.«

Chen schaute in den Himmel. Die Wolken ließen hier und da das grau-weiße Licht des aufkommenden Morgens durch.

Die Hunde witterten das Wolfsrudel bereits. Ihr Geheul wurde hitziger, und Erlang biss und zog so stark an der Leine, dass Chen Mühe hatte, ihn durch leichte Schläge auf den Kopf mit seiner Lassostange im Zaum zu halten.

Die Spuren im Schnee zeigten große Wolfstritte und führten in langen Reihen nach Nordwesten. Bilgee verfolgte aufmerksam ihren Weg und gab fortwährend Lichtsignale.

»Wie seid ihr früher bei der Treibjagd ohne Taschenlampen ausgekommen?«, wollte Chen wissen.

»Mit Fackeln«, war Bilgees Antwort. »Man hat Filz in mehreren Lagen um einen Holzstock gewickelt und zwischen die Filzschichten Rinderschmalz geschmiert. Solch eine Fackel brannte genauso hell wie eine Taschenlampe. Ein Wolf«, erklärte Bilgee weiter, »hat vor einer Fackel sogar noch mehr Angst als vor dem elektrischen Licht, denn das Feuer kann sein Fell versengen.«

Als es langsam hell wurde, erkannte Chen Zhen vor sich einen Weideplatz wieder, auf dem er monatelang Schafe gehütet hatte. Er erinnerte sich an ein halboffenes Talbecken in nordwestlicher Richtung, das auf drei Seiten von Bergen umgeben und an der vierten über einen sanften Abhang begehbar war. Vielleicht ist dies das Schlachtfeld, dachte Chen bei sich, von dem Bilgee gesprochen hat. Hinter den Bergen lauerten die Pferdehirten, und sobald die Wölfe ins Becken getrieben waren und die Reitertruppe mit den Hunden die Seite versperrt hatte, konnte der Startschuss für den Vernichtungsschlag gegeben werden. Chen hatte immer noch keine Ahnung, wie viele Wölfe man hier einkesseln würde, fürchtete aber, dass es viele sein könnten, sehr viele, und dass jeder Mann es im Einzelkampf mit einem der verzweifelten Raubtiere zu tun bekäme. Er wollte sich ein Beispiel an Batu nehmen. Wie der mit dem Hirtenstock die Angriffe der Wölfe mutig abgewehrt hatte! Chen löste seinen Hirtenstab vom Sattel und band ihn sich am Handgelenk fest. Seine Arme zitterten.

Zunehmender Wind aus Nordwesten trieb die Wolken auseinander, und das Grasland lag im fahlen Licht des anbrechenden Morgens. Als sie die Öffnung zum Talbecken erreichten, schrien die Menschen auf.

Im schwachen Licht der Dämmerung erschienen über zwanzig riesige Wölfe, zögerlichen Schrittes, unschlüssig, ob sie ins Tal hineingehen sollten oder nicht. Dann sah man die verschwommenen Umrisse eines zweiten Rudels unmittelbar vor dem Pass. Auch die Wölfe dieses Rudels schienen verunsichert, denn sie traten auf der Stelle. Sicher ahnten sie die Gefahr, wenn sie nicht schon längst die Witterung der in nordwestlicher Richtung Wartenden aufgenommen hatten.

Wie exakt der alte Mann die Zeit einzuschätzen gewusst und wie genau er die Jägertruppe kommandiert hatte! Jetzt, da die Wölfe das Gelände und die Zahl ihrer Verfolger erkannten, jetzt war die Front der Jäger geschlossen. Die Lichtstrahlen der Taschenlampen verloren ihre Wirkung, da sahen sich die Wölfe schon den Lassostangen gegenüber. Die Rudel waren so gut wie eingekesselt, denn der Halbkreis der Jäger zog sich enger und enger.

Nachdem die Leitwölfe sich ein Bild von der Lage gemacht hatten, traten sie mit ihren Rudeln den Rückzug an. Satt gefressen an Pferdefleisch, strotzten sie vor Energie. Eine furchteinflößende Wolke von Wolfsnebel stob aus dem Schnee auf, als die Meute vorbeistürmte, nichts konnte die Tiere aufhalten. Die Schaf- und Rinderhirten ritten ihnen schreiend und mit ihren Lassostangen fuchtelnd entgegen; von der Seite her versuchten einige, Lücken in ihren Reihen zu schließen.

Die Formation ihres Angriffs änderten die Wölfe nicht, wohl aber ihre Laufrichtung. Ihr Ziel war jetzt die farbenprächtigste Stelle in der feindlichen Phalanx, dort, wo Galsanma und ihre mongolischen Schwestern ritten, in schönen, bunt besetzten Pelzmänteln, ohne Lassostangen. Die Frauen richteten sich in ihren Steigbügeln auf, schrien und gestikulierten, als wollten sie die Wölfe mit bloßen Händen fangen, doch ohne Lassostangen waren sie das schwächste Glied der Kampflinie. Das Rudel hatte dort am ehesten die Chance, die Einkreisung zu durchbrechen. Chen Zhen wurde bang ums Herz.

Plötzlich stand Bilgee in seinen Steigbügeln, riss einen Arm hoch und schlug ihn blitzartig herunter. »Lasst die Hunde los!«, schrie er dabei, und aus der langen Reihe von Jägern erscholl der vielfache Befehl: »Such! Such! Such!« Fast alle Hundehalter ließen die Leinen ihrer Hunde gleichzeitig los. Plötzlich stürzten sich gut hundert kampfeslüsterne Hunde mit blutunterlaufenen Augen von Osten, Süden und Westen zugleich auf die herannahenden Wölfe. Bar, Erlang und einige andere der mächtigsten Killer-Hunde der Produktionsbrigade rannten auf die Leitwölfe zu, dicht gefolgt von den anderen Hunden, die danach gierten, ihren Herren zu imponieren, und wie verrückt bellten.

Die Reiter ordneten ihre Angriffsformation neu. Wie einst die tollkühne mongolische Kavallerie riefen sie ihr »Heeh! Heeh! Heeh!«, das einst die ganze Welt in Angst und Schrecken versetzt hatte. Sie schwangen ihre Lassostangen, und der Trommelwirbel der Pferdehufe schleuderte Schnee und Erde in die Höhe.

Von dem heftigen Gegenangriff eingeschüchtert, blieben die Leitwölfe abrupt stehen, kehrten um und führten ihr Rudel zu dem Bergpass zurück, wo sie auf das zweite Rudel Wölfe stießen. Dort teilten sie sich und stürmten drei verschiedene Berghänge hinauf, um die Einkreisung zu durchbrechen. Sie wollten entweder über die Berge fliehen oder von dort aus ihre Gegner erneut angreifen.

Die Formation der Jäger wurde nun zu einer langgezogenen Kampflinie, die den Bergpass abriegelte. Bilgee hatte es geschafft, zwei Rudel Wölfe durch die Treibjagd einzuschließen – und zwar genau da, wo er sie haben wollte.

Auf der anderen Seite des Berges kauerten Lagerleiter Uljii und Militärvertreter Bao Shungui und verfolgten den Verlauf der Jagd.

Bao war begeistert. »Bilgee soll immer auf Seiten der Wölfe gestanden haben? Schauen Sie sich an, wie er das macht. Er hat den richtigen Moment abgewartet, ein Wahnsinn! In meinem ganzen Leben habe ich noch kein so großes Rudel gesehen.« Als er sich wieder beruhigt hatte, fügte er hinzu: »Der alte Mann hat meinen Respekt, man muss seine Verdienste nach oben melden!«

Uljii atmete erleichtert auf. »Da sind vierzig, fünfzig Wölfe eingekreist«, bestätigte er, »früher hatten wir zehn, höchstens zwanzig. Auf dem Olonbulag ist Bilgee der Anführer der Viehzüchter. Wenn er die Treibjagden nicht leitet, wollen die anderen gar nicht erst mitmachen. Heute will er den Wölfen offenbar eine Lektion erteilen, wegen der Pferdeherde.« Batu rief er zu: »Sag allen Bescheid, bloß keinen Schuss heute, auch nicht in die Luft. Da unten sind so viele Leute, es darf keinen Irrläufer geben.«

»Das habe ich allen schon mehrmals gesagt«, lautete Batus kurze Antwort.

Auf der anderen Seite des Berges saßen die Pferdehirten mittlerweile im Sattel, bereit, in den Angriff einzusteigen. Sie waren die Besten, jeder von ihnen konnte auf glänzende Leistungen bei der Wolfsjagd zurückblicken. Alle brannten darauf, ihrem Zorn über die vernichtete Pferdeherde Luft zu machen. Sie ritten heute ihre wertvollsten Pferde, die sonst geschont wurden. Angestachelt vom Hundegebell im Tal wurden die Hengste nervös. Mit gesenktem Kopf laut schnaubend legten sie sich ins Zaumzeug, Brust und Beine zuckten, und ihre Hinterbeine wirkten wie in einer Falle gefangen. Doch sobald die Reiter die Zügel locker ließen, würden sie nach vorn schnellen. Auch hier hatten alle ihre besten Jagdhunde dabei, die sich aber diszipliniert verhielten und, den Kopf zur Seite gelegt, auf ihre Besitzer schauten und deren Kommando abwarteten.

Uljii und Batu waren bereit, den Befehl zur Jagd zu geben.

Die meisten Wölfe versuchten sich zu retten, indem sie den steilen Berghang im Nordwesten hinaufliefen. An den Hängen waren Wölfe Pferden, Menschen und Hunden weit überlegen. Mit ihrem perfekten Körperbau, ihrer beispiellosen Ausdauer und ihren gewaltigen Lungen schüttelten Wölfe ihre Verfolger gewöhnlich beim Sturm auf einer Anhöhe ab. Manche Pferde und Hunde mochten in der Ebene schneller sein als Wölfe, nicht aber am Berghang. Wenn die Menschen mit ihren Hunden endlich oben ankamen, waren die Wölfe längst in Felsenschluchten verschwunden oder, falls die Jäger sie noch sehen konnten, außer Schussweite.

Die Wölfe rannten den Berg hoch und ließen ihre Verfolger weit hinter sich zurück. Die schnellsten Tiere liefen vorn, Rudelführer und einige Alphamännchen schützten die Flanken. Uljii zeigte auf einen Leitwolf, ein imposantes Tier mit aschgrauer Fellzeichnung an Hals und Brust. »Der ist es!«, sagte er zu Batu. »Er hat das Rudel gegen die Pferdeherde gehetzt und sie getötet! Er gehört dir!«

Das Rudel war keine zweihundert Meter mehr entfernt. Batu trat einen Schritt zurück, griff nach seiner Lassostange und schwang sich aufs Pferd. »Attacke!«, rief Uljii und saß ebenfalls auf.

Batu reckte die Lassostange in die Höhe wie einen Fahnenmast. »Los! Los!«, riefen die Pferdehirten, und im Nu erschienen Dutzende von Hunden und Pferden auf dem Bergkamm. Während die Hunde wie Torpedos auf das Wolfsrudel zuschossen, gefolgt von einem Drittel der Pferdehirten, brachten sich die restlichen zwei Drittel der Reiter oben in Stellung. Sie überquerten den Bergrücken und trafen etwas unterhalb des Bergkammes auf die Angreifer, die unter dem Kommando des alten Bilgees die Einkreisung vervollständigten. Die Wölfe waren umzingelt.

Als die Wölfe erkennen mussten, dass sie in einen Hinterhalt geraten waren, stürzten die plötzlich auftauchenden Jäger ihre Reihen ins Chaos. Sie saßen in der Falle und wurden Opfer einer Taktik, die sonst sie selbst meisterhaft anzuwenden wussten. Erst reagierten sie panischer als die von ihnen gefangenen Gazellen und Schafe, doch dann wich die Scham blanker Wut. Zornig machten sie wieder kehrt, um sich, ihren höheren Ausgangspunkt nutzend, im Tal einer Entscheidungsschlacht mit Hunden und Menschen zu stellen. Wild entschlossen und zu allem bereit stürmten sie den Abhang hinunter. Der schneebedeckte Hang wurde zu einem grauenhaften, brutalen Kriegsschauplatz: aufgerissene Mäuler, gefletschte Hunde- und Wolfszähne, um sich schlagende Klauen, aufspritzende Schneeklumpen, Fetzen von Fell, sprudelndes Blut, bellende Hunde und heulende Wölfe. Noch nie hatten die Schüler aus

Peking einen so erbitterten Kampf zwischen Hunden und Wölfen gesehen, und es verschlug ihnen vor Angst die Sprache.

Batu dagegen hatte, von einem erhöhten Punkt auf dem Hügel, den weißen Rudelführer fest im Blick. Seine Lassostange schwingend rannte er hügelabwärts. Doch der Rudelführer stürmte nicht mit dem Rudel den Abhang hinunter, sondern rannte mit vier, fünf großen Wölfen quer nach Westen. Offenbar wollte er dort die Einkreisung durchbrechen. Zusammen mit drei Jägern und mehreren Hunden nahm Batu die Verfolgung auf. Aber der kluge Rudelführer war mit der Umgebung sehr vertraut und hatte für seine Flucht einen besonderen Plan. Er nahm einen Weg, auf dem sich unter dem Schnee Kieselsteine verbargen, die krachend ins Rutschen kamen, sobald die Wölfe auf sie traten. Da aber die Wolfspfoten eine große, weiche und elastische Unterseite haben, konnten die Wölfe auf den rutschenden Kieselsteinen vorwärtsspringen, ohne von dem Geröll in die Tiefe gerissen zu werden. Anders die Reiter mit ihren Pferden. Während die Hunde mit den Wölfen noch einigermaßen mithalten konnten, fanden die Hufe der Pferde auf dem Geröll keinen Halt, und schon bald rutschte ein Pferd zur Seite weg, sodass es samt seinem Reiter den Berg hinabstürzte. Erschrocken zügelten die Jäger ihre Pferde und stiegen ab, um dem Abgestürzten zu Hilfe zu eilen.

Rachedürstend wie er war, verschwendete Batu keinen Gedanken daran, die Verfolgung der Wölfe abzubrechen. Zu Fuß zerrte er sein Pferd hinter sich her, steckte das schmale Ende der Lassostange in die Felsenfurchen und schritt mit diesem provisorischen Wanderstab vorwärts. »Fangt ihn, fangt ihn!«, feuerte er die Hunde an. Als er endlich den gefahrvollen Berghang hinter sich hatte, hörte er herzzerreißendes Hundejaulen, und nach einem kurzen Ritt sah er einen tödlich verletzten Hund am Boden liegen. Ein zweiter Hund hatte einen blutverschmierten Kopf, ihm war ein Ohr abgebissen worden, und die anderen drei Hunde trauten sich nicht weiter vorwärts. Mit gesträubten Nackenhaaren schreckten sie vor dem Gegner zurück. Der Anblick der

Lassostange ließ die Wölfe sofort wieder die Flucht ergreifen. Einer der Jäger war in der Zwischenzeit zu Batu aufgerückt, und so nahmen sie zu zweit die Verfolgung der Wölfe auf. Uljii sah sie in der Ferne in einem Schilffeld verschwinden.

Zusammen mit Bao Shungui hatte er eine Position eingenommen, von der aus man das gesamte Geschehen überblicken konnte. Die für die Umzingelung zuständigen Jäger sahen zu, wie die anderen unten im Becken reiche Beute machten. Diszipliniert blieben sie auf ihren Posten, und sobald ein Wolf den Jägern unten entkommen war, ritt einer aus der äußeren Umzingelung auf ihn zu, um ihn einzufangen oder zurückzudrängen, während die anderen den Ring um den Kampfplatz geschlossen hielten.

In der Mitte des Beckens tobte der wildeste Kampf zwischen Männern, Pferden, Hunden und Wölfen. Einige Wölfe und Hunde lagen am Boden, ihre tödlichen Wunden dampften. Mehr als vierzig Wölfe waren hier von hundertsechzig, hundertsiebzig Hunden umstellt. Schulter an Schulter, Seite an Seite und die Schwänze einander berührend, führten die Wölfe ihren tödlichen Kampf gegen die Hunde. Viele Tiere lagen mit aufgerissener Schulter oder Brust herum. Hinter dem Kreis der Hunde gab es einen ebenso unüberwindlichen Kreis von berittenen Jägern, aus dem heraus mit Lassostangen auf die Wölfe eingeschlagen wurde. Hunde und Wölfe kämpften verbissen; mit Zähnen und Klauen, es war unmöglich zu sagen, wo die Wölfe begannen und die Hunde endeten – und damit unmöglich für die Reiter, die Wölfe zu fangen, denn niemand wollte versehentlich einen Hund mit dem Lasso erwischen oder einen Wolf und einen Hund mit derselben Schlinge. Genauso wenig konnten sie einen Angriff zu Pferd starten, denn die Wölfe waren noch nicht müde gekämpft und würden sich vermutlich trennen und nicht mehr aufzuhalten sein.

Die erfahrensten und geschicktesten Pferdehirten ließen jedoch ihr Lasso an der Fangstange einfach über dem Rudel kreisen, und sobald ein Wolf sich vom Rudel entfernte, hatte er es um Hals, Körper oder

Bein liegen, es zog sich zusammen, und dem Wehrlosen wurde von Hunden der Garaus bereitet.

Frauen, Kinder und die Schüler aus Peking befanden sich an der Südseite der äußeren Umzingelung. Von einer Anhöhe aus verfolgten Chen Zhen und Yang Ke die Schlacht wie zwei Zuschauer im Kolosseum den Kampf der Gladiatoren. Mehr noch, als sie sich einen in ihre Richtung flüchtenden Wolf herbeiwünschten, um dem Kampf endlich eine eigene Heldentat hinzufügen zu können, fürchteten sie, es könne tatsächlich ein Wolf kommen, den sie dann mit ihrem Lasso gleich im ersten Versuch erwischen müssten, denn einen zweiten würde ihnen ein Wolf sicher nicht gewähren. Zum Glück waren Menschen und Hunde an Zahl so überlegen, dass sich kaum ein Wolf durch die Reihen der Jäger hindurch freikämpfen konnte.

Immer mehr Wölfe wurden aus dem Getümmel herausgezogen, einer nach dem anderen von den Hunden getötet. Heiseres, wahnsinniges Heulen stieg auf, und die überlebenden Wölfe änderten ihre Taktik. Sie sprangen nicht mehr in die Höhe, um sich auf einen Hund zu stürzen, sondern gingen mit gesenktem Kopf auf sie los, um kein Ziel für kreisende Lassos zu bieten.

Chen Zhen beobachtete das Kampfgeschehen durch sein Fernglas und stellte fest, dass sie, obwohl chancenlos, ihre Klugheit nicht verloren hatten. Sie gaben sich nicht mit dem Erledigen eines oder zweier Feinde zufrieden, sondern wollten sie alle vernichten – alle Hunde. Sie bildeten Gruppen von drei bis fünf Tieren, halfen einander mit Zähnen und Klauen, und jeder Biss schmeckte nach Blut.

Einige der größeren Wölfe wandten eine besonders brutale Taktik an: Tausch kleinere gegen größere Wunden. Sie boten den Hunden weniger lebenswichtige Körperteile an, in denen die sich festbissen, ignorierten den Schmerz und griffen ihrerseits an Kehle und Bauch an. Die Wölfe troffen von Blut, doch war keiner tödlich verwundet, während immer mehr Hunde außer Gefecht gesetzt wurden und so jämmerlich jaulten, dass sie den Kampfeswillen ihrer Gefährten erschütterten. Nach einem

Dutzend oder mehr Runden begannen die Wölfe an Übermacht zu gewinnen, und bei der kleinsten Unsicherheit der Hunde würden sie aus der Umzingelung ausbrechen.

Da rief der alte Bilgee: »Bar! Attacke! Bar!« Und er gab das Zeichen zum Rückzug. Chen Zhen und Yang Ke begriffen die Absicht des alten Mannes sofort und riefen ihrerseits: »Erlang! Attacke! Erlang! Erlang!« Die klugen Hunde mit den blutunterlaufenen Augen hatten verstanden, gingen ein paar Schritte zurück und änderten ihre Taktik. Mit einem tiefen Röhren stürzten sie sich wie wahnsinnig auf den großen Leitwolf, der schnellere Erlang erreichte ihn als Erster und schleuderte ihn mehrere Meter durch den Schnee. Doch der Wolf blieb stehen. Da sprang Bar ihn an, warf ihn zu Boden, und noch bevor er wieder auf die Beine kommen konnte, war Erlang über ihm und grub die Zähne in seinen Hals. Das Blut sprudelte himmelwärts und in den Schnee, und Erlang bekam zum Schrecken der anderen Wölfe einen blutroten Kopf. Der Wolf schlug, kratzte und biss um sich, doch Erlang ließ nicht locker, bis der Wolf seinen letzten Atemzug getan hatte. Das Rudel schien Erlang und seine Kampfkunst zu kennen und suchte Abstand. Als Bar sah, dass Erlang die Beute getötet hatte, die eigentlich seine gewesen war, stürzte er sich wütend auf den nächsten Wolf.

Als die Wölfe sahen, dass die Schlacht entschieden war, versuchten sie einzeln die Umzingelung zu durchbrechen, um mit dem Leben davonzukommen. Doch jeder wurde im Nu von mehreren Hunden und ein bis zwei Männern abgefangen. Die Jäger des äußeren Einkreisungsrings jubelten ihren Helden zu und schwenkten die Lassostangen dazu.

Im inneren Kreis sah Lamjab, der sich selbst gern als Wolf bezeichnete, mehrere Hunde mit einem Wolf kämpfen, beugte sich im Sattel vor und hielt sein Lasso tief genug, dass der Wolf mit Kopf und Vorderbeinen hindurchstieg, dann zog er die Schlinge zu. Mit dem halben Wolf in der Schlinge ritt er in wildem Galopp im Kreis herum, den Wolf wie einen schweren Sack hinter sich her ziehend. Das Tier versuchte verzweifelt, sich im Boden festzukrallen, und pflügte mit seinen Klauen zwei Furchen in den Schnee. Lamjab rief nach den Hunden.

Einen Wolf mit dem Lasso zu fangen, war alles andere als leicht, noch schwieriger war es aber, ihn anschließend zu erlegen. Da die Wölfe des Graslands einen kurzen, dicken Hals hatten, konnten sie sich der Schlinge leicht entwinden. Erfahrene Jäger zogen es deshalb vor, den Wolf an der Hüfte zu erwischen, denn das ist der dünnste Teil seines Körpers. Der Wolf entkam nicht, wurde aber auch nicht stranguliert. Wenn kein zweiter Mann oder Hunde in der Nähe sind, muss der Jäger absteigen, und dann schafft der Wolf es möglicherweise, die Lassostange zu zerbrechen oder davonzulaufen. Nur den tapfersten und geschicktesten Jägern gelingt es, aus dem Sattel zu springen und, noch bevor der Wolf wieder auf den Beinen ist, das Tier mit Hilfe der Stange näher zu ziehen und es mit dem Messer oder dem Hirtenstab zu erledigen. Die meisten bauen auf Kollegen oder Hunde, um das Tier zu töten.

Lamjab zog den Wolf an eine Stelle mit tieferem Schnee und hielt Ausschau nach einem Killerhund. Mehrere Hunde waren um den Wolf herum, wagten aber nicht, ihn lebensgefährlich zu verletzen. Als er sah, dass Erlang gerade wieder seine Zähne in die Kehle eines großen Wolfs geschlagen hatte, ritt Lamjab auf den Hund los und rief: »Töten! Töten!« Erlang ließ von seinem Opfer ab und biss dem Gefangenen Lamjabs treffsicher in die Halsschlagader.

Lamjab brüllte den anderen Jägern zu: »Kommt mit den Wölfen hierher! Dieser Hund tötet sie!« An Erlangs Seite tötete auch Bar einen gefangenen Wolf, und nun zerrten alle Jäger ihre Opfer mit Hilfe der Lassostangen herüber, damit Erlang und Bar den Rest erledigen konnten.

Aber auch eine Gruppe anderer riesiger Hunde mit dichtem Fell fiel auf dem Schlachtfeld besonders auf, sie gehörte zu Dorjis Familie. Die acht Tiere waren auf dem Olonbulag für ihr gekonntes Zusammenspiel bekannt. Die schnellen hielten den Gegner auf, die behäbigen brachten ihn zu Fall, alle zusammen überwältigten den Feind, und die schlimmsten bissen ihm die Kehle durch. Sie trennten sich nie, sodass sie immer acht gegen einen kämpften, diesen töteten und sich den nächsten vornahmen. Drei Wölfe hatten sie bis jetzt erledigt, und es ging weiter.

Die Jäger waren jetzt in kleinen Gruppen hinter den Wölfen her. Wenn einer einen hatte, hielten die anderen ihn an Schwanz und Hinterbeinen fest und schlugen ihn mit dem schweren Hirtenstock tot. Da brach im Nordwesten des Tals wildes Geschrei aus. Fünf, sechs Jäger galoppierten hinter zwei großen Wölfen her, ein junger Pferdehirt streckte sich, johlend in den Steigbügeln stehend, nach vorn, schlug mit seinem Hirtenstock auf einen Wolf ein, und als der sein Tempo erhöhte, übernahm der nächste Reiter die Jagd. Laasurung kam von vorn, beugte sich vor, warf die Schlinge um den Hals des Tieres und zog an der Stange, sodass der Wolf aus vollem Lauf zu Fall kam und sich mehrmals überschlug. Die anderen prügelten auf ihn ein, er musste weiterrennen, wurde wieder zu Fall gebracht, und jedes Mal johlten die Jäger lauter – endlich konnten sie ihrem Ärger über das, was die Wölfe ihnen in diesem Jahr angetan hatten, Luft machen.

Sie setzten den beiden Wölfen auf diese Weise so lange zu, dass einer von ihnen, nachdem er drei-, viermal gefallen war, nicht mehr laufen konnte. Laasurung hockte sich daraufhin in den Sattel, sprang wie ein Leopard in die Luft und mit voller Wucht auf den Wolf. Noch bevor das Tier den Kopf wenden konnte, saß der Jäger rittlings auf ihm und hielt ihn an den Ohren fest. Er stieß den Kopf des Tieres auf den Boden, wieder und immer wieder, bis sein Maul blutüberströmt war. Laasurungs Kampfgefährten kamen hinzu, sodass der Wolf unter dem Gewicht der Jäger keine Luft mehr bekam. Laasurung konnte ihn schließlich in aller Ruhe mit seinem Messer abstechen. Dem anderen Wolf erging es kaum besser. Drei junge Pferdehirten ritten auf ihm wie auf einem Schaf und traten ihm in den Hintern, bevor sie ihn töteten.

Chen Zhen, Yang Ke und die anderen Schüler aus Peking ließen ihre Lassostangen hängen. Bei dieser erfolgreichen Treibjagd waren sie nur Zuschauer gewesen. Mit Bedauern hatten sie zudem sehen müssen, wie der einzige Pekinger Schüler, der Pferdehirt Zhang Jiyuan, seine größte Chance, einen Wolf zu fangen, verpasst hatte. Gerade als Zhang das Lasso werfen wollte, wechselte der Wolf die Richtung, rempelte das Pferd an, die Lassostange brach beinah in Stücke, und der Gejagte entkam.

Als Bilgee sah, dass der Kampf im Wesentlichen beendet war, stellte er sich zu Chen Zhen und Yang Ke. »Ihr und eure Mitschüler habt euch gut geschlagen. Hättet ihr nicht so gut die Stellung gehalten, wären mir weniger Jäger für die Schlacht geblieben.« Und dann, als ob er die Gedanken der beiden lesen könnte, fügte er tröstend hinzu: »Euer wilder Hund hat sich heute außerordentlich hervorgetan, das geht auf eure Rechnung. Er hat im Alleingang zwei große Wölfe getötet und den Jägern bei zwei weiteren geholfen. Ihr bekommt zwei der Wolfsfelle, die anderen beiden gehen an die Jäger, die die Wölfe gefangen haben, so wollen es die Regeln.« Er ritt allen voran den Hang hinunter.

Die Treibjagd war beendet. Abgesehen von sechs, sieben Wölfen, die es dank ihrer Schnelligkeit und mit geschickten Fluchtmanövern geschafft hatten, dem Kesseltreiben zu entkommen, waren alle Wölfe auf der Strecke geblieben.

Die Jäger stürmten nun mit Siegesgebrüll von allen drei Berghängen hinunter ins Tal, um sich an der Kriegsbeute zu freuen. Bilgee hatte angeordnet, dass die beiden Wölfe, die Chens und Yangs Jurte zuzusprechen waren, eingesammelt werden sollten. Mit hochgekrempelten Ärmeln machte sich der Alte daran, den jungen Männern beim Häuten des Tieres zu helfen. Galsanma sammelte die beiden Wölfe ein, die Bar, dem Hund ihrer Familie, zum Opfer gefallen waren, und dazu noch einen, den Sanjais Hund erledigt hatte. Sanjai und Gombo halfen ihr beim Fellabziehen.

Chen hatte vom alten Bilgee gelernt, wie man ein Wolfsfell gewinnt, und das zeigte er jetzt seinem Freund Yang. Mit einem scharfen Messer schnitt er zunächst am Kiefer entlang, um die Haut über den Kopf nach hinten zu ziehen. Dann hieß er Yang, die Zähne des Wolfes mit einem Lederriemen fixieren, und zog die Haut über Nacken und Rücken, wobei er mit dem Messer Haut und Fleisch voneinander trennte. Es sah aus, als zöge er dem Tier zu enge Kleidung aus, die er währenddessen auf links wendete. Zum Schluss schnitt er Pfoten und Schwanz ab, und gemeinsam wendeten sie die Haut wieder, damit die behaarte Seite außen war.

»Gut gemacht«, lobte der alte Bilgee Chen und Yang. »Und nicht zu viel Fett dran. Zu Hause stopft ihr das Fell mit Heu aus und hängt es hoch vor eurer Jurte auf, dann wird jeder Mongole auf dem Olonbulag euch als Jäger anerkennen.«

Erlang und Huanghuang saßen neben ihren Herrchen und schauten zu. Erlang leckte sich eigenes und Wolfsblut von Brust und Vorderläufen. Er tat es sichtlich mit großem Vergnügen, während der unverletzte Huanghuang, sozusagen das verwöhnte Haustierchen, Erlangs Kopf von Blutflecken reinigte. Doch erntete auch Huanghuang Lob von einigen Jägern, er habe im Ringkampf zwei Wölfe aufgehalten und geschickt in ihre Hinterläufe gebissen. Ohne ihn hätte Lamjab mit seinem Lasso sicher keinen Wolf gefangen. Diese Bemerkung freute besonders Yang. »Jetzt kann ich auch mal Lamjab aufziehen. Er macht wie ich dann eine gute Figur, wenn er seinen Hund hinter sich weiß.«

Zur Belohnung ihrer geliebten Hunde kramte Chen Zhen fünf Sahnebonbons hervor, drei für Erlang, zwei für Huanghuang. Dass die beiden bei dieser Treibjagd mit ihrer Leistung glänzen würden, hatte er fast schon geahnt. Die Hunde drückten ihre Bonbons mit einer Pfote auf den Boden, rissen mit der Schnauze das Einwickelpapier ab und rollten sich die Leckerbissen dann mit der Zunge ins Maul, um sie stolz schmatzend zu zerkauen. Den anderen Hunden tropfte das Wasser aus den Mäulern, sie schleckten das Einwickelpapier ab. Erst seit der Ankunft der jungen Chinesen aus der Hauptstadt wussten die Hunde des Graslands, dass es auf der Welt etwas so Seltenes und Leckeres wie Sahnebonbons gab. Für sie war es eine große Ehre, vor allen anderen die Bonbons aus Peking kosten zu dürfen.

Galsanma, übers ganze Gesicht strahlend, sagte zu Chen: »Na, hast du den Hund aus deinem alten Zuhause schon vergessen?« Damit langte sie in die Brusttasche des jungen Mannes, fischte zwei Bonbons heraus und gab sie Bar. Eilig holte Chen die restlichen Bonbons auch noch hervor und gab sie Galsanma, die sofort eins auswickelte und sich in den Mund steckte.

Dunst lag über dem Tal, entstanden aus den dampfenden Wolfskadavern und Pferdekörpern, aus dem Schweiß der Jäger und dem Hecheln der Hunde. Die Familien fanden sich zusammen und häuteten die erlegten Wölfe. Über die Verteilung der Kriegsbeute, die nach den überlieferten Regeln des Graslands vonstatten ging, gab es keine Meinungsverschiedenheiten. Die Viehzüchter des Olonbulag verfügten über ein ausgezeichnetes Jägergedächtnis, und welcher Wolf von wessen Hund totgebissen oder von wem gefangen worden war, darin irrte man sich nie. Lediglich wenn zwei Jäger mit ihren Lassostangen gleichzeitig ein und denselben Wolf gefangen hatten und sich über den Anspruch auf die Beute nicht einigen konnten, musste Bilgee richten. Ein Satz des Alten genügte, um die ohnehin nie besonders heftig ausfallenden Streitigkeiten zu schlichten: Verkauft das Wolfsfell, und von dem Erlös kauft euch Schnaps, den ihr dann gemeinsam trinkt. Diejenigen Jäger und Viehzüchter, die selbst kein Wolfsfell erbeutet hatten, schauten den anderen beim Häuten der Tiere zu und kommentierten vergnügt Felle und Hunde: Guter Hund, der hat ein perfektes Fell gebracht, lausiger Hund, das Fell hatte große Löcher. Familien mit reichlichem Ertrag luden andere lauthals zu sich nach Hause ein, um gemeinsam anzustoßen. Am Ende ging nach einer Treibjagd auf dem Grasland niemand mit leeren Händen nach Hause.

Langsam kehrte Ruhe auf dem Schlachtfeld ein, die Menschen erholten sich von den Strapazen des Kampfes.

Die Frauen hatten die schlimmste Arbeit zu erledigen: die Wunden ihrer Hunde zu verarzten. Während die Männer ihre Hunde nur bei der Jagd brauchten, waren die Frauen bei ihrer täglichen Nachtwache auf die Tiere angewiesen. In einem mongolischen Haushalt war es Sache der weiblichen Familienmitglieder, die Hunde zu versorgen und wie die eigenen Kinder aufzuziehen. Wenn ein Hund verletzt war oder starb, trauerten vor allem die Frauen. Auf dem Schlachtfeld lagen einige tote Hunde, die an Ort und Stelle ihre Himmelsbestattung bekommen hatten – durch ihren einstigen Erzfeind, den Wolf.

»Hunde«, erklärte der alte Bilgee Chen Zhen, »müssten den Wölfen sogar dankbar sein, denn ohne die Raubtiere hätten es die Viehzüchter nicht nötig, sich so viele Hunde zu halten und das kostbare Fleisch mit ihnen zu teilen. Ein Großteil der Hundewelpen wäre sicher längst zu Tengger geschickt worden, gäbe es die Wölfe nicht.«

Ungestört ruhten die Märtyrer der Treibjagd, denn kein Mongole käme auf die Idee, sich an den oft prachtvollen, dichten Hundefellen zu bereichern. Der Hund war Kampfgefährte und Vertrauter, der treue Freund der Graslandbewohner. Nur mit seiner Hilfe konnte der Mensch im Grasland Jagd und Viehzucht betreiben und damit seine Existenz sichern. So waren die Hunde den Mongolen als Produktionsmittel und Beschützer der Zuchttiere wichtiger als die Zugochsen den chinesischen Bauern. Und im Vergleich zum Ochsen war der Hund ein kluges Tier, er konnte dem Menschen in der Weite des Graslands emotionaler Halt sein.

Da das schier endlose Grasland der Inneren Mongolei so dünn besiedelt wie gefahrvoll war, wurden Hunde oft zu Lebensrettern und Beschützern. In dieser Eigenschaft hatte sich Bar seiner Herrin Galsanma an einem Herbsttag einmal als Wohltäter erwiesen. Galsanma hatte Herdasche, die sie vorher mit Wasser abgelöscht hatte, fortgebracht. Im Schafmist war die Glut jedoch nicht ganz erloschen, und der Wind entfachte aus einem Funken das trockene Gras rundum. Galsanma war allein mit der alten Eeji und ihrem Kind, mit Näharbeit beschäftigt, und niemand bekam etwas von der Katastrophe mit. Plötzlich hörten sie Bar von draußen wild an der Tür kratzen und laut bellen. Galsanma rannte hinaus und sah, dass sich loderndes Feuer bereits Hunderte Schritte weit erstreckte. Etwas weiter befanden sich die Heuvorräte der benachbarten Produktionsbrigade für die Winterversorgung. Ein Flächenbrand wäre unaufhaltsam gewesen, denn die Speicher waren hoch, eng bepackt und leicht entflammbar. Das Vieh wäre wenn nicht zu Tode, so sicher zu erheblichem Schaden gekommen oder ohne das Heu im Winter verhungert. Wahrscheinlich hätte man Galsanma als Schuldige identifiziert und ins Gefängnis geworfen. Und so war Bars rechtzeitiger Alarm für seine Herrin kostbarer als ihr Leben, denn er hatte ihr die wenigen Minuten beschert, die sie brauchte, um die Katastrophe abzuwenden. Galsanma hatte sich damals in eine nasse Filzmatte gehüllt und sich als lebende Walze durch das Feuer gerollt, bis die Flammen erloschen. Ohne den guten Bar, sagte Galsanma immer wieder, wäre sie erledigt gewesen.

»Die meisten unserer Männer trinken zu viel«, erzählte sie den beiden einmal, »und so kommt es durchaus vor, dass ein betrunkener Reiter vom Pferd fällt und im Schnee erfriert. Wenn einer aus einer solchen Situation doch noch gerettet wird, dann immer durch einen Hund, der zu Hause Hilfe holt, um den Todgeweihten aus dem kalten Schnee zu erlösen. In beinahe jeder Jurte wohnt ein Mann oder eine Frau, der oder die ihr Leben einem Hund verdankt.«

Und deshalb galten Hunde schlachten, häuten, ihr Fleisch essen oder auf ihrem Fell schlafen im Grasland als unverzeihliche Undankbarkeit und Sünde. Hier lag auch ein Grund für viele Anfeindungen gegen Wanderarbeiter und zugereiste Chinesen.

Vom alten Bilgee hatten die beiden Schüler erfahren, dass früher die Heere chinesischer Kaiser auf ihren Feldzügen durch das Grasland Hunde der Mongolen geschlachtet und damit bewaffneten Widerstand der Nomaden provoziert hätten. »Heute«, erzählte der Alte, »werden die Hunde der Viehzüchter oft von Herumtreibern aus Zentralchina gestohlen, geschlachtet, ihr Fleisch verspeist, ihr Fell in den Nordosten und ins Inland geschmuggelt. Das Fell ist besonders groß und weich, ideal für Mützen und Bettunterlagen, die bei den Nordchinesen sehr beliebt sind. Aber in den Büchern der Chinesen«, schimpfte Bilgee, »stehen diese Dinge nicht.«

»Warum hassen die Chinesen Hunde? Warum verachten sie sie, töten sie und essen dann auch noch ihr Fleisch?« Diese Fragen hatten Bilgee und seine Familie dem jungen Chinesen oft gestellt, zuletzt vor ungefähr sechs Monaten. Damals hatte Chen Zhen lange überlegt, um ihnen eine Erklärung geben zu können.

Als alle abends um den Ofen versammelt waren, setzte er ihnen seine Überlegungen auseinander. »Chinesen sind keine nomadisierenden Viehzüchter oder Jäger, und auf ihrem Gebiet ist fast alles essbare Wild ausgerottet. Sie lernen die guten Eigenschaften des Hundes nicht kennen, weil sie seinen Schutz nicht brauchen. Um einen Chinesen ist es außerdem nie still, weil er nirgendwo allein ist, denn es gibt überall und immer viele Menschen. Auf die Gesellschaft eines Hundes kann ein Chinese also auch ganz gut verzichten. So bleibt den Chinesen nichts Positives an Hunden. Die chinesische Sprache kennt unzählige Schimpfworte, Flüche und Sprichwörter mit Hunden: ›Jemand hat ein Wolfsherz und eine Hundelunge‹, ist also brutal und undankbar; ›jemand hat es schlechter als Schweine und Hunde‹, ist bitterarm; ›jemand ist der Ziehsohn einer Hündin‹, ist also unglaublich gemein; ›der Hund bellt lauter, wenn er seinen Herrn hinter sich hat‹, wenn jemand im Schutz eines Mächtigen andere tyrannisiert; ›ein gehetzter Hund springt über die Mauer‹, ist in der Not zu allem fähig; ›in den Augen des Hundes scheint der Mensch niedriger‹, wenn einer überheblich auf andere herabblickt, oder ›jemand ist ein Kettenhund‹, also ein gedungener Schurke. Viele dieser Sprichwörter sind heute zu politischen Parolen avanciert. Landauf, landab will man ›den Hundskopf des Staatspräsidenten Liu Shaoqi zerschmettern‹ oder ruft: ›Nieder mit dem hundsgemeinen Liu Shaoqi‹! Auch die Menschen in westlichen Ländern wundern sich darüber, dass der Hund immer herhalten muss, wenn die Chinesen über etwas schimpfen wollen.« Chen Zhen schwieg einen Moment.

»Warum immer der Hund?«, fuhr er fort. »Wahrscheinlich weil er gegen chinesische Regeln verstößt. Ihr habt doch sicher von dem Weisen Konfuzius gehört? Sogar die Kaiser mussten vor seinem Bildnis einen Kotau machen. Dieser Mann hat für das Zusammenleben der Chinesen viele Regeln aufgestellt, und das vor zweitausend Jahren. Früher besaß jeder gebildete Chinese eine Aufzeichnung der Sprüche des Konfuzius, so wie man heute die roten Bücher mit den Zitaten des Vorsitzenden Mao haben muss. Wer sich nicht nach den Regeln richtete, der wurde im alten China als Barbar verurteilt, im schlimmsten Fall sogar enthauptet. Hunde aber scheinen die Regeln des Konfuzius hartnäckig zu missachten. Nach Konfuzius soll der Mensch stets höflich und gastfreundlich sein. Und was macht ein Hund? Sobald er Fremde sieht, egal ob reich oder arm, alt oder jung, Verwandte oder Freunde des Hauses oder gar hohe Gäste aus der Fremde, sobald er sie sieht, springt der Hund auf sie zu, bellt und beißt womöglich. Das bringt chinesische Gastgeber, die sehr viel Wert auf Höflichkeit legen, in die größte Verlegenheit und macht sie wütend. Außerdem verbietet Konfuzius den Menschen Unzucht und Inzest. Hunde aber paaren sich wild durcheinander, mit Geschwistern, Eltern und Kindern. Und drittens muss sich der Mensch nach der Lehre des Konfuzius sauber kleiden und sauberes Essen zu sich nehmen. Ein Hund dagegen frisst sogar menschlichen Kot. Kein Wunder also, dass Chinesen den Hund verfluchen, töten und sogar essen. Übrigens behaupten viele, Hundefleisch sei eine Delikatesse. Aber der Hauptgrund liegt wohl darin, dass wir Bauern und keine Nomaden sind und dass wir anderen gern unsere Gepflogenheiten aufdrängen.«

Bilgee und Batu schwiegen lange, schienen aber keine Einwände zu haben. Nach einer Weile sagte der Alte: »Junge, es wäre schön, wenn es unter Chinesen und Mongolen mehr verständige Menschen wie dich gäbe.«

Nur Galsanma seufzte und sagte entrüstet: »Der Hund hat bei euch Han-Chinesen ein bitteres Los, seine Stärken kann er nicht ausleben, denn alles, was ihr seht, sind seine Schwächen. Wäre ich ein Hund, würde ich auf keinen Fall eure Nähe suchen, sondern lieber auf der Grasebene bleiben, selbst wenn es da vor Wölfen nur so wimmelt.«

»Erst auf dem Olonbulag habe ich gelernt«, sagte Chen, »dass der Hund zu den klügsten Tieren gehört und dem Menschen ein guter Freund sein kann. Ein Bauernvolk, das alles Essbare auch tatsächlich isst und dabei selbst Hunde nicht auslässt, ist ein armes, ein rückständiges Volk. Wenn die Chinesen eines Tages im Wohlstand leben und Getreide im Überfluss haben, dann werden sie sich vielleicht mit den Hunden anfreunden, ihre Abneigung gegen das Tier und ihre eigenen schlechten Essgewohnheiten ablegen. Ich zum Beispiel liebe den Hund, seitdem ich hier lebe. Am Ende eines langen Tages habe ich ohne meine Hunde ein leeres Gefühl. Nähme uns hier jemand unsere Hunde weg, Yang und ich würden ihn windelweich prügeln.« Der letzte Satz war Chen entschlüpft, ohne dass er darüber nachgedacht hatte, und er erschrak. Wie konnte er, ein Anhänger der Kraft der Worte, der nie die Hand gegen jemanden erhob, einen so wölfischen Satz sagen?

»Und wenn du später wieder in Peking lebst, wirst du dir einen Hund halten?«, hakte Galsanma nach.

»Mein Leben lang werde ich Hunde lieben, so wie jeder in eurer Familie. Ehrlich gesagt, die Sahnebonbons, die mir meine Familie aus Peking geschickt hat, habe ich nicht selbst aufgegessen. Das bringe ich gar nicht übers Herz, selbst dir und Bayar habe ich sie vorenthalten, denn sie sind für meine Hunde.«

Batu schlug Chen auf den Rücken und rief: »Du bist ein halber Mongole geworden.«

Chen Zhen kam beim Anblick der toten Hunde wieder einmal in den Sinn, dass er auch dieses gegebene Versprechen niemals vergessen würde.

Ruhe hatte sich über das Schlachtfeld gesenkt. Die erschöpften, zum Teil verletzten Jagdhunde blickten traurig drein. Einige von ihnen gingen um ihre gefallenen Kampfgefährten herum, schnupperten angespannt und furchtsam an den Kadavern, als hielten sie eine Trauerzeremonie ab. Ein Kind lag auf dem Boden, umklammerte den toten Hund seiner Familie und wollte ihn nicht mehr loslassen. Als die Erwachsenen ihm zuredeten, brach es in lautes Geheul aus. Seine dicken Tränen fielen auf die schon erstarrende Hundeleiche, liefen daran herunter und versickerten im Staub. Lange noch hallte das Weinen des Kindes über die Grasebene, und Chen Zhen verschwamm alles vor Augen.

13

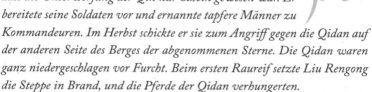

Der Militärgouverneur Liu Rengong von Lulong wusste, dass die Unterwerfung der Qin nur Schein gewesen war. Er bereitete seine Soldaten vor und ernannte tapfere Männer zu Kommandeuren. Im Herbst schickte er sie zum Angriff gegen die Qidan auf der anderen Seite des Berges der abgenommenen Sterne. Die Qidan waren ganz niedergeschlagen vor Furcht. Beim ersten Raureif setzte Liu Rengong die Steppe in Brand, und die Pferde der Qidan verhungerten.

Sima Guang, Allgemeiner Spiegel für die Regierung,
Biographie des Kaisers Zhaozong der Tang-Dynastie

Mongolisches Gewohnheitsrecht: »Die Familie dessen, der das Leben von Pflanzen zerstört und Land rodet oder die Steppe in Brand setzt und Pflanzen verbrennt, wird zum Tode verurteilt.«

Peng Daya (Song-Dynastie),
Biographische Skizze zu den Schwarzen Tartaren

Bao Shungui und Uljii inspizierten mit Kadern des Weidegebiets die Beute auf dem Kampfplatz und gesellten sich anschließend zu Bilgee. Bao saß ab und sagte aufgeregt zu dem alten Mann: »Ein großer Sieg, was für ein großer Sieg! Das ist vor allem Ihr Verdienst! Ich werde an höherer Instanz darum ersuchen, dass das anerkannt wird.«

Er streckte beide Arme zu Bilgee aus, doch an dessen Händen klebte noch Wolfsblut. »Sie sind zu dreckig, lassen wir das«, sagte Bilgee.

Bao ergriff dennoch die Hände des alten Mannes. »Ein bisschen Wolfsblut an den Händen kann nur bedeuten, dass Ihr Glück und der Glanz Ihrer Verdienste ein wenig auf mich abstrahlen.«

Das Gesicht des alten Mannes verfinsterte sich. »Sprechen Sie nicht immerzu von ›Verdiensten‹. Je größer meine sind, desto mehr Schuld lade ich auf mich. Wir dürfen in Zukunft nie mehr derartige Schlachten gegen Wölfe führen, denn wenn wir das tun, werden Gazellen, Eichhörnchen, wilde Kaninchen und Murmeltiere rebellieren. Das Grasland zugrunde gehen, der Zorn Tenggers wird über uns kommen, und Rinder, Schafe, Pferde und wir Menschen werden die Strafe Gottes erleiden.« Bilgee streckte seine blutigen Hände zum Himmel, ängstlich und ehrfurchtsvoll zugleich.

Bao Shungui lächelte betreten, drehte sich zu Erlang um, dessen Kopf ganz und gar mit Blut verschmiert war und seufzte ergriffen. »Ist das der große Hund? Wirklich furchteinflößend. Ich habe da draußen gesehen, wie er beißen und zwicken kann, ein tapferer General. Er ist als Erster auf die Wölfe zugestürmt und hat ein Leittier totgebissen, sodass die anderen sich ein gutes Stück zurückgezogen haben. Wie viele hat er insgesamt getötet?«

Chen Zhen erwiderte: »Vier Stück.«

»Ein ganzer Kerl!«, rief Bao begeistert aus. »Man hat sich bei mir schon beschwert, dass Sie sich hier einen großen wilden Hund halten, der öfter Schafe reißt. Sie verletzen die Gesetze des Graslands, wurde mir gesagt, ich solle den Hund erschießen. Aber hier gilt mein Wort, und ich sage, dass Sie den Hund behalten können. Mästet ihn nach Kräften! Wenn er in Zukunft Schafe tötet, werde ich ihn verschonen. Aber die Felle müssen Sie abgeben und für das Fleisch Geld bezahlen.«

Chen Zhen und Yang Ke stimmten begeistert zu.

»Diesmal haben wir Schüler aus der Stadt nicht viele Wölfe erledigt, wir waren schlechter als die Hunde«, sagte Chen. »Schlechter als dieser hier auf alle Fälle.« Die Menge lachte, und die Schüler fielen ein.

»Du klingst schon nicht mehr wie ein Chinese«, sagte Uljii, und Bilgee pflichtete ihm bei: »Der Junge kennt sich inzwischen sehr gut im Grasland aus, eines Tages wird er einer von uns sein.«

Der Platz war gespickt mit roten Blutspuren und blanken Wolfsgerippen, bei denen nur noch an den Pfoten Haut und Fell hing. Bao Shungui wies die Jäger an, die Gerippe zusammenzutragen und sie fein säuberlich kreuz und quer aufeinander zu schichten. Im Nu stapelten sich mehr als dreißig Wolfsskelette zu einem fast mannshohen Knochenturm. Bao nahm seine Kamera zur Hand, fotografierte den Stapel vier-, fünfmal aus unterschiedlichen Perspektiven und befahl anschließend allen Jägern, sich mit dem emporgereckten Fell des von ihnen erlegten Wolfs vor dem Knochenturm zum Foto aufzustellen. Mehr als dreißig Männer hielten das Fell ihrer Beute in die Höhe, die Schwänze schleiften auf dem Boden. Ganz vorn kauerten die blutig verwundeten großen Hunde und hechelten heiße Luft. Bao reichte Chen Zhen den Fotoapparat, baute sich mit dem größten Wolfsfell in der Hand in der Mitte der Jäger auf und reckte es höher als alle anderen. Der alte Bilgee hatte ein Wolfsfell über dem rechten Arm hängen und starrte bitter lächelnd vor sich hin. Chen machte zwei Fotos.

Bao Shungui trat sechs, sieben Schritte vor, drehte sich um und sagte zu den Jägern: »Ich danke Ihnen allen im Namen des Revolutionskomitees unseres Banners und als militärischer Kommandeur! Sie sind Helden der Wolfsjagd, deren Fotos schon bald in der Zeitung abgedruckt werden. Ich möchte, dass alle sehen, welch große Gefahr die Wölfe für das Olonbulag-Grasland sind. Wir haben diesmal besonders viele auf einen Schlag erledigt, von denen die meisten aus der Äußeren Mongolei gekommen sind. Der Verlust der Pferde ist vor allen Dingen ihnen zuzuschreiben. Und ich möchte allen mitteilen, dass weder die Kader des Olonbulag noch Viehzüchter noch die Schüler aus Peking sich der Gefahr der Wölfe gebeugt haben, sondern sich mutig zusammentaten und dem Rudel mit aller Entschlossenheit entgegengetreten sind. Die Initiative zur Tötung der Wölfe hat zwar gerade erst begonnen, aber wir sind überzeugt, das Olonbulag vollständig und endgültig von Wölfen reinigen zu können.«

Zum Schluss hob er noch einmal die Arme und rief: »Wir gehen nicht, bevor nicht alle Wölfe vernichtet sind!«

Außer Dorji und seiner Familie sowie einigen Schülern aus der Stadt lachten alle sehr verhalten. Bao befahl der Truppe sich aufzulösen, auszuruhen und auf Batu zu warten.

Im Schneidersitz saß Bao Shungui am Boden und sagte zu Uljii: »Da der Grenzschutz jetzt so schwierig ist, werde ich immer wieder gedrängt, eine Volksmiliz aufzubauen und zu trainieren. Ich hätte nicht gedacht, dass wir diesmal einen derartigen Treffer landen, mit einem richtigen Kampf, von Hand sozusagen.«

»Die Mongolen sind geborene Kämpfer«, erwiderte Uljii. »Geben Sie Ihnen eine Waffe, und sie ziehen in die Schlacht. Heute haben Sie zwei Fliegen mit einer Klappe geschlagen – Wölfe erledigt und Leute trainiert. Machen Sie zwei Berichte daraus, die Führung wird stolz auf Sie sein.«

Die anderen chinesischen Schüler versammelten sich um Chen und Yang und befühlten ehrfürchtig die Wolfsfelle. »Ohne diesen großen wilden Hund«, sagte Wang Lijun, der bereits länger als Chen im Grasland war, »hätten wir jungen Städter ganz schön unser Gesicht verloren und wären nichts weiter als Lakaien der mongolischen Reiterarmee gewesen.« »Wir Chinesen können unsere militärischen Erfolge und Tapferkeit nicht mit den Viehzüchtern messen«, sagte Chen, »also gehen wir besser bei ihnen in die Schule. Wer sonst hat schon Gelegenheit, den Viehzüchtern auf die Finger zu schauen?«

»Auch wenn die Viehzüchter oft in die zentralen Gebiete vorgedrungen sind«, wandte Wang Lijun überheblich ein, »und sogar zweimal ganz China regiert haben, so ist die chinesische Kultur der ihren doch immer überlegen gewesen, oder? Die Viehzüchter des Graslands sind zwar ein stolzes Volk, aber letzten Endes haben sie doch nur militärische Erfolge vorzuweisen.«

Chen widersprach: »Wir sollten militärische Erfolge nicht unter- und kulturelle Werte nicht überbewerten. Was wäre ein Volk ohne militärische Erfolge? Ohne sie verkäme die blühendste Kultur zum Scherbenhaufen. Die Dynastie der Tang war auf militärische Erfolge gegründet.

Wie viele große Kulturen der Welt wurden von kulturell rückständigen aber militärisch überlegenen Mächten einfach ausgelöscht? Selbst Völker mit Sprache und Schrift sind vernichtet worden. Wenn du glaubst, dass die Han-Chinesen das rückständige Volk des Graslands zerstört haben, irrst du. Denn dieses Volk hat seine Sprache, seinen Totemglauben und seine Gebräuche bis heute bewahrt. Hätten die Chinesen das Grasland in landwirtschaftliche Nutzfläche umgewandelt, wären sie wahrscheinlich in gelbem Sand erstickt.«

Die Schülerin Sun Wenjuan merkte, dass sich einige ihrer streitlustigen Mitschüler wieder in ein Wortgefecht stürzen wollten und unterbrach: »Hört besser auf! Wir sehen uns doch kaum, weil die Weidegebiete unserer Herden so weit voneinander entfernt sind – lasst uns dieses Treffen nicht durch Streitereien ruinieren! Ihr Männer werdet hier im Grasland zu Wölfen und geht sofort aufeinander los.«

Erlang gefiel es nicht, dass all diese Menschen den von ihm erbeuteten Pelz streichelten, und näherte sich ihnen langsam. Sun Wenjuan ging davon aus, dass der Hund der Schüler nicht beißen würde, gab ihm zwei Leckerbissen aus Doufu und lobte ihn: »Gut gemacht, Erlang, gut gemacht.«

Erlang wedelte weder mit dem Schwanz noch gab er einen Laut von sich, als er mit finsterem Blick auf die Gruppe zuging. Sun wich erschrocken zurück. Chen rief scharf: »Halt!« Doch da war es schon zu spät, Erlang stürzte knurrend auf die Schüler zu, sodass Sun vor Schreck das Gleichgewicht verlor und stürzte.

Yang schrie wütend: »Blödes Vieh!« Und ergriff eine Lassostange, die er gegen Erlang richtete. Doch der blieb mit erhobenem Kopf stehen, eher bereit, geschlagen zu werden, als das Feld zu räumen. Er war immerhin ein Hund, der auf einen Schlag vier Wölfe erledigt hatte, und Yang fürchtete, ihn mit Schlägen erst erst richtig wild zu machen. Er ließ die Stange sinken.

»Wer wird sich in Zukunft noch zu euch in die Jurte trauen?«, fragte Wang Junli aufgeregt. »Wenn ich nicht beobachtet hätte, wie er Wölfe tötet, hätte ich das dringende Bedürfnis, ihm das Fell abzuziehen und ihn aufzuessen.«

»Es ist ein besonderer Hund«, nahm Chen ihn in Schutz, »in seinen Adern fließt Wolfsblut. Ihr müsst öfter kommen, dann gewöhnt er sich an euch.«

Die Schüler gingen fort. Chen tätschelte Erlang den Kopf: »Schau, du hast meine Freunde vertrieben.«

Erlang ging zum Knochenturm und bellte die weißen Gerippe an. Die großen Hunde hielten einen gewissen Abstand, respektvoll und irgendwie furchtsam, und wedelten mit dem Schwanz. Nur Bar stolzierte mit erhobenem Kopf hin, und Erlang beschnüffelte ihn. Seitdem Erlang von den Leitern des Weidegebiets und den Hirten akzeptiert worden war, nahmen die großen Hunde beider Produktionsgruppen ihn in ihre Reihen auf. Dennoch fiel Chen eine Verlorenheit in seinen Augen auf. Er legte die Arme um seinen Hals und tröstete ihn.

Bao Shungui bat den alten Bilgee zu der Gruppe, in der sich fast alle zusammengefunden hatten. Der alte Mann stellte sich in die Mitte, baute aus aufgesammelten Schafskötteln und Pferdeäpfeln den Jagdgrund nach und erklärte die Strategie der gerade erlebten Einkreisungsschlacht. Alle hörten aufmerksam zu, Bao stellte ab und zu eine Frage und nickte hier und da zustimmend. »Mit dieser Schlacht«, sagte er, »können wir auf der Militärschule den Unterricht bestreiten, sie war noch raffinierter als die, in der das Wolfsrudel die Pferde in die Enge getrieben hat. Sie, werter Herr, sind ein rechter Stratege. Unter Dschingis Khan wären Sie ein großer Feldherr geworden und hätten in einer Reihe mit Mohlai, Jeb und Subedei gestanden.«

Der Alte wehrte die Komplimente ab. »Lassen Sie diese Vergleiche, sie könnten den Zorn Tenggers erregen. Ohne diese mongolischen Weisen, die mit einem Mal sieben, acht Länder besiegen konnten, wäre das Grasland längst überrannt worden. Ich bin nur ein bedeutungsloser Sklave, der es nicht wert ist, mit ihnen in einem Atemzug genannt zu werden.«

Es ging auf Mittag zu, Batu war noch nicht wieder da, aber die Leute wollten zu den Camps zurück. In diesem Augenblick kam ein Pferd aus Richtung Nordosten angaloppiert. Der Pferdehirt Buhe sprang ab und wandte sich atemlos an Uljii und Bao Shungui: »Batu bittet Sie zu ihm hinüber. Sie haben bei der Umzingelung am Morgen gerade einmal die Hälfte der Wölfe erwischt, die anderen sind noch vor Tagesanbruch entschlüpft und haben sich in dem Schilf am Fuß der Nordwestberge zusammengefunden.«

Bilgee starrte ihn an und sagte zweifelnd: »Sicher irrst du dich.«

»Ich habe mit Batu das Schilf gründlich abgesucht«, widersprach Buhe. »Dort ist alles voll mit frischen Abdrücken von Wolfspfoten. Batu sagt, es seien mindestens zwanzig Tiere, und der große weiße Wolf sei auch dabei gewesen – der, der die Pferdeherde getötet hat. Den müssen wir unbedingt fangen!«

Uljii wandte sich an Bao Shungui: »Mensch und Pferd hungern jetzt eine Nacht und einen halben Tag, und von den Hunden sind viele verletzt. Ich kenne das Schilf, es ist riesig, mit unseren paar Leuten bringen wir keine Einkreisung zustande.«

Bao Shungui sah Bilgee misstrauisch an. »Die Zugereisten und die Schüler aus Peking sagen, dass Sie immer für die Wölfe Partei ergreifen. Sie haben sie absichtlich entkommen lassen, oder? Mit Ihren Leuten und Hunden müsste es doch möglich sein, die gut zwanzig Tiere in das Schilf zu locken. Wenn Sie sie erst einmal eingekreist haben, werden wir schon mit ihnen fertig!«

»Unsinn«, entgegnete Uljii sofort. Das ist völlig unrealistisch. Heute früh haben wir so viele Wölfe gefangen, wie in eine Teigtasche passen. Wären es mehr gewesen, wäre die Haut der Teigtaschen gerissen und der Belagerungsring geplatzt.«

Bao Shungui ließ Bilgee nicht aus den Augen. »Ich denke, Sie haben die Wölfe mit Absicht entkommen lassen!«

Der alte Bilgee sah ihn unverwandt an. »Wölfe einzukreisen ist etwas anderes, als Teigtaschen zu machen! Es war dunkel, und die Menschen waren über ein weites Gebiet verstreut, wie soll man da verhindern, dass einzelne Wölfe entkommen? Wenn Sie die Aktion befehligt hätten, wäre Ihnen vermutlich nicht ein einziger Wolf ins Netz gegangen.«

Die Gesichtsfarbe Baos wurde grün und weiß und schließlich dunkelrot. Er schlug sich mit dem Griff seiner Pferdepeitsche in die Handfläche und brüllte: »Wir waren vielleicht nicht viele, haben aber auch noch keinen Gebrauch von unseren Schusswaffen gemacht. Jedenfalls werden mir die Wölfe im Schilf nicht entkommen, der Feind ist Sache der Armee, und diese Schlacht wird meine ganz persönliche sein!«

Damit ritt er auf eine leichte Anhöhe und wandte sich an alle: »Genossen, im Schilf nordwestlich von hier wurde wieder ein Wolfsrudel gesichtet. Sind unter euch nicht einige noch ohne Wolfsfell? Besonders ihr Schüler aus Peking, beschwert ihr euch nicht, dass ihr nicht in vorderster Front mitmachen dürft? Jetzt ist es so weit. Genossen, wir lassen keine Müdigkeit aufkommen, halten unseren Kampfgeist aufrecht und werden dieses Rudel vernichten!«

Einige der Schüler aus der Stadt und ein paar Jäger brannten darauf, endlich aktiv zu werden.

»Hier ist mein Plan«, sagte Bao Shungui laut, »der uns nicht allzu viel Kraft kosten wird. Die Gruppe wird das Schilf umstellen, ein Feuer legen, damit die Wölfe herauskommen, und sie dann erschießen – an Munition brauchen wir nicht zu sparen.«

Viehzüchter und Jäger schraken zusammen. Bei den Bewohnern des Graslands waren Brände ein großes Tabu, und außer kleinen, örtlich begrenzten Feuerchen würden die Jäger diese Waffe niemals einsetzen. Eine aufgeregte Debatte begann.

»Das Grasland in Brand zu setzen«, meldete sich Bilgee zu Wort, »verstößt gegen die Gesetze des Himmels und schwärzt das Gesicht Tenggers. Wird er den Menschen dann noch wohl gesinnt sein? Wenn das Flusswasser schwarz ist, wird der Flussgott den Menschen im Jahr darauf noch Trinkwasser bescheren? Schamanen und Lamas verbieten Feuer im Grasland. Wer früher im Grasland Feuer legte, dessen Familie wurde von den Khans ausgerottet. Auch die Politik heute untersagt Feuer auf dem Grasland.«

Galsanma schwoll das Gesicht vor Wut rot an. »Feuer, Feuer, die größte Katastrophe auf dem Grasland. Normalerweise wird ein Kind grün und blau geschlagen, wenn es nur zündelt, und jetzt wollen die Erwachsenen ein großes Feuer legen? Die Kinder werden sagen, sie machen es wie Militärvertreter Bao, wenn sie mit Feuer spielen. Können Sie das verantworten?«

Lamjab schwoll der Nacken an, während er lautstark protestierte: »Früher haben die Armeen der Chinesen das Grasland in Brand gesetzt, das war ihr übelster Winkelzug. Inzwischen wagen sie das nicht mehr – und jetzt sind wir Mongolen selbst es, die zum Feuerlegen anleiten? Genosse Bao, sind Sie Mongole oder nicht?«

»Jetzt liegt noch Schnee«, warf Sanjai ein. »Zu früh für Brandschutz. Und wenn wir erst mal systematisch Feuer gelegt haben, wird es sowieso schwer damit. Außerdem ist verkohlter Wolfspelz wertlos, er bringt nichts ein.«

»Wölfe sozusagen auszuräuchern«, sagte Laasurung, »ist wahrhaft heimtückisch. Wenn alle Wölfe tot sind und im nächsten Jahr eine Naturkatastrophe unsere Nutztiere dahinrafft, wer kümmert sich dann um die Kadaver? Sie werden gen Himmel stinken, und Seuchen werden sich ausbreiten, die die Menschen nicht überleben werden. Wenn wir die Wölfe ausrotten, werden wilde Kaninchen und Feldmäuse die Wüste Gobi unter dem Grasland zutage fördern.«

»Seit wir drei Pferdehirten bei der Wolfsjagd dabei sind«, sagte Zhang Jiyuan, »sind die Pferde allein in den Bergen, schon einen Tag und eine Nacht lang. Wenn wir jetzt nicht zu ihnen gehen, werden die Wölfe uns den Weg abschneiden. Dann kann ich keine Verantwortung mehr übernehmen.«

»Ruhe!«, brüllte Bao Shungui. »Ruuuhe! Niemand geht irgendwohin! Wir töten Wölfe, um dem Volk etwas Gutes zu tun und um Staatseigentum zu schützen. Angriff ist die beste Verteidigung, und wenn wir die

Wölfe alle getötet haben, werden sie uns auch keinen Rückweg mehr abschneiden. Wir jagen Wölfe nicht um des Pelzes willen, verkohltes Wolfsfell ist auch eine Kriegsbeute. Ich möchte noch einmal Wolfsskelette stapeln, so hoch wie möglich, und Fotos davon machen, um sie den Chefs zu zeigen ... Wer meinem Befehl nicht Folge leistet, dem werde ich helfen! Alle Mann voran!«

Lamjabs Augen verengten sich zu Schlitzen, aus denen er wütende Blitze zu senden schien. »Es ist mir egal, was Sie machen! Ich werde nicht mitgehen! Ich muss zurück zu den Pferden!«

Ein Pferdehirt nach dem anderen wandte den Kopf des Tieres, auf dem er saß, und rief: »Zurück! Zurück!«

Bao Shungui fuchtelte mit seiner Peitsche herum und schrie: »Wer es wagt, sich zu drücken, dem kündige ich seine Arbeit als Pferdehirt!«

Der alte Bilgee sah Uljii an und hob ungeduldig die Hände. »Kein sinnloser Streit. Ich bin verantwortlich für diese Jagd, also gilt, was ich sage. Ein Pferdehirt pro Herde kehrt zurück, der Rest geht mit Vertreter Bao. Ende der Diskussion!«

Lamjab wandte sich an Zhang Jiyuan und sagte: »Dann gehe ich zurück. Wenn du hier fertig bist, ruh dich ein paar Tage aus.« Er galoppierte mit acht, neun Hirten verschiedener Gruppen davon.

Die Gruppe überquerte mit Pferden und Hunden drei Berge, an deren Fuß weithin sichtbar Schilfrohr silbrig schimmerte und rundherum der Schnee weiß strahlte. Wang Junli und fünf, sechs andere Jugendliche umringten Bao Shungui und bestärkten ihn darin, dass dies der ideale Ort sei, die Wölfe auszuräuchern.

Batu ritt aus dem Schilf heraus und sagte zu Bao Shungui und Uljii: »Ich habe die Wölfe nicht aufgestört, ein riesiges Rudel ist da drin.«

Bao wies mit seiner Reitpeitsche auf das Schilf. »Alle Gruppenleiter herhören! Gruppe eins wird im Osten stationiert, Gruppe zwei im Westen, Gruppe drei im Norden – wir umstellen das Schilf von drei Seiten. Die vierte Gruppe geht an die Südseite und legt im Südosten den ersten Brand. um den Wölfen zunächst den Rückweg abzuschneiden. Dann zieht sie sich weit zur vom Wind abgewandten Seite des Berges zurück. Sobald die erste, zweite und dritte Gruppe im Süden Rauch aufsteigen sehen, legen sie an ihrer Seite Feuer. Alle Gruppen warten mit Pferden und Hunden in sicherem Abstand, und sobald Wölfe aus dem Schilf gelaufen kommen, werden die Hunde sie jagen und wir auf sie schießen. Los!«

Die Pekinger Schüler der vierten Gruppe übernahmen die Führung, die zugehörigen Viehzüchter folgten ihnen. Die anderen Gruppen bezogen die ihnen zugewiesenen Stellungen.

Chen Zhen trat zusammen mit dem alten Bilgee an das Schilf heran, um sich ein genaueres Bild zu machen. Es war ein ausgedehntes Schilfgebiet, in dem es viele Jahre nicht gebrannt hatte. Einen halben Meter tief lag das trockene Schilf des Vorjahres, und zwei, drei Meter hoch wuchs das frische darüber in die Höhe. Ob alt oder frisch, das Schilf war knochentrocken – und leicht entflammbar.

»In diesem Moment«, sagte der Alte, »hören die Wölfe im Schilf mit Sicherheit die Geräusche der Hunde und Menschen draußen, aber sie haben keine Angst davor. Das Schilf steht so dicht, dass die Hunde nicht schnell laufen und Menschen mit ihren Lassostangen nicht weit ausholen könnten. Außerdem fällt kaum Licht hinein, und es knackt und raschelt fortwährend, wenn die Pferde auf dem Schilf herumlaufen. Die Wölfe wissen immer, wo die Menschen sich gerade aufhalten. Sie haben Pfade in dem Dickicht platt getrampelt und nutzen sie jetzt, um immer gleich hinter dem Menschen zu erscheinen, der das Gebiet betritt. Im Winter und Frühling ist das Schilf für die Wölfe der Himmel auf Erden, man bekommt sie darin schier nicht zu fassen. Die Wölfe des Olonbulag haben schon Steppenbrände erlebt, nie aber, dass Menschen Feuer im Schilf legen, das hat es noch nie gegeben. Ihr Zugereisten habt viele komische Ideen, aber diese ist besonders grausam. Dieses Wolfsrudel ist dem Tode geweiht.«

»Feuer! Feuer!« Als Chen Zhen diesen Schrei hörte, griff er nach dem Halfter vom Pferd Bilgees und rannte aus dem Schilf hinaus. Im Südosten stiegen bereits dicke Rauchwolken auf, und im Nu brannten auch im Osten, Westen und Norden die Feuer. Bao Shungui rief den Leuten zu, sie sollten einzelne Schilfrohre ins Feuer halten, entzünden und weit ins Schilf hineinwerfen. In dem dicht wachsenden, trockenen und etwas wächsernen Schilf kam es zu einer Explosion wie in einem Tanklager. Meterhohe Flammen spuckten ebenso hohe Qualmwolken aus, die sich in der Luft umeinanderwälzten. Tausende von Quadratmetern Land wurden zum Feuermeer, in der Luft darüber tanzten schwarze Blätter und schwarzes Rohr und wirbelten wie Fledermäuse, die den Himmel verdunkeln, Richtung Südosten. Bao Shungui brüllte seine Begeisterung auf einem Hügel stehend hinaus – wie ein General, der feierlich observiert, wie die Feinde im Flammenmeer versenkt werden.

Im Westen des Schilfs stieg Bilgee vom Pferd, fiel inmitten von Staub und Asche auf die Knie und wandte sich nach Osten, die Tränen liefen ihm übers Gesicht, und er murmelte ehrfürchtig etwas vor sich hin. Obwohl Chen Zhen seine Worte nicht verstand, ahnte er, was der Alte sagte.

Plötzlich drehte der Wind und blies Bilgee Rauch und Asche ins Gesicht. Sofort nahmen Chen und Yang den Alten in ihre Mitte und stützten ihn in Richtung einer schneebedeckten Anhöhe. Sein Gesicht war mit Asche bedeckt, über seine Wangen flossen schwarze Tränen. Chen Zhen führte eine Art wortloses Gespräch des Herzens mit ihm, als ein furchterregender und zugleich Ehrfurcht gebietender Totemwolf vor seinen Augen aufzusteigen schien, inmitten von Feuer und Rauch zu Tengger emporflog und die unbeugsame mongolische Seele mit sich nahm. Die Überlebenden, ihre Söhne, Töchter, Enkel und Enkelinnen würden in Zukunft weiterhin in Glück und Unglück leben und dem Volk des Graslands Stolz und Ehre sein.

Starker Wind trieb die Flammen voran, wehte vertrocknetes Schilf und alte Wurzeln fort und blies dicke Aschewolken in den Himmel und in Richtung des schneebedeckten Graslands im Südosten. Fast den ganzen Nachmittag loderte der Brand und ließ keinen Schilfhalm stehen. Als die letzten Funken verloschen, hatten weite Schilffelder sich in verbrannte Erde verwandelt, auf die sich schwarzer Schnee legte. Doch waren weit und breit kein Hundegebell und keine Gewehrschüsse zu hören gewesen.

Als der Wind nachließ und der Rauch sich verzog, legte sich Kälte über das verbrannte Schilf. Bao Shungui befahl, dass alle Menschen, Pferde und Hunde in einer Reihe das Gebiet durchkämmen sollten, um Wolfskadaver aufzuspüren und zur Kriegsbeute hinzuzuaddieren. Einige schätzten, dass mindestens zwanzig Wölfe verbrannt seien, andere meinten, es seien mehr als am Vormittag gewesen. »Egal, wie viele«, sagte Bao, »und wie stark verbrannt, »ich will sie alle fein säuberlich aufgestapelt sehen, um ein Foto zu machen, denn über militärische Ereignisse muss wahrheitsgemäß berichtet werden. Die gesamte mongolische Liga und alle Banner sollen wissen, was eine richtige Ausrottungskampagne ist – im Gegensatz zu einer Jagd zur Gewinnung von Fellen.«

Chen Zhen hielt sich am Rand der Gruppe nah beim alten Bilgee auf und fragte leise: »Wie viele sind deiner Schätzung nach verbrannt, alter Freund?«

Der alte Mann antwortete nicht direkt. »Verbrennen ist Sache von euch Chinesen, wir Mongolen fürchten das Feuer, woher soll ich wissen, wie viele Tiere ihr auf diese Art erledigt habt? Am meisten fürchte ich jetzt, dass Bao Shungui, nachdem er das Land abgefackelt hat, darüber nachdenkt, es urbar zu machen.«

Die beiden ritten in gemäßigtem Tempo in der Gruppe mit, um die verbrannte Erde und Asche zu durchkämmen, und bei jedem größeren Aschehaufen zückten sie nervös ihre Lassostangen, um darin herumzustochern. Immer wenn sie nichts gefunden hatten, seufzte Bilgee erleichtert auf.

Der Wind hatte sich gelegt, aber die Pferde wirbelten mit ihren Hufen noch so viel Staub und Asche auf, dass Mensch und Tier die Augen tränten und selbst die Hunde husteten. Ab und zu bellte und jaulte es laut – wenn ein Hund auf heiße Glut getreten war. Als sie das halbe Feld durchsucht und immer noch nichts gefunden hatten, verlor Bao Shungui die Geduld und schrie: »Seht genauer hin! Lasst keinen Aschehaufen aus!«

Langsam legte sich die Besorgnis Bilgees, und Chen fragte: »Sind die Wölfe vielleicht doch rechtzeitig geflohen? Oder warum sonst finden wir nichts?«

Der alte Mann war voller Hoffnung. »Vielleicht hat Tengger den Wölfen ein weiteres Mal geholfen.«

Da schrie jemand in der Ferne: »Ein toter Wolf! Hier!«

Das Gesicht Bilgees verfinsterte sich, und sie galoppierten mit allen anderen hin, Bao Shungui in der Mitte. Voller Freude bat er Bilgee zu sich, damit er den Kadaver identifiziere.

Ein gekrümmter Körper lag in der Asche und verströmte den beißenden Gestank von verbranntem Öl und verkohltem Fleisch. Die Umstehenden debattierten heftig, und Wang Junli sagte aufgeregt: »Es hat funktioniert! Wenn wir einen toten Wolf finden, sind die anderen bestimmt nicht weit!«

Laasurung dämpfte ihre Begeisterung. »Das scheint kein Wolf zu sein, er ist zu klein.«

Doch Bao Shungui war anderer Meinung. »Ein Wolf schrumpft natürlich zusammen, wenn er verbrennt, natürlich wird er kleiner.«

Wang Junli nickte. »Ja, vermutlich ist es einfach ein kleiner Wolf.«

Bilgee saß ab und drehte den Kadaver mit Hilfe seiner Lassostange um, doch auch auf der anderen Seite war das Tier vollkommen verkohlt. Offenbar war es auf der Spitze eines Schilfstapels vollkommen verbrannt. »Das ist kein Wolf, auch kein kleiner«, sagte Bilgee, »es ist ein Hund.«

Bao Shungui sah Bilgee zweifelnd an und fragte: »Woran sehen Sie das?«

»Hier, die Zähne«, antwortete der alte Mann. »Wolfszähne sind länger und schärfer als die von Hunden. Wenn Sie mir nicht glauben, fotografieren Sie ruhig und präsentieren Sie Ihren Vorgesetzten den Erfolg.

Aber sollte einer etwas davon verstehen, könnten Sie der betrügerischen Siegesmeldung bezichtigt werden, weil Sie einen Hundekadaver für den eines Wolfes ausgeben.«

Da wurde Bao nervös. »Machen Sie ein Zeichen auf ihn, dann können wir vergleichen, sobald wir weitere finden.«

Der alte Mann wurde beim Anblick des Hundekadavers immer trübsinniger. »Der Hund wusste, dass sein Ende nahte und hat sich selbst eine Feuerbestattung beschert. Hier herrscht Nordwind, und es gibt eine Menge Wölfe. Der Arme, warum die ihn wohl nicht gefunden haben?«

Bao Shungui gab schon wieder Anweisungen: »Die Gruppen auseinanderziehen und weitersuchen!«

Also formierten sich die Reiter neu zu einer langen Reihe, und die Menschen strichen einen Aschehügel nach dem anderen glatt, um ihn zu durchsuchen – doch vergeblich. Einige der Schüler wunderten sich, die kampferprobten Jäger, die allerdings keine Erfahrung mit Feuerkriegen hatten, fanden es merkwürdig: Sollte Batu die Geschichte mit den Wölfen erfunden haben?

Sie umzingelten Batu, der ihnen versicherte: »Ich schwöre beim Vorsitzenden Mao und bei Tengger! Buhe und ich haben es doch mit eigenen Augen gesehen, und habt ihr nicht auch Spuren von Wolfspfoten erkannt?«

»Komisch«, sagte Bao. »Sollen den Tieren vielleicht über Nacht Flügel gewachsen sein, mit denen sie dann weggeflogen sind?«

Der alte Bilgee lächelte. »Sie wissen sicher, dass Wölfe fliegen können. Es sind raffinierte Geister, die auch ohne Flügel fliegen können.«

Bao riss sich nur mühsam zusammen. »Warum haben wir dann am Vormittag so viele erwischt?«

»Das waren genauso viele«, antwortete Bilgee, »wie nötig waren, um die Pferde zu rächen. Mehr zu töten hätte Tengger nicht zugelassen, denn Tengger ist gerecht.«

Bao unterbrach ihn: »Ihr immer mit diesem Tengger! Das ist nichts als Aberglaube – die stinkenden Alten Vier.« Und dann brüllte er: »Das letzte Stück durchsuche ich persönlich!«

Plötzlich riefen die beiden Hirten, die am weitesten vorn ritten: »Schlechte Nachrichten: Zwei Zuchtbullen sind verbrannt!«

Alle galoppierten zu den beiden hin, Viehzüchter und Jäger mit besonders angespannten Gesichtern, denn Zuchtbullen waren die Tiere auf dem Grasland, die den meisten Respekt genossen. Von alten Hirten sorgfältig ausgewählt, blieben die Zuchtbullen, wenn sie ausgewachsen waren, nur zur Paarungszeit im Frühjahr bei den Rinderherden. Den Rest des Jahres hielten sie sich fern von ihnen auf, waren wie wilde Tiere überall unterwegs, brauchten auch nicht gehütet oder gefüttert zu werden. Sie hatten einen kräftigen Körperbau und eine dicke Haut, ihr Hals war gedrungen und dick gewachsen, sie waren stark und mitunter angriffslustig. Unter den zwei kurzen und geraden Hörnern, einer Waffe, gefährlicher als die Schwerter der Gladiatoren im alten Rom, wuchsen ihnen wunderschöne krause Haare auf der Stirn. Die tonangebenden Tiere im Grasland – die Wölfe – scheiterten selbst an der panzerartigen Haut der Tiere, noch waren sie der wilden Kraft der Zuchtbullen gewachsen.

So hatten die Bullen keine natürlichen Feinde auf dem Grasland. Tagsüber waren sie meist zu zweit unterwegs und sicherten sich die besten Weideplätze, am Abend legten sie sich nebeneinander nieder, der Kopf des einen am Schwanz des anderen. Zuchtbullen hatten etwas Dämonisches, sie waren voller Kraft und Stärke, sehr fruchtbar und mutig und das Symbol für Freiheit und Glück. Mongolische Männer beneideten die Bullen, weil sie viele Weibchen hatten, aber trotzdem ein Leben ohne Verantwortung für eine Familie, sondern mit den Freiheiten eines Junggesellen führten. Nach der Paarungszeit sorgten die Menschen für die Jungen. Bullen wurden von den Viehzüchtern des Graslands gern als göttliche Wesen angesehen; wenn sie gesund und kraftvoll waren, galt das als gutes Zeichen für das Gedeihen von Rindern und Schafen, Schwäche und Abmagern dagegen deuteten auf eine kommende Katastrophe hin. Zuchtbullen gab es wenige, im Durchschnitt nur einen in mehreren Rinderherden. Die Meldung, dass in dem Feuer Zuchtbullen verbrannt waren, beunruhigte die Einheimischen, als hätten sie die Todesnachricht eines nahen Angehörigen erhalten.

Die Viehzüchter saßen ab und standen still um die beiden riesigen toten Tiere herum. Die Bullen lagen mit weit von sich gestreckten Beinen auf der verbrannten Erde, das dicke Fell hatte in dem Feuer schwarze Blasen geschlagen, die Haut Risse bekommen, aus denen eine hellgelbe Flüssigkeit trat, die Augen glänzten und traten hervor wie schwarze Glühbirnen, die Zunge hing zwanzig Zentimeter weit aus dem Maul, Mund und Nase sonderten noch etwas Schwarzes ab. Die Rinderhirten und Frauen erkannten die beiden Bullen an den Hörnern, und sie wurden wütend.

»Was für eine Sünde«, rief Galsanma aus, »das waren die zwei besten Zuchtbullen unserer Gruppe, die Hälfte unserer Rinder stammt von ihnen ab. Feuer auf dem Grasland! Das Grasland wird früher oder später durch eure Hand zerstört werden!«

»Diese beiden«, sagte der alte Bilgee, »gehörten zur besten Sorte der mongolischen Rinder – die Roten Rinder des Graslands. Von diesen beiden gezeugte Weibchen geben besonders viel Milch, Männchen besonders viel Fleisch erstklassiger Qualität. Das muss ich der Bannerführung berichten! Ich werde eine Untersuchungskommission hierherführen. Der Schaden, den die Menschen angerichtet haben, ist erheblich größer als der von Wölfen verursachte!«

»Vor einigen Jahren«, berichtete Uljii, »wollte das Viehzüchteramt der Liga diese beiden haben, doch brachten wir es nicht übers Herz und gaben dem Amt stattdessen zwei männliche Abkömmlinge der zwei alten Bullen. Das hier ist ein herber Verlust.«

»Im Schilf weht kein Wind«, sagte Laasurung, »daher kamen die Bullen zum Schlafen hierher. Aber sie laufen viel zu langsam, um dem Feuer zu entkommen. Und an dem Rauch erstickten sie dann sowieso sofort. Das gab es auf dem Grasland noch nie, dass Rinder verbrannt wurden. Wer nicht an Tengger glaubt – wird seine Rache erleben.«

Die verbrannte Haut der Bullen war spröde geworden, und auf den riesigen Körpern sprangen immer wieder Risse auf, die aussahen wie Flüche oder Zauberformeln. Die Frauen erschraken, hielten sich ihre breiten Ärmel vors Gesicht und liefen aus dem Kreis heraus, alle mieden Bao Shungui wie die Pest. Der stand allein neben den Kadavern, sein Körper mit Asche bedeckt, das Gesicht schwarz. Plötzlich knirschte er mit den Zähnen und brüllte: »Zwei verbrannte Zuchtbullen, dafür werden die Wölfe bezahlen! Was ihr auch sagen mögt, ich werde nicht ruhen, bevor die Wölfe des Olonbulag ausgerottet sind!«

Es war spät geworden, und Winterkälte senkte sich wie ein dichtmaschiges Netz über das Grasland. Mensch und Tier waren hungrig und müde und ausgekühlt und zogen sich mit hängenden Köpfen in ihr Lager zurück wie die letzten Überlebenden einer geschlagenen Truppe. Niemand wusste, wie der weiße Wolf sein Rudel nun eigentlich aus dem Flammenmeer befreit hatte. Es wurde so eifrig wie ängstlich debattiert, und alle glaubten, die Wölfe seien fortgeflogen. »Es gab genau ein Schlupfloch – die Vorbereitungen der Jäger waren so auffällig, dass die Wölfe schon vor der Brandlegung die Flucht ergriffen«, vermutete Uljii.

Die Pferdehirten eilten zu ihren Pferden, Chen Zhen und Yang Ke sorgten sich um ihr Wolfsjunges. Sie riefen Zhang Jiyuan und Gao Jianzhong, und zu viert verließen sie die Gruppe, gaben ihren Pferden die Peitsche und nahmen über eine Abkürzung den Weg nach Hause. Yang raunte Chen unterwegs zu: »Kurz vor Mitternacht, bevor ich gegangen bin, habe ich dem Wolfswelpen zwei Stück weich gekochtes Hammelfleisch gegeben, keine Ahnung, ob er das frisst. Dorji sagt, er sei erst in über einem Monat entwöhnt.«

»Kein Problem«, erwiderte Chen, »der Kleine hat gestern gefressen, dass er fast geplatzt ist, gekochtes Fleisch ist nicht seine Sache, aber verhungern wird er schon nicht. Am meisten Sorgen macht mir, dass wir den ganzen Tag fort waren und niemand aufgepasst hat. Wenn die Wolfsmutter unser Haus findet, weißt du, was das bedeutet.«

Die vier waren erst um Mitternacht an ihrem Camp. Erlang und Huanghuang standen wartend vor ihren leeren Fressnäpfen. Chen sprang vom Pferd und gab den beiden einige große Knochen mit Fleisch. Zhang und Gao wuschen sich in ihrer Jurte das Gesicht und wärmten Tee, um sich nach einer Abendmahlzeit erschöpft schlafen zu legen. Chen und Yang rannten zum Wolfsbau. Sie zogen das Brett zur Seite und sahen im Schein der Taschenlampe das Wolfsjunge in einer Ecke der Höhle auf seinem Schaffell fest schlafen. Der kleine Hund dagegen jaulte vor Hunger und versuchte an der Wand hochzuklettern, um aus der Höhle herauszukommen, während Yir davor nervös im Kreis herumlief. Kurz entschlossen griff Chen sich den Welpen und brachte ihn Yir, die ihn zwischen die Zähne nahm und zu ihrem Schlafplatz trug.

Auch nach sorgfältiger Durchsuchung der Höhle konnten Chen und Yang die zwei Stücke Fleisch nicht finden – und der Bauch des Wolfsjungen war aufgebläht und fest wie eine Trommel, sein Maul glänzte fettig. Die Augen geschlossen und die Mundwinkel nach oben gezogen, sah das Tier aus, als träume es gerade besonders süß. Yang Ke freute sich über den Anblick und flüsterte: »Der kleine Bengel hat das Fleisch angenommen. Und die Mutter hatte offensichtlich anderes zu tun.«

14

Ein Mongole namens Mingquli besaß eine Schafherde. Eines Nachts schlich ein Wolf sich hinein und tötete den größten Teil davon. Am nächsten Morgen beklagte sich der Besitzer am königlichen Hof. Der Khan (Ögodei, Kaiser Taizong der Yuan – Anm. d. Romanautors) wollte wissen, wohin sich der Wolf geflüchtet habe. Just in diesem Augenblick kamen moslemische Kämpfer mit einem gefesselten Wolf, den sie an ebendiesem Ort gefangen hatten. Der Khan erwarb ihn für hundert Taler. »Du gewinnst nichts, indem du diesen Wolf tötest«, sagte er zu dem Mongolen und bot ihm tausend Schafe als Entschädigung. »Ich werde diesen Wolf freilassen, damit er seinen Artgenossen erzählt, was geschehen ist, und anschließend mit ihnen diese Gegend verlässt.« Leider hatte der freigelassene Wolf das Pech, einem Hund zu begegnen, der ihn in tausend Stücke riss. Bei dieser Neuigkeit geriet der Khan in heftige Wut und ließ alle Hunde der Gegend töten. Dann kehrte er traurig und nachdenklich in seinen Palast zurück. Zu seinen Söhnen und dem Hofstaat sprach er: »Meine Gesundheit lässt von Tag zu Tag nach. Ich habe das Leben dieses Wolfes gerettet und ihn freigelassen im Glauben, der Ewige Himmel würde mir eine Gnade gewähren und mich verschonen. Aber der Wolf hat dem Hund nicht zu entkommen vermocht, und ich werde dem Ende nicht entrinnen können.«

Rashid al-Din (persischer Historiker),
Die Universalgeschichte, Dritter Teil der Biographie
des Ögodei Khan, übersetzt und mit Anmerkungen
versehen von Zhou Liangxiao

Wie ein Fremdkörper drang das Sonnenlicht durch die Ritzen im hölzernen Dach der mongolischen Jurte. Als Chen Zhen die Augen aufschlug, sah er in den kaltblauen Frühjahrshimmel des Graslands. Er sprang auf, warf sich sein Gewand über und rannte zur Höhle des kleinen Wolfes. Draußen blendete ihn die Morgensonne des Hochlands so sehr, dass er die Lider zusammenkniff.

Gombo hatte die Lämmer aus ihrer Umzäunung herausgeführt, die Tiere zogen nun langsam – ohne Hirten und ganz selbstständig – zu der gegenüberliegenden Weidefläche am Hang, während die Herde mit den trächtigen Tieren weiter im Westen graste. Die meisten Muttertiere hatten bereits geworfen, die Herde kam nur langsam voran. Chen sah, dass Yang Ke noch nicht losgegangen war, sondern sich zusammen mit Zhang Jiyuan von Gombo zeigen ließ, wie man einen toten Wolf ausstopfte; zwei lagen bereits auf dem Ochsenkarren. Er gesellte sich zu ihnen. Gerade zog der alte Gombo eine Handvoll Stroh aus dem Haufen und stopfte damit vorsichtig die Fellhülle aus, bis sie immer mehr die Form eines Wolfs annahm. »Auf diese Weise«, sagte der alte Mann, »lässt sich verhindern, dass die Haut schrumpft, die Innenseiten aneinanderkleben und das Ganze an Wert verliert.« Damit spreizte er die Nasenlöcher des Tieres leicht auf und zog ein dünnes Lederband hindurch.

Gombo fragte Zhang, ob er Birkenäste vorbereitet habe, um sie statt der Lassostange zu verwenden, und Zhang bejahte, indem er ihn zum Ochsenkarren führte. Der alte Mann suchte sich aus vier, fünf Exemplaren das längste und geradeste aus – der Ast mochte sechs Meter messen. Dann band er das Lederband an einem Ende der Stange fest, grub drei, vier Meter vor der Jurte ein Loch, steckte die Stange senkrecht hinein und klopfte und trampelte die Erde darum fest. Die beiden ausgestopften Wölfe hingen hoch in der Luft wie zwei weithin sichtbare Signale.

»So trocknen die Felle«, sagte Gombo. »Und man führt Vorbeikommenden gleich das Geschick der Jäger vor, die hier wohnen. Solange sie hier hängen, werden keine Pferdediebe oder Wegelagerer sich hertrauen.« Chen, Yang und Zhang blieben angesichts dieser Wolfsfahnen wie angewachsen stehen.

Der Frühlingssturm glättete die beiden struppigen Felle, sodass man den Eindruck zweier höchst lebendiger Wölfe auf dem Weg zur nächsten Schlacht hatte.

Yang seufzte laut: »Die Wölfe sind tot, aber ihre Gestalt und Seele leben. Sie sind auch jetzt noch so voller Kraft, dass es mir durch und durch geht.«

Auch Chen Zhen war ergriffen. »Beim Anblick der beiden da oben muss ich an die mit Gold eingefassten Wolfsköpfe auf der Kriegsfahne der alten Türküt denken. Wenn die Kavallerie unter der Wolfsflagge in den Krieg zog, toste in ihren Adern sicher Wolfsblut, das ihnen die von Wölfen erlernte Unerschrockenheit verlieh, die Weisheit und Wildheit, mit der sie ihren Feldzug gegen die Welt führten.

»Inzwischen glaube ich, dass die Wolfologie ein Fach für die Universität wäre – kein Wunder, dass das Thema dich so fasziniert«, neckte Zhang Jiyuan seinen Freund.

»Ich denke«, fügte Yang Ke hinzu, »wenn wir drei weiter privat unsere Studien betreiben, ist das viel interessanter als an der Universität.«

Gombo blieb lange ehrfurchtsvoll unter den aufgeblähten Wolfsfell-Fahnen stehen. »Wenn der Wind das Wolfsfell kämmt, sagte er, wird er allen Staub und Dreck hinauswehen, ohne dass Haare ausfallen, das Fell liegt glatt, sieht gut aus, das Tier kann gehen ... Seht, die beiden Wölfe leben, sie sind auf dem Weg zu Tengger ...« Der alte Mann blickte demütig zu den beiden auf und ging dann zu den Schafen hinüber.

Kräftiger Frühlingssturm blies über das Grasland und heulte Chen Zhen traurig in den Ohren wie ein weit entfernter Wolf oder wie die Orgel der katholischen Kirche in Peking vor der Kulturrevolution. Ihm wurde kalt und schwer ums Herz. Die beiden Wolfspelze lagen waagrecht im Wind, die Haare geglättet, dass sie bis in die feinsten Spitzen glänzten wie aufgeputzt zum vornehmen Büfett. Die großen Tiere schienen im Angesicht Tenggers zu spielen, miteinander zu tanzen und sich zu drehen, frei und unbeschwert. Sie wirkten überhaupt nicht wie mit Stroh ausgestopft, fand Chen, eher wie Tiere voller Lebensenergie und Kampfkraft. Weißer Rauch aus dem Ofenrohr der mongolischen Jurte davor umspielte ihre Körper, dass sie wie auf Wolken im Wind zu schweben schienen. Als flögen sie zu Tengger, zum Hundestern Sirius, zu dem ein Leben lang erwarteten Paradies und nähmen die Seelen der Menschen gleich mit.

Chen Zhen sah die Hügel, Jurten, Rinder und Schafe schon gar nicht mehr, in seinen Augen gab es nur den hohen Fahnenmast mit den wehenden Wölfen, der wie auf dem Turm einer gotischen Kathedrale steckte. Chens Gedanken wurden mit in den Himmel genommen, weit fort vom Grasland. Hatten die Bewohner des Graslands seit Tausenden von Jahren Wolfsfelle nur deshalb vor ihrer Haustür in den Wind gehängt, um sie zu trocknen und ihre Kriegsbeute zur Schau zu stellen? Oder war es eine alte schamanistische Tradition, mit der die Wolfsseele aus dem Fegefeuer gerettet werden sollte? Oder eine Zeremonie der Graslandbewohner zu Ehren ihres Totems?

Als Erlang sah, dass die von ihm getöteten Wölfe am Himmel wieder zum Leben erwachten, wurde er wütend. Er stellte sich auf die Hinterbeine und bellte und knurrte sich in Rage. Doch die Wölfe tanzten ungerührt weiter.

Die Schafe, die schon geworfen hatten, entfernten sich allmählich. Yang Ke warf sich die Filzdecke über die Schulter und ritt hinterdrein.

»Komm«, sagte Chen schließlich zu Zhang Jiyuan, »lass uns nach dem Wolfsjungen sehen.«

Die beiden gingen zu der Wolfshöhle, Chen Zhen schob den Stein zur Seite, deckte das Brett auf, und dann sahen sie die kleine Hündin, die Chen wieder zu dem kleinen Wolfsjungen gelegt hatte, ein Nickerchen machen. Sie schien nicht vorzuhaben aufzustehen, um Milch zu trinken. Das kleine Wolfsjunge kauerte auf dem Boden und wartete ungeduldig auf etwas zu fressen. Als kräftige Sonnenstrahlen hereinfielen, stellte der junge Wolf sich bettelnd auf die Hinterbeine und versuchte, unter Zuhilfenahme seiner weichen Vorderpfoten aus der Höhle zu krabbeln. Er schaffte es ein paar Zentimeter in die Höhe, dann verlor er das Gleichgewicht und fiel rücklings auf den Boden. Sofort rappelte er sich wieder auf und versuchte es erneut, mit aller Kraft eines milchhungrigen Jungen. Wo das Erdreich keinen Halt bot, taumelte er wie ein Federball zu Boden, und er knurrte den großen schwarzen Schatten am Höhlenausgang wütend an, als beschwere er sich, dass er ihm nicht hinaushelfe.

Zhang Jiyuan sah zum ersten Mal ein Wolfsjunges aus so großer Nähe und wollte es gern hochnehmen, um es genauer anzusehen.

Doch Chen bremste ihn. »Warte. Mal sehen, ob er es hinausschafft, denn dann müsste ich das Loch tiefer graben.«

Nachdem der junge Wolf zweimal hingefallen war, gab er auf; er lief jetzt im Kreis, schnüffelte und suchte, als denke er über einen anderen Ausweg nach. Da wurde er auf einmal der jungen Hündin gewahr, kletterte auf ihren Rücken, reckte die Nase in die Höhe und stellte sich auf ihren Kopf, um von dort aus die Wand zu überwinden. Die Erde, die er dabei abschürfte, bröselte auf die Hündin, die davon aufwachte und kläffte, schließlich aufstand und die Erde abschüttelte, sodass der junge Wolf wiederum zu Boden kullerte. Wütend rümpfte er die Nase in Richtung Hündin, bleckte die Zähne und heulte laut. Zhang Jiyuan musste laut lachen. »Dieser kleine Bengel, ganz schön pfiffig!«

Chen Zhen fiel auf, dass die Hornhaut auf den Augen des Wolfsjungen nach zwei Tagen schon sehr viel dünner schien; die Augen tränten und wirkten irgendwie krank. Dennoch schien er undeutlich zu erkennen, was um ihn herum vorging und reagierte auf Handzeichen, die man ihm gab. Chen breitete seine Handflächen aus, wies nach Osten, und der Wolfswelpe drehte Augen und Kopf in dieselbe Richtung; Chen wandte sich nach Westen, und das Jungtier folgte ihm. Um das Reaktionsvermögen des Tieres zu testen, rief Chen Silbe für Silbe: »Wölf --- chen,

--- fres --- sen, fres --- sen!« Der Kleine neigte seinen Kopf, spitzte die kurzen Ohren und wirkte gleichzeitig ängstlich und neugierig.

»Ich wüsste gerne«, sagte Zhang Jiyuan, »ob er noch Erinnerungen an seine Wolfsfamilie hat.« Er bildete mit seinen Händen einen Trichter und versuchte wie ein Wolf zu heulen. Der kleine Wolf zitterte am ganzen Körper und stieg wie ein Verrückter immer wieder auf das Hundebaby, um an der Wand hochzuklettern, fiel wieder und wieder herunter und rollte sich schließlich entmutigt in einer Ecke der Höhle zusammen, als suche er die Nähe seiner Mutter. Die Schüler aus Peking hatten das Gefühl, den Kleinen gequält zu haben und wollten ihn nicht weiter mit vertrauten Wolfsstimmen ärgern.

»Mir scheint, es wird nicht leicht werden, ihn hier großzuziehen«, sagte Zhang. »Dies ist nicht der Pekinger Zoo. Wölfe wachsen dort fern der Heimat und fern ihrer Artgenossen auf und legen ihre Wildheit mehr und mehr ab. Aber dies ist nun einmal die Gegend der nomadischen Viehzüchter. Nachts hörst du allenthalben Wölfe heulen, und der Charakter des Tieres wird sich nicht ändern. Der kleine Wolf wird früher oder später einen Menschen anfallen, da musst du wirklich aufpassen.«

»Ich wollte dem Wolf nie seine Wildheit austreiben«, rechtfertigte sich Chen. »Wozu auch? Ich wollte nur einmal mit einem lebendigen Wolf in Berührung kommen, ihn anfassen, umarmen und aus der Nähe beobachten und seinem Wolfscharakter ein Stück auf die Spur kommen. Wer nicht wagt, der nicht gewinnt. Seit ich den Wolf habe, darf ich keine Wölfe mehr fürchten. Ich habe nur Angst, dass die Viehzüchter mir das hier verbieten wollen.«

Der kleine Wolf versuchte immer noch die Wand hochzuklettern, da fasste Chen ihn am Genick und hob ihn aus der Grube heraus. Zhang nahm ihn mit beiden Armen entgegen, legte ihn vor sich hin und sah ihn genau an. Dann streckte er eine Hand aus und streichelte ihn. Das dünne Wolfsfell ließ sich nicht glatt streichen, die Härchen stellten sich immer wieder auf.

»Es ist mir wirklich peinlich«, sagte Zhang, »dass ich als Pferdehirte von einem Schafhirten die Gelegenheit bekomme, einen lebendigen Wolf zu berühren. Zweimal war ich mit Lamjab unterwegs, um Wolfsjunge aus ihrem Bau zu holen, und habe nicht ein Einziges zu fassen bekommen. In China hat wahrscheinlich nur einer von zehntausend Menschen je einen lebendigen mongolischen Wolf berührt. Wir hassen Wölfe so sehr, dass wir auch deren Fähigkeiten nicht zu schätzen wissen. Die Einzigen, die vom Können der Wölfe lernen, sind die Viehzüchternomaden.«

Chen griff den Faden auf. »Ja, die Viehzüchternomaden waren im Lauf der Geschichte die einzigen Bewohner des Fernen Ostens, die Europa angegriffen haben. Und die, die den Westen am meisten erschütterten, waren drei Völker mit einem Totemwolf: die Hunnen, Türküt und Mongolen. Diejenigen Bewohner des Westens, die den Osten angriffen, waren ebenfalls Nachfahren nomadisierender Viehzüchter. Das alte Rom wurde von zwei Brüdern erbaut, die von einer Wölfin gesäugt worden waren. Sie und ihre Ziehkinder sind bis heute auf dem Wappen der Stadt zu sehen. Die Teutonen, Germanen und Angelsachsen später wurden immer stärker, in ihnen fließt das Blut der Wölfe. Die eher kleinmütigen Chinesen aber bräuchten diesen wilden Geschmack in ihren Adern. Ohne Wölfe wäre die Geschichte der Menschheit nicht so geschrieben worden, wie wir sie jetzt kennen. Wenn man nichts von Wölfen versteht, versteht man auch den Geist und Charakter nomadisierender Viehzüchter nicht und noch weniger den Unterschied zwischen Nomaden und Ackerbauern, ihre Stärken und Schwächen.«

»Ich verstehe sehr gut, warum du Wölfe großziehen willst«, sagte Zhang. »Ich werde dir helfen, die Nomaden zu überzeugen.«

Chen drückte das Wolfsjunge an sich und ging auf das Lager der Hunde zu. Er legte ihn Yir an, doch als die Hündin bemerkte, dass der junge Wolf ihre Milch trank, nutzte sie einen Augenblick der Unaufmerksamkeit Chens, um aufzuspringen und den Welpen zu beißen. Doch ließ der junge Wolf nicht von ihren Zitzen ab, er saugte sich fest wie ein überdimensionaler Blutegel und hing wie eine leere Milchflasche unter dem Bauch Yirs. Sie drehte sich mehrmals im Kreis, doch der junge Wolf an ihrem Bauch drehte sich mit ihr, ja sosehr die Hündin sich auch mühte, sie schaffte es nicht, den jungen Wolf mit den Zähnen zu fassen. Die jungen Männer sahen so belustigt wie neugierig zu. Dann fasste Chen die Kiefer des jungen Wolfes, um sein Maul zu öffnen und Yir von ihm zu befreien. »Der reinste Vampir!«, stellte Zhang amüsiert fest.

Chen beruhigte die aufgeregte Yir, stand auf und sagte: »Wir sollten den kleinen Wolf mit den jungen Hunden spielen lassen.« Die beiden setzten die drei dicken Welpen auf eine strohbedeckte Stelle und den kleinen Wolf in die Mitte. Sowie der Kleine Boden unter den Füßen spürte, stob er davon. Seine viel zu kurzen O-Beine trugen den Bauch nicht, er schleifte am Boden, das Tier ruderte mit allen vieren durch die Luft und sah ein bisschen aus wie eine behaarte Schildkröte. Als ein Welpe die Verfolgung aufnahm, sah der kleine Wolf sich um und fletschte die Zähne, um den anderen zu verschrecken.

Chen war verblüfft. »Wenn er Hunger hat und Milch bekommt, ist die Hündin seine Mutter, aber sobald er satt ist, kennt er sie nicht mehr. Noch bevor seine Augen richtig auf sind, ist sein Geruchssinn voll entwickelt. Ich weiß, wie treffsicher der sein kann!«

»Der Kleine hat mitbekommen, dass das hier nicht sein Zuhause ist«, sagte Zhang. »Die Hündin ist nicht seine Mutter, die Welpen sind nicht seine Geschwister.«

»Als ich ihn aus seinem Bau geholt habe«, sagte Chen, »wusste er schon wie man sich totstellt.«

Die beiden hielten sich vier, fünf Schritt hinter dem Wolf und studierten weiterhin sein Verhalten. Er krabbelte und lief auf Stroh und Schnee ein paar Meter weiter und schnüffelte dort herum, nahm den Geruch von Pferdeäpfeln, Kuhfladen, den Knochen von Schafen und Rindern auf. Vielleicht roch er auch überall den Urin der Hunde und ging deshalb immer weiter fort. Die beiden folgten ihm über mehr als hundert Meter und stellten fest, dass er alles andere als ziellos war. Im Gegenteil, es war unmissverständlich, dass er möglichst weit weg wollte von mongolischen Jurten, von Schafsgeruch, Menschengeruch, Hundegeruch, Feuergeruch und Zuchttieren.

Chen Zhen spürte, dass dieser Wolf, dessen Augen noch nicht recht geöffnet waren, vollausgebildete Instinkte besaß und einen Charakter, der mehr Ehrfurcht gebot als der anderer Tiere. Chen hatte Spatzen immer sehr bewundert, die ja bekannt dafür waren, dass sie nicht im Familienverband lebten. Als Kind hatte er oft Spatzen gefangen und bestimmt ein gutes Dutzend bei sich behalten. Aber wenn Spatzen einmal in Gefangenschaft sind, schließen sie die Augen und hocken jede Nahrung verweigernd beieinander. Wenn sie ihrer Freiheit beraubt sind, wollen sie am liebsten sterben, ja sie würden selbst das Atmen verweigern. Bei Chen hatte nie ein Spatz längere Zeit überlebt. Bei Wölfen ist das anders, sie schätzen die Freiheit, aber sie schätzen auch das Leben. Wenn sie gefangen werden, fressen und schlafen sie wie immer, um danach auf eine Gelegenheit zu warten, in ein neues Leben in Freiheit zu fliehen. Wenn der Wolf mit diesen Eigenschaften zum Totemtier eines Volkes erhoben wurde, zum geistigen Vater, Kriegsgott und ehrwürdigen Meister, so konnte man sicher sein, dass dies ein siegreiches Volk sein würde.

Gombo kam angeritten, um mit Chen Zhen zusammen den Mutterschafen ihre Lämmer zuzuführen. Die meisten Lämmer schliefen, während die Mütter etwas abseits weideten. Chen brachte den jungen Wolf zurück in seine Höhle und setzte sich aufs Pferd. Gemeinsam trieben die beiden die Schafe zusammen, insgesamt etwa zweitausend, die Lämmer schrien, die Mütter blökten, es war ein Lärm, als habe ein Wolf die Herde angegriffen. Mit Lassostangen hielten die zwei die Tiere davon ab, fort- oder in die Irre zu laufen. Sie hielten die Mütter an, unter den an die tausend Lämmern ihre Jungen auszumachen. Danach konnten sie ihrer Wege gehen, sonst wurden sie zur Herde zurückgeführt und mussten erneut suchen. Ein Mutter-Kind-Paar nach dem anderen ging zum Gatter hinaus, und sobald sie draußen waren, knickten die Lämmer unter dem Bauch der Mutter mit den Vorderbeinen ein, hoben den Kopf und tranken Milch, während das Muttertier den Kopf nach hinten wandte, um sein Kleines liebevoll zu beäugen. In nur einer Stunde waren die beiden fertig. Die Jungtiere tranken zweimal am Tag, vormittags und nachmittags. Machte man diese Zusammenführung nicht, würden viele verhungern, weil sie ihre Mutter nicht fanden. Auch bot sich so die Gelegenheit, die Lämmer zu zählen. Denn die Lämmer mieden die Sonne und verkrochen sich gern in dunkle Otterhöhlen, sodass man sie leicht verlor, wenn man sie nicht zur Mutter brachte. Als Chen einmal Lämmer verloren hatte, suchte er alle Otterhöhlen im Umkreis der Schafherde ab und fand tatsächlich drei der Tiere.

Gombo war zufrieden mit der Herde. »Das Olonbulag bietet gute Nahrung, die Muttertiere haben genug Milch, kennen ihre Lämmer, das ist gut für eine Herde. Wenn das Gras nicht in Ordnung ist, haben die Mütter keine Milch und lehnen ihre Lämmer ab. Wir haben Glück mit unseren Alten und unseren Anführern. Sie verstehen etwas vom Grasland und von Wölfen und richteten ihr Augenmerk nicht auf die einzelnen Herden, sondern auf die Grasflächen. Wenn das große Ganze stimmte, brauchte man sich nicht um jedes Lamm einzeln zu kümmern. Das erspart den Hirten auf dem Olonbulag viel Arbeit. In ein paar Tagen werde ich ganz allein die Schafe zusammenführen können.«

Chen Zhen hörte gut zu, denn Gombo, der nie dummes Zeug daherredete, kannte das Land der Nomadenviehzüchter wie seine Westentasche.

15

Die Jagd war für Dschingis Khan von großer Bedeutung. Oft sagte er, sie habe für seine Armee und seine Offiziere eine offizielle Funktion, und alle Militärs seien verpflichtet, sich in der Jagd kundig zu machen und darin zu üben. Die Krieger üben sich darin, das Wild zu verfolgen, es durch eine geeignete Formation zu überraschen und es je nach Anzahl einzukreisen ... In Friedenszeiten war die Jagd Dschingis Khans große Leidenschaft, und er hielt seine Truppen dazu an, sie auszuüben. Sein Ziel bestand nicht einfach darin, Beute zu erhalten, sondern seine Leute in der Kunst des Reitens und Bogenschießens zu trainieren und ihnen Ausdauer beizubringen.

Juvayni (persischer Historiker),
Geschichte des Welteroberers, Bd. 1

Feuchter Frühlingswind strich sanft über das Olonbulag, strahlend weiße Wolken glitten gemächlich über den Himmel. Plötzlich kam Leben in das friedlich daliegende Grasland, es wurde wie zu einem bald hell erleuchteten bald dunklen, bewegten riesigen Diabild. Wenn eine große weiße Wolke sich vor die Sonne schob, fühlte Zhang Jiyuan den eisigen Wind seine gefütterte Jacke durchdringen. Sobald die Wolke aber weiterzog, brannten die kräftigen Sonnenstrahlen so stark auf Gesicht und Hände, dass Zhang der Schweiß ausbrach und selbst die Teile der Haut, die in der dicken Baumwolljacke gesteckt hatten, später den Duft der Sonne trugen. Gerade wollte er die kupfernen Knöpfe öffnen, da schob die nächste Wolke sich vor die Sonne und schickte ihn zurück ins schattig kalte Frühjahr.

Das Eis wurde dünner, der Schnee schmolz, weite Flächen der braunen Grasfläche lagen wieder sichtbar da. Lange vor dem Schnee emporgesprossenes Gras war vom kalten Weiß zugedeckt und gelb geworden, nur an den äußersten Spitzen leuchtete noch junges Grün. Der Geruch muffigen Grases lag in der Luft; in den vielen kleinen Gräben floss Schneewasser hügelabwärts, das sich in den Senken sammelte und hunderte kleiner Seen entstehen ließ, in denen sich tausend kleine weiße Wolken spiegelten. Das Olonbulag schien sich in die Luft zu heben, und Zhang hatte das Gefühl, auf einem überdimensionalen fliegenden Teppich zu sitzen und die weißen Wolken am Himmel und auf dem Wasser an sich vorüberfliegen zu sehen.

Zhang Jiyuan und Batu hatten sich bereits über eine Stunde zwischen dem guten Dutzend hochgewachsener Büschel Gestrüpps des Zirkelgrases verborgen gehalten und auf Wölfe gewartet. Nach der Katastrophe mit den Pferden und seiner irreführenden Angaben zur Lage im Schilf konnte Batu den anderen Pferdehirten kaum noch unter die Augen treten und richtete alle Wut in seinem Bauch gegen die Wölfe. Zhang war bei der Einkreisung erfolglos geblieben, und wollte nun einen Wolf fangen, um seine Ehre wieder herzustellen. Nach ein paar Tagen Pause kehrten die beiden also mit zwei halbautomatischen Gewehren zu dem Hügel in der Nähe des großen Schneesees zurück. Batu ging davon aus, dass das entkommene Wolfsrudel die toten Pferde nicht ganz und gar im See versinken lassen würde. Selbst nach der Schneeschmelze und mit gestiegenem Wasserpegel würden sie sie noch erreichen können – und es würde ihre letzte Gelegenheit sein.

Vom Sonnenlicht geblendet, das zwischen den Wolken aufblitzte und ihnen die Tränen in die Augen trieb, beobachteten die beiden mit ihren Ferngläsern den Hügel gegenüber und registrierten jeden verdächtigen schwarzen, braunen oder gelben Fleck. Plötzlich raunte Batu seinem Kollegen zu: »Sieh mal weiter nach links!«

Zhang wandte sich langsam nach links und hielt die Luft an, konnte aber seinen Herzschlag nicht beruhigen. Über der Kuppe des Hügels erschienen gemächlich zwei große Wölfe, erst die Köpfe, dann Hals und Brust.

Die beiden Jäger fixierten ihre Beute. Als die Tiere gut zur Hälfte zu sehen waren, hielten sie in ihrer Bewegung inne und ließen den scharfen Blick schweifen, um alles Auffällige in ihrem Gesichtsfeld zu erfassen. Die beiden Wölfe gingen nicht weiter, sondern legten sich in dem hohen Zirkelgras nieder, vorsichtig und keinen Halm brechend, als seien sie selbst auf der Jagd. Mensch und Tier belauerten sich gegenseitig. Zhang wurde bewusst, dass die Menschen selbst ihre Verstecke im Grasland von den Wölfen abgeschaut hatten. Die Wölfe schienen keine Eile zu haben. Sie warteten die weiteren Schritte der Menschen ab, und ihre Geduld würde bis zum Einbruch der Dunkelheit reichen.

»Zirkelgras«, so hatten die Schüler aus der Stadt diesen Bewuchs genannt. Es waren eine Art mongolische Süßgräser, so schön anzusehen wie eigenwillig im Wachstum. Im immer gleichen Flachmoor wie auch an den Hügeln spross hier oder dort plötzlich besonders hohes Gras hervor, etwa bis in Hüfthöhe des Menschen, gleichmäßig und dicht wachsend wie Wasserreis oder niedriges Schilf. Im Herbst wuchsen dem Zirkelgras mitunter so etwas wie struppige Blütenrispen, die sich im Gegenlicht ausnahmen wie ausgebreitete Schwanenflügel, im Abendlicht wiederum wie ein glühender Funkenregen. Sie ragten inmitten des flachen Grases in die Höhe und stachen mehr ins Auge als die bunten Herbstblüten rundum. Nach Einbruch des Winters werden die verwelkten Blätter des Zirkelgrases und seine Ähren vom Wind davongetragen, während seine starken Stängel hartnäckig den Boden verteidigen, auf dem sie stehen, wild wie die Wölfe obwohl nicht immer ungebrochen. Jeder Besen und jeder Schrubber der Viehzüchter im Grasland war mit viel Geduld und Sorgfalt aus Zirkelgras gefertigt.

Das Zirkelgras war nicht nur schön, sondern auch eigenartig. Eigenartig in der Art, wie es im Kreis für sich allein wuchs und immer sehr dicht beieinander, von außen fast anzusehen wie ein Vorhang aus Schilf, während in der Mitte nichts wuchs, ja kaum ein Zentimeter Gras. Die Kreisform des Zirkelgrases war stets so rund wie mit dem Zirkel gezogen. Der Umfang des Kreises war unegal und reichte von einer Handbreit bis zu über einem Meter. Wenn die Hirten sich ausruhen wollten, suchten sie sich gern einen Flecken Zirkelgras. Der Teil, auf dem sie saßen, bildete ein gemütliches Kissen, der Teil, auf dem sie nicht saßen, praktische Arm- und Rückenlehnen. In den Jurten hatten die Mongolen keine gemütlichen Sessel, dafür konnten die Bewohner des Graslands sich auf ein bequemes Sofa setzen, wo immer sie wollten. Die Schüler aus der Stadt hatten sich sofort in das Zirkelgras verliebt, einige nannten es sogar Sofagras oder Lehnsesselgras.

Das in Form und Struktur einzigartige Zirkelgras wurde in der grenzenlosen Weite des Graslands mitunter zum willkommenen Versteck oder Ruheort für Mensch und Wolf. Die Helden des Graslands nutzten es für sich, regierten doch die Wölfe schon viel länger im Grasland als der Mensch, hatten das Zirkelgras längst entdeckt und für sich genutzt. Batu sagte, Wölfe versteckten sich oft hinter hohem Gras, um Gazellen und Schafherden unentdeckt zu beobachten. Zhang Jiyuan hatte innerhalb von Kreisen aus Zirkelgras schon Wolfskot gefunden. Bilgee sagte, Zirkelgras sei ein Versteck, das Tengger den Wölfen geschenkt habe.

Im Augenblick verbargen Wolf und Mensch sich sehr gekonnt. Die Wölfe sahen die Menschen nicht, und die Menschen konnten die Wölfe nicht recht ausmachen. Batu zögerte, und auch Zhang war unsicher: Als sie in dem Gras Zuflucht suchten, hatten die gegenüber verborgenen Wölfe sie da nicht längst entdeckt? Alles war möglich, dessen musste man bei der Begegnung mit Wölfen im Grasland immer gewahr sein, denn dies war die Lehre, die die Wölfe den mongolischen Kriegern erteilt hatten.

Batu verharrte regungslos, beobachtete weiter den Hügel gegenüber und riet Zhang, ihn sich genau einzuprägen. Dann gingen die beiden zu ihren Pferden zurück, lösten deren Fesseln, führten sie den Abhang hinunter und weiter vorsichtigen Schrittes nach Südwesten. Erst in sicherer Entfernung von den Wölfen stiegen sie leise auf und bewegten sich über die vom Wind abgelegene Seite auf die Wölfe zu. Die Tritte der Pferdehufe waren vor Feuchtigkeit kaum zu hören, der Wind überdeckte jedes Restgeräusch. Zhang fühlte sich wie ein Wolf auf der Jagd nach Schafen.

Batu hatte die Form des Hügels genau im Blick, und nach einer halben Stunde waren sie so nah wie möglich bei den Wölfen angelangt. Erst nachdem er sich Gewissheit über schützende Felsen und Gestrüpp verschafft hatte, saß Batu ab und führte sein Pferd vorsichtig bergauf. Kurz vor der Kuppe hielt er inne, legte die Zügel aber nicht über den Rücken des Pferdes, sondern band damit eine lockere Schlinge um die Vorderbeine. Zhang tat es ihm nach.

Die beiden entsicherten ihre Gewehre und schlichen in gebeugter Haltung weiter Richtung Bergkuppe. Dann robbten sie in die Richtung, in der sie gerade die Wölfe gesehen hatten. Jetzt waren sie noch etwa hundert Meter von ihnen entfernt, sahen Hinterleib und Schwanz der Tiere hinter dem Gestrüpp hervorlugen, doch die Stellen, die sie treffen wollten, Kopf, Brust und Bauch, blieben im Gras verborgen.

Es schien, als sei die Aufmerksamkeit der beiden großen Wölfe immer noch auf das Versteck gerichtet, in dem Batu und Zhang sich eben noch aufgehalten hatten, denn die zwei großen Tiere hoben die Köpfe und richteten ihre Ohren dorthin aus. Doch sie blieben wachsam und schnupperten immer wieder nach möglichen neuen Gefahren.

Batu überließ den in kürzerer Distanz liegenden Wolf Zhang Jiyuan und visierte selbst den weiter entfernten an. Wieder fegte eine Sturmböe über sie hinweg und drückte das Gras so zu Boden, dass der Wolf regelrecht zugedeckt wurde. Als Zhang zielte und ein Auge zukniff, konnte er seine Beute überhaupt nicht mehr sehen.

Die beiden warteten eine Pause zwischen den Sturmböen ab. Batu hatte Zhang wiederholt eingeschärft, sobald er einen Schuss höre, solle er seinen Finger an den Abzug legen. Zhang war ganz ruhig, denn selbst wenn er sein Ziel verfehlte, war da ja noch Batu, der berühmte Jäger des Graslands, dem keine Beute im Umkreis von zweihundert Metern entkam. Viele Jäger sagten, wenn Wölfe einen bewaffneten Menschen in etwa fünfhundert Meter Entfernung sahen, liefen sie nicht fort. Ab dreihundert Meter Distanz und darunter ergriffen sie die Flucht, eine Angewohnheit, die auf Batu zurückzuführen war. Dieser hier war keine zweihundert Meter weit weg, Zhang nahm also sein unbewegtes Ziel wieder ruhig ins Visier.

Als der Sturm kurz nachließ, das Gras sich aufrichtete und den Blick auf beide Tiere freigab, schnellte rechts von ihnen ein junger, schmaler Wolf in die Höhe und raste an ihnen vorbei auf den Abhang zu. Die zwei großen Wölfe sprangen wie von einer Schlange gebissen in die Höhe, zogen ihren Hals ein, senkten den Kopf und rannten hinter dem Kleineren den Hang in südwestlicher Richtung hinunter. Der schmalere Wolf schien eine Art Bewacher zu sein, der die Menschen gesehen hatte, als sie sich den Wölfen näherten. Der größte der Wölfe schien ein Leittier zu sein. Alle drei wählten den steilsten Weg, um ihn bergabzulaufen.

»Los!«, rief Batu und sprang auf. Die beiden rannten zur Rückseite des Hügels, lösten die Zügel, bestiegen ihre Pferde und nahmen die Verfolgung der Wölfe auf. Jenseits der Bergkuppe kam ein steiler Abhang, so steil, dass er Zhang wie eine tiefe Schlucht vorkam, er zügelte instinktiv sein Pferd.

»Halt dich am Sattel fest!«, schrie Batu ihm zu. Wild entschlossen und wagemutig, beseelt vom Heroismus mongolischer Soldaten, die durchs Feuer gingen und sich in Abgründe stürzten, fuhr Batu dem Pferd mit der Hand durch die Mähne und galoppierte bergab.

Hier scheiden sich Mut und Feigheit, schoss es Zhang Jiyuan durch den Kopf. Er biss die Zähne zusammen, riss sich am Riemen, ließ die Zügel fahren und galoppierte ebenfalls hinunter. Ein so steiler Abhang war eine Herausforderung für jedermanns Reitkünste, erst recht wenn man das Terrain nicht kannte und das Pferd unversehens in Höhlen von Murmeltieren, wilden Kaninchen oder Feldmäusen treten und stürzen, Pferd und Reiter tot oder verletzt sein konnten.

Zhang liebte den Beruf des Pferdehirten und träumte davon, ein richtiger Pferdehirt zu werden und mit Batu oder Laasurung eine Herde zu betreuen. In der jahrtausendealten Geschichte der mongolischen Viehzüchter hatten immer zwei sich um eine Herde gekümmert – bis die Schüler aus Peking kamen. Von ihnen wurde jeweils einer zwei Pferdehirten zugeteilt, woran allein sich schon zeigte, dass es sich um ein Experiment handelte. Aber nach etwas über zwei Jahren war einer verletzt abgereist, ein anderer hielt der Härte dieses Lebens nicht stand und konnte sich den Mut und die Stärke, derer es für diesen Beruf bedurfte, nicht antrainieren. Eine Pferdeherde, um die sich zwei Chinesen selbstständig kümmerten, das wagten die jungen Männer aus der Stadt sich nicht einmal vorzustellen, auch Zhang nicht. Derzeit reichte sein Status nur zum Praktikanten.

Nach über zwei Jahren in Sturm, Schnee, Hunger und Kälte wusste Zhang Jiyuan, dass er diesen Belastungen standhielt und auch in der Lage sein würde, die hohe Kunst des Pferdehütens zu erlernen. Es fehlten ihm nur ein gezähmtes, starkes mongolisches Pferd sowie der wilde Wagemut, Wölfe zu bezwingen. Er erinnerte sich genau an den Augenblick, als der Wolf vor ihm stand und er die Lassostange in der Hand hielt: Er hatte vor Angst gezittert. Diesmal wollte Zhang alles richtig machen.

Sein Pferd raste in einem Tempo den Berg hinunter, als befände es sich im freien Fall. Der Pferdekörper lag so schräg, dass Zhang sich mit einer Hand am Griff des Sattels festklammern und sich so weit zurücklehnen musste, dass sein Rücken auf dem Rumpf des Tieres auflag und seine Füße in den Steigbügeln die Ohren des Tieres berührten. Die Beine presste er fest an das Pferd, das Einzige, was er jetzt noch tun konnte, um sein Leben zu schützen. Wenn ihm jetzt noch einmal zittrig ums Herz würde, würden all seine Wünsche und Hoffnungen zu Tengger aufsteigen. Als er ein paar Tage später mindestens sechs, sieben Höhlen von Murmeltieren und Feldmäusen an dem Hügel sah, brach ihm noch nachträglich der kalte Schweiß aus. Doch Batu sagte, Tengger möge mutige Menschen und habe diese Höhlen an jenem Tag kurzfristig verlegt.

Als Zhang den Fuß des Berges erreichte, brachte er sein Pferd hinter

Batu zum Stehen. Der wandte sich halb um, und Zhang empfand sein Lächeln strahlender als jede Goldmedaille.

Die Pferde des Olonbulag waren hitzig im Sieg und entmutigt in der Niederlage. Als die beiden Tiere sahen, dass sie an einem Abhang den Abstand zu den Wölfen um ein Drittel verringert hatten, wirkte das wie ein Stimulans auf sie; sie legten zu, wurden schneller als Gazellen. Noch bevor die Wölfe den nächsten Abhang hinaufgerannt waren, hatten die Reiter weiter aufgeholt. Batu sah sich das Gelände an und sagte: »Wenn die Wölfe gleich getrennt weiterlaufen, kümmern wir uns nicht um den kleinen, sondern bleiben den großen auf den Fersen. Sieh genau hin, welchen der Wölfe ich mir vornehme und ziele auf die Steine vor ihnen, den rechten zuerst.«

Die beiden legten die Gewehre an. Je schneller die Pferde liefen, umso ruhiger bewegten sie sich, was gut für die Jäger war. Die drei Wölfe schienen die Anzahl ihrer Verfolger heraushören zu können und beschleunigten ihrerseits das Tempo. Weder Pferde noch Wölfe konnten diese Geschwindigkeit lange beibehalten, und Batu wartete nur darauf, dass einer der Wölfe seitlich ausbrach. Jetzt war das Ziel zu klein, doch wenn die drei sich trennten und einer sich von der Seite zeigte, würde er Gelegenheit zu einem Schuss haben. Als die drei Wölfe sahen, dass sie ihre Verfolger nicht abhängen konnten, schienen sie sich trennen zu wollen, damit wenigstens einer von ihnen davonkäme. Als sie nur noch dreihundert Meter entfernt waren, brachen die beiden Tiere links und rechts des Leitwolfs plötzlich zur Seite aus. Sofort schoss Batu auf den rechten, verfehlte jedoch sein Ziel. Zhang galoppierte hinüber und gab zwei Schüsse ab, von denen einer im Schlamm stecken blieb und der andere einen Stein traf. Funken stoben auf, Steinsplitter und Pulverrauch, der Wolf verlor vor Schreck das Gleichgewicht. Als er wieder sicheren Boden unter den Füßen hatte, gab Batu einen weiteren Schuss ab. Der Wolf stürzte mit dem Kopf zuerst zu Boden, sein Rücken war aufgerissen. Zhang stieß einen Freudenschrei aus, doch Batu ärgerte sich, da das Fell jetzt ruiniert war.

Nachdem die Reiter einen Wolf erlegt hatten, fühlten die Pferde sich zu noch mehr Tempo angestachelt und rasten den Hügel so schnell hinauf, dass sie nach kaum hundert Metern nach Luft schnappten und wieder langsamer wurden. Der Leitwolf aber schien für das Erstürmen von Abhängen geboren, machte immer größere Sprünge und gewann mehr und mehr Abstand. Batu und Zhang peitschten wie verrückt auf ihre Pferde ein und drückten ihnen ihre Hacken in die Flanken. Der Leitwolf wurde nicht langsamer, dafür immer gelassener. Zhang verfolgte die Spuren der Wolfspfoten, deren Sprünge bereits weiter als die der Pferde waren. Der Wolf näherte sich dem Gipfel des Berges, an dem Himmel und Erde sich zu treffen schienen, und sobald er diese Linie überschritten hatte, würde kein Jäger ihn mehr zu Gesicht bekommen.

»Absitzen!«, brüllte Batu plötzlich und zügelte mit aller Kraft sein Pferd. Mitten im vollen Galopp plötzlich anzuhalten, diesen Trick erlernten Pferde, die in der Herde lebten, und beherrschten ihn besonders gut. Beide Pferde kamen so schlagartig zum Stehen, dass die Reiter fast aus dem Sattel flogen. Batu nutzte den Schwung um abzusitzen, hielt den Atem an und zielte mit seinem Gewehr auf die Spitze des Berges. Auch Zhang Jiyuan sprang vom Pferd und legte das Gewehr an.

Als der große Wolf die Schritte seiner Verfolger nicht mehr hörte, blieb er alarmiert stehen. Graslandwölfe haben einen kurzen Hals und müssen sich ganz umdrehen, um nach ihren Verfolgern zu sehen und notfalls ihre Laufrichtung zu korrigieren. Als dieser sich umdrehte, wurde aus dem Wolf von eben plötzlich ein dreimal so großer Schattenriss, der an die Zielfigur auf einem Schießplatz erinnerte. Das war im Allgemeinen die einzige Möglichkeit zu einem Schuss für den Jäger, doch allzu oft gönnte der Wolf sie seinem Verfolger nicht und drehte vorher ab. In diesem Fall jedoch hatte Batu den Trick mit dem abrupten Halt angewendet, das Misstrauen des Wolfes geweckt und ihn dazu verleitet, sich nach dem Feind umzudrehen.

So ging dieser Wolf in die Falle. Batu feuerte, der Wolf ging in die Knie und war hinter der Bergkuppe verschwunden. »Schade«, sagte

Batu. »Zu weit. Er ist lebensgefährlich verletzt und wird nicht mehr weit kommen. Schnell, hinterher!« Die beiden saßen auf und ritten den Berg hinauf. Zwischen Gras und Steinen sahen sie Blut, aber weit und breit, selbst mit dem Teleskop, keinen Wolf. Sie folgten vorsichtigen Schrittes der Blutspur.

»Wenn wir doch nur einen Hund dabeihätten«, seufzte Zhang.

Die beiden ritten langsam, um die Spur nicht zu verlieren. »Ich habe ein Vorderbein getroffen«, sagte Batu. »Sieh, es sind immer nur drei Pfotenabdrücke zu sehen, das verletzte Bein kann er nicht aufsetzen.«

»Dieser Wolf entkommt uns nicht«, ergänzte Zhang. »Ein dreibeiniger Wolf kann kaum zwei vierbeinigen Pferden entkommen.«

Batu sah auf seine Uhr. »Sei nicht so sicher. Es handelt sich um einen Leitwolf, und wenn er eine tiefe Höhle findet und sich darin verkriecht, kriegen wir ihn nicht. Beeilen wir uns besser.«

Sie folgten der immer wieder unterbrochenen Spur noch mehr als eine Stunde, bis sie auf einem Grasflecken eine grauenhafte Entdeckung machten: der Teil des Vorderbeins eines Wolfes mit deutlichen Zeichen von Bissspuren an Knochen, Fell und Sehnen.

»Sieh dir das an«, sagte Batu. Der Wolf hat gemerkt, dass das verletzte Bein ihn Zeit kostet, darum hat er es abgebissen.«

Zhang durchzuckte es, als greife eine Wolfspranke nach ihm. »Ich habe von Soldaten gehört, die sich einen Arm abschneiden, wenn sie von einem giftigen Pfeil getroffen wurden, habe es aber nie selbst gesehen. Dafür erlebe ich jetzt zum dritten Mal, dass ein Wolf sich das eigene Bein abbeißt.«

»Menschen sind verschieden, Wölfe nicht«, sagte Batu.

Als sie ihre Suche fortsetzten, stellten sie fest, dass die Blutspur schwächer, die Abdrücke der Pfoten aber deutlicher und die Abstände größer wurden. Viel beunruhigender aber war, dass der Wolf offensichtlich eine Abkürzung zur Grenzstraße genommen hatte, denn das war militärisches Sperrgebiet. »Dieser Wolf ist wirklich bemerkenswert«, sagte Batu. »Wenn wir ihm wie die Blöden folgen, kommen wir nicht weit!« Also setzten sie sich auf ihre Pferde und galoppierten auf direktem Weg zur Grenze.

Je weiter sie nach Norden kamen, umso höher wurde das Gras und gelbgrau wie ein riesiges Wolfsfell. Zhang Jiyuan hatte das Gefühl, dass die Suche nach einem Wolf inmitten dieses Graugelb einer Suche nach der Nadel im Heuhaufen glich. Himmel und Mensch kommen vielleicht schwer zusammen, aber Wolf und das Grasland fließen ineinander wie Milch und Wasser. Ein hinkender Wolf kann vor der Nase zweier Menschen seines Weges gehen, und die beiden Menschen hoch oben im Sattel sehen ihn doch nicht. Wieder einmal wurde Zhang die tiefe Bindung zwischen Wolf und Grasland, Wolf und Tengger deutlich: Wann immer der Wolf in Lebensgefahr geriet, konnte er sich darauf verlassen, dass das Grasland ihm einen Ausweg wies; und immer wenn er in Schwierigkeiten geriet, breitete das Grasland seine Flügel aus wie die Glucke über ihre Küken. Es schien, als liebte das mongolische Grasland seine Wölfe und schützte sie, sie waren wie ein eingespieltes altes Ehepaar, auf ewig füreinander bestimmt, loyal und treu. Selbst die Mongolen, die dem Grasland treu verbunden sind, hatten es noch nie geschafft, den Vierbeinern den Rang abzulaufen.

Zhang hatte nicht damit gerechnet, dass ein Wolf auf drei Beinen noch so weit und lange laufen könnte und selbst die schnellsten Reiter einer Gruppe abzuhängen vermochte. Er wollte nicht mehr weiter, hatte er doch das Gefühl, außer Batu an seiner Seite noch einen Lehrer gefunden zu haben, den Lehrer seines Lehrers.

Nachdem die Pferde ein paarmal innegehalten hatten, waren sie wieder zu Atem gekommen und legten an Tempo zu. Die Bergkette im Norden rückte näher, an deren Fuß das Grasland endete. Die Viehzüchter sagten, dass die hohen Berge mit ihren tiefen Tälern und Höhlen kalt und unwirtlich waren und den Wölfen, die keine natürlichen Feinde hatten, als letzte Zuflucht dienten. Doch selbst wenn der dreibeinige Wolf es bis dorthin geschafft hatte, wie wollte er weiterleben? Aber Zhang merkte sofort, dass er von sich auf den Wolf schloss: Selbst wenn der Mensch den Wolf töten konnte, so war er nicht in der Lage, Willensstärke und Ausdauer des mongolischen Wolfes zu zerstören.

Schließlich erreichten sie die Grenzstraße. Wobei es weniger eine Straße als ein Schotterweg für militärische Patrouillenfahrzeuge oder mehr noch ein Sandweg war. Die Jeeps und Lastkraftwagen der Armee hatten Furchen von fast einem Meter Tiefe in die Straße gegraben, bis sie zu einem langgezogenen Sandtrog geworden war und wie ein riesiger gelber Drache wirkte, der sich über die gesamte Länge der Straße schlängelte, jeden Augenblick bereit, auf und davon zu fliegen. In dieser Sandstraße offenbart sich die Zerbrechlichkeit des mongolischen Graslands und zeigt sich seine wahre, furchtbare Fratze. Das Gras ist feucht, der Sandweg aber vom Westwind so ausgetrocknet, dass der Dutzende Kilometer lange Sanddrache hochzufliegen scheint und Pferdehufe Staub aufwirbeln, der Menschen und Pferden Augen und Nase reizt und verstopft wie in der Wüste Gobi.

Die beiden folgten der Straße nach Osten, ohne Wolfsspuren zu finden. Hinter einer kleinen Steigung sahen sie in etwas mehr als dreißig Metern Entfernung plötzlich einen Wolf, der unter größter Anstrengung versuchte, aus der Furche, in der er gelaufen war, heraus und den steilen Wegesrand hinaufzukriechen. Normalerweise konnte ein Wolf mit einem Sprung leicht über ein so schmales Hindernis hinwegsetzen, doch dieses hier wurde zum letzten unüberwindlichen Graben im Leben des hinkenden Wolfes. Wieder schaffte er es nicht aus der Furche heraus, überschlug sich im Abrutschen, sodass seine Wunde durch den Sand gezogen wurde und der Wolf sich vor Schmerz krümmte.

»Runter vom Pferd!«, kommandierte Batu und sprang in den Sand. Auch Zhang Jiyuan stieg vom Pferd und verfolgte nervös jede Bewegung Batus und tastete nach dem am Sattel befestigten Hirtenstab. Batu jedoch löste seinen Stock nicht und ging auch keinen Schritt weiter. Er ließ die Zügel locker und sein Pferd in Ruhe am Straßenrand grasen, während er sich auf einen hohen Erdwall setzte, die Zigarettenschachtel hervorkramte und sich eine Zigarette anzündete. Zhang sah Batu in die Augen und erkannte in ihnen den Kampf wiedersprüchlichster Gefühle. Er ließ auch sein Pferd los, setzte sich zu seinem Freund, ließ sich eine Zigarette geben und begann ebenfalls zu rauchen.

Der Wolf setzt sich mit letzter Kraft im Graben aufrecht hin, wobei er leicht zur Seite kippte, die Brust mit Blut und Sand verschmiert, den Blick aber unbeugsam und starrsinnig auf seine Feinde gerichtet. Für keinen Augenblick vergaß er seine Würde und versuchte, Sand und Erde von sich abzuschütteln, als wolle er seine Kampfrüstung ein letztes Mal säubern. Doch konnte er nicht verhindern, dass der Stumpf des abgebissenen Vorderbeins vor seiner Brust hin und her pendelte. Dennoch blickten seine Augen entschlossen und stolz, und er atmete tief ein, um an seine letzten Kraftreserven heranzukommen. Zhang wagte nicht, ihm in die Augen zu sehen, er stand auf dem alten Grasland, auf dem Standpunkt des Graslands, und sah von dort aus, dass der Wolf den Menschen um Recht und Gerechtigkeit gebracht hatte.

Batu hielt seine Zigarette in der Hand und blickte auf den Wolf mit dem verlorenen Blick eines Schülers, der seinen Lehrer geschlagen und jetzt ein schlechtes Gewissen hat. Nachdem der Wolf seinen Feind lange reglos gesehen hatte, drehte er sich um und begann, mit einer Pfote an der Erde zu kratzen. An der erhöhten Stelle am Straßenrand war die obere, schwarze Bodendecke gerade einmal dreißig Zentimeter dick, darunter befanden sich Sand und Steine. Schließlich hatte er einen Haufen Erde entfernt, Sand und feiner Kies rieselte in die Furche und ermöglichten es dem dreibeinigen Wolf, über diese Rinne endlich hinaus auf das Gras zu kriechen. Dann sprang er wie ein Känguruh auf drei Beinen zu der weiter entfernten Feuerbarriere und dem Grenzpfahl.

Die Feuerbarriere befand sich diesseits der Grenzlinie, es war ein Streifen Land, den die Feuerschutzstation parallel zur Grenze mit einem Traktor gepflügt hatte, hundert oder mehr Meter breit. Jedes Jahr zur gleichen Zeit neuerlich gepflügt, war sie inzwischen völlig versandet und verhinderte das Überspringen großer wilder Feuer von jenseits der Grenze und kleinerer auf dieser Seite. Dies war das einzige von den Viehzüchtern tolerierte Stück gepflügten Bodens auf dem Olonbulag. Die Alten sagten, es sei das einzig Gute, dass das Bearbeiten von Boden ihnen je gebracht habe.

Der verletzte Wolf lief fort, ruhte sich aus und lief weiter, bis er weit hinten im hohen Gras verschwunden war. Dort würden ihn keine Hindernisse mehr erwarten.

Batu stand schweigend auf und sah ihm hinterher, dann bückte er sich und hob den Zigarettenstummel auf, den sein Freund auf den Boden geworfen hatte, und spuckte drauf. Dann grub er mit dem Zeigefinger ein kleines Loch in den feucht-grasigen Boden, legte beide Kippen hinein und bedeckte sie mit Erde. »Das muss dir zur Gewohnheit werden«, mahnte er. »Auf dem Grasland ist keinerlei Fahrlässigkeit erlaubt.« Dann stand er auf. »Lass uns gehen und den Wolf suchen, den wir gerade erschossen haben.«

Die beiden saßen auf und ritten langsam zu dem Hügel mit Zirkelgras zurück. Auf dem sauberen Schnee war der Huftritt der Pferde nicht zu hören, und die zwei Männer versanken jeder für sich in tiefes Schweigen.

16

Der Thronfolger Chengqian (Sohn des Kaisers Taizong der Tang-Dynastie – Anm. d. Romanautors) zeigte eine Neigung zu ausschweifendem Leben und eine Leidenschaft für die Jagd ... Er war verrückt nach der Sprache der Türküt, ihrer Kleidung und ihren Accessoires. Unter seinen Gefolgsleuten wählte er diejenigen aus, welche die Gesichtszüge der Türküt trugen, frisierte sie und kleidete sie in Schaffelle. So verkleidet wurden sie in Gruppen zu fünft aufgeteilt und ausgeschickt, um Schafe zu weiden. Er ließ eine große Jurte errichten, umgeben von Bannern, die mit fünf Wolfsköpfen und bunten Wimpeln geschmückt waren. Dort ließ er sich nieder, ließ ein Schaf braten, von dem er große Stücke aufspießte und sie mit seinem Hofstaat vom selben Spieß aß. Seinen Gefolgsleuten sagte er: »Ich spiele den Tod des Großkhans, und ihr versucht mir eine Begräbniszeremonie zu bieten, die seiner würdig ist!« Mit diesen Worten fiel er tot um, und die Übrigen stiegen weinend aufs Pferd und umkreisten seinen Leichnam. Einmal ... sagte ... der Thronfolger: »Wenn ich zur höchsten Macht aufsteige, werde ich eine Armee von Zehntausenden von Rittern führen und westlich der Goldenen Stadt jagen. Ich werde meine Haare wie ein Türküt offen tragen und endlich leben wie ein wahrer Türküt.«

Sima Guang, Allgemeiner Spiegel
für die Regierung, Kapitel 196

Vom Hügel nahe dem Ort des Lammens stieg übelriechender, schwerer Dampf aus der Wiese auf, verstärkt durch einen heftigen Frühlingsguss und die warme Sonne. In den langen Wintermonaten erfrorene Tiere und von Wölfen gerissene, aber nicht vollständig aufgefressene Tiere verrotteten; aus dem verwitterten Herbstlaub um sie herum sickerte eine bräunlich gelbe, faulige Flüssigkeit heraus, und stinkender Kot von Schafen, Rindern, Hunden, Wölfen, Kaninchen und Feldmäusen sowie altes Blut färbten das Gras schwarz.

Chen Zhen konnte das alles die Laune nicht verderben, denn das Grasland lebte von diesem stinkenden Wasser. »Untersuchungskomitees und Dichter aus der Stadt lieben den Duft jungen Frühlingsgrases«, sagte Uljii. »Aber mir gefällt der üble Verwesungsgeruch besser. Die Ausscheidungen eines Schafes wiegen gut und gern tausendfünfhundert Pfund im Jahr, das ist eine gute Portion Dünger. ›Kuhfladen sind kalt, Pferdeäpfel warm, Schafsköttel ersetzen zwei Jahre Arbeit‹. Wenn die Viehzüchter die Größe ihrer Herden gut im Griff haben, zerstören Rinder und Schafe das Grasland nicht nur nicht, sie nähren es sogar. Gute Herdenführer haben früher sogar versandete Weiden in blühendes Grasland verwandelt.«

Nach dem Winter ist das Olonbulag reich an Wasser, allenthalben sprießt frisches Grün. Nach zwei Wochen unausgesetzten Sonnenscheins überdeckte neues Gras bereits die Reste des alten. Die Weiden für das Vieh und die Berge erstrahlten in Grün, so weit das Auge reicht. Frühlingsgras und neue Blumen brachen durch den fruchtbaren Boden und machten die dünne Erdschicht fester und dichter, sodass die darunterliegende Wüste keinen Zentimeter an Boden gewann. Chen ritt auf Bilgees großem gelbem Pferd in leichtem Trab und bewunderte das junge Grün rundum. Er hatte das Gefühl, der Ort erbitterter Kämpfe zwischen Mensch und Wolf mutiere zur wärmenden, ewigen Quelle für Mutter Erde.

Die Euter der Mutterschafe wurden größer, das Fell der Lämmer weißer, die Rinder muhten mit tiefer Stimme, die Pferde verloren ihr dickes Fell. Das Olonbulag hatte den Beginn eines neuen, reichen Jahres zu feiern. Auch wenn im Frühjahrsfrost viele Lämmer erfroren waren, so hatte die Geburtenrate in jeder Herde die des Vorjahres weit überstiegen. Hinzu kam, dass es eine ungewöhnlich hohe Zahl an Zwillingsgeburten gegeben hatte und jede Herde dadurch um tausend Schafe größer geworden war.

Bei diesem dramatischen Anstieg der Schafpopulation würde das Olonbulag überweidet werden. Wenn sie zur Wahrung des Gleichgewichts zwischen Weideland und Schafen große Teile ihres Viehbestands verkauften oder an übergeordnete Stellen abgaben, würden sie ihr Produktionssoll nicht erreichen. Nach mehreren Krisensitzungen der Brigadeleitung sah Uljii den einzigen Ausweg darin, neues Weideland zu erschließen.

Chen begleitete Bilgee und Uljii bei der Inspektion des in Frage kommenden Gebiets. Der alte Mann stellte ihm dafür sein eigenes, altes, schnelles und ausdauerndes Pferd zur Verfügung. Uljii nahm ein halbautomatisches Gewehr mit, Bilgee hatte Bar dabei, und Chen führte Erlang mit, während Huanghuang zu Hause aufpassen sollte. Ein Volk von Viehzüchtern und Jägern würde nie ohne Waffe und Jagdhund das Haus verlassen. Die beiden großen Hunde liefen entspannt mit, witterten und schauten ununterbrochen um sich, sie hatten genauso viel Freude an dem Ausflug wie Chen Zhen.

»Ihr Schafhirten und Schäferhunde wart über einen Monat von Schafen umzingelt«, amüsierte sich Bilgee, »dass ihr kaum Luft zum Atmen hattet.«

»Danke, alter Freund, dass du mich mitgenommen hast«, sagte Chen.

»Ich möchte nicht, dass du ewig über den Büchern sitzt und dir die Augen verdirbst!«, erwiderte sein Freund.

Im äußersten Nordosten des Brigadegebiets lag eine ungefähr hundert Quadratkilometer große hügelige Landschaft, in der laut Uljii nie ein Mensch gewohnt hatte. Dort schlängelten sich kleine Flüsse und große Seen, das Gras wuchs am Boden besonders dicht und schoss dünn in die Höhe. So viel Wasser und dichtes Gras waren ein idealer Lebensraum für Myriaden von Mücken. Im Sommer und Herbst konnten sie eine Kuh das Leben kosten; wo immer das Tier hintrat, stoben Schwärme der Plagegeister in die Luft, als sei die Kuh auf eine Tretmine gelaufen. Mensch und Tier mochten diese Gegend nicht und mieden sie, so gut es ging.

Der Leiter des Weidegebiets Uljii hatte schon längst vorausgesagt, dass eine Politik der Quantität ohne Rücksicht auf Qualität früher oder später zu Überweidung führen werde. Seit vielen Jahren schon hatte er ein Auge auf die Hügellandschaft geworfen und auf das große Herbstfeuer gewartet, das dort alles niederbrennen würde. Im Frühjahr darauf würde er große Viehherden darübertreiben, damit Hunderte und Tausende von Pferde- und Rinderhufen den Boden der Brigade platt traten, das Gras auffraßen und neuerlichen Wildwuchs verhinderten. So würde der Boden fest werden, die Erde fruchtbar, das Gras kurz gehalten, und es gäbe keine Mückenplage mehr. In einigen Jahren würde das einst nutzlose Gebiet zu bestem Sommerweideland, das ursprüngliche Sommerweidegebiet im Herbst und Frühling genutzt. So ließe der Bestand an Nutzvieh sich verdoppeln, ohne dass eine Gefahr der Überweidung bestünde. Gegen Ende des letzten Herbstes wütete dann endlich ein Brand über dem ungenutzten Grasland, gefolgt von schweren Regenfällen, die den Boden mit einer schmierigen Schlammschicht überzogen. Kurz entschlossen begann Uljii schließlich mit der Umsetzung seines Plans und hatte dabei sogar die volle Unterstützung Bao Shunguis. Trotzdem leisteten viele Viehzüchter Widerstand – sie fürchteten die Mückenplage dort. Uljii blieb nur, den alten Bilgee um Hilfe zu bitten. Wenn er für das Projekt war, würde Uljii zwei Brigaden dort stationieren können.

Als die drei das Winterweidegebiet einer benachbarten Kommune durchquerten, spürte Chen Zhen weichen Grund unter den Hufen seines Pferdes – das Herbstgras stand dicht und gut vier Finger hoch. »Es heißt immer, wir hätten nicht genug Weideland«, sagte er zu Uljii. »Aber sehen Sie, Pferde und Schafe haben hier den ganzen Winter gegrast, und es steht immer noch so viel!«

Uljii sah hinunter. »Diese Grasstoppeln sind so hart, dass das Vieh sie nicht abbeißen kann und sie deshalb mit der Wurzel aus der Erde reißt. Von Grasstoppeln setzen die Tiere kein Fett an. Wenn es so kurz ist wie hier, darf kein Tier mehr darauf weiden, sonst geht das Grasland kaputt ... Es gibt einfach zu viele von euch Chinesen, die Fleisch und Fett brauchen. Das ganze Land lebt von Rind und Lamm aus der Inneren Mongolei. Aber für eine Tonne Fleisch braucht man sieben bis acht Tonnen Gras. Wenn ihr Fleisch von uns kauft, nehmt ihr uns letztlich das Gras, und wenn das so weitergeht, ist das Grasland bald am Ende. Der Druck der Regierung mit Planziffern hat dazu geführt, dass einige Banner im Südosten versteppen.«

»Langsam halte ich die Viehzucht für sehr viel mühsamer als die Landwirtschaft«, sagte Chen Zhen.

»Und ich fürchte«, ergänzte Uljii, »dass wir das Grasland langsam zur Wüste machen. Es ist so dünn, so schwach, so verletzbar: durch Zertrampeln, Abnagen, Kälte, Bergziegen, Pferdeherden, Käfer, Feldmäuse, wilde Kaninchen, Murmeltiere, Gazellen, Bauern, Urbarmachung, zu viele Menschen, zu gierige Menschen, Überweidung und vor allem durch Menschen, die nichts vom Grasland verstehen und trotzdem verantwortlich dafür sind.«

»Das Grasland ist das Große Leben und doch unglaublich zerbrechlich«, pflichtete ihm Bilgee bei. »Wenn das Gras einmal zerstört wurde, ist das Grasland den Angriffen der Sandstürme schutzlos ausgeliefert, die schlimmer wüten als Schneestürme. Stirbt das Grasland, sterben Rind, Schaf, Pferd, Wolf und Mensch mit ihm. Nicht einmal die Chinesische Mauer und Peking könnten dann weiterbestehen.«

»Früher habe ich alle paar Jahre an Sitzungen in Huhhot teilgenommen«, sagte Uljii aufgeregt. »Dort geht das Grasland noch dramatischer zurück als hier. Das Stück der Chinesischen Mauer einige hundert Kilometer weiter westlich ist schon im Sand versunken. Wenn die Regierung uns weiter so mit Quoten unter Druck setzt, ist die Mauer ernsthaft in Gefahr. Ausländische Regierungen sollen strenge Gesetze zum Schutz ihres Graslands erlassen haben, in denen geregelt ist, was für Vieh wo weiden darf und wie viel, und wer dem nicht Folge leistet, hat strenge Strafen zu gewärtigen. Aber das schützt auch nur vor weiterem Rückgang des Graslands – das bereits verlorene bringt es nicht zurück. Ich fürchte, erst wenn es komplett zu Wüste geworden ist, wird der Mensch das Grasland richtig verstanden haben, nur ist es dann zu spät.«

»Die Menschen sind einfach zu gierig«, sagte Bilgee, »und es gibt zu viele, die keine Ahnung haben. Dummen Schafen und ignoranten Menschen kann man mit noch so viel Argumenten kommen, es hat gar keinen Sinn. Tengger allein weiß, dass man Dummheit und Gier nur mit Hilfe der Wölfe beikommen kann. Lassen wir sie die Größe der Herden kontrollieren, ist das Grasland gerettet.«

Uljii schüttelte den Kopf. »Die alte Methode Tenggers greift nicht mehr. China hat die Atombombe, was meinen Sie, wie leicht es für sie ist, Wölfe auszurotten.«

Chen hatte das Gefühl, an Sand zu ersticken. »Ich habe schon mehrere Nächte keine Wölfe und Hunde mehr gehört. Kann es sein, dass wir sie verjagt haben, alter Freund? Sie scheinen sich nicht mehr her zu trauen. Ohne Wölfe fehlt etwas im Grasland.«

»Wir haben vielleicht dreißig getötet«, antwortete Bilgee, das sind vier, fünf Würfe. Auf dem Olonbulag gibt es aber wesentlich mehr. Die Wölfe bleiben nicht aus Angst weg, sie haben etwas anderes zu tun.«

Chen wurde sofort wieder lebendig. »Was denn?«

Bilgee deutete auf einen Gebirgszug in der Ferne. »Komm mit«, er trieb Chens Pferd an. »Und lass das Tier laufen«, riet er seinem jungen Freund. »Im Frühjahr sollten Pferde viel schwitzen, dann verlieren sie leichter ihr Winterfell und setzen Fett an.«

Die drei galoppierten bergauf, als säßen sie auf durchtrainierten Rennpferden, schleuderten grasbewachsene Erdklumpen mitsamt Wurzeln durch die Luft, das junge Grün verfärbte die Hufe der Tiere. Zum Glück würden sie für Monate die letzten Reiter auf diesem Weg sein. Langsam ahnte Chen, warum man sagte, Pferde seien Feinde des Graslands.

Als sie den Berg erstürmt hatten, waren sie umgeben von den Pfeiftönen mehrerer Murmeltiere. Fast die Hälfte aller Berge auf dem Olonbulag war von Murmeltieren bewohnt, und jedes Jahr im Herbst konnte Chen das fette und aromatische Fleisch von einigen kosten, die Bilgee geschossen hatte. Murmeltiere fraßen sich wie Bären Fettpolster an und hielten dann Winterschlaf. Ihr Fleisch war ganz anders als das anderer Tiere auf dem Olonbulag; es bestand aus einer Fettschicht wie bei einem Schwein und einer mageren, die aber nicht nach Wild schmeckte, eine auf dem Grasland einzigartige Mischung. Die Mongolen zogen es Rind und Schaf vor. Ein einziges Murmeltier ergab einen großen Topf voll Fleisch, genug für eine ganze Familie.

Chen Zhen sah fasziniert auf die siebzig oder achtzig Murmeltiere, die sie von den Anhöhen ringsum anstarrten und die aus der Ferne wie nach dem Fällen stehen gebliebene Baumstümpfe aussahen. Vor einzeln liegenden Höhlen standen große kräftige Männchen, während sich die Weibchen, die kleiner waren, mit einem graugelben Fell wie dem der Wölfe, bei mehreren kleinen Höhlen trafen. Bei ihnen tummelten sich die Jungen, so klein wie Kaninchen, bis zu sieben oder acht vor jedem Bau. Keins der Tiere hatte es angesichts der Menschen eilig, im Bau zu verschwinden, sie stellten sich auf die Hinterbeine, Vorderpfoten vor der Brust wie geballte Fäuste, riefen und pfiffen und wedelten zu jedem Laut mit ihren buschigen kurzen Schwänzen, als würden sie eine Flasche von innen reinigen. Sie schienen die Eindringlinge mit ihren Drohgebärden in die Flucht schlagen zu wollen.

»Dieser Berg heißt auch Berg der Murmeltiere«, sagte der alte Bilgee, »unzählige Tiere leben hier. Im Norden und im Süden gibt es noch zwei kleinere Berge mit ebenfalls sehr vielen Tieren. Dieser Berg hier hat einst den Ärmsten des Graslands das Leben gerettet, denn sie konnten sich im Herbst, wenn die Tiere ihren Winterspeck angesetzt hatten, von ihrem Fleisch ernähren, ihr Fell und Fett versilbern und dafür Rind- und Lammfleisch kaufen. Ihr Chinesen liebt Mäntel aus Murmeltierfell, und so kommen jedes Jahr im Herbst Händler aus Zhangjiakou, um Pilze zu sammeln und Murmeltierfelle zu kaufen, die dreimal so teuer sind wie Schaffelle. Was glaubst du, wie vielen Menschen Murmeltiere das Leben gerettet haben, sogar die Familie von Dschingis Khan war einmal auf sie angewiesen.«

»Murmeltiere schmecken gut, weil sie so viel Fett haben«, sagte Uljii. »Eichhörnchen, Wühlmäuse und Ziesel horten Futter, um den Winter zu überleben, aber Murmeltiere leben von ihren Fettreserven.«

»Nach dem Winter«, ergänzte Bilgee, »ist ihr Fett dann verbraucht. Aber sieh nur, wie viel Fleisch sie noch auf den Knochen haben. Und da das Gras in diesem Jahr so gut ist, werden sie sich das Fett im Nu wieder angefressen haben.«

Chen ging ein Licht auf. »Deshalb haben die Wölfe uns in letzter Zeit in Ruhe gelassen, sie wollen mal etwas anderes fressen. Aber wie kommen sie an die Tiere in den tiefen Bauen heran?«

Bilgee lachte nur. »Gewusst wie! Ein großer Wolf gräbt sich in den Hauptausgang eines Baus, treibt die Bewohner zu den Fluchtlöchern, wo schon weitere Wölfe warten, um die Murmeltiere an Ort und Stelle aufzufressen. Kleinere Wölfe kriechen in den Bau hinein und zerren ihre Beute heraus, und auch Wüstenfüchse passen hinein. Ich komme jedes Jahr, um Murmeltiere zu schießen, und jedes Mal fange ich unfreiwillig Wüstenfüchse und einmal sogar einen kleinen Wolf. Wenn Menschen ihre Kinder in Wolfsbaue kriechen lassen, um Junge herauszuholen, so haben sie das von Wölfen und Wüstenfüchsen gelernt. Die Baue der Murmeltiere müssen sehr tief sein, damit die Tiere nicht erfrieren. »Was meinst du, warum Wolfsbaue mitunter so tief liegen, obwohl Wölfe keinen Winterschlaf halten und das gar nicht nötig hätten?«

Chen Zhen schüttelte den Kopf, und der Alte fuhr fort: »Weil sie oft die von Murmeltieren übernehmen. Weibchen bringen dort gern ihre Jungen zur Welt.«

»Diese Wölfe!«, rief Chen aus. »Eine ganze Murmeltierfamilie auffressen reicht ihnen nicht, sie müssen auch noch ihren Bau übernehmen.«

Uljii lächelte – er schien die tödliche Entschlossenheit der Wölfe irgendwie zu bewundern. Mit geneigtem Kopf erklärte er: »Wären die Wölfe nicht so grausam, hätten sie keine Chance gegen Murmeltiere. Und es ist gut für das Grasland, dass sie Murmeltiere fressen. Murmeltiere sind eine Katastrophe für das Grasland, sieh nur, was sie aus diesem Berg hier gemacht haben mit ihren vielen Höhlen. Sie werfen einmal jährlich sechs oder sieben Junge, und wenn nötig, graben sie einen noch größeren Bau für ihren Nachwuchs und zerstören dabei unglaublich viel Weideland. Es gibt vier große Schädlinge für das Weideland: Feldmäuse, wilde Kaninchen, Murmeltiere und Gazellen, in dieser Reihenfolge. Murmeltiere sind langsam, ein Mensch kann sie einholen, aber trotzdem entwischen sie ihm. Denn ihre Höhlen sind durch unterirdische Gänge miteinander verbunden. Murmeltiere fressen eine Menge Gras und im Winter auch noch Grassamen. Aber die Höhlen sind noch schlimmer, Pferdehirten haben große Angst vor ihnen. Jedes Jahr brechen sich viele Pferde die Knochen, wenn sie in eine hineinstolpern, und werfen ihre Reiter ab.«

»Dann ist es also wirklich gut für das Grasland, wenn Wölfe Murmeltiere töten«, sagte Chen.

Uljii nickte. »Die Höhlen der Murmeltiere sind wirklich das größte Ärgernis, zu allem Überfluss geben sie Mücken auch noch die Möglichkeit zu überwintern. Die Mücken der östlichen Mongolei sind weltberühmt. Die mandschurischen Waldmücken fressen einen Menschen bei lebendigem Leib, unsere ein Rind. Man sollte meinen, dass es in der Inneren Mongolei mit bis zu vierzig Grad unter null, wenn sogar kranke Rinder zu Skulpturen gefrieren, zu kalt für Mücken sei. Denn in Jurten überwintern sie nicht. Wo und wie also dann? In den Höhlen der Murmeltiere natürlich! Mit den Tieren zusammen schlüpfen sie in deren tiefe Höhlen, die ihre Wirte dann verschließen und gegen Kälte und Schnee schützen, sodass ein warmes Nest entsteht. Die Murmeltiere brauchen keine Nahrung, weil sie schlafen, und die Mücken finden genug Nahrung bei ihren Gastgebern, um in aller Ruhe über den Winter zu kommen. Im Frühjahr, wenn die Murmeltiere aufwachen, kommen die Mücken mit ihnen aus dem Bau und brüten auf einem der vielen Seen die nächste Mückengeneration aus. Im Sommer verwandelt das Grasland sich dann in ein Mückenparadies. Ja, die Murmeltiere sind eine Gefahr für das Grasland und Wölfe ihre Hauptfeinde. Wenn die Murmeltiere aus ihren Höhlen kommen, ziehen die Wölfe in die Berge, heißt es, und das bedeutet, wenn die Murmeltiere aus ihren Höhlen kommen, hat das Vieh ein paar ruhige Tage.«

Chen Zhen war zwei Sommer hindurch von Mücken zerstochen worden. Ihr Summen allein reichte, um ihm die Haare am ganzen Körper zu Berge stehen zu lassen und das Gefühl zu geben, seine Haut reiße auf. Die Schüler aus der Stadt fürchteten Mücken mehr als Wölfe und ließen sich Moskitonetze aus Peking schicken, um ruhig schlafen zu können. Nachdem die Viehzüchter sie gesehen hatten, wurden Moskitonetze im Jahr darauf zum festen Bestandteil der mongolischen Jurten, und die Viehzüchter nannten sie liebevoll Haus der Mücken.

»Die Mückenplage hängt also mit den Murmeltieren zusammen, die Höhlen werden zu so etwas wie Brutstätten für Mücken, und die Wölfe sind der natürliche Feind der Murmeltiere. Darüber habe ich aber noch nie etwas gelesen«, meinte Chen Zhen skeptisch zu Uljii.

»Das Grasland ist ein komplexes System«, sagte Uljii. »Die Dinge hängen miteinander zusammen, und vom Wolf hängt alles ab. Wenn dieser große Kreislauf zerstört wird, bedeutet das das Ende der Viehzüchterei im Grasland. Das Verdienst der Wölfe um die Viehzucht lässt sich gar nicht in Zahlen ausdrücken, jedenfalls ist ihr Nutzen größer als der Schaden, den sie anrichten.«

»Aber glaub jetzt nicht«, warf Bilgee lachend ein, »dass die Murmeltiere nutzlos für uns sind. Ihr Fleisch und Fett sind sehr wertvoll, und das Fell ist eine wichtige Einkommensquelle für die Viehzüchter. Die Regierung tauscht sie gegen ausländische Autos und Waffen. Die Wölfe sind schlau genug, immer genug Murmeltiere für das nächste Jahr übrig zu lassen, und auch die Menschen rotten sie nie ganz aus, sie töten nur die großen, nicht die kleinen.«

Die drei Pferde galoppierten durch die Berge, und die Murmeltiere rundum pfiffen ihnen furchtlos und lautstark hinterher. Falken stießen vom Himmel auf sie herunter, verfehlten aber neun von zehn Malen ihr Ziel. Je weiter die Reiter Richtung Nordosten kamen, umso weniger Menschen sahen sie, bis es gar keine Spuren menschlichen Lebens mehr gab und schließlich nicht einmal mehr Pferdeäpfel.

Als die drei Männer den höchsten Punkt eines steilen Abhangs erreicht hatten, breitete sich in der Ferne eine Hügellandschaft von so dermaßen leuchtendem Grün aus, dass sie fast unecht wirkte. Denn auch wenn das Grün, durch das sie bisher geritten waren, schon Vorbote des Frühlings war, so mischte sich doch allenthalben Gelb darunter und ein wenig Braun vom letzten Herbst. Das ferne Grün aber war so kräftig wie die Stoffkulisse auf einer Bühne oder wie ein Feenland im Zeichentrickfilm für Kinder. Uljii wies mit seiner Peitsche in die Ferne. »Im letzten Herbst hätten wir hier einen schwarzgrauen Berg gesehen, aber jetzt ist alles grün, als hätte man der Anhöhe ein grünes Atlasgewand übergestreift.« Um die beiden dorthin zu führen, schlug Uljii einen Weg über sanft hügeliges Gelände ein.

Nachdem die Gruppe zwei Bergkämme überquert hatte, erreichte sie den über und über mit grüner Gerste bedeckten Berghang, wohlriechend und ohne einen gelben Halm dazwischen. Doch je länger Bilgee den Geruch einsog, umso mehr hatte er das Gefühl, etwas stimme nicht, und er sah sich genauer um. Auch die beiden Hunde hatten Witterung aufgenommen, liefen hin und her und schnüffelten unruhig. Der alte Mann beugte sich vor und inspizierte das Gras neben den Pferdehufen. Dann richtete er sich auf und fragte die beiden anderen: »Was riecht ihr?«

Chen Zhen atmete tief ein, genoss den grasigen Duft und kam sich vor wie auf einer vom Pferd gezogenen Mähmaschine im Herbst, ihm stieg der saftige Geruch frisch geschnittenen Grases in die Nase. »Hat hier gerade jemand Gras gemäht?«, fragte er. »Aber wer sollte das gewesen sein?«

Der alte Mann stieg vom Pferd und klopfte mit seinem Hirtenstock suchend auf dem Gras herum. Dann nahm er etwas Gelbgrünes vom Boden auf, drückte mit den Fingern darauf herum, roch daran und sagte: »Das ist Gazellenkot. Hier müssen gerade noch Gazellen gewesen sein.«

Uljii und Chen stiegen ebenfalls vom Pferd und betrachteten den Gazellenkot in der Hand des alten Mannes. Er bestand nicht aus Kügelchen, denn im Frühjahr ist Gazellenkot eine einzige feuchte Masse. Erstaunt gingen sie ein paar Schritte weiter und entdeckten eine größere Fläche im Gras, die wie mit der Sense gemäht schien.

»Im Frühjahr glaubte ich, einige Gazellen dort gesehen zu haben, wo die Schafe ihre Jungen bekommen«, sagte Chen. »Jetzt weiß ich, wo sie zum Grasen hingelaufen sind. Du meine Güte, wo sie gegrast haben, sieht es aus wie mit dem Mähdrescher gemäht.«

Uljii lud sein Gewehr nach und entsicherte es. Dann sagte er leise: »Die Gazellen kommen in jedem Frühjahr dorthin, wo die Schafe ihre Lämmer werfen und fressen den Muttertieren das Gras weg. Dass sie in diesem Jahr nicht gekommen sind heißt, dass es hier besseres Gras gab, besser als das der Mutterschafe. Die Gazellen denken wie ich.«

Bilgee lächelte Uljii verschmitzt zu. »Gazellen sind Experten im Finden von Weideplätzen. Es wäre dumm, wenn wir und unser Vieh ihnen nicht folgten – ich glaube, du hast wieder einmal Recht.«

»Nicht so voreilig«, bremste ihn Uljii. »Sehen wir uns erst einmal das Wasser dort an.«

»Aber die Lämmer sind noch so klein«, wandte Chen erschrocken ein, »und der Weg ist zu weit. Es dauert noch mindestens einen Monat, bis wir sie hierherbringen können, und bis dahin haben die Gazellen alles aufgefressen.«

»Keine Sorge«, beruhigte ihn der Alte, »die Wölfe sind flinker als wir Menschen. Meinst du, sie ließen lange auf sich warten, nachdem die Gazellen hier aufgetaucht sind? Die Saison ist noch nicht zu Ende, Muttertiere, Männchen und Junge sind langsam, das ist die beste Jagdzeit für Wölfe überhaupt. In wenigen Tagen werden die Wölfe alle Gazellen in die Flucht geschlagen haben.«

»Kein Wunder, dass die Überlebensrate bei den Lämmern in diesem

Jahr viel höher war als im letzten«, sagte Uljii. »Die Gazellen sind beim Sprießen des ersten Grüns hierhergekommen, und die Wölfe sind ihnen gefolgt.«

Kaum hörte Chen, dass Wölfe in der Nähe sein könnten, drängte er die beiden aufzusitzen. Sie überquerten einen weiteren Bergrücken, als Uljii sie darauf hinwies, wachsam zu sein, da sich hinter dem nächsten Bergrücken ein großes Weideland öffnen würde, wo er die Gazellen und Wölfe vermutete.

Am Bergrücken angelangt, stiegen sie ab, führten die Pferde und zwei von ihnen mit der freien Hand einen Hund, und schlichen gebückt in Richtung zweier großer Steine weiter oben. Für die beiden großen Hunde roch es nach Jagd, sie hielten sich nah bei den Menschen und krochen voran. Bei den Felsbrocken angelangt, banden die Reiter ihren Pferden die Vorderbeine mit den Zügeln zusammen, schlichen wieder gebückt auf die andere Seite der Steine und beobachteten im Gras liegend mit ihren Ferngläsern das neue Weideland, das sich vor ihnen ausbreitete.

Endlich sah Chen das wunderschöne, jungfräuliche Weideland, das vielleicht letzte unberührte in China überhaupt, so atemberaubend schön, dass er keinen Schritt mehr zu gehen wagte. Vor ihnen lag eine grüne tellerartige Fläche, an deren Ostseite sich eine Berghöhe hinter der anderen erstreckte, bis hin zum großen Xing'an-Gebirgszug. Auf dem Grün wogten die Farben der Berge, Hellgrün, Dunkelgrün, Braun, Dunkelrot, Blau und Pink bis zum Horizont, um sich schließlich mit dem Rosa des Himmels zu vereinen. An den anderen drei Seiten umgaben sanfte Hügel das Grün wie der flache Rand eines Tellers. Die grüne Fläche selbst lag da wie ein von Tengger angefertigter Grasteppich mit einem Muster aus blauen, weißen, gelben und rosa Bergblumen darauf und anderen wilden Blüten dazwischen, ein fröhliches Farbenallerlei.

Aus den Bergen im Südosten quoll ein typisch mongolisches Flüsschen hervor. In der grünen Senke angekommen, wand es sich in großen und kleinen Hufeisenkurven hin und her, die sich in eine ganze

Aussteuer aus silbern glänzenden Ohrringen, Armbändern und Halsketten verwandelten. Immer weiter schlängelte sich der Fluss in zahllosen Windungen und Wendungen bis zu einem blauen See in der Mitte des grasgrünen Beckens. Leichte weiße Wolken spiegelten sich im klaren Wasser.

Dieser See in der Mitte des Beckens war ein Schwanensee, den zu sehen Chen Zhen nicht einmal zu träumen gewagt hätte. Durch sein Teleskop sah er ein Dutzend oder mehr blendend weiße Schwäne anmutig auf dem Wasser schwimmen, das umgeben von dichtem Schilf war. Um sie herum fanden sich Hunderte und Tausende wilde Gänse, Enten und namenlose Wasservögel. Plötzlich erhoben sich fünf, sechs Schwäne in die Luft, und mit ihnen eine Schar Wildvögel. Sie kreisten über See und Fluss und begrüßten sie laut, wie ein Willkommenschor. Der See lag ruhig da, weiße Federn trieben auf seiner Oberfläche, ein Hort des Friedens, wie aus einer anderen Welt.

Am nordwestlichen Rand des Schwanensees gab es einen natürlichen Abfluss, der das nahe gelegene Feuchtgebiet mit Wasser versorgte.

Dies war wahrscheinlich der letzte unberührte Schwanensee in ganz China und das letzte so unberührte Fleckchen Erde von so schlichter Schönheit innerhalb des nördlichen Graslands. Chen sah wie gebannt hin, doch dann seufzte er, und Angst überwältigte ihn. Sobald der Mensch hier eindrang, würde es mit der einfachen Schönheit vorbei sein, und nie wieder würden Chinesen diese unberührte, reine Schönheit bewundern können.

Uljii und Bilgee sahen weiter durch ihre Ferngläser. Der alte Bilgee tippte mit der Fußspitze leicht gegen Chens Schienbein, er solle zur dritten Flussbiegung hinübersehen, auf der rechten Seite. Chen, noch nicht ganz wieder aus seiner Traumwelt erwacht, fragte erneut nach ihrem Ziel, bevor er sein Teleskop auf das Flüsschen richtete. Am Ufer sah er in einer der Windungen des Flusses vier Gazellen. Ihre Hinterbeine standen im Wasser und steckten wahrscheinlich im Schlamm fest, mit den Vorderbeinen auf dem Ufer versuchten sie vergeblich, sich hinauszuziehen. Nicht weit entfernt lagen gut ein Dutzend Gazellen im Gras, die Bäuche aufgerissen. Chen suchte das hohe Ufergras ab, als sein Herz einen Sprung machte: Nicht weit von den toten Gazellen entfernt schliefen mehrere große Wölfe. Das Gras stand zu hoch, um ihre Zahl genau auszumachen.

Uljii und Bilgee fuhren fort, jede Ecke des großen Beckens abzusuchen, und ihre Blicke blieben im Südosten hängen, wo Gazellen in kleinen Gruppen grasten, die Jungtiere immer nah bei ihren Müttern. Chen Zhen sah ein Muttertier ihr Neugeborenes ablecken und immer wieder nervös um sich blicken. Das Junge versuchte auf die Beine zu kommen, denn wenn es einmal stand, würde es sofort fliehen können, dass nicht einmal ein Hund hinterherkäme. Dieser erste Stehversuch aber entschied über Leben und Tod. Chen wusste nicht, wie er sich entscheiden sollte: für die Gazellen oder die Wölfe?

»Siehst du«, sagte der Alte. »Die Wölfe schlafen in aller Ruhe, weil sie genau wissen, dass die Menschen ihnen dort nichts anhaben können. Und sobald wir uns zeigen, sind Gazellen und Wölfe fort.«

»Aber die Gazellen, die im See feststecken, gehören uns«, rief Uljii vergnügt. »Mittagessen!«

Sie stiegen auf und galoppierten zum See hinüber. Sobald Menschen, Pferde und Hunde sich zeigten, flitzten die Wölfe wie sirrende Pfeile in Richtung der Berge im Osten und waren im nächsten Moment im Schilf verschwunden. Auch die Gazellen waren im Nu über den Berg geflohen. Zurück blieben nur die, die im See steckten, und die Weibchen, die ihre Jungen leckten.

Die Reiter näherten sich einer Biegung im Fluss, die mehrere hundert Quadratmeter Land umfloss. Der Fluss war hier etwa vier, fünf Meter breit, einen Meter tief und das Wasser glasklar. Im Ufergras lagen Dutzende Gazellen, vielen waren die Eingeweide weggefressen worden, ein Tier steckte im Schlamm fest, einige versuchten verzweifelt ans Ufer zu kommen, während sie aus ihren Wunden am Hals bluteten.

Chen kannte die Einkreisungstaktik der Wölfe inzwischen, sah aber zum ersten Mal, wie sie eine Flussbiegung zu ihrem Vorteil nutzten. Er ritt um die Wölfe herum und studierte ihre Angriffstaktik.

»Sieh nur, wie genial die Wölfe sind«, sagte Uljii. »Sie haben sich vermutlich am Abend vorher schon am Ufer versteckt und darauf gewartet, dass die Gazellen zum Saufen an den Fluss kamen. Dann haben sie alle verbleibenden Fluchtwege abgeschnitten, und die Gazellen waren in der Flussbiegung gefangen. Wie simpel! Die Biegung im Fluss war ihr Futtersack, sie mussten ihn nur noch zuschnüren.«

Die beiden Hunde nahmen die Witterung des Fleisches auf, von dem die Wölfe gefressen hatten, zeigten aber kein Interesse an den von Wölfen abgenagten Gazellenknochen. Bar stürzte auf eine kaum mehr lebende Gazelle zu, sah fragend Bilgee an, und als dieser nickte und ihn ansporte: »Ja, friss nur!«, da biss er dem Tier die Kehle durch, um ihm anschließend ein großes Stück Fleisch aus dem Schenkel zu reißen und hinunterzuschlingen. Beim Anblick dieses brutalen Mordens sträubte sich Erlang das Fell, wie es bei Wölfen der Fall war, und sein Tötungsinstinkt erwachte.

Er entdeckte eine lebende Gazelle in der Nähe, sprang ins Wasser, schwamm hinüber, und der alte Mann erlaubte nicht, dass Chen ihn zurückrief. »Dieser Hund hat viel Wildheit in sich, lass ihn das Tier töten, sonst geht er auf unsere Schafe los.«

Die drei traten ans Flussufer. Bilgee löste ein Lederband vom Sattel und band es zu einer Schlinge, Chen zog seine Stiefel aus, krempelte seine Hosenbeine hoch und watete ins Wasser, um das Seil einer Gazelle um den Hals zu legen. Bilgee und Uljii zogen das Tier ans Ufer, wo sie es an den Hufen zusammenbanden. Dann zogen die drei Männer die andere Gazelle aus dem blutigen Wasser ans Ufer und legten sie für das Picknick auf eine saubere Stelle im Gras.

»Eine essen wir hier, die andere nehmen wir mit«, sagte Bilgee.

Uljii schlachtete das eine Tier, während Bilgee und sein junger Freund in die Berge ritten, um Feuerholz zu sammeln.

Im Nordwesten kamen sie in ein tiefes Tal, an dessen Hängen wilde Aprikosenbäume wuchsen, von denen nur wenige tot, doch viele kleine Zweige an den Ästen verbrannt waren. Die verwelkten Aprikosenblüten waren abgefallen und erfüllten das Tal mit ihrem intensiven Duft, den Boden bedeckte eine dicke Schicht verrotteter Aprikosenkerne. Die beiden griffen sich zwei dicke Bündel trockene Zweige, schnürten sie mit den Lederbändern zusammen und ritten zurück zu ihrem Rastplatz. Uljii hatte die Gazelle inzwischen gehäutet, große Fleischstücke herausgeschnitten und am Flussufer noch wilde Zwiebeln gefunden und wilden Schnittlauch, der hier so dick wie Essstäbchen gewachsen war.

Sie nahmen den Pferden Zaumzeug und Sattel ab. Glücklich von ihrer einengenden Last befreit, zogen die Tiere zu einem sanften Hügel in der Nähe und löschten am Fluss ihren Durst.

»Gutes Wasser! Sehr gutes Wasser!«, hörte Bilgee nicht auf zu betonen. »Das ist das Erste, worauf bei einem neuen Sommerweideland geachtet werden muss.«

Die Pferde tranken, bis ihre Bäuche prall gefüllt waren, wandten sich dann dem Hügel zu, und grasten und schnauften dabei genüsslich durch ihre Nüstern.

Das Lagerfeuer brannte, erstmals stieg der Duft von gegrilltem Gazellenfleisch in den klaren Himmel über dem Schwanensee auf, gemischt mit einem öligen Geruch nach Zwiebeln und Schnittlauch und Pfeffer. Sie saßen nah beim See, wo altes Schilf, das vom Buschfeuer verschont worden war, und jung nachgewachsenes Chen den Blick auf See und Schwäne verwehrte. Unablässig drehte er einen Zweig mit einem Stück Gazellenfleisch in der Hand, das so frisch war, dass es noch zu zucken schien. Die drei waren vor Einbruch der Dämmerung aufgebrochen und inzwischen völlig ausgehungert. Chen streifte Zwiebeln, Schnittlauch und zarte Paprika von den Zweigen, leerte einen Fleischspieß nach dem anderen, und spülte immer wieder mit einem Schluck aus der Schnapsflasche Bilgees nach, bis er ganz und gar trunken war von dem betörenden Geschmack ihres Wolfsmahls.

»Dies ist das zweite Mal, dass ich die Überreste eines Wolfmahls genieße, und es ist das Köstlichste, was man sich vorstellen kann«, sagte er. »Und es schmeckt besonders gut, wenn man es mitten im Jagdgebiet der Wölfe isst. Kein Wunder, dass die Kaiser früher liebten, im mongolischen Grasland auf die Jagd zu gehen.«

Bilgee und Uljii hielten Gazellenbeine über das Feuer und trennten immer die äußerste, knusprig gegrillte Schicht ab, machten Schnitte für Salz, Zwiebeln und Paprika hinein und erhitzten sie weiter. Bilgee aß mit Appetit, setzte seine Schnapsflasche an und nahm mit nach hinten gelegtem Kopf einen kräftigen Schluck. »Ich bin froh, dass die Wölfe für uns dieses Weideland bewacht haben«, sagte er dann. »In gut drei Wochen, wenn die Lämmer kräftig genug sind, werden wir die ganze Produktionsgruppe hierherbringen.«

Uljii wickelte etwas wilde Zwiebelhaut und Schnittlauch um ein Stück Fleisch und fragte: »Meinen Sie, die gesamte Produktionsgruppe würde mitkommen?«

»Nachdem Wölfe und Gazellen schon hier sind, warum sollten die Menschen nicht folgen?«, fragte der alte Mann. »Würden die Gazellen kommen, wenn das Gras nichts wert wäre? Und die Wölfe, wenn es nur wenige Gazellen wären? Ich werde diese Gazelle mitnehmen und morgen bei mir die Kader zu einem Festmahl mit Teigtaschen und Füllung aus Gazellenfleisch einladen. Wenn sie erfahren, dass das Wasser hier gut und dass es fließendes Wasser ist, werden sie unbedingt herkommen wollen. Im Sommer reicht gutes Weideland nicht aus, auch das Wasser muss gut sein. Tote Seen, zu wenig oder dreckiges Wasser machen das Vieh krank, und sie haben keine Chance, das lebenswichtige Fett anzusetzen.«

»Sollte es Bedenken geben, bringe ich jeden Einzelnen persönlich hierher«, sagte Uljii.

Bilgee lachte lauthals auf. »Das wird nicht nötig sein. Ich bin der Leitwolf, mir werden die großen und kleinen Wölfe der Produktionsgruppe schon folgen. Es hat noch niemandem geschadet, dem Leitwolf zu folgen.« Er wandte sich an Chen Zhen: »Oder hast du jemals Schaden davongetragen, weil du mir gefolgt bist?«

Chen fiel in das Lachen des Älteren ein. »Im Gefolge des Wolfskönigs esse ich nur die feinsten Dinge und trinke besten Schnaps. Yang Ke und die anderen sind ganz wild darauf, mit meinem alten Freund unterwegs zu sein.«

»Abgemacht«, sagte Uljii. »Ich gehe zur Produktionsgruppe und bereite den Umzug vor. Der Druck, dem ich seit Jahren wegen der Quotenerfüllung ausgesetzt werde, lässt mir kaum noch Luft zum Atmen. Wenn wir dieses neue Weideland erschließen, werde ich in den nächsten vier, fünf Jahren Ruhe haben.«

»Und danach?«, fragte Chen. »Gibt es irgendwo noch mehr Land, das wir uns zu eigen machen können?«

»Nein.« Uljii blickte niedergeschlagen drein. »Im Norden ist die Grenze, im Westen und Süden sind andere Kommunen angesiedelt. Richtung Osten werden die Berge zu steil und felsig. Ich war schon zweimal da, es gibt dort kein brauchbares Weideland mehr.«

»Und was wird dann später?« Chen ließ nicht locker.

»Es bleibt nur, die Größe unseres Viehbestands unter Kontrolle zu halten und stattdessen die Qualität zu erhöhen. Zum Beispiel hochwertige Xinjiang-Schafe züchten. Sie haben viel besseres und viel mehr Fell als unsere hier; damit werden wir den dreifachen Preis erzielen. Für unsere Wolle bekommen wir einen Kuai pro Pfund, für das der Xinjiang-Schafe mindestens vier. Stellt euch das mal vor! Wolle ist unsere wichtigste Einnahmequelle.«

Chen musste ihm zustimmen. »Das ist eine gute Idee.«

Doch Uljii seufzte. »Die chinesische Bevölkerung ist so groß, ich fürchte, in ein paar Jahren wird unser Weideland den Bedarf nicht mehr decken können. Ich weiß wirklich nicht, was aus euch jungen Leuten werden soll, wenn wir Alten in Rente gehen!«

Bilgee sah Uljii an. »Sie müssen mit Ihren Vorgesetzten verhandeln. Wenn sie die Quoten immer weiter erhöhen, wird der Himmel gelb werden, die Erde sich auflehnen, und die Menschen werden unter Sand begraben.«

»Wer hört uns schon an?« Uljii schüttelte den Kopf. »Jetzt haben die Landwirtschaftskader das Sagen. Sie sind gebildet und sprechen fließend Chinesisch. Außerdem versuchen sie sich gegenseitig im Erlegen von Wölfen zu überbieten. Und im Kampf um den größeren Viehbestand setzen sich die durch, die nichts von unserem Weideland hier verstehen.«

Die drei Pferde waren satt gefressen und hielten mit gesenktem Kopf und geschlossenen Augen ein Nickerchen. Erlang kehrte zurück, völlig durchnässt, der Kopf blutig, sein Bauch voll wie ein Melkeimer. Über zehn Meter von den Menschen entfernt blieb er stehen. Bar schien zu erahnen, was der andere gemacht hatte, starrte ihn eifersüchtig an, und im nächsten Moment waren die beiden wütenden Hunde in einen erbitterten Kampf verwickelt. Chen und Bilgee eilten herbei, um sie voneinander zu trennen.

Uljii setzte seine Führung durch das Becken fort und diskutierte mit Bilgee, wie sie das Land unter die vier Teile ihrer Produktionsgruppe aufteilen sollten. Chen sog die herrliche Landschaft um sich herum gierig auf und fragte sich, ob er im Garten Eden des Graslands gelandet war oder im Grasland des Garten Eden? Hier wollte er verweilen und nie wieder weggehen.

Zurück an ihrem Picknickplatz schlachteten, häuteten und zerteilten die drei Männer die zweite Gazelle. Als Chens Blick auf die blutigen Kadaver der Gazellen am Fluss fiel, wurde ihm schwach und weh ums Herz. Die Ruhe und Romantik, die er anfangs auf dem Grasland empfunden hatte, waren durch das Blut an seinen Händen und den Geruch des Todes längst verdrängt worden. Chen grübelte und konnte sich schließlich nicht zurückhalten, seinen alten Freund zu fragen: »Wenn Wölfe im Winter Gazellen reißen, so tun sie es, um im Frühjahr genug zu fressen zu haben. Aber wieso tun sie es im Sommer? In all diesen Flussbiegungen liegen offenbar noch unzählige tote Gazellen, die in wenigen Tagen stinken und verrotten und ungenießbar sein werden. Lieben Wölfe einfach das Töten?«

»Nein«, sagte Bilgee, »Wölfe töten nicht aus Spaß oder um ihre Stärke unter Beweis zustellen. Sie tun es für die Alten und Schwachen im Rudel. Was meinst du, wieso Tiger und Leoparden sich auf dem Grasland nicht niederlassen? Wölfe leben in einem festeren Verband als sie. Wenn ein Tiger Beute erlegt, denkt er nicht an Alte, Weibchen oder seine Jungen, sondern frisst das erlegte Tier allein auf. Anders die Wölfe. Wenn sie ein Tier erlegen, denken sie an sich selbst und an das Rudel, an alte Tiere, die nicht mehr mit dem Rudel mithalten können, an verletzte, halbblinde, junge und kranke sowie an säugende Muttertiere. Jetzt siehst du hier eine Menge toter Gazellen liegen. Aber wenn der Leitwolf heute Nacht heult, werden das halbe Olonbulag und alle Wölfe, die sich mit diesen irgendwie blutsverwandt fühlen, herkommen und sämtliche Gazellen auffressen. Das Heulen eines Wolfes kann Hunderte seiner Artgenossen zum Kampf herbeirufen. Die Alten erzählten, dass es früher auch Tiger hier gegeben habe, die aber inzwischen von Wolfsrudeln vertrieben worden sind. Wölfe sind mehr auf Familienzusammenhalt bedacht als Menschen.«

Der alte Mann seufzte. »Der Mensch hat nur zur Zeit Dschingis Khans so richtig vom Wolf gelernt. Jeder mongolische Stamm hielt zusammen wie die Speichen eines Rades oder ein Bündel Pfeile. Es waren zwar nicht viele Menschen, aber sie hatten Kraft, denn alle waren bereit, für ihre Mutter, das Grasland, ihr Leben zu opfern.

Wie sonst hätten sie es geschafft, die halbe Welt zu unterwerfen? Der Untergang der Mongolen setzte ein, als ihre Einigkeit zerbrach. Inzwischen kämpften Brüder und Stämme gegeneinander. Jeder Stamm schießt Pfeile ab, die von anderen leicht zerstört werden können. Wölfe machen es besser. Ihre Taktik der Kriegführung ist eigentlich leicht zu lernen, aber ihre Art des Zusammenhalts scheinen wir auch nach Hunderten von Jahren nicht recht zu begreifen. Aber lassen wir das, das bloße Thema macht mich traurig.«

Chen ließ seinen Blick gedankenverloren über den atemberaubend schönen Schwanensee gleiten.

Der alte Mann wickelte das Fleisch in Gazellenhaut ein und verteilte es auf zwei Stofftaschen. Chen Zhen sattelte den Älteren die Pferde, die beiden warfen ihre Stofftaschen über den Rücken der Tiere und banden sie mit Ledergurten ordentlich fest.

Dann galoppierten die drei zurück zu ihrer Brigade.

17

Sie sind wie der Wolf, das Ahntier der Hunnen (Ahntier bedeutet »Totem« – Anm. d. Autors).
[...]
Wir wissen, dass der Urahn in den Mythologien der Türküt und der Mongolen ein Wolf war. Nach der Geheimen Geschichte der Mongolen *war ein grauer Wolf ihr göttlicher Vorfahr, und dem Epos des Ughuz Khan zufolge war der göttliche Vorfahr der Türküt »ein enormer Wolf mit grauem Pelz und dunkler Mähne, der aus dem Licht kam«.*

René Grousset (franz. Historiker), Die Steppenvölker

Über die abschließende Regelung des Olonbulag-Zwischenfalls mit den Kriegspferden wurde an höherer Stelle entschieden. Uljii, der für die gesamte Produktion verantwortlich war, wurde aus der dreiköpfigen Leitung ausgeschlossen und zu körperlicher Arbeit an die Basis strafversetzt. Batu, Laasurung und zwei weitere Pferdehirten wurden ebenfalls scharf kritisiert und Batu seines Postens als Kompanieführer enthoben. Bao Shungui, der inzwischen nicht mehr beim Militär war, wurde zum Kopf des Leitungsteams ernannt und war jetzt für alle revolutionären Aktivitäten und die Produktion zuständig.

Als Uljii die Zentrale verließ, begleiteten Bao und Zhang Jiyuan ihn zur Viehzüchterbrigade. Uljii trug nur einen Rucksack bei sich, der kleiner war als der von Jägern auf der Jagd. Vor der Kulturrevolution hatte Uljii sein Büro als Lagerleiter mitten im Viehzüchtergebiet eingerichtet. Er hatte dort seine eigene winterfeste Jurte sowie Stiefel für jede Jahreszeit, und seine Besitztümer wurden von mongolischen Frauen gesäubert und instand gehalten. Seit vielen Jahren war er es gewohnt, zu den Viehzüchtern zu ziehen, und hatte die Arbeit getan, die anfiel, egal, welchen Posten er bekleidete. Dem Respekt, der ihm entgegengebracht wurde, hatte dies keinen Abbruch getan. Doch an diesem Tag zog er halb so schnell wie sonst seines Weges. Er ritt einen alten Schimmel, der auch jetzt im Spätfrühling noch erbärmlich fror und der mit seinem noch nicht ganz abgeworfenen Winterfell aussah wie ein alter Mann, auch zum Sommeranfang noch seine gefütterte Jacke überzog.

Zhang hatte von der Leitung Batterien für die Brigade geholt, war auf dem Rückweg dem alten und neuen Leiter begegnet und begleitete nun Uljii. Er wollte ihm sein schnelles Pferd überlassen, doch der wehrte ab und trieb ihn zur Eile, er solle keine Zeit verlieren. Als Zhang erfuhr, dass Uljii bei Bilgee wohnen würde, war er beruhigt.

Bao Shungui ritt Uljiis großes weißes Pferd mit gelben Flecken, dessen neues Fell seidig schimmerte und das vor Kraft derartig strotzte, dass Bao es fortwährend zügeln musste, um Uljii nicht davonzureiten. Das Tier zog ungeduldig an den Zügeln, denn es war seinen neuen Reiter nicht gewöhnt, der ihm immerzu die Fersen in die Seiten bohrte. Ab und zu verlangsamte es seinen Schritt, um seine Nase am Knie seines früheren Herrn zu reiben und traurig zu wiehern.

»Uljii«, begann Bao, »ich habe mein Möglichstes getan, um Sie in der Leitung zu halten. Von Viehzucht verstehe ich nichts, denn ich bin unter Bauern aufgewachsen. Es macht mir Sorge, für ein so großes Viehzüchtergebiet verantwortlich zu sein.«

Uljii stand der Schweiß auf der Stirn. Er drückte seinem Pferd immer wieder die Fersen in die Flanken – ein so altes Tier zu reiten war für Pferd und Reiter gleich ermüdend, und Zhang half zusätzlich mit seiner Peitsche, das Pferd anzutreiben. Uljii tätschelte dem Pferd beruhigend den Hals und sagte zu Bao Shungui: »Die Regelung ist fair, sie dient der Produktion und hat nichts mit Politik zu tun. Es war ein größerer Zwischenfall mit weitreichenden Auswirkungen. Wenn sie mich nicht irgendwie bestraft hätten, wäre das nach außen kaum zu vertreten gewesen.«

Bao sah ihn ernst an. »Ich bin jetzt fast ein Jahr hier und muss sagen, dass so ein Viehzüchtergebiet viel schwerer zu führen ist als Bauernland. Noch ein oder zwei Zwischenfälle dieser Größenordnung, und ich werde mich hier nicht lange halten. Einige wollten Sie zur Baubrigade versetzen, aber ich habe darauf bestanden, dass Sie in die Zweite Brigade kommen. Denn Sie verstehen etwas von Viehzucht, und wenn Sie bei Bilgee in der Jurte wohnen, bin ich beruhigt. Wann immer ich mit etwas nicht klarkomme, werde ich Sie um Rat fragen.«

Uljiis Miene hellte sich auf, als er nachfragte: »Hat das Revolutionskomitee dem Wechsel der Zweiten Brigade auf das neue Weideland zugestimmt?«

»Der Beschluss steht fest«, sagte Bao, »und ich bin für die Organisation verantwortlich, während Bilgee die konkrete Abwicklung wie zeitlicher Ablauf, Ab- und Aufbau des Jurtenlagers und so weiter untersteht. Es gab eine Menge Gegenstimmen, der Weg sei zu weit, es gebe dort Mücken und Wölfe und keinerlei Infrastruktur für den Notfall. Ich bin für alles verantwortlich, und darum möchte ich mit Ihnen mitgehen. Es wird ein Bauteam dabei sein, um einen Vorratsraum für Medikamente zu bauen, einen für Schafwolle und eine provisorische Unterkunft für die Leitung und für ein Ärzteteam, außerdem müssen einige Straßen repariert werden.«

Uljii sah gedankenverloren vor sich hin.

»Das ist alles Ihr Verdienst«, sagte Bao. »Danke für Ihre Weitsicht. Im ganzen Land herrscht Fleischmangel, sodass sie uns in diesem Jahr die Quoten erhöht haben. Alle vier Brigaden beklagen sich über mangelndes Weideland – wenn nicht bald neues erschlossen wird, werden sie ihr Soll nicht erfüllen können.«

»Die Lämmer sind noch zu klein«, erwiderte Uljii, »um sie auf die Weide zu lassen. Was werden Sie in den nächsten Tagen tun?«

»Mir ein paar gute Jäger organisieren und Schießübungen machen«, sagte Bao Shungui frei heraus. »Nachschub an Munition habe ich schon angefordert und werde nicht eher ruhen, als bis die Wolfsplage auf dem

Olonbulag beseitigt ist. Sie ist verheerender als Schnee und Krankheit. Wenn wir unseren Bestand an Nutzvieh vergrößern wollen, müssen wir vor allem zwei Dinge tun: Wölfe bekämpfen und neues Weidegebiet erschließen. Auf unserem neuen Weideland gibt es zu viele Wölfe. Wenn wir sie nicht ausrotten, wird nichts aus der Sache.«

Uljii unterbrach ihn: »So einfach ist das nicht. Die Wölfe verursachen Verluste, aber wenn Sie sie ausrotten, wird es größere Katastrophen als diese Verluste geben.«

Bao verdrehte die Augen gen Himmel. »Mir ist schon zu Ohren gekommen, dass Bilgee, Sie und noch ein paar alte Hirten für die Wölfe Partei ergreifen. Aber keine Sorge ...«

»Sorge?« Uljii räusperte sich. »Ich sorge mich um das Grasland und darum, dass das von unseren Vorfahren überlassene, gute Weideland vor meinen Augen zerstört wird. Ich spreche schon viele Jahre für die Wölfe, und ich werde jetzt nicht damit aufhören ... Vor langer Zeit habe ich die Aufsicht über das Weideland übernommen, und der Viehbestand hat sich seither verdoppelt, wir liefern auch zweimal so viele Rinder und Schafe wie andere Weidegebiete. Die wichtigste Aufgabe war der Schutz des Graslands, denn es ist unsere Lebensgrundlage. Keine leichte Aufgabe, vor allem, wenn es darum ging, die Größe des Viehbestands nicht aus den Augen zu verlieren, besonders bei den Pferden. Rinder und Schafe sind Wiederkäuer, sie fressen nachts nicht. Anders die Pferde, sie müssen auch nachts fressen, sonst setzen sie kein Fett an, sie fressen Tag und Nacht und verdauen Tag und Nacht. Ein Schaf braucht im Jahr etwas weniger als eineinhalb Fußballfelder Gras zu fressen, ein Pferd das Zehnfache. Auch zerstören Pferdehufe den Boden. Wo eine Herde sich zwei oder mehr Wochen aufgehalten hat, lässt sie Sandboden zurück, auf dem nicht ein Grashalm übrig ist. Im Sommer wächst das Gras schnell, weil es viel regnet, aber in den übrigen Jahreszeiten muss alle vier bis sechs Wochen auf ein anderes Weideland gezogen werden, damit die Tiere nicht alles abfressen. Rinder neigen auch dazu, das Grasland kaputt zu machen. Sie lieben es, jeden Abend nach Hause zurückzukehren, und zwar nicht einzeln, sondern immer in der Gruppe. Rinder sind groß und schwer, sodass ihre Hufe das Gras binnen Tagen zertrampelt und einen Sandweg breitgetreten haben. Wenn man nicht immer wieder umzieht, ist der Boden rund um die mongolischen Jurten von kreuz und quer verlaufenden Trampelpfaden und Gräben zerfurcht. Wenn dann noch Schafe hinzukommen, braucht es keine zwei Monate, bis auf diesem Stück Grasland kein Halm mehr wächst. Deshalb leben die Viehzüchter nomadisch, damit das Gras einmal tief durchatmen kann. Schwere Hufe und zu viele Tiere sind die größte Bedrohung für das Grasland.«

Uljii sah, dass Bao Shungui genau zuhörte, und sprach weiter: »Der Schlüssel zum effektiven Schutz des Graslands ist erfahrungsgemäß, nicht zu viele Wölfe zu töten. Eine Menge Tiere sind eine Gefahr für das Grasland: Feldmäuse, wilde Kaninchen, Murmeltiere und Gazellen. Mäuse und Kaninchen allein würden das Grasland in wenigen Jahren komplett umgraben, wenn die Wölfe nicht wären. Die aber sind ihre natürlichen Feinde, und solange es sie gibt, haben die Kleintiere keine Chance. Und wenn das Grasland im Gleichgewicht ist, kann es auch größere Katastrophen gut abfedern. Schneestürme zum Beispiel. Die hat es in den vergangenen Jahren relativ häufig gegeben, und andere Kommunen verloren dabei schon einmal bis zu der Hälfte ihres Viehbestands oder mehr. Nicht so bei uns, und warum? Weil unser Gebiet blüht. Weil wir in jedem Herbst genug Gras mähen und lagern. Jetzt sind auch noch Mähmaschinen dazu gekommen, da brauchen wir weniger als einen Monat, um das gesamte Grasland zu mähen. Wenn das Grasland blüht, wächst das Gras so hoch, dass der Schnee es nicht bedeckt, und guter Graswuchs verhindert Bodenerosion, Quellen und Bäche trocknen nicht aus, und wenn dann doch eine Dürre kommt, hat das Vieh genug zu saufen. Wenn das Gras gut gedeiht, werden Schafe und Rinder kräftig und widerstandsfähig. Wir hatten in den letzten Jahren keine Epidemien hier. Die Produktivität steigt, wir haben neue Brunnen bauen und Mauern errichten können, sodass wir für Naturkatastrophen gut gerüstet sind.«

Bao nickte. »Das leuchtet mir ein. Der Schutz des Graslands ist die Voraussetzung für die Viehzucht. Ich kann so oft wie möglich mit Kadern zur Brigade kommen, die Hirten dazu anhalten, regelmäßig den Weideplatz zu wechseln, und die Pferdehirten drängen, rund um die Uhr bei ihren Tieren zu bleiben. Sie sollen die Tiere in Bewegung halten und darauf achten, dass sie nicht auf der Stelle treten und das Gras kaputt machen. Außerdem werde ich monatlich das Grasland jeder Gruppe inspizieren und derjenigen Arbeitspunkte abziehen, bei der überweidet wurde. Die, die gut auf ihr Weideland geachtet haben, bekommen einen Preis und eine Auszeichnung. Ich werde nach streng militärischer Methode vorgehen und ich bin sicher, dass mit dem Olonbulag alles gut werden wird ... Aber dass die Wölfe zu seinem Schutz beitragen, das will mir immer noch nicht einleuchten. Sind sie wirklich so nützlich?«

Es freute Uljii, dass Bao Shungui ihm so genau zugehört hatte, und er fuhr fort: »Es wird Sie vielleicht überraschen, dass ein Wurf von Feldmäusen im Jahr mehr Gras frisst als eine Gazelle, zu schweigen von Eichhörnchen, die auch noch einen Wintervorrat anlegen. Ich habe im Herbst in Eichhörnchenbaue hineingesehen, es sind riesige Mengen Gras darin, und zwar gutes Gras und Grassamen. Eichhörnchen vermehren sich schnell, haben vier bis fünf Würfe im Jahr, jeder mit einem guten Dutzend Jungtieren, sodass aus einem Nest übers Jahr gut und gern zehn werden. Es ist leicht vorstellbar, wie viel mehr diese vielen Eichhörnchen fressen. Dasselbe mit wilden Kaninchen, die sich unglaublich schnell vermehren, und mit Murmeltieren, die einen ganzen Berg unterhöhlen können. Ich habe das überschlagen: Diese wilden Tiere fressen im Jahr mehr Gras als hunderttausend Stück Vieh. Jetzt überlegen Sie mal: Unser gesamtes Weideland ist so groß wie ein Kreis in China, wird aber nur von etwa eintausend Menschen bewohnt, die Schüler aus der Stadt mitgerechnet. Wie sollen wir uns mit den paar Leuten der Mäuse, Kaninchen, Murmeltiere und Gazellen erwehren?«

»Ich habe in meinen Jahren hier keine wilden Kaninchen gesehen«, erwiderte Bao. »Außer ein paar Mäusen in der Nähe der Zentrale unseres Weidelands konnte ich bisher nirgends Eichhörnchen entdecken, nur Murmeltierbaue gibt es eine ganze Menge. Aber vor allem Gazellen sind zu zahlreich. Ich habe oft Herden von zehntausend Tieren gesehen und dann drei oder vier Tiere erlegt. Sie sind eine Plage, es tut weh, sie das gute Gras ratzekahl abknabbern zu sehen.«

»Das Gras auf dem Olonbulag ist gut«, sagte Uljii. »Es wächst hoch und dicht, sodass man Eichhörnchen und Kaninchen nur entdeckt, wenn man sorgfältig nach ihnen sucht. Im Herbst ist es leichter, da finden sich allenthalben Stapel von Gras, die die Eichhörnchen zum Trocknen aufgehäuft haben, um dann Wintervorräte in ihren Höhlen anzulegen. Die Gazellen sind nicht ganz so schlimm, sie fressen einfach Gras, graben aber keine Löcher in den Sand. Eichhörnchen, Kaninchen und Murmeltiere aber fressen und graben im Erdreich und vermehren sich unkontrolliert. Gäbe es keine Wölfe, hätten die Wildtiere das Olonbulag innerhalb weniger Jahre kahl gefressen und umgegraben, es würde versanden und sich in eine Wüste verwandeln. Wenn Sie weiterhin so leidenschaftlich Wölfe jagen, wird es für Sie auf dem Olonbulag nichts mehr zu tun geben.«

»Ich weiß, dass Katzen Greifvögel und Schlangen Nagetiere jagen, habe aber noch nie gehört, dass sie auf dem Speisezettel von Wölfen stehen. Selbst Hunde fangen Mäuse nur zum Zeitvertreib, wieso also sollten Wölfe es tun? Sie fressen Gazellen und Pferde, eine Maus wäre bei ihnen gerade genug für einen hohlen Zahn!«

»Sie kommen aus der Landwirtschaft, Sie verstehen das nicht«, seufzte Uljii. »Man müsste genau hinsehen, um es zu verstehen. Ich bin auf dem Grasland aufgewachsen, ich kenne die Wölfe. Wölfe fressen gern Rinder, Schafe, Pferde und Gazellen, aber Rinder, Schafe und Pferde werden von Menschen bewacht und Gazellen laufen zu schnell, und da Wölfe nun einmal fressen müssen, begnügen sie sich zur Not mit Eichhörnchen. Auf dem Olonbulag haben früher sogar mittellose Menschen

Eichhörnchen gegessen, ich habe als kleiner Junge und hungriger Sklave auch ab und zu eines gefangen. Die Eichhörnchen des Graslands sind recht groß und dick, die größten können bis zu einem Pfund schwer werden. Von drei bis vier Stück wird man gut satt. Wenn man zu viele gefangen hat, kann man sie gut häuten und das Fleisch trocknen, um es für später aufzuheben. Wenn Sie mir nicht glauben, werde ich ein paar fangen und zubereiten, ihr Fleisch ist mager und zart. Auch Dschingis Khan hat es gegessen.«

Zhang Jiyuan war der Unterhaltung interessiert gefolgt und mischte sich jetzt ein. »Ich war zwei Jahre lang Pferdehirt und habe Wölfe oft Eichhörnchen jagen sehen, dass die Erde nur so durch die Luft flog. Wölfe sind besser in der Eichhörnchenjagd als Hunde, weil sie sich einfach hinlegen. Sie suchen sich einen Lieblingsplatz der Eichhörnchen, legen sich ins Gras und warten einfach auf die Nagetiere. Dann springen sie auf sie und fressen ein gutes Dutzend, um den ersten Hunger zu stillen. Anschließend graben sie. Wölfe sind die Höhlenspezialisten des Graslands. Wenn sie die Eichhörnchen in ihrer Höhle verschwinden sehen, beginnen mehrere Wölfe zusammen zu graben, und in null Komma nichts sind alle Eichhörnchen aufgefressen.«

»Die Muttertiere und Jungen mögen Eichhörnchen besonders gern«, fiel Uljii ein. »Noch bevor sie entwöhnt werden, bringen die Mütter den jungen Wölfen die Jagd bei, denn solange ihre Jungen klein sind, gehen sie nicht mit dem Rudel auf die Jagd. Wenn die Wölfe einen knappen halben Meter lang sind und gerade ein bisschen laufen gelernt haben, fürchten sie Menschen am meisten. Denn ein Jäger, der ein Muttertier mit ihrem Wurf sieht, braucht nur das Weibchen zu erschießen, und schon gehören alle Jungen ihm. Es ist so einfach wie mit Lämmern. Deshalb hält ein Weibchen mit Jungen sich von menschlichen Ansiedlungen fern. Nur so sind die Jungen sicher, bekommen aber weder Rind noch Schaf zu fressen, wenn die Männchen sie nicht damit versorgen. Also sind sie zumeist auf den Verzehr von Nagetieren angewiesen.«

Uljii vergewisserte sich mit einem kurzen Blick, dass Bao noch nicht ungeduldig wurde und fuhr fort: »Wenn sie ihre Jungen vor den Menschen geschützt weiß, lehrt sie sie die Jagd auf Eichhörnchen, einmal um ihren Jagdinstinkt zu schulen, andererseits damit die Welpen satt werden. Ich habe einen Wurf junger Wölfe bei der Eichhörnchenjagd gesehen. Sie tobten und spielten und wirbelten Sand auf, die Eichhörnchen quiekten, es war ein noch schönerer Anblick, als wenn Katzen Mäuse jagen.«

Uljii hob die Stimme ein wenig. »Außerdem sähe es bei Naturkatastrophen für Mensch und Vieh auf dem Grasland ohne Wölfe schlecht aus. Wenn alle paar Jahrhunderte einmal ein Schneesturm tobt und alles Nutzvieh tötet, läge auf dem Grasland alles über und über voll Kadaver, und es drohte Seuchengefahr, wenn die toten Tiere nicht rechtzeitig vergraben würden. Aber solange es Wölfe gibt, werden sie die toten Tiere schnell beseitigen und das Grasland säubern, sodass jede Seuchengefahr gebannt ist. Auf dem Olonbulag hat nie eine Seuche größeren Ausmaßes gewütet. Wenn nach einer Schlacht im alten China Menschen- und Pferdeleichen das Grasland bedeckten, waren die Überlebenden auch auf die Wölfe angewiesen. Die Alten sagen, ohne Wölfe wären die Mongolen längst von einer Seuche dahingerafft worden. Wenn das Gras auf dem Olonbulag stets gedeiht und das Wasser klar bleibt, so ist das vor allem den Wölfen zu verdanken. Ohne Wölfe gäbe es die blühende Viehzüchterei auf dem Olonbulag nicht. Die Brigaden im Süden haben die Wölfe ausgerottet, prompt ging das Grasland kaputt, und die Viehzucht dort wird nie wieder auf die Beine kommen.«

Bao schwieg. Die drei ritten über duftendes, junges Grün einen Hügel hinauf und sogen den betörenden Geruch des gemähten Grases vom Vorjahr ein. Lerchen stimmten über ihnen ihren Gesang an, stürzten sich plötzlich in das hohe Gras auf der Erde, und dann erhob sich eine noch größere Schar in die Luft, um wiederum ihren herrlichen Gesang anzustimmen.

Uljii atmete tief ein. »Sehen Sie dieses wunderschöne Grasland an, das seit vielen tausend Jahren unverändert ist, es ist eins der schönsten Chinas. Wolf und Mensch haben Jahrhunderte für seine Erhaltung gekämpft, da dürfen wir es jetzt nicht leichtfertig gefährden.«

»Sie sollten mit jeder einzelnen Gruppe landverschickter Intellektueller aus der Stadt Kurse zu den Themen Grasland und Wölfe durchführen«, sagte Zhang Jiyuan.

Das Gesicht Uljiis verdunkelte sich, als er erwiderte: »Ich bin ein degradierter Beamter, ich führe hier überhaupt keinen Kurs durch. Wenden Sie sich an die alten Hirten, die verstehen sowieso viel mehr von diesen Dingen als ich.«

Als sie den nächsten Bergrücken überquerten, ergriff Bao Shungui wieder das Wort. »Uljii, gegen Ihr Gefühl dem Grasland gegenüber kann niemand etwas sagen, erst recht nicht gegen Ihre Erfahrung von einem guten Dutzend Jahren. Aber Ihr Denken bleibt etwas hinter der Zeit zurück. Sie sprechen immer von der Vergangenheit – aber die Zeiten haben sich geändert, China besitzt die Atombombe! Wenn wir mit primitiver Denkweise heutige Probleme angehen, werden noch massivere Schwierigkeiten die Folge sein. Ich habe lange nachgedacht. Das Viehzüchtergebiet ist größer als ein Kreis im Inland Chinas, aber die Bevölkerung von eintausend Menschen entspricht nicht einmal der eines Dorfes bei uns. Was für eine Verschwendung! Wenn man der Partei und dem Land etwas Gutes tun wollte, müsste dieses primitive Nomadenleben der Viehzüchter beendet werden. Ich habe mir das Gebiet weiter südlich angesehen, dort gibt es Hunderte von Hektar und Tausende mit dunkler Erde. Ich habe mit der Hacke festgestellt, dass es eine recht dicke Decke dunkler Erde ist, zu schade, um nur Schafe dort weiden zu lassen. Ein Landwirtschaftsexperte der Autonomen Region hat bestätigt, dass diese Erde ideal für den Anbau von Weizen ist, und die Gesamtfläche ist nicht so groß, dass bei Urbarmachung Desertifikation droht.«

Da Uljii nichts dazu sagte, fuhr Bao Shungui fort: »Ich habe mir alles genau angesehen, man kann in kleinen Kanälen Wasser vom Fluss auf die Felder leiten. Und im Viehzüchtergebiet hier gibt es genug Rinder- und Schafsdung. Ich denke, wir würden dort im ersten Jahr mehr Ertrag pro Hektar einfahren als in der Gegend um den Gelben Fluss, und in wenigen Jahren würde der Weizen mehr einbringen als die Viehzucht. Dann werden wir nicht nur uns und unser Vieh ernähren können, sondern auch das landesweite Defizit kompensieren helfen. Wo ich herkomme, da haben die Menschen zu wenig zu essen, ihre Nahrungsmittel reichen nur für neun Monate im Jahr. Wenn ich im Grasland Rinder und Schafe auf dieser wunderbaren dunklen Erde mehr als einen Monat grasen sehe, so tut mir das in der Seele weh. Ich werde zunächst auf ein paar kleinen Landstücken herumexperimentieren und, wenn wir erfolgreich sind, in die umfangreiche Produktion gehen. Es heißt, im Süden gehen manchen Kommunen die Weideflächen aus, sodass die Viehzucht unrealistisch wird. Sie haben beschlossen, einen Teil der Fläche landwirtschaftlich zu nutzen. Ich denke, hier liegt die Zukunft der Inneren Mongolei.«

Uljii stieß einen langgezogenen Seufzer aus. »Ich weiß seit langem, dass dieser Tag kommen wird. Die Chinesen haben uns zu immer größeren Herden gedrängt und dazu noch wie wild Wölfe erschossen. Und wenn das Grasland dann völlig überweidet und ausgelaugt ist, soll der Boden bebaut werden.

Ich weiß, dass Ihre Heimat auch von Viehzucht gelebt hat und erst vor gut zehn Jahren zu landwirtschaftlich genutzter Fläche wurde – aber die Erträge reichen nicht. Wir befinden uns hier schon im Grenzgebiet – wo wollen Sie hin, wenn Sie auch dieses Viehzüchtergebiet in das verwandeln, was Sie in Ihrer Heimat haben? Die Wüste Xinjiangs ist größer als irgendeine Provinz im Landsinnern, und in der gesamten Gobi wohnt kein Mensch. Bezeichnen Sie das als eine Verschwendung von Land?«

»Da können Sie ganz beruhigt sein«, sagte Bao Shungui. »Ich habe aus den Entwicklungen in meiner Heimat gelernt: Ausschließlich Weideland zu haben ist genauso schlecht wie nur Ackerboden, von beidem die Hälfte ist optimal. Ich werde alles zum Schutz des Graslands tun, werde die Viehzucht fördern. Denn ohne Viehzucht kein Dünger, und die Blume Landwirtschaft ist auf Düngemittel angewiesen. Wo soll die landwirtschaftliche Produktion ohne Dünger herkommen?«

Uljii wurde wütend. »Wenn die Bauern erst einmal hier sind und die Erde sehen, werden sie nicht mehr zu halten sein. Diese Generation werden Sie vielleicht noch unter Kontrolle halten können, aber wer tut das in der nächsten Generation?«

»Jede Generation ist für sich selbst verantwortlich«, sagte Bao. »Um die Belange der nächsten kümmere ich mich nicht.«

»Dann werden Sie weiter Wölfe schießen?«, fragte Uljii.

»Ihr größter Fehler war, nicht entschlossen genug gegen die Wölfe vorzugehen«, erwiderte Bao. »Ich werde es Ihnen nicht nachmachen. Wenn die Wölfe noch eine Pferdeherde vernichten, werde ich genauso degradiert werden wie Sie.«

In der Ferne sahen sie die Schornsteine des Lagers rauchen. »Dass Ihnen im Hauptquartier dieses alte Pferd gegeben wurde, kostet uns eine Menge Zeit.« Bao wandte sich an Zhang Jiyuan: »Sorg du dafür, dass Uljii ein besseres Pferd bekommt. Sag Batu einfach, dass ich es angeordnet habe.«

»Bei der Brigade wird sicher niemand wollen, dass Uljii so einen alten Gaul reitet«, bestätigte Zhang.

»Ich habe noch zu tun«, sagte Bao Shungui. »Lass dir Zeit, ich warte bei Bilgee auf dich.« Damit galoppierte er stürmisch davon.

Zhang fasste die Zügel fester, um sich dem langsamen Schritt des alten Pferdes anzupassen, und sagte zu Uljii: »Bao ist fair zu dir. Ich habe mir sagen lassen, dass er viel herumtelefoniert hat, damit sie dich in der Leitung belassen. Aber er kommt nun einmal vom Militär und kann sich von einer gewissen Kriegsherren-Manier nicht lösen, sei ihm nicht böse.«

»Kollege Bao packt die Dinge an und verfolgt sie kompromisslos und entschlossen«, sagte Uljii. »Das mag im Agrarland von großem Nutzen sein, im Viehzüchtergebiet kann es zur Gefahr für das Grasland werden.«

»Als ich neu hier war«, sagte Zhang, »hätte ich mich ihm sofort angeschlossen. Im Inland herrscht viel Hunger, und hier gibt es so viel ungenutzte Fläche. Viele der jungen Intellektuellen unterstützen seine Haltung. Heute sehe ich das anders. Ich finde sogar, dass du sehr viel weitsichtiger bist. Bauern verstehen nichts von Herdengrößen und Bevölkerungszahlen, ganz zu schweigen vom Großen und vom Kleinen Leben. Chen Zhen sagt, es gebe seit Jahrtausenden eine einfache Logik des Graslands, die schlicht der objektiven Entwicklung folgt. Er findet die Politik der Mandschus in den ersten zweihundert Jahren der Qing-Dynastie brillant, die Zuwanderung in größerem Stil aus bäuerlichen Regionen verbot, denn das hätte großen Schaden angerichtet.«

Uljii faszinierte der Begriff der »Logik des Graslands« so sehr, dass er ihn immer wieder vor sich hin murmelte. Dann griff er den Faden auf: »Gegen Ende der Qing hielt die Politik dem Bevölkerungsdruck im Süden nicht mehr stand, das Grasland schrumpfte immer mehr auf Gebiete im Norden und Nordwesten zusammen und stieß schließlich bis an die Wüste Gobi. Wenn die Wüste über die Chinesische Mauer hinweg weiterwandert, was wird dann aus Peking? Diese Angst treibt sogar die Mongolen um, denn die jetzige Hauptstadt war einst auch die ihre, Dadu genannt.«

Da sah Zhang die Pferdeherde an einer Wasserstelle saufen. Sofort eilte er hin, um ein besseres Pferd für Uljii auszusuchen.

18

Der Traum der Han- und der Tang-Dynastie war, über ganz Asien zu herrschen. Dieser Traum wurde im 13. und 14. Jahrhundert von den Kaisern der Yuan-Dynastie Kublai und Yesün Temür im Interesse des alten China verwirklicht. Die Stadt Beijing wurde zur Hauptstadt des Staates, Lehnsherr zahlreicher Länder und Regionen wie Russland, Turkestan, Persien, Kleinasien, Korea, Tibet und der Indochinesischen Halbinsel.
[...]
Es gibt nur wenige Völker, die als herrschende Rasse ein Imperium gegründet haben. Auf gleicher Höhe mit den Römern stehen die Türküt und die Mongolen.

René Grousset (franz. Historiker), Die Steppenvölker

Chen Zhen rührte so lange in seinem Weizenbrei mit Milch und Fleisch, bis die betörenden Düfte große und kleine Hunde anlockten, die sich winselnd vor seiner Tür versammelten. Den Brei hatte er für den kleinen Wolfswelpen gekocht, eine Kunst, die er von Galsanma für die Aufzucht junger Hunde erlernt hatte. »Die Welpen müssen nach der Entwöhnung sofort diese Mischung aus Milch und Fleisch bekommen«, hatte Galsanma ihm beigebracht, »das ist entscheidend für ihr Wachstum. Ob ein Hund groß und stark wird, hängt von der Ernährung in den ersten drei, vier Monaten ab, denn in dieser Zeit wächst sein Knochengerüst. Was man am Anfang versäumt, lässt sich hinterher nicht wieder wettmachen. Gut ernährte Welpen können bis zu doppelt so groß wie schlecht genährte werden, und diese kommen gegen keinen Wolf an.«

Als ihre Gruppe einmal Steine für eine Mauer zusammentrug, zeigte Galsanma auf einen dürren kleinen Hund mit struppigem Fell. »Der ist aus demselben Wurf wie Bar«, raunte sie Chen Zhen zu, »was für ein Unterschied, oder!« Chen konnte es kaum glauben. Ihm wurde klar, dass es auf dem Grasland und inmitten der Wölfe nicht genügte, Hunde aus einem guten Wurf zu haben, man musste sich auch genug Zeit für ihre Ernährung nehmen. Deshalb wandte er alles, was er von Galsanma lernte, auf die Ernährung seines Wolfswelpen an.

Er erinnerte sich, dass Galsanma noch gesagt hatte, nach der Entwöhnung der Welpen träten Frauen und Wolfsmütter in eine Art Wettstreit. »Wolfsmütter jagen Eichhörnchen, Murmeltiere und Lämmer zur Fütterung ihrer Jungen und um ihnen das Jagen beizubringen. Sie haben weder Ofen noch Feuer noch Topf und können ihren Welpen keinen Fleischbrei kochen, doch sind ihre Mäuler der beste ›Topf‹. Die Wolfsmutter verwandelt jedes Eichhörnchen und Murmeltier mit ihren Zähnen und ihrem Speichel in einen weichen, warmen Fleischbrei, den sie an ihre Jungen verfüttert. Die Wolfswelpen lieben diesen Fleischbrei und wachsen damit so schnell wie frisches Gras im Frühling.

Frauen im Grasland sammeln Arbeitspunkte, indem sie mit ihrem Hund Nachtwache halten, weshalb sie aufmerksamer und konzentrierter sein müssen als Wölfe. Faule Frauen ziehen Bastarde groß, fleißige Frauen große Hunde. Auf dem Grasland siehst du an den Hunden einer Familie, ob die Frauen gut arbeiten oder nicht.«

Seit er sich um diesen jungen Wolf kümmerte, hatte Chen viele seiner Lebensgewohnheiten geändert. Zhang stichelte, er sei ja plötzlich so fleißig, mütterlich und weich geworden. Chen selbst fand sich gewissenhafter als die bewundernswerten Wolfsmütter und Galsanma zusammen. Indem er mehr der täglichen Arbeit übernahm, erwirkte er bei Gao Jianzhong das Recht, regelmäßig eine Kuh zu melken. Außerdem gab er dem Wolfswelpen täglich Fleisch zu fressen, weil Milch allein für den Knochenaufbau nicht genügte, das Tier brauchte Kalzium. Seine Mutter hatte ihm einst Kalzium zugeführt, und so fügte er dem Fleisch immer ein wenig weichen Rinds- oder Schafknochen hinzu. Einmal hatte er sich in der Krankenstation des Hauptquartiers sogar Kalziumtabletten besorgt, die er dann täglich ins Futter rieb. Darauf waren selbst Galsanma und die Wolfsmütter bisher nicht gekommen. Da er den Brei immer noch nicht für nahrhaft genug hielt, fügte er noch Butter und Salz hinzu. Das Ergebnis duftete so verführerisch, dass Chen Zhen am liebsten selbst eine Schale voll gegessen hätte, doch warteten da noch drei junge Hunde, und so beherrschte er sich.

Der junge Wolf wurde zusehends stämmiger. Er fraß sich immer den Magen so voll, dass er aussah wie der dickbäuchige lachende Buddha, ja er wuchs schneller als die Pilze im Herbst und war schon um eine halbe Schnauze länger als die Hundejungen.

Als Chen dem Wolfsjungen zum ersten Mal den Brei vorsetzte, fürchtete er, dass das Raubtier Milch und Weizen ablehnen würde. Denn es handelte sich zwar um einen Fleischbrei, der aber zu einem großen Teil aus Weizen bestand. Doch zu seiner Überraschung steckte der kleine Wolf den Kopf gierig in die Schüssel, schlang den Brei in riesigen Schlucken hinunter, schnaufte und keuchte dabei und hob den Kopf erst wieder, als die Schüssel blitzblank ausgeleckt war. Chen merkte aber schnell, dass das Tier den Brei verschmähte, wenn nicht genug Milch und Fleisch enthalten waren.

Der Brei war abgekühlt, und so stellte Chen die Schüssel auf ein kleines Regal im Zimmer, öffnete die Tür einen Spalt, schlüpfte hinaus und schob sie zu. Außer Erlang kamen alle Hunde und der Wolf herbei, Huanghuang und Yir stellten sich voller Freude auf die Hinterbeine, legten ihm die Pfoten auf die Brust, Huanghuang leckte ihm das Kinn ab und hechelte aufgeregt. Die drei Welpen stützten sich an Chens Unterschenkeln ab und knabberten an seinen Hosenbeinen. Nur der junge Wolf stürzte auf die Tür zu, streckte seine Nase zur Türritze hin, schnüffelte gierig nach dem Brei in der Jurte und kratzte zusätzlich mit den Pfoten an der Tür, um hineinzugelangen.

Chen wollte auf gar keinen Fall eines der Tiere vorziehen oder gar benachteiligen. Er liebte den Wolf ganz besonders, ertrüge es aber auch nicht, wenn einer seiner süßen Hundewelpen zu kurz käme. Er konnte den Wolf erst füttern, wenn er die Hunde versorgt hatte.

Er schlang seine Arme erst um Huanghuang, dann um Yir, wirbelte beide durch die Luft und liebkoste sie in der zärtlichsten Weise, derer er fähig war. Sie schleckten ihm begeistert das halbe Gesicht ab. Dann wieder beugte er sich hinunter, hob sie nacheinander an den Vorderbeinen hoch in die Luft, setzte sie wieder ab und tätschelte allen den Kopf, strich ihnen über den Rücken und streichelte ihnen das Fell. Diese überschwänglichen Streicheleinheiten hatte er erst eingeführt, nachdem das Wolfsjunge dazugekommen war. Vorher hatte er die jungen Hunde nur liebkost, wenn ihm selbst danach zumute war. Doch seit der junge Wolf dazugehörte, musste er den Welpen seine Liebe besonders deutlich zeigen, weil sie sonst eifersüchtig werden und den Rivalen töten könnten. Chen hatte nicht erwartet, dass das Aufziehen eines quirligen kleinen Wolfes im Viehzüchtergebiet dem Aufbewahren eines Pulverfasses glich und man ständig in Alarmbereitschaft sein musste, weil jeder Tag neue Herausforderungen brachte. Dabei war jetzt die Zeit des Lammens und der Sorge für die neugeborenen Lämmer, und die Viehzüchter hatten wenig Zeit für Besuche und Austausch von Nachrichten, sodass die wenigsten überhaupt von Chens Zögling wussten und erst recht niemand kam, um ihn sich anzusehen. Doch was sollte später werden? Einen Tiger zu reiten war leicht, herunterkommen schwer – und das galt doppelt und dreifach für einen Wolf!

Es wurde wärmer, und man schnitt das gefrorene Fleisch in Streifen, um es im Wind trocknen zu lassen. Dasselbe geschah mit den übrig gebliebenen Knochen, an denen noch Fleisch haftete, das hart geworden war, merkwürdig roch und die deshalb nur noch als Hundefutter verwendet wurden. Als Chen zum Wagen mit den Fleischkörben ging, folgte ihm eine ganze Hundeherde, Erlang allen voran. Chen Zhen drückte den großen Kopf des Vierbeiners an seine Hüfte, und Erlang, der das als Zeichen zur Fütterung kannte, rieb dankbar seinen Kopf an ihm. Chen nahm einen großen Korb Knochen vom Wagen, verteilte den Inhalt gerecht an die Hunde und hastete zu seiner Jurte zurück.

Der kleine Wolf versuchte immer noch die Tür aufzubekommen. Über einen Monat hatte Chen ihn jetzt, und er war fast einen halben Meter lang, konnte seine vier Beine strecken und wirkte schon fast wie ein richtiger Wolf. Am auffälligsten war, dass die blau schimmernde Membran auf seinen Augen verschwand und eine graugelbe Farbe mit den charakteristischen schwarzen Punkten in der Mitte freilegte. Seine Schnauze war länger geworden, und seine Ohren ähnelten nicht mehr denen einer Katze, sondern standen ihm wie dreieckige Löffel vom Kopf ab, oberhalb seiner Stirn, die immer noch rund wie ein halber Lederball war. Er tollte mit den Hunden herum, doch nachts und wenn niemand zusah, sperrte Chen ihn immer noch in seine Wolfshöhle, damit er nicht fortlaufen konnte. Huanghuang und Yir akzeptierten ihn, wahrten aber eine gewisse Distanz. Sobald der kleine Wolf sich Yir näherte, um bei ihr zu trinken, stieß sie ihn unsanft von sich. Erlang verhielt sich am freundlichsten. Der Kleine durfte ihm auf den Bauch klettern, über Rücken und Kopf toben, ihm ins Fell beißen und an den Ohren knabbern und sich überall erleichtern. Erlang rollte ihn sogar am Boden hin und her und leckte ihn von oben bis unten sauber, als sei der Wolf sein eigenes Junges. Der kleine Wolf lebte wie in einer richtigen Wolfsfamilie, spielte mit den Hundewelpen, als seien es seine Geschwister. Doch Chen Zhen hatte gesehen, wie das kleine Tier, noch bevor seine Augen geöffnet waren, gerochen hatte, dass dies nicht seine richtige Familie war.

Chen Zhen nahm den Wolf auf den Arm, doch konnte man dem Tier nicht mit Zärtlichkeiten kommen, wenn es fressen wollte. Chen öffnete die Tür, trat in die Jurte und setzte den Kleinen vor den eisernen Ofen auf den Boden. Der gewöhnte sich schnell an den Lichteinfall durch die Öffnung von oben und fasste sofort die Aluminiumschüssel auf dem Regal ins Auge. Mit dem Finger prüfte Chen den Brei – wenn er auf seine Körpertemperatur abgekühlt war, schmeckte es dem Wolf am besten. Wölfe fürchteten zu heiße Nahrung. Als der Kleine sich einmal die Schnauze verbrannte, zitterte er am ganzen Körper, zog den Schwanz ein, lief hinaus und kühlte sich im Schnee ab. In den Tagen danach machte er einen Bogen um die Schale, und erst als Chen ihm eine neue Aluminiumschale vorsetzte, war er wieder bereit zu fressen.

Um den Wolf ein wenig zu dressieren, rief Chen immer zu den Mahlzeiten: »Kleiner Wolf ... kleiner Wolf ... lecker Fressen!« Sein Ruf war noch nicht verklungen, da sprang der Kleine wie ein Gummiball in die Höhe, seine Reaktion auf das Wort »Fressen« war leidenschaftlicher als die der Jagdhunde auf ihre Befehle. Chen stellte die Schale auf den Boden, hockte sich in zwei Schritt Entfernung davor und drückte sie mit seinem Löffel auf die Erde, damit der Wolf nicht hineintrat und sie umkippte – so gierig, wie er den Inhalt in sich hineinschlang. Und während er fraß, kannte er weder Freund noch Feind. Selbst Chen, der ihm Tag für Tag geduldig seine Mahlzeiten zubereitete und vorsetzte, wurde zum erbitterten Gegner im Kampf um die Nahrung.

Innerhalb eines Monats war Chen Zhen dem kleinen Wolf sehr nahe gekommen. Er konnte ihn streicheln, in den Arm nehmen, küssen, zwicken, kraulen, er konnte ihn sich auf den Kopf setzen, auf die Schultern nehmen, seine Nase an der des Tieres reiben und seinen Finger in sein Maul stecken. Nur wenn der Wolf fraß, durfte Chen ihn nicht berühren, sondern höchstens in sicherem Abstand reglos dahocken. Wenn er sich nur das kleinste bisschen bewegte, stand dem Tier das schwarze Fell zu Berge, er stieß ein tiefes Knurren aus und spannte die Hinterläufe an, bereit aufzuspringen und sich mit dem Menschen einen Kampf auf Leben und Tod um die Schüssel Nahrung zu liefern. Um dem Wolf dieses Verhalten allmählich abzugewöhnen, griff Chen einmal nach einem chinesischen Besen aus Sorghum-Halmen, um dem Wolf damit leicht übers Fell zu streichen. Doch bei der ersten Bewegung des Besens stürzte der kleine Wolf zum Angriff nach vorn, biss hinein und zerrte wild daran, bis er ihn Chen aus der Hand gerissen hatte. Der wich erschrocken zurück, während das Tier, als hätte es ein Lamm gefangen, heftig den Kopf hin und her schüttelte und dabei die Zähne zusammenbiss, sodass er bald ganze Sorghum-Büschel im Maul hielt. Chen ließ sich nicht entmutigen und versuchte es noch ein paarmal, immer mit dem gleichen Ergebnis. Der junge Wolf schien in dem Besen seinen Todfeind zu sehen, den er nach einigen Angriffen völlig vernichtet hatte. Gao Jianzhong hatte den nun zerfetzten Besen erst vor kurzem gekauft und schlug jetzt mit dem übrig gebliebenen Stiel wütend nach dem Wolfsjungen. Chen musste die Hoffnung, er könne dem Tier den Kopf tätscheln, während es seinen Brei zu sich nahm, vorerst begraben. Er respektierte die Natur des Raubtiers, hockte sich weiterhin in gebührendem Abstand nieder und beobachtete ihn beim Fressen, dankbar dafür, das Verhalten der Wölfe aus nächster Nähe studieren zu können.

Er hatte doppelt so viel Fleischbrei zubereitet wie sonst und hoffte, der Wolf würde etwas übrig lassen, damit er den Rest mit Milch und weiterem Fleisch strecken und den Hundewelpen zu fressen geben könnte. Aber der Wolf schlang alles gierig in sich hinein, ohne Chen dabei aus den Augen zu lassen. So wie der junge Wolf seine Schüssel attackierte, wurde Chen deutlich, welche Bedeutung Nahrung für die Wölfe hatte. Wie sonst könnten die Wölfe auf dem eisigen Grasland mit seinen selbst für Bären und Tiger rauen Lebensbedingungen überleben, wären sie nicht um jeden Bissen Nahrung mit ihrem Leben zu kämpfen bereit?

Nun sah Chen Zhen die andere Seite des harten Lebens der Wölfe auf dem Grasland. Es waren zwar sehr fruchtbare Tiere, aber von zehn Wölfen schaffte es wahrscheinlich nicht einmal einer zu überleben, bis er ausgewachsen war. Der alte Bilgee sagte, dass Tengger die Wölfe mitunter auch gnadenlos strafe – heftiger Schneefall zum Beispiel konnte viele Wölfe auf einmal das Leben kosten, entweder durch Kälte oder durch Hunger. In einem großflächigen Steppenbrand konnten viele Wölfe verbrennen oder ersticken. Und vor der Katastrophe fliehende, hungrige Wölfe konnten über lokale Artgenossen herfallen. Hinzu kam der Raub von Wolfswelpen durch den Menschen im Frühjahr, Fallen im

Herbst, Treibjagden zu Beginn des Winters, dann die Jagden im tiefen Winter. Bilgee sagte, die Wölfe des Graslands seien Nachfahren hungriger Wölfe. Die ersten Wölfe, denen es an nichts gemangelt hatte, waren durch hungrige Wölfe verdrängt worden. Das mongolische Grasland war immer ein Kriegsschauplatz gewesen, ein Kriegsschauplatz, auf dem die Stärksten und Klügsten überlebten, diejenigen, die am besten fressen und kämpfen konnten und die das Gefühl des Hungers auch mit gefülltem Bauch nie vergaßen.

Chen Zhen wurde klar, dass der Kampf um Nahrung, ihre Selbstachtung und ihre Unabhängigkeit zu den heiligen Glaubenssätzen der Wölfe auf dem Olonbulag zählten. Wenn er den kleinen Wolf fütterte, gab der ihm nie wie die Hundewelpen das Gefühl, dass Chen für ihn der Lebensretter und Erlöser der Welt sei. Er zeigte keinerlei Dankbarkeit. Im Bewusstsein des Wolfes gab es dieses Vom-Menschen-ernährt-Werden nicht; er würde nie wie die Hunde beim Anblick seines Herrn Schüssel hochspringen, schlabbern und mit dem Schwanz wedeln. Der Wolf nahm die Mahlzeiten, die Chen ihm vorsetzte, nicht als gütige Gabe, sondern glaubte sie unter Einsatz seines Lebens erkämpft zu haben. Und war bereit, dieses Essen, mit Zähnen und Klauen zu verteidigen. Zwischen Chen und dem Wolf existierte das Wort »aufziehen« nicht, der Wolf war vorübergehend sein Gefangener, nicht sein Schützling. In der Art, wie der Wolf seine Mahlzeiten unter Einsatz seines Lebens glaubte erkämpfen zu müssen, lagen eine Zähigkeit und Ungezähmtheit, die Chen kalte Schauer über den Rücken jagten. Er zweifelte inzwischen, ob er den Wolf behalten und großziehen können würde.

Je leerer die Schüssel wurde, umso dicker schwoll der Bauch des Wolfes an und umso langsamer fraß er, doch hörte er nicht auf, wie um sein Leben in der Schüssel zu wühlen. Chen stellte fest, dass das Tier sortierte, erst die großen Fleischstücke, dann die kleinen, schließlich das Fett und Reste von Knochen – seine raue Zunge las jedes noch so kleine Krümelchen präzise wie mit einer Pinzette auf. Im nächsten Augenblick war von dem Fleisch-Weizen-Gemisch nur noch gelber Weizenbrei übrig. Der kleine Wolf sortierte und wühlte zugleich wie ein Schwein mit seinem Rüssel in der Schale herum, damit ihm auch wirklich nichts entging. Auch danach konnte Chen ihn nur staunend betrachten: Das Tier drückte den übrigen Brei mit der Zunge aus, dass die Milch sich von dem Rest löste und er sie auflecken konnte. Denn auch Milch gehörte zu seinen Leibgerichten. Als der Wolf endlich aufblickte, war von der duftenden, reichhaltigen Mahlzeit nur ein kleines Häufchen feuchter, farbloser Weizenkörner übrig. Chen musste laut lachen – so gierig und findig hatte er seinen Zögling nicht eingeschätzt.

Ihm blieb nichts anderes übrig, als die Schale mit ein wenig Fleisch aufzufüllen, Milch und warmes Wasser zuzufügen und den suppigen Inhalt der Schüssel dann draußen in die Hundeschale umzufüllen. Die Welpen drängelten herbei, jaulten aber im nächsten Moment enttäuscht. Da begriff Chen, wie schwer die Viehzucht war, in der die Pflege der Hunde eine so große Rolle spielte.

Der kleine Wolf legte sich mit vollgefressenem Bauch auf den Boden und sah den Hunden von weitem beim Verzehr der Reste zu. Chen ging zu ihm hin und rief ihn leise an: »Kleiner Wolf, kleiner Wolf.« Das Tier rollte sich auf den Rücken, die Beine gebeugt, den Bauch nach oben gestreckt, der Kopf lag auf dem Boden, von wo aus die kleinen Augen boshaft zu Chen aufsahen. Der junge Mann nahm ihn auf, hielt ihn unter den Vorderbeinen fest und hob ihn fünf-, sechsmal in die Höhe, dass der kleine Wolf zugleich erschrak, sich freute und seine Zähne wie zum Lachen bleckte. Doch seine Hinterläufe klemmten den Schwanz fest ein, und die Beine zitterten leicht. Der Wolf kannte das Spiel, lernte aber nur langsam, dass es eine freundschaftliche Geste war. Chen setzte sich den kleinen Wolf auf den Kopf und auf die Schultern, aber das Tier krallte sich immer wieder ängstlich in seinem Kragen fest.

Also setzte Chen sich im Schneidersitz auf den Boden und legte sich das Tier auf die Beine, um ihm den Bauch zu kraulen, so wie Hunde- und Wolfsmütter es taten, um ihren Jungen bei der Verdauung zu helfen. Chen liebte es, mit der Handfläche über die Bauchdecke des Wolfes zu streichen und ihn zufrieden brummeln, aufstoßen und furzen zu hören. Der wie wild fressende kleine Wolf wurde jetzt zum braven Hündchen; er nahm einen Finger Chens zwischen seine Vorderpfoten, leckte ihn ununterbrochen und knabberte mit seinen spitzen Zähnchen daran. Auch blickte er geradezu zärtlich, und wenn das Kraulen besonders angenehm war, schien er zu lächeln, als akzeptiere er Chen als seine Stiefmutter.

So klein der Wolf auch war, bereitete er doch seinem Herrn viel Freude. Chen sah eine Szene aus weit zurückliegender Vergangenheit vor sich oder einen weit entfernten Ort in der Gegenwart, wo eine zärtliche Wölfin ihrem satten Menschenkind den Bauch leckte, das Kleine die eigenen Zehen zu fassen suchte und leise gluckste. Ein Wolfsrudel hielt sich ganz friedlich in der Nähe auf und versorgte das Junge ab und zu sogar mit mehr Fleisch. Wie viele Menschenkinder mochten von Wölfinnen schon großgezogen worden sein, und wie viele Menschen hatten Wölfe großgezogen? Chen erlebte eine solch wunderbare Geschichte jetzt am eigenen Leib, ja er konnte die zarte, gute Seite des Wolfes spüren. Ganz aufgeregt wollte er allen Wolfswelpen der Welt, denen der Hunnen, Gaoche, Türküt, denen des alten Rom, denen Indiens und Russlands den Respekt der Menschheit erweisen, den sie verdienten. Er beugte sich vor, um seine Nase an der feuchten Schnauze des Wolfes zu reiben, und es war rührend, wie der kleine Wolf ihm das Kinn leckte, als sei er ein kleines Hündchen. Es war das erste Mal, dass der Wolf so etwas wie Vertrauen zu ihm zeigte. Sie waren sich wieder einen Schritt näher gekommen, und er wollte alles auskosten, was diese reine, unschuldige Freundschaft zu bieten hatte. Plötzlich fühlte er sich wie ein sehr, sehr alter Mensch, der die Einfachheit und Ursprünglichkeit der ersten Tage der Menschheit in sich bewahrt hatte.

Das Einzige, was ihn beunruhigte, war, dass er diesen kleinen Wolf nicht in freier Wildbahn aufgelesen hatte, dass er nicht durch Krankheit oder Tod der Mutter verwaist war. Ein Junges unter solchen Umständen aufzuziehen führte zu einer besonders natürlichen, reinen Liebe. Er aber hatte den kleinen Wolf aus seinem Bau geraubt, ein vollkommen selbstsüchtiger Akt, um die eigene Neugier zu befriedigen, mit dem er die wunderschönen Geschichten zwischen Wolf und Mensch ins Gegenteil verkehrt hatte. Ihn verließ nie die Angst, die beraubte Wolfsmutter könnte zurückkehren, um Rache zu nehmen. War diese Hartherzigkeit der Preis, den man für das Fortkommen von Wissenschaft und Zivilisation zahlte? Er glaubte, Tengger würde diese Hartherzigkeit und Wildheit verstehen – denn er, Chen, wollte tief in die Sphäre des Wolftotems der Grasland-Bewohner eindringen.

Erlang hatte seine Portion aufgefressen und kam langsam auf Chen zu. Immer wenn Erlang sah, wie Chen den kleinen Wolf hochnahm und ihm über den Bauch strich, kam er ganz nah heran und beobachtete die beiden neugierig, ja manchmal leckte er dem Wolf sogar über den Leib. Chen streichelte Erlang den Kopf, der Hund schien ihm zuzulächeln. Seit er den jungen Wolf aufzog, waren er und der Hund einander näher. Hatte er etwas Wölfisches, Wildes an sich, und hatte Erlang das gerochen? Ihm wurde mit einem Schlag bewusst, wie faszinierend seine Situation war: ein wilder Mensch mit Wolfscharakter, ein ebensolcher Hund und ein unschuldiger Wolf, die gemeinsam auf dem wilden Olonbulag lebten. Sein Leben war ganz unerwartet noch außergewöhnlicher geworden als das Leben der von Wölfen aufgezogenen Menschen.

Seit er sich von den Wölfen des Graslands hatte verzaubern lassen, spürte Chen förmlich, wie sein schwaches, gleichsam lustloses Blut noch dünner wurde und stattdessen fremdes, wölfisches Blut in seinen Adern zu fließen begann. Er hatte das Gefühl, von neuem Leben und Lebendigsein erfüllt zu werden. Langsam begriff er, warum Jack Londons Erzählung *Die Liebe zum Leben* mit einem sterbenden Wolf zusammenhing, und warum Lenin sich kurz vor seinem Tod von seiner Frau diese Erzählung hatte vorlesen lassen. Er schlief friedlich ein, während er den Kampf auf Leben und Tod zwischen Mensch und Wolf verfolgte. Vielleicht ist seine Seele vom Wolftotem einer anderen Rasse zu Marx getragen worden. Wenn selbst die vitalsten, großartigsten Menschen der Welt ins Grasland kommen, um die Quelle aller Lebenskraft zu suchen, warum nicht er, ein gewöhnlicher Mensch?

Als der kleine Wolf in seinem Schoß unruhig zu zappeln begann, wusste Chen Zhen, dass er sich erleichtern wollte. Auch hatte er Erlang entdeckt und wollte mit ihm spielen. Also ließ Chen ihn auf den Boden hopsen, wo er urinierte und dann zu Erlang lief. Der legte sich hin und spielte »Berg« für den kleinen Wolf. Der Kleine kletterte hinauf, und als die Hundewelpen es ihm nachtun wollten, ließ er es nicht zu, heulte drohend und stieß sie zurück, als sei er der König des Berges. Dann gingen die zwei Hundewelpen gemeinsam zum Angriff über, bissen den Wolf in Ohren und Schwanz, bis alle herunterkullerten, die drei Hunde den Wolf unter sich begruben und immer wieder zwickten. Der Wolf wehrte sich wütend, es war ein einziges Knäuel von Leibern und Beinen, Staub und Erde stoben umher. Im nächsten Moment jaulte einer der Hunde auf, und Chen sah seine Pfote bluten. Für den kleinen Wolf schien aus Spiel Ernst geworden zu sein.

Chen nahm den Wolf am Nackenfell hoch, trug ihn zum verletzten Hund hinüber und führte seine Nase zu der blutenden Pfote. Doch der Wolf reagierte nicht so, wie Chen sich das gedacht hatte, sondern zeigte seine Zähne und Krallen und knurrte bedrohlich, sodass sich die Hundewelpen ängstlich hinter Yir versteckten. Yir leckte dem Welpen zunächst die Pfote, knurrte dann den Wolf an und schien ihn beißen zu wollen. Hastig nahm Chen seinen Zögling auf den Arm, und sein Herz raste, als er sich vorstellte, dass die ausgewachsenen Hunde den kleinen Wolf eines Tages totbeißen könnten. Es war eine heikle Sache, so einen kleinen Tyrannen ohne Korb und Käfig großzuziehen. Chen strich Yir beruhigend über Kopf und Rücken. Als er dann den kleinen Wolf wieder auf den Boden setzte, ignorierte Yir den Störenfried und führte die drei Hundewelpen weg, damit sie alleine spielten. Der Wolf kletterte wieder auf den Rücken Erlangs, der ihn so akzeptierte wie er war.

Nachdem Chen Zhen die Fütterung abgeschlossen hatte, reinigte er den Ochsenkarren, um für den Umzug zum neuen Weideland bereit zu sein. Da sah er auf einmal Bilgee mit einer Wagenladung voll Holz auf sich zukommen, sprang von seinem Wagen herunter, griff sich den kleinen Wolf, steckte ihn in seine Höhle, deckte ein Brett darüber und befestigte es mit einem schweren Stein. Sein Herz klopfte so heftig, dass er sich noch einen großen Stein wünschte, um es ebenfalls zu befestigen.

Huanghuang und Yir liefen schwanzwedelnd auf den alten Mann zu, um ihn zu begrüßen. Chen eilte, um beim Abladen zu helfen, band den Ochsen fest und nahm die schwere Tasche mit dem Tischlerwerkzeug entgegen. Der Alte wollte wie vor jeder längeren Fahrt den Ochsenkarren der jungen Städter in Stand setzen.

»A-a-alter Freund«, stotterte Chen, »ich regle das, du brauchst dich nicht darum zu kümmern.«

»Regeln genügt nicht«, entgegnete Bilgee. »Es liegt ein besonders weiter Weg vor euch ohne Straßen. Die Reise wird zwei, drei Tage dauern, und wenn ein Wagen unterwegs zusammenbricht, wird das den ganzen Konvoi aufhalten.«

»Geh ins Zelt und trink etwas Tee«, sagte Chen. »Ich werde den Wagen erst einmal leer räumen, bevor wir ihn reparieren.«

»Euer Tee ist pechschwarz, er schmeckt mir nicht«, sagte der Alte. Dann ging er ohne Vorwarnung auf den Stein zu, der die hölzerne Planke niederdrückte, und sagte finster: »Lass mich zunächst deinen kleinen Wolfswelpen sehen.«

Chen erschrak und wollte den Alten aufhalten: »Trink doch erst einen Schluck mit mir!«

»Du hast ihn schon fast einen Monat«, Bilgees wässrige Augen waren starr auf Chen gerichtet, »und ich soll ihn immer noch nicht sehen?«

Da fasste Chen sich ein Herz und sagte: »Ich werde den Wolf großziehen, ein Nest Hunde- und Wolfsjunge ...«

Der Alte wurde wütend. »Blödsinn! Absoluter Blödsinn!«, brüllte er. »Wölfe von anderswo kann man vielleicht zu Wolfshunden erziehen, aber nicht mongolische. mongolische Wölfe sind keine Hunde! Wölfe und Hunde zusammen? Du träumst wohl! Warte nur, bis der Wolf den ersten Hund auffrisst.« Der alte Mann redete sich so sehr in Rage, dass jedes einzelne Haar seines Ziegenbärtchens zitterte: »Ich weiß nicht, was in euch gefahren ist! Ich lebe jetzt mehr als sechs Jahrzehnte auf dem Olonbulag, habe aber noch nie gehört, dass jemand einen Wolf großziehen will. Du glaubst, einen Wolf aufziehen zu können? Zusammen mit Hunden? Was ist ein Hund verglichen mit einem Wolf? Der Hund frisst Menschenkot, der Wolf Menschenleichen. Der Hund frisst Menschenkot, er ist nichts weiter als ein Diener des Menschen. Der Wolf hingegen frisst menschliche Leichen und lässt die Seelen der toten Mongolen zu Tengger aufsteigen. Wolf und Hund, der eine untrennbar mit dem Himmel verbunden, der andere haftet fest auf der Erde, wie willst du sie gemeinsam großziehen? Sie sich vielleicht auch noch paaren lassen? Was würdet ihr Chinesen sagen, wenn wir euren Drachenkönig mit einer Sau kreuzen würden? Blasphemie würdet ihr es nennen. Euer Handeln ist eine Beleidigung der mongolischen Vorfahren. Ein Affront gegen Tengger! Ihr werdet eines Tages dafür bezahlen, und ich fürchte, selbst ich werde dafür bezahlen!«

Chen hatte Bilgee noch nie so außer sich erlebt. Der Wolf, das Pulverfass, war explodiert, und es hatte Chens Herz in Stücke gerissen. Der Alte war aufgebracht wie ein ausgewachsener Wolf, sodass Chen fürchtete, er würde wütend gegen den schweren Stein treten und sich verletzen oder, schlimmer noch, mit dem Stein vor Wut den kleinen Wolf zerschmettern. Und Bilgee fuhr mit seiner Tirade fort: »Als ich hörte, dass ihr Chinesen euch einen kleinen Wolf haltet, habe ich es nicht ernst genommen und darauf geschoben, dass ihr chinesischen Schüler die Gesetze des Graslands nicht versteht und seine Tabus nicht kennt, dass ihr etwas Neues ausprobieren wollt, dessen ihr nach wenigen Tagen überdrüssig sein würdet. Dann hörte ich, dass Dorji sich auch einen Wolf hielt und ihn mit einem Hund kreuzen wollte. Das geht nun wirklich nicht! Du musst dieses Wolfsjunge noch heute vor meinen Augen entfernen.«

Chen wusste, dass er alle Grenzen überschritten hatte. In tausend Jahren hatte noch niemand auf dem Grasland einen Wolf domestiziert. Einen Krieger tötete man, man erniedrigte ihn nicht. Einen Wolf konnte man töten oder anbeten, aber nicht wie ein Haustier halten. Und hier kam ein junger Chinese in das Herz des Graslands, drang in das Land der mongolischen Ahnen vor, dorthin, wo die Mongolen ihren Tengger verehrten, in das heilige Land, wo sie ihren wilden Vorfahr verehrten, ihren Lehrer, Kriegsgott und Beschützer des Graslands, den Totemwolf – und er hielt sich einen Wolf wie einen Hund. Es gab kaum eine größere Beleidigung. Früher wäre er ein Sünder und Heide gewesen, er wäre geviertelt und den Hunden zum Fraß vorgeworfen worden. Heute handelte er den staatlichen Gesetzen der Minderheitenpolitik zuwider und verletzte die Gefühle der Bewohner des Graslands schwer. Doch was Chen am meisten fürchtete war, seinen alten Freund Bilgee zu verletzen, diesen alten Mongolen, der ihn in die geheimnisvolle Welt des Wolfstotems eingeführt hatte, und der ihn sogar zu dem Wolfsbau geführt hatte und unter dessen sorgsamer Anleitung es ihm erst möglich gewesen war, das Junge zu entwenden. Er brachte nichts zu seiner Verteidigung hervor. Zitternd rief er ihn an: »A-a-alter Freund, Bilgee.«

»Nenn mich nicht alter Freund«, herrschte Bilgee ihn an.

»Alter Freund«, bettelte Chen unter Tränen, »es war mein Fehler. Ich verstehe nichts von den Gesetzen des Graslands und habe Euch verletzt ... alter Freund, sagt mir, was ich mit dem armen Wolfswelpen tun soll.« Chens Tränen strömten auf den grasigen Boden, auf dem der Welpe gerade noch unbeschwert gespielt hatte.

Der alte Mann starrte Chen verblüfft an, als wüsste er selbst im Augenblick nicht, was er tun sollte. Ihm war klar, dass Chen nie vorgehabt hatte, den Wolf mit einem Hund zu paaren, sondern einfach fasziniert von Wölfen war. Chen war so etwas wie sein halbmongolischer Adoptivsohn, dessen Begeisterung für die Wölfe auf dem Olonbulag die der meisten mongolischen Jugendlichen bei weitem übertraf. Und dieser Chen hatte nun etwas verbrochen, das der alte Mann am wenigsten tolerieren konnte. So etwas hatte er noch nie erlebt, geschweige denn darauf reagieren müssen.

Der alte Mann blickte zum Himmel auf. »Ich weiß, ihr chinesischen Schüler glaubt an keinen Gott und kümmert euch nicht um eure Seele. Du bist zwar schon über zwei Jahre hier, hast das Grasland und die Wölfe in dein Herz geschlossen, aber ins Herz deines alten Freundes blickst du dennoch nicht. Dein alter Freund wird von Jahr zu Jahr schwächer. Das Grasland ist unwirtlich und kalt, wir Mongolen leben hier wie Wilde und führen pausenlos Krieg, alle Mongolen sind krank und leben nicht lang. Es wird nicht mehr lange dauern, bis dein alter Freund zu Tengger geht. Wie kannst du seine Seele wissen lassen, dass du einen der Wölfe Tenggers in einem Hundekorb großziehst? Ich werde gesündigt haben, und Tengger wird meine Seele nicht aufnehmen wollen, sondern mich in die dunkle, stickige Hölle unter der Wüste Gobi werfen. Wenn alle auf dem Grasland die Wölfe wie Sklaven behandelten, wie du es tust, wären die Seelen der Mongolen verloren.«

»Ich behandle den kleinen Wolf nicht wie einen Sklaven«, wandte Chen leise ein. »Ich habe mich selbst zu seinem Sklaven gemacht. Ich warte jeden Tag auf ihn wie auf einen mongolischen König oder Prinzen, melke eine Kuh und mische seinen Brei an, um ihn zu füttern. Schütze ihn vor Kälte und Krankheit und vor Verletzungen durch Hunde, Menschen, Raubvögel oder seine Mutter. Ich schlafe keine Nacht mehr ruhig. Sogar Gao Jianzhong sagt, dass ich zum Sklaven des kleinen Wolfes geworden bin. Du weißt, dass ich derjenige Chinese bin, der die Wölfe mehr als alle anderen respektiert. Tengger sieht das alles und ist gerecht, er wird dir nicht die Schuld geben.«

Der alte Mann hielt inne. Chen sagte ihm die Wahrheit, das wusste er. Wenn er den Wolf wie einen Gott oder König behandelte, war das dann eine Beleidigung oder eine Huldigung der Götter? Bilgee war sich nicht sicher. Auch wenn seine Methoden dem Geist des mongolischen Graslands und seiner Bewohner zuwiderliefen, so hatte sein chinesischer Freund doch ein gutes Herz, und nichts schätzten die Bewohner des mongolischen Graslands mehr. Der scharfe Wolfsblick des alten Mannes wurde weicher.

Chen sah einen Hoffnungsschimmer am Horizont, wischte sich die Tränen ab, atmete tief durch und versuchte, seine Angst und Aufregung zu bezwingen. »Alter Freund«, sagte er, »was ich getan habe, tat ich, um das Wesen und Verhalten der Wölfe auf dem Olonbulag besser zu verstehen. Ich will wissen, was sie so stark und klug macht und warum die Menschen auf dem Olonbulag sie so verehren. Ihr wisst, wie sehr wir Chinesen Wölfe hassen, es ist das übelste Schimpfwort für einen Menschen. Wir sagen gern, jemand hätte das Herz eines Wolfs und die Lunge eines Hundes, Frauenbelästiger sind Wölfe, gierige Menschen haben das Herz eines Wolfes, der Imperialismus ist etwas Wölfisches, und wenn Erwachsene Kinder erschrecken wollen, sagen sie, der Wolf kommt.« Als Chen den versöhnlicheren Gesichtsausdruck seines alten Freundes sah, fasste er neuen Mut und fuhr fort: »Für die Chinesen ist der Wolf das schlechteste, böswilligste und grausamste Wesen, das es auf der Welt gibt, während die Mongolen ihn als Gott verehren, im Leben von ihm lernen und sich nach dem Tod an ihn verfüttern. Das habe ich anfangs auch nicht verstanden. Wenn du mich in diesen über zwei Jahren auf dem Olonbulag nicht so viel angeleitet hättest, mir Geschichten von Wölfen und dem Grasland erzählt und die Zusammenhänge erklärt, mir oft Wölfe gezeigt und gegen sie gekämpft hättest, wäre ich heute nicht so fasziniert und verstünde nicht so viel von ihnen. Dennoch glaube ich, dass man aus der Ferne nicht alles sieht und begreift. Da ist es doch am besten, sich selbst einen Wolf zu halten und täglich mit ihm zusammen zu sein. Nach gut einem Monat habe ich schon viele Dinge beobachtet, die mir vorher nicht aufgefallen sind. Ich finde immer mehr, dass Wölfe etwas ganz Besonderes sind und den Respekt der Menschen verdienen. Aber noch immer haben über die Hälfte der chinesischen Schüler auf dem Olombulag ihre Meinung über Wölfe nicht geändert. Wenn sie auf dem Grasland leben und die Wölfe nicht verstehen, wie dann Millionen von Chinesen, die nie hier waren? Wenn in Zukunft immer mehr Chinesen herkommen und die Wölfe tatsächlich ausrotten, was wird dann aus dem Grasland? Es wird eine Katastrophe für die Mongolen, aber auf lange Sicht eine noch größere für die Chinesen. Es macht mich ganz unglücklich, ich würde es nicht ertragen, der Zerstörung des wunderschönen Olonbulag zusehen zu müssen.«

Der alte Mann zog seine Pfeife hervor und setzte sich im Schneidersitz vor den Stein. Hastig gab Chen ihm Feuer. »Es ist meine Schuld, ich habe dir das angetan«, sagte der Alte. »Aber was nun? Wenn du einen Wolf großziehst, mein Sohn, solltest du nicht nur an mich, sondern auch an Uljii und die ganze Brigade denken. Uljii hat seine Stelle verloren, vier Pferdehirten wurden schwer verdächtigt, und warum? Weil es hieß, Uljii schütze die Wölfe, organisiere keine rechte Jagd, und dein alter Freund sei überhaupt der Leitwolf, unsere ganze Zweite Brigade sei ein Wolfsnest. In diesem schwierigen Augenblick hält sich einer unserer Chinesen auch noch einen Wolf. Warum nicht die Schüler der anderen Brigaden? Heißt das nicht, dass jemand aus der Zweiten Brigade dich negativ beeinflusst hat? Meinst du nicht, dass du ihnen die Waffen lieferst, die sie brauchen?«

Durch kleine Rauchwölkchen hindurch blickte er traurig drein und senkte die Stimme. »Die Wolfsmutter wird zurückkommen, aber nicht allein. Sie wird gleich ein ganzes Rudel mitbringen. Die Wolfsmütter auf dem Olonbulag schützen ihre Jungen wie niemand sonst, und sie haben extrem gute Nasen. Ich bin ziemlich sicher, dass diese Mutter ihr Junges finden und sich am gesamten Lager rächen wird. Die Wölfe des Olonbulag scheuen vor keiner Gräueltat zurück, und hatten wir nicht schon genug Zwischenfälle? Wenn noch eine große Sache geschieht, werden Uljii und seine Kollegen hier nie wieder einen Fuß in die Tür bekommen, und wenn die Wölfe deine gesamte Schafherde aufs Korn nehmen und einen großen Teil vernichten, wird Kollektiveigentum zerstört, und das ist unentschuldbar! Du müsstest ins Gefängnis …«

Chen war gerade ein wenig warm ums Herz geworden, doch nun packte ihn kaltes Grausen. Verstieß es an sich schon gegen das Gesetz, im Gebiet nationaler Minderheiten einen Wolf großzuziehen, wie sehr erst in der Nähe von Schafherden, wo er Wolfsrudel förmlich einlud und die Produktion mutwillig zerstörte. Wenn das dann noch mit seinem »Kapitalisten«-Vater in Verbindung gebracht wurde, konnte man ihm schon größere politische Fehler anhängen und viele andere Leute mit hineinziehen. Chen begannen die Hände zu zittern. Eine Ahnung beschlich ihn, dass er den kleinen Wolf heute mit seinen eigenen Händen zu Tengger würde befördern müssen.

Die Stimme des Alten wurde weicher, als er sagte: »Jetzt ist Bao Shungui zuständig, ein Mongole, der seine Wurzeln aber völlig vergessen hat und Wölfe mehr hasst als ihr Chinesen. Er wird seine Stelle verlieren, wenn er keine Wölfe jagt. Glaubst du etwa, er wird dir erlauben, einen Wolf zu halten?«

Chen unternahm einen letzten Überzeugungsversuch. »Kannst du ihm nicht sagen, dass ich einen Wolf halte, um besser gegen diese Spezies anzukommen, dass es ein wissenschaftliches Experiment ist?«

»Erklär ihm das selbst«, sagte der Alte. Er kommt heute und übernachtet bei mir, morgen kannst du mit ihm sprechen.« Er stand auf und drehte sich noch einmal zu dem großen Stein um. »Hast du nicht Angst, dass er als ausgewachsener Wolf später deine Schafe angreifen wird? Und dich und andere Menschen? Wolfszähne sind giftig, ein Mensch kann leicht daran sterben. Ich werde mir den Welpen heute nicht ansehen, ich würde mich nur aufregen. Lass uns nach den Wagen sehen.«

Während sie an den Wagen arbeiteten, schwieg der alte Mann. Chen war innerlich noch nicht recht darauf vorbereitet, den Wolfswelpen zu töten, aber er wusste, dass er die Dinge für seinen alten Freund und Uljii nicht noch komplizierter machen durfte.

Als die beiden gerade den dritten Wagen reisefertig machen wollten, fingen die drei großen Hunde an zu bellen. Bao Shungui und Uljii kamen angeritten, und Chen beruhigte die Hunde. Bao saß ab und sagte zu Bilgee: »Ihre Frau sagte mir, dass Sie hier sind, und da wollte ich mir den Wolfswelpen von Chen auch gern einmal ansehen. Das Revolutionskomitee hat beschlossen, dass Uljii bei Ihnen wohnen soll. Sie wollten ihn ursprünglich sogar zur Baubrigade schicken.«

Chens Herz raste. Neuigkeiten waren auf dem Grasland schneller als Pferde.

»Nun, das haben Sie gut gemacht«, sagte Bilgee.

»Die Leitung war überrascht, dass Sie neues Weidegebiet erschließen wollen, stuft das als sehr wichtig ein und will möglichst im selben Jahr noch den Erfolg sehen. Mit derartig vergrößertem Weidegebiet können wir den Viehbestand verdoppeln! Das haben Sie beide geschafft, und darum habe ich beschlossen, dass Uljii bei Ihnen wohnt. So können Sie das Vorhaben besser planen.«

»Das mit dem neuen Weidegebiet ist allein Uljii zu verdanken«, sagte Bilgee. »Er denkt immer nur ans Grasland.«

»Natürlich, und das habe ich der Leitung auch so weitergegeben«, sagte Bao Shungui. »Sie hoffen ebenfalls, dass Genosse Uljii sich Verdienste erwirbt, um vergangene Fehler wiedergutzumachen.«

Uljii lächelte schwach. »Reden wir nicht von Verdiensten, sondern von der konkreten Arbeit. Der Weg zum neuen Weidegebiet ist weit, der Umzug wird nicht leicht werden. Die Leitung sollte der Zweiten Brigade ein Auto und zwei Trecker zur Verfügung stellen und Arbeiter abkommandieren, die die Straße reparieren.«

»Ich habe eine Kadersitzung für heute Abend anberaumt«, sagte Bao, »dann sehen wir weiter.« Er wandte sich an Chen Zhen: »Die beiden großen Wolfsfelle, die Sie schickten, habe ich vom Gerber bearbeiten und an meinen alten Vorgesetzten weiterleiten lassen. Er hat sich sehr gefreut und sein Erstaunen darüber ausgedrückt, dass ein Pekinger Schüler einen derartig großen Wolf erlegen kann. Er lässt seinen Dank überbringen.«

»Wieso haben Sie gesagt, dass ich die Tiere erlegt habe?«, fragte Chen. »Das haben die Hunde getan, und ich will nicht ihre Lorbeeren ernten.«

Bao Shungui klopfte ihm auf die Schulter. »Wenn es Ihre Hunde waren, ist das so gut, als wenn Sie es getan hätten. Verdienste der Untergebenen werden immer den Übergeordneten angerechnet. Das ist Tradition beim Militär. Aber jetzt lassen Sie mich den kleinen Wolf sehen.«

Chen sah zu Bilgee hinüber, der aber schwieg. Da beeilte Chen sich zu sagen: »Ich werde ihn nicht weiter großziehen, weil das den Sitten und Gebräuchen der Viehzüchter zuwiderläuft und zu gefährlich ist. Ich könnte mit der Verantwortung nicht leben, wenn dadurch ein ganzes Rudel Wölfe angelockt würde.« Mit diesen Worten rückte er den Stein fort und schob die Holzplanke zur Seite.

Der niedliche kleine Wolf wollte gerade herausklettern, da fühlte er sich von den Schatten der umstehenden Menschen regelrecht erdrückt, rollte sich in einer Ecke zusammen, zog die Schnauze kraus, bleckte die Zähne, zitterte dabei aber am ganzen Körper. Die Augen Baos leuchteten, als er ausrief: »Unglaublich, wie groß er geworden ist! Etwas über ein Monat, und er ist schon mehr als doppelt so groß wie die Felle der Welpen, die Sie mir geschickt haben. In dem Fall hätte ich Sie gern gebeten, alle großzuziehen und dann erst zu töten. Aus einem Dutzend Fellen ließe sich schon ein stattlicher Umhang herstellen. Sehen Sie sich das wunderbare Fell an, es ist viel besser als das von Welpen, die noch gesäugt werden.«

Chen lachte bitter. »Bald kann ich ihn nicht mehr füttern, er frisst zu viel. Jeden Tag eine große Schüssel Fleischbrei und eine Schale Milch.«

»Sie müssen das durchrechnen«, sagte Bao Shungui. »Das bisschen Weizen und Milch für einen ganzen Pelz. Wenn die Brigaden im nächsten Jahr ausschwärmen und Wolfsbaue ausrauben, werden die Tiere erst getötet, wenn sie die zwei- bis dreifache Größe erreicht haben.«

»Wie soll das denn gehen?«, wandte der Alte ein. »Als er noch ganz klein war, hat eine Hündin ihn gesäugt, nur wo sollen wir so viele Hündinnen für immer mehr Wolfswelpen herbekommen?«

»Stimmt«, gab Bao zu, »da haben Sie Recht.«

Chen griff den kleinen Wolf bei seinem Nackenfell und hob ihn hoch. Er strampelte wie wild, wehrte sich in der Luft hängend mit allen vieren und zitterte zugleich am ganzen Körper. Als er den Wolf auf die Erde setzte, beugte Bao sich hinab und strich dem Tier übers Fell. »Ich streichle zum ersten Mal in meinem Leben einen Wolf ... ganz schön dick. Interessant, interessant.«

»Du scheinst in diesem Monat keine Mühe gescheut zu haben«, sagte Uljii zu Chen. »Wölfe in freier Wildbahn werden nicht so groß, du bist eine bessere Mutter als die Wolfsmutter. Ich habe schon vor längerer Zeit gehört, dass du Wolfsfan bist und dir von jedem Wolfsgeschichten erzählen lässt. Aber ich hätte nie gedacht, dass du einen großziehen würdest – meinst du nicht, dass du damit zu weit gegangen bist?«

Bilgee starrte den kleinen Wolf an. Dann löschte er seine Pfeife, vertrieb den Rauch mit der Hand und sagte: »So alt ich bin, einen in Gefangenschaft aufgewachsenen Wolf habe ich noch nie gesehen. Und ich muss zugeben, dass er in einem sehr guten Zustand ist. Chen nimmt seine Aufgabe sehr ernst, aber einen Wolf in der Nähe einer Schafherde großzuziehen scheint mir dennoch falsch zu sein. Und wenn wir jeden einzelnen Viehzüchter in der Brigade fragen, so wird keiner der Aufzucht eines Wolfes zustimmen. Jetzt, da ihr beide hier seid, würde ich gern hören, was Sie zu dem wissenschaftlichen Experiment des Jungen sagen.«

Bao schien die Wolfszucht durchaus interessant zu finden. Er überlegte und sagte dann: »Es wäre schade, das Tier jetzt zu töten, denn mit einem Fell dieser Größe lässt sich nicht viel machen. Einen noch nicht entwöhnten Wolf bis zu dieser Größe zu bringen ist gar nicht so leicht. Darum denke ich, da es jetzt einmal so weit gekommen ist, führen wir das Experiment weiter. Der Vorsitzende Mao sagt schließlich auch: ›Den Feind studieren, um ihn noch effizienter vernichten zu können.‹ Ich selbst möchte auch mehr über Wölfe lernen, darum werde ich häufig herkommen und sehen, was aus ihm geworden ist. Sie wollen später Wolfshunde züchten, hörte ich?«

Chen nickte. »Das hatte ich vor, aber mein alter Freund hier sagt, dass das ganz unmöglich ist.«

»Wurde so etwas auf dem Olonbulag jemals gemacht?«, wandte Bao sich an Uljii.

»Viehzüchter verehren und respektieren Wölfe, wie könnten sie sie mit Hunden kreuzen!«, erwiderte Uljii.

»Es wäre einen Versuch wert«, sagte Bao, »und es wäre ein außerordentliches wissenschaftliches Experiment. Wer weiß, vielleicht wären mongolische Wolfshunde den sibirischen überlegen. Der mongolische Wolf ist der größte und kräftigste der Welt, da werden mongolische Wolfshunde ihnen ziemlich ebenbürtig sein. Das wird die Armee interessieren, denn wenn wir das schaffen, müssen wir keine teuren Hunde mehr im Ausland einkaufen. Wenn die Viehzüchter Wolfshunde als Schutz für ihre Herden einsetzen, trauen sich die Wölfe vielleicht wirklich nicht näher heran. Machen wir es so: Wenn die Viehzüchter Einwände haben, sagt ihr, es sei ein wissenschaftliches Experiment. Aber Achtung, junger Mann – Sicherheit geht immer vor!«

»Wenn Bao es genehmigt, dann behalte den Welpen erst einmal. Aber wenn es Probleme gibt, musst du dafür geradestehen, mach Bao keine Schwierigkeiten. Und so ist es zu gefährlich, wir brauchen einen Drahtverhau, um Schafe und Menschen vor ihm zu schützen.«

»Stimmt«, pflichtete Bao bei. »Er darf niemanden verletzen. Sobald er das tut, werde ich ihn eigenhändig töten.«

»Bestimmt! Bestimmt!«, versicherte Chen, dem das Herz vor Aufregung fast aus dem Leib sprang. »Aber ... da ist noch etwas. Ich weiß, dass die Viehzüchter dagegen sind. Helft ihr mir?«

»Auf deinen alten Freund hören sie«, sagte Uljii, »hundertmal mehr als auf mich.«

Der alte Mann schüttelte resigniert den Kopf. »Ich habe dem Jungen zu viel beigebracht, es ist alles mein Fehler. Ich werde mich darum kümmern müssen.«

Er gab sein Schreinerwerkzeug Chen Zhen und spannte den Ochsenkarren an, um heimzukehren. Bao Shungui und Uljii setzten sich auf ihre Pferde und folgten ihm.

Chen fühlte sich wie nach einer ausgeheilten schweren Krankheit, aufgeregt und kraftlos zugleich, und saß wie gelähmt neben seiner Wolfshöhle. Er hielt den kleinen Wolf so fest im Arm, dass der Kleine seine Schnauze krauszog und die Zähne bleckte. Schnell begann Chen, ihn hinter den Ohren zu kraulen, was ihn sofort beruhigte. Er schloss die Augen, öffnete das Maul leicht, kuschelte sich in Chens Hand und brummelte wohlig.

19

Der Herrscher (Kaiser Wudi der Tang-Dynastie – Anm. d. Romanautors) verkündete sein kaiserliches Edikt. Dort war zu lesen: »… Die Hunnen sagen oft, die Han seien groß, widerständen aber schlecht Hunger und Durst, und sie würden zerstreut, als ließe man einen Wolf unter Tausenden von Schafen los. Die Armee des Generals Ershi wurde geschlagen, seine Offiziere und Soldaten sind tot oder haben sich auf der Flucht zerstreut. Dies bereitet mir großen Schmerz, der mir auf dem Herzen liegt.«

Sima Guang, Allgemeiner Spiegel für die Regierung,
Biographie des Kaisers Shizong der Han-Dynastie

Bao Shungui führte Batu, Laasurung, fünf weitere Jäger und Yang Ke zusammen mit sieben, acht großen Hunden zum neuen Weidegebiet. Ihnen folgten zwei Wagen mit eisernen Rädern, beladen mit Zelten, Munition, Schüsseln und Töpfen für die Küche.

Von einer Bergspitze westlich des neuen Weidelands aus suchten sie durch ihre Ferngläser das Becken, jede Talschlucht, jede Flussbiegung und die Grasflächen ab – und entdeckten keine Gazelle und keinen Wolf. In der Mitte des Graslands befanden sich nur Enten, Gänse und ein gutes Dutzend Schwäne.

So wenig begeistert die Jäger von der Idee einer Frühsommerjagd zu sein schienen, so sehr betörte sie der Anblick des üppig grün duftenden Weidelandes. Yang hatte das Gefühl, eine Art Grünblindheit zu erleben, und auch die Pupillen der anderen schimmerten wie grüne Edelsteine, so furchterregend und wunderschön wie Wolfsaugen in der Nacht. Hügelabwärts ging es über schier endloses Grün, durch herrliche Düfte und reine Luft. An dieser Stelle Staub zu finden wäre aussichtsloser, als nach Gold zu graben. Die Pferdehufe, Wagenräder und selbst die Lassostangen, die mit dem unteren Ende über den Boden schleiften, wurden grün. Die Pferde zogen an den Zügeln, um den Kopf zu senken und frisches Gras zu fressen. Yang fragte sich, ob von der Farbenpracht der Blumen, von der Chen geschwärmt hatte, wirklich nur dieses Grün übrig war.

Bao Shungui schrie, als hätte er eine Goldmine entdeckt: »Das ist perfekt! Ein Jadebecken! Hier müssen wir unbedingt zunächst die militärische Führung hinschicken, zur Enten-, Gänse- und Schwanenjagd mit anschließendem Picknick.«

Yang zuckte zusammen, er sah plötzlich den schwarz gefiederten Dämon aus dem »Schwanensee« vor seinem geistigen Auge.

Als die Pferde hügelabwärts liefen, sagte Bao leise: »Seht im Tal links die Schar Schwäne, die Gras frisst. Wir wollen einen erlegen!« Damit ritt er mit zwei Jägern hinüber, und da Yang sie nicht aufhalten konnte, folgte er ihnen wohl oder übel. Er rieb sich die Augen und sah genauer in das Tal zur linken Seite: Etwas strahlend Weißes sah er dort, wie eine Herde neugeborener Lämmer, und so weiß wie diejenigen, die er gerade durch sein Fernglas gesehen hatte. Yang stockte der Atem, und er bedauerte, kein Gewehr dabeizuhaben, um zu schießen und die Tiere absichtlich zu verfehlen, damit sie fortflögen. Als er näher kam und der weiße Fleck sich immer noch nicht bewegte, wollte er laut rufen, doch da zügelten einige Jäger schon ihre Pferde, ließen die Gewehre sinken und unterhielten sich laut. Bao ließ sein Pferd langsamer laufen und holte sein Fernglas hervor. Hastig setzte auch Yang seines an – und glaubte seinen Augen nicht zu trauen. Was wie eine Herde weißer Lämmer ausgesehen hatte, entpuppte sich als ein Arrangement wildwachsender Milchiger Päonien. Im vergangenen Sommer hatte er auf dem alten Grasland einige gesehen, sehr verstreut und immer nur wenige beieinander, doch noch nie eine ganze Wiese voll. Plötzlich kam ihm der Gedanke, dass es sich um einen Schwarm verwandelter weißer Schwäne handelte.

Bao war in heller Aufregung: »Himmel!«, rief er aus. So viele wunderschöne Päonien habe ich noch nie gesehen, sie sind um Längen ansehnlicher als die in Parks künstlich gezüchteten. Lasst sie uns genauer ansehen!«

Yang wurde fast ohnmächtig. Dreißig, vierzig Stauden blühten eine schöner als die andere, einen Meter hoch. Den fingerdicken Stängeln wuchsen etwa zehn Zentimeter über dem Boden Blätter und darüber Dutzende großer weißer Blüten, die die Blätter fast ganz verdeckten. Das Ganze wirkte wie ein von Geisterhand üppig besteckter Blumenkorb, bei dem man keine einzelne Blume mehr sah und erweckte deshalb von weitem den Anschein eines Schwanenschwarms. Aus der Nähe sah Yang, dass jede Blüte gleich mehrere Stempel nebeneinander hatte und die Blütenblätter lose herunterhingen wie Tropfen, wunderbarer noch als die gewöhnliche Päonie und edler als die chinesische Rose. So etwas hatte er in freier Natur wahrlich noch nicht gesehen. Ihm war, als begegnete er Elfen aus dem Märchenland des Schwanensee.

Bao gingen die Augen über. »Eine Rarität!«, rief er. »Wie viel man dafür wohl in der Stadt bekommt? Ich werde einigen hohen Tieren vom Militär welche schicken lassen. Alten Kadern liegt nichts am Geld, aber sie lieben bestimmte Blumen, und diese werden sie mitten ins Herz treffen. Yang, so etwas gibt es selbst im Pekinger Nationalen Gästehaus nicht, oder?«

»Nicht einmal in kaiserlichen Gärten im Ausland«, bestätigte Yang. »Von unserem Nationalen Gästehaus zu schweigen.«

Hocherfreut wandte Bao sich an seine Jäger: »Ihr habt es gehört, diese Blumen sind kostbar, wir müssen auf sie aufpassen. Bevor wir zurückkehren, werden wir einen Zaun aus Zweigen wilder Aprikosen um sie herum errichten.«

»Und wenn wir dann umziehen?«, fragte Yang. »Ich fürchte, es werden Leute die Pflanzen ausgraben.«

Bao dachte nach. »Da habe ich schon eine Idee, keine Sorge.«

»Versuchen Sie um Himmels willen nicht, diese Blumen umzupflanzen«, sagte Yang besorgt. »Sie könnten eingehen.«

Pferde und Wagen erreichten eine Flussbiegung, an der die Jäger sehr schnell eine Stelle ausmachten, wo Gazellen von Wölfen eingekreist und getötet worden waren. Die Männer sahen nur Hörner, abgenagte Knochen und Schädel sowie Hufe und Hautfetzen herumliegen.

»Das war mehr als eine Umzingelung«, sagte Batu. »Und es waren eine Menge Wölfe. Seht euch die Mengen an Kot an. Ich vermute, dass auch alte und lahme Wölfe dabei waren.«

»Wo ist das Rudel jetzt hin?«, fragte Bao Shungui.

»Wahrscheinlich mit den Gazellen in die Berge«, sagte Batu. »Oder sie jagen jetzt Murmeltiere. Oder sie sind den Gazellen zur Grenze gefolgt. Die jungen Gazellen laufen jetzt so schnell wie ausgewachsene, es ist schwer für Wölfe, sie zu kriegen. Sonst hätten sie die Knochen nicht so sauber abgenagt.«

»Uljii und Bilgee«, sagte Bao, »wollen Hunderte von Gazellen und Dutzende Wölfe gesehen haben. Wie kann es sein, dass nach noch nicht einmal drei Wochen nichts mehr von ihnen zu sehen ist?«

»Wenn die alten Wölfe kommen, können die Gazellen nicht hierbleiben«, erwiderte Batu.

»Diese Wölfe haben Angst vor dir«, stichelte Laasurung gegen Batu, »darum sind sie weg, sobald du kommst. Die Jäger, die Wölfe am meisten hassen, sind schlechte Jäger. Bilgee zum Beispiel ist nachsichtig mit den Wölfen, und er erlegt bei einer Jagd die meisten Tiere.«

Batu ging nicht darauf ein und wandte sich an Bao. »Das ist das Gute an den Wölfen. Ohne sie hätten die Gazellen dieses neue Weideland schon völlig abgegrast und mit Urin und Kot verseucht. Wenn unsere Schafe Gazellenurin riechen, fressen sie keinen Grashalm mehr. Diese Weide hier ist ideal, die Pferde wollen gar nicht mehr weg. Wir sollten unser Zelt aufschlagen und Hunden und Pferden etwas Ruhe gönnen. Morgen gehen wir dann in die Berge.«

Bao befahl, den Fluss zu überqueren, und Batu suchte eine seichte

Stelle mit sandigem Flussbett. Dann legten er und ein paar weitere Jäger an beiden Ufern Rampen an, die sanft ansteigend auf das Ufer führten. Batu ritt hinüber und hielt eines der Zugpferde gleichzeitig am Zaumzeug fest. Die Jäger errichteten auf einer relativ ebenen Fläche am östlichen Hügel derweil ein weißes Zelt.

Batu wies die Jäger an, Feuer zu machen und Tee zu kochen und sagte zu Bao: »Ich sehe im südlichen Tal nach verletzten Gazellen. Dann brauchen die Jäger hier nicht vom mitgebrachten Trockenfleisch zu zehren.«

Bao stimmte erfreut zu. Batu ritt mit zwei Jägern und den großen Hunden los. Erlang und Bar kannten dieses Jagdrevier, wurden vom Jagdfieber gepackt und rannten voraus.

Yang Ke war so fasziniert von den Schwänen im See, dass er schweren Herzens die Gelegenheit fahren ließ, mit Batu jagen zu gehen. Zwei Tage lang hatte er Bao und Bilgee in den Ohren gelegen, er wolle vor der Truppe mit den Tieren ankommen, um den jungfräulich unberührten Schwanensee und die herrliche Szenerie in Ruhe in sich aufnehmen zu können. Er fand ihn noch schöner, als er ihn sich nach Chen Zhens Beschreibung vorgestellt hatte. Chen war nicht am östlichen Ufer gewesen, wo Yang von leicht erhöhtem Punkt aus jetzt freie Sicht genoss. Er setzte sich auf den Boden, sah durch sein Teleskop, und der Anblick nahm ihm fast den Atem. Gerade war er in Gedanken versunken, als er ein Pferd von hinten näher kommen hörte.

»Hey, du denkst auch über die Schwäne nach, was?«, rief Bao ihm zu. »Los, lass uns einen erlegen, nur so. Die Viehzüchter hier essen kein Geflügel, nicht einmal Hühner. Ich wollte mit ihnen auf die Jagd gehen, aber sie wollten nicht. Sie mögen das Fleisch nicht, aber wir.«

Yang drehte sich um und sah Bao mit seinem halbautomatischen Gewehr im Anschlag. Er erschrak zu Tode und winkte abwehrend mit beiden Händen. »Schw… Schwäne sind kostbare, seltene Tiere«, stammelte er. »W… wir dürfen sie auf keinen Fall töten! Bitte! Seit meiner Kindheit liebe ich das Ballett ›Schwanensee‹. In den schwierigen drei Jahren habe ich im Winter einmal Schule geschwänzt und nichts gegessen, nur um bis tief in die Nacht für Eintrittskarten zu einer ›Schwanensee‹-Aufführung von jungen sowjetischen und chinesischen Tanztruppen anzustehen. Wie können wir da am echten Schwanensee Schwäne erschießen? Wenn Sie unbedingt töten wollen, dann erschießen Sie mich.«

Bao hatte mit so viel Undankbarkeit nicht gerechnet, und fühlte sich gemaßregelt. Er starrte Yang an und sagte: »Was für ein verfluchter Schwanensee? Du kleiner Gymnasiasten-Kapitalist meinst wohl, etwas Besseres zu sein als ich. Wir müssen den ›Schwanensee‹ absetzen, um ›Das rote Frauenbataillon‹ zu spielen!«

Als Laasurung sah, wie Bao mit seinem Gewehr auf den See zusteuerte, eilte er herbei, um ihn aufzuhalten. »Der Schwan ist ein heiliges Tier der mongolischen Schamanen, Sie dürfen ihn nicht erschießen! Und, Herr Bao, wollten Sie nicht Wölfe erlegen? Ein Schuss, und sie laufen fort. Dann wären wir umsonst hergekommen.«

Bao hielt sein Pferd an und wandte sich zu Laasurung um. »Wie gut, dass Sie mich daran erinnert haben, sonst wäre womöglich noch ein großes Unglück geschehen.« Er gab sein Gewehr Laasurung und sagte zu Yang: »Dann lass uns die Umgebung des Sees erkunden.«

Yang sattelte lustlos sein Pferd und ritt mit Bao Richtung See. Je näher sie kamen, desto mehr Schwärme wilder Enten, Gänse und anderer Wasservögel flogen auf und so flach über die beiden hinweg, dass Wasser auf ihre Köpfe tropfte.

Bao nahm die Zügel fester, setzte sich im Sattel zurecht und lachte. »Hier Schwäne zu fangen ist ein Kinderspiel, eine Zwille reicht. Schwäne sind die Könige der Lüfte, für ein Stück Schwanenfleisch lohnt es sich zu sterben. Aber jetzt erledigen wir zuerst die Wölfe, danach erst die Schwäne.«

»Beim Anblick der Milchigen Päonien gerade«, sagte Yang, »haben Sie sie eine Kostbarkeit genannt, die wir mit allen Mitteln schützen müssten. Die Schwäne sind ein Staatsschatz, eine Weltbesonderheit, wieso schützen Sie sie nicht?«

»Ich komme aus einer Bauernfamilie«, erwiderte Bao. »Und ich bin Realist. Schätze sind erst dann Schätze, wenn der Mensch Zugriff auf sie hat, vorher nicht. Die Päonie hat keine Beine, sie läuft uns nicht weg, aber der Schwan hat Flügel. Wenn wir nicht aufpassen, fliegt er nach Norden und landet in den Töpfen der sowjetischen oder mongolischen Revisionisten.«

»Solange sie sie nicht als Kostbarkeit ansehen, werden sie sie auch nicht essen«, sagte Yang.

»Wenn ich gewusst hätte, dass Sie so naiv sind, hätte ich Sie nicht mitgenommen!« Bao schien sich zu ärgern. »Warten Sie's ab, ich werde Ihren Schwanensee Im Handumdrehen in eine Pferde- und Rindertränke verwandeln.«

Laasurung beschrieb mit der Hand einen großen Kreis in der Luft und rief zur Rückkehr. Sanjai kam aus Richtung Südosten herbei und spannte den Wagen an. Batu und seine Leute hätten in der Schlucht im Südosten Wildschweine erlegt und ihn nach einem Wagen geschickt, um sie abzutransportieren, klärte er sie auf. Bao solle vorbeikommen und sich die Beute ansehen.

Bao schlug sich vor Begeisterung auf die Schenkel und rief: »Hier gibt es Wildschweine?! Das hätte ich nicht gedacht. Sie schmecken viel besser als Hausschweine. Los!«

Yang hatte schon oft gehört, dass auf dem Grasland Wildschweine lebten, aber noch nie eines gesehen. Mit Bao machte er sich in die von Sanjai gewiesene Richtung auf den Weg.

Noch bevor sie bei Batu ankamen, sahen sie die von Wildschweinen durchwühlte dunkle Erde. Hunderte Quadratmeter fruchtbare Erde zu beiden Seiten des Flusses, in der Schlucht und am Fuß des Hügels waren wie von einem wild gewordenen Ochsen umgepflügt. Das saftige Grün war mit den kräftigen Wurzeln aufgefressen, saftlose kleine Halme lagen herum oder waren unter die Erde gewühlt, das einst üppige Grasland verwüstet wie ein Kartoffelfeld von gierigen Hausschweinen.

Bao geriet in Rage. »Diese Wildschweine! Wenn wir hier etwas anbauen wollen, werden sie alles zerstören.«

Die beiden Pferde näherten sich Batu, der rauchend am Fuß des Berges saß, während die großen Hunde um ihn herum Wildschweinknochen abnagten. Die Reiter stiegen vom Pferd und sahen neben Batu zwei vollständige Wildschweinkadaver und zwei von den Hunden in Stücke gerissene. Gerade fraßen die beiden gierig an je einem Schweineschenkel. An den beiden vollständigen Tieren sah man, dass sie viel kleiner waren als Hausschweine, vielleicht einen Meter lang, am ganzen Körper mit graugelben Borsten bewachsen, mit einer Schnauze, die doppelt so lang war wie die von Hausschweinen. Aber sie waren gut genährt, an ihrem Körper kein Knochen zu sehen, ihre Zähne wirkten nicht besonders gefährlich. In ihrem Nacken zeichneten sich Bisse von den Hunden ab.

Batu wies in die Ferne. »Die beiden Hunde haben ihre Witterung aufgenommen und sie bis zu der Schlucht dort verfolgt. Wir haben erst den unebenen Boden gesehen und dann das, was Wölfe von ihrer Wildschweinmahlzeit übrig gelassen hatten. Jetzt sind die Hunde nicht mehr den Wölfen, sondern dem Wildschweingeruch bis in diese Schlucht gefolgt und haben ein ganzes Wildschweinrudel aufgescheucht. Die großen haben riesige Fangzähne und sind sehr schnell, die Hunde haben sich nicht hinterhergetraut. Und ich wollte nicht schießen, um die Wölfe nicht zu verjagen. Dann haben die Hunde die nicht ausgewachsenen Wildschweine getötet, zwei habe ich ihnen zu fressen gegeben, die anderen zwei für uns hierhergeschleppt.«

Bao setzte seinen Fuß auf eines der toten Wildschweine. »Nicht schlecht«, lobte er Batu. »Das Fleisch dieses jungen Wildschweins ist besonders zart, ich werde heute Abend einen ausgeben. Und Wölfe scheint es hier ja genug zu geben, ihr solltet morgen noch einmal auf die Jagd gehen.«

»Diese Wildschweine sind aus dem Wald. Ein paar hundert Kilometer entfernt von hier gibt es viele, sie sind den Fluss entlang hergekommen. Wenn es auf dem Olonbulag nicht so viele Wölfe gäbe, wäre es längst von Wildschweinen zerstört worden.«

Sanjai kam mit seinem Wagen an, und gemeinsam luden sie die Schweine auf. Batu deutete an, die Hunde sollten weiter an ihren Knochen nagen, während die Jäger mit dem Wagen zurückfuhren. Als sie am Lager ankamen, prasselte das Lagerfeuer bereits, das größte Wildschwein wurde gleich abgeladen, gehäutet und in Stücke geschnitten. Wie beim Lamm wurde die Haut nicht mitgegessen. Im nächsten Augenblick stieg der Duft von gegrilltem Wildschweinfleisch auf. Wildschweine waren weniger fett als Hausschweine, aber Yang schaute sich von Bao ab, wie er ein Stück mageres Fleisch mit Fett aus der Magenwand einrieb, sodass es beim Grillen spritzte und knisterte und viel besser schmeckte als Hausschwein. Yang hatte bei den Viehzüchtern schon früher gelernt, wilde Zwiebeln, Knoblauch und Lauch zu sammeln und damit das typisch würzige Olonbulag-Picknick zu bereichern. Er war rundum zufrieden. Sowohl die Schwäne als auch die Milchigen Päonien hatte er früher als Chen gesehen, ein Wildschweinpicknick nach Graslandart als Erster erlebt. Zurück in der Jurte würde er mit seinen Erlebnissen und kulinarischen Genüssen prahlen können.

Am Feuer lud Bao Shungui zu Getränken ein und erzählte den Jägern von kaiserlichen Banketten mit Schwanenfleisch, doch sie schüttelten ablehnend die Köpfe, sodass er das Interesse verlor. Die Jäger des Olonbulag aßen kein Geflügel, denn sie hatten zu großen Respekt vor Seelen, die in den Himmel zu Tengger fliegen konnten.

Die Jagdhunde kamen rechtzeitig für ihre Kontrollgänge zurück. Endlich hatten die Männer genug gegessen und getrunken und warfen die Reste in eine große blecherne Waschschüssel. Außer Herz und Leber landeten alle Innereien und der Kopf darin und würden die nächste Mahlzeit für die Hunde sein.

Gegen Abend verließ Yang die Gruppe, suchte eine Stelle auf, von der aus man einen guten Blick über den Schwanensee hatte, und setze sich ins Gras. Die Arme um die Knie geschlungen, hielt er mit beiden Händen sein Fernglas fest und sog den Anblick in sich auf, den es über kurz oder lang vielleicht nicht mehr geben würde.

Kleine Wellen breiteten sich auf dem See aus, und die im Westen reflektierten das kalte Schwarzblau am östlichen Himmel, die im Osten das warme Licht des westlichen Abendhimmels. Die Wellen schwappten langsam weiter, achatrot, grün wie ein Jadeit und in einem durchscheinenden Gelb; dann ein kristallenes Purpur, metallisches Blau und Perlweiß, hier warm, dort kalt, jeder Farbton von besonderer Art. Yang hatte das Gefühl, Zeuge des traurigen und doch zauberhaften Sterbens der Schwäne zu sein. Tengger hatte seine prächtigsten Lichter zur Erde gesandt, um von seinen geliebten Schwänen und dem klaren Schwanensee Abschied zu nehmen.

Yang hoffte, dass bei dem Schauspiel, das man ihm jetzt darbieten würde, der natürliche Hintergrund erhalten bliebe und der Hauptdarsteller nie auftauchte. Doch da glitt ein Schwan aus dem dunkelgrünen Schilf auf den See hinaus, dann noch einer und noch einer …, und der farbenfrohe See und der weite Himmel wurden zu einer überwältigenden Bühne. Die Schwäne trugen kalte, bläulich schwarze Abendgarderobe, die das Gelb über ihren Köpfen in ein tiefes Purpur verwandelte. Jeder elegant geschwungene Hals war wie ein leuchtendes Fragezeichen, mit dem der Himmel befragt wurde, die Erde, das Wasser, der Mensch, die ganze Welt. Die Fragezeichen bewegten sich langsam auf dem See und warteten ruhig auf Antwort, sie verharrten reglos zwischen Himmel und Erde, sodass nur noch ihre Spiegelbilder auf dem Wasser leise zitterten, zu einem Dutzend spiegelverkehrter Fragezeichen wurden und bei einem leisen Windstoß in tausend Stücke sprangen.

Am nächsten Tag gingen die Jäger die Berge im Osten hoch und durchsuchten eine Schlucht nach der anderen, fanden aber den ganzen Tag nichts. Tags darauf stießen sie so tief in die Berge vor, dass Menschen und Pferde schon völlig erschöpft waren, als Bao, Batu und Yang plötzlich Schüsse in der Nähe hörten. Sie drehten sich um und sahen zwei Wölfe auf dem Bergrücken im Osten. Die beiden Tiere stolperten den Berg hinauf, doch als sie der Menschen gewahr wurden, der Pferde und Hunde, drehten sie ab und wollten auf einen steinigen, steilen Weg weiter rechts ausweichen. Batu sah durch sein Fernglas. »Das Rudel ist fort. Das hier sind zwei alte Wölfe, die nicht mithalten konnten.«

»Egal wie alt«, erwiderte Bao Shungui aufgeregt, »diese beiden Felle werden unseren Sieg bedeuten!« Batu nahm die Verfolgung auf und murmelte vor sich hin: »Hast wohl nicht gesehen, dass ihr altes Fell auf der hinteren Körperhälfte noch gar nicht ganz ausgefallen ist.«

Jäger und Hunde auf beiden Seiten des Berges stürmten hinauf. Der größere der beiden Wölfe schien sein linkes Vorderbein nicht ganz strecken zu können, vielleicht hatte einer der Jagdhunde in dem vorausgegangenen Kampf die Sehne verletzt. Bei dem kleineren handelte es sich um eine alte Wölfin, knöchern dünn und mit blassgelbem Fell. Als Bar, Erlang und die anderen Jagdhunde sahen, dass es sich um alte und halb verkrüppelte Wölfe handelte, verlangsamten sie ihr Tempo und ließen sich viel Zeit. Nur ein junger, gerade ausgewachsener Hund nutzte die Gelegenheit und rannte mit Höchstgeschwindigkeit den Berg hinauf, komme, was wolle.

Die beiden Wölfe liefen auf einen unebenen felsigen Abschnitt des Berges zu, mit herumliegenden Gesteinsbrocken und zersplitterten Steinen über- und untereinander. Bei jedem ihrer Schritte rutschten die Steine donnernd talwärts. Die Pferde kamen so schlecht voran, dass die Reiter abstiegen, Gewehr und Stange zur Hand nahmen und die Wölfe von drei Seiten einkreisten.

Der alte Wolf sprang auf eine Klippe von der Größe zweier Esstische, an drei Seiten von steilen Felswänden umgeben, an der vierten ein steiler Abhang. Er stellte sich mit dem Rücken zu einer Wand, blitzte die Menschen aus alterstrüben Augen an und nahm einen tiefen Atemzug, bereit, um sein Leben zu kämpfen. Die Jagdhunde stellten sich wild bellend im Halbkreis auf, ohne sich von der Stelle zu rühren, aus Angst auf dem Geröll abzurutschen. Die Menschen sahen sich die Szene an, und Bao geriet ganz aus dem Häuschen. »Keiner bewegt sich!«, befahl er. »Seht her.« Er nahm das Bajonett ab, lud Munition nach und brachte sich für einen guten Schuss in Stellung.

Doch in diesem Augenblick sprang der alte Wolf auf den steilen Abhang neben der Klippe, krallte sich mit allen vieren im Geröll fest und rutschte, den Kopf nach oben gerichtet, Brust und Bauch heruntergedrückt, wie auf einer steilen Rutschbahn zusammen mit unzähligen Steinen laut polternd abwärts. Staub wirbelte auf, wann immer die Steine seinen Körper streiften, bis er ganz und gar darin eingehüllt und wie vom Erdboden verschluckt war.

Die Menschen stürzten mit aller gebotenen Vorsicht auf die Klippe zu und sahen den Abhang hinunter, doch auch nachdem der Staub sich gelegt hatte, war vom Wolf nichts zu sehen. »Was ist passiert?«, fragte Bao. »Ist der Wolf tot oder weggelaufen?«

»So oder so«, sagte Batu bedrückt, »ein Fell bekommen Sie nicht.«

Bao verschlug es die Sprache. Plötzlich bellten die beiden Hunde, die die Höhle bewachten, laut auf. »Da ist noch einer«, rief Bao. »Los! Ich will heute unbedingt einen Wolf fangen!«

Die Jäger näherten sich der Felshöhle, die durch Erosion entstanden war und vielen Tieren des Graslands im Notfall vorübergehend Unterschlupf bot. Auf den Steinen hatte sich viel verhärteter Raubvogelkot abgesetzt. Bao untersuchte die Höhle genau und kratzte sich am Kopf. »Verflixt. Wenn wir versuchen, in die Höhle einzudringen, wird sie wahrscheinlich zusammenstürzen, und ausräuchern dürfte nicht funktionieren, weil es zu viele Ritzen gibt, durch die der Rauch entweichen kann. Was nun, Batu?«

Batu stocherte mit dem hinteren Ende seiner Lassostange in die Höhle hinein. Als man Steine poltern hörte, schüttelte er den Kopf. »Nichts zu machen. Wenn wir an den Steinen rühren, bringen wir uns und die Hunde in Lebensgefahr.«

»Wie tief ist die Höhle?«, wollte Bao wissen.

»Nicht besonders tief, antwortete Batu.

»Also räuchern wir sie aus«, bestimmte Bao. »Sie alle graben Gras und Erde aus und stopfen dann jede Ritze zu, aus der Rauch dringt. Ich habe Chilischoten dabei, deren scharfen Rauch Wölfe nicht mögen. Los! Los! Yang und ich bleiben bei der Höhle. Wenn wir mit Ihren Profijägern nach drei Tagen Jagd keinen Wolf vorweisen können, machen wir uns zum Gespött des Graslands.«

Die Jäger schwärmten aus, um Reisig und Gras zu sammeln, während Bao und Yang Ke die Höhle bewachten. »Diese Wölfin ist alt und krank«, sagte Yang Ke. »Und spindeldürr, sie wird sowieso nicht mehr lange leben. Außerdem fehlt dem Sommerfell der weiche Flaum, die Ankaufsstelle wird es nicht nehmen. Lassen wir sie laufen!«

Die Miene Bao Shunguis verfinsterte sich. »Ich sag dir was, Wölfe sind die besseren Menschen. Als ich im Krieg war, musste man immer mit Deserteuren und Aufständischen rechnen, aber diese Wölfin würde eher sterben, als aus der Höhle herauszukommen. Die Wölfe des Olonbulag sind so gute Soldaten, dass selbst verletzte, alte und weibliche Tiere den Menschen noch in Schrecken versetzen … Aber wenn du sagst, dass das Sommerfell sich nicht verkauft, liegst du falsch. Bei uns will keiner auf einem dicken Wolfsfell schlafen, weil man vor Hitze Nasenbluten bekommen kann. Dünner Wolfspelz dagegen ist hochgeschätzt. Wir dürfen jetzt nicht weich werden. Im Krieg geht es um Leben und Tod, du musst den anderen in die Ecke drängen und töten.«

Batu und einige andere zogen zusammengeschnürte Bündel Holz hinter sich her, während Laasurung mit seinen Leuten Gras mit Erdklumpen daran ausriss. Vor der Höhle stapelte Bao trockenes und feuchtes Brennholz und zündete es an; einige Jäger fächelten mit ihrer weiten mongolischen Kleidung den dicken Rauch in die Höhle. Es qualmte aus allen Steinritzen, und die Männer versuchten hastig, die undichten Stellen zu stopfen, doch bis endlich an weniger Stellen Rauch aufstieg, mussten alle gereizt husten.

Bao Shungui warf eine Handvoll halb getrockneter Chilischoten ins Feuer, deren beißend scharfer Rauch ebenfalls in die Höhle zog. Menschen und Hunde standen entgegen der Windrichtung und sahen auf den Eingang der Höhle am Fuß des Steinhügels, der wie die Öffnung zu einem riesigen Ofen aussah. Der scharfe Chillirauch musste die Höhle inzwischen vollkommen ausfüllen, nur ein, zwei kleine Löcher hatten die Jäger als Rauchabzug offen gelassen. Plötzlich drang das laute Husten der Wölfin nach außen. Die Männer griffen nach ihren Stangen, die Hunde spannten jeden Muskel an. Das Husten wurde lauter und klang jetzt wie das eines an Bronchitis erkrankten alten Menschen, der sich die Lunge aus dem Leib hustete. Allein, die Wölfin zeigte sich nicht. Yang trieb der Rauch die Tränen in die Augen. Er konnte dieses Durchhaltevermögen nicht fassen, jeder Mensch wäre auch um den Preis seines Lebens aus der Höhle geflohen.

Plötzlich rutschte der Berg der Steine mit lautem Gerumpel einen halben Meter in die Tiefe, aus neu entstandenen Ritzen drang Rauch, und im Nu waren auch alle zugestopften Spalte wieder da. Mehrere große Felsbrocken donnerten den Berg hinunter und zermalmten fast die Jäger, die dem Feuer Luft zufächelten. »Die Höhle bricht zusammen, Vorsicht!«, brüllte Bao.

Das Husten in der Höhle hatte aufgehört, nichts bewegte sich mehr. Der scharfe Rauch stieg nur noch empor und drang nicht mehr in die Höhle ein. »Sie haben schon wieder Pech gehabt«, sagte Batu zu Bao. »Schon wieder ein Wolf, der sich lieber selbst umbringt und begräbt, als Ihnen sein Fell zu überlassen.«

»Räumt die Steine weg! Ich muss diesen Wolf freigraben!«, schrie Bao außer sich vor Wut.

Doch die von tagelanger Arbeit erschöpften Jäger setzten sich auf die Steine und rührten keinen Finger. Batu holte eine Packung teure Zigaretten hervor und bot sie den Männern an. »Jeder weiß, dass Sie Wölfe nicht wegen des Fells jagen, sondern um sie zu vernichten«, sagte er zu Bao. »Reicht es nicht, dass die zwei hier tot sind? Ich fürchte, wir werden bis morgen an diesem Felsenberg graben. Wir alle können bezeugen, dass Sie eine Jagdtruppe angeführt, ein Rudel in die Flucht geschlagen und zwei große Wölfe getötet haben, indem Sie einen zu einem tödlichen Sprung gezwungen und den anderen in seiner Höhle erstickt haben. Außerdem verkauft sich das Sommerfell sowieso schlecht.« Batu wandte sich zu den Jägern um. Könnt ihr das bezeugen?«

Alle nickten. Bao, der genauso müde war, zog an seiner Zigarette und sagte: »Gut. Verschnaufen wir einen Augenblick, bevor wir gehen.«

Yang stand wie erstarrt vor dem, was von dem Steinhaufen übrig war und hatte das Gefühl, selbst von einem steinernen Brocken getroffen worden zu sein. Fast wollte er vor den Steinen niederknien, um diesem mongolischen Krieger in der Höhle zu huldigen, blieb dann aber wie gelähmt stehen. Er ging zu Batu, ließ sich eine Zigarette geben, nahm einen Zug, hielt sie dann zwischen beiden Händen hoch über den Kopf gereckt und machte drei tiefe Verbeugungen. Dann steckte er die glühende Zigarette ehrfurchtsvoll in eine Felsspalte vor dem Steinhaufen, der jetzt wie ein riesiges Grab wirkte. Dünner Zigarettenrauch stieg auf und nahm die Seele der alten Wölfin mit in den blauen Himmel, zu Tengger.

Die Jäger standen auf, steckten ihre Zigaretten aber nicht zu der Yangs. Für die Mongolen war eine vom Menschen geraucht Zigarette unrein und daher ungeeignet für Gaben an die Götter, doch sie nahmen es Yang nicht übel. Sie löschten ihre Zigaretten, standen stocksteif und ruhig da und sahen in den Himmel, schweigend, ihre reinen Blicke erreichten Tengger schneller als der unreine Rauch der Zigarette und schickten die Seele der alten Wölfin ins Paradies. Selbst Bao ließ seine Zigarette verglühen, bis sie seine Finger verbrannte.

»Die zwei Wölfe heute«, sagte Batu zu Bao, »haben gekämpft wie einst die Krieger Dschingis Khans, sie wollten ihren Gegnern auch im Tod den letzten Triumph nehmen. Sie sind ebenfalls ein Nachfahre der Mongolen, Ihre Wurzeln liegen hier im Grasland, Sie sollten den mongolischen Göttern auch Ihren Respekt erweisen.«

Yang seufzte ehrfurchtsvoll, als sich alle auf den Rückweg machten. »Auch der Tod kann ein Zeichen von Macht sein. Wie vielen mongolischen Kriegern hat das Wolftotem die Kraft verliehen, sich freiwillig dem Tod zu übergeben? Die Han-Chinesen mögen den Mongolen einst an Zahl hundertfach überlegen gewesen sein, aber Herrscher wie Volk waren davon überzeugt, dass ein sinnentleertes Leben immer noch besser sei als der Tod, das entspricht bis heute ihrer Lebenserfahrung und ist ihre Philosophie.« Die anderen hörten schweigend zu. Wie viele Verräter und Marionettensoldaten hat diese Haltung hervorgebracht? »Kam es dazu, weil in der Mitte der Tang-Dynastie die Wölfe der großen Ebene Zentralchinas ausgerottet wurden? Konnte der Geist eines Volkes derart verkümmern, wenn sein großartiger, kraftvoller Wolfslehrer vernichtet wurde?«

Kurz bevor die Jagdtruppe wieder im Zeltlager eintraf, sagte Bao zu Batu: »Reite vor und koch einen Topf Wasser, ich erlege noch einen Schwan und lade euch heute Abend zu gutem Fleisch und Schnaps ein.«

»Herr Bao!«, rief Yang außer sich. »Bitte töten Sie diese Schwäne nicht.«

»Ich muss es tun.« Bao drehte sich nicht einmal um. »Schon um mein Pech der letzten Tage zu kompensieren.«

Yang blieb ihm auf den Fersen, um ihm sein Vorhaben auszureden, aber das Pferd des anderen war zu schnell. Bao war schon am See, auf dem Wasservögel, Gänse und Enten sich tummelten, ohne sich um den Mann mit dem Gewehr zu kümmern. Da erhoben sich sieben, acht Schwäne aus dem Schilf in die Lüfte wie Flugzeuge, die in Formation aufsteigen, doch ihre riesigen Flügel strichen sanft durch die Luft und warfen überdimensionale Schatten auf Bao. Noch bevor Yang aufgeschlossen hatte, fielen drei Schüsse hintereinander, und ein großer weißer Vogel fiel vor dem Pferd Yangs herunter, sodass das Tier scheute und Yang ins feuchte Ufergras abwarf.

Der Schwan blutete und wand sich heftig. Wie oft hatte Yang die ergreifende Szene mit dem sterbenden Schwan in dem Ballett gesehen, doch der Todeskampf des Schwans vor seinen Augen hier hatte nichts von jener Anmut und Grazie. Es war ein gewöhnlicher Vogel mit gebrochenem Hals, der mit den Beinen strampelte und mit den Flügeln schlug, um sein Gleichgewicht zurückzubekommen, der um sein Leben kämpfte, als es ihm schon entglitten war. Blut floss aus der Schusswunde in seiner Brust über das weiße Gefieder. Yang versuchte es mehrmals, bekam den Schwan aber nicht zu fassen. Sein Blut tropfte ins Gras, bis schließlich keines mehr floss.

Endlich schaffte Yang es, den Schwan in den Arm zu nehmen. Sein Bauch war noch warm, aber der schöne Hals hatte nichts von einem eleganten Fragezeichen mehr, er war nur mehr eine weiße Schlange ohne Rückenmark, die schlaff über Yangs Handgelenk hing. Blutrot gefärbte weiße Federn schwebten beim ersten Besuch von Menschen über dem Schwanensee. Yang hob behutsam den Kopf des Tieres hoch und sah einen blau-schwarzen Himmel in den großen Augen, als blicke das Tier Tengger an. Yang standen Tränen in den Augen – dieses edle Tier, das seine Flügel so weit getragen hatten und das dem Menschen unendliche Schönheit und Phantasien bescherte, war von einem Menschen wie ein gewöhnliches Huhn abgeschossen worden.

Yang brachte die Trauer fast um. Am liebsten wäre er zum See gerannt und zum Schilf hin getaucht, um die Schwäne zu warnen.

Im letzten Licht des Tages saß Bao allein vor seinem Topf mit Schwanenfleisch, niemand richtete das Wort an ihn. Die Jäger aßen gegrilltes Wildschweinfleisch, und Yangs Hand zitterte jedes Mal, wenn er sich mit dem Messer ein Stück nahm.

Über dem Schwanensee ergoss sich der nicht enden wollende Trauergesang der Schwäne in die Nacht.

Mitten in der Nacht wachte Yang vom wölfischen Geheul der Jagdhunde auf. Anschließend hörte er das unterbrochene, langgezogene, weit entfernte Trauergeheul der Wölfe. Es zerriss Yang das Herz. Der alte Wolf, der von der Klippe gesprungen und mit dem Geröll in die Tiefe gerutscht war, lebte noch, war mit seinen schweren Verletzungen die halbe Nacht hindurch weiter und auf die andere Seite des Berges gekrochen. Jetzt stand er vermutlich vor dem steinernen Grab seiner Gefährtin, heulte laut und weinte, mit gebrochenem Herzen und tief verletzter Seele. Vielleicht hatte er nicht einmal mehr die Kraft, ein paar Steine zur Seite zu schieben, um Abschied von seiner Gefährtin zu nehmen. Der Trauergesang der Schwäne und das wehmütige Heulen des Wolfes vereinigten sich zu einem Trauergesang des Graslands, der sich in Wellen über die Nacht ergoss.

Yang liefen die Tränen bis zum Morgengrauen.

Einige Tage später berichtete Laasurung aus dem Hauptquartier, Bao habe eine Wagenladung Setzlinge von Milchigen Päonien mit in die Stadt genommen.

20

Die Ritter meines Vaters, des Großkhans, waren ebenso tapfer wie Wölfe, während seine Feinde ängstlich waren wie die Schafe.

Inschrift des Qutlugh-Grabmals, nach René Grousset
(franz. Historiker), Die Steppenvölker

Die Frühsommersonne auf der Hochebene strahlte die ziehenden Wolken über dem Becken weiß und hell an, dass die Menschen kaum die Augen aufbekamen. Schafe und Lämmer grasten, und in der Luft hing der scharfe und schwere Geruch von wilden Zwiebeln und Knoblauch, der die Augen der Menschen reizte. Chen Zhen riss seine Augen weit auf, um das neue Weideland und das neue Lager genau zu beobachten, ob nicht die Wölfin käme, um an den Schafen Rache für ihr Junges zu nehmen.

Die gut dreißig Jurten der Zweiten Brigade schmiegten sich an den sanft ansteigenden Berg im Nordwesten des Beckens. Zwei Jurten bildeten ein Hot, weniger als dreihundert Meter voneinander entfernt. Auch der Abstand zwischen zwei Produktionsgruppen war gering, sodass das Lager erheblich weniger Fläche beanspruchte als zuvor. Bilgee und Uljii hatten es so angeordnet, um besser gegen Überfälle von Wölfen gerüstet zu sein – möglicherweise sogar ein gemeinsamer Angriff der Tiere des alten und des neuen Lagers. Chen hatte das Gefühl, die Wölfe des Olonbulag würden diese enge Verteidigungslinie nicht durchbrechen können. Beim leisesten Versuch würden zahllose scharfe Hunde anschlagen. Der Gedanke beruhigte Chen etwas, und er begann den Ausblick auf das neue Weideland ein wenig zu genießen.

Dutzende von Schaf-, Rinder- und Pferdeherden waren auf dem neuen Weideland eingetroffen, und jungfräuliches Grasland hatte sich innerhalb eines Tages zu natürlichem Weideland gewandelt, allenthalben war Singen, Wiehern, Blöken und Muhen zu hören, Ausdruck der Freude von Tier und Mensch.

Die Schafherden von Yang und Chen waren nach dem langen Weg müde und grasten auf einem Hügel hinter der Jurte der Männer. Chen wandte sich an Yang: »Dieser Sommerweideplatz und der des letzten Jahres unterscheiden sich wie Tag und Nacht, ich bin richtig ein bisschen stolz, so als hätten wir ein Weideland neu erschlossen, bei dem die Vorteile klar die Nachteile überwiegen. Manchmal komme ich mir vor wie im Traum – wir haben die Schafe in den Garten Eden geführt.«

»Geht mir genauso«, sagte Yang. Das hier wirkt wie aus einer anderen Welt, Schwanengrasland sozusagen. Wenn es nur keinen Bao Shungui, keine chinesischen Schüler und keine Zugereisten gäbe! Die Viehzüchter des Olonbulag würden es sicher verstehen, friedlich mit Schwänen zusammenzuleben. Es muss unglaublich romantisch sein, unter einem Himmel Schafe zu weiden, an dem Schwäne ihre Kreise ziehen, bestimmt gibt es selbst im Garten Eden keine Schwäne. In ein paar Jahren ein mongolisches Mädchen heiraten, das tapfer genug ist, einen lebendigen Wolf beim Schwanz zu packen, und mongolisch-chinesische Kinder zu haben, die in Wolfsbaue krabbeln, das ist alles, was ich mir in diesem Leben wünsche.« Yang sog den Duft des Graslands tief ein und fuhr fort: »Wenn selbst ein Prinz der Tang-Dynastie gern ein Türküt sein möchte, wie sehr dann ich! Das Grasland liebt und braucht Hunde, hier wird niemandem der ›verfluchte Hundekopf zerschmettert‹. Für mich als ›reaktionärer Akademiker‹ und ›verfluchter Köter‹ ist es doch das Beste, auf dem Grasland Wurzeln zu schlagen und eine Familie zu gründen.«

»Keine chinesischen Schüler?«, gab Chen zurück. »Du bist doch selbst einer!«

»Seit ich mich mit voller Überzeugung zum Wolftotem bekannt habe, bin ich Mongole. Den Mongolen ist das große Leben des Graslands wichtiger als ihr eigenes. Seit ich hierhergekommen bin, finde ich Leute aus bäuerlichem Umfeld abstoßend und wundere mich nicht mehr darüber, dass die Viehzüchter mit den Bauern über Jahrtausende im Krieg lagen. Im Falle eines Krieges hätte ich auf der Seite des Großen Lebens des Graslands gestanden und für den Himmel gekämpft, für Tengger und für das Grasland.«

Chen lachte. »Keine Kämpfe bitte. Bauern- und Viehzüchtervölker haben sich im Lauf der Geschichte lange genug bekämpft und immer noch genug Zeit gefunden, untereinander zu heiraten und zusammenzuwohnen. Tatsache ist, dass wir alle Abkömmlinge von Verbindungen zwischen Leuten von Zentralchina und vom Grasland sind. Uljii hat gesagt, dass dieses neue Weideland den Menschen des Olonbulag und ihrem Vieh vier oder fünf Jahre gute Dienste leisten wird. Für dieses Verdienst sollte Uljii seine Stelle wiederbekommen. Was mir Sorgen bereitet ist die Frage, ob Uljii und Bilgee auf die Dauer den Mächten Widerstand leisten können, die sich das Grasland aneignen wollen.«

»Du Utopist!«, rief Yang aus. »Mein Vater hat einmal gesagt, die Zukunft hänge davon ab, ob man die bäuerliche Bevölkerung auf unter fünfhundert Millionen reduziere. Aber ich fürchte, die Bevölkerungsexplosion unter den Bauern können weder Tengger noch unser alter Mann im Himmel unter Kontrolle bringen. In den letzten zwei Jahrzehnten sind große Zahlen von Bauern zu Fabrikarbeitern geworden und in Städte gezogen, und dann wurden die Intellektuellen aus der Stadt aufs Land geschickt, um zweitklassige Bauern zu werden. Sind wir nicht zusammen mit Millionen anderer Schüler gezwungen worden, die Stadt zu verlassen? Was können Leute wie Uljii und Bilgee schon ausrichten ... Da ist es für eine Ameise noch leichter, einen Wagen anzuschieben.«

Chen sah ihn an. »Du scheinst das Wolftotem noch nicht recht verinnerlicht zu haben. Das Wolftotem bedeutet eine Verstärkung der spirituellen Kraft um das Zehnfache, Hundertfache, Tausendfache, Zehntausendfache. Das Wolftotem beschützt das Große Leben des Graslands, das Große Leben sorgt für das Kleine Leben, das war schon immer so, und der Himmel für die Menschen. Wenn es weder himmlisches noch irdisches Leben gibt, was soll dann noch unser winziges Menschenleben? Wenn du dem Wolftotem wirklich huldigen willst, musst du auf der Seite von Himmel und Erde stehen, auf der Seite der Natur und des Großen Lebens des Graslands, und solange es noch einen einzigen Wolf gibt, musst du kämpfen. Vertraue auf das Naturgesetz, dass alles sich ins Gegenteil verkehrt, wenn es ins Extrem getrieben wird, dass Tengger das Grasland rächen wird. Wenn du auf der Seite des Großen Lebens stehst, ist das Schlimmste, das dir passieren kann, dass du mit der Zerstörung des Großen Lebens auch vernichtet wirst und deine Seele zu Tengger aufsteigt. Das wäre ein würdiger Tod. Die überwiegende Zahl der Wölfe des Graslands stirbt im Kampf!«

Yang schwieg.

Chen hatte Uljiis Befehl Folge leisten müssen, den jungen Wolf von nun an anzuketten. Das eine Ende der eisernen Kette war an einem Lederhalsband befestigt, das andere an einem Eisenring, der um einen armdicken Pfahl aus Ulmenholz lag. Auf dem Pfahl, der zwanzig Zentimeter tief in der Erde steckte, fast einen Meter herausragte und fest genug war, um einen Ochsen zu halten, war ein eiserner Deckel angebracht, der verhinderte, dass der Ring vom Pfahl heruntersprang. So konnte der Welpe um den Pfahl herumlaufen, ohne die Kette darum zu wickeln, sodass sie immer kürzer würde und ihn am Ende strangulierte.

Eine Woche vor dem Umzug hatte der kleine Wolf seine Freiheit verloren und war an der ein Meter fünfzig langen Kette zum Gefangenen geworden. Es tat Chen in der Seele weh zu sehen, wie der Kleine wütend mit der Kette kämpfte und versuchte sie durchzubeißen, dass sie schon ganz und gar besabbert war. Aber er bekam sie weder durchgebissen noch durchgerissen, er konnte nur in seinem Freiluftgefängnis von drei Metern Radius im Kreis laufen. Oft dehnte Chen seine Spaziergänge mit dem jungen Wolf aus, um ihn für seine Qualen zu entschädigen. Am schönsten war es für das Tier, wenn ab und zu ein Hundewelpe mit ihm spielte. Doch endete es immer damit, dass er den Hund biss, ihn ernsthaft verletzte und schließlich vertrieb, sodass er am Ende doch wieder allein blieb. Erlang war der einzige Hund, der sich noch in seine Nähe wagte, sich zum Ausruhen zu ihm legte, ihn auf seinen Bauch und Rücken klettern, an Ohren und Schwanz knabbern ließ.

Die Hauptbeschäftigung des Wolfswelpen bestand jeden Tag darin, den Fressnapf neben der Tür der Jurte zu fixieren und darauf zu warten, dass er ihm randvoll gefüllt vor die Nase gestellt wurde. Chen konnte nicht einschätzen, ob der Welpe wusste, wieso er zum Gefangenen geworden war – jedenfalls sah er immer voller Wut auf die Hundewelpen: Warum konnten sie frei herumlaufen und er nicht? Aber wenn man unter den einfachen Lebensbedingungen der Viehzüchter inmitten von Hunden, Schafen und Menschen einen Wolf halten wollte, musste man Abstriche machen. Ließ man den Wolf nur einen Moment aus den Augen, konnte er schon einen Menschen oder ein Schaf verletzen, sodass er am Ende getötet werden musste. Chen hatte dem Wolf das oft mit leiser Stimme erklärt, aber verstanden hatte er es wohl nicht. Chen und Yang fürchteten, dass diese ungleiche Behandlung die Psyche des Wolfes schwer belasten könnte. Ihn an der Kette zu halten hieß, ihn der Möglichkeit der freien Entwicklung seiner Persönlichkeit zu berauben – würde ein unter diesen Bedingungen aufgewachsener Wolf überhaupt ein richtiger Wolf sein? Es würde sicher große Unterschiede zwischen ihm und dem Wolf des Graslands geben, den Chen und Yang besser verstehen wollten. Noch bevor ihr wissenschaftliches Experiment recht begonnen hatte, stießen sie auf das Problem, dass die Bedingungen unwissenschaftlich waren. Die beiden Schüler hatten das Gefühl, dass im Versuchsaufbau ihres Experiments der Samen des Scheiterns schon mit angelegt war. Yang hatte schon öfters angesprochen, dem kleinen Wolf die Freiheit zu schenken, war aber von Chen daran gehindert worden. Vielleicht hätte er es letzten Endes auch nicht übers Herz gebracht, weil er ebenfalls vernarrt in den Welpen war.

Die Paarungszeit auf dem Grasland hatte begonnen. Mehrere kräftige Bullen hatten die Witterung von Kühen aufgenommen und fielen auf dem neuen Weideland bei ihren Partnerinnen ein. Der kleine Wolf hatte schreckliche Angst vor einem Bullen, der sehr nah an den Pfahl gekommen war, und duckte sich ins Gras. Als der erregte Bulle eine Kuh bestieg, schnellte der Wolfswelpe vor Schreck zurück, überschlug sich, und das Halsband zog sich so fest, dass ihm die Zunge aus dem Hals hing und er die Augen verdrehte. Er hatte die Kette wieder einmal vergessen und beruhigte sich erst, als der Bulle sich der nächsten Kuh zuwandte, die schon ein Auge auf ihn geworfen hatte.

Der kleine Wolf schien sich allmählich an sein Freiluftgefängnis zu gewöhnen, denn er tobte und kullerte immer öfter darin umher. Immerhin wuchs in seinem neuen Zuhause das Gras recht hoch, was sehr viel angenehmer war als in seinem ersten, sandigen Zuhause. Er lag gern auf dem Rücken im Gras, drehte ab und zu den Kopf, um an dem frischen Grün zu knabbern; manchmal spielte er eine halbe Stunde ganz für sich allein im Gras. Der junge Kerl, der so voller Leben steckte, hatte in seinem kleinen Reich Tätigkeiten gefunden, die ihm das Leben lebenswert erscheinen ließen. Er begann, jeden Tag unzählige Male im Kreis zu laufen, wobei er den Kreis so groß wählte, wie es ging, und er lief und lief und schien gar nicht müde zu werden.

Nachdem er eine Weile in einer Richtung gerannt war, bremste er scharf ab, drehte um und lief in entgegengesetzter Richtung weiter. Dann ließ er sich erschöpft ins Gras plumpsen und hechelte und schlabberte wie ein Hund, um sich abzukühlen. Chen stellte fest, dass das Tier viel mehr Zeit als sonst damit zubrachte zu rennen, und ihm wurde plötzlich klar, dass das Tier sich auf den Wechsel seines Fells vorbereitete, indem es seinen Kreislauf und seinen Stoffwechsel ankurbelte. Das erste Mal in ihrem Leben, hatte Bilgee ihm erklärt, verlören die Wölfe viel später im Jahr ihr Fell als sonst.

Das Schlimmste für das Grasland ist, niedergetrampelt zu werden. Der kleine Wolf hatte das Gras auf seinen Runden völlig zerstört.

Plötzlich war im Osten das Hufgetrappel eines galoppierenden Pferdes zu hören. Zhang Jiyuan näherte sich, einen weißen Verband um die Stirn geschlungen. Yang und Chen erschraken und liefen hin, um ihn zu begrüßen. »Nein! Nicht herkommen!«, rief Zhang. Das kleine Pferd unter ihm bockte und schlug aus, dass niemand näher zu treten wagte. Da wurde den beiden klar, dass er auf einem jungen Pferd saß, das erst noch eingeritten werden musste, und sie hielten sich in sicherer Entfernung. Er würde es schon irgendwie schaffen abzusteigen.

Mongolische Pferde waren eine wilde Rasse, besonders die Ujumchin. Diese Pferde konnte man erst in ihrem dritten Frühjahr zureiten. Sie waren dann noch sehr dünn und gerade in der Lage, einen Menschen zu tragen. Verpasste man den Zeitpunkt, so war es ab dem vierten Jahr völlig unmöglich, dem Tier einen Sattel aufzulegen, es an Zaumzeug zu gewöhnen und zu trainieren. Selbst wenn man zu zweit dem Pferd den Kopf und die Ohren festhielt, ihm Sattel und Zaumzeug verpasste, so würde es nicht auf den Menschen hören, ja selbst eine Wu Zetian würde da nichts ausrichten können. Es würde ein wildes Pferd bleiben, das niemand je reiten wird.

In jedem Frühjahr wurden die nicht ganz so wilden dreijährigen Pferde zum Zureiten auf die Kuh- und Schafhirten verteilt, und wer ein Pferd gebändigt hatte, durfte es für ein Jahr reiten. Wenn er das Pferd nach diesem Jahr schlechter fand als seine anderen Pferde, konnte er es an die Herde zurückgeben. Das neu trainierte Pferd bekam natürlich einen Namen. Auf dem Olonbulag war es Tradition, an den Namen dessen, der es zugeritten hatte, die Farbe des Pferdes anzuhängen. Bilgee Rot, Batu Weiß, Lamjab Schwarz, Laasurung Grau, Sanjai Grün, Dorji Gelb, Zhang Jiyuan Walnuss, Yang Ke Gelbe Blume. Chen Zhen Grüne Blume waren typische Namen, die die Pferde ihr Leben lang tragen würden. Den eigenen Namen dem Pferd geben dürfen war eine

Auszeichnung für jeden tapferen Pferdetrainer. Diejenigen, nach denen eine Vielzahl Pferde benannt war, genossen besonderen Respekt, und wenn jemand das Gefühl hatte, das gerade zugerittene Pferd sei besonders gut, so durfte er es behalten, sofern er eines seiner bisherigen Tiere wieder abgab. Die meisten Schäfer und Kuhhirten gaben gern eins der alten von ihren vier, fünf Pferden ab, um es gegen ein junges, kräftiges einzutauschen.

Pferde waren für die Bewohner des Graslands lebenswichtig. Ohne Pferde war man hilflos im tiefen Schnee, konnte dem Feind, wilden Tieren oder Feuern nicht entfliehen, keine lebensrettenden Medikamente oder den Arzt dorthin bringen, wo sie gebraucht wurden, keine wichtigen Nachrichten übermitteln oder vor militärischen und Naturkatastrophen warnen, man konnte den Wölfen weder entkommen noch sie einkreisen, und man holte im Schneesturm panisch fliehendes Vieh nicht ein. Bilgee sagte, ein Grasländer ohne Pferd sei wie ein Wolf auf zwei Beinen.

Zhang strich dem Pferd über den Hals, glitt zugleich mit einem Fuß aus dem Steigbügel, nutzte den Augenblick, in dem das Pferd abgelenkt war, und stieg ab. Das Pferd stieg vor Schreck ein paarmal. Zhang nahm hastig die Zügel kürzer und zog den Kopf des Pferdes zu sich heran, damit es ihn nicht trat. Unter Aufbietung aller Kräfte gelang es ihm, das Pferd an der Deichsel eines Ochsenkarrens festzubinden, doch das ungezähmte Pferd bäumte sich auf und zog an den Zügeln, dass der Wagen ächzte und krachte.

Yang und Chen seufzten erleichtert. »Du bist ja lebensmüde, so ein wildes Tier zähmen zu wollen«, sagte Yang.

»Heute früh hat es mich abgeworfen«, erzählte Zhang und rieb sich die Stirn, »und dann noch ausgeschlagen und am Kopf getroffen, dass ich ohnmächtig geworden bin. Zum Glück war Batu in der Nähe. Ich habe es schon zweimal mit ihm versucht und bin gescheitert, habe gewartet und weitere zwei Versuche unternommen, und das Tier war gebändigt. Allerdings hatte ich nicht damit gerechnet, dass das Pferd ein Frühjahr lang frisches Gras fressen, Fett ansetzen und zu seinen alten Angewohnheiten zurückfinden würde. Zum Glück ist es ein kleines Pferd und die Hufe noch nicht ganz rund, sodass ich mit einer gebrochenen Nase davongekommen bin. Bei einem größeren Tier hätte ich das wahrscheinlich nicht überlebt. Aber es ist ein verdammt gutes Pferd und wird sich hier noch einen Namen machen! Jeder auf dem Olonbulag träumt von einem guten Pferd, dafür muss man auch schon mal sein Leben riskieren!«

»Wir machen uns langsam Gedanken um dich«, sagte Chen. »Wenn du eines Tages gute Pferde trainierst ohne hinterher Bandagen zu tragen, hast du ausgelernt.«

»Das wird noch etwa zwei Jahre dauern«, erwiderte Zhang. »In diesem Frühjahr habe ich sechs junge Pferde zugeritten, jedes einzelne ein besonderes Tier. Wenn ihr auf Jagd gehen wollt und nicht genug Pferde habt, wendet euch an mich. Ich werde all eure Pferde gegen bessere tauschen.«

Das neue Weideland war riesig, hatte große Mengen Gras und Wasser zu bieten, mehr als genug für nur eine Brigade mit ihrem Vieh. Daher wurde mit der bisherigen Regelung gebrochen und den Pferden für den Augenblick erlaubt, auf dem Weideland der Rinder und Schafe zu grasen. Die Pferde freuten sich, nicht davongejagt zu werden, senkten die Köpfe und grasten.

Chen und Yang sahen fasziniert auf die großen, imposanten jungen Hengste, denen gerade ihr neues, glänzendes Fell gewachsen war. Bei jeder Bewegung sah man Sehnen und Muskeln tanzen, als schwimme ein Karpfen unter ihrer Haut. Was die jungen Hengste vor allem von anderen Pferden unterschied war ihre lange Mähne, die die Augen verdeckte, den Hals, die Brust und die Vorderbeine. Am Übergang von Hals zu Schulter wuchs sie sogar bis zu den Knien, Hufen, mitunter sogar bis auf die Erde hinunter. Wenn sie mit gesenktem Kopf grasten, verdeckte das Haar die Hälfte ihres Körpers und machte sie zu kopflosen und gesichtslosen Monstern. Galoppierten sie los, wehte die lange Mähne hinter ihnen her wie eine mongolische Kriegsfahne, die ihrem Feind sofort einen Eindruck von der Stärke der Armee vermittelte. Diese Hengste waren kräftig und leicht in Wut zu versetzen, daher wagte es niemand, sie zu zähmen, ans Seil zu legen oder gar zu reiten. Der Hengst hatte vor allem zwei Aufgaben auf dem Grasland: Decken der Stuten und Schutz der Herde. Er hatte ein ausgeprägtes Verantwortungsgefühl für die Familie und schreckte vor nichts zurück, war stark und zäh. Wenn Bullen nach der Paarung zu Herumtreibern wurden, so waren Hengste der wahre Vorstand des mongolischen Graslands.

Es dauerte nicht lange, und unter den Pferden brach Krieg aus. Einmal in jedem Jahr wurden die Stuten in Erwartung eines Paarungskrieges vertrieben, und diesmal geschah es vor den Augen der drei Männer.

Sie saßen neben dem offenen Wolfsgehege im Gras, und auch der kleine Wolf sah den Pferden gebannt zu, bebend wie ein hungriger Wolf im Schnee. Er hatte instinktiv Angst vor den großen und kräftigen Hengsten, sah aber fasziniert hin.

Eine Pferdeherde umfasste gut fünfhundert Tiere, bestehend aus einem guten Dutzend Familien, denen jeweils ein Hengst vorstand. Die größten Familien bestanden aus siebzig, achtzig Pferden, die kleinsten gerade einmal aus zehn. Eine Familie setzte sich aus den verschiedenen Geschlechtspartnerinnen des Hengstes und seinen Söhnen und Töchtern zusammen. Im Lauf der Geschichte hatte sich unter Pferden ein Paarungsverhalten etabliert, das das der Menschen an Zivilisiertheit noch übertraf: Um ihr Überleben unter den grausamen Lebensbedingungen des Graslands zu sichern, ständig umgeben von Wölfen, die jederzeit angreifen konnten, vermieden die Pferde sorgfältig jede Inzucht, sicherten so die eigene Stärke und schwächten ihre Kampfkraft nicht.

Jedes Jahr im Sommer, wenn die dreijährigen Stuten fast ihre Geschlechtsreife erreicht hatten, legten die Hengste ihr väterliches Gebaren ab und trieben ihre eigenen Töchter aus dem Familienverband hinaus und von der Mutter fort. Die langhaarigen Väter gebärdeten sich wie wild, traten und bissen um sich und verfolgten ihr eigen Fleisch und Blut genauso unnachgiebig wie angreifende Wölfe. Die jungen Stuten wieherten und schrien vor Schmerz und Verzweiflung, und die ganze Pferdeherde geriet in Aufruhr. Die Stuten, die es doch zurück zu ihrer Mutter schafften, hatten noch nicht durchgeatmet, als ein tobender Hengst sie wieder forttrieb. Die jungen Stuten wurden hin und her getreten und geschubst, dass ihnen am Ende nichts anderes übrig blieb, als die eigene Familie zu verlassen. Sie wieherten laut und flehten ihren Vater um Gnade an, doch der Hengst war unerbittlich, blickte aus wütenden Augen, blähte die Nüstern und drohte den jungen Stuten mit Huftritten. Die Mütter der jungen Stuten wollten ihre Töchter schützen und zogen ihrerseits den Zorn der Hengste auf sich. Am Ende mussten die Mütter klein beigeben, und fast schien es, als würden sie ihre Gatten sogar ein bisschen verstehen.

Kaum war die Schlacht um die Isolierung der jungen Weibchen geschlagen, begann die viel grausamere um die Paarung, eine Eruption männlicher Machtdemonstration. Die jungen, von ihren Familienverbänden gewaltsam getrennten Stuten wurden blitzartig zum Objekt der Begierde junger paarungswütiger Männchen. Alle Hengste stiegen auf die Hinterbeine und richteten sich hoch auf, bereit zum tödlichen Wettbewerb. Ihre gewaltigen Vorderhufe waren ihre Waffen, die wie Hämmer, Fäuste oder Äxte in der Luft schwebten. Das Dröhnen der Hufe und Schlagen der Zähne trieb schwächere Gegner in die Flucht, während stärkere die Herausforderung annahmen. Wenn die Vorderhufe nicht ausreichten, wurden die Zähne dazugenommen, und wenn die auch nicht halfen, drehte der Hengst sich um und benutzte die Hinterhufe, mit denen er leicht einem Wolf den Schädel zertrümmern konnte. Einige kämpften mit blutenden Köpfen weiter, mit geschwollenem Leib oder gebrochenen Beinen, denn ein Hengst würde nie auch nur daran denken, das Feld zu räumen.

Eine wunderschöne, robuste weiße Stute wurde gleich von zwei besonders kräftigen Hengsten zu ihrer Wunschpartnerin auserkoren. Das weiße Fell der Stute schimmerte weich und hell, sie hatte große dunkle Augen, lief hoch und schlank wie ein Reh. »Sie ist unglaublich schön«, schwärmte Yang Ke. »Wäre ich ein Hengst, ich würde im Kampf um sie mein Leben riskieren. Es zeugt von viel mehr Leidenschaft, um die Partnerin zu kämpfen, als einen Heiratsantrag zu stellen.« Die beiden Hengste gebärdeten sich wütend und todesmutig wie Löwen in der Arena des alten Rom. Unbewusst stampfte Zhang mit dem Fuß auf und rang die Hände: »Sie kämpfen jetzt schon mehrere Tage um diese Stute. Ich werde sie ›Prinzessin Schneeweiß‹ nennen. Arme Prinzessin, heute in der Herde dieses Hengstes, wird sie morgen wieder von jenem entführt, die beiden kämpfen erneut miteinander, übermorgen wird sie wiederum entführt, und wenn die beiden völlig erschöpft sind, nimmt ein dritter es mit ihnen auf, sodass die Prinzessin wieder anderswo hin muss. Das ist nicht das Leben einer Prinzessin, es ist das einer Sklavin, die von den Hengsten hin und her geschubst, hierhin und dorthin gejagt wird und am Ende keinen Bissen von dem guten Gras abbekommt. Seht, wie dünn sie geworden ist – und was für eine Schönheit sie in den letzten Tagen war! Jedes Frühjahr geht das so, und viele Stuten haben ihre Lektion schon gelernt. Da sie nicht mehr in ihre Ursprungsfamilie zurück können, suchen sie sich die Herde mit dem stärksten Hengst, der sie beschützt, und so werden sie weniger herumgeschubst und verletzt. Die Stuten haben Wölfe junge Pferde und Fohlen anfallen und auffressen sehen, sie wissen, dass ein Tier ohne Herde, ohne starken Vater oder Partner, auf dem Grasland von Wölfen verletzt oder getötet werden kann. Die Wildheit der Mongolischen Pferde und der mutige Kampfgeist der Hengste sind letzten Endes auf die Wölfe zurückzuführen.«

Zhang dachte einen Moment nach und fuhr dann fort: »Hengste sind die Tyrannen des Graslands. Sie fürchten, dass Wölfe ihre Weibchen und Jungen angreifen könnten, aber sonst fürchten sie gar nichts, weder Wölfe und noch weniger Menschen. Wir haben oft davon gesprochen, wie Pferde oder wie Ochsen zu arbeiten, aber das hat nichts mit diesen Hengsten zu tun. Es gibt keinen großen Unterschied zwischen einer Mongolischen und einer wilden Pferdeherde, außer dass es bei ersteren auch kastrierte Tiere gibt. Ich habe viel Zeit mit Pferden verbracht, habe aber nie verstanden, wie die einfachen Menschen sie einst domestiziert haben. Wie haben sie herausgefunden, dass sie ein Tier am besten kastrieren, um es zu reiten?«

Chen und Yang sahen sich an und schüttelten den Kopf, worauf Zhang zufrieden weiterredete: »Ich habe lange darüber nachgedacht und vermute jetzt, dass die ersten Bewohner des Graslands junge Pferde und Fohlen einfingen, die von Wölfen verletzt worden waren. Sie pflegten sie gesund, merkten dann aber, dass es unmöglich war, sie zu reiten, außer die Pferde waren noch sehr jung und die Reiter hatten etwas Glück. Irgendwann im Lauf der Zeit erwischten sie einmal ein Pferd, dem ein Wolf die Hoden abgebissen hatte, ein zweijähriges, und das waren sie in der Lage zu zähmen … So fing es an. Jedenfalls war es ein langer Prozess, bis die ersten Bewohner des Graslands wilde Pferde gezähmt haben. Unzählige von ihnen sind bei den ersten Versuchen verletzt worden oder umgekommen. Es war ein bedeutender Schritt in der Entwicklung der Menschheit, weitaus bedeutender als die vier großen Erfindungen der Chinesen. Ohne Pferde ist das Leben der Menschen im alten China noch weniger vorstellbar als das Leben heute ohne Auto, Eisenbahn und Panzer. Darum ist das, was die nomadischen Viehzüchter für die Menschheit geleistet haben, von unschätzbarem Wert.«

Chen unterbrach ihn aufgeregt: »Ich stimme dir zu. Die Grasländer haben wilde Pferde gezähmt, was sicher ungleich schwerer war als für die Bauern des alten China, wilde Pflanzen zu domestizieren. Immerhin kann wilder Reis nicht weglaufen, ausschlagen oder bocken oder gar Menschen verletzen. Das Domestizieren wilder Pflanzen ist eine friedliche Arbeit, das Zähmen von Pferden und Rindern blutiger und schweißtreibender Krieg. Bauernvölker nutzen bis heute die Früchte dieses gigantischen Krieges der Nomadenvölker.«

»Nomaden«, schwärmte Yang, »können sowohl Krieg führen als auch arbeiten und lernen. Sie mögen nicht auf dem Entwicklungsstand von Bauernvölkern sein, aber unter den richtigen Bedingungen werden sie die Bauernvölker schneller überholen, als ein wildes Pferd laufen kann. Kublai Khan und die Mandschu-Herrscher Kangxi und Qianlong kannten und studierten die chinesische Kultur wahrscheinlich gründlicher als die meisten chinesischen Herrscher. Hätten sie die griechische, römische oder die heutige westliche studiert, wären sie unschlagbar gewesen.«

»Die am höchsten entwickelten Nationen der Welt«, mischte Chen sich ein, »sind fast alle Nachfahren der Nomaden. Sie halten bis heute daran fest, Milch zu trinken, Käse und Steak zu essen, mit Wolle zu stricken, Rasen zu säen, Hunde, Kampfbullen und Rennpferde zu züchten und sportliche Wettkämpfe auszutragen. Sie lieben die Freiheit und demokratische Wahlen und achten ihre Frauen – alles Überzeugungen und Angewohnheiten ihrer nomadischen Vorfahren. Sie pflegen den starken, mutigen und kämpferischen Charakter ihrer Vorfahren nicht nur, sie entwickeln ihn auch weiter. Vom Menschen heißt es, wenn er drei Jahre alt sei, sehe man, wie er als Erwachsener werde, und im Alter von sieben, wie als Greis. Das Gleiche gilt für Völker. Die Kindheit westlicher Völker war das Leben als primitive Nomaden. Wenn wir heute primitive Nomadenvölker betrachten, so sehen wir die westliche Zivilisation im Alter von drei und sieben Jahren, und wenn wir uns das klarmachen, werden wir die heutige Überlegenheit des Westens verstehen. Die westliche Technologie zu erlernen ist nicht schwer, immerhin hat China einen Satelliten in die Umlaufbahn geschossen. Schwer zu lernen dagegen sind ihr Kampfgeist, ihre Aggressivität und die mutige Abenteuerlust, die den Nomadenvölkern im Blut liegt.«

»Seit ich Pferdehirt bin, empfinde ich den Unterschied zwischen Mongolen und Chinesen besonders deutlich«, sagte Zhang. »Früher in der Schule war ich in allen Fächern der Beste, aber hier auf dem Grasland komme ich mir wie ein hilfloses Kätzchen vor. Ich tat alles, um mich zu trainieren und zu stärken, musste aber feststellen, dass uns da offenbar etwas fehlt.«

Chen seufzte. »Stimmt genau! Die kleine chinesische Landwirtschaft fürchtet den Wettbewerb friedlicher Arbeit. Die konfuzianische Lehre ist eine hierarchische: Herrscher-Minister, Vater-Sohn, und immer geht es um bedingungslosen Gehorsam, das Gebot der Älteren, Wettbewerb durch autokratische Macht verhindern, und alles um die Macht des Kaisers und den Frieden der Landwirtschaft zu bewahren. Der Nationalcharakter der Chinesen hat in Existenz und Bewusstsein die unbedeutende chinesische Landwirtschaft und die konfuzianische Kultur aufgeweicht. Auch wenn die Chinesen in der Vergangenheit eine glänzende Zivilisation hervorgebracht haben, so geschah dies um den Preis der Rückentwicklung des eigenen Volkscharakters. Als im Lauf der Weltgeschichte die landwirtschaftliche Zivilisation die Oberhand gewann, war China dazu verurteilt, auf der Strecke zu bleiben und unterdrückt zu werden. Aber wir haben das Glück, den letzten Rest des primitiven Lebens der Viehzüchter auf dem mongolischen Grasland mitzubekommen und werden, wer weiß, vielleicht hinter das Geheimnis des Aufstiegs der Völker des Westens kommen.«

Die Pferdekämpfe nahmen ihren Lauf, und Prinzessin Schneeweiß wurde schließlich vom Gewinner in seine Herde geführt. Die Verlierer wollten nicht klein beigeben, rasten noch einmal herbei und traten die Prinzessin zu Boden, wo sie traurig und schmerzerfüllt wiehernd liegen blieb, weil sie nicht wusste, wohin sie sich wenden sollte. Ihre Mutter wollte ihr zu Hilfe eilen, wurde jedoch vom Vater daran gehindert.

Yang konnte nicht mehr hinsehen, stieß Zhang an und sagte: »Warum tust du nichts?«

»Was soll ich denn tun?«, entgegnete Zhang. »Sobald du hingehst, hören sie auf, und wenn du weggehst, fangen sie wieder an. Das ist der Existenzkampf der Pferde seit Jahrtausenden, da mischen wir Pferdehirten uns nicht ein. Wenn die Hengste im Sommer nicht alle weiblichen Nachkommen aus ihrer Herde vertreiben und um Weibchen kämpfen, werden die Pferde nie zur Ruhe kommen. Die Kämpfe hören erst im Spätsommer oder frühen Herbst auf, wenn die stärksten Hengste die meisten Weibchen in ihrer Herde haben und die schwächsten und ängstlichsten die Stuten, die übrig geblieben sind. Die besonders jämmerlichen bekommen gar kein Weibchen ab. Im Lauf dieser Kämpfe im Sommer zeigen sich die kämpferischsten und tapfersten Hengste, die wiederum eine besonders mutige und starke, schnelle und kluge Nachkommenschaft zeugen. Aus den Kämpfen gehen gute Pferde hervor, und im Lauf der Jahre werden die Hengste immer mutiger und kampferprobter, ihre Familien immer stärker. Außerdem üben die Hengste so den Kampf gegen Wölfe und lernen, was es heißt eine Familie zu haben und für sie Sorge zu tragen. Diese jährlichen Hengstkämpfe sichern den Pferdeherden auf dem Olonbulag das Überleben.«

»Es scheint«, sagte Chen, »dass die weltbekannten tapferen, schnellen und kräftigen Hengste des mongolischen Graslands ein Produkt der Wölfe sind.«

»Sicher«, bestätigte Zhang. »Die Wölfe des Graslands haben nicht nur die mongolischen Krieger ausgebildet, sondern auch die Kriegspferde. Die Regierungen des alten China hatten gewaltige Armeen, aber ihre Pferde waren auf dem Land trainiert worden. Wir waren aufs Land verschickt und haben gesehen, wie so etwas aussieht: Die Pferde werden im Stall oder im Gehege gehalten, am Abend gefüttert und mit Wasser versorgt. Pferde aus dem Landesinnern haben weder Wölfe gesehen noch Pferdekämpfe erlebt. Zur Paarungszeit gibt es keine lebensgefährlichen Kämpfe, sondern der Mensch bindet die Stute an einem Pfosten fest, holt das Männchen herbei, und nach dem Geschlechtsakt weiß die Stute nicht einmal, wie das Männchen aussah. Wie sollen die Nachkommen aus einer solchen Verbindung Charakter und Kampfgeist haben?«

Yang lachte. »Bei arrangierten Ehen kann ja nur Dummheit die Folge sein! Zum Glück kommen wir drei nicht aus arrangierten Ehen, es ist also noch nicht alles verloren. Auch wenn arrangierte Ehen auf dem

Land nach wie vor weit verbreitet sind, so ist das, was dabei herauskommt, immerhin besser als Ackergäule, und die jungen Frauen wissen, wie der Mann aussieht.«

»In China gilt das schon als Fortschritt«, sagte Chen.

»Die Pferde der Chinesen sind Kulis«, sagte Zhang. »Sie arbeiten bei Tag und schlafen bei Nacht, ganz wie die Bauern. Das chinesische Volk besteht aus arbeitenden Menschen und arbeitenden Pferden. Kein Wunder, dass sie den Kriegern und Kriegspferden des mongolischen Graslands nicht gewachsen sind.«

»Ist ein dummes Pferd auf dem Schlachtfeld nicht zum Scheitern verurteilt?« Yang seufzte resigniert. »Aber schuld an den dummen Pferden ist letzten Endes die Dummheit des Menschen.«

Die drei lachten, obwohl ihnen gar nicht danach zumute war.

Zhang fuhr fort: »Kampfgeist ist erheblich wichtiger als friedlicher Arbeitsgeist. Selbst das beeindruckendste Ergebnis menschlicher Arbeitskraft, die Chinesische Mauer, hielt den Reitertruppen des kleinsten Volkes nicht stand. Was nützt es, arbeiten aber nicht kämpfen zu können? Es ist wie mit den kastrierten Pferden. Sie arbeiten für den Menschen, werden von ihm beschimpft und lassen ihn auf ihrem Rücken reiten. Aber sobald sie einem Wolf begegnen, fliehen sie, statt wie die Hengste um sich zu beißen und zu treten. Wenn du länger mit einer Pferdeherde zusammen bist, wirst du feststellen, dass es viele kastrierte Pferde gibt, die es in Größe und Gewicht, Hufen und Gebiss leicht mit den Hengsten aufnehmen können, und gegen die ein Wolf sicher verlieren würde, wenn das Pferd einen Kampf auf Leben und Tod anzetteln würde. Warum suchen die meisten dann ihr Heil in der Flucht? Weil ihnen ihre Stärke, Mut, Kraft und Männlichkeit abgeschnitten wurden.«

Yang nickte. »Ja, der Bau der Chinesischen Mauer war tote Arbeit«, pflichtete ihm Yang sofort bei, »während die Kriege auf dem Grasland sehr lebendig waren. Als die mongolische Kavallerie in einem Krieg gegen die Jin von Norden den Durchbruch nicht schaffte, zog sie Hunderte von Kilometern Richtung Süden und schlug die Armee, die darauf nicht vorbereitet war, von dort aus mit Leichtigkeit.«

»Ich habe das Gefühl, dass in unserer Erziehung körperliche Arbeit zu hoch eingeschätzt wurde«, meinte Chen. »Die Arbeit hat den Menschen und überhaupt alles hervorgebracht – diese Theorie lieben die hart arbeitenden Massen in China. Dabei stimmt das so nicht. Die ersten Menschen haben die Steinaxt erfunden – Waffe zum Kampf oder Werkzeug zur Arbeit? Oder sogar beides?«

»Sie war natürlich in erster Linie eine Waffe«, sagte Yang. »Aber dann erwies sie sich auch als geeignet zum Knacken von Nüssen.«

Die beiden jungen Männer mussten herzhaft lachen.

»Es gibt aber auch ergebnislose Arbeit«, sagte Chen wieder nachdenklich, »zerstörerische und vernichtende Arbeit. Vor über zweitausend Jahren wurde für die Instandsetzung des Afang-Palastes der gesamte Waldbestand der Provinz Sichuan gefällt. ›Die Berge sind kahl, Afang erstand‹, hieß es. Was für eine verabscheuungswürdige Arbeit! Viele Bauernvölker machen Land urbar und schaffen dadurch eine riesige Wüste, in der am Ende das eigene Volk und die eigene Zivilisation begraben werden.«

Immer noch in Gedanken versunken, blickten die drei auf, als Gao Jianzhong wild gestikulierend auf einem Ochsenkarren zurückkam. »Große Ausbeute!«, rief er. »Ich habe einen Eimer voll wilder Enteneier!« Die drei liefen hinüber und luden den schweren Eimer vom Wagen, in dem sich siebzig, achtzig Eier befanden, einige davon angeschlagen, sodass eine gelbe Flüssigkeit aus den Rissen sickerte und über die Schalen floss.

»Du hast auf einen Schlag einen ganzen Entenschwarm vernichtet«, sagte Yang.

»Wang Junli und die anderen waren mit dabei«, sagte Gao. »Südwestlich vom See, im Gras bei einem kleinen Fluss, trittst du alle zehn Schritte in ein Entennest, und in jedem liegen ein gutes Dutzend Eier. Die Ersten haben mehrere Eimer voll gestohlen. Wem gestohlen? Am ehesten wohl den Pferden, die dort saufen und mit jedem Schritt Eier zertreten. Das Ufergras an Fluss und See ist voller Eigelb und zerbrochener Eierschalen, es ist ein Jammer.«

»Sind noch welche da?«, fragte Chen. »Lass uns auch Eier holen; wenn es zu viele sind, können wir den Rest in Salz einlegen.«

»Hier gibt es keine mehr«, sagte Gao. »Wie denn auch, nachdem vier Pferdeherden darüber hinweggetrampelt sind. Aber im Osten des Sees sind vielleicht noch einige übrig.«

»Diese verfluchten Pferdeherden!«, meckerte Yang. »Habt ihr Pferdehirten denn keine Augen im Kopf?«

»Woher hätten wir wissen sollen, dass im Gras beim See Enteneier liegen?«, fragte Zhang.

»Kommt alle her«, forderte Gao sie auf. »Trennen wir kaputte und unversehrte Eier. Ich habe seit zwei Jahren kein Omelett mehr gehabt, jetzt werden wir uns daran satt essen. Ich habe noch wilde Zwiebeln dabei, das gibt mit wilden Eiern das perfekte Picknick. Yang, du schälst Zwiebeln, und Chen, du schlägst die Eier auf, Zhang holt einen Korb mit getrocknetem Dung, ich werde kochen.«

Etwa die Hälfte der Eier war zerbrochen, sodass acht bis neun Eier für jeden ein richtiges Festessen ergaben. Im Nu füllte der Duft von Schafsfett und Omelett aus wilden Zwiebeln und Enteneiern die Jurte, drang durch die Ritzen ins Freie und wurde vom Wind über das Grasland geweht. Die Hunde drängten sich schwanzwedelnd und sabbernd vor der Jurte, und der kleine Wolf zerrte hörbar an seiner Kette und sprang ungeduldig in die Höhe. Chen hob etwas von ihrem Festmahl auf, um später zu sehen, ob der Wolf Entenrührei mit wilden Zwiebeln aß.

Die vier jungen Männer verschlangen eine Schale Rührei nach der anderen, als sie Galsanma vor der Jurte schimpfen hörten: »Aha, so leckeres Essen, und ich werde nicht eingeladen.« Mit Bayar zusammen polterte sie gegen die Tür und trat ein. Chen und Yang sprangen auf und überließen ihr den Ehrenplatz auf dem Teppich an der Nordseite.

Chen füllte beiden die Schalen. »Ich dachte, Viehzüchter essen so etwas nicht. Hier, probiert mal.«

»Ich habe es drüben bei mir gerochen, es duftet noch aus gut dreihundert Meter Entfernung herrlich. Mir ist das Wasser im Mund zusammengelaufen wie den Hunden, darum habe ich sie gleich mitgebracht. Natürlich esse ich das!« Sie nahm die Essstäbchen zur Hand und fing an. »Köstlich! Einfach köstlich!«, rief sie ein ums andere Mal. Bayar aß gierig wie ein Wolf und schielte immer wieder nach dem Topf, aus Angst, dass es keinen Nachschub gäbe. Die Viehzüchter frühstücken Doufu, Milch, Fleisch und Tee und essen erst wieder am Abend eine Hauptmahlzeit, dazwischen gibt es nichts, darum waren Mutter und Sohn sehr hungrig. »Hervorragend!«, schwärmte Galsanma, »ein ›Restaurant-Essen‹; ohne in die Stadt zu gehen, ich bin rundum satt.« Die Viehzüchter auf dem Olonbulag nannten das chinesische Essen »Restaurant-Essen«, und in diesem Jahr waren chinesische Zutaten auf den mongolischen Speisezettel hinzugekommen: Blütenpfeffer, Sojasauce und Lauchzwiebeln zum Beispiel, einige mochten auch Chili, aber alle verabscheuten Essig, Knoblauch, frischen Ingwer und Sternanis.

»Wenn wir in Zukunft ›Restaurant-Essen‹ machen, laden wir dich ein«, beeilte Chen Zhen sich zu sagen.

Und auch Gao Jianzhong, der oft von Galsanmas Butter und Mongolischem Doufu aß, war froh, nun endlich Gelegenheit zu einer Gegeneinladung zu haben. »Hier ist noch genug übrig«, sagte er lachend, »und wenn die angeschlagenen verbraucht sind, nehmen wir die heil gebliebenen, jedenfalls wirst du nicht hungrig nach Hause gehen, das garantiere ich dir.« Er legte die angeschlagenen Eier zur Seite, schlug fünf, sechs heil gebliebene auf und machte ein Omelett nur für Galsanma und ihren Sohn.

»Bei Bilgee gibt es das nicht«, erklärte Galsanma, »das gehöre Tengger, sagt er, wir dürften es nicht anrühren. Darum muss ich zu euch kommen, wenn ich so etwas essen will.«

»Im letzten Jahr habe ich Bilgee einmal bei einem der Kader um ein

Dutzend Hühnereier bitten hören«, erinnerte sich Chen Zhen. »Was hatte das zu bedeuten?«

»Da war ein Pferd krank«, sagte Galsanma. »Zu viel Hitze. Er hielt dem Pferd die Nase zu, dass es den Kopf hob und das Maul öffnete, und schlug an seinem Gebiss Hühnereier auf, deren Inhalt dem Tier die Kehle hinunterlief. Das hat das Pferd geheilt.«

Yang Ke flüsterte Zhang zu: »Das geht alles auf unser Konto. Seit wir hier sind, essen die Viehzüchter Dinge, die sie nie angerührt haben. In ein paar Jahren wird es keine Schwäne mehr geben, ganz zu schweigen von wilden Enten.«

Bayar aß immer gieriger, ihm tropfte das Fett übers Kinn, als er zu Gao sagte: »Ich weiß, wo es mehr davon gibt. Mach uns noch etwas, und ich führe dich morgen hin. In den verlassenen Höhlen von Murmeltieren sind sicher etliche. Ich habe heute früh in der Nähe des Flusses einige gesehen, als ich verlorene Lämmer suchte.«

»Schön!«, rief Gao erfreut aus. »Bei dem Flüsschen ist ein kleiner Hügel mit vielen Sandgruben, da werden die Pferde sicher keine Eier zertreten.« Er briet weitere Eier und bat Chen Zhen um Nachschub. Das nächste dicke und von Fett triefende Omelett kam aus der Pfanne. Diesmal teilte Gao es mit dem Pfannenheber in zwei Teile und füllte damit Galsanmas und Bayars Essschalen. In der Pfanne dampfte das Öl, als wieder eine Kelle voll Ei zischend hineingegossen wurde.

Als das nächste Rührei aus der Pfanne heraus war, übernahm Chen den Pfannenheber. »Jetzt bekommt ihr noch etwas anderes.« Er gab Schafsfett in die Pfanne und begann, Spiegeleier zu braten, die kurz darauf zart brutzelten. Mutter und Sohn knieten sich hin, um besser sehen zu können, und bekamen Stielaugen. Chen gab Galsanma und Bayar jeweils eines in die Schüssel und träufelte etwas Sojapaste darüber.

Galsanma probierte und war begeistert. »Das wird ja immer besser, mach uns noch zwei!«

Yang kicherte. »Gleich mache ich euch noch Rührei mit Lauchzwiebeln, und wenn ihr satt seid, wird Zhang zum Abschluss eine Suppe mit Enteneiern und Zwiebeln kochen. Jeder von uns vieren hat sein Spezialgericht.«

Köstlicher Essensduft füllte die Jurte. Die sechs aßen und aßen und legten die Stäbchen erst aus der Hand, als ihnen leicht übel wurde. Dieses Enteneierfestmahl hatte über die Hälfte des Eimers mit Enteneiern geleert.

Galsanma wollte aufbrechen, denn nach dem kürzlichen Umzug war noch eine Menge zu tun. Sie rülpste zufrieden und sagte lachend: »Kein Wort hierüber zu Bilgee. In ein paar Tagen kommt ihr alle auf Mongolischen Doufu und gebratenen Reis zu mir.«

»Morgen musst du unbedingt mit mir Enteneier suchen gehen«, sagte Gao zu Bayar.

Chen lief hinter Bar her und stopfte ihm ein großes Stück Rührei ins Maul. Bar spuckte es in den Schnee und sah es an, schnüffelte und leckte daran und kam offenbar zu dem Schluss, dass es leckeres Essen war, was sein Herrchen gerade genossen hatte. Erfreut fraß er es jetzt langsam und bedächtig auf und wedelte dabei mit dem Schwanz, um Chen zu danken.

Als sie sich zerstreuten, fiel Chen der kleine Wolf wieder ein, und er lief, um nach ihm zu sehen.

Doch keine Spur von ihm! Chen stand der kalte Schweiß auf der Stirn, als er hinlief, um das Tier dann doch flach im tiefen Gras liegend zu entdecken, das Kinn auf den Boden gedrückt. Die zwei fremden Menschen und die Hunde mussten ihn erschreckt haben. Der Instinkt, sich unsichtbar zu machen, war wohl angeboren. Chen seufzte erleichtert auf. Erst als der kleine Wolf sah, dass die fremden Menschen und Hunde fort waren, sprang er auf die Beine. Am gesamten Körper Chens nahm er diesen Essensgeruch wahr und leckte dem jungen Mann ununterbrochen die ölverschmierten Hände.

Chen ging in die Jurte zurück und bat Gao um sechs, sieben Enteneier. Er fügte Lauchzwiebeln hinzu und machte dem kleinen Wolf und den Hundewelpen das letzte Rührei. Er würde sie damit zwar nicht satt bekommen, wollte sie aber kosten lassen. Die Hunde auf dem Grasland liebten Leckereien mitunter mehr als ihre Hauptmahlzeiten, und es war eine gute Gelegenheit für die Menschen, den Tieren näher zu kommen. Als das Rührei fertig war, teilte Chen es in vier große und drei kleine Teile, die vier großen für die drei großen Hunde und den Wolf, die drei kleinen für die Hundewelpen. Die Hunde drängten sich in der Tür und machten keine Anstalten zu gehen, da versteckte Chen erst das Stück für den kleinen Wolf, hockte sich dann in den Eingang und schlug den Hundewelpen mit dem Pfannenheber leicht gegen den Kopf, um sie daran zu hindern, sich um die Leckerbissen zu prügeln. Zum Schluss holte er das größte Stück hervor, für Erlang, der freudig wie noch nie mit dem Schwanz wedelte.

Als die Hunde wieder zufrieden im Gras spielten, wartete Chen nur noch, dass das letzte Rührei abgekühlt war, dann füllte er es dem Wolf in seinen Fressnapf und setzte es ihm vor. Yang, Zhang und Gao kamen dazu, um zu sehen, ob der kleine Wolf das Omlett anrühren würde, denn so etwas hatte mit Sicherheit kein Wolf des Graslands je gesehen oder gefressen. Chen rief: »Wölfchen! Kleiner Wolf! Lecker Fressen!« Als die Schüssel vor den kleinen Wolf hingestellt wurde, stürzte er sich auf das nach Schafsfett duftende Entenei wie ein hungriger Wolf auf ein Lamm und schlang es mitsamt der Lauchzwiebel hinunter. Es dauerte keine Sekunde.

Die Männer waren enttäuscht. »Der arme Wolf«, sagte Zhang. »Hauptsache, er hat etwas im Magen. Unter ›Wolf‹ findest du im Wörterbuch bestimmt nicht so etwas wie ›Feinschmecker‹.«

»Die guten Enteneier!«, sagte Gao enttäuscht. »Reine Verschwendung.«

»Wer weiß«, sagte Chen tröstend. »Vielleicht haben Wölfe ihre Geschmacksnerven im Bauch.«

Die drei anderen lachten.

Chen wollte die Jurte aufräumen, während seine Freunde zu ihren Pferde-, Rinder- und Schafherden mussten. Vorher bot er Zhang noch seine Hilfe an. »Soll ich das Pferd an den Ohren festhalten, damit du besser aufsteigen kannst?«

»Nicht nötig«, sagte Zhang. »Diese Hengste sind intelligent. Sobald sie sehen, dass ich zurück zur Herde möchte, gibt es keine Probleme mehr.«

Zhang nahm sich saubere Kleidung, lieh sich von Chen Jack Londons »Seewolf« und ging hinaus.

Er stieg ohne Probleme auf und trieb seine Herde in Richtung der Berge im Südwesten.

21

Als Tuoba Tao (Kaiser Taiwudi der nördlichen Wei-Dynastie – Anm. d. Romanautors) im Jahre 429 den Entschluss fasste, gegen die Invasion durch den mongolischen Stamm Rouran aus der östlichen Gobi Maßnahmen zu ergreifen, prophezeiten ihm einige seiner Berater: Die Chinesen der südlichen Dynastie (Nanking) würden wahrscheinlich die Chance nutzen, um seine Streitkräfte in Kämpfe zu verwickeln. Darauf antwortete er lapidar: »Die Chinesen sind Fußsoldaten, die Unseren dagegen Kavallerie. Eine Herde von Fohlen und Kälbern kann doch Schakalen und Wölfen nicht trotzen.«

René Grousset (franz. Historiker), Die Steppenvölker

Chen Zhen sah andere Schafherden nacheinander vom Ufer fortziehen und trieb seine Tiere gesammelt zum See hin. Als die Tiere sich langsam in die gewünschte Richtung bewegten, ritt Chen voran. Am nordwestlichen Seeufer war ein Streifen Schilf niedergetreten worden, der künstliche Sandstrand sollte dem Vieh den Zugang zum Wasser erleichtern. Die Pferde einer kleinen Herde hatten gerade ausgiebig gesoffen. Jetzt standen sie mit geschlossenen Augen im Wasser, ruhten sich aus und machten keine Anstalten, an Land zu gehen. Wildenten und andere Wasservögel schwammen um sie herum, einige wagten sich sogar nah an die Reittiere heran und schwammen seelenruhig unter ihren Bäuchen hindurch. Nur den Schwänen schien es unter ihrer Würde zu sein, sich mit den Neuankömmlingen abzugeben. Die stolzen Vögel kreuzten in der Mitte des Sees und im Schilf nahe dem gegenüberliegenden Ufer – wo die Pferde das Wasser nicht eingetrübt hatten.

Plötzlich ertönte auf dem Abhang am See ein Himmel und Erde

erschütterndes Blöken – Chen Zhens Schützlinge hatten den See gerochen. Die Schafe wurden im Sommer nur alle zwei Tage getränkt, ihr Durst war groß. Wild blökend stürmten sie den Abhang hinunter, eine gewaltige Staubwolke aufwirbelnd. Kaum zehn Tage waren Mensch und Vieh auf dem neuen Weideland, da war die üppige Wiese am Seeufer schon zur Sandwüste zertrampelt. Die Schafe strömten ins Wasser, drängten sich an die Beine und unter die Bäuche der Pferde, um gierig zu saufen.

Kaum waren Chens Tiere befriedigt wieder den Hang hinaufgeklettert, stürmte eine weitere durstige Schafherde unter lautem Blöken Richtung See. Sie schien eine noch dichtere Staubwolke aufzuwirbeln.

Auf einem sanften Hügel unweit des Sees hatten die Wanderarbeiter drei, vier Zelte aufgeschlagen. Dutzende Arbeiter waren damit beschäftigt, Baugruben auszuheben. Unter Bao Shunguis Leitung sollten sie einen Vorratsraum für Medikamente, einen für Schafwolle und eine provisorische Unterkunft für die Lagerleitung bauen. Ein paar Männer und die Frauen pflügten die Erde für den Gemüseanbau. An einem weiter entfernten Bergrücken luden Arbeiter in einem Steinbruch leuchtend gelbe Steinblöcke und -platten auf Lastwagen und steuerten vollbeladen die Baustelle an. Der Anblick des angeknabberten, nicht mehr jungfräulichen Weidelands tat Chen in der Seele weh; er wandte sich ab und trieb seine Schafe nach Nordwesten.

Die Herde verließ das Tal über einen Bergkamm. Der alte Bilgee hatte die Hirten aufgefordert, nicht ständig im Talbecken zu weiden, sondern – da die Sommertage sehr lang seien – mit dem Vieh möglichst in die Weite zu ziehen. Bis zum Herbst würde man dann im Tal bleiben können. Dem Wildwuchs der Gräser im Tal und darum herum müsse Einhalt geboten werden, auch solle die lockere Erde von den Zuchttieren festgetrampelt werden, um eine Mückenplage möglichst zu verhindern. Chens Herde zog in halbmondförmiger Formation langsam einem Berghang im Westen zu.

Auf dem grünen Gras stachen die im Sonnenschein blendend weißen Lämmer, fast tausend an der Zahl, wie weiße Chrysanthemen ins Auge. Ihre vor kurzem noch krausen Fellhaare wurden bauschiger. Erst mit Muttermilch gepäppelt und jetzt mit jungem Gras genährt wuchsen sie sichtlich von Tag zu Tag. Ein Berghang voll blühender Taglilien lud Chen zum Verweilen ein. Er setzte sich, und ein goldener Teppich aus abertausend Blumen breitete sich vor seinen Augen aus. Jeder Stiel mit einer großen, trompetenförmigen Blüte an der Spitze wuchs einen guten halben Meter hoch, und die länglichen Knospen hingen schwer an den Rispen. Chen kam sich vor wie mitten auf einem blühenden Rapsfeld im fruchtbaren Yangtse-Delta. Nie hätte er gedacht, dass das Grasland solch prächtige wilde Taglilien hervorbringen könnte.

Chen stand wieder auf und ritt den Schafen ein Stück voraus, um auf einer noch dichter bewachsenen Wiese Blumen zu pflücken. Seine Kameraden hatten in der Pflanze nämlich ein frisches Saisongemüse entdeckt: Lammfleisch gebraten mit Taglilien, Teigtaschen mit einer Füllung aus Lammfleisch und Taglilien, Taglilien-Salat mit wildem Lauch gewürzt, Suppe mit Geschnetzeltem und Taglilien. Den ganzen langen Winter über litten die jungen Chinesen an Gemüsemangel, jetzt fielen sie wie ihre Rinder und Schafe über die Blumen und wilden Kräuter her, die das Grasland zu bieten hatte. Ihre phantasievolle Kochwut löste bei den Viehzüchtern zwar allgemeine Bewunderung aus, dennoch schmeckte den Mongolen die Taglilie überhaupt nicht. In der letzten Zeit schickte Gao Jianzhong seine Freunde Chen und Yang jeden Morgen abwechselnd mit zwei leeren Umhängetaschen auf die Weide. Die beiden Schäfer sollten statt zu lesen gefälligst Taglilien sammeln. Ein Teil dieser täglichen Ernte wurde zu Hause kurz mit heißem Wasser überbrüht und in der Sonne getrocknet, als Vorrat für den Winter. Sie hatten bereits einen großen Getreidesack halb zur Hälfte gefüllt.

Weit hinter Chen grasten die Schafe zwischen den Blumen. Er hatte bereits eine Tasche mit Knospen gefüllt, und während er nach weiteren Blüten griff, fiel sein Blick auf Wolfskot am Boden. Sofort las er etwas davon auf und untersuchte es. Aschgrau in der Farbe, so groß wie eine Banane war das Stück und total vertrocknet, doch Chen war sich sicher, dass es nur wenige Tage alt sein konnte. Er setzte sich im Schneidersitz hin und dachte nach. Ihm wurde plötzlich bewusst, dass er da saß, wo sich ein großer Wolf vor wenigen Tagen ausgeruht hatte. Was hatte der Wolf hier nur gewollt, fragte sich Chen. Er schaute sich um und konnte in der direkten Umgebung weder Knochen noch Tierhaare entdecken – das Raubtier hatte hier keine Beute verzehrt. Lilien und Gräser standen hier besonders hoch, und oft nahmen die Schafe seiner Produktionsgruppe diesen Weg. Also ein für die Wölfe idealer Hinterhalt? Bei diesem Gedanken sprang er auf und spähte nervös in alle Richtungen. Zu seiner Beruhigung sah er einige andere Schäfer auf den Höhen in der Umgebung sitzen und Ausschau halten. Seine Herde, etwa zweihundert Meter von ihm entfernt, befand sich in Sicherheit. Er setzte sich wieder hin.

Wolfskot zu deuten hatte Chen zwar schon gelernt, aber bisher noch keine Gelegenheit gefunden, sich näher damit zu befassen. Er brach ein Stück in zwei Teile: Nur Haare von Gazellen und Schafen gab es darin, keine Reste von Tierknochen. Lediglich ein paar winzige Zähne von Ratten und etwas Kalzium, das mit den Schafhaaren vermengt war und wie Kalkpulver aussah. Auch als er das vertrocknete Ding zerdrückte und noch genauer untersuchte, konnte er keine weitere harte Substanz finden. Es war unglaublich aber wahr, der Wolf hatte Fleisch und Fell, Knochen und Sehnen von all den Schafen und Ratten, die er verschlungen hatte, so gut wie vollständig verdaut. Ein prüfender Blick auf die Schafhaare bewies Chen, dass es sich dabei nur um die dicken, schwer verdaulichen Fasern handelte, während der feine Flaum verschwunden war. Verglichen mit dem Wolf besaß der Hund einen viel schwächeren Verdauungsapparat. Chen hatte im Kot seiner Vierbeiner schon oft Rückstände von Knochen und Mais gesehen.

Er schaute und staunte, staunte und schaute. Wölfe waren wahrlich die Müllmänner des Graslands. Sämtliche Tierkadaver wurden von ihnen gewissenhaft entsorgt, ja selbst die sterblichen Überreste der Menschen fanden am Ende den Weg durch ihre Mäuler, ihren Magen und Darm. Alles Nahrhafte nahmen sie in sich auf, nur ein bisschen Haare und Zähne schieden sie aus, und geizig wie sie waren, ließen sie nicht einmal Verwertbares für die Bakterien übrig. Dass sich das Grasland über Zehntausende von Jahren hatte sauber halten können, war also nicht zuletzt das Verdienst der Wölfe.

Die gelben Blüten wogten sanft in der Brise. Chen zerrieb das Stück Kot zwischen seinen Fingern. Von der Magensäure verätzt und vom Dünndarm zerpresst, glichen die Schafhaare im Wolfskot einer Mumie, die gerade ans Tageslicht befördert worden war – die Fasern hatten jegliche Elastizität verloren und ließen sich einfach zu Pulver zerreiben, feiner als Asche. Vom Wind verweht, landete es als Staub auf der Erde und wurde wieder eins mit dem Grasland.

Chen ließ seinen Gedanken freien Lauf. Noch nie hatten die Nomaden Gräber oder Grabsteine, geschweige denn unterirdische Paläste und Mausoleen hinterlassen. Menschen und Wölfen genügte es, auf diesem Boden gelebt und gekämpft zu haben. Sie hinterließen das Grasland so, wie sie es vorgefunden hatten. Doch gerade dieses Leben zeugte von tiefem Respekt vor der Natur und ihrem Schöpfer. Daran sollten sich die nachkommenden Generationen ein Beispiel nehmen, denn es hatte mehr Gewicht als alle Existenzen, die in prachtvollen Bauten wie den Pyramiden am Nil, dem Mausoleum des ersten chinesischen Kaisers Qin oder dem indischen Taj Mahal ihre letzte Ruhe fanden.

In dem Pulver, das Chen zwischen die Finger rann, steckte womöglich etwas von den Haaren eines Nomaden, denn es gab ja fast jeden Monat eine Himmelsbestattung. Chen hob die Hände, schaute hoch zum blauen Himmel und wünschte im Stillen allen Seelen dort bei Tengger Frieden und Glück.

Auf dem Grasland waren die Sommertage schrecklich lang: Kurz nach drei Uhr in der Frühe wurde es hell und gegen neun Uhr abends erst dunkel. Die Schafe sollten so früh nicht auf die Weide, denn sonst holten sie sich im Morgentau Gelenkentzündungen. Man ließ sie gewöhnlich bis acht, neun Uhr im Stall, wenn der Tau nicht mehr im Gras hing, und die Tiere durften erst in der Dunkelheit wieder ins Lager, damit sie in der Kühle des Abends noch möglichst viel grasten und Fett ansetzten. So blieb die Herde im Sommer doppelt so lang draußen wie im Winter. Für die Schäfer war der Sommer deshalb eine harte Zeit. Zwischen den beiden Mahlzeiten lag ein langer Tag, man musste Hitze, Schläfrigkeit, Durst und Hunger aushalten, Einsamkeit und Eintönigkeit waren doppelt so schlimm wie sonst. Im Hochsommer, wenn die Mücken in Scharen einfielen, wurde das Grasland schier zur Folterkammer. Nach ihrem ersten Jahr auf dem Grasland hatten die Pekinger Schüler begriffen, dass im Vergleich zum Sommer der lange, kalte Winter die bessere Jahreszeit war, um schützende Fettposter zu bilden.

Vor der Mückenzeit waren für Chen Durst und Hunger am schlimmsten. Die Viehzüchter konnten beides sehr gut aushalten, litten jedoch zumeist an Magenbeschwerden. In ihrem ersten Sommer auf dem Grasland hatten die jungen Chinesen auf die lange Hirtentour noch Proviant mitgenommen, sich mit der Zeit aber den Gepflogenheiten der Einheimischen angepasst.

Chen suchte eine schattige Stelle hinter den Felsen. Am liebsten wollte er sich auch ein Nickerchen gönnen, doch der Fund des Wolfskots machte ihm Sorge, es könne ein Wolf in der Nähe der Herde lauern und den Moment abpassen, da der Schäfer vor der Hitze kapituliert und in tiefen Schlaf sinkt. Chen trank ein paar Schluck Sauermilch aus seinem Krug und wurde wieder wacher. Jedes Mal wenn er die Schafe weidete, ging er vorher bei Galsanma vorbei, um sich eine ordentliche Portion Sauermilch aus dem Holzeimer zu holen, in dem die Frau ihren Doufu gären ließ. Sauermilch stillte den Durst und erfrischte. Im Sommer war sie deshalb bei den Schäfern draußen im Feld und bei den Daheimgebliebenen gleichermaßen beliebt.

Plötzlich hörte Chen ein Pferd näher kommen. Einen Augenblick später stieg Dorji vor Chens Augen aus dem Sattel. In seinem weißen mongolischen Sommermantel aus Baumwolle mit grünem, seidenem Gürtel sah der junge Mongole so elegant wie energisch aus. Dorji wischte sich den Schweiß aus seinem breiten, tiefroten Gesicht.

»Wo sind denn deine Schafe?«, begrüßte Chen Zhe Dorji und zeigte in Richtung einer Herde auf dem Hang im Norden. »Meine Tiere schlafen. Ich würde auch gern schlafen, aber das geht nicht. Daher bin ich hier, um ein bisschen mit dir zu plaudern. Drüben auf dem Hügel spielen zwei Schäfer Schach und passen auf meine Herde mit auf.« Dorji setzte sich zu Chen in den Schatten.

»Es gibt hier auf dem neuen Weideland viele Murmeltiere«, meinte er dann, »da drüben zum Beispiel, der Bergkamm im Westen, ist übersät mit ihren Löchern. Lass sie uns anschauen, morgen stellen wir ein Dutzend Fallen auf, und zu Mittag haben wir dann Murmeltierfleisch zu grillen.«

Chen stimmte begeistert zu und ergänzte: »Wenn wir wirklich Murmeltiere fangen, dann werden wir Hunger und Müdigkeit besiegen.«

Dorji warf einen Blick auf seine und Chens Herde und stellte fest, dass die Schafe nach wie vor ruhig schliefen. Sie ritten zu einem Hügel in nordwestlicher Richtung, von dem aus sie ihre Herden im Rücken wie auch den Bergkamm mit den Murmeltieren vor sich überblicken konnten. Sie kauerten sich hinter weiße Quarzitblöcke und richteten ihre Teleskope auf den Bergkamm. Dort tat sich nichts, die Plateaus vor all den Löchern waren leer. In der Sonne funkelten unzählige winzige Stücke von Quarzit, die auf den Plateaus herumlagen. Die Murmeltiere des Olonbulag konnten sehr tief graben und förderten dabei auch Erze zutage. Einige Viehzüchter waren da schon mit lilafarbenem Kristall oder Kupfer fündig geworden. Davon hatte sogar der nationale Bergbau Wind bekommen, und beinahe hätte man in der Gegend eine Zeche geplant, doch lag das Olonbulag dazu zu nah an der Grenze.

Es dauerte nicht lange, bis lautes Pfeifen und Quietschen vom Bergkamm herübertönte: Mit ihren Rufen testeten die Murmeltiere in den Löchern, ob draußen die Luft rein war. Wenn keine Gefahr drohte, kamen sie in Scharen heraus. Nach einer Weile zeigten sich plötzlich Dutzende von ihnen auf dem Bergkamm, auf fast jedem Plateau stand dann ein großes Weibchen, das sich umschaute und dabei ein lang anhaltendes, rhythmisches »Di, Di, Di« von sich gab. Auf dieses Signal hin kamen die Jungtiere aus ihren Verstecken gerannt, um vor dem Loch herumzutollen und Gras zu fressen. Hoch über ihnen kreisten Raubvögel in der Luft, von den Muttertieren argwöhnisch beobachtet. Sobald sich so ein Pirat der Lüfte näherte, schlugen die Muttertiere mit einem hastigen »Dididi« Alarm, worauf alle Murmeltiere blitzschnell wieder in ihren Löchern verschwanden.

Als Chen Zhen leicht seine Sitzposition veränderte, drückte ihn Dorji mit der Hand auf dem Rücken zu Boden und raunte ihm zu: »Sieh mal, unten vor dem nördlichsten Loch wartet ein Wolf, der auch Appetit auf Murmeltierfleisch hat.« Bei dem Wort »Wolf« war Chens Müdigkeit verflogen. Mit seinem Fernglas fing er aber lediglich ein Murmeltier auf dem Plateau ein, ein großes Männchen, das mit vor der Brust hängenden Pfoten in alle Richtungen spähte und zögerte, sich weiter aufs Gras vorzuwagen. Murmeltierpaare leben auf dem Grasland getrennt voneinander. Während das Weibchen mit den Jungtieren lebt, bleibt das Männchen für sich allein in einem eigenen Bau.

Durch das im Wind sich wiegende hohe Gebüsch erkannte Chen zwar einige grau-gelbe Steine, sonst aber nichts. »Ich sehe keinen Wolf«, sagte er zu Dorji, »nur Steine.«

»Ja, und direkt neben den Steinen ist der Wolf«, erwiderte Dorji. »Ich schätze, er liegt schon ziemlich lange da.«

Chen strengte seine Augen an und konnte endlich die Umrisse des Tieres erkennen. »Du hast aber scharfe Augen. Wieso habe ich ihn nicht gesehen?!«

»Wenn du nicht weißt, wie der Wolf sich an ein Murmeltier heranschleicht«, erklärte ihm Dorji, »nützen dir die schärfsten Augen nichts.

Er nähert sich gegen die Windrichtung auf möglichst kurze Distanz einem Loch und versteckt sich im Gras. Weil diese Aktion den Wolf einige Mühe kostet, hat er es nur auf die großen Männchen abgesehen. Das da ist fast so groß wie ein Lamm, von dem allein wird er satt. Also, du musst das Loch eines Männchens ausfindig machen und dann in den hohen Gräsern unterhalb davon nach dem Wolf suchen.«

Chen freute sich über alle Maßen. »Heute habe ich wieder etwas Neues gelernt. Wann wird dieses Murmeltier endlich fressen? Dann schlägt der Wolf zu, oder? Ich kann's kaum erwarten! Da sind überall Löcher, und das Männchen kann sofort in eines flüchten, wenn der Wolf sich bewegt. Was macht er dann?«

»Tatsächlich gelingt es nur den schnellsten Wölfen«, antwortete Dorji, »die Murmeltiere so zu überrumpeln, dass die Gejagten es nicht zurück ins Loch schaffen. Die Leitwölfe haben so ihre Tricks, das werden wir gleich sehen.«

Die beiden schauten zu ihren Schafen zurück, die nach wie vor ruhig auf der Wiese lagen, und beschlossen, weiter zu warten. Schade, dass wir keine Hunde dabeihaben«, meinte Dorji, »sonst könnten wir mit ihnen den Wolf jagen, sobald er das Murmeltier gefangen hat. Wir würden ihn sicher kriegen und hätten eine üppige Mahlzeit.«

»Wir können es ja ohne die Hunde versuchen«, schlug Chen vor. »Vielleicht haben wir Glück.« Dorji schüttelte den Kopf. »Ausgeschlossen. Schau dir die Lage an: Der Wolf ist oben und wird bergab weglaufen, während wir bergauf müssen. Wie sollen wir ihn einholen? Und wenn er dann erst einmal einen Hügel hinter sich gelassen hat, finden wir ihn nicht wieder. Und unsere Pferde können bei so vielen Löchern sowieso nicht einfach drauflosgaloppieren.« Chen musste einsehen, dass Dorji Recht hatte.

»Morgen werden wir Fallen aufstellen«, fügte Dorji aufmunternd hinzu. »Heute wollen wir dem Wolf nur zusehen. So ein Schauspiel wird es übrigens nicht mehr oft geben, vielleicht noch in den nächsten zwei Wochen oder so. Mit dem ersten Regen melden sich die Mücken zurück, dann ist es vorbei. Warum? Vor den Mücken haben die Wölfe großen Respekt, sie stechen nämlich am liebsten in Nase, Augen und Ohren, was die Wölfe ganz verrückt macht. Da ist es vorbei mit Schleichen und Lauern. Statt Murmeltiere zu jagen kommen die Wölfe dann wieder unser Vieh und uns quälen.«

Schließlich konnte es das große Männchen nicht länger ertragen, seine Artgenossen nach Lust und Laune grasen zu sehen. Es stürzte von seinem Plateau hinunter, um nach wenigen hastigen Bissen gut vier Meter vom Loch entfernt zurückzukehren und laut zu rufen.

»Schau mal, das Murmeltier frisst nie das Gras direkt vor seinem Loch«, sagte Dorji, »damit das Loch gut getarnt bleibt. Alle Tiere auf dem Grasland haben es schwer zu überleben; ein unaufmerksamer Moment, und das Leben ist vorbei.«

Chen beobachtete nervös den Wolf. Seiner Einschätzung nach konnte der das Murmeltier gar nicht sehen, sondern war auf seinen Gehörsinn angewiesen, um Lage und Bewegung seines Angriffsziels anzupeilen. Deshalb konnte der Wolf auch so tief geduckt sein: Er war so gut wie im Boden versunken.

Das Murmeltier wiederholte das Spiel mit dem Sturz hin zum Gras und dem blitzartigen Rückzug mehrmals, bis es sich außer Gefahr wähnte und in seiner Wachsamkeit nachließ. Zum Schluss entschied es sich für eine üppig gewachsene Wiese. Fünf, sechs Minuten vergingen, bis sich der Wolf plötzlich aufrichtete. Und zu Chens Überraschung stürzte sich das Raubtier nicht gleich auf das Murmeltier, sondern schob wie wild die Steine beiseite, sodass einige von ihnen laut krachend den Hang hinunterrollten. Chen sah, wie das aufgeschreckte Murmeltier, das jetzt gute sieben Meter von seinem Loch entfernt war, den Rückzug antrat. Der Wolf aber, der nur darauf gewartet hatte, war blitzschnell auf das Plateau gesprungen und kam nahezu gleichzeitig mit dem Murmeltier vor dessen Loch an. Das Opfer lief in die Falle, es war zu spät, um in ein anderes Loch zu flüchten. Der Wolf schlug die Zähne in den Nacken des Murmeltiers, warf es zu Boden und biss seinen Hals durch. Mit der Beute im Maul rannte das Raubtier dann erhobenen Hauptes bergauf und über den Bergkamm. Der Angriff hatte kaum eine halbe Minute gedauert.

Alle Murmeltiere waren verschwunden. Die jungen Männer richteten sich auf. Chen kam aus dem Staunen nicht heraus, wieder und wieder sah er vor seinem geistigen Auge, wie raffiniert der Wolf vorgegangen war. Was für ein bewundernswertes Tier!

Die Sonne verlor an Kraft, und die Schafe hatten sich erhoben, um weiter zu grasen; beide Herden waren fast einen Kilometer nach Nordwesten gewandert. Zeit für die Schäfer, ihre Tiere nach Hause zu treiben. Chen und Dorji wechselten noch ein paar Worte und wollten gerade aufstehen, als Chen eine leichte Unruhe unter seinen Schützlingen wahrnahm. Er griff nach dem Fernglas: Am linken Rand der Herde sprang ein großer Wolf aus der Ansammlung goldener Lilien, stieß ein kräftiges Schaf nieder und schlug die Zähne in das Opfer unter seinen Pfoten. Chen erbleichte, wollte aufspringen und schreien, wurde aber von Dorji zurückgehalten. Chen schluckte ernüchtert den Schrei hinunter. Der Wolf riss Haut und Fleisch aus einem Hinterbein des noch lebendigen Schafs. Blut sprudelte aus dem Hals des Tieres, wild strampelten seine Vorderläufe, stieß aber, ungleich einer Ziege, keinen Laut, keinen einzigen Hilferuf aus.

»Wir sind zu weit weg von der Herde, um dem Schaf noch helfen zu können«, sagte Dorji gelassen. »Lass den Wolf es fressen. Wir kriegen ihn mit der Fangstange, wenn er mit vollgefressenem Bauch nicht mehr so schnell laufen kann.« Dann fluchte er: »Du verdammter Wolf, wagst vor meiner Nase ein Schaf zu reißen. Dir werd ich's zeigen!« Still blieben sie neben den Steinen sitzen, um den Wolf nicht zu früh auf sich aufmerksam zu machen.

Offenbar war der Wolf vom Hunger getrieben. Er hatte mitbekommen, dass lange Zeit kein Schäfer bei der Herde wachte, und hatte sich im Schutz der hohen Blumen an die Herde herangetastet, um mit seinem Überraschungsangriff ein fettes Schaf zu überwältigen und zu verschlingen. Aller Gefahr zum Trotz, denn ihm waren die beiden Männer mit ihren Pferden oben auf dem Hügel ganz sicher nicht entgangen. Im Gegenteil, er hatte sie ständig im Auge, und solange ihm die Entfernung zu ihnen sicher genug schien, wollte er möglichst viel fressen. Chen musste an seinen kleinen Wolf denken. Jetzt verstand er, warum der das Futter immer so hastig heruntergeschlungen hatte. Auf dem Grasland war Zeit Fleisch: Ein Wolf, der zu langsam fraß, war zum Verhungern verurteilt.

Dass Dorji das Schaf opfern wollte, um den Wolf zu erbeuten, überraschte Chen nicht. Von den mongolischen Schäfern hatte er solche Geschichten schon gehört. Angesichts ihrer Lage war diese Strategie die einzig richtige. Wenn man bedachte, dass ein Wolf pro Jahr mindestens ein Dutzend Schafe riss, war das Opfer eines Schafes für den Fang eines Wolfes ein gutes Geschäft. Der jährliche Verlust an Fohlen und ausgewachsenen Pferden durch die Wölfe war dabei nicht einmal mit eingerechnet. Nicht Kritik und schon gar nicht Strafe, vielmehr Lob und Belohnung erntete ein Schäfer von der Leitung, wenn er auf diese Weise einen Wolf erlegte. Chen hatte jedoch Sorge, dass die Sache nach hinten losgehen könnte, sollte der Wolf ihnen entkommen. Das Teleskop fest in der Hand, ließ er den Wolf keine Sekunde aus den Augen. In weniger als einer halben Minute hatte der ein ganzes Bein seiner Beute verschlungen, mit Haut und Haar und Knochen. Das arme Tier hatte keine Chance gehabt, und Chen hoffte, der Wolf würde es ganz und gar auffressen. Die beiden schlichen zu den Pferden, lösten deren Fußfesseln und nahmen die Zügel in die Hand. Angespannt warteten sie auf den richtigen Moment.

Nachdem der Wolf ein Schaf aus ihrer Mitte gerissen hatte, waren nur die in unmittelbarer Nähe des Opfers panisch geflohen. Die Herde jedoch blieb wo sie war, einige Tiere sahen sogar zitternd zu, wie der Wolf ihren Artgenossen verspeiste. Ob aus Protest oder aus Neugierde war nicht zu erkennen. Immer mehr Schafe gesellten sich dazu, und am Ende hatten über hundert Tiere einen Kreis mit einem Durchmesser von einigen Metern gebildet. In der Mitte führte der Wolf das blutige Schauspiel auf, um ihn herum drängten sich die Schafe, jedes von ihnen reckte den Hals, um ja nichts zu verpassen. Hätten die Schafe reden können, man hätte von ihnen Kommentare gehört wie: »Der Wolf frisst dich, was geht mich das an?«, oder: »Wenn du tot bist, bleibe ich am Leben.« Kein Schaf traute sich, den Wolf an seinem Tun zu hindern.

Chen schauderte, Scham und Wut stiegen in ihm hoch. Die Szene erinnerte ihn sehr an ein Bild, das der Schriftsteller Lu Xun einst beschrieben hatte: Eine Menge schaulustiger Chinesen reckte die Hälse, um einen Blick darauf zu erhaschen, wie die herrenlosen Samurai aus Japan mit ihren Schwertern Chinesen enthaupteten. Kein Wunder, dass die Nomadenvölker Chinesen mit Schafen verglichen. Schafe fressende Wölfe waren schrecklich, aber Menschen, die so egoistisch, gleichgültig und furchtsam waren wie die Schafe, verdienten noch viel größere Verachtung.

Dorji saß in einer Zwickmühle. Wie konnte ein erfahrener Hirte wie er einen Pekinger Schüler dazu verleiten, die Herde allein zu lassen, um mit ihm einem Wolf beim Murmeltierfang zuzuschauen, mit der Folge, dass am helllichten Tag ein Mutterschaf gerissen wurde? Ohne Muttermilch würden die Lämmer nicht viel Fett ansetzen können und den Winter nicht überleben. Ein durch Nachlässigkeit verursachter Vorfall, für den Chen sicher harte Kritik würde einstecken müssen und für den Dorji ebenfalls die Verantwortung zu tragen hätte. Man würde einem solchen Vorfall nur allzu gern auf den Grund gehen und fragen, warum das ausgerechnet zwei Männern passiert war, die Wolfsjunge aufzogen. Sie würden sagen, wem die Schafe nicht am Herzen lägen, dem dürfe man keine Schafe anvertrauen, und wer ein Wolfsjunges großzöge, der zöge die Rache der Wölfe auf sich. Für diese Leute wäre das alles ein gefundenes Fressen. Auch Chen wagte nicht, weiter darüber nachzudenken.

Dorji verfolgte den Wolf durch das Fernglas. Nach einer Weile sagte er zuversichtlich: »Das tote Schaf nehme ich auf meine Kappe. Dafür kriege ich das Wolfsfell und gebe es an Bao Shungui weiter, dann punkten wir sogar noch bei ihm.«

Der Wolf ließ die beiden Schäfer nicht aus den Augen und fraß immer schneller. »Wenn der Hunger nicht mehr auszuhalten ist, macht auch der klügste Wolf einen Fehler«, sagte Dorji. »Hat er vergessen, dass er gleich schnell rennen muss, um vor uns zu fliehen? Ich glaube, dieser Wolf ist nicht besonders geschickt, auch beim Fangen von Murmeltieren nicht, und hat lange nichts gefressen.«

Mittlerweile hatte der Wolf ein halbes Schaf verputzt, und sein Bauch wölbte sich sichtbar. »Worauf warten wir noch?«, fragte Chen Zhen.

»Immer mit der Ruhe«, antwortete Dorji. »Wenn wir gleich losreiten, ist Tempo gefragt. Wir nehmen die Verfolgung von Süden her auf und treiben den Wolf nach Norden, denn da drüben können ihn die anderen Schäfer abfangen.«

Dorji schaute sich den Wolf noch eine Weile an, bis er endlich rief: »Aufs Pferd!« Sie galoppierten den Hügel hinunter auf die südliche Seite der Herde zu. Der Wolf war darauf gefasst, jederzeit das Weite suchen zu müssen, und als er die Reiter auf sich zukommen sah, schluckte er hastig noch ein paar Bissen hinunter und flüchtete dann nach Norden, ohne die noch übrige Hälfte seiner Beute mitzunehmen. Nach einigen Metern schwankte er plötzlich, blieb abrupt stehen, als ob er seinen Fehler bemerkte hätte, und ging mit gesenktem Kopf in die Hocke.

»Verdammt, schneller!«, rief Dorji. »Er will das Fleisch herauswürgen. Tatsächlich krümmte der Wolf den Rücken, zog den Bauch ein und erbrach große Stücke Lammfleisch. Die Reiter nutzten ihre Chance, um den Abstand zum Wolf deutlich zu verringern.

Wölfe konnten das Geschluckte ausspucken, um damit die Jungtiere zu füttern, Chen wusste davon. Trotzdem war er überrascht zu sehen, dass der fliehende Wolf auf diese Weise sein Gewicht zu reduzieren suchte. Das Raubtier schien den Verstand vor Hunger doch nicht ganz verloren zu haben. Wenn er seinen Magen schnell genug leeren konnte, würden die Männer ein echtes Problem bekommen. In Panik peitschte Chen sein Pferd so heftig, dass es zu fliegen schien. Dorjis Pferd war noch schneller. Der Mongole brüllte abwechselnd den Wolf und die Schäfer auf dem nördlichen Hang an. Er war dem Wolf immer näher gekommen, sodass der nun aufhörte sich zu erbrechen und wieder losrannte. Jetzt rannte er doppelt so schnell wie vorhin. Als Chen den großen Haufen blutiges Lammfleisch auf der Wiese sah, erschrak er für einen kurzen Moment, um sein Pferd daraufhin noch mehr anzutreiben.

So schnell der Wolf nun auch wurde, seine eigentliche Höchstgeschwindigkeit konnte er nicht erreichen. Sein Bauch war bestimmt noch nicht leer, und die unverdaute Nahrung gab ihm keine Energie. Er hatte jetzt das gleiche Tempo wie Dorji auf seinem Pferd. Als der Wolf merkte, dass er den Verfolger nicht loswerden konnte, schlug er plötzlich die Richtung zu einem steilen Abhang ein. Offensichtlich wollte er versuchen, den Bergrücken zu erklimmen und sich in die Tiefe des Abhangs stürzen. Ein spezieller Kniff der Wölfe des Graslands, riskant aber Erfolg versprechend. In diesem entscheidenden Moment tauchte Sanjai, ein anderer Schäfer, plötzlich vor dem Abhang auf und ritt dem Wolf, die Lassostange schwingend, entgegen. Dem Wolf war der Fluchtweg abgeschnitten. Er zitterte, zögerte, um sich im nächsten Augenblick auf eine Schafherde in der Nähe zu stürzen. Er wollte die Schafe auseinandertreiben; in dem dadurch entstehenden Chaos witterte er seine Chance. Denn die Verfolger würden von den Schafen aufgehalten und könnten die Lassostangen nicht mehr einsetzen. Chen war einmal mehr überrascht.

Doch das nur sekundenlange Zögern des Wolfes schien Dorjis Pferd angestachelt zu haben. In unbändiger Wucht schoss es wie ein Pfeil auf den Wolf zu, und auch Sanjais Pferd warf sich vor die Herde. Als der Wolf erneut die Richtung ändern wollte, beugte Dorji sich plötzlich weit vor und schleuderte das Lasso durch die Luft, sodass die Schlinge sich um den kurzen Hals des Raubtiers legte. Dann riss er die Stange mit einer Drehung hoch, wodurch das Lasso sich hinter den Ohren des Wolfes zuzog. Er wendete sein Pferd und galoppierte los. Den Wolf, dem er die Beine unter dem Leib weggerissen hatte, zog er hinter sich her.

Der große Wolf hatte keine Chance. Unter seinem schweren Gewicht zog sich das Lasso immer enger zu. Die Zunge hing ihm weit aus dem Maul, aus dem Blut und blutige Luftblasen hervorquollen. Dorji ritt einen Berghang aufwärts, um den Schnüreffekt noch zu verstärken. Chen folgte ihm. Der Wolf bebte am ganzen Körper und versuchte, dem nahenden Tod zu entkommen. Endlich konnte Chen aufatmen, denn da der Wolf nun erlegt war, würde man weder ihn noch Dorji für den Vorfall zur Verantwortung ziehen. Doch an dem Anblick des sterbenden Wolfes konnte er sich nicht freuen. Das Grasland kannte keine Nachsicht, wer seinen erbarmungslosen Anforderungen an die eigene Überlebensfähigkeit nicht genügte, wurde einfach aussortiert. Chen bedauerte den besiegten Wolf, der in seinen Augen viel Klugheit und Kühnheit bewiesen hatte, zutiefst. In der menschlichen Gesellschaft hätte sich jemand mit einer solchen Intelligenz und Tapferkeit gegen alle Konkurrenten durchgesetzt.

Auf halber Höhe des Berghangs ging der Todeskampf des Wolfes dem Ende entgegen. Doch hörte er nicht auf, Blut zu spucken und laut zu schnaufen. Dorji schwang sich aus dem Sattel, zog die Lassostange schnell zu sich heran, damit der Wolf nicht aufstehen konnte, und schlug auf seinen Kopf ein. Dann zog er sein mongolisches Messer aus dem Reitstiefel und stach es dem Wolf in die Brust. Als Chen vom Pferd gestiegen war, hatte der Wolf seinen letzten Atemzug schon getan, auf die Tritte des Mongolen reagierte er nicht mehr. Dorji wischte sich den Schweiß von der Stirn, ließ sich auf den Boden fallen und zündete sich eine Zigarette an.

Sanjai kam zu ihnen herübergeritten und schaute sich den toten Wolf an. »Gute Arbeit«, sagte er zu Dorji, um dann dessen Herde zusammenzutreiben und sie auf den Heimweg zu bringen. Chen tat das Gleiche und lenkte seine Tiere ebenfalls nach Hause. Dann ritt er zurück zu Dorji, der noch an Ort und Stelle dem Wolf das Fell abziehen wollte. Damit das Fell in der Hitze nicht stank, pelzte man einen Wolf im Sommer nicht mit Beinen als eine Wolfshülle, sondern als glattes Rückenstück wie bei Schafen. Als Chen bei Dorji eintraf, hatte dieser das Wolfsfell bereits zum Trocknen auf der Wiese ausgebreitet.

»Heute habe ich zum ersten Mal gesehen, wie man das Lasso um den Hals eines Wolfes wirft und ihn dann tötet«, sagte Chen. »Wie konntest du dir so sicher sein?«

Dorji grinste gut gelaunt. »Dieser Wolf war nicht besonders clever, das habe ich ja gleich gesagt. Ein pfiffiger Wolf hätte das Lasso schon abgeschüttelt, als es seinen Hals berührte.«

»Du hast ganz schön scharfe Augen, ich bin beeindruckt! Es werden noch Jahre vergehen, bis ich auch so weit bin, fürchte ich. Abgesehen davon brauche ich unbedingt ein besseres Pferd. Im kommenden Frühjahr will ich einige gute Hengste zähmen, denn ohne ein schnelles Pferd ist man auf dem Grasland ziemlich aufgeschmissen.«

Dorji stimmte ihm zu. »Ja, lass dir von Batu einen besonders guten Hengst aussuchen. Batu ist so etwas wie dein großer Bruder und wird dir sicher helfen.«

Chen fiel das Wolfsjunge ein, das Dorji sich zur Zucht geholt hatte, und er fragte: »In letzter Zeit hatte ich so viel zu tun und fand einfach keine Gelegenheit, bei dir vorbeizuschauen. Was macht dein kleiner Wolf? Hat man dich in Ruhe gelassen?«

Dorji schüttelte den Kopf. »Ach, lass das Thema. Vor drei Tagen habe ich ihn totgeschlagen.«

Bestürzt hakte Chen nach: »Was? Du hast ihn getötet? Warum? Was ist passiert?«

»Hätte ich das Ding bloß wie du angekettet! Mein Wolfswelpe war ja kleiner als deiner und weniger wild, so habe ich ihn mit den Hundewelpen zusammen untergebracht. Nach kaum einem Monat war er mit allen Hunden vertraut, man hätte sie nicht voneinander unterscheiden können. Er wuchs schnell und wurde dick, alle in meiner Familie mochten ihn. Der kleine Wolf spielte gern mit uns, besonders mit meinem kleinen Sohn. Das Kind ist erst vier Jahre alt und hatte großen Spaß mit dem Tierchen. Bis es vor drei Tagen plötzlich aus heiterem Himmel beim Spielen nach meinem Sohn schnappte und ihm eine blutige Wunde in den Bauch biss. Das Kind hat einen riesigen Schrecken bekommen und natürlich fürchterlich geweint. Ich hatte eine Heidenangst vor den tödlichen Zähnen des Wolfes und griff sofort nach einem Stock, hab ihn damit einfach erschlagen. Dann lief ich mit dem Kind zum Arzt, und der gab ihm zwei Spritzen, die auch geholfen haben. Sein Bauch ist aber noch immer geschwollen.«

»Pass bloß auf! Dein Sohn muss in den nächsten Tagen weiter Spritzen bekommen, sonst kriegt er Tollwut«, schärfte Chen Dorji ein.

»Ja, die Spritze hilft, das wissen mittlerweile alle Viehzüchter. So ein Wolfsbiss ist etwas ganz anderes als der von einem Hund. Wölfe sind viel zu gefährlich, da haben die Einheimischen Recht. Man darf keinen Wolf züchten. Ich wollte es ja nicht glauben. Ich rate dir, dich bald von deinem zu trennen. Der ist ja noch größer und wilder als meiner, und umso giftiger sind seine Zähne. Wenn er bissig wird, kann das dein Tod sein, fürchte ich. Die Kette ist jedenfalls auf die Dauer keine Lösung.«

Chen kämpfte gegen aufsteigende Angst an. Er dachte kurz nach und antwortete: »Ich werde vorsichtig sein. Nach so viel Mühe ist es einfach zu schade, die Sache aufzugeben. Außerdem ist mir der kleine Wolf ans Herz gewachsen. Selbst Gao Jianzhong, der ihn früher hasste, hat inzwischen großen Spaß an ihm.«

Ihre Schafe hatten sich schon auf den Weg gemacht, und Dorji rollte das Wolfsfell zusammen, band es an den Sattel und verabschiedete sich von Chen.

Chen vergaß nicht, an Futter für seinen kleinen Wolf und die Hunde zu denken. Er ging zu dem toten Schaf, das nur zur Hälfte vom Wolf gefressen und dann liegen gelassen worden war. Mit seinem Klappmesser schnitt er die Teile heraus, die von dem Wolf schon angefressen waren. Von den inneren Organen schnitt er Magen und Darm fort, Herz und Lungen ließ er drin. Dann verschnürte er das Schaf am Sattel und machte sich in gedrückter Stimmung auf den Heimweg.

Am nächsten Tag machte Dorjis Heldentat in der Brigade die Runde. Bao Shungui hielt das Wolfsfell in der Hand und hörte nicht auf, Dorji zu loben. Ein Rundschreiben sollte den Helden der Wolfsjagd im ganzen Lager bekannt machen, und er wurde zusätzlich mit dreißig Patronen ausgezeichnet. Einige Tage später wollte ein junger Schäfer es ihm gleichtun und seine Herde ebenfalls als Köder benutzen. Er entfernte sich von seinen Schafen und ließ einen Wolf gewähren. Die Rechnung ging aber nicht auf. Denn diesmal war es ein erfahrener Leitwolf, der mit neu getankter Energie umso schneller weglief, nachdem er anderthalb Beine des gerissenen Schafs verschlungen hatte. Auf der Vollversammlung der Brigade bekam der Pechvogel vom alten Bilgee eine Rüge, und als Strafe durfte seine Familie einen Monat kein Schaf schlachten.

22

Manche Schamanen der Mandschu, Dahur, Oronchen und Ewenken verehren den Gott Schwarzer Wolf. Er ist tapfer, hasst die Ungerechtigkeit wie die Pest, bekämpft das Übel und macht den Despoten den Garaus. Den Schamanen ist er Schutzgott und eine helfende Hand. Immer wenn äußerst gefährliche, listige Dämonen des Nachts ihr Unwesen treiben, geben ihm die Schamanen den Auftrag, die Dämonen mutig und mit Geschick in der Dunkelheit zu verschlingen. Er ist ein wütender Wolf, aber zugleich ein Killer böser Dämonen und Geister.

Fu Yuguang, Abhandlung über den Schamanismus

Chen Zhen war wieder einmal für die Nachtwache eingeteilt worden. Dank Erlang, der gut aufpasste, konnte Chen in seiner Jurte bleiben und im Licht der Öllampe lesen und sich dabei Notizen machen. Er hatte den niedrigen Tisch neben die Tür gestellt und zwei dicke Bücher so gegen das Licht aufgerichtet, dass die beiden schlafenden Kameraden nicht gestört wurden. Nächtliche Stille lag über dem Weideland, kein Wolfsgeheul war zu hören, und auch die drei Wachhunde, die mit gespitzten Ohren ständig in Alarmbereitschaft waren, gaben keinen Laut von sich. Chen brauchte nur einmal seine Runde zu machen und im Licht der Taschenlampe nach der Herde zu sehen. Wie immer kauerte Erlang nordwestlich der Herde, was seinen Besitzer sehr beruhigte. Er tätschelte dem Hund seinen großen Kopf, um ihm für den treuen Dienst zu danken. Zurück in der Jurte blieb Chen vorsichtshalber auf, las noch bis nach Mitternacht und ging erst dann schlafen. Am folgenden Tag wachte er irgendwann am Vormittag auf und machte sich als Erstes daran, den kleinen Wolf zu füttern.

Das Wolfsjunge hatte es sich seit der Ankunft im neuen Sommerlager zur Gewohnheit gemacht, sich gleich bei Tagesanbruch in Stellung zu bringen: Die Holztür der Jurte im Auge, starrte es seinen Futternapf an. Für den kleinen Wolf glich die Schüssel lebendigem »Wild«, und wie ein ausgewachsener Wolf lauerte er geduldig auf eine Gelegenheit, sich darauf zu stürzen. Kam das »Wild« in seine Nähe, fiel er darüber her – so blieb der kleine Wolf ein Raubtier, das seine Nahrung selbst erbeutete und nicht von Menschen gnädig zugeteilt bekam. Auf diese Weise wahrte das angekettete Jungtier seine Würde als Wolf. Chen spielte mit und tat immer so, als schrecke er vor dem Tier zurück, dabei konnte er sich oft das Lachen nicht verkneifen.

Auf der Hochebene der Inneren Mongolei herrschte vor der Regenzeit meist eine Zeit lang trockenes, brütend heißes Wetter. In diesem Sommer schien die Hitze besonders gnadenlos zu sein. Chen hatte den Eindruck, dass hier die Sonne nicht nur früher als in Zentralchina aufging, sondern der Erde auch näher war. Bereits um zehn Uhr kletterte die Temperatur auf Höhen, wie sie im chinesischen Hochsommer nur mittags erreicht wurden. In der gleißenden Sonne waren alle Gräser um die Jurte herum verwelkt, jeder Grashalm zu einem spitzen Strohhalm vertrocknet. Zwar waren die Mücken noch nicht aktiv, dafür aber Fliegen mit riesigen Köpfen, die aus den Fleischmaden hervorgingen und wie Wespenschwärme über Mensch und Vieh herfielen. Mit Vorliebe attackierten diese Fliegen ihre Opfer am Kopf, stachen und saugten am Sekret von Augen, Nasenlöchern, Mundwinkeln und Wunden. Auch die blutigen Lammfleischstreifen, die zum Trocknen in der Jurte hingen, zogen die Fliegen an. Unaufhörlich mussten Menschen, Hunde und auch der kleine Wolf den Kopf schütteln und mit Händen und Pfoten herumfuchteln, um die unerträglichen Fliegen fernzuhalten. Mit blitzschnellen Bewegungen schaffte es der flinke Huanghuang die vor seinen Augen schwirrenden Fliegen mit dem Maul zu schnappen, und nachdem er sie zerkaut hatte, spuckte er sie aus. Es dauerte nicht lange, und der Boden um den Hund herum war mit toten Fliegen übersät, die nur noch wie ausgespuckte Hülsen von Wassermelonenkernen aussahen.

Die Sonne brannte immer heißer vom Himmel, der Boden dampfte. Das Talbecken glich einem riesigen Wok, in dem frisch geerntete Teeblätter geröstet wurden, und bald waren selbst die letzten grünen Gräser nicht mehr von getrockneten Blättern grünen Tees zu unterscheiden. Die Hunde kauerten mit offenem Maul und herausgestreckter Zunge im schmalen, halbmondförmigen Schatten der Jurte, ihre Bäuche bewegten sich im schnellen Rhythmus des Hechelns auf und nieder. Erlang war nicht unter ihnen. Chen rief ein paarmal seinen Namen, doch der Hund zeigte sich nicht. Sein Besitzer hatte keine Ahnung, wo sich der Vierbeiner herumtrieb, vielleicht suchte er gerade Kühlung in einem Fluss. Auf seiner Nachtwache verhielt sich Erlang tadellos und verantwortungsbewusst, keiner aus der Brigade nannte ihn noch einen streunenden Hund. Aber sobald es hell wurde, sah sich der Hund nicht mehr an Pflichten gebunden und ging eigene Wege, während Huanghuang und Yir auch tagsüber daheim den Wachdienst nicht vernachlässigten.

Zu dieser Tageszeit hatte es der Wolfswelpe am schwersten. An die in der Hitze glühend heiße Eisenkette gefesselt, war er schutzlos der siedenden Sonne ausgesetzt. Das Gras innerhalb seines Umlaufs war längst heißem Sand gewichen, und so glich sein Platz einer Pfanne, in der er wie eine Esskastanie geröstet wurde, anzubrennen und bald aufzuplatzen drohte. Das arme Tier hatte nicht nur das harte Los eines Gefangenen, es war zudem wie ein Schwerverbrecher dieser täglichen Folter ausgesetzt.

Als der kleine Wolf die Tür der Jurte aufgehen sah, stellte er sich auf die Hinterbeine. Die Spannung von Eisenkette und Halsriemen drückte ihm die Zunge weit aus dem Maul heraus. Ungeduldig ruderte er mit den Vorderpfoten in der Luft. Ihn schien weder nach einem schattigen Platz noch nach dem Wasser zu verlangen, sondern wie immer nur nach etwas zu fressen. In den letzten Tagen hatte Chen feststellen können, dass die Hitze den Appetit des Wolfswelpen keineswegs beeinträchtigte, im Gegenteil: Je wärmer es war, desto größer wurde sein Appetit. Das Tier fuchtelte kräftig mit den Pfoten als Zeichen, Chen solle ihm endlich die Schüssel bringen. Sobald die Schüssel vor ihm stand, »erbeutete« der kleine Wolf das »Wild« und verscheuchte den Überbringer mit wilden Drohgebärden.

Chen machte sich Sorgen. Die Essgewohnheiten der Viehzüchter sahen im Sommer hauptsächlich Milchprodukte vor, man verzehrte nur sehr wenig Fleisch und ernährte sich von Teigwaren, Hirse und Milchspeisen wie frischem Milchdoufu, Doufu aus Sauermilch, Butter und Milchhaut. Anders als die Einheimischen, die ihre Milchprodukte wegen der Frische liebten, konnten sich die jungen Intellektuellen aus der Stadt nur schlecht an den Fleischersatz gewöhnen und schon gar nicht an die Mühe, die man mit dessen Zubereitung hatte. Da musste man sich frühmorgens um drei Uhr aus dem Bett quälen, um zunächst vier, fünf Stunden lang Kühe zu melken, dann musste die Sauermilch im Eimer gestampft werden, ein und dieselbe Bewegung in endloser Wiederholung. Und wenn die Kühe am späten Nachmittag von der Weide kamen, musste man wieder drei, vier Stunden lang melken. Am Folgetag war an der Speise noch eine Reihe komplizierter Handarbeiten zu erledigen: kochen, kneten, schneiden, zum Trocknen in die Sonne legen, und so fort. Statt diese aufwändige Kochkunst zu erlernen, aßen die jungen Chinesen lieber vegetarisch zubereitete Hirse, sprich: Nudeln, Teigtaschen und Pfannkuchen, angereichert mit Wildgemüse, das sie auf der Wiese fanden, Lauchzwiebeln, Knoblauch, Schnittlauch, Lilien, Hirtentäschelkraut, Löwenzahn und ein spinatähnliches Kraut, das prickelnd scharf war und von den zugereisten Mongolen als »Halgai« bezeichnet wurde. Der alljährliche Fleischmangel im Sommer war sowohl für die Viehzüchter als auch für die jungen Intellektuellen aus der Stadt eine gute Gelegenheit, etwas Neues zu probieren. Nur Chen Zhen und sein Zögling hatten ein ernstes Problem.

Im Sommer wurden selten Schafe geschlachtet, da es zum einen schwierig war, Fleisch in größeren Mengen zu lagern, weil Sommerhitze und Fliegen es verdarben. Binnen weniger Tage fing es an zu riechen und war von Maden befallen. Daher schnitten die Viehzüchter das Fleisch in daumendicke Streifen, tauchten diese zum Schutz gegen die Fliegeneier in Weizenmehl und hängten sie in der Jurte an einem kühlen Platz zum Trocknen auf. Das Fleisch konnte für Nudelgerichte in Streifen geschnitten werden, damit das Essen etwas schmackhafter wurde. Wenn es aber mehrere Tage hintereinander feuchtes Wetter gab, verdarben auch die Fleischstreifen schnell, sie wurden grün und rochen widerlich. Ein anderer Grund für die Zurückhaltung, Schafe zu schlachten, lag darin, dass die Tiere im Sommer das sogenannte wässrige Fett ansetzten, und das war die Grundlage für das ölige Fett, das sich im Herbst bildete. Ohne die öligen Fettpolster trug das Schaf im Sommer nur eine sehr dünne Schicht Fleisch, fettarm und fade, kein Viehzüchter mochte es essen. Außerdem brachte das Schaffell zu dieser Jahreszeit kaum Geld ein, weil die Schafe gerade erst geschoren worden waren und das Fell nur für sehr dünne Frühlings- und Herbstmäntel taugte. Der alte Bilgee meinte, im Sommer Schafe zu schlachten sei reine Verschwendung. Dass die Viehzüchter im Sommer nur selten Schafe schlachteten, um das Fleisch zu essen, sei vergleichbar damit, dass Bauern im Frühling auch nicht gleich die ersten Schösslinge abernteten, um ihren Hunger zu stillen.

Das Olonbulag war zwar dünn besiedelt und reich an Zuchtvieh, aber unbegrenzten Fleischverzehr erlaubte der Staat den Viehzüchtern nicht. In einem Land, in dem Fett und Fleisch rationiert wurden, war jedes Schaf eine Kostbarkeit. Die Menschen würden mit der Situation irgendwie fertig werden. Aber wie sollte Chen den kleinen Wolf durchbringen?

An diesem Vormittag hatte Chen ein Stückchen verdorbenes Fleisch in den Futternapf getan und damit das Wolfsjunge vorerst beruhigt. Mit der leer gefressenen Schüssel ging er in die Jurte und grübelte beim Frühstück darüber nach, womit er das Tier noch füttern konnte. Er starrte die paar kleinen Stücke Dörrfleisch im Kochtopf an, zögerte, fischte sie schließlich doch heraus und legte sie in den Futternapf seines Zöglings. Anders als die Hunde nahm das Wolfsjunge weder Hirsebrei noch gedämpfte Hirse zu sich, wenn kein Fleisch beigemischt war. Ohne Fleisch und Knochen wurde er unruhig und nagte wie besessen an der Eisenkette.

Chen aß zwei Schüsseln Nudelsuppe und eingelegten Schnittlauch. Den Rest schüttete er aus dem noch halb vollen Topf in die Schüssel des kleinen Wolfes und rührte den Inhalt durch, damit das Fleisch an die Oberfläche kam und für das Tier sichtbar war. Schließlich hielt er sich die Schüssel unter die Nase, fand aber, dass es nicht genug nach Fleisch roch. Etwas Schaffett musste noch hinein. Bei der Hitze war das geronnene Schaffett im Tonkrug, das für die Öllampe vorgesehen war, langsam weich geworden und verströmte einen strengen Geruch. Zum Glück liebten die Wölfe Kadaver, daher müsste dem Tier ranziges Fett gefallen.

Chen holte aus dem Tonkrug einen großen Löffel weiches Fett und mischte es unter die warme Nudelsuppe, sodass sich Fettaugen auf ihr bildeten. Nun roch das Ganze intensiv nach Schaf, der kleine Wolf konnte sich auf eine leckere Mahlzeit freuen. Aus einem Aluminiumtopf kippte Chen Hirsebrei in den Futternapf der Hunde, sparte dabei jedoch schweren Herzens am Schaffett. Für die Hunde des Graslands war der Sommer eine Zeit, in der sie wie die Menschen Fleisch entbehren mussten und sich auch nicht immer ganz satt fressen konnten.

Als Chen aus der Jurte trat, drängelten sich die Hunde bereits davor. Er setzte ihnen den Futternapf vor und schaute zu, wie sie alles vertilgten und die Schüssel blank leckten. Erst nachdem die Hunde sich wieder in den Schatten hinter die Jurte zurückgezogen hatten, ging er mit der anderen Schüssel zu seinem kleinen Wolf und rief dabei wie immer laut: »Kleiner Wolf, kleiner Wolf, lecker Fressen.« In fieberhafter Erwartung hüpfte das Tier so wild, dass es sich beinah mit der Kette erdrosselte. Blitzschnell schob Chen die Schüssel in den Kreis hinein, sprang ein paar Schritte zurück und verfolgte gebannt jede Bewegung des gierigen kleinen Wolfes. So wie es aussah, war sein Kleiner mit der Mahlzeit zufrieden.

Chen nahm sich vor, den kleinen Wolf immer beim täglichen Füttern so zu rufen und hoffte, dass das Tier ihn als Ziehvater in Erinnerung behalten oder zumindest als echten Freund aus einer anderen Welt betrachten würde. Eines Tages würde er heiraten und Kinder haben, doch so viel Aufmerksamkeit und Liebe wie für den Wolf, fürchtete er, würde er nicht einmal für sein eigen Fleisch und Blut aufbringen. Seit er den Wolfswelpen zu sich genommen hatte, verlor Chen sich oft in Träumen und Phantasien. In der Grundschule hatte er einmal eine sowjetische Erzählung gelesen, die von einem Jäger und einem Wolf handelte: Der Jäger rettet einen Wolf und heilt seine Wunden, danach lässt er das Wildtier frei, das in den Wald zurückkehrt. Eines Morgens macht der Jäger die Tür seiner Holzhütte auf und entdeckt auf dem verschneiten Boden vor der Tür sieben tote, große wilde Kaninchen, und daneben viele Pfotenabdrücke eines großen Wolfes ... Für Chen war das die erste Geschichte, die von der Freundschaft zwischen Mensch und Wolf erzählte und völlig anders war als all die furchterregenden Bücher und Filme, in denen der Wolf stets als ein grausames, Lämmer und Kinder fressendes Raubtier dargestellt wurde. Ja selbst der Wolf aus der Feder des großartigen Schriftstellers Lu Xun war nicht frei vom herkömmlichen Klischee der Bestie. Die seltsame sowjetische Erzählung hatte Chen fasziniert, und als Kind hatte er oft davon geträumt, der Jäger aus jener Erzählung zu werden. Dann würde er im hohen Schnee zu den Wolfsfreunden in den Wald gehen, mit einem Wolf im Arm herumtollen, auf dem Rücken eines Riesenwolfs durch die schneebedeckte Wildnis reiten. Im Traum sah Chen sich oft in Begleitung mehrerer großer Wolfshunde in den tiefsten Winkel des Graslands vordringen und in der Wildnis zu den Bergen rufen: »Kleiner Wolf, kleiner Wolf, lecker Fressen. Ich bin da, ich bin's!« Sein Ruf wurde erwidert von freudigem Wolfsgeheul, das wie eine Begrüßung klang. Aus der Dämmerung tauchte ein Rudel auf, der Rudelführer, stattlich wie ein Tiger, raste auf Chen zu, sein schwarzes Fell wie Stahl glänzend. Schade nur, dass sie hier nicht in einem Wald lebten, sondern in einem Viehzuchtgebiet mit bewaffneten Viehzüchtern, Jagdhunden, Lassostangen und Gewehren im Lager: Selbst wenn der kleine Wolf Glück hatte und später in die Natur zurückkehren konnte, wäre es ausgeschlossen, dass er Chen sieben wilde Kaninchen als Geschenk vor die Tür seiner Jurte legen würde.

Endlich hatte der kleine Wolf die Schüssel blank geleckt. Chens Zögling war inzwischen zu über einem halben Meter Länge herangewachsen, und mit vollem Bauch wirkte er sogar noch größer und imposanter als er eigentlich war. Er überragte die Hundewelpen um einen halben Kopf. Chen stellte die leere Schüssel neben die Jurtentür, betrat den Umlauf des Wolfsjungen und setzte sich in den Schneidersitz. Dies war immer noch der Zeitpunkt, an dem er mit dem Kleinen Zärtlichkeiten austauschen konnte. Er hielt den Welpen eine Weile im Arm, dann legte er ihn sich rücklings auf die Beine, um ihm sanft den Bauch zu massieren. Für Hunde und Wölfe des Graslands war der Bauch eine sehr sensible Stelle: Wurde ein Tier im Kampf dort verletzt, war der Tod meist unvermeidlich. Deshalb boten Hunde und Wölfe Artgenossen, zu denen sie kein Vertrauen hatten, oder fremden Tieren niemals den Bauch dar. Obwohl Chen wusste, was mit Dorjis Wolfswelpen geschehen war, dass er das Kind gebissen hatte und daraufhin totgeschlagen worden war, ließ er den kleinen Wolf gewähren, als der seine Finger zwischen die Vorderpfoten nahm und an ihnen leckte und knabberte. Er war sicher, das Tier würde ihm nicht in die Finger beißen, es spielte bloß, wie es mit seinen Geschwistern spielen würde; auch da floss kein Blut. Warum sollte Chen dem kleinen Wolf seine Finger nicht anvertrauen können, wenn dieser ihm doch arglos den Bauch darbot? In den Augen des Tieres las Chen nichts als Freundschaft und Vertrauen.

Chen kehrte in seine Jurte zurück und öffnete die Filzabdeckung bis zum Dach. So entstand eine luftige Gartenlaube, die wie ein riesiger Vogelkäfig aussah. Drinnen konnte Chen lesen und gleichzeitig den kleinen Wolf im Auge behalten. Er fragte sich, ob er dem Gepeinigten irgendwie helfen sollte. Eigentlich hatten die Wölfe des Graslands keine Schwierigkeiten mit dem brutalen Klima. Diejenigen Wölfe, die strenge Kälte und große Hitze nicht ertragen konnten, wurden von der Natur schnell aussortiert. Auch wussten die Wölfe sich bei extremer Hitze einen schattigen Platz hinter Felsen zu suchen. Chen hatte vom alten Bilgee gehört, dass ein Schäfer im Sommer die weidende Herde nie zu einem kühlen Ort schicken darf, bevor er nicht überprüft hat, ob dort auch sicher kein Wolf im Gras lauerte.

Der Wind, der durch die Jurte ging, wurde wärmer. Oben auf den Berghöhen sah man so etwas wie weiße Zelte. Es waren Schäfer, die einen provisorischen Sonnenschutz gebaut hatten, indem sie die Lassostange in ein Murmeltierloch steckten, ihr weißes Sommergewand mit dem Kragen an die Stange steckten und die Zipfel des Mantels mit Steinen beschwerten. Die erholsame Wirkung dieses Sonnenzeltes kannte Chen aus eigener Erfahrung. Meistens hockten zwei Schäfer darin, und während der eine schlief, wachte der andere über beide Herden. Allerdings waren diese Zelte auch ein Zeichen dafür, dass die Hitze auf dem Grasland ihren Höhepunkt erreicht hatte.

Mittlerweile konnte das Wolfsjunge in der gnadenlosen Mittagshitze weder stehen noch liegen. Der Sandboden dampfte, und die Glut zwang das Tier, immerfort auf der Stelle zu trippeln. Der Kleine schaute suchend umher und wurde noch gereizter, als er einen Hundewelpen im Schatten unter dem Ochsenkarren entdeckte. Er zog ärgerlich an der Eisenkette. Chen kam aus der Jurte gelaufen. Wenn es so weiterging, würde der kleine Wolf bald einen Hitzschlag bekommen, und kein Tierarzt würde ihn behandeln wollen. Was also tun? Wegen der starken Winde gab es auf dem Grasland keine Regenschirme, sonst hätte Chen einen über dem Tier aufgespannt. Einen Ochsenkarren herziehen, unter dem das Tier liegen könnte? Die Eisenkette würde sich möglicherweise in einer Achse verheddern und ihn erwürgen. Das Beste wäre, ein Zelt aufzuschlagen, so eines, wie das der Schäfer. Aber das wagte Chen nicht. Während Mensch und Vieh vor Hitze umkamen, schlug jemand für den Wolf ein Sonnenzelt auf, was war das für ein Klassenbewusstsein? Das wäre Wasser auf die Mühlen derjenigen Viehzüchter und Kameraden, die seine Wolfszucht sowieso schon argwöhnisch beäugten. In letzter Zeit waren alle zum Glück so beschäftigt gewesen, dass man seinen Wolfswelpen vergessen zu haben schien. Er musste den Kleinen weiterhin unauffällig aufziehen und alles vermeiden, was die anderen an die Existenz des Tieres erinnerte.

Chen schöpfte eine halbe Schüssel Wasser aus dem Eimer und setzte sie dem kleinen Wolf vor, der den Kopf hineinsteckte und das kühlende Nass in einem Zug aufschleckte. Dann versuchte er in Chens Schatten der Sonne auszuweichen. Wie ein armer Waise klammerte er sich an Chens Füße. Nach einer Weile spürte Chen einen stechenden Schmerz im Nacken, die Haut war kurz vorm Verbrennen. Ihm blieb nichts anderes übrig, als das Gehege des Wolfes zu verlassen, einen halben Eimer Wasser zu holen und in den Kreis zu schütten. Der Boden dampfte, als hätte man den Deckel von einem Kochtopf gehoben. Der kleine Wolf spürte die gesunkene Bodentemperatur und legte sich hin; er war seit Stunden auf den Beinen gewesen. Doch sehr bald schon war der Boden wieder eingetrocknet, und die Tortur begann von neuem. Chen fiel nichts mehr ein. Er konnte unmöglich immer wieder den Boden besprengen, und selbst wenn er das heute täte, was wäre morgen, wenn er die Schafe weiden musste?

Chen ging zurück in die Jurte. Vor lauter Sorge, ob der Kleine in der Hitze erkranken, abmagern oder sogar sterben würde, konnte er sich nicht mehr auf seine Lektüre konzentrieren. Angekettet stellte das Raubtier zwar keine Gefahr mehr für Mensch und Vieh dar, dafür war sein eigenes Leben bedroht. Damit hatte Chen nicht gerechnet, doch sosehr er sich den Kopf zerbrach, wusste er sich keinen Rat.

Der Gefolterte rannte pausenlos umher, und auch er schien nach einem Ausweg aus seiner Situation zu suchen. Bald stellte er fest, dass die Wiese außerhalb seines Kreises wesentlich weniger heiß war als der Sand unter seinen Pfoten. Er trat mit den Hinterpfoten tastend auf die Wiese und legte dann den ganzen Rumpf darauf. Nur Kopf und Vorderpfoten blieben auf dem heißen Untergrund liegen. Die Eisenkette war bis zum Äußersten gespannt. Endlich konnte er sich ausruhen, auch wenn er dabei den Hals strecken musste. Das Tier war nach wie vor der Sonne ausgesetzt, aber immerhin wurde die Glut unter ihm gemildert. Vor Freude wollte Chen den kleinen Wolf küssen! Diese intelligente Aktion seines Zöglings gab ihm Hoffnung. Und ihm war endlich auch eine Lösung eingefallen: Wenn es noch heißer würde, könnte er den Kleinen alle paar Tage auf eine neue Wiese bringen. Sobald der Wolf das Gras niedergetreten hätte, käme ein neuer Ortswechsel. Die Überlebenskunst des Wolfes, stellte Chen fest, übertraf die Vorstellungskraft des Menschen immer wieder. Selbst ein so kleiner Wolf konnte seine Probleme ohne die Führung des Muttertieres lösen, und sogar ohne sein Rudel. Beruhigt lehnte sich Chen an sein zusammengelegtes Lager und fing an zu lesen.

Hastiges Hufgetrappel kam näher, zwei schnelle Pferde galoppierten auf dem Weg heran, der gut zwanzig Meter an der Jurte vorbeiführte, und wirbelten eine Menge Sand auf. Zwei Pferdehirten auf der Durchreise, dachte Chen Zhen, und schaute daher nicht so genau hin, wer sie waren. Was dann geschah, war wie ein Blitz aus heiterem Himmel. In der Nähe seiner Jurte bogen die beiden Reiter plötzlich vom Weg ab und stürzten auf den Wolfswelpen zu. Das Tier schrak auf, schnellte zurück und stellte sich auf die Hinterbeine, dass die Eisenkette spannte. Der vordere der Reiter warf sein Lasso zielsicher über den Kopf des Kleinen und zog es mit einer solchen Wucht zu sich, dass das Tier durch die Luft geschleudert wurde. Die Wucht, mit der der Angreifer vorging, verriet seine Absicht, dem Welpen den Hals zu brechen. Kaum war der kleine Wolf zu Boden gestürzt, peitschte ihn der zweite Reiter mit seinem Lasso so heftig, dass er über die Erde rollte. Der erste Reiter zügelte sein Pferd, nahm den Hirtenstock in die Hand und war im Begriff, aus dem Sattel zu springen. Da schrie Chen laut auf, endlich aus seiner Erstarrung erwacht, und rannte wie wahnsinnig mit einer Nudelrolle in der Hand aus der Jurte. Seine Wildheit schien Wirkung zu zeigen. Die beiden Reiter wendeten ihre Pferde und galoppierten davon, Chen hörte einen von ihnen noch laut schimpfen: »Die Wölfe reißen unsere Fohlen, und er züchtet einen Wolf! Früher oder später werde ich die Bestie töten!«

Wild kläffend liefen Huanghuang und Yir den Pferden hinterher und erhielten ebenfalls kräftige Peitschenhiebe. Die Reiter verschwanden in Richtung der Pferdeherde.

Chen hatte nicht erkennen können, wer die beiden waren, vermutete aber, dass es sich bei dem einen um den Schäfer handelte, der von Bilgee gerügt worden war. Der andere schien ein Pferdehirt aus der Vierten Produktionsgruppe gewesen zu sein. Der Überfall zielte eindeutig auf das Leben des Wolfsjungen, und Chen war Zeuge eines berüchtigten Überraschungsangriffs mongolischer Kavallerien geworden.

Er eilte zu dem kleinen Wolf. Das arme Tier war fast zu Tode erschrocken, klemmte seinen Schwanz zwischen die Beine und konnte sich kaum aufrecht halten. Schwankend und taumelnd floh es in Chens Arme, einem Küken ähnlich, das den Krallen einer Katze entkommen war und zur Henne flüchtete. Chen hob den Kleinen auf, nicht minder zitternd tastete er den Hals des Tieres ab: Gott sei Dank war er nicht gebrochen, aber das Lasso hatte ins Fell eingeschnitten und eine tiefe, blutige Schramme hinterlassen. Das Herz des Welpen raste, Chen liebkoste und streichelte ihn so lange, bis das Tier und er selbst nicht mehr zitterten. Als Trost für den Kleinen holte er aus der Jurte einen Streifen Dörrfleisch, sah ihm beim Fressen zu und nahm ihn wieder in den Arm. Er hielt ihn vor seine Brust, drückte die Wange an sein Gesicht und tastete noch einmal sein Herz, das allmählich ruhiger schlug. Der Schreck saß dem Wolf noch in den Knochen. Er starrte Chen an, und plötzlich leckte er dem Mann das Kinn. Chens konnte sein Glück über die unerwartete Gunstbezeugung seines Zöglings kaum fassen. Zum zweiten Mal bekam er einen Kuss von dem kleinen Wolf, und es war das erste Mal, dass das Tier Dankbarkeit zeigte. So gesehen war die Erzählung über den Wolf, der seinem Retter sieben wilde Kaninchen nach Hause gebracht hatte, offensichtlich keine Lügengeschichte.

Doch Chen wurde schwer ums Herz, denn was er die ganze Zeit befürchtet hatte, war nun eingetreten: Er hatte mit seinem Zögling bei den Viehzüchtern Anstoß erregt. In letzter Zeit spürte er deutlich, dass man sich von ihm distanzierte und ihm hier und da auch die kalte Schulter zeigte. Sogar der alte Bilgee kam viel seltener als früher bei ihm vorbei. Die Viehzüchter schienen in Chen einen Zugereisten zu sehen, der wie Bao Shungui und die Wanderarbeiter rücksichtslos gegen die Regeln des Graslands handelte. Im spirituellen Leben der Graslandbewohner war der Wolf ihr Totem, im täglichen Überlebenskampf ihr Feind. Beides Grund genug, jede Wolfszucht abzulehnen. Chens Verhalten war in ihren Augen einerseits ein Sakrileg und andererseits ein Verbünden mit dem Feind. Kein Zweifel, er hatte gegen das höchste Gesetz des Graslands verstoßen und ein Tabu der Bewohner gebrochen. Er konnte nicht mehr sicher sein, den kleinen Wolf in Zukunft immer vor Übergriffen schützen zu können. Ihn befielen Zweifel, ob er ihn überhaupt noch aufziehen sollte. Andererseits wollte er so gerne hinter das Geheimnis des Wolfs als Totem und Seele des Graslands kommen, die Bedeutung dessen erforschen und dokumentieren. Er konnte nicht tatenlos zusehen, wie das Wolftotem, das die chinesische, ja die Weltgeschichte so stark beeinflusst hatte, mit dem Ende des Nomadenlebens auf dem Grasland verloren ging.

Chen musste an dieser Chance festhalten, die wahrscheinlich die einzige war, die er je bekommen würde, er musste die Zähne zusammenbeißen und durchhalten. Also ging er Erlang suchen, denn vor ihm hatten ungebetene Besucher Respekt. Der Wachhund war nur zu den Viehzüchtern aus Chens Produktionsgruppe freundlich, während das Pferd eines jeden Fremden von ihm davongejagt wurde und Hals über Kopf das Weite suchte. Auf einmal wurde Chen bewusst, wie schlau die beiden Angreifer gewesen waren. Sie mussten sich erst davon überzeugt haben, dass Erlang nicht zu Hause war, um dann über den Wolfswelpen herzufallen.

Die Sonne war noch nicht auf dem Höhepunkt ihrer täglichen Kraft angelangt, doch die Hitze des Talbeckens schien sich im Gehege des kleinen Wolfes zu konzentrieren. Mit dem Gras unter seinem Bauch ging es dem Tier zwar etwas besser, aber sein Kopf und Hals lagen immer noch auf dem glühenden Sand. Und die Verletzung am Hals machte seine Lage noch unerträglicher. Der kleine Wolf stand auf, drehte ein paar Runden, um sich dann wieder ins Gras zu legen.

An Lesen war nicht mehr zu denken, also versuchte Chen, sich mit Hausarbeit abzulenken. Er trennte den Lauch von verfaulten Blättern, rührte in einer Schüssel Eier von Wildenten, machte aus beidem eine Füllung, knetete Teig und bereitete gefüllte Mehlfladen zu. Eine halbe Stunde lang versenkte er sich ins Kochen. Als er den Kopf hob, um nach dem kleinen Wolf zu schauen, war er verblüfft – Hintern und Schwanz hoch zum Himmel gereckt, war der Kleine dabei, eine Höhle zu graben. Sand spritzte wie Feuerwerk in die Höhe. Chen wischte sich die Hände ab, lief aus der Jurte und hockte sich neugierig neben das Tier.

Das Wolfsjunge grub in der südlichen Hälfte des Kreises. Es war bereits mit dem halben Rumpf in der Grube verschwunden, draußen sah man nur sein Hinterteil, der wedelnde Schwanz wischte Erde und Sand hin und her. Schließlich kam der Kleine rückwärts heraus und schob den erdigen Sand mit den Vorderpfoten beiseite. Das Tier war von oben bis unten beschmutzt und warf Chen einen stolzen Blick zu. In seinen Augen brannte die wilde Leidenschaft eines Goldwäschers. Aufregung, aber auch Gier und Ungeduld lagen in dem Blick.

Was hatte der Wolf vor? Wollte er den Holzpfahl zu Fall bringen, um an einen kühleren Ort flüchten zu können? Dagegen sprach die Richtung, in die er grub, weg vom Pfahl. Außerdem war der Holzpfahl so tief in die Erde eingelassen, da hätte er ein noch viel tieferes Loch graben müssen. Nein, den Holzpfahl hatte der kleine Wolf im Rücken, er grub in der anderen Hälfte des Kreises mit der Bewegung der Sonne. Auf einmal fiel es Chen Zhen wie Schuppen von den Augen, und er war freudig überrascht.

Der Welpe strengte sich weiter an. Er rannte hechelnd hin und her, bald steckte er in der Grube, bald schob er Erde und Sand fort. Seine Augen glänzten, von dem Beobachter nahm er keine Notiz. Chen konnte sich nicht beherrschen, ihm leise zuzurufen: »Kleiner Wolf, kleiner Wolf, langsamer, sonst brechen deine Krallen.« Darauf sah der Kleine den Mann verschmitzt an: Er schien sehr stolz auf seine Leistung zu sein.

Aus der Sanderde der Grube strömte Feuchtigkeit. Diese Erde musste viel kühler sein als der Sand draußen. Chen griff danach und zerdrückte sie in der Hand – tatsächlich fühlte sie sich feucht und kühl an. Wieder einmal bewunderte er die Intelligenz des kleinen Wolfes. Das Tier hatte sozusagen einen Schutzbunker für sich gegraben, in dem es nicht nur gegen die Sonne, sondern auch vor Menschen und anderen Gefahren sicher sein konnte. Das musste die Absicht des kleinen Wolfes gewesen sein, denn in der Grube war die Luft bestimmt frisch, und dunkel war es auch. Außerdem lag sie so, dass die Öffnung nach Norden wies. Die Sonne konnte nicht hineinscheinen. Schon während des Grabens war das Tier zur Hälfte von der Sonne verschont geblieben.

Je tiefer der kleine Wolf grub, desto dunkler wurde es. Offensichtlich hatte er Spaß an der Dunkelheit, er war seinem Ziel ganz nah. Wölfe lieben die Dunkelheit, sie bedeutet Kühle und Sicherheit. In Zukunft würde der kleine Wolf großen, bösen Rindern, Pferden und Menschen nicht mehr schutzlos ausgeliefert sein. Der Kleine grub und grub und bekam vor Eifer das Maul nicht mehr zu. Nach zwanzig Minuten war nur noch der flaumige, freudig bebende Schwanz von ihm zu sehen, während der Rest seines Körpers im kühlen Erdloch steckte.

Chen war wieder einmal überwältigt von der klugen Überlebenskunst des kleinen Wolfes. Ihm kam das Sprichwort in den Sinn: »Ein Drache bringt einen Drachen hervor, ein Phönix gebiert einen Phönix, die Kinder von Ratten wissen Löcher zu graben.« Wenn Rattenkinder Löcher buddeln konnten, dann deshalb, weil sie zuvor ihren Müttern dabei zugesehen hatten. Chens kleiner Wolf aber hatte seine Mutter mit geschlossenen Augen verlassen. Woran hätte er sich also ein Beispiel nehmen können? An den Hunden sicher nicht, denn sie waren Haustiere und gruben sich nicht ein. Wo hatte der Welpe das Graben gelernt? Noch dazu das exakte Bestimmen von Position und Ausrichtung der Grube? Wäre sie zu weit von dem Holzpfahl entfernt gewesen, hätte die Länge der Eisenkette nicht gereicht, um die Grube in die Tiefe zu graben. Er hatte die optimale Stelle zwischen Holzpfahl und dem äußeren Rand seines Geheges ausgesucht, sodass er bei der Hälfte der Kette ins Loch kriechen konnte. Nicht einmal ausgewachsene Wölfe hätten ihm beibringen können, die ideale Stelle für die Grube so genau zu bestimmen. Wie also hatte der kleine Wolf die Entfernung berechnet?

Chen bekam eine Gänsehaut. Ein gerade drei Monate alter Wolf hatte ohne jede Anleitung ein lebensbedrohliches Problem aus eigener Kraft gelöst. Damit zeigte sich der Wolfswelpe gescheiter, als Hund und Mensch es waren. Schlug hier eine angeborene Fähigkeit durch? Er, ein Mensch mit Bildung, hatte sich stundenlang den Kopf zerbrochen, ohne auf die Idee zu kommen, für seinen Zögling eine Art Schutzbunker zu bauen. Chen kniete nieder, schaute dem kleinen Wolf zu und hatte das Gefühl, nicht ein kleines Tier aufzupäppeln, sondern einen Lehrer, der seinen Respekt und seine Bewunderung verdiente. Er würde bestimmt noch eine Menge von dem kleinen Wolf lernen: Mut, Weisheit, Zähigkeit, Ausdauer, das Leben lieben, sich nie mit Erfolgen zufriedengeben und vor allem: niemals aufgeben.

Den Schwanz in die Höhe gereckt, grub der kleine Wolf weiter. Je tiefer er kam, desto frischer und wohler schien er sich zu fühlen, ganz so als wittere er die Erde seines Geburtsortes. Chen kam es vor, als ob das

Tier nicht nur einen kühlenden Schutzbunker für sich bauen, sondern auch die herrlichen Erinnerungen seiner Kindheit, ein Wiedersehen mit Mutter und Geschwistern zutage fördern wollte. Er versuchte, sich den Gesichtsausdruck des Kleinen vorzustellen, gemischte Gefühle mussten das sein: Aufregung, Erwartung, Hoffnung auf Glück, Traurigkeit.

Chens Augen wurden feucht, als ihn schwere Gewissensbisse heimsuchten. Er liebte den kleinen Wolf abgöttisch, aber das änderte nichts an der Tatsache, dass er der Verbrecher war, der die einst in Freiheit und Glück lebende Wolfsfamilie zerstört hatte. Ohne ihn wären die Wolfsjungen längst mit ihren Eltern in die Welt und in den Kampf gezogen. Chen vermutete, dass kein anderer als der weiße König der Wölfe seinen kleinen Wolfswelpen gezeugt hatte. Könnte der Kleine in einem kriegserprobten Rudel aufwachsen, würde aus ihm eines Tages bestimmt ein neuer Rudelführer. Doch dann kam ein zugereister Chinese daher, und die glorreiche Zukunft des Wolfsjungen war dahin.

Die Länge der Eisenkette setzte dem Treiben des Wolfes ein Ende, und Chen hatte nicht die Absicht, die Kette zu verlängern. Denn die sandige Erde war sehr locker, mit nur einer dünnen Schicht Wurzelwerk darüber. Ein noch größeres Loch würde unter dem Gewicht eines Pferdes oder Rindes einstürzen und den Wolfswelpen lebendig begraben. Die Euphorie des Kleinen endete abrupt. Er knurrte wütend, kam rückwärts aus dem Loch gekrochen und trampelte wild auf der Eisenkette herum. Das Halsband schnitt so schmerzhaft ein, dass er regelrecht fauchte. Doch er gab erst auf, als er völlig erschöpft war, und kauerte hechelnd auf dem Erdhaufen. Nach einer kurzen Pause spähte er wieder ins Loch hinein. Chen war gespannt, was er als Nächstes vorhatte.

Kaum hatte sein Atem sich beruhigt, stürzte der kleine Wolf sich erneut in die Grube. Und kurz darauf flogen wieder Erdklumpen aus dem Loch. Verdutzt bückte sich Chen Zhen und schaute nach. Der Kleine grub nun nicht mehr in die Tiefe, sondern in die Breite. Auch wenn er sich mit seiner Mutter und seinen Geschwistern nicht wieder vereinen konnte, blieb ihm die Hoffnung, für sich allein ein behagliches Nest einzurichten, einen geräumigen Schlafplatz, auf dem er sich ausbreiten konnte. Chen kam aus dem Staunen nicht heraus und konnte kaum glauben, dass der kleine Wolf seine Bauarbeit in einem Zug zu Ende geführt hatte, von der Bestimmung des Ortes übers Graben bis hin zur Ausweitung der Grube entsprechend seinen Körpermaßen. Ein Bauprojekt, das keine Korrektur oder gar vergebliche Mühe kannte.

Endlich war der Kühl- und Schutzbunker fertig gestellt. Der kleine Wolf machte es sich in seinem Erdloch bequem und ignorierte die dringlichen Rufe Chen Zhens. Chen schaute in das Loch hinein und sah die runden, tiefgrünen Wolfsaugen, die unheimlich anmuteten, nicht anders als die eines in der Wildnis hausenden Wolfes. Offenbar genoss das Tier die Dunkelheit, die Feuchtigkeit und den Geruch der Erde – als sei er zurückgekehrt in seinen ersten Wolfsbau, in die Nähe seiner Mutter und an die Seite seiner Geschwister. Jetzt konnte er sich ausruhen, war befreit von der ständigen Angst an der Oberfläche, umzingelt von Mensch und Vieh. Endlich fand er zurück in die Welt der Wölfe, endlich konnte er sich auf einen ruhigen Schlaf, auf einen süßen Traum freuen. Chen ebnete den Erdhaufen vor dem Loch. Nun hatte der Kleine ein neues, sicheres Zuhause. Die Großtat seines Zöglings gab Chen die Zuversicht wieder, dass das Tier überleben würde.

Gegen Abend kamen Gao Jianzhong und Yang Ke nach Hause. Als sie die Wolfshöhle unweit der Jurte sahen, waren sie genauso perplex wie zuvor Chen. »Ich war mit den Schafen den ganzen Tag oben auf dem Berg«, erzählte Yang, »und es war so heiß, dass ich dachte, ich muss vertrocknen und verdursten – wie soll dann erst der kleine Wolf diesen Sommer überleben? Aber seht, er hat uns gezeigt, was er draufhat. Das ist ein kleiner Wunderwolf!«

»In Zukunft müssen wir mehr auf ihn aufpassen«, meinte Gao. »Jeden Tag die Eisenkette, den Holzpfahl und seinen Halsriemen kontrollieren. Wir können uns keine Panne leisten. Die Viehzüchter und Kameraden warten nur darauf, dass wir uns seinetwegen blamieren.«

Zum Abendessen gab es ölige, mit Schnittlauch und Enteneiern gefüllte Pfannkuchen. Jeder ließ von seinem Anteil einen halben für den Wolfswelpen übrig. Als Yang »lecker Fressen« rief, kam der kleine Wolf aus seinem Loch geschossen, schnappte die Pfannkuchen und verschwand sofort wieder unter der Erde. Offenbar betrachtete er den Bau ab jetzt als sein unantastbares Territorium.

Schließlich kam auch Erlang, der den ganzen langen Tag draußen herumgestreunt war, nach Hause. Sein Bauch war prall gespannt, die Schnauze fettig – ein Zeichen dafür, dass er in den Bergen irgendein Wild erbeutet hatte. Huanghuang, Yir und die drei jungen Hundewelpen drängten um ihn und wetteiferten darum, ihm das Fett von der Schnauze zu lecken. Tagelang hatten die Hunde kein Fleisch mehr zu fressen bekommen und waren wild auf Tierfett.

Als der kleine Wolf Erlang hörte, sprang er ins Freie. Erlang betrat den Kreis, der Welpe lief ihm entgegen und leckte ihm ebenfalls die Schnauze. Dann entdeckte Erlang das Erdloch. Freudig gespannt ging er ein paarmal um das Loch herum, kauerte anschließend davor und roch immer wieder mit seiner langen Schnauze hinein. Sofort kletterte der Kleine auf Erlangs Rücken, hüpfte, wälzte sich, schlug Purzelbäume und vergaß darüber seine schmerzende Verletzung am Hals. Pure Lebensfreude schien ihn zu überwältigen.

Nach Sonnenuntergang verflüchtigte sich die Hitze auf dem Grasland schnell, ein kühler Wind kam auf. Yang zog sich eine dicke Jacke an und ging zur Herde. Chen half ihm, die Schafe zusammenzutreiben. Mit vollem Bauch durften die Schafe nicht zu schnell laufen, daher gingen die Hirten langsam auf und ab wie bei einem gemütlichen Spaziergang, und trieben die Herde ins Lager, wo es weder Zaun noch Schutzdach für das Vieh gab. Im Sommer brachte man die Herden nachts einfach auf dem freien Platz hinter der Jurte unter. Entsprechend groß war die Gefahr, dass die Schafe gerissen wurden, die Nachtwache musste besonders auf der Hut sein – schon deshalb, weil das Wolfsrudel den kleinen Wolf aufspüren und sich rächen konnte.

Wölfe beginnen ihre Tage spät in der Nacht. Fröhlich lief der kleine Wolfswelpe im Kreis, die Eisenkette hinter sich her ziehend. Ab und zu kam er zu der Grube und betrachtete zufrieden das Ergebnis seiner Mühe. Chen und Yang saßen am Rand des Geheges und genossen in Ruhe den Anblick des Tieres und seiner smaragdgrünen Augen in der Dunkelheit. Über ihnen schwebte die Ungewissheit, ob das Rudel den Welpen wohl bereits gewittert hatte, und all die um ihre Wolfsjungen betrogenen Muttertiere jetzt gerade in den nahe gelegenen Schluchten lauerten.

Chen erzählte seinem Kameraden, was am Tag zu Hause passiert war, und sagte zum Schluss: »Wir müssen uns unbedingt Fleisch besorgen, sonst wird der kleine Wolf nicht kräftig genug, und Erlang ist ständig auf der Jagd, statt daheim zu wachen. So darf es nicht weitergehen.«

»Heute habe ich oben auf dem Berg gegrilltes Fleisch vom Murmeltier gegessen, dank Dorji«, berichtete Yang. »Wenn er nächstes Mal mehrere Tiere in der Falle hat, können wir ihn um eins bitten und damit all unsere Vierbeiner füttern. Bloß tummeln sich da immer so viele Schäfer mit ihrem Vieh. Die Murmeltiere sind oft verschreckt und verschanzen sich in ihren Löchern.«

»Was mich im Moment am meisten beunruhigt ist, dass das Wolfsrudel nachts über die Schafe herfallen könnte.« Chen machte sich ernsthaft Sorgen. »Du weißt, unter den Wildtieren haben die Wolfsweibchen den ausgeprägtesten Mutterinstinkt, darum sind sie am rachedurstigsten, wenn ihnen die Jungtiere geraubt werden. Sollten sie das Rudel mitten in der Nacht zu uns führen, die Herde überfallen und unsere Schafe womöglich zur Hälfte totbeißen, wäre das für uns beide eine große Katastrophe.«

Yang seufzte. »Die Viehzüchter sagen, die Wolfsmütter werden bestimmt noch kommen. Denn auf dem Olonbulag hat man in diesem Jahr Dutzende Wolfshöhlen mit Jungtieren geleert, da sinnen Dutzende Wolfsmütter auf Rache. Unser kleiner Wolf ist den Viehzüchtern ein Dorn im Auge, und die Kameraden von den anderen Gruppen sind auch gegen die Wolfszucht. Darüber hat sich heute Kamerad Peng, der Tierarzt, mit mir fast überworfen. Er meinte, wenn durch unseren Wolf etwas Schlimmes passiere, dann sei die ganze Brigade dran. Sieht so aus, als hätten wir uns mit dem Kleinen viele Feinde geschaffen. Vielleicht sollten wir ihn doch laufen lassen und behaupten, er hätte die Kette gesprengt und sei geflohen. Damit wäre die Sache erledigt.« Yang nahm den Wolfswelpen auf den Arm und streichelte ihm über den Kopf. »Andererseits trenne ich mich nur ungern von ihm, nicht einmal bei meinem kleinen Bruder war ich so anhänglich.«

Chen fasste sich ein Herz. »Wir Chinesen haben immer so viele Bedenken. Da wir beide uns in den Wolfsbau gewagt und das Wolfsjunge geholt haben, dürfen wir die Sache nicht so einfach aufgeben. Wir haben mit der Wolfszucht angefangen, jetzt ziehen wir das auch durch.«

»Nicht dass ich mich davor drücken will, Verantwortung zu tragen«, betonte Yang. »Nein, der kleine Wolf tut mir einfach nur leid, wie er den ganzen Tag so angekettet ist. Wölfe lieben die Freiheit über alles, und unser Kleiner hier ist ständig gefesselt, tut dir das nicht in der Seele weh? Ich für mein Teil habe das Wolftotem aufrichtig angebetet, und seitdem verstehe ich auch, warum der alte Bilgee die Wolfszucht missbilligt und sie für Gotteslästerung hält.«

Chen kämpfte mit sich, wollte das jedoch nicht zugeben. Er ließ sich von einer plötzlichen wilden Entschlossenheit hinreißen. »Ich will ihn ja auch freilassen, aber nicht jetzt! Noch sind viele Fragen ungeklärt. Die Freiheit unseres Kleinen betrifft nur die eines einzelnen Wolfes – kannst du überhaupt noch von der Freiheit der Wölfe reden, wenn es eines Tages keinen einzigen Wolf mehr gibt? Dann wirst du es bereuen.«

Yang überlegte und gab schließlich nach. »Dann machen wir weiter so. Ich werde uns noch mehr Kracher besorgen. Die Wölfe fürchten sich vor Schießpulver und Kanonen wie die Reiter des Graslands. Sollten wir Erlang mit dem Rudel ringen hören, zünde ich ein Bündel an und du schmeißt sie einen nach dem anderen mitten unter die Wölfe.«

»Eigentlich bist du viel abenteuerlustiger als ich und hast mehr Wolfseigenschaften.« Chens Stimme klang versöhnlich. »Sag mal, willst du wirklich ein mongolisches Mädchen heiraten? So eins, das noch stärker ist als eine Wölfin?«

Yang winkte entschieden ab. »Posaune das bloß nicht aus, sonst fühlt ein mongolischen Mädchen sich herausgefordert und jagt wie eine Wölfin hinter mir her. Dem könnte ich nicht standhalten, dabei muss ich doch erst einmal eine eigene Jurte haben.«

23

»... Die Qin verhielten sich ganz anders. Sie wandten die Reform von Shen und Shang an und konkretisierten auf diese Weise die Doktrin von Han Fei; sie verabscheuten die Moral gütiger Herrscher und verhielten sich stattdessen wie gierige Wölfe ...«, antwortete Dong Zhongshu.

Sima Guang, Allgemeiner Spiegel für die Regierung,
Biographie des Kaisers Shizong der Han-Dynastie

Yang Ke stand mit dem Rücken zu dem Durcheinander der Baustelle und blickte auf den Schwanensee im Becken. Er wagte sich nicht umzudrehen. Seit Bao Shungui diesen großen Schwan aufgegessen hatte, träumte er nachts von Blutströmen, die sich aus dem See ergossen und das blaue Wasser rot einfärbten.

Gut dreißig Wanderarbeiter aus dem Ackerbau der Inneren Mongolei hatten sich bei dem neuen Weidegebiet bereits niedergelassen und stabile Lehmhäuser gebaut. Die Großeltern dieser Langzeit-Wanderarbeiter und Saisonarbeiter waren Viehzüchter gewesen, die Eltern hatten unter Chinesen gelebt, sowohl Land bebaut als auch Vieh gehalten, doch inzwischen war der Boden dort großenteils versandet. Er ernährte sie nicht mehr, und so waren sie wie Zugvögel aufs Grasland gewandert. Heute sprachen sie fließend Mongolisch und Chinesisch, verstanden etwas von der Lebensweise der Viehzüchter und vom Ackerbau. Sie kannten das Grasland ungleich besser als die Bauern im Süden, sie verstanden örtliche Materialien zu nutzen und Spezialeinrichtungen zur landwirtschaftlichen Nutzung zu bauen. Immer wenn Chen und Yang ihre Schafe am See saufen ließen, hielten sie bei den Wanderarbeitern auf ein Schwätzchen inne. Es gab so viel zu tun, dass Bao befohlen hatte, zuerst die provisorischen Lagerhallen und die Becken für medizinische Bäder zu bauen. Die Arbeiter schienen bislang keine Zeit für Schwäne zu haben – noch nicht.

Yang konnte nicht anders, als die Baukünste der Wanderarbeiter trotz aller Vorbehalte gegen sie zu bewundern. Bei seinem ersten Besuch dort hatte er ein Stück plattes Land gesehen, tags darauf standen die soliden Grundmauern schon mannshoch. Er war um die Baustelle herumgeritten und hatte entdeckt, dass sie aus dem nahe gelegenen alkalihaltigen Boden mit Spaten große grasige Lehmziegel ausgegraben und sie auf zwei großen Wagen abtransportiert hatten. Ihre Lehmziegel wurden doppelt so groß und dick wie die zum Bau der Großen Mauer verwendeten. Der alkalihaltige Boden war graublau, klebrig und von Gras durchwachsen. Er härtete beim Trocknen aus, sodass der Block stabiler als fest geklopfte Erde wurde. Das Material war in praktisch unerschöpflicher Menge verfügbar. Yang hatte mit seinem Reitstiefel gegen eine fertige Mauer getreten – es fühlte sich an wie Stahlbeton.

Die Arbeiter legten die Ziegel mit der grasbewachsenen, grünen Seite nach unten und der dunklen Wurzelseite nach oben. Die Oberfläche wurde mit dem flachen Spaten festgeklopft und geebnet, bevor die nächste Lage darauf kam. In drei Schichten eingeteilt, waren Mensch und Pferd imstande, die Mauern eines Hauses in zwei Tagen fertigzustellen. Balken und Dach mussten warten, bis die Mauern vollständig trocken waren. Von dem moorigen Grün blieb nichts übrig, es entstand eine schlammig graue Riesenpfütze, die ein bisschen aussah wie ein Reisfeld vor dem Pflanzen. Das Vieh war gezwungen, einen Umweg zu nehmen, um zum Saufen an den See zu gelangen.

Als die erste Reihe neuer Lehmhäuser auf dem neuen Weideland fertig gebaut war, hatte Yang das Gefühl gehabt, sich die Augen reiben zu müssen. Mongolische weiße Jurten hätten die natürliche Schönheit des neuen Weidelands eher unterstrichen als zerstört, doch die Reihen grauer Lehmbauten sahen aus, als hätte man die bezaubernde Kulisse des

Schwanenseeballetts mit hässlichen Schweineställen überpinselt. Yang konnte nicht an sich halten und bat den Leiter der Wanderarbeiter, die Lehmhäuser zumindest weiß zu kalken. Doch der lachte ihn nur aus.

Der Steinbruch am Berghang hatte ebenfalls rasant Form angenommen. In der Regel reichte es, an Abhängen im Grasland eine dünne Gras- und Sandschicht abzutragen, um verwitterte Steinplatten und Gesteinsbrocken zutage zu fördern. Eine einfache Stange genügte, um die Steine voneinander zu lösen, eisernes Gerät, stählerne Spaten oder gar Sprengstoff waren gänzlich unnötig. Sieben, acht Arbeiter türmten die Steine zu gewaltigen gelben Hügeln auf wie zu Grabhügeln.

Einige Tage später war es erst richtig losgegangen, es kamen noch einmal gut zwanzig Arbeiter auf großen Wagen an. Auf den Ladeflächen stapelten sich farbenfrohe Gepäckbündel, Frauen und Kinder waren mitgekommen, sogar domestizierte Enten aus dem Nordosten. Es sah ganz so aus, als wollten sie sich hier niederlassen und Wurzeln schlagen. Yang brach es das Herz. »Dieses wunderschöne Weideland wird im Nu zu einem dreckigen kleinen chinesischen Bauerndorf verkommen und der Schwanensee zum Ententümpel«, sagte er an jenem Tag zu Chen.

»Das Schwierigste für ein Volk mit zu hoher Geburtenrate«, erwiderte Chen verbittert, »ist das blanke Überleben, da bleibt kein Raum für eine künstlerische Ader.«

Yang war später zu Ohren gekommen, dass diese Landarbeiter mehrheitlich aus dem Dorf Bao Shunguis kamen, der vorhatte, sein halbes Dorf hierherzuholen.

Nur ein paar Tage später hatte Yang die Wanderarbeiter vor ihren Häusern schon Erde umgraben sehen, vier tiefe Gräben schlossen am Ende ein gutes Dutzend Felder ein, und kurz darauf begann es zu sprießen: Kohl, Rettiche, Radieschen, Koriander, Gurken, Zwiebeln, Knoblauch, so wuchs es bunt heran. Fast alle chinesischen Schüler standen an, um Bestellungen für das sonst so seltene Gemüse abzugeben.

Die kurvigen Spuren der Ochsenkarren wurden durch Schafwolle transportierende Trecker begradigt. Mit den Treckern kamen noch mehr Familienmitglieder, um Schafwolle zu bekommen, Aprikosenkerne und medizinische Kräuter oder wilde Lauchzwiebeln zu sammeln. Eine Schatztruhe war geöffnet worden und ein Bauernvolk hineingeströmt; ein Volk, dessen mongolisch eingefärbtes Chinesisch mit starkem Akzent aus dem Nordosten bis weit ins Grasland hinein zu hören war.

»Die landwirtschaftlich orientierten Han-Chinesen«, sagte Chen zu Yang, haben während der Qing-Dynastie über zwei-, dreihundert Jahre die Mandschus assimiliert, weil die östlichen drei Provinzen des Mandschu-Reiches über ausgedehnte Gebiete mit fruchtbarer schwarzer Erde verfügten. Das Assimilieren einer agrarischen Kultur mit gleichen Wurzeln war kein großes Problem. Wenn aber hier das Gleiche mit dem sensiblen Grasland versucht wird, sehen wir einer ›gelben Katastrophe‹ entgegen.«

Bao kam täglich auf die Baustelle. Er hatte das Entwicklungspotenzial des neuen Graslands erkannt und plante, schon im nächsten Jahr drei weitere Brigaden umziehen zu lassen. Er wollte so das neue Weideland zum Sommerareal für alle öffnen und den schwarzen, fruchtbaren Boden im ursprünglichen Gebiet landwirtschaftlich nutzen. Dann würde es reichlich Getreide und Fleisch geben, er könnte seine gesamte Familie und Freunde in diese Gegend mit dem perfekten Fengshui holen und ein Bao'sches Landwirtschafts-Viehzucht-Familienunternehmen gründen. Wenig verwunderlich akzeptierten die Arbeiter klaglos jede noch so strenge Anforderung an den Fortgang des Bauprojekts.

Die alten, erfahrenen Viehzüchter, darunter Bilgee, stritten von Anfang an täglich mit den Arbeitern und zwangen sie schließlich, die Wassergräben um ihre Felder mit Erde aufzuschütten, weil die Tiere nachts oft hineinstolperten. Die Gräben wurden aufgefüllt, kurz darauf jedoch eine hüfthohe Mauer gebaut. Uljiis Miene hatte sich von Tag zu Tag verfinstert, er schien zu bereuen, dieses neue Weideland je eröffnet zu haben.

Jetzt, mit dem Rücken zu der lärmenden Baustelle, kostete es Yang große Mühe, seine Sinne auf das zu konzentrieren, was er vor Augen hatte, den ewigen Schwanensee, dessen Anblick er sich für immer einprägen wollte. In den letzten Tagen hatte seine Faszination für den Schwanensee sogar die Chens für die Wölfe überstiegen. Yang befürchtete, dass innerhalb eines Jahres der gegenüberliegende Uferhang von großen Viehherden der übrigen drei Brigaden überrannt und durch noch größere Mengen hässlicher Wohnhäuser verschandelt würde. Hackten sie den Schilfbewuchs am Ufer des Schwanensees kurz und klein, hätten die Schwäne ihren grünen Schutzvorhang verloren.

Yang ritt zum See, um nach jungen Schwänen Ausschau zu halten. Es war die Jahreszeit des Nestbaus. Zum Glück hielt sich außer ein paar Rindern kein Vieh in der Nähe auf; das Flüsschen spülte den Dreck der Tiere fort, brachte frisches Quellwasser aus dem fernen Wald mit und wurde wieder kristallklar. Yang hoffte, dass für die Wasservögel vorübergehend Ruhe einkehrte.

Da flog plötzlich eine Vogelschar unter lautem Geschrei aus dem Schilf auf. Wilde Enten und Gänse stoben mit den Füßen das Wasser aufpeitschend Richtung Südosten, die Schwäne flogen hoch und nach Norden. Yang zückte sein Teleskop, um zu sehen, ob da nicht doch jemand Jagd auf Schwäne machte.

Etwa eine Viertelstunde später erst gab es in der Ferne eine Bewegung auf dem Wasser. Ein getarntes Floß, wie sie im antijapanischen Krieg verwendet worden waren, schwamm aus dem Schilf heraus und ihm direkt vor die Linse. Zwei Menschen saßen darauf, auf dem Kopf riesige Tarnkappen aus Schilf, um den Körper Umhänge aus demselben Material. Das Floß war kreuz und quer mit Schilf belegt, dass man schon genau hinsehen musste, um es vom umgebenden Bewuchs zu unterscheiden. Es schien, als hätten sie ihre Beute bereits gemacht. Einer von ihnen nahm Tarnkappe und Umhang ab, während der andere mit Hilfe seines Spatens gemächlich Richtung Ufer ruderte.

Aus der Nähe erkannte Yang, dass das Floß aus sechs großen Wagenschläuchen und mehreren Holztürbrettern zusammengebaut war. Er erkannte Wang, den Leiter der Wanderarbeiter, in dem einen Mann und dessen Neffen Ershun in dem anderen. Der Jüngere nahm jetzt die Schilfabdeckung von einer eisernen Waschwanne herunter und gab den Blick auf eine volle Ladung Vogeleier jeder Größe frei, in der Mitte zwei so groß wie weiße Zuckermelonen, ihre Schale glatt und glänzend wie aus Jade geschnitzt. Yang schrak zusammen und stieß einen stummen Schrei aus: Schwaneneier! Kurz darauf fuhr er noch einmal zusammen, als er unter dem Schilf einen riesigen halben Schwan hervorlugen sah, die weißen Federn mit Blut getränkt. Yang schoss das Blut in den Kopf, und fast wäre er hingerannt, um das Floß umzustoßen. Doch er hielt sich zurück. Dem Schwan konnte er nicht mehr helfen, aber die beiden Eier würde er retten, koste es, was es wolle.

Sobald das Floß ans Ufer kam, stürzte Yang herzu und schrie: »Wer hat euch erlaubt, Schwäne zu töten und Schwaneneier zu stehlen! Los, ihr kommt mit und könnt das der Brigadeleitung selbst erklären!«

Wang war zwar nicht groß gewachsen, wirkte mit seinem halb mongolischen und halb chinesischen Gesicht aber recht verschlagen. »Militärvertreter Bao hat es uns erlaubt.« Er warf Yang einen kurzen Blick zu. »Gibt es ein Problem damit? Wenn die Arbeiter wilde Tier essen, bleiben mehr Rinder und Schafe für die Brigade.«

»Alle Chinesen wissen, dass nur hässliche Kröten Schwanenfleisch fressen«, stieß Yang wutschnaubend hervor. »Sind Sie nun Chinese oder nicht?«

»Kein Chinese würden die Schwäne zu den Russen hinüberfliegen lassen«, grinste Wang sarkastisch. »Und Sie, wollen Sie die Schwäne den Russen schenken?«

Yang wusste, dass die Wanderarbeiter ein loses Mundwerk hatten, es verschlug ihm wieder einmal die Sprache.

Als sie den Schwan ans Ufer zogen, zuckte Yang zusammen: Ein Pfeils steckte in der Brust des Tieres, auf dem Floß lagen ein Bogen aus dickem Bambus und eine Reihe kleinerer Pfeile. Kein Wunder, dass er keinen Schuss gehört hatte. So also war der Schwan erledigt worden – vollkommen lautlos! Ihm wurde klar, dass Pfeil und Bogen tödlicher sein konnten als Schusswaffen, weil sie andere Schwäne und Wasservögel nicht verschreckten und man mehr Tiere erlegen konnte. Yang beschloss, nie zu vergessen, dass er diese Leute ernst nehmen und ihnen mit Klugheit statt mit Härte begegnen musste.

Er schluckte seine Wut hinunter, nahm den Bogen in die Hand und sagte mit freundlicher Miene: »Gute Arbeit, Respekt, habt ihr hiermit den Schwan erledigt?«

Sobald Wang sah, dass Yang einlenkte, begann er anzugeben: »Und ob! Ich habe ihn in der Brigade aus einem Bambus-Stock zum Auswalken von Schafwolle gearbeitet. Er ist stark und könnte mit Leichtigkeit einen Menschen töten.«

Yang nahm einen Pfeil in die Hand. »Darf ich mal versuchen?«

Wang hatte sich auf einem Grasbüschel am Ufer niedergelassen, beobachtete Ershun beim Abladen der Beute und nahm einen Zug aus seiner Pfeife. »Pfeile sind aufwendig herzustellen, ich muss welche übrig behalten. Einen können Sie haben, nicht mehr.«

Yang nahm Pfeil und Bogen genau unter die Lupe. Der Bogen war fast einen Finger dick und drei Finger breit, die Sehne aus mehreren zusammengezwirbelten rindsledernen Schnüren gefertigt und etwa so dick wie ein Bleistift. Für die Pfeile hatte man Weidenzweige zurechtgeschnitzt und Entenfedern an einem Ende befestigt. Yang staunte, als er die Pfeilspitze aus einem Stück Lebensmitteldose gearbeitet sah, auf dem noch die Aufschrift »Geschmortes ...« zu lesen war. Das Blech hatten sie zu einem Dreieck geschnitten, um die Pfeilspitze gewickelt und mit kleinen Nägeln befestigt. Yang fasste das Ende an, das hart und spitz wie ein kleiner Speer war. Er wog den Pfeil in der Hand, der selbst leichter war als die Spitze, sodass der Pfeil sein Ziel nicht verfehlen würde.

Der Bogen war so hart, dass Yang alle Kräfte mobilisieren musste, um ihn nur ein paar Zentimeter zu spannen. Er legte den Pfeil an, zielte auf einen mit Gras bewachsenen kleinen Erdhaufen in zwanzig Meter Entfernung und schoss. Der Pfeil bohrte sich tief in den Dreck direkt daneben, und Yang rannte hin, um ihn vorsichtig herauszuziehen, zu säubern – und festzustellen, dass er nichts von seiner Schärfe eingebüßt hatte. Yang fühlte sich plötzlich in die Zeit marodierender mongolischer Reiterhorden katapultiert.

Er trat vor Wang hin und fragte: »Aus welcher Entfernung haben Sie auf den Schwan geschossen?«

»Etwa sieben, acht Schritt.«

»Und der Schwan hat Sie nicht gesehen?«

Der alte Wang klopfte seine Pfeife aus. »Vorgestern habe ich im Schilf eine halbe Ewigkeit nach Schwänen gesucht, bevor ich einen entdeckt habe. Heute haben wir uns in aller Frühe diese Schilfumhänge angelegt, die Mützen aufgesetzt und sind hineingerudert. Zum Glück haben die Schwäne uns in dem Nebel nicht gesehen. Der Schwanenbau war mehr als mannshoch, das Weibchen bebrütete darin die Eier, das Männchen hielt draußen Wache.«

»Habt ihr auf Männchen oder Weibchen geschossen?«

»Unsere Position war zu tief, um auf das Weibchen zu zielen, es blieb nur das Männchen. Das schwamm nach einiger Zeit genau vor unser Floß, ich schoss ihm einen Pfeil ins Herz, es überschlug sich ein paar Mal und bekam schließlich keine Luft mehr. Bei dem Geräusch flog das Weibchen erschreckt auf, was uns Gelegenheit gab, die Eier aus dem Nest zu holen.«

Die Überlebensfähigkeit dieser beiden Landarbeiter und ihr Potenzial, Unheil anzurichten, sind beachtlich, dachte Yang bei sich. Sie haben keine Schusswaffe und bauen sich Pfeil und Bogen, haben kein Boot und bauen sich ein Floß. Sie können sich gut tarnen, lange Zeit abwarten und treffen dann mit dem ersten Schuss mitten ins Ziel. Wer weiß, in was sie das Grasland verwandelten, stattete man sie mit Waffen, Munition und Treckern aus. Ihre Vorfahren waren Viehzüchter gewesen, aber seit der Unterwerfung und Assimilierung durch chinesische Bauern waren sie zu Feinden des mongolischen Graslands geworden. Seit tausend Jahren waren die Chinesen stolz auf ihre Fähigkeit, andere Völker zu assimilieren, doch war es ihnen immer nur mit Völkern gelungen, die kulturell weniger entwickelt waren als sie selbst, und sie waren nie bereit gewesen, die mitunter katastrophalen Folgen zu bedenken. Yang blutete das Herz, als er jetzt die Folgen dieser Politik sah.

Nachdem Ershun das Floß gereinigt hatte, ließ er sich ebenfalls im Gras nieder. Yang gingen die beiden Schwaneneier nicht aus dem Kopf. Da das Muttertier noch lebte, wollte er die Eier unbedingt ins Nest zurücklegen, damit die Vögel lebend zur Welt kämen und mit ihrer Mutter ins ferne Sibirien fliegen könnten.

Mit einem etwas gezwungenen Lächeln im Gesicht sagte er zum alten Wang: »Sie sind wirklich ganz erstaunlich. Ich würde gern bei Ihnen in die Lehre gehen.«

Wang strahlte vor Stolz. »Wenn wir sonst auch nicht viel können, aber Vogeljagd, Jagd auf Murmeltiere, Wölfe jagen und Fallen aufstellen, medizinische Kräuter ausgraben und Pilze finden, da sind wir unübertroffen. Zu Hause hatten wir von all dem reichlich, aber dann wanderten zu viele Chinesen ein, der Boden wurde knapp, ihr Chinesen habt uns die wilden Tiere weggegessen, da war es ein Glück, dass wir unsere alten Fertigkeiten nicht vergessen hatten, aufs Grasland ziehen und dort das eigene Überleben sichern konnten. Wir sind zwar Mongolen, haben es hier draußen aber nicht leicht. Ihr Pekinger Schüler habt eine Aufenthaltsgenehmigung, könnt ihr für uns nicht einmal ein gutes Wort einlegen? Wir wollen nicht von den ortsansässigen Mongolen vertrieben werden, und auf euch werden sie hören. Wenn du mitmachst, werde ich dir Dinge beibringen, mit denen du später bestimmt tausend Kuai im Jahr verdienen wirst.«

»Einverstanden, dann sind Sie ab jetzt mein Lehrer«, sagte Yang.

Wang rückte näher an ihn heran. »Ihr und die Viehzüchter sollt jede Menge Schaföl haben, kannst du mir etwas besorgen? Wir sind vierzig, fünfzig Leute, die jeden Tag hart arbeiten, teures Gemüse vom

Schwarzmarkt essen und gesammelte Wildpflanzen, alles ohne einen Tropfen Öl. Und ihr füllt sogar eure Lampen mit Schaföl! Kannst du mir nicht etwas verkaufen?«

»Kein Problem«, lachte Yang. »Wir haben noch zwei Kanister voll in unserer Jurte. Mir gefallen die beiden Schwaneneier, ich gebe Ihnen einen halben Kanister Öl dafür, ja?«

»Von mir aus«, stimmte Wang zu. »Ich würde sie ohnehin nur braten und essen und so fünf, sechs Enteneier sparen, nimm sie dir!«

Yang zog sich hastig die Jacke aus und wickelte die beiden Eier sorgfältig ein. »Morgen bringe ich das Schaföl vorbei«, sagte er. »Auf euch Pekinger ist Verlass, ich traue dir«, sagte Wang.

Yang atmete hörbar aus und sagte: »Es ist noch früh, ich würde gern das Floß leihen und auf dem See nach dem Nest suchen ... Ich kann mir nicht vorstellen, dass es mannshoch ist und würde mich gern selbst davon überzeugen.«

Wang warf einen Blick auf Yangs Pferd. »Gut, machen wir es so: Ich leihe dir mein Floß und bekomme dafür dein Pferd. Denn ich muss den riesigen Schwan in die Küche schaffen, und er ist fast so schwer wie ein Schaf.«

»So machen wir es ...« Yang stand auf. »Sie müssen mir nur noch sagen, wo das Schwanennest ist.«

Der alte Wang erhob sich ebenfalls und wies auf das Schilf. »Immer Richtung Osten«, sagte er, »und dann einmal nach Norden abbiegen. Das Floß wird wie von selbst seinen Weg durch das Schilf machen und dich zu dem Nest führen. Kannst du ein Floß steuern?«

Yang stieg hinauf und machte ein paar geschickte Züge mit dem Spaten.

»Binde bei deiner Rückkehr das Floß anschließend so fest, wie du es vorgefunden hast.« Mit diesen Worten lud Wang den toten Schwan auf den Sattel des Pferdes, setzte sich selbst dahinter und machte sich auf den Weg zur Baustelle. Ershun ging mit der schweren Waschwanne hinterdrein.

Yang wartete, bis die beiden außer Sichtweite waren. Dann ging er zum Ufer zurück, lud die zwei in Kleidung eingewickelten Eier auf das Floß und stieß mit dem Spaten schnell Richtung Osten ab.

Die weite Fläche des Sees spiegelte weiße Wolken wider, dass es die Augen blendete. Ein Schwarm von Wildenten und -gänsen kam aus Richtung Norden zurückgeflogen. Ihre Schatten zerrissen das Spiegelbild der Wolken und durchbohrten den hellen Nebel, bis die Vögel sich im nächsten Moment auf dem Wasser niederließen. Yang wurde unwillkürlich langsamer, je weiter er sich der Mitte des Sees näherte und je dichter das Schilf wurde. Es duftete nach frischem Schilf und sauberem Wasser, das immer klarer und zugleich grüner wurde, so als tauche er tatsächlich in den Schwanensee seiner Träume ein. Wären doch Chen Zhen und Zhang Jiyuan dabei, dachte er, sie würden sich alle drei gar nicht mehr vom See lösen können, sich auf dem Floß liegend den ganzen Tag treiben lassen und vielleicht auch noch die ganze Nacht.

Das Floß näherte sich dem östlichen Rand des Schilfs, wo ein kleiner Fluss durch den See floss und das Wasser in Bewegung war. In der Flussrinne wurde es tiefer und der Bewuchs dünner; nur noch spärlich standen zu beiden Seiten Schilf und Weidenkätzchen. Als das Floß nach Norden abbog, trieben Federn auf dem Wasser, weiße und graue, braune, gelbe, goldgrüne und tiefrote. Ab und zu schwammen wilde Enten aus dem Schilf heraus, suchten aber sofort wieder Deckung, als sie einen Menschen sahen. Das schräge Licht des Nachmittags konnte das Schilf schon nicht mehr durchdringen, eine kalte Brise kühlte Yang den Körper.

Die Wasserstraße durch das Schilf machte noch eine Biegung, wurde bald schmaler und bald wieder breiter. Yang ruderte weiter, bis er plötzlich auf eine Gabelung stieß. Er hielt inne, sah auf der Wasseroberfläche eines kleinen Wasserweges Schilfzweige treiben und schlug diese Richtung ein. Der Weg wurde immer breiter, bis sich ihm ein See im

See zeigte, in dessen Norden viel Schilf niedergeschnitten worden und eine Art künstliche Wasserstraße entstanden war. Sein Blick glitt die Straße entlang und blieb an einem großen, gelbgrünen Schilfstapel von über zwei Metern Höhe hängen, etwa einen Meter dick. Yangs Herz begann zu rasen: Das war es! Nicht einmal im Film oder auf Bildern hatte er so etwas je gesehen – ein Schwanennest. Er rieb sich die Augen, konnte es kaum fassen.

Yang Ke atmete hektisch, seine Hände zitterten. Er teilte Wasser und Schilf mit dem Spaten und näherte sich langsam, vorsichtig und in Schlangenlinien seinem Ziel. Schließlich vertäute er das Floß, atmete tief durch, stand behutsam auf, um den Hals zu recken und zu sehen, ob das verlassene Weibchen noch im Nest war. Der Bau war zu hoch, er konnte nicht über den Rand sehen. Aber sein Gefühl sagte ihm, dass das Nest leer war.

Reglos stand Yang vor dem Schwanenbau. Er hatte immer angenommen, dass Schwanennester nah am Wasser im Schilf angelegt wurden, dass die Schwäne vielleicht ein wenig Schilf platt traten, abgebrochenes und vertrocknetes Schilfrohr hinzunahmen und daraus ein Nest wie eine Schale flochten, wie andere Vögel auch. Aber was er hier vor sich sah, vermittelte ihm eine Vorstellung von der Armseligkeit und Unbedarftheit seiner Vorstellungskraft. Der Bau vor ihm, ein Bau des Königs der Vögel, strahlte nicht nur etwas Majestätisches aus, er war auch mit ungewöhnlicher Kunstfertigkeit und Geschicklichkeit gearbeitet.

Der Platz war perfekt ausgesucht, inmitten des dichtesten Schilfs am Ende der Wasserstraße und nahe bei dem kleinen See. Das Liebespaar hatte hier Abgeschiedenheit, Zugang zu reichlich Futter sowie Wasser zum Baden gefunden, und das Männchen konnte das Nest gut schützen. Wenn nicht die gerissenen Wanderarbeiter mit ihrem getarnten Floß sich durchs Schilf geschlagen hätten, wäre niemand je auf dieses Nest der Könige unter den Vögeln gestoßen.

Nachdem Yang sich davon überzeugt hatte, dass das Nest verlassen war, sah er es sich genauer an. Mit beiden Händen stieß er fest gegen das große Nest, das sich aber genauso wenig bewegte wie ein meterdicker Baumstamm es getan hätte. Es war zwar auf dem Wasser gebaut, doch reichten seine Wurzeln so tief in den Grund des Sees wie die eines Banyanbaums. Offenbar suchte ein Schwanenpaar sich die Stelle mit dem dichtesten und flexibelsten Schilf. Dann flochten sie aus trockenen Stängeln eine Lage darunter, stellten sich darauf, drückten das Fundament mit ihrem Körpergewicht hinunter, flochten die nächste Lage und so fort, bis ein solides Fundament aus dem Wasser ragte. Das Wasser war hier etwa anderthalb Meter tief; wenn man also die fast zwei Meter dazuzählte, die der Bau aus dem Wasser ragte, kam man auf fast vier Meter Gesamthöhe. Als das Fundament aus dem Wasser ragte, hatte das Schwanenpärchen Schicht für Schicht weiter nach oben geflochten, als stellte es einen überdimensionalen Weidenkorb her, flacher als gewöhnliche Vogelnester waren, mehr wie ein Teller. Die Ränder bildeten hoch aufragende Schilfrohre, die sich wie ein schützendes Geländer ausnahmen und sich gleichzeitig mit dem umstehenden Schilf verbanden. Yang hielt sich an dem soliden Fundament fest und suchte zwei Stellen, auf die er seine Stiefel setzen konnte, um dann vorsichtig hochzuklettern. Jetzt erst sah er den Kreißsaal der Schwäne: Er war mit weichen Schilfblättern und weißen Federn und Flaum ausgelegt.

Yang entdeckte immer mehr Vorteile des Baus. Er lag am nördlichen Ende des Schilfs, immer ging eine leichte Brise, man konnte weit blicken und thronte hoch über dem verrottenden Schilf unten im Wasser. Im Hochsommer schützte das dichte Schilf vor Mücken, und Wasserschlangen stahlen keine Eier. Wenn die Schwäne schlüpften, würden sie beim ersten Augenaufschlag blauen Himmel und weiße Wolken erblicken. Bevor die Tiere im Herbst nach Süden flogen, würden sie ein sicheres, wunderschönes und romantisches Zuhause inmitten weißen Flaums haben – und es, so weit fort ihre Reise sie auch trug, nie wieder vergessen.

Der Wind wurde kühler, die grüne Farbe des Schilfs nahm eine tiefere Tönung an. Yang drückte die beiden Eier gegen seine Brust, um ihnen noch ein bisschen menschliche Wärme mitzugeben. Vorsichtig kletterte er an dem Bau empor, reckte eine Hand über den Kopf und legte das erste Ei behutsam ins Nest, dann verfuhr er mit dem zweiten ebenso. Mit einem Seufzer der Erleichterung stellte er sich wieder auf das Floß. Er war überzeugt, dass die beiden Eier auf der Spitze des Totempfahls mit leuchtend hellem Glanz wie Edelsteine zum Himmel strahlen und die trauernde Königin zurückholen würden.

Da erschien am Himmel ein weißer Punkt, in hoher Höhe kreisend. Eilig löste Yang die Vertäuung, stieß sich ab und glitt mit dem Floß zurück Richtung Wasserstraße. Er wurde vom niedergedrückten Schilf getragen und schob die störenden Blätter und Zweige mit dem Spaten zur Seite. Er hoffte, dass in diesem von Menschenhand zerstörten Schilf neues nachwachsen würde, um das exponierte Nest wieder zu schützen.

Da sah er einen Schwan in großer Eile das Schilf ansteuern, und als er ans Ufer kam, war schon kein Tier mehr am Himmel zu sehen.

Yang kehrte zur Gemeinschaftsküche auf der Baustelle zurück, wo Ershun ihm mitteilte, dass sein Onkel zur Dritten Brigade geritten sei, um kranke Ochsen zu kaufen. Außerhalb der Küche gab es einen riesigen Ofen mit einem großen Kochtopf darauf. Der Boden war voll mit feuchten Schwanenfedern, im Topf dampften faustgroße Stücke von dem toten Schwan. Yang kamen die Tränen, als er den Kopf des Schwans in der blubbernden Suppe auf und ab tanzen sah. Eine junge Frau, die wie eine Chinesin aussah, warf Blütenpfeffer, Zwiebeln und Ingwer in den Topf und goss billige Sojasauce über den kostbaren Schwanenkopf. Yang wurde flau, er sank gegen einen Ochsenkarren.

»Schnell«, sagte die junge Chinesin zu Ershun, »bring ihn hinein, wir geben ihm einen Teller Schwanensuppe zur Stärkung.«

Yang schob Ershun so ungestüm zur Seite, dass fast der Topf vom Ofen gerutscht wäre. Er ertrug den Geruch kaum, wagte aber weder den Topf umzustoßen noch seinem Ärger freien Lauf zu lassen. Ershun gehörte zu den armen und mittleren Bauern, während er ein »dreckiger Hundebastard« und zur Umerziehung aufs Land verschickt war. Er riss sich zusammen und schwor, das Floß bei nächster Gelegenheit zu zerstören.

Die dreckigen und verschwitzten Arbeiter kehrten von der Arbeit zurück. Als sie sahen, dass das Fleisch noch nicht durch war, zogen sie ihre Hemden aus und gingen mit ihren dreckigen Handtüchern Richtung See. Einige ruderten das Floß zur Mitte des Sees, während die guten Schwimmer sich schon ganz ausgezogen hatten und wie die Hunde spritzend und plantschend zur Mitte paddelten. Es war, als würde eine Gruppe bunter, lärmender Witzbolde zu lauter Tanzduetten auf die Bühne des Schwanensees stolpern. Auf dem zuvor friedlichen See schreckten die Wasservögel kreischend in die Höhe.

Yang sah vom Haus aus zu und konnte nicht begreifen, wie die bäuerlichen Mongolen so schnell die von der mongolischen Nation verehrte Wassergottheit hatten vergessen können. Als er und seine Freunde auf dem Weg zum Grasland durch die Hauptstadt der Mongolischen Liga gekommen waren, hatten chinesische und mongolische Kader ihnen geraten, auf dem Grasland unbedingt die Sitten, Gewohnheiten und den Glauben der Viehzüchter zu respektieren. Dazu gehörte, dass man auf dem Grasland wegen Wassermangels den Wassergott verehrte, in Flüssen und Seen keine Kleidung wusch, geschweige denn sich selbst. Die Kader hatten gehofft, dass die chinesischen Schüler ihren Anweisungen folgten, und sie hatten sich auch tatsächlich zwei Jahre zurückgehalten – nur um jetzt zu sehen, wie die zugereisten Arbeiter den Wassergott der Viehzüchter schändeten.

Yang war ratlos und beschloss, zu seiner Jurte zurückzukehren, um mit Chen Gegenmaßnahmen zu diskutieren. Er war nur wenige Schritte gegangen, als er am Fuß der Mauer des Lehmhauses plötzlich fünf, sechs Wurzelstöcke entdeckte. Überrascht lief er zu dem Haus zurück, denn er erinnerte sich an die feengleichen Schwanenpäonien. Ihre Wurzelknollen sah er zum ersten Mal: Sie waren so groß wie ein Schafskopf und sahen ein wenig wie schwielige Süßkartoffeln aus. Blüten und Zweige waren abgeschnitten, es schauten nur ein paar frische rosa Sprossen heraus. Einige der größten steckten in Metalleimern, eine Knolle pro Eimer und mit feuchtem Sand aufgefüllt, wohl um sie am Leben zu erhalten.

Yang rief Ershun und fragte ihn: »Sind das Päonienwurzeln? Wo habt ihr sie her?«

»Das sind Milchige Päonien«, sagte Ershun. »Sie wachsen in den Bergen, wo genau darf ich dir nicht sagen. Vor ein paar Tagen noch wurde eine halbe Wagenladung davon an Kräuterapotheken in der Stadt verkauft.« Offenbar war der halbe Wagen Bao Shunguis voll Milchiger Päonien nur ein kleiner Teil gewesen; die Pflanzen wurden nun seit dem Eintreffen der Wanderarbeiter mit Stumpf und Stil vernichtet. Diese Menschen, die ihre eigene Heimat nicht zu schätzen wussten, plünderten und beraubten ohne mit der Wimper zu zucken das Land anderer.

Yang kehrte eilig in seine Jurte zurück, um Chen und Gao von seinen Erlebnissen des Tages zu erzählen.

Chen bekam vor Wut lange kein Wort heraus. Als er sich ein wenig beruhigt hatte, sagte er: »Du hast uns gerade eine komprimierte Fassung der Geschichte der Bauern und Viehzüchter Ostasiens in den letzten Jahrtausenden gegeben. Viehzüchter wurden zu Bauern, zerstörten das Grasland und fügten allen Beteiligten dabei Schaden zu.«

»Aber warum?«, fragte Yang. »Sie haben die gleichen Wurzeln, wieso bekriegen sie sich also? Warum respektieren sie sich nicht und lassen den anderen tun, was er für richtig hält?«

»Die Welt ist klein, und alle wollen ein gutes Leben führen«, sagte Chen ernüchtert. »Die Geschichte der Menschheit ist eine Geschichte der Kämpfe gegeneinander und des Ringens um Lebensraum. Die Kleinbauern Chinas widmen ihr Leben dem winzigen Stück Land vor ihrer Nase und haben ansonsten Scheuklappen auf. Bevor wir hierhergekommen sind, konnten wir doch auch nicht über die eigene Nasenspitze hinaussehen.«

Draußen war das wilde Bellen der drei großen Hunde zu hören.

»Jetzt bringt der alte Wang wahrscheinlich das Pferd zurück«, sagte Yang. Erlang gebärdete sich so wild, dass Wang nicht vom Pferd zu steigen wagte und ängstlich nach Yang rief. Yang trat aus der Jurte und rief Erlang zur Ordnung. Dann bat er Wang in die Jurte und nahm den Sattel vom Pferd. Das Tier war den ganzen Tag unterwegs gewesen und verschwitzt, sodass Wolldecke und Sattel durchnässt waren und unangenehm schweißig dampften. Yang stürmte wütend in die Jurte, wo Wang nach Alkohol und Knoblauch stinkend der Speichel aus dem Mund tropfte, während er schwärmte, wie wunderbar Schwanenfleisch schmeckte, einfach wunderbar. Um keine schlafenden Hunde zu wecken, schluckte Yang seine Wut hinunter und reichte ihm das Schaföl. Wang zog mit einem halben Kanister voll fröhlich davon.

Die drei verharrten einen Moment schweigend.

»So oder so, ich fürchte, im nächsten Frühjahr werden die Schwäne nicht zurückkommen«, sagte Yang schließlich, und bei dem Gedanken wurde ihnen noch schwerer ums Herz. Sie begannen damit, einen Plan auszuhecken, das Floß noch in derselben Nacht zu zerstören.

Doch dann wurde für den gleichen Abend in der Gemeinschaftsküche eine politische Belehrung über die jüngsten und wichtigsten Richtlinien angesetzt, bei der niemand fehlen durfte. Bao Shungui und der alte Wang bekamen jeder einen Teller Fleisch, aber alle anderen kamen zu kurz. Nach dem Festmahl leitete Bao mit ölverschmiertem Mund die politische Versammlung, doch die Männer waren unzufrieden, nichts abbekommen zu haben, und beschlossen, dass tags darauf in aller Frühe wiederum mit Pfeil und Bogen ins Schilf gefahren werden solle, um einen Schwan zu erlegen. Zur Sicherheit wollten sie noch Baos Gewehr ausleihen.

Am nächsten Morgen schraken Yang, Chen und Gao von Schüssen über dem See hoch. Wie von Sinnen sprang Yang in den Sattel und galoppierte Richtung See; Chen bat Gombo, seine Schafe zu hüten, und folgte mit Gao seinem Freund Yang.

Die drei warteten angstvoll auf das Floß, und als sie es sahen, war Yang wie bei der Beerdigung eines nahen Familienmitglieds zumute: Wieder lag ein riesiger Schwan darauf, dazu mehrere große wilde Enten und Gänse und zwei blutbefleckte Schwaneneier. Bei dem toten Schwan schien es sich um das gerade noch trauernde Weibchen zu handeln, das beim ersten Anzeichen von Gefahr nur wegen der noch nicht geschlüpften Jungen nicht sofort auf und davon geflogen war. Der Kopf des Tieres war von der Kugel zerrissen worden, eine noch grausamere Art zu sterben als für das Männchen. Sie war auf den Ungeborenen getötet worden und hatte als das letzte bisschen Wärme ihr eigenes Blut gegeben.

Yangs Gesicht war tränenüberströmt. Wenn er dem Weibchen die beiden Eier nicht wieder ins Nest gelegt hätte, wäre das Tier vielleicht noch am Leben. Der alte Wang kletterte ans Ufer, wo Arbeiter, Viehzüchter und Schüler aus der Stadt versammelt waren. Wang starrte Yang selbstgefällig und gemein an: »Willst du immer noch Schaföl gegen Eier tauschen? Träumer! Diesmal werde ich die Eier dem kleinen Peng geben. Als ich gestern den kranken Ochsen gekauft habe, traf ich ihn, und er sagte, ich sei übers Ohr gehauen worden, er tausche einen ganzen Kanister voll Schaföl gegen ein Schwanenei.«

Im gleichen Augenblick sprang der kleine Peng, der Barfußdoktor der Brigade, atemlos vom Pferd, griff nach den beiden blutigen Eiern, stopfte sie in seine mit Schafwolle gepolsterte Tasche, schwang sich wieder in den Sattel und galoppierte davon.

In Festtagslaune trugen die Arbeiter ihre Beute zur Küche. Die Viehzüchter beobachteten sie befremdet und wütend zugleich. Sie verstanden einfach nicht, wie diese Mongolen in Chinesenkleidung sich einem heiligen Vogel des Graslands gegenüber so grausam verhalten konnten, ihn sogar töteten und aufaßen – einen Vogel, der zu Tengger fliegen konnte! Bilgee, der so etwas zum ersten Mal zu erleben schien, war außer sich und brüllte Wang an, er verursache großes Unheil, wenn er den heiligen Vogel der Schamanen nicht achte.

Die Arbeiter ließen sich mit Bilgee auf einen Disput in fließendem Mongolisch ein. Die anderen Viehzüchter kamen dazu; beide Parteien waren Mongolen, beide waren mittlere und arme Bauern und Viehzüchter, sie gehörten dem selben Volk und der selben Klasse an – waren aber nicht in der Lage, die Konflikte zwischen bäuerlichem und Viehzüchterlebensstil beizulegen.

Yang, Chen und einige andere Schüler aus der Stadt stellten sich zu denen in mongolischer Kleidung und brüllten die in chinesischer Kleidung an. Sie schrien sich immer mehr in Rage, bis ihre Nasen einander fast berührten. Lamjab und einige andere Pferdehirten wollten gerade zu ihren Peitschen greifen, als Bao Shungui angeritten kam und sich zwischen die Parteien drängte, mit der Peitsche durch die Luft knallte und laut brüllte: »Ruhe! Wer eine Prügelei beginnt, wird von der Kleinen Gruppe der Diktatur des Proletariats festgesetzt und in eine Studiengruppe hinter Schloss und Riegel gesteckt.« Seine Worte verfehlten ihre Wirkung nicht.

Bao sprang vom Pferd und wandte sich an Bilgee: »Die sowjetischen Revisionisten lieben den Schwan. In Peking wurde das Ballett, das den Schwanensee aufführte, zerschlagen und darf nicht mehr auftreten. Sogar die Tänzer in den Hauptrollen wurden angegriffen. Wenn wir hier also weiterhin den Schwan verehren und zelebrieren, können wir in ernsthafte Schwierigkeiten geraten. Lassen Sie uns also besser Revolution machen und die Produktion erhöhen. Wenn wir die Arbeit beschleunigen wollen, müssen die Menschen Fleisch zu essen bekommen. Aber die Brigade will keine Schafe schlachten, also lassen wir sie das Problem doch selbst lösen, wäre das nicht am besten?«

Yang Ke konnte seine Wut nicht länger unterdrücken, galoppierte zu seiner Jurte zurück und holte drei Doppelkracher, die er am See zündete. Sechs Donnerschläge nacheinander schreckten wilde Enten, Gänse und alle anderen Wasservögel auf, dass sie in alle Richtungen auseinanderflogen.

Bao Shungui drehte sich wütend um, raste den Berg hinunter und zeigte mit der Peitsche auf die Nasenspitze Yangs: »Du willst meinen Zugang zur Nahrungsquelle abschneiden? Was glaubst du, wie viele Köpfe du hast? Vergiss nicht, dass dein konterrevolutionärer Vater noch mit schwarzen Elementen zur Umerziehung in einem Lager ist. Du solltest von armen und mittleren Bauern umgezogen werden – und die Arbeiter hier, mich eingeschlossen, *sind* arme und mittlere Bauern!«

Yang starrte ihn an. »Ich wurde aufs Grasland geschickt, um von mittleren und armen Viehzüchtern zu lernen!«

Bilgee und andere Pferdehirten legten den Arm um Yang und gingen den Hang hinauf. »Diesmal hat der Klang der Feuerwerkskörper mich glücklich gemacht«, sagte Bilgee.

Später hörte Yang Ke, dass der kleine Peng, der Schwaneneier gegen Schaföl tauschte, ein Sammler seltener Objekte war und die Kunst beherrschte, Schwaneneier intakt aufzubewahren. Mit einer Spritze bohrte er ein winziges Loch in die Unterseite des Eis, pustete Eiweiß und Eigelb heraus und verstopfte das Loch mit Klebstoff. So musste man nicht befürchten, dass das Ei zu stinken anfing oder zersprang, und die beiden wunderschönen, wenn auch leblosen Schwaneneier konnten auf ewig bewundert werden. Dann ging er noch in die Tischlerei, baute zwei Kästen aus Holz und Glas, legte sie mit gelbem Seidenstoff aus und bettete die Eier darin ein wie seltene, kostbare Kunstwerke. Der kleine Peng verwahrte seine zwei Schätze stets tief unten in seinem Schrank und zeigte sie niemandem. Jahre später überreichte er sie einem Kader, der aufs Grasland gekommen war, um Studenten für die Arbeiter-, Bauern- und Soldatenhochschule zu suchen – und so flog der kleine Peng auf den Flügeln der Schwäne in die Stadt und geradewegs auf die Universität.

24

Fürst Mugong von den Qin [...] eroberte die zwölf Königreiche der Rong, annektierte ihr Territorium von tausend Li und wurde Alleinherrscher der westlichen Rong. Nach dem Sturz der Dynastie der westlichen Zhou wurde sein Territorium von den Barbaren der Rong und Di bewohnt [...] Die Zivilisation der Zhou wurde von der der Shang und von den Sitten der Rong und Di zerstört. Die Qin erbten das rückständige politische Regime dieser Barbaren (einschließlich der Thronfolge durch den jüngeren Bruder) und die damit verbundene Zivilisation. Daher galten die Qin, obwohl sie zu einer großen Macht im Westen geworden waren, bei den feudalen Prinzen Zentralchinas stets als Barbaren. An den Treffen der Allianz ließ man sie nicht teilnehmen.

Fan Wenlan, Abriss der Geschichte Chinas, Bd. 1

Die Sommernächte im Grasland der Inneren Mongolei konnten kalt wie im tiefen Herbst sein. Die Mücken gingen zum Angriff über, es gab nur noch wenige ruhige Nächte. Die frisch geschorenen Schafe lagen besonders eng beieinander, nur das leise Mahlen ihrer Zähne war zu hören.

Erlang und Huanghuang hoben immer wieder den Kopf und nahmen wachsam Witterung auf, wenn sie mit Yir und den anderen Welpen ihre Runden drehten. Chen Zhen zog mit einer Taschenlampe und einer Filzmatte von der Größe eines Bettlakens zur nordwestlichen Ecke der Schafherde, legte sich einen Mantel um und setzte sich im Schneidersitz hin – hinlegen war ihm zu riskant. Seit sie das neue Weidegebiet bezogen hatten, war Nachtschlaf eine Seltenheit geworden, die Zeit angefüllt mit dem Weiden von Schafen, Nachtwachen, Scheren und auf den kleinen Wolf aufpassen. Für Lesen und Tagebuchschreiben blieb nachts nur noch wenig Zeit. Legte er sich jetzt nieder, würde er sofort einschlafen und auch das wildeste Gebell der Wachhunde ihn nicht aufwecken können. Normalerweise hätte er die Nachtruhe vor dem Großangriff der Moskitos genutzt, vorsorglich mehr Schlaf zu bekommen, aber er wagte es nicht, sich das kleinste bisschen Ruhe zu gönnen, denn die Wölfe des Graslands waren Meister im Nutzen der Gunst der Stunde.

Nachdem die Wölfe einen kranken Ochsen auf der Baustelle gerissen hatten, waren die Nerven der drei Freunde zum Zerreißen angespannt. Und es war den Viehzüchtern ein Signal dafür, dass Wölfe nicht länger nur Gazellen, Murmeltiere und Feldmäuse zum Ziel ihrer Beutezüge machten, sondern auch Zuchtvieh. Denn die jungen Gazellen konnten ihnen davonlaufen, die jungen Murmeltiere waren extrem nervös, und Feldmäuse konnten den Hunger der Wölfe nicht recht stillen. Mensch und Tier hatten sich noch nicht ganz auf dem neuen Weideland niedergelassen, da berief Bilgee eine Sitzung der Produktionsgruppen nach der anderen ein und schärfte den Viehzüchtern ein, es zu machen wie die Wölfe: beim Schlafen die Augen zu schließen, aber die Ohren zu spitzen. Der Kampf Mensch gegen Wolf auf dem Olonbulag ging in die nächste Runde.

Chen reinigte das Freiluftgefängnis des Wolfes jeden Tag und tauschte den Sand aus, zum Teil aus hygienischen Gründen, in erster Linie aber mit dem Ziel, die Ausbreitung des Tiergeruchs zu verhindern. In Gedanken war er immer wieder jedes Detail des Tages durchgegangen, an dem er das Wolfsjunge aus der provisorischen Höhle geholt hatte. Denn jede noch so kleine Unbedachtheit konnte die Wolfsmutter auf die Spur des Jungen führen. Auf dem alten Weideland zum Beispiel hätte sie den Uringeruch wittern können. Deshalb hatten sie den kleinen Wolf auf dem weiten Weg zum neuen Weideland in einem Kübel für Kuhmist transportiert und ihn nicht ein einziges Mal herumlaufen lassen, sodass er nirgendwo Duftmarken hinterlassen konnte. Selbst wenn also die Mutterwölfin seinen Geruch im alten Weideland ausgemacht hatte, so konnte sie unmöglich wissen, wohin er umgezogen war.

Als die Nachtbrise kühler wurde und die Schafe sich noch enger aneinanderdrängten, schrumpfte die Fläche, die die Tiere einnahmen, um ein Viertel zusammen. Die drei Hundewelpen schlüpften unter Chens löchrigen Mantel. Es war kurz nach Mitternacht und so dunkel, dass er die Schafherde unmittelbar neben sich nicht sah.

Nach weiteren zwei Rundgängen mit der Taschenlampe in der Hand hatte er sich kaum auf seiner Filzmatte niedergelassen, da hörte er aus den nahen Bergen das einsame und unendlich langgezogene Heulen eines Wolfes mit nur kurzen Pausen dazwischen. Jeder neue Ansatz klang so rein wie der vorherige, voll und rund, zugleich spitz und eindringlich. Das Heulen war noch nicht verklungen, da ertönte im Norden, Süden und Osten vielfaches Echo, in Tälern, im Becken, am Seeufer. Über der Wasseroberfläche vermischte es sich mit dem Rascheln des sich leise wiegenden Schilfgrases zu einem Chor aus Wolf, Schilf und Wind. Die Melodie wurde immer kälter und trug die Phantasie Chens in die schier unendlichen Weiten Sibiriens.

Es war lange her, dass Chen in einer ruhigen und kalten Nacht einen Wolf hatte heulen hören. Er fröstelte und zog den Mantel enger um sich, schauderte aber immer noch vor Kälte und beim Klang der einsamen Stimme, deren Frostigkeit die Kleidung durchdrang, seine Haut überwand, um ihm den Rücken hinunterzulaufen. Erst als Huanghuang zu ihm kam und er den Mantel auch um ihn legte, wurde ihm langsam wohler.

Als die schwere, lange Melodie sich verlor, begannen mehrere große, starke Wölfe zugleich zu heulen und setzten ein Konzert von Hundegebell quer durch alle Brigaden in Gang. Alle großen und kleinen Hunde Chens rannten zur nordwestlichen Ecke der Schafweide. Erlang rannte in die Richtung los, aus der das Heulen kam, kehrte dann aber um, weil er fürchtete, dass die Wölfe ihn von hinten überrumpeln würden. Wild bellend nahm er seinen Platz vor der Herde ein. Am Fuß der

Berge entlang des Beckens schlängelte sich eine Reihe von Taschenlampen, die zu den verschiedenen Brigaden gehörten, und mehr als eine halbe Stunde lang ertönte das Gebell von über hundert Hunden.

Es wurde immer dunkler und kälter. Als die Hunde verstummten, hörte man wieder das leise Rascheln des Schilfs. Doch dann begann der einsame Wolf erneut zu heulen, und diesmal war es nicht das vielfache Echo, das aus Norden, Süden und Westen widerhallte, sondern ein Chor von unzähligen Wölfen, der in das Heulen einfiel und das Zeug hatte, das hundertfache Hundegebell zu übertönen, so kräftig es auch war. Alle Frauen auf Nachtwache schwenkten ihre Taschenlampen wild in die Richtung der Wölfe, stießen laute, langgezogene Rufe dazu aus, die das Heulen der Wölfe zurückdrängten.

Die Hunde imitierten ihre menschlichen Vorbilder und inszenierten einen noch anmaßenderen Radau. Das Bellen, Röhren, Brüllen, Warnen und Provozieren aus Hunderten Hundekehlen vermischte sich zu einer Kakophonie der Kriegsschreie. Chen fiel in das Heulen ein, doch im Vergleich zu den Rufen der Frauen und dem Bellen der Hunde des Graslands kamen ihm seine Laute wie das schwache Muhen eines jungen Kalbs vor, das im nächsten Augenblick schon von der Nacht verschluckt wurde.

Auf dem neuen Weideland standen die Jurten so dicht gedrängt, dass die Abwehrmaßnahmen der Viehzüchter mit Lärm und Licht viel wirksamer und gezielter ausfielen. Das friedliche Grasland mit seinen einsamen Nächten wurde von hitzig nervöser Kriegsstimmung beherrscht. Als das Heulen des Wolfsrudels wirksam übertönt war, hatte sich das auf Anweisung Uljiis und Bilgees so eng bewohnte neue Lager bewährt; ein Angriff der Wölfe war unwahrscheinlich.

Als Chen plötzlich Kettenrasseln hörte, rannte er sofort zu dem kleinen Wolf hinaus. Das Tier sprang neben seiner Höhle wie ein Verrückter an der Kette auf und ab. Er bleckte die Zähne und zeigte aufgeregt die Krallen in diesem Kampf der Stimmen und Lichter, als wolle er sich wie wild dem imaginären Feind entgegenwerfen.

Nachts erwachten die Wölfe zum Leben, nachts waren sie bereit zum Kampf. Die Nacht war die Zeit der Raubzüge und des Fleischfressens, des Bluttrinkens und der Aufteilung der Beute. Eine eiserne Kette beschränkte den kleinen Wolf auf ein so winziges Gefangenenlager und ließ ihn fast wahnsinnig werden vor Wut. Er rollte sich wie zu einem Stoffball zusammen, stürmte auf seinem ausgetrampelten Pfad in vollem Tempo im Kreis herum, als führe er einen Angriff. Er rannte, sprang hoch, um nach einer imaginären Beute zu schnappen, hielt vor dem nächsten Ziel abrupt inne, schnappte wieder zu, knirschte mit den Zähnen und schüttelte wild den Kopf, als halte er ein großes Beutetier im Maul und wolle ihm so das Genick brechen.

Im nächsten Moment stand er mit gespitzten Ohren und in höchster Alarmbereitschaft an der nördlichen Begrenzung seines Gefängnisses, bereit zu töten. Von der angespannten Kampfesstimmung stimuliert, konnte er kaum zwischen Freund und Feind unterscheiden, Hauptsache kämpfen, egal auf welcher Seite und egal ob er einen Hund oder Wolf tötete.

Er rannte auf Chen zu, als er ihn kommen sah, und zog sich dann weit zurück, damit sein Freund das Gefängnis betreten musste. Chen trat etwas unsicher einen Schritt vor und wollte gerade in die Hocke gehen, als der kleine Wolf nach vorn schnellte wie ein hungriger Tiger und die Pfoten um sein Knie legte, bereit, ihm seine Zähne in das Knie zu schlagen. Zum Glück hatte Chen damit gerechnet, stieß dem Tier mit der Taschenlampe gegen die Nase, schaltete sie ein, und der Wolf wich geblendet zurück.

Der Welpe legte den Kopf schief und lauschte neidisch auf das erneut entfachte Kriegsgebell der Hunde, ließ dann den Kopf hängen, als merkte er, dass er nicht bellen konnte wie die Hunde. Entschlossen, nichts unversucht zu lassen, riss er das Maul auf, als wolle er sich darin üben. Chen hockte sich gerührt vor ihn hin und sah ihm zu, wie er die Luft anhielt, das Maul aufriss und alle möglichen seltsamen Laute ausstieß, die aber keinem Bellen ähnelten. Der kleine Wolf wurde immer wütender, atmete ein, hielt die Luft an, spannte den Bauch und tat alles, was er bei bellenden Hunden beobachtet hatte. Was herauskam, war nicht mehr als eine Art Krächzen, das sich weder nach Hund noch nach Wolf anhörte und ihn fuchsteufelswild machte.

Chen amüsierte sich über die Darbeitung. Der kleine Wolf konnte noch nicht heulen wie ein Großer, bekam aber auch kein Hundebellen zustande. Hund und Wolf gingen zwar auf die gleichen Vorfahren zurück, hatten sich aber weit auseinanderentwickelt. Die meisten Hunde konnten das Heulen eines Wolfes imitieren, Wölfe aber nicht Hundegebell, vielleicht weil sie es erniedrigend fanden. Der arme Wolf nun, der inmitten von Hundegebell aufwuchs, tat alles, um es zu lernen. Er hatte eine Identitätskrise.

So frustriert der kleine Wolf sein mochte – aufgeben würde er nicht. Chen ging zu ihm hin, beugte sich vor und bellte ihm ins Ohr. Der Wolf schien zu verstehen, dass sein »Lehrer« ihm etwas beibringen wollte, hatte zunächst den Ausdruck des begriffsstutzigen Schülers im Gesicht, der sich aber schnell in den eines intelligenten verwandelte. Erlang kam herbeigelaufen, stellte sich neben den Wolf und bellte wie ein geduldiger Lehrer langsam und immer wieder. Plötzlich hörte Chen den Wolf etwas Ähnliches wie ein Bellen von sich geben, nur die Tonlage stimmte noch nicht ganz. Das Tier sprang aufgeregt auf und ab und leckte Erlang über die Schnauze. Von da an »bellte« der Wolf alle sechs, sieben Minuten einmal, und Chen bekam Bauchschmerzen vor Lachen.

Dieser Laut, der weder Bellen noch Heulen war, lockte alle Hundewelpen an, die sich das Spektakel nicht entgehen lassen wollten, und löste ein einziges Gebelle und Gekläffe von großen und kleinen Vierbeinern aus. Chen amüsierte sich köstlich und beantwortete jedes »wuff, wuff« mit einem »waff waff«, bis der ganze Platz von arhythmischem »wuff-waff« und »wuff-waff« widerhallte. Vielleicht merkte der kleine Wolf, dass Hund und Mensch sich über ihn lustig machten, doch hinderte ihn das nicht, seine Bellversuche fortzusetzen. Die Welpen kugelten vor Vergnügen über den Boden, doch dann hörten die Hunde der Brigade auf zu bellen, und ohne Anleitung verstummte auch der kleine Wolf.

Als von den Bergen aus drei Himmelsrichtungen wieder das Heulen von Wölfen herüberwehte, waren die Menschen bereits verstummt, die Taschenlampen ausgeschaltet, die Hunde ruhiger geworden. Chen Zhen war sicher, dass die Wölfe etwas aussheckten. Vielleicht hatten sie entdeckt, dass die Verteidigungslinie von Menschen und Hunden zu eng und lückenlos war, um sie zu durchbrechen, und setzten auf Ermüdungsstrategie. Wenn die Viehhüter und Hunde erst einmal durch den Kampf der Stimmen zermürbt waren, würden die Wölfe angreifen – auch wenn sie diesen Krieg der Stimmbänder mehrere Nächte durchhalten müssten. Die Wölfe des Graslands hatten diesen akustischen Ermüdungskrieg schon vor Jahrtausenden angewandt.

Chen lag auf seiner Filzmatte, mit Huanghuang als Kopfkissen. Ohne die menschlichen Rufe und das Hundegebell konnte er in aller Ruhe der Melodie des Wolfsgeheuls lauschen und versuchen, ihre Sprache zu verstehen. Chinesen bezeichneten das Heulen der Wölfe als »das Weinen des Teufels«. Chen hatte sich daran gewöhnt, aber nie verstanden, warum es so traurig und einsam klang, so unglaublich verletzt. Tatsächlich erinnerte es an das Weinen einer trauernden Witwe am Grab. Seit er das Heulen zum ersten Mal gehört hatte, fragte er sich, wie ein Tier, das nichts auf der Welt fürchtete, so viel Traurigkeit und Schmerz in sich tragen konnte. War das Leben auf dem Grasland so schwer, wurden zu viele Wölfe getötet, verhungerten oder erfroren? Heulten sie um ihr eigenes Schicksal? Chen war immer überzeugt gewesen, dass die Wölfe bei aller beeindruckenden Kraft und Stärke ein weiches und zerbrechliches Herz hatten.

Doch nach zwei Jahren auf dem Grasland und insbesondere dem letzten halben Jahr hatte sich seine Meinung allmählich geändert. Mit ihren harten Knochen, dem harten Herz und starken Überlebenswillen glichen sie Stahl, kämpften bis aufs Blut und blieben unbeugsam auch angesichts des Todes. Selbst der Verlust eines Jungen für das Muttertier, die Verletzung eines Männchens, der Verlust eines Beins oder einer Pfote bedeuteten nur vorübergehenden Schmerz und führten unmittelbar zu Rachegedanken, die täglich wahnsinniger wurden. In dem Punkt war sich Chen seit den Monaten mit dem Wolfswelpen sicher. Nie hatte das Tier Schwäche gezeigt, abgesehen von der gewöhnlichen Ermüdung, immer blickte es aus hellwachen Augen, mit wachen Sinnen und voller Lebendigkeit. Selbst als ihm der Pferdehirt fast das Genick brach, hatte das Leben ihn im nächsten Augenblick schon wieder.

Chen lauschte weiter den Wölfen und hörte jetzt einen überheblichen, drohenden Unterton heraus. Warum aber klang das Drohen immer auch etwas traurig? Sollten die Viehzüchter Recht haben, die behaupteten, die Wölfe verunsicherten Mensch und Vieh mit ihrem Heulen absichtlich so sehr, dass der Mensch glaubte, er könne sowieso nur verlieren? Warum riefen die Wölfe sich gegenseitig an, suchten sie einen Partner, Kampfgefährten, oder teilten sie entfernten Verwandten die Jagdbedingungen mit? Heulten sie auf diese Weise, wenn sie Familienmitglieder für eine Umzingelung suchten oder es Beute aufzuteilen galt? Warum klang dann das Heulen der Wölfe des Graslands wie Trauergesang?

Nachdem Chen fast die ganze Nacht Wölfe und Hunde hatte heulen und bellen hören, wurde ihm plötzlich klar, dass die Antwort auf seine Fragen möglicherweise in dem Unterschied von Wolfsgeheul und Hundegebell lag. Hunde bellten kurz und abgehackt, Wölfe heulten langgezogen und andauernd. Wolfsgeheul war deshalb auch in großer Entfernung noch zu hören. Das Hundegebell von den Jurten in der nördlichsten Ecke der Brigade war weniger deutlich wahrnehmbar als das Heulen von Wölfen der Gegend. Und während Chen die Wölfe tief in den Bergen im Osten noch heulen hörte, so trug Hundegebell niemals so weit.

Vielleicht stimmten die Wölfe deshalb eine Art Trauermelodie an, weil sie im Lauf der Jahrtausende festgestellt hatten, dass diese Art zu heulen am längsten und weitesten zu hören war.

Die Wölfe des Graslands waren bekannt für ihre groß angelegten Manöver, während derer sie sich aufteilten, um das Gelände zu sondieren. Als typische Rudeltiere spielten sich ihre Raubzüge auf einem großen Areal ab. Um sich über weite Entfernungen zu verständigen und um als eine Gruppe agieren zu können, benutzten die Wölfe dieses ausgefeilte und hochmoderne Kommunikationsmittel des Graslands. In den grausamsten Kriegen zählte allein das Ergebnis, nicht, wie es dazu kam oder wie es sich anhörte.

Die Kakophonie der Wölfe wurde schwächer, ohne jedoch völlig zu verstummen. Doch dann erklang von irgendwo hinter der Schafherde und der Jurte plötzlich so etwas wie ein kindliches Wolfsheulen. Chen erschrak: Hatte das Rudel ihn ausgetrickst? Erlang stürmte wild bellend mit allen anderen Hunden los. Chen rappelte sich auf, griff zu Pferdeknüttel und Taschenlampe und lief hinterher. Vor der Jurte blieben die Hunde um das offene Wolfsgefängnis herum stehen, staunten und knurrten.

Im Licht der Taschenlampe sah Chen den Wolfswelpen vor dem Holzpfahl kauern, die Schnauze in den Himmel gerichtet – und hörte sein Heulen. Chen hatte immer angenommen, dass nur ausgewachsene Wölfe heulen konnten. Und jetzt heulte der keine vier Monate alte Wolf schon wie ein Großer und in genau der richtigen Körperhaltung. Chen war aufgeregter als ein Vater, dessen Kind das erste Mal »Papa« sagt. Er konnte nicht anders, als dem Kleinen über den Rücken zu streichen, und der Kleine leckte ihm die Hand, bevor er fortfuhr zu heulen.

Die Hunde waren so verwirrt, dass sie nicht wussten, ob sie ihn töten oder nur das Heulen beenden sollten. Die Ankunft des Todfeindes in ihrer Mitte brachte die Hunde völlig durcheinander. Auch der Hund des Nachbarn Gombo hörte auf zu bellen, und mehrere Hunde aus der Nachbarschaft kamen angerannt, um zu sehen, was los war und um ihre

Unterstützung anzubieten. Nur Erlang lief fröhlich zu dem Kleinen hin, leckte ihm über den Kopf und legte sich neben ihn hin, um seinem Heulen zu lauschen. Huanghuang und Yir starrten ihn hasserfüllt an. In diesem Augenblick raubte sein weiches Heulen ihm die Identität, die er mehrere Monate inmitten der Hunde gehabt hatte – er war kein Hund, sondern ein Wolf. Ein Wolf, der sich in nichts von einem wilden Wolf unterschied, nicht im Kampf mit Hunden und nicht im Heulen. Aber als Huanghuang und Yir sahen, wie ihr Herr dem Wolf über den Kopf strich, blieb ihnen nichts anderes übrig, als tatenlos zuzusehen.

Chen Zhen hockte sich neben den Wolf, um sein Verhalten zu studieren. Das Tier hob seine schwarze Nasenspitze nach oben, um sein weiches, sanftes Heulen auszustoßen, ähnlich einem Delfin, der bei Mondschein vorsichtig mit der Nase aus dem Wasser sah und damit winzige Wellen in Bewegung setzte, die sich in alle Richtungen ausbreiteten. Chen begriff, dass der Wolf den Kopf hob, damit sein Heulen sich ebenfalls in alle Richtungen ausbreiten konnte und weit getragen wurde. Das langgezogene traurige Heulen der Wölfe und seine »Schnauze-gen-Himmel«-Haltung waren die Anpassung des Wolfes an das Leben und den Kampf auf dem Grasland. Die vollkommene Evolution des Wolfes war das Meisterwerk Tenggers.

Chen spürte sein Blut in Wallung geraten. Wahrscheinlich hatte noch nie zuvor ein Viehzüchter in den Tiefen der Inneren Mongolei einem Wolf den Rücken gekrault und ihm beim Heulen zugehört. Niemand hörte den runden, reinen Klang dieses Wolfsheulens klarer als Chen. Es war zwar typisch Wolf, aber ohne jeden traurigen Unterton. Im Gegenteil, der Wolf schien besonders munter, er war unendlich aufgeregt, weil er endlich in den höchsten Tönen singen konnte, immer höher, immer langgezogener, immer lebendiger. Der kleine Wolf gebärdete sich wie ein erfolgreicher Sänger bei seinem ersten Bühnenauftritt.

Der Wolf hatte Chen in den letzten Monaten immer wieder mit seinem Verhalten überrascht, und nun noch dies: Da er es nicht geschafft hatte, von den Hunden richtig bellen zu lernen, begann der kleine Wolf eben von allein zu heulen. Den Klang hatte er von den fernen Wolfsrudeln übernommen, aber die Körperhaltung? Nie und nimmer hatte er sie auf dem nächtlichen Grasland zu sehen bekommen.

Jedes Heulen klang selbstverständlicher als das vorige, war lauter und wohlklingender und schien nach Chens Herz zu greifen. Ach mein Kleiner, dachte er, weißt du eigentlich, wie viele Hunde und Menschen dich lieber tot als lebendig sähen? Wie viele Wolfsmütter dich gern hier herausholen würden? Du hast dir eine Höhle gebaut, um dich vor dem Menschen zu verstecken, heulst deine Existenz jetzt aber laut hinaus. Doch dann wurde Chen klar, dass der Wolf einzig mit der Hoffnung heulte, seine Eltern mögen ihn finden und retten, und Chen brach der kalte Schweiß aus, als er den Druck spürte, der von Mensch und Wolf auf ihm lastete.

Da stieß der kleine Wolf plötzlich ein Geheul aus, das alles Bisherige übertraf.

Bis jetzt hatte er keine Antwort auf sein Heulen bekommen, weder von Menschen, Hunden, noch von Wölfen in der Ferne. Schließlich waren es die Wölfe, die als Erste reagierten. Als der junge Wolf seinen dritten, vierten Stimmversuch unternahm, hielten die Wölfe in den Bergen ringsum mitten im Heulen inne und verschluckten die zweite Hälfte ihres langen Rufes, während die erste noch von der Luft davongetragen wurde.

Chen Zhen vermutete, dass kein Wolf des Graslands, ob Rudelführer, Leitwolf oder Mutterwolf, jemals das Heulen eines Artgenossen aus einer menschlichen Behausung hatte kommen hören, und er konnte sich vorstellen, wie sehr die Tiere das erschreckte: War ein Jungtier ihres Rudels etwa zu den Menschen ins Lager gelaufen? Oder war es ein Hund, der das Heulen von den Wölfen gelernt hatte? Die Wölfe mussten verwirrt sein, aber früher oder später würden sie heraushören, dass es einer der Ihren war, der da heulte. Ein Steppenbrand der Hoffnung würde durch alle Wolfsmütter gehen, denen im Frühjahr ihre Jungen fortgenommen worden waren – Hoffnung, ihre Kleinen wiederzubekommen. Chens schlimmste Befürchtungen wurden wahr.

Die zweite Reaktion auf das Heulen des kleinen Wolfes kam von den Hunden. Sie hatten sich gerade wieder für ein Nickerchen hingelegt, als das immer perfekter gewordene Wolfsgeheul mitten aus dem Jurtenlager sie jetzt zu Tode erschreckte. Sie vermuteten, die Wölfe nutzten die Erschöpfung der Hunde und Menschen für einen Angriff auf die Schafe, und bellten wie wild los. Sie schienen wiedergutmachen zu wollen, dass sie sich hingelegt hatten, und stellten mit ihrem Radau das Grasland fast auf den Kopf. Für einen Kampf auf Leben und Tod gerüstet, wollten sie ihre menschlichen Gefährten auffordern, zu den Waffen zu greifen.

Als Letzte reagierten die Menschen. Die Frauen, von denen die meisten bei der Nachtwache eingeschlafen waren und das Heulen des kleinen Wolfes nicht gehört hatten, wurden durch das laute Gebell der Hunde aufgeschreckt. Allenthalben ertönten ihre lauten Rufe und blitzten ihre Taschenlampen auf. Mit einem Angriff der Wölfe kurz vor dem Überfall der Mücken hatte niemand gerechnet.

Dieses wahnsinnige Gebell machte Chen ganz nervös, denn er hatte es verursacht. Er fragte sich, wie er den Zurechtweisungen der Brigade begegnen sollte, und fürchtete vor allem, dass sie den kleinen Wolf zu Tengger in die Höhe schleudern würden. Und der kleine Wolf heulte weiter, als begehe er so etwas wie seinen persönlichen Tag der Volljährigkeit, er unterbrach nur, um zwischendurch seine Kehle zu befeuchten. Die Morgendämmerung kündigte sich an, und die Frauen, die keine Nachtwache hatten halten müssen, gingen melken. Eilig nahm Chen den kleinen Wolf in den Arm und hielt ihm mit der linken Hand die Schnauze zu, um das Heulen zu unterbinden. So war der Welpe noch nie behandelt worden, er wehrte sich mit aller Kraft. Inzwischen war er immerhin ein halber ausgewachsener Wolf, Chen hatte seine Kraft unterschätzt, er konnte ihn mit einem Arm nicht halten. Aber wenn er die Hand lockerte, mit der er die Schnauze des Tieres hielt, würde er mit Sicherheit gebissen.

Der kleine Wolf wehrte sich wie verrückt, seine kleinen Augen schwarz vor Wut, und Chen wusste, dass er nun sein Feind war. Der Welpe schaffte es nicht, die Hand Chens durch wildes Kopfschütteln loszuwerden und setzte daher die Pfoten ein. Der Ärmel an Chens Kleidung war im nächsten Moment zerfetzt, am linken Handrücken klafften blutende Kratzwunden. Chen Zhen rief vor Schmerz nach Yang Ke. Die Tür der Jurte flog auf, und Yang kam herausgerannt. Mit vereinten Kräften drückten sie das Tier zu Boden, das nach Luft schnappte und mit den Pfoten regelrechte Gräben in den Boden kratzte.

Chens linke Hand blutete so stark, dass die beiden auf »eins, zwei, drei« losließen und aus dem Wolfsgehege hinausstürzten. Der kleine Wolf ließ nicht locker und jagte hinter ihnen her – so weit die Kette es zuließ.

Yang rannte in die Jurte, um Verbandmaterial und Salbe zu holen. Gao Jianzhong war inzwischen aufgewacht, kam herausgestolpert und fluchte: »Dieser verdammte Wolf! Du hofierst ihn jeden Tag wie einen Prinzen, und er beißt dich auch noch. Wenn ihr dem Ganzen kein Ende setzt, werde ich es tun, ich bringe ihn um!«

Chen winkte abwehrend mit der Hand. »Nein, nein, diesmal ist nicht der Wolf schuld. Ich habe ihm die Schnauze zugehalten, da muss er ja wütend werden!«

Es wurde langsam hell, und der Wolf hatte sich immer noch nicht beruhigt. Er sprang auf und ab, hechelte laut und kroch dann an den äußersten Rand seines Geheges, um gebannt nach Nordwesten zu starren, den Kopf zu heben und erneut loszuheulen. Doch nach dem Gerangel mit den beiden Männern hatte er plötzlich die Kunst des Heulens vergessen und bekam keinen Ton heraus. Er versuchte es ein paarmal, doch mehr als ein krächzendes Bellen wurde es nicht. Erlang wedelte erfreut mit dem Schwanz, die drei Männer stießen kleine Freudenrufe aus, allein der Wolf wurde zornig, knurrte seinen Stiefvater Erlang wütend an und bleckte die Zähne.

»Der Kleine kann heulen wie ein Großer«, sagte Chen besorgt. »Alle in der Brigade müssen es gehört haben, und wir werden Ärger bekommen. Was nun?«

»Töten wir ihn besser«, sagte Gao ungerührt. »Sonst werden die Wolfsrudel unsere Schafherden keine Nacht mehr in Ruhe lassen mit ihrem Heulen. Dazu das Gebell von über hundert Hunden, und auch die, die keine Nachtwache haben, tun kein Auge zu. Und wenn dann noch Schafe gerissen werden, haben wir ein echtes Problem.«

»Nicht töten«, sagte Yang Ke. »Lieber lassen wir ihn heimlich frei und behaupten, er habe die Kette gesprengt.«

»Weder noch!« Chen biss die Zähne zusammen. »Wir werden ihn behalten und jeden Tag neu entscheiden, was wir tun. Um unser Lager herum wohnen zu viele Leute; wenn wir ihn jetzt freilassen, wird er sicher von deren Hunden totgebissen. Du gehst tagsüber Schafe weiden, ich übernehme die Nachtwachen und kann tagsüber den Wolfswelpen im Auge behalten.«

»Wir haben keine andere Wahl«, sagte Yang. »Wenn von oben der Befehl kommt, ihn zu töten, setzen wir ihn irgendwo aus, wo es keine Hunde gibt.«

»Träumer!«, schnaubte Gao. »Demnächst werden die Viehzüchter an unsere Tür klopfen. Das Tier hat mich die ganze Nacht wach gehalten, ich habe kein Auge zugetan und fürchterliche Kopfschmerzen. Umbringen werde ich das Vieh!«

Noch bevor sie ihr Frühstück beendet hatten, waren Pferdehufe zu hören. Chen und Yang stürzten zur Tür, von wo aus sie Bilgee und Uljii die Jurte zu Pferde umkreisen und den kleinen Wolf suchen sahen. Bei der zweiten Runde entdeckten sie die Kette, die in eine Höhle führte. Bilgee saß ab. »Kein Wunder, dass wir ihn nicht gefunden haben, hier hat er sich versteckt.«

Yang und Chen eilten herbei, um den beiden die Zügel aus der Hand zu nehmen und die Pferde an der Deichsel des Ochsenkarrens festzubinden. Die beiden waren auf eine Gardinenpredigt gefasst.

Uljii und Bilgee blieben außerhalb des Wolfsgeheges und starrten zu der Höhle. Der kleine Wolf hatte sich niedergelegt und wollte nicht gestört werden; er knurrte und warf drohende Blicke um sich.

»Er ist gewachsen, seit ich ihn das letzte Mal gesehen habe«, sagte Bilgee. Er ist größer als Wolfswelpen, die ich in freier Wildbahn gesehen habe. Er wandte sich an Chen: »Du verwöhnst ihn. Sogar eine kühle Höhle hast du ihm gebaut. Ich habe mir gedacht, wir brauchen ihn nur schutzlos der Sonne auszusetzen, dann wird er ganz von selbst sterben, und wir brauchen ihn nicht zu töten.«

»Die Höhle habe nicht ich gebaut«, sagte Chen, auf der Hut. »Das war der Wolf selbst. Er kam in der brütenden Hitze fast um, und da hat er sich das ausgedacht.«

Der alte Mann sah erstaunt zu dem kleinen Wolf hinüber. »Das konnte er, ohne dass die Mutter es ihm beigebracht hat? Vielleicht will Tengger nicht, dass er stirbt.«

»Wölfe sind eben intelligent«, warf Uljii ein. »Viel intelligenter als Hunde und mitunter sogar klüger als der Mensch.«

Chen raste das Herz. »Ich ...«, stammelte er atemlos. »Ich war auch verwirrt, wie ein so junger Wolf so etwas schaffen kann. Als ich ihn hertrug, waren seine Augen noch geschlossen, er hatte seine Mutter nie gesehen.«

»Wölfe sind von Natur aus pfiffig«, sagte der Alte. Wenn ihre Mutter nicht da ist, um ihnen etwas beizubringen, tut Tengger es. Gestern Nacht hast du gesehen, wie der Wolf zum Himmel geheult hat. Kein Tier auf dem Grasland wendet sich an den Himmel, weder Rind noch Pferd, Schaf, Fuchs, Gazelle oder Murmeltier, nur der Wolf tut das, und warum wohl? Ich habe dir schon früher gesagt, dass Wölfe der ganze Stolz Tenggers sind, und darum wenden sie sich an ihn, wenn sie ein Problem haben. Viele ihrer Fähigkeiten haben sie direkt von Tengger bekommen. Sie verstehen es, ›morgens Instruktionen zu erbitten und abends Bericht zu erstatten‹. Auch die menschlichen Bewohner des Graslands werfen den Blick in den Himmel, wenn sie Probleme haben.

Aber Wolf und Mensch sind auch die einzigen Lebewesen auf dem Grasland, die Tengger respektieren.«

Der alte Mann sah jetzt mit sehr viel gnädigerem Blick auf den kleinen Wolf und fuhr fort: »Es ist der Mensch, der vom Wolf gelernt hat, Tengger zu ehren, nicht umgekehrt. Lange bevor die Menschen aufs Grasland kamen, haben die Wölfe dort schon jede Nacht zu Tengger geheult. Das Leben auf dem Grasland ist hart genug, besonders für die Wölfe. Alten Menschen kommen nicht selten die Tränen, wenn sie die Wölfe heulen hören.«

Chen war bewegt. Was Bilgee sagte, deckte sich mit seinen Beobachtungen: Nur der Mensch und der Wolf beteten oder heulten zu Tengger. Menschen und Wölfe lebten auf diesem herrlichen doch kargen Stück Land ohne Aussicht auf weniger harte Tage, und das tägliche Zwiegespräch mit Tengger half ihnen, die Last zu tragen. Aus wissenschaftlicher Sicht heulten die Wölfe deshalb zum Himmel, weil ihre Stimmen und damit die Nachrichten weiter in die Ferne getragen wurden. Aber Chen folgte lieber der Erklärung Bilgees. Ohne spirituelle Unterstützung war das Leben hoffnungslos. In seinen Augen standen Tränen.

Bilgee drehte sich zu Chen um. »Du brauchst deine Hände nicht zu verstecken. Hat der Wolf dich gekratzt? Ich habe gestern Abend alles gehört, und du glaubst bestimmt, dass ich gekommen bin, den Wolf zu töten ... Nun, heute früh haben mehrere Schaf- und Pferdehirten sich über dich beschwert und wollten, dass die Brigade die Tötung des kleinen Wolfes veranlasst. Uljii und ich haben vereinbart, dass du ihn behalten darfst, aber noch vorsichtiger sein musst. Ich gebe zu, ich habe noch nie einen Chinesen gesehen, der so besessen von Wölfen war.«

Chen schwieg verblüfft und sagte dann: »Ihr erlaubt mir wirklich, ihn zu behalten? Ich befürchte selbst, der Brigade zu schaden und dir Ärger zu bereiten, ich hatte mir gerade überlegt, ihm einen ledernen Maulkorb anzulegen, damit er nicht mehr heulen kann.«

»Dafür ist es zu spät«, sagte Uljii. »Die Muttertiere wissen jetzt, dass es bei euch einen Wolfswelpen gibt, und ich bin sicher, dass sie heute

Nacht kommen werden. Aber wir haben die Jurten so dicht beieinander aufgebaut, dass die Wölfe es schwer haben werden, sich zwischen so viel Menschen, Hunden und Gewehren zu schlagen. Ich fürchte nur, dass eure Jurte auf unserem Herbstweideplatz, wo wir wieder lockerer siedeln werden, in Gefahr sein wird.«

»Bis dahin sind meine drei Hundewelpen ausgewachsen«, sagte Chen. »Dann habe ich fünf große Hunde, darunter Erlang, den Wolfskiller. Wir werden nachts noch mehr Runden drehen und ab und zu Feuerwerkskörper zünden, dann brauchen wir die Wölfe nicht zu fürchten.«

»Wir werden sehen«, sagte der Alte.

Chen war noch nicht ganz beruhigt. »Alter Freund«, begann er. »Wenn so viele Leute dich gebeten haben, den kleinen Wolf zu töten, was hast du ihnen gesagt?«

»In den letzten Tagen haben die Wölfe viele Fohlen gerissen«, erwiderte Bilgee. »Wenn der Kleine es schafft, die großen Wölfe hierherzulocken, wird es weniger Verluste unter den Pferden geben, und die Pferdehirten haben es leichter.«

»Dass du dir einen Wolf hältst wirkt sich also zumindest positiv auf die Pferde aus«, sagte Uljii. »Aber lass dich bloß nicht beißen. Neulich wollte einer der Arbeiter getrockneten Rinderdung bei den Viehzüchtern stehlen, wurde von einem Hund gebissen und wäre fast an Tollwut gestorben. Ich habe den kleinen Peng in die Zentrale geschickt, um Medikamente dagegen zu holen.«

Bilgee und Uljii saßen auf und ritten zur Pferdeherde, was nur bedeuten konnte, dass dort Schlimmeres passiert war. Chen Zhen sah in den Staub, den die Pferde aufwirbelten, und wusste nicht, ob er beruhigt sein sollte oder nervöser als zuvor.

25

Das Territorium des Königreichs der Jin ist ursprünglich eine Region mit Weideland. König Cheng von den Zhou gab sie seinem jüngeren Bruder, Prinz Shuyu von den Tang, zu Lehen. Im Fürstentum Tang »geschieht die Verteilung der Weiden nach den Gebräuchen der Barbaren der Rong und Di« (Überlieferung des Zuo, das 4. Regierungsjahr des Königs Dinggong). Demnach galt das Prinzip der Landverteilung bei den Zhou, übernommen in den Agrarfürstentümern der Lu und der Wei, bei den Tang nicht. Später benannte Xianfu, Sohn des Shuyu, sein Fürstentum in Königreich der Jin um.

Fan Wenlan, Abriss der Geschichte Chinas, Bd. 1

Aus den letzten beiden Stücken Fleisch und etwas Schafsfett kochte Chen Zhen dem Welpen seinen Brei. Das Tier fraß immer größere Portionen und wurde von einer vollen Schüssel schon nicht mehr satt. Chen seufzte und legte sich schlafen, um für den bevorstehenden nächtlichen Kampf gerüstet zu sein. Irgendwann nach ein Uhr am Mittag weckten Rufe von draußen ihn auf. Er lief hinaus.

Zhang Jiyuan war auf einem großen Pferd angeritten gekommen, das eine Last auf dem Rücken trug. Das Pferd war vorn vollkommen mit Blut verschmiert, es scheute und wollte dem Ochsenkarren nicht zu nahe kommen. Sofort wurden Pferd und Reiter von Hunden umringt, die heftig mit dem Schwanz wedelten. Chen rieb sich den Schlaf aus den Augen und zuckte zusammen: Über dem Sattel des Pferdes lag ein verletztes Fohlen. Er lief hin und hielt das Pferd am Zaumzeug fest, um es zu beruhigen. Das Fohlen versuchte den Kopf zu heben, sein Nacken blutete und verfärbte Sattel und Fell des Pferdes. Voller Angst riss das

Pferd die Augen auf, blähte die Nüstern und scharrte nervös mit den Hufen. Zhang saß hinter dem Sattel auf dem Rücken des Pferdes und wagte nicht abzusteigen aus Angst, das verletzte Fohlen könnte herunterrutschen und sein Pferd erschrecken. Chen hielt ein Vorderbein des Fohlens fest, während Zhang behutsam einen Fuß aus dem Steigbügel zog, und absaß und dabei fast zu Boden stürzte.

Zu beiden Seiten das Pferd flankierend, hoben sie vorsichtig das Pony herunter und legten es auf den Boden. Das Pferd drehte sich um und sah das Fohlen mit großen traurigen Augen an. Das Fohlen konnte den Kopf nicht mehr heben, sah die Menschen aus seinen schönen schwarzen Augen traurig an und wimmerte vor Schmerz. Seine Hufe stemmten sich in den Boden, doch kam das Tier nicht auf die Beine. »Ist es noch zu retten?«, fragte Chen aufgeregt.

»Batu meint, man könne nichts mehr tun«, antwortete Zhang. »Wir haben lange kein Fleisch zu essen gehabt, schlachten wir es! Laasurung hat Bilgee auch gerade ein schwer verletztes Fohlen gebracht.«

Chens Herz setzte einen Schlag aus. Er gab Zhang eine Schüssel Wasser, damit er sich waschen konnte. »Gab es noch einen Überfall? Waren die Verluste groß?«

»Frag lieber nicht. Gestern Nacht wurden Batu und mir zwei Pferde gerissen und eines verletzt. Laasurung hat es noch übler getroffen, von seiner Herde wurden fünf oder sechs getötet. Von den anderen Pferdeherden wissen wir es noch nicht, aber die Verluste sind bestimmt auch nicht unerheblich. Die Brigadeleiter sind sofort hingeeilt.«

»Gestern«, sagte Chen, »haben Wölfe die ganze Nacht die Brigade umstellt und geheult. Ich verstehe nicht, wie sie gleichzeitig bei den Pferdeherden sein konnten.«

»Das nennt man Kriegskunst«, sagte Zhang bitter. »Angriff auf ganzer Front: im Osten ablenken und im Westen angreifen, sich gegenseitig decken. Auf einer Seite einen Angriff vortäuschen und auf der anderen einen Großangriff unternehmen, angreifen, wenn die Gelegenheit günstig ist. Wenn unmöglich, die Kampfkraft des Gegners binden, sodass er weder Kopf noch Schwanz bewegen, sich weder im Osten noch im Westen wehren kann. Diese Taktik der Wölfe ist tödlicher als jede Konzentration der Kräfte für einen Großangriff.« Nachdem Zhang sich die Hände gewaschen hatte, fuhr er fort: »Los, lass uns das Fohlen schnell schlachten, denn wenn es vorher stirbt, sickert sein Blut ins Fleisch ein, und der Geschmack ist hin.«

»Es stimmt, was die Leute sagen«, sagte Chen. »Pferdehirten sind grausamer als Wölfe. Du siehst wie ein echter Pferdehirt aus und sprichst wie einer, so ähnlich müssen die Krieger des Graslands einst geklungen haben.« Chen reichte Zhang sein mongolisches Messer mit dem Messinggriff. »Tu du es. Ich kann so ein wunderschönes Fohlen nicht töten.«

»Wölfe haben dieses Fohlen getötet, nicht Menschen«, sagte Zhang. »Das hat nichts mit dem guten oder schlechten Charakter des Menschen zu tun. Wie auch immer, ich werde es schlachten, du häutest und zerteilst es.«

Chen nickte.

Zhang nahm das Messer entgegen, stellte seinen Fuß auf eine Seite des Brustkorbs und drückte den Kopf des Pferdes zu Boden. In der Tradition des Graslands ließ er die Augen zu Tengger schauen, als er mit dem Messer in die Halsschlagader schnitt. Das Blut tröpfelte mehr, als dass es sprudelte. Zhang sah dem Fohlen in seinem Todeskampf zu wie einem gerade geschlachteten Schaf. Die Hunde sabberten gierig und wedelten mit dem Schwanz, die Welpen leckten das Blut vom Boden auf. Der kleine Wolf witterte Blut, kam aus seiner Höhle und zog so stark an der Kette, dass ihm die Augen aus den Höhlen traten.

»Ich habe vor ein paar Tagen schon ein Fohlen geschlachtet«, sagte Zhang. »Es war kleiner als dies und das Fleisch nicht so fest. Ein paar Kollegen und ich haben Dampfnudeln mit Pferdefleischfüllung gegessen. Das Fleisch ist zart und aromatisch, aber die Viehzüchter essen es im Sommer nur, wenn es sonst nichts gibt. Im Lauf von Tausenden von Jahren ist Pferdefleisch eine Delikatesse des Graslands geworden.«

Zhang wusch sich die Hände, ließ sich auf der Deichsel eines Wasserwagens nieder und sah Chen beim Häuten zu.

Als Chen sich an dem Fohlen zu schaffen machte, hob sich seine Stimmung. »Dieses Fohlen ist riesig, es hat fast so viel Fleisch wie ein ausgewachsenes Schaf. Ich weiß schon gar nicht mehr, wie Fleisch schmeckt. Für Menschen mag das noch in Ordnung sein, aber der Wolf wird mir ohne Fleisch in der Nahrung langsam zum Schaf – er wird bald blöken.«

»Dieses Fohlen ist das erste, das in diesem Jahr geboren wurde«, sagte Zhang. »Seine Eltern sind große Tiere, darum ist es auch so groß. Wenn es euch schmeckt, kann ich euch in ein paar Tagen mehr mitbringen. Der Sommer ist immer die Zeit des Trauerns für Pferde. Die Stuten fohlen, und Wölfe haben in ihren Jungen leichte Beute. Alle paar Tage fallen ein, zwei Fohlen den Wölfen zum Opfer, da können wir nichts machen. Jetzt ist die Zeit der Fortpflanzung vorbei und jede Herde um hundertvierzig, hundertfünfzig junge Pferde größer. Das Gras ist gut, die Muttertiere haben viel Milch, deshalb wachsen die Fohlen schnell und toben wild herum, sodass Wallache und Stuten sie nicht immer unter Kontrolle haben.«

Mit der Axt hackte Chen die Teile an Kopf, Brust und Nacken ab, in die der Wolf sich verbissen hatte, und schnitt sie in kleine Stücke. Die sechs Hunde hatten sich um Chen versammelt, fünf Schwänze wedelten wie Schilf im Herbstwind, nur der von Erlang stand senkrecht wie ein Bajonett, während das Tier Chen reglos beim Zerteilen des Fleisches zusah.

Fleisch und Knochen wurden in die üblichen drei großen und drei kleinen Portionen aufgeteilt. Chen gab den halben Kopf und den halben Hals Erlang. Der trug beides schwanzwedelnd unter einen Ochsenkarren, um seinen Anteil ungestört zu genießen. Huanghuang, Yir und die drei kleinen Hunde bekamen ebenfalls ihre Portionen und liefen damit in den Schatten. Danach erst schnitt Chen Zhen Brustfleisch und den Brustknochen für den Wolf in kleine Stücke, eine gute halbe Schüssel voll, und goss Blut darüber. Er rief: »Kleiner Wolf, kleiner Wolf! Es gibt etwas zu fressen!« und ging zu ihm hinüber.

Die Haut im Nacken des kleinen Wolfes war inzwischen dick und hart geworden. Sobald er das bluttriefende Fleisch sah, versteifte sich sein Nacken wie bei einem Ochsen, der einen vollen Wasserwagen bergauf zieht; der Speichel tropfte ihm aus dem Maul. Chen schob die Schale hastig in den Wolfskreis, der Kleine sprang auf sie wie ein wilder Wolf auf ein lebendiges Pferd und bleckte zugleich die Zähne gegen Chen, um ihn zu verjagen. Chen kehrte zu den Überresten des toten Fohlens zurück und beobachtete aus dem Augenwinkel weiter den Wolf. Der schlang das Fleisch gierig in sich hinein, ohne dabei Menschen und Hunde aus den Augen zu lassen. Sein Körper war gespannt wie ein Flitzebogen, jederzeit bereit, seine Nahrung in die Höhle und in Sicherheit zu bringen, wenn nötig.

»Essen Viehzüchter die Innereien der Fohlen?«, fragte Chen.

»Nicht, wenn sie von Wölfen kaputt gebissen wurden«, antwortete Zhang.

Darauf nahm Chen Magen und Gedärm aus dem toten Tier und warf sie auf einen Haufen neben den Ofen, wo die Hunde sich daran gütlich tun konnten. Dann holte er zwei leere Schalen aus der Jurte, legte Herz, Leber, Lunge und andere Innereien hinein, und stellte sie in der Jurte für die nächste Mahlzeit der Tiere ins Dunkle.

»Und ihr Pferdehirten könnt wirklich nichts gegen die Wölfe ausrichten?«, wunderte sich Chen.

»Ich bin jetzt fast zwei Jahre Hirte«, erwiderte Zhang. »Der angreifbarste Punkt sind die Pferdeherden. Zwei Hirten sind für bis zu fünfhundert Tiere zuständig, da hilft der eine zusätzliche Schüler aus Peking auch nicht viel. Zwei oder drei Leute arbeiten in Schichten, das heißt nur einer hat jewesils die Aufsicht, das ist nicht zu machen!«

»Warum werden dann nicht mehr Hirten für die Pferde eingeteilt?«, fragte Chen.

»Pferdehirten sind die Piloten des Graslands, ihre Arbeit ist schwer und anspruchsvoll, die Ausbildung eines Pferdehirten langwierig. Niemand auf dem Grasland würde wagen, seine Tiere in die Hände eines nicht hinreichend qualifizierten Pferdehirten zu geben. Im schlimmsten Fall verliert man den halben Bestand innerhalb eines Jahres. Außerdem ist die Arbeit eines Pferdehirten anstrengend und gefährlich. Da sind die Schneestürme im Winter, und wenn man bei Temperaturen von minus dreißig bis minus vierzig Grad manchmal die ganze Nacht braucht, um die Pferde einzuzäunen, kann trotz drei Kleidungsschichten schon einmal ein Zeh abfrieren. Im Sommer saugen die Mücken dir und deinen Pferden das Blut aus. Pferdehirten üben diese Tätigkeit oft acht bis zehn Jahre aus, dann wechseln sie die Arbeit oder müssen sich mit Verletzungen zur Ruhe setzen. Von vier Schüler-Pferdehirten bin nach nicht einmal zwei Jahren nur ich übrig. Die Herden sind dauernd unterwegs, und das recht schnell; sie bestehen aus Stuten, Fohlen, jungen Pferden und Wallachen, insgesamt recht schreckhaften Tieren. Wenn der Pferdehirt sich nur in seiner Jurte etwas zu essen macht, kann die Herde auf und davon galoppieren und muss dann oft tagelang gesucht werden. Tage, in denen Wölfe ungehinderten Zugriff auf die Fohlen haben. Ein Pferdehirt der Vierten Gruppe wurde neulich am Kopf verletzt, als ein Pferd sein Hufeisen verlor, und die ganze Herde lief in der Nacht über die Grenze. Die Lagerleitung sprach mit der Grenzstation, aber es dauerte trotzdem fast zwei Wochen, bis man die Pferde zurückhatte. Fast zwei Wochen, in der die Pferde ohne Hirten und die Verluste gewaltig waren.«

»Warum haben sie die Pferde nicht einfach behalten?«, fragte Chen.

»Die Beziehungen zwischen unseren Ländern sind so schon schlecht genug«, erwiderte Zhang. »Es gibt einen Vertrag, dass, wenn wir Zeitpunkt und Ort des Grenzübertritts angeben können sowie die Größe der Herde, insbesondere Anzahl und Farbe der Hengste, die Herde zurückgebracht wird. Das gilt für beide Seiten. Wie viele Pferde allerdings unterwegs von Wölfen getötet werden, dafür übernehmen die Grenzstationen beider Seiten keine Verantwortung. Einmal wurde uns eine fehlende Herde von über hundertzwanzig Tieren gemeldet, und die Hirten fanden nach zwei Tagen Suche nur neunzig. Die Hirten sagten, die fehlenden Pferde seien größtenteils wahrscheinlich von Wölfen gefressen worden.«

Chen unterbrach ihn. »Ich habe nie verstanden, wieso Pferde oft einfach drauflos rennen, auch wenn es sie ihr Leben kosten kann.«

»Dafür gibt es viele Gründe«, sagte Zhang. »Im Winter laufen sie, um sich zu wärmen, im Frühjahr müssen sie schwitzen, um den Fellwechsel zu beschleunigen, im Sommer versuchen sie durch Laufen gegen den Wind die Mücken loszuwerden, und im Herbst erkämpfen sie sich gute Weiden gegen Rinder und Schafe. Aber vor allem rennen sie, um den Wölfen zu entkommen, und das zu jeder Jahreszeit. Für Hunde bewegen Pferde sich entschieden zu viel, deshalb ist ein Pferdehirt nachts allein damit beschäftigt, eine Herde ängstlicher Pferde zu bewachen. Besonders in einer mondlosen Nacht machen Wölfe oft Beute unter Pferden. Wenn das Wolfsrudel klein ist, können der Hirte und die Hengste die Pferdeherde schützen, aber vor einem großen Rudel ergreift die Herde die Flucht wie eine geschlagene Armee, da können weder Hirte noch Hengste etwas ausrichten. Jetzt weiß ich«, fuhr Zhang Jiyuan fort, »warum die Kavallerie Dschingis Khans so schnell vom Fleck kam. Die Pferde mussten Tag und Nacht vor Wölfen fliehen, sie waren gezwungen, Kraft, Kondition und Ausdauer zu entwickeln. Ich habe oft den verzweifelten, grausamen Kampf zwischen Pferd und Wolf gesehen. Wölfe greifen nachts an, gnadenlos, und gönnen den Pferden bei ihrer Verfolgungsjagd keine Pause. Sobald alte, kranke, langsamere, kleine, junge oder trächtige Tiere hinter ihre Herde zurückfallen, werden sie von Wölfen getötet und gefressen. Du hast noch nie gesehen, wie verzweifelte Pferde um ihr Leben galoppieren, Schaum vor dem Maul und völlig verschwitzt. Manche verbrauchen auf der Flucht ihre letzten Kräfte und brechen mit dem letzten Schritt tot zusammen. Die schnellsten schlingen etwas in sich hinein, sobald sich die Gelegenheit ergibt, sie fressen alles, wenn sie hungrig sind, auch trockenes Schilf, und sie trinken alles, wenn sie durstig sind, auch schmutziges und stinkendes Wasser, in das Rinder und Schafe gekotet haben. Die Ausdauer und Geduld Mongolischer Pferde, ihre Verdauung und Immunsystem und ihre Fähigkeit, Hitze und Kälte zu widerstehen, sind auf der Erde einzigartig. Aber nur die Pferdehirten wissen, dass sie all diese Fähigkeiten unter der tödlichen Bedrohung der Geschwindigkeit und Krallen von Wölfen erlernen mussten.«

Chen war fasziniert. Er wollte Fleisch und Knochen des Fohlens in die Jurte tragen und das Fell über das Dach ausbreiten. »Du bist jetzt bald ein Experte. Erzähl ja weiter! Draußen ist es heiß, lass uns hineingehen. Du erzählst, und ich mache die Füllung und die Dampfnudeln.«

Sie gingen hinein, und Chen begann Teig zu mischen, Zwiebeln zu schneiden, das Fleisch zu würzen und Pfeffer anzubraten für die Spezialität der Viehzüchter, Dampfnudeln mit Fleischfüllung.

Zhang trank eine Schale kalten Tee: »Zurzeit denke ich nur an die Mongolischen Pferde und daran, dass Wölfe sie zu den leidensfähigsten und ausdauerndsten der Welt gemacht und damit die schlagkräftigen Kavallerien der Hunnen, Türküt und Mongolen erst möglich gemacht haben.«

»In den Geschichtsbüchern steht«, unterbrach ihn Chen, »dass es in der Mongolei früher mehr Pferde als Menschen gab. Wenn sie in den Krieg zogen, ritt ein Krieger im Wechsel fünf, sechs Pferde und legte fünfhundert Kilometer am Tag zurück. Sie waren eine primitiv motorisierte Armee, spezialisiert auf Blitzkriege. Die Mongolen hatten so viele Pferde, dass verletzte Tiere ihnen als Nahrung dienen konnten. Sie aßen Pferdefleisch und tranken Pferdeblut und sparten damit die aufwendige Versorgung der Armee mit Nahrungsmitteln.«

Zhang lachte. »Ja, ich erinnere mich, dass du erzähltest, von den Quanrong über die Hunnen, Xianbei und Türküt bis hin zu den heutigen Mongolen wissen alle Völker, die je auf dem Grasland gelebt und gekämpft haben, um das Geheimnis und den Wert der Wölfe. Das überzeugt mich immer mehr. Die Wölfe des mongolischen Graslands haben den Menschen eine schier unschlagbare Kämpfernatur, ihre überlegene Kriegsweisheit und die besten Kriegspferde geschenkt. Diese drei Stärken sind das Geheimnis ihrer weltumspannenden Siegeszüge.«

Kraftvoll knetete Chen den Teig. »Stimmt, es waren Wölfe, die die kriegerischen Pferde der Mongolen trainiert haben – da hast du eine wichtige Erkenntnis gewonnen. Früher habe ich immer gedacht, dass das Wolfstotem die Quelle des Muts, der Stärke und der Kriegsweisheit der Mongolen ist, wäre aber nicht darauf gekommen, dass die Wölfe selbst ihre Trainer sind und Armeepferde von Weltklasse für das berittene Volk ausbilden. Diese außergewöhnlichen Kriegspferde verleihen den ohnehin so überaus kräftigen und klugen Mongolen gleichsam Flügel. Wie auch immer, deine Zeit als Pferdehirt hat sich gelohnt!«

»Vor allem, weil ich von dir, dem Wolfsfan, profitiert habe.« Zhang lachte freundschaftlich. »Du hast mir so viel von deinem Bücherwissen weitergegeben, da bin ich ja geradezu verpflichtet, dir etwas von meinen Erkenntnissen zu vermitteln.«

Chen fiel in sein Lachen ein. »Ein fairer Tausch! Aber mir ist noch etwas unklar: Wie genau töten Wölfe die Fohlen?«

»Da haben sie mehrere Methoden«, antwortete Zhang. »Wenn die Pferdeherde in unüberschaubares Gelände kommt oder das Gras sehr hoch gewachsen ist, werde ich ganz nervös. Wölfe können kriechen wie Eidechsen, ohne den Kopf zu heben, und mit Nase und Ohren die Beute orten. Die Stute ruft mit einem leisen Wiehern nach ihrem Fohlen, sodass der Wolf den ungefähren Standort des Jungtieres erfährt und sich ihm vorsichtig nähern kann. Wenn kein Hengst in der Nähe ist, springt der Wolf auf das Fohlen, beißt ihm die Kehle durch und zerrt es zu einem schattigen Plätzchen, um es zu verschlingen. Wenn Muttertier und Hengst ihn bemerken, flieht der Wolf, und weil die Pferde das tote Fohlen nicht mitnehmen können, braucht er nur zu warten, bis die Herde fort ist, um dann zurückzukehren und seine Beute zu verspeisen. Besonders gerissene Wölfe führen die Fohlen an der Nase herum. Wenn sie am Rand einer Herde eine Stute mit ihrem Fohlen sehen, legen sie sich im tiefen Gras auf den Rücken, strecken ihre Beine nach oben aus und bewegen sie leicht. Von weitem könnte man das für die Ohren eines wilden Kaninchens halten oder für den Kopf einer Feldmaus, die neugierig aus dem Gras schaut, jedenfalls denkt man nicht an einen Wolf. Das neugeborene junge Pferd interessiert sich für jedes Lebewesen, das kleiner ist, als es selbst, und möchte hinlaufen. Noch bevor das Muttertier sein Junges davon abhalten kann, hat der Wolf ihm schon die Kehle durchgebissen.«

»Manchmal scheinen Wölfe mir mehr wie Dämonen denn wie Tiere«, sagte Chen.

»Sie *sind* Dämonen«, bestätigte Zhang. »Die Pferdeherde ist tagsüber weit auseinandergezogen, und auch wenn der Pferdehirt versucht, den Überblick zu behalten, kann er nicht überall zugleich sein. In der Nacht greifen die Wölfe an – wenn es sein muss, im Rudel. Die Hengste nehmen Stuten und Fohlen in ihre Mitte, um sie zu beschützen, und verteidigen sie mit Hufen und Zähnen. Ein gewöhnliches Wolfsrudel hat es schwer, die Verteidigungslinie von einem guten Dutzend Hengsten zu durchbrechen, und nicht selten werden einzelne Wölfe dabei totgetreten oder schmerzhaft gebissen. Aber bei schlechtem Wetter und einem Wolfsrudel, das vor Hunger wahnsinnig ist, haben die Hengste keine Chance. Dann müssen wir mit Taschenlampen und Gewehren helfen, und wenn wir scheitern, reißen die Wölfe junge Pferde. Im Sommer sind die Jungen der Wölfe ausgewachsen, das Rudel braucht viel Futter, und wenn sie weder Gazellen noch Murmeltiere erwischen, wählen sie die Fohlen einer Pferdeherde zu ihrem Ziel.«

»Wie viele Jungtiere verliert eine Pferdeherde jährlich ungefähr?«, wollte Chen wissen.

Zhang dachte einen Augenblick nach. »In der Herde von Batu und mir«, sagte er dann, »sind im letzten Jahr mehr als einhundertzehn Jungtiere geboren worden, von denen jetzt noch vierzig leben. Über siebzig sind den Wölfen zum Opfer gefallen. Wenn eine Herde sechzig Prozent

Verlust im Jahr hat, ist das für eine Brigade mit vier Pferdeherden sogar noch der beste Schnitt. In Gruppe vier ist von den Fohlen des letzten Jahres noch ein gutes Dutzend übrig, das ist ein Verlust von über achtzig Prozent. Ich habe Uljii gefragt, und er sagt, im Schnitt beläuft sich der jährliche Schaden auf etwa siebzig Prozent.«

Chen erschrak. »Das ist entschieden zu hoch. Kein Wunder, dass Pferdehirten Wölfe so abgrundtief hassen.«

»Das ist noch nicht alles«, sagte Zhang. In ihrem zweiten Jahr sind die Fohlen immer noch bevorzugte Jagdziele der Wölfe. Erst wenn sie drei Jahre alt sind, können sie sich ausreichend wehren – solange sie es nicht mit hungrigen Wölfen oder einem ganzen Rudel zu tun haben. Jetzt weißt du, wie hart unsere Arbeit ist. Wir kämpfen wie die Wilden das ganze Jahr hindurch, nur um dreißig bis vierzig Prozent der Fohlen durchzubringen, und bei der kleinsten Nachlässigkeit war die Arbeit des ganzen Jahres umsonst.«

Wortlos begann Chen den Dampfnudelteig fürs Füllen vorzubereiten.

Zhang wusch sich die Hände, um Chen beim Füllen zu helfen. »Aber wie hart meine Arbeit auch sein mag«, sagte er dabei, »ohne Wölfe geht es nicht. Batu sagt sogar, gäbe es die Wölfe nicht, würde die Qualität der Pferde sinken. Ohne Wölfe würden die Pferde faul und dick und gar nicht mehr recht laufen können. Mongolische Pferde gehören sowieso zu den kleinsten der Welt; wenn sie dann auch noch Tempo und Ausdauer verlören, erzielte man überhaupt keinen guten Preis mehr für sie, und keine Kavallerie würde sie mehr einsetzen wollen. Außerdem würden sich Pferde, gäbe es keine Wölfe, zu schnell vermehren. Überleg mal, wenn jede Pferdeherde um weit über hundert Tiere pro Jahr größer würde, wäre das ein Zuwachs von zwanzig bis dreißig Prozent, wenn alle überlebten. Und mit den neuen gebärfähigen Stuten wäre die Wachstumsrate noch höher. Das wäre im Verlauf von drei, vier Jahren eine Verdopplung! Pferde werden normalerweise erst verkauft, wenn sie vier oder fünf Jahre alt sind. Und Uljii sagt, Pferde seien der ärgste Feind des Graslands, sie kommen gleich nach den Nagetieren. Ein mongolisches Pferd frisst die Menge Gras im Jahr, die bis zu hundert Schafe brauchen. Die Viehzüchter beschweren sich, dass Pferde ihnen die Nahrung ihrer Rinder und Schafe wegfressen. Wenn wir die Vermehrung der Pferde nicht kontrollieren, wird unser Vieh bald nichts mehr zu fressen haben, und das Olonbulag wird zur Wüste.«

Chen schlug das Nudelholz auf sein Arbeitsbrett. »Also führen die Viehzüchter mit Hilfe der Wölfe eine Art Geburtenregelung für Pferde durch, halten ihre Anzahl unter Kontrolle und steigern oder erhalten gleichzeitig ihre Qualität?«

»Allerdings«, sagte Zhang. »Die Menschen des Graslands lieben nicht wie wir Chinesen das Extreme. Hier nutzt man Widersprüche jeder Art, um ein Gleichgewicht herzustellen und zwei Fliegen mit einer Klappe zu schlagen.«

»Aber dieses Herstellen von Gleichgewicht ist grausam. Im Frühjahr stehlen die Viehzüchter den Wölfen ihre Jungen aus dem Bau, und zwar Dutzende von Wolfswelpen aus Dutzenden von Bauen. Aber nicht alle, denn im Sommer töten die Wölfe siebzig bis achtzig Prozent des Pferdebestandes – wiederum aber nicht hundert Prozent, das lasst ihr Pferdehirten nicht zu. Der Preis für dieses Gleichgewicht ist Blut, das in Strömen fließt, und es fordert von den Viehzüchtern unablässige Wachsamkeit und ständigen Kampf.«

»Heutzutage kommen die meisten Kader aus landwirtschaftlich genutzten Gegenden. Sie geben blind Anweisungen und wollen nichts als Quantität! Quantität! Quantität! Am Ende werden sie alles verlieren, weil sie nur an eins denken. Es wird keine Wölfe mehr geben, die Mongolischen Pferde will niemand mehr haben, das mongolische Grasland wird versanden, Rinder und Schafe sterben, und wir kehren nach Peking zurück.«

»Träumer«, sagte Chen. Peking wurde im Lauf der Geschichte nicht nur einmal von mongolischen Reitertruppen eingenommen, die es dann zu ihrer Hauptstadt machten. Wenn Peking nicht einmal den mongolischen Reitertruppen gewachsen ist, wie dann dem Sand und Staub, der tausendmal mächtiger ist?«

»Dagegen können wir nichts tun«, sagte Zhang. Millionen Bauern bekommen Babys und machen Land urbar, jedes Jahr werden so viele Menschen geboren wie in einer ganzen Provinz wohnen. Wer will sie davon abhalten, aufs Grasland zu kommen?«

Chen seufzte. »Niemand, das ist es, was mir Sorge macht.«

»Ich habe allerdings eine Schwäche für die Hunnen und die Quanrong«, sagte Zhang. »Es sind ganz besondere Volksgruppen, auf die das Wolftotem zurückgeht, das uns bis heute begleitet.«

»Das Wolftotem ist älter als der Konfuzianismus der Chinesen«, sagte Chen. »Es ist dauerhafter und hat mehr Kraft. Viele Ideen im Gedankengebäude des Konfuzianismus, etwa die drei Pflichten und die fünf Tugenden, sind längst veraltet, während der Geist des Wolftotems so jung und lebendig ist wie ehedem, weil es von den vorzüglichsten Völkern der Erde weitergetragen wurde. Wenn die Chinesen den überkommenen und modrigen Geruch des Konfuzianismus aus ihrer Volksseele schnitten und ein Pflänzchen mit dem Geist des Wolftotems in das entstandene Loch pflanzten, dann gäbe dies in Verbindung mit konfuzianischen Werten wie denen des Pazifismus und des Bildungsideals Anlass zu jeder Menge Hoffnung für China. Nur schade, dass es kaum schriftliche Überlieferung der Spiritualität des Wolftotems gibt und das Volk des Graslands in dieser Hinsicht so rückständig ist. Konfuzianische Gelehrte und Geschichtsschreiber hatten leider nie Interesse daran, die Kultur des Wolftotems niederzuschreiben, und das trotz ihres Jahrtausende währenden Kontakts mit den Völkern des Graslands. Ich frage mich, ob chinesische Konfuzianer mit ihrem eingefleischten Hass auf Wölfe vielleicht absichtlich alles aus den Geschichtsbüchern getilgt haben, was auch nur im Entferntesten mit Wölfen zu tun hatte. Nach dem Thema Wolftotem suchst du in chinesischen Geschichtsbüchern wie nach der Nadel im Heuhaufen. Die vielen hundert Bücher, die wir von zu Hause mitgebracht haben, nützen überhaupt nichts, wir müssen versuchen andere zu finden, wenn wir wieder zu Hause sind.«

Zhang legte Brennmaterial nach. »Eine Verwandte von mir ist Leiterin unteren Ranges in einer Papierfabrik, in der sich konfiszierte Bücher türmen. Die Arbeiter drehen sich Zigaretten aus den Seiten klassischer Bücher, und Interessierte tauschen Zigaretten gegen Klassiker. Ich verdiene als Pferdehirte siebzig Kuai im Monat, das ist nicht schlecht, ich würde gern Zigaretten kaufen, um sie gegen Bücher einzutauschen. Aber seit der Staatsgründung ermuntert die Regierung uns unablässig, Wölfe zu töten, und wer es tut, wird zum Helden des Graslands. Bald werden mongolische Hirten, die die Grund- und Mittelschule besucht haben, keine Ahnung mehr vom Wolftotem haben. Welchen Sinn hat es also, das alles zu studieren?«

Chen Zhen hob den Deckel vom Topf und drehte sich zu seinem Freund um. »Wahre Wissenschaft fragt nicht nach dem Wieso und Weshalb, sie speist sich aus Wissensdurst und Interesse. Außerdem ist es wohl kaum sinnlos, ungeklärte Fragen zu beantworten.« Chen nahm eine Dampfnudel mit Fleischfüllung aus dem dampfenden Topf und warf sie von einer Hand in die andere, damit sie sich abkühle. Dann biss er hinein und schwärmte: »Wunderbar zart und aromatisch! Wenn du noch einmal auf ein verwundetes Fohlen stößt, bring es mit.«

»Die anderen drei Jurten wollen auch etwas haben«, sagte Zhang. »Wir sollten uns abwechseln.«

»Dann bring mir wenigstens den Teil, in den die Wölfe gebissen haben«, bat Chen. »Ich will es dem Wolfswelpen geben.«

Die beiden hatten den Topf im Nu leer gegessen, als Chen sich zufrieden erhob. »Ich kann mich nicht erinnern, wann ich das letzte Mal Wolfsnahrung gegessen habe. Los, lass uns ›den Wolf mit Dampfnudeln bewerfen‹ spielen.«

Als sie kalt genug waren, nahmen Chen und Zhang sich je eine Dampfnudel und liefen aus der Jurte hinaus. »Kleiner Wolf, kleiner Wolf! Es gibt etwas zu fressen!« Die beiden Dampfnudeln trafen nacheinander Kopf und Körper des kleinen Wolfes, der den Schwanz einzog und sich knurrend in seiner Höhle verkroch. Yir und Huanghuang holten sich die Dampfnudeln, und die beiden Männer stutzten einen Moment. Dann musste Chen laut lachen. »Wir sind wirklich zu blöd. Der Kleine hat noch nie in seinem Leben etwas wie Dampfnudeln gesehen, natürlich ist er misstrauisch. Er traut nicht einmal mir über den Weg, obwohl ich ihn aufgezogen habe. Für ihn waren das bestimmt Steine, mit denen wir geworfen haben, denn spielende Kinder werfen immer irgendetwas nach ihm.«

Zhang ging strahlend zu der kleinen Wolfshöhle. »Er ist ein niedliches kleines Ding – ich will ihn hochnehmen und knuddeln.«

»Der Kleine kennt nur mich und Yang Ke«, sagte Chen. »Nur wir dürfen ihn auf den Arm nehmen. Selbst Gao Jianzhong wagt kaum ihn anzufassen, weil er sofort beißt. Pass lieber auf!«

Zhang beugte sich zur Höhle hinunter und sprach leise: »Kleiner Wolf, kleiner Wolf, ich habe dir das leckere Pferdefleisch gebracht, erkennst du mich nicht?« Das wiederholte er ein paarmal, aber der Wolf zeigte seine Krallen und kam nicht heraus. Als Zhang ihn vorsichtig an der Kette herausziehen wollte, heulte das Tier kurz auf, kam mit einem Satz aus seiner Höhle und zeigte die Zähne, sodass Zhang rücklings zu Boden stürzte.

Chen packte das Tier im Nacken und strich ihm beruhigend über den Kopf.

Zhang klopfte sich Staub und Sand vom Körper und stand auf. »Nicht schlecht. Er ist noch genauso wild wie die freilebenden Wölfe. Es würde keinen Spaß machen, ihn zu einem braven Hund zu erziehen. Das nächste Mal bringe ich ihm wieder Pferdefleisch mit.«

Chen erzählte von der Gefahr, die das Heulen des Wolfes für sie bedeuten konnte. Zhang gab ihm den *Seewolf* zurück und nahm sich stattdessen die *Geschichte der Welt*. »Meiner Erfahrung nach müsste das Wolfsrudel heute Nacht kommen. Pass um Himmels willen auf, dass sie unseren süßen Kleinen hier nicht mitnehmen. Wölfe hassen Feuerwerk, also werft ein paar Kracher in ihre Richtung, falls sie die Schafe angreifen. Du musst dir die, die ich dir neulich gegeben habe, genau ansehen, denn wenn sie feucht geworden sind, zünden sie nicht.«

»Yang Ke hat sie sorgfältig in Wachspapier eingewickelt und ganz oben ins Regal gelegt«, erwiderte Chen. »Sie dürften nicht feucht geworden sein. Vor ein paar Tagen hatte er Streit mit den Wanderarbeitern und drei davon gezündet. Die Männer haben sich zu Tode erschreckt.«

Zhang Jiyuan saß auf und ritt zu seiner Pferdeherde.

26

Des Kaisers Untertan Sima Guang kommentiert: ... Da Kaiser Xiaowu (Kaiser Wudi der Han, Anm. d. Romanautors) zu militärischen Heldentaten gegen die Barbaren aufgelegt war, füllte sich sein Hof mit mutigen, den Tod verachtenden Männern, was ihm gestattete, das Territorium seines Landes nach Belieben zu erweitern. Anschließend ließ er seinem Volk Freiraum und verlieh dem Ackerbau Bedeutung ... Sein Volk hatte davon großen Nutzen. Dieser Souverän zeigte außergewöhnliche Interessen, für die seine Männer sofort einstanden. Dies versetzt Kaiser Wudi in den Rang der »drei legendären Könige«, ein Souverän, der die Politik der Shang- und der Zhou-Dynastie zu restituieren vermag ...

Des Kaisers Untertan Sima Guang kommentiert: Kaiser Xiaowu (Kaiser Wudi der Han, Anm. d. Romanautors) ... unterschied sich nur wenig von Kaiser Shihuang der Qin.

Sima Guang, Allgemeiner Spiegel für die Regierung,
Biographie des Kaisers Shizong der Han-Dynastie

Nach dem Abendessen kam Bao Shungui von Bilgee zur Jurte Chens. Er überreichte Chen Zhen und Yang Ke Taschenlampen mit Platz für sechs Batterien, die normalerweise nur zur Ausrüstung von Pferdehirten gehörten. Dazu gab Bilgee ihnen klare Anweisungen: »Wenn Wölfe angreifen, schaltet die Taschenlampen ein, statt Feuerwerk zu zünden, damit eure Hunde die Wölfe fassen können. Die umliegenden Haushalte sind informiert. Sobald sie bei euch das Licht von Taschenlampen sehen, lassen sie ihre Hunde los.«

Bao Shungui lächelte. »Ich hatte nicht an den großen Vorteil gedacht, den wir haben, weil ihr einen Wolf großzieht. Denn wenn heute Nacht die Mutter mit dem Rudel kommt, können wir bestimmt sieben oder acht erledigen, was ein gewaltiger Sieg wäre. Obwohl es für mich auch schon Triumph genug bedeuten würde, wenn wir ein, zwei Weibchen erwischten. Die Viehzüchter sind sicher, dass die weiblichen Wölfe heute Nacht kommen werden, und haben mich angefleht, den Welpen zu erschießen, das Fell hinauszuhängen und das tote Tier draußen wegzuwerfen, damit die Mutter jede Hoffnung aufgibt. Ich habe ihnen gesagt, dass man selten die Gelegenheit bekommt, ausgewachsene Wölfe mit einem Jungen anzulocken. Ihr müsst auf jeden Fall vorsichtig sein, diese großen Lampen können euch blenden, sodass ihr für ein paar Sekunden blind seid – Wölfe sogar noch länger. Und ihr müsst Spaten und Eisenstöcke zur Hand haben, zur Sicherheit.«

Chen Zhen und Yang Ke nickten. Bao Shungui machte sich zu den nächsten Jurten auf, um seine Anweisungen zu geben. Er verbot den Gebrauch von Schusswaffen, weil das die Wölfe verschrecken würde und Menschen oder das Vieh verletzen könnte. Dann hastete er weiter.

Ein nie da gewesener Kampf gegen die Wölfe warf seine Schatten voraus, auch wenn der Ausgang völlig offen war. Einige Schaf-, Rinder- und Pferdehirten, die wegen ihres eingefleischten Wolfshasses lange nicht zu ihnen gekommen waren, kamen jetzt neugierig angelaufen, um Neuigkeiten zu erfahren und sich mit dem Gelände vertraut zu machen. Sie fanden diese neue Jagdmethode hochinteressant. »Mutterwölfe wollen ihre Jungen um jeden Preis schützen«, sagte ein Schafhirte. »Wenn sie wissen, dass sich ein Welpe hier befindet, werden sie ihn sicher zu rauben versuchen. Hoffentlich kommen mehrere jede Nacht, dann erwischen wir Nacht für Nacht ein paar.«

Ein Pferdehirte bremste seine Begeisterung. »Wölfe fallen niemals zweimal hintereinander auf denselben Trick herein. Was, wenn ein ganzes Rudel angreift?«, fragte ein anderer.

»Mit unseren Hunden sind wir ihnen allemal überlegen«, erwiderte der Pferdehirt. »Wenn es nicht anders geht, rufen wir alle Hunde zusammen, machen Licht, brüllen, schießen und zünden Knaller.«

Nachdem alle fort waren, setzten Chen und Yang sich auf eine Filzdecke nahe dem jungen Wolf, ihr Herz wurde schwer. »Wenn wir die Mutter an der Nase herumführen, um sie zu töten, ist das geradezu widerlich«, sagte Yang. »Als reichte es nicht, der Mutter ihren Wurf aus dem Bau zu stehlen, nein, jetzt missbrauchen wir auch noch ihre Mutterliebe, um sie umzubringen. Wir werden das für den Rest unseres Lebens bereuen.«

Chen ließ den Kopf hängen. »Inzwischen zweifle ich selber, ob es richtig war, ein Wolfsjunges großzuziehen. Sechs Welpen haben für diesen mit ihrem Leben bezahlt, und wer weiß, wie viele noch dazu kommen werden ... Aber ich kann nicht mehr zurück. Bei wissenschaftlichen Experimenten geht es mitunter zu wie in einer Schlachterei. Unser alter Freund Bilgee hat es mit seinen Führungsaufgaben wirklich nicht leicht, er steht unter großem Druck. Einerseits die Bedrohung des Viehbestands durch Wölfe, andererseits die Qual, Wölfe töten zu müssen. Aber um des Graslands und seiner Bewohner willen muss er alles tun, um die Beziehungen zwischen den Lebewesen des Graslands im Gleichgewicht zu halten. Am liebsten würde ich Tengger bitten, den Wölfinnen zu raten, heute und morgen Nacht nicht zu kommen, damit sie nicht in die Falle gehen, und mich den Wolf großziehen zu lassen, dann würden wir beide ihn höchstpersönlich zu den Müttern zurückbringen.«

Bilgee kam später noch vorbei um zu prüfen, wie gut sie auf den Kampf vorbereitet wären. Er setzte sich neben sie, rauchte seine Pfeife und senkte die Stimme, wie um sie und sich selbst zu beruhigen: »Wenn in ein, zwei Wochen die Mücken Einzug halten, werden die Pferde sehr leiden, und wenn wir keine Wölfe töten, werden in diesem Jahr nicht viele Fohlen überleben, und das wird Tengger missfallen.«

»Alter Freund«, sagte Yang Ke. »Meinst du, die Wölfinnen werden heute Nacht kommen?«

»Schwer zu sagen«, erwiderte der Alte. »Wölfinnen mit einem von Menschen aufgezogenen Wolf anzulocken, davon habe ich noch nie gehört, geschweige denn es je versucht. Militärvertreter Bao möchte, dass wir den kleinen Wolf als Köder verwenden, um die Großen einzukreisen. Wir haben so viele Pferde verloren, dass wir ihn und die Pferdehirten ein paar Wölfe töten lassen müssen, um ihrem Ärger Luft zu machen. In Ordnung?«

Der alte Mann ging. Man hörte nur noch das Wiederkäuen der Schafe, Insektengebrumm und das gelegentliche Zucken der Schafsohren, wenn sie Mücken verjagten. Die ersten hatten Einzug gehalten, aber das waren leichte Kaliber – die großen Bomber standen noch aus.

Die beiden unterhielten sich mit gedämpften Stimmen weiter, bevor sie hineingingen. Chen schlief zuerst, als Yang noch auf seine Armbanduhr mit dem beleuchteten Zifferblatt sah und nach der Taschenlampe griff. Er sah sich wachsam um, und um auf alles vorbereitet zu sein, stopfte er ein Bündel Knaller in seine Tasche und hängte sie sich um.

Nachdem der kleine Wolf sich am Pferdefleisch satt gefressen hatte, setzte er sich an den äußersten Rand seines Geheges, sodass die Kette bis zum Äußersten gespannt war, und stellte die Ohren auf. Wie gebannt erwartete er den Laut, den er so sehr ersehnte. Seine leuchtenden Augen schienen den Bergkamm regelrecht zu durchbohren.

Pünktlich nach Mitternacht ertönte das Heulen. Wieder eröffneten die Wölfe ihren Krieg der Stimmen, der Angriff erfolgte von den Bergen zu drei Seiten. Alle Hunde der Brigade begannen ihr Gebell gegen die Wölfe den Berg hinaufzuschleudern. Plötzlich brach das Heulen ab, schwoll jedoch, sobald die Hunde ebenfalls schwiegen, in noch bedrohlicherer Weise wieder an. So ging es mehrmals hin und her, bis die Hunde vermuteten, die Wölfe führten wieder nur einen Kampf der Klänge, und deshalb ihre Stimmbänder schonten, indem sie leiser und weniger bellten.

Chen und Yang eilten zu dem kleinen Wolf, um in dem schwachen

Sternenlicht nach ihm zu sehen. Der Wolf lief aufgeregt im Kreis, man hörte das Klirren der Eisenkette. Gerade wollte er wie die wilden Wölfe heulen, da brachte ihn das Hundegebell aus dem Konzept, insbesondere das von Erlang, Huanghuang und Yir nahebei – bis er selbst mehr bellte als heulte. Wütend warf er seinen Kopf hin und her. Nach all den Monaten mit Hunden fand er seine eigene Stimme nicht mehr.

Erlang patrouillierte mit den anderen Hunden nervös am nordwestlichen Rand der Schafherde und bellte unablässig, als habe er den Feind entdeckt. Im nächsten Moment war Wolfsgeheul aus derselben Richtung zu hören, sehr nah bei der Schafherde, so schien es Chen. Das Hundegebell aus den anderen Gruppen wurde schwächer, und die Wölfe schienen sich in den Bergen hinter der Jurte Chens zu sammeln.

Seine Lippen bebten, als Chen flüsterte: »Das Rudel scheint es in der Hauptsache auf unseren Kleinen abgesehen zu haben. Ihr Erinnerungsvermögen ist erstaunlich!«

Yang bekam Angst und fasste seine Taschenlampe fester. Er tastete nach den Feuerwerkskörpern in seiner Tasche. »Wenn die Wölfe uns angreifen, ist mir alles egal. Du warnst die anderen mit der Taschenlampe, und ich werfe die Knaller ins Rudel.«

Das Hundegebell hörte auf. »Schnell!«, zischte Chen. »Hock dich hin und hör auf den Wolf. Er wird gleich heulen.«

Ohne störendes Hundegebell konnte der kleine Wolf sich auf das Heulen seiner Artgenossen konzentrieren. Er reckte seine Brust, stellte die Ohren auf und lauschte mit geschlossenem Maul. Der kleine Wolf war klug genug, nicht wild draufloszuheulen und zu bellen, sondern lauschte zunächst genau, um herauszuhören, wie er es am besten selber machen könnte. Das Heulen bedrängte den kleinen Wolf von allen Seiten, er lief ihm hinterher oder drehte sich im Kreis.

Chen war ein aufmerksamer Zuhörer und merkte, dass das Heulen jetzt anders war als das in der Nacht zuvor. Das war einheitlicher gewesen und hatte offenbar einzig zum Ziel gehabt, die Menschen zu erschrecken und zu warnen. Heute war es ein vielgestaltes Heulen, bald hoch, bald tief, fragend und probierend, ja fast wie das eines Muttertieres, das sein Junges rief. Chen lief es kalt den Rücken hinunter.

Es gibt auf dem Grasland unendlich viele Geschichten von Mutterwölfen und ihrer Liebe und Fürsorge für ihre Jungen: Um den Kleinen das Jagen beizubringen, würden sie unter Einsatz ihres Lebens ein lebendiges Schaf reißen; um ihre Welpen zu schützen bis auf den Tod gegen Jäger kämpfen, und zu ihrem Schutz wären sie auch bereit, sie jede Nacht in eine andere Höhle zu tragen. Um sie satt zu bekommen, würden sie sich überfressen, bis sie fast platzten, und dann alles für die Kleinen wieder herauswürgen, und für den Fortbestand der Sippe würde eine Wölfin auch die Jungen ihrer Schwestern oder Kusinen säugen.

Bilgee hatte einmal gesagt, weder Jäger noch Pferdehirten des Olonbulag würden jemals alle Welpen eines Wurfes rauben oder töten. Denn für die überlebenden Jungtiere fänden sich genug Ziehmütter, die Jungen wüchsen mit der vielen Milch zu kräftigen Tieren heran, weshalb mongolische Wölfe die größten, kräftigsten und intelligentesten der Welt seien.

»Das ist noch nicht alles«, wollte Chen damals einwerfen. »Die Mutterliebe der Wölfe reicht mitunter über die eigene Spezies hinaus und erstreckt sich bis auf den Abkömmling ihres Todfeindes – ein menschliches Waisenkind.«

In diesem Augenblick verspürte Chen den dringenden Wunsch, das lederne Halsband des kleinen Wolfes zu öffen, damit er sich mit seiner Mutter und seinen Ziehmüttern vereinen könne. Doch er wagte es nicht, denn er fürchtete, dass seine und die Hunde der anderen den kleinen Wolf, sobald er den Schutz des Lagers verließe, als wilden Wolf einstufen und ihn in Stücke reißen würden. Auch wagte er nicht, den jungen Wolf in der fernen Dunkelheit auszusetzen, weil er sich dann selbst inmitten der wahnsinnigen Wolfsmütter befände.

Der kleine Wolf schien den Unterschied des Heulens zum Vorabend auch bemerkt zu haben, aber das Heulen aus sämtlichen Richtungen verwirrte ihn. Er verstand offenbar die verschiedenen Variationen in den Heultönen nicht, geschweige denn, dass er angemessen zu reagieren wusste. Das Heulen der Wölfe ebbte ab, je länger die Wölfe keine Antwort von dem Welpen bekamen. Vermutlich konnten sie nicht begreifen, warum das Heulen vom Vorabend sich nicht wiederholte.

In diesem Moment ließ der Kleine sich nieder und begann, das Gesicht nach Nordwesten gerichtet, seine Stimme auszuprobieren. Er senkte den Kopf, um den ersten Laut zu formen, atmete ein, hob langsam den Kopf, aus einem viel zu hohen Fiepen wurde ein tief tönendes Brummen und endlich ein richtiges Heulen. Im gleichen Augenblick verstummte das Heulen ringsum, die Wölfe schienen zu stutzen: Was bedeutete das? Sie warteten ab.

Dann ertönte auf einmal ein Heulen, das dem des kleinen Wolfes von gestern glich, von einem halbwüchsigen Wolf wahrscheinlich. Chen sah, dass sein kleiner Wolf erstaunt herauszufinden versuchte, was das Heulen ihm sagen sollte. Er kam sich vor wie taubstumm, weder verstand er, was die anderen ihm sagen wollten, noch bekam er selbst etwas heraus.

Der Kleine wartete eine Weile, bevor er wieder tief einatmete, den Kopf hob und neuerlich heulte. Jetzt traf er ihn wieder, den Ton von gestern Abend, lang anhaltend, irgendwie kindlich, klang er bald wie eine Langflöte, bald wie der dröhnende Hall eines Gongs oder wie das scharfe Blasen auf einem Rinderhorn, und da brach auch nichts ab, der Ton trieb lange über das Grasland, und der kleine Wolf war überglücklich. Er wartete nicht auf Antwort von seinen Artgenossen, sondern stieß ein Heulen nach dem anderen aus, das ihm zum Ende hin vor Aufregung immer wegbrach. Er hob den Kopf immer höher, bis seine Nase zu Tengger zeigte. Er formte die Lippen wie den Klangtrichter einer Klarinette, ließ die Luft gleichmäßig aus seinem Bauch ausströmen, und legte alle Leidenschaft, derer er fähig war, hinein.

Die beiden Männer lauschten wie besoffen, und Yang ahmte unwillkürlich die Stimme des Wolfes nach.

»Mir ist etwas klar geworden«, sagte Chen leise zu Yang. »Wenn du die Wölfe heulen hörst, weißt du, warum die mongolische Volksmusik oft so langgezogene Töne verwendet. Sie ist vollkommen anders als die chinesische. Ich vermute, dass die mongolische auf die Hunnen zurückgeht, die auch schon das Wolftotem verehrt haben. In den Geschichtsbüchern steht, dass vor langer, langer Zeit ein Herrscher der Hunnen zwei Töchter hatte, von denen die jüngere einen alten Wolf ehelichte, viele Söhne und Töchter mit ihm bekam und einen Staat gründete. In den Aufzeichnungen heißt es: ›… weshalb sie sang wie ein Wolf heulte.‹«

»Steht das in der Geschichte der Hunnen? Damit hast du den Ursprung mongolischer Volksmusik gefunden!«

»Ein Volk, das den Wolf als Totem verehrt, wird alles vom Wolf lernen und nachahmen wollen: die Kunst des Jagens, seine Stimme, die militärischen Fähigkeiten, seinen Kampfgeist, den Gruppenzusammenhalt, die hierarchische Organisationsstruktur, die Ausdauer, seine Liebe zur Sippe ebenso wie seine Achtsamkeit in Bezug auf das Grasland, seine Verehrung Tenggers. Der Ruf keines Tieres des Graslands, ob Schaf, Rind, Pferd, Gazelle, Murmeltier oder wildes Kaninchen, hat diesen langgezogenen Ton, nur die mongolische Musik und der Wolf. Wir Han-Chinesen lieben diese getragene, mitunter traurige Musik, weil sie so weit und grenzenlos wie das Grasland klingt – aber niemand weiß, dass sie vom Wolf inspiriert ist.« Er seufzte tief. »Nur das Wolfsheulen und die mongolischen Volkslieder geben wirklich den Klang des Graslandes wieder.«

Wenn der kleine Wolf gerade nicht heulte, verleitete Erlang die zwei großen und zwei kleinen Hunde ihrer beiden Jurten zu einem wüsten Gebell Richtung Nordwesten, und sobald sie aufhörten, fing der kleine Wolf wieder an. Allmählich brauchte er die Ouvertüre der Hunde nicht mehr, um ein gekonntes Heulen von sich zu geben. Er heulte fünf-, sechsmal hintereinander, hörte plötzlich auf, lief zu seiner Wasserschüssel und trank ein paar Schlucke, um seine Stimme zu ölen, dann lief er in die nordwestlichste Ecke zurück und brach nach ein paarmal Heulen wiederum ab, um mit gespitzten Ohren auf ein Echo zu warten. Nach langer Zeit ertönte erst das Heulen des Rudels und dann ein tiefes, festes aus den Bergen im Westen, das von einem Alphatier zu kommen schien, denn es schwang so etwas wie ein Befehl mit, auf jeden Fall eine Autorität. Vom Klang konnte Chen auf den Körperbau des Tieres schließen: groß, breiter Brustkorb, kräftiger Rücken und Hals. Den beiden Männern verschlug es die Sprache.

Zunächst überrascht, machte der kleine Wolf Luftsprünge vor Freude. Er nahm die entsprechende Körperhaltung ein, holte mit gesenktem Kopf Luft – und da er nicht wusste, wie antworten, versuchte er nach Kräften, das Heulen von eben nachzuahmen. Er hatte zwar eine etwas dünnere Stimme, doch kopierte er Ansatz, Klang und Ausdruck sehr treffend. Das wiederholte er mehrmals, doch kam aus den Bergen im Westen keine Antwort mehr.

Chen versuchte, Sinn und Ergebnis dieses Dialogs herauszufinden. »Wer bist du?«, wollte das Alphamännchen vielleicht wissen. »Wessen Kind bist du? Antworte doch!« Aber die Antwort war nur eine Wiederholung der Fragen. Wer bist du? Wessen Kind bist du? Antworte doch! Und das in genau dem autoritären Ton des anderen, was das Männchen in den Bergen fuchsteufelswild machen musste. Chen sah in die vielen grünen Augen, die ringsum im schier grenzenlosen Dunkel leuchteten, und versuchte sich vorzustellen, was die Wölfe dachten. Das Rudel und der Leitwolf sahen einander jetzt wahrscheinlich in die grünen Augen und wurden sicher immer misstrauischer.

Der kleine Wolf schien weder die hierarchische Struktur innerhalb eines Rudels zu kennen noch das altersgemäße Verhalten. Dass er für alle hörbar die Fragen des Alphatieres nachgeäfft hatte, interpretierte das Rudel sicher als willentliches Untergraben der Autorität des anderen und als mangelnden Respekt vor dem Alter. Das Rudel wurde unruhig, als diskutierten sie diese Frage, und antworteten nur mit einem kurzen, fast ruppigen Ton. Daraufhin wurde der Welpe wieder aktiv.

Er verstand zwar die Fragen ebenso wenig wie den Unmut des Rudels, aber er spürte, dass die Schatten dort in der Dunkelheit auf seine Existenz reagierten und mit ihm Verbindung aufnehmen wollten. Der kleine Wolf wünschte sich nichts so sehr wie den Austausch fortzusetzen, konnte sich aber nicht ausdrücken und wiederholte daher wieder und wieder, was er gerade gelernt hatte: »Wessen Kind bist du? Antworte doch! Antworte doch! Antworte doch!«

Die Wölfe mussten sich ratlos am Kopf kratzen. Da lebten sie seit Zehntausenden von Jahren auf dem Grasland, aber so etwas wie dieser kleine Wolf war ihnen noch nie untergekommen. Er schien bei den Menschen, unter Hunden und Schafen zu leben: albern, unachtsam und nur Unsinn im Kopf. War er noch ein Wolf? Falls ja, was verband ihn dann mit seinen natürlichen Feinden, den Menschen und Hunden? Es hörte sich an, als wollte er unbedingt mit dem Rudel Verbindung aufnehmen, aber es ging ihm doch nicht schlecht, weder Mensch noch Hund machten ihm das Leben schwer, seine runde und volle Stimme wies darauf hin, dass er gut fraß. Da Menschen und Hunde doch so gut zu ihm waren, was wollte er?

Der kleine Wolf verstummte, wahrscheinlich um noch einmal das Heulen aus Richtung der dunklen Schatten zu hören. Er saß unruhig da und scharrte mit seinen Pfoten ängstlich über den Boden.

Chen war enttäuscht und besorgt. Der große, kräftige Alphawolf konnte der leibliche Vater des Kleinen sein, aber der von klein auf vaterlos Aufgewachsene hatte längst vergessen, wie er mit ihm kommunizieren sollte. Chen befürchtete, dass der Kleine niemals väterliche Liebe erfahren würde, wenn er diese Gelegenheit jetzt verpasste. Würde der kleine Wolf dann endgültig zu den Menschen, zu ihm und Yang Ke gehören?

Plötzlich erhob sich wieder langgezogenes Wolfsheulen, offenbar von einem Weibchen, freundlich und weich, zärtlich und traurig zugleich, es schien voll Mutterliebe, Schmerz und Hoffnung, endend in einem langen sehnsuchtsvollen Vibrato. Die Wölfin, überlegte Chen, wollte wahrscheinlich so etwas sagen wie: »Kind, erinnerst du dich noch an deine Mutter? Ich vermisse dich so, ich habe dich verzweifelt gesucht und höre endlich deine Stimme ... Komm schnell zu mir, mein Schatz ... Alle vermissen dich ... alle ...« Der Trauergesang einer Mutter, einsam und verlassen, stieg empor und breitete sich über das ewige Grasland. Chen Zhen kamen die Tränen, und auch Yang Ke wurden die Augen feucht.

Den kleinen Wolf rührte diese immer wieder unterbrochene, anhaltend traurige Stimme offenbar sehr. Er spürte instinktiv, dass eine »Verwandte« ihn rief. Er wurde ganz wild, zerrte ungestümer an der Kette, als wenn es um Nahrung ginge, er japste, und ihm hing die Zunge aus dem Hals, weil die Kette ihn fast strangulierte. Die Wölfin heulte erneut lang und wehmütig, andere Mütter fielen ein. Das ohnehin wehmütig klingende wölfische Heulen wurde in dieser Nacht zu einer Trauerhymne des Graslands, die Dämonen und Geister erschütterte. Die Wolfsmütter heulten ihren über Jahrtausende andauernden Schmerz um Jahr für Jahr gestohlene Söhne und Töchter hinaus und begruben das nächtlich dunkle Grasland unter einer dicken Decke der Trauer.

Schweigend stand Chen auf, er spürte die Kälte bis auf die Knochen. Yang ging mit Tränen in den Augen zum kleinen Wolf, hielt ihn am ledernen Halsband fest und tätschelte ihm Kopf und Rücken.

Als das traurige Heulen der Wölfinnen nachließ, löste sich der kleine Wolf von Yang, als fürchte er, die Stimmen aus dem Dunkel könnten endgültig verstummen. Er machte einen großen Satz in nordwestlicher Richtung. Dann hob er tapfer den Kopf, um aus der Erinnerung ein paar Sätze der Wolfsprache hinauszurufen.

Entmutigt raunte Chen seinem Freund zu: »Es ist aus.« Die beiden spürten den viel zu großen Unterschied zwischen dem Heulen des Kleinen und dem der Wölfinnen.

Der kleine Wolf bemühte sich immer noch, ihren zärtlichen, traurigen Ton zu treffen, aber seine Stimme war nicht tief genug, und er konnte nicht so lange heulen wie sie. Nach weiteren unvollkommenen Sätzen in der Wolfsprache verstummte das Heulen aus den Bergen, und Stille senkte sich über die dunkle Nacht.

Chen sah zu den Bergen hinüber und vermutete, dass die traurigen Mütter – und vielleicht auch das Alphatier – wütend geworden waren, weil dieser kleine Herumtreiber sie nachäffte und sich über sie lustig machte. Möglicherweise kochte das ganze Rudel vor Wut, denn das war nicht der Artgenosse, den sie suchten und den sie bereit gewesen waren, unter Einsatz ihres Lebens in die eigenen Reihen zurückzuholen. Wölfe waren selbst zu gut im Tricksen und hatten zu oft erlebt, wie Menschen ihnen Fallen stellten, als dass sie nicht in Betracht ziehen würden, der kleine Wolf sei ein Köder ihres Todfeindes Mensch.

Oder die Wölfe hielten das kleine Ding, das fast wie ein Wolf heulen konnte, für einen Hund. In der Gegend des langgestreckten Sandgebietes im Norden des Olonbulag hatten die Wölfe oft grün gekleidete, bewaffnete Menschen gesehen. Sie hatten stets fünf, sechs Hunde dabei, deren Ohren spitz wie die von Wölfen aufgestellt waren und die zum Teil wie Wölfe heulen konnten. Diese riesigen Hunde waren erheblich bedrohlicher als die Hunde des Olonbulag. Jedes Jahr wurden Wölfe von ihnen getötet.

Chen rätselte weiter, ob das Wolfsrudel vielleicht doch zu dem Schluss gekommen war, dass es sich bei dem Jungtier um einen echten Wolf handelte, denn am Abend ging er zum Wasserlassen mitunter bis zu dem Berghang, den auch die Wölfe dafür nutzten. Einige Mutterwölfe hatten möglicherweise schon den Geruch des Kleinen aufgenommen. Aber so klug Wölfe auch waren, konnten sie sich seine Unfähigkeit, mit ihnen Kontakt aufzunehmen, nicht erklären. Dieser Jungwolf, der die Wolfsprache nicht verstand, musste ein Überläufer sein, der sich den Menschen unterworfen hatte. Warum sonst kam er nicht zu ihnen gelaufen, sondern setzte alles daran, die Wölfe zu sich zu locken?

Wölfe waren schon immer eher bereit, im Kampf zu sterben, als sich zu unterwerfen, wie hatte es zu diesem Zwischenfall kommen können?

Menschen, die einen Wolf so weit zähmen konnten, mussten geradezu magische Kräfte besitzen.

Das Wolfsrudel schwieg und dachte nach.

Der kleine Wolf an der Eisenkette war der Einzige, der noch über das stille Grasland heulte, er heulte, bis er heiser war und fast aus dem Hals blutete. Aber seine langen Sätze in der Wolfsprache wurden immer unverständlicher und verwirrender. Die großen Wölfe unternahmen keinerlei Anstrengung mehr, die schmerzerfüllten Hilferufe des Kleinen zu verstehen. Der arme kleine Wolf hatte die Gelegenheit, die Wolfsprache zu erlernen, gründlich vertan, der Dialog zwischen ihm und dem Rudel war unrettbar fehlgeschlagen.

Chen spürte, dass das Rudel die Umzingelung aufgab und sich vom Angriffspunkt zurückzog.

Der dunkle Abhang lag so ruhig da wie der Ort der Himmelsbestattung am Berg Chaganuul.

Die Müdigkeit Chen Zhens und Yang Kes war verflogen, eifrig flüsterten sie miteinander. Keiner konnte den anderen von seiner Theorie überzeugen, warum die Dinge sich so entwickelt hatten.

Als der Himmel allmählich hell wurde, verebbte das langgezogene Heulen des kleinen Wolfes. Er rollte sich zu einem traurigen Knäuel zusammen und blickte mit weit aufgerissenen Augen zu dem grau vernebelten Abhang im Nordwesten hinüber, auf der Suche nach den schwarzen Schatten. Doch der Dunst hob sich und gab die Sicht auf den Abhang frei, den der kleine Wolf jeden Tag sah, ohne schwarze Schatten, ohne Wolfsheulen und ohne die ersehnten Verwandten. Der Kleine schloss die Augen, um in todesähnliche Verzweiflung zu fallen. Chen streichelte ihn sanft, und seine Schuld daran, dass der kleine Wolf die Gelegenheit verpasst hatte, zu seinen Artgenossen zurückzukehren und seine Freiheit wiederzuerlangen, wurde ihm immer bewusster.

Bao Shungui sowie einige der Schaf- und Pferdehirten, die gehofft hatten, Wölfinnen und Wölfe erlegen zu können, zeigten sich enttäuscht. Bao kam mit dem ersten Morgengrauen zur Jurte Chens gelaufen und pries die Pekinger Schüler für ihre geniale Idee, dank derer sie eine Schlacht gewonnen hätten, ohne überhaupt zu kämpfen. Die großen Taschenlampen könnten sie als Belohnung behalten, und er würde die Ereignisse überall herumerzählen. Yang und Chen waren über alle Maßen erleichtert, sie würden den Wolfswelpen behalten dürfen.

Zur Frühstückszeit tranken Uljii und Bilgee bei Chen Tee und aßen von den Dampfnudeln mit Pferdefleischfüllung.

Uljii hatte in der Nacht kein Auge zugetan, war aber bester Laune. »Was hatte ich Angst!«, rief er aus. »Als die Wölfe zu heulen begannen, wurde ich unruhig, denn es müssen Dutzende von Wölfen gewesen sein, die eure Jurte von drei Seiten umzingelt haben. Sie sind bis auf hundert Meter herangekommen, sodass wir wirklich fürchteten, sie würden eure Jurte platt machen.«

»Wenn ich nicht gewusst hätte, dass ihr gut mit Feuerwerkskörpern ausgestattet seid, hätte ich die Bewohner der anderen Jurten samt ihren Hunden zu euch geschickt«, versicherte Bilgee.

»Alter Freund«, setzte Chen an, »warum haben die Wölfe weder Schafe gerissen noch sich ihr Junges geholt?«

Der Alte rauchte und trank Tee. »Ich vermute sehr stark, dass dein kleiner Welpe die Wolfsprache nicht beherrscht, dazwischen das Hundegebell, das muss die Wölfe verunsichert haben.«

»Warum hat Tengger ihnen nicht gesagt, wie es sich in Wirklichkeit verhielt?«, fragte Chen weiter. »Du sagst immer, sie hätten einen besonderen Draht zueinander.«

»Ihr drei mit euren paar Hunden wärt für die Wölfe kein ernst zu nehmender Gegner gewesen«, sagte Bilgee. »Aber unsere Produktionsgruppe mit allen Hunden sehr wohl. Wenn die Wölfinnen mit dem ganzen Rudel angegriffen hätten, wären sie gescheitert. Die Tricks von Direktor Bao sind gut, aber Tengger trickst er nicht aus. Tengger wollte verhindern, dass die Wölfe eine große Niederlage erleiden, deshalb hat er ihnen befohlen, sich zurückzuziehen.«

Yang und Chen lachten. »Tengger ist sehr weise.«

Chen wandte sich wieder an Uljii. »Wieso haben Ihrer Meinung nach die Wölfe nicht angegriffen – wissenschaftlich gesehen?«

Uljii überlegte und sagte dann: »So etwas habe ich wirklich noch nicht erlebt. Ich vermute, die Wölfe haben deinen Welpen als Fremdling eingestuft. Die Wölfe des Graslands haben jeweils ihr eigenes Territorium, ein Wolf ohne Territorium wird auf lange Sicht nicht überleben, ja das Territorium ist wichtiger als das eigene Leben. Die hiesigen Wölfe führen mit solchen von anderswo oft Kämpfe auf Leben und Tod. Vielleicht spricht der kleine Wolf einen Wolfsdialekt, den das Rudel nicht verstanden hat, darum haben die Wölfinnen und ihr Rudel es nicht für nötig erachtet, für ihn zu kämpfen. Als das Alphamännchen gestern kam, hat es die Falle sofort durchschaut. Es wurde misstrauisch, als es sah, wie eng der kleine Wolf mit Hunden und Menschen zusammenlebte. Der Alphawolf schlägt erst zu, wenn er sich zu siebzig Prozent sicher ist. Und er fasst nichts an, was er nicht versteht. Die Liebe des Alphawolfes gilt in erster Linie seinen Weibchen, und wenn er das Gefühl hat, dass sie in die Falle gelockt werden, sieht er persönlich nach dem Rechten, leitet sie gegebenenfalls sogar zur Flucht an, so wie gestern Abend.«

Yang und Chen nickten.

Die beiden brachten ihre zwei Besucher hinaus. Dem kleinen Wolf war seine Enttäuschung noch anzusehen, er war dünner geworden, lag reglos da, das Kinn auf den Vorderpfoten, und starrte in die Ferne. Er wirkte, als habe er in der Nacht gute und schlechte Träume gehabt, und schien bis jetzt noch nicht daraus erwacht zu sein.

Als Bilgee den Kleinen so sah, blieb er stehen. »Armes Tier, das Rudel erkennt ihn nicht mehr, und selbst seinen leiblichen Eltern ist er ein Fremder geworden. Soll er angekettet weiterleben? Ihr Han-Chinesen stellt die Gesetze des Graslands auf den Kopf. Es tut mir in der Seele weh zu sehen, wie ihr einen so klugen, lebhaften kleinen Wolf als euren Sklaven in Ketten legt. Wölfe sind geduldig, wartet nur ab, früher oder später wird er weglaufen. Ihr werdet ihn nie unterwerfen, selbst wenn ihr ihn mit fettem Lammfleisch füttert.«

Auch in der dritten und vierten Nacht danach war um die Zweite Produktionsgruppe herum kein Wolfsgeheul zu hören, nur das kindliche Heulen des Kleinen hallte auf dem Grasland wider, kehrte als Echo von den Bergen und aus den Tälern zurück. Eine Woche später verließ den Kleinen der Mut, sein Heulen erstarb langsam.

Für eine Weile blieben die Produktionsgruppe von Chen und Yang sowie die zwei benachbarten Produktionsgruppen unbehelligt; Schafe und Rinder hatten keine Überfälle von Wölfen zu gewärtigen. Die Nachtwächterinnen berichteten strahlend, sie könnten jede Nacht friedlich durchschlafen, bis es am Morgen Zeit zum Melken sei.

Der Ton der Viehzüchter, in dem sie mit Chen über seinen kleinen Wolf sprachen, war freundlicher geworden. Aber niemand hegte den Wunsch, selbst ein Wolfsjunges großzuziehen, und sei es nur, um Wolfsrudel fernzuhalten. Einige alte Viehzüchter der Vierten Gruppe sagten: »Lass sie das Tier behalten. Sie werden ja sehen was passiert, wenn sein Ungestüm und seine Wildheit früher oder später durchbrechen.«

27

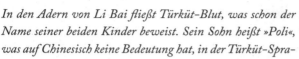

In den Adern von Li Bai fließt Türküt-Blut, was schon der Name seiner beiden Kinder beweist. Sein Sohn heißt »Poli«, was auf Chinesisch keine Bedeutung hat, in der Türküt-Sprache jedoch gleichlautend mit »Wolf« ist. Da der Wolf das Totem der Türküt ist, bedeutet das Tragen des Namens »Wolf« dasselbe, als würde ein Chinese sich Drache nennen. Die Tochter Li Bais heißt Ming Yue Lu. Heutzutage tragen viele junge Uigurinnen den Vornamen »Ayi Lu'er«, wobei »Ayi« Mond bedeutet und »Lu'er« Strahl. Man kann sagen, dass das chinesische Wort »Ming Yue« (leuchtender Mond) eine Übersetzung ist, während »Lu« eine phonetische Transkription darstellt. Auch die Augen von Li Bai tragen die Merkmale der Türküt ...

Meng Chibei, Kultur der Steppe und
Geschichte der Menschheit

In dieser Zeit hatte der kleine Wolf mit dem Fohlenfleisch, das sie ab und zu von Zhang Jiyuan bekamen, reichlich zu fressen. Wenn Chen Zhen an die Fürsorge einer Mutter im Wolfsrudel dachte, hatte er das Gefühl, dem Kleinen mehr bieten zu müssen, ihm mehr zu fressen geben, mehr Bewegung verschaffen zu müssen. Aber selbst wenn Chen noch so sehr sparte und nicht einmal den Hunden etwas gab, war irgendwann nichts mehr übrig. Chen machte sich ernsthaft Sorgen.

Gao Jianzhong erzählte an einem Abend, dass es in den Bergen im Südwesten gewittert habe und ein grasender Ochse vom Blitz getroffen worden sei. Tags darauf machte sich Chen mit Messer und Tasche dorthin auf, kam jedoch zu spät. Die Wölfe hatten nur den Schädel und die härtesten Knochen übrig gelassen. Er setzte sich neben die abgenagten Überreste und entdeckte bei genauerem Hinsehen die Spuren kleiner Wolfszähnchen in den Rissen und Ritzen der Knochen. Die ausgewachsenen Wölfe hatten offenbar die großen Fleischstücke heruntergeschlungen und den Kleinen die dünnen Fasern gelassen. So hatten sie das tote Tier so gründlich abgenagt, dass sogar die Fliegen nichts mehr fanden und wütend davonflogen.

Ein alter Kuhhirte aus der Dritten Produktionsgruppe kam, weil es sein Tier gewesen war. »Tengger hat es für die Wölfe getötet«, sagte er, »weil sie nicht mehr wagen, Schafe zu reißen. Und er hat es in der Nacht getan, damit die Arbeiter den Wölfen nicht zuvorkommen und ihnen das Fleisch wegnehmen konnten. Als sie am Morgen kamen, war schon nichts mehr da. Junger Mann, die Regeln des Graslands sind von Tengger gemacht, sie zu brechen bedeutet, seine Vergeltung zu provozieren.« Das Gesicht des Alten verfinsterte sich, als er seinem Pferd die Sporen gab und langsam zu seiner Rinderherde am Fuße des Berges ritt.

Die Gesetze des Graslands, von denen die alten Viehzüchter immer sprechen, dachte Chen, sind nichts anderes als Naturgesetze. Und letzten Endes die Gesetze des Universums. Im Viehzüchtergebiet einen Wolf großzuziehen warf mit Sicherheit den Produktionsablauf durcheinander. Das Tier hatte dem Grasland schon jetzt jede Menge Ärger eingebracht. Chen ahnte nicht, wie viel Ungemach das Tier den Viehzüchtern und ihm selbst noch einbringen konnte. Mit leeren Händen kehrte er zur Jurte zurück, alle möglichen wirren Gedanken im Kopf. Er sah zu Tengger auf. Der Himmel bedeckt die Erde wie das Dach eine Hütte, vage fielen ihm Gedichtzeilen ein: Dunkel der Himmel / Weit die Wildnis / Das Gras im Wind zu Boden gedrückt / Kein Wolf zu sehen. Wolfsrudel auf dem Grasland waren wie ein Phantom – sie kamen und gingen wie der Wind. Man hörte sie heulen, sah die Katastrophen, die sie anrichteten, nicht aber sie selbst, weshalb sie immer geheimnisumwobener und magischer wurden und der Mensch seine Neugier und seinen Wissensdurst in Bezug auf den Wolf kaum stillen konnte. Erst seitdem er sich einen Wolfswelpen hielt, hatte Chen einmal einen lebendigen Wolf im Arm gehalten – der umgeben vom Glauben an das Wolftotem aufwuchs. Er hatte so viel Ärger gehabt, so viel Druck aushalten und Risiken eingehen müssen, er würde nicht einfach aufgeben.

Chen lief zum Lager der Arbeiter und kaufte zu einem stolzen Preis Hirse. Solange er zu wenig Fleisch hatte, würde er dem kleinen Wolf mehr Getreide in seinen Brei mischen. Wenn sie das nächste Mal ein Schaf schlachteten, hoffte er, auch den Hunden wieder etwas Fleisch geben zu können. Zurück in seiner Jurte hatte er sich gerade zu einem Nickerchen hingelegt, als die drei Hundewelpen plötzlich Richtung Westen rannten. Er stand auf, blickte hinaus und sah Erlang, Huanghuang und Yir aus den Bergen zurückkommen, Erlang und Huanghuang hoch erhobenen Hauptes mit einem großen Stück Beute im Maul. Der Hunger hatte Huanghuang und Yir hinter Erlang her in die Berge getrieben, und an diesem Tag hatten sie offensichtlich so gute Beute gemacht, dass sie den Welpen etwas mitbringen konnten.

Chen lief ihnen entgegen. Die Welpen versuchten, den großen Hunden die Beute aus dem Maul zu reißen, doch Erlang legte seine nieder, jagte die Kleinen davon, nahm die Beute wieder auf und trug sie in die Jurte. Chen war froh, Murmeltiere in den Mäulern Erlangs und Huanghuangs zu sehen und einen Präriehund in dem Yirs, der Kopf fast so groß wie ein Kohlkopf. Chen hatte noch nie erlebt, dass seine Hunde ihm Beute nach Hause brachten, und hätte sie liebend gern eigenhändig entgegengenommen. Huanghuang und Yir legten ihm ihren Fang aufgeregt vor die Füße und sprangen schwanzwedelnd um ihn herum, um endlich gelobt zu werden. Huanghuang machte sogar eine Art Liegestütz mit gespreizten Vorderbeinen, bei dem seine Brust fast das Beutetier berührte – um zu zeigen, dass dies sein Fang war. Kleine rosa Zitzen auf dem Bauch des Tieres verrieten, dass es ein säugendes Weibchen gewesen war. Chen tätschelte den beiden Hunden den Kopf. »Gut gemacht! Gut gemacht!«

Erlang dagegen legte Chen sein Murmeltier nicht vor die Füße, sondern lief um ihn herum zu dem kleinen Wolf. Mit einem Blick auf das große, fette Tier rannte Chen hinter Erlang her, griff ihn am Schwanz und riss ihm das Tier aus dem Maul. Erlang wedelte ungerührt mit dem Schwanz. Chen hielt das tote Tier an den Hinterläufen hoch und schätzte es auf sechs, sieben Pfund, ein Männchen mit schimmerndem Fell und gutem Fleisch, das aber noch nicht angefangen hatte, Fett für den Herbst und Winter anzusetzen. Chen beschloss, diese Delikatesse für seine Freunde und sich aufzuheben, sie hatten lange kein Graslandwild gehabt.

Mit dem männlichen Murmeltier in der linken, dem Weibchen und dem Präriehund rechts und den drei Hundewelpen im Gefolge ging er zur Jurte zurück. Als Erstes brachte er das große Murmeltiermännchen hinein und schloss die Tür. Die Hundewelpen hatten noch nie Murmeltierfleisch gegessen und schnüffelten neugierig von allen Seiten daran herum.

Chen beschloss, das dünne Weibchen den Welpen zu geben und den dicken Präriehund an den kleinen Wolf zu verfüttern, damit er das Lieblingsgericht der Wölfe kennenlernte und rohes Fleisch zerriss und auffraß.

Da das Sommerfell von Murmeltieren wertlos war und man in der Ankaufsstelle nichts dafür bekam, teilte Chen das Tier einfach mit Haut, Haaren und Knochen in vier Teile, gab drei den Hunden und den Rest dem kleinen Wolf. Die drei Hunde wussten sofort, wie sie das frische Fleisch fressen mussten, jeder legte sich auf die Erde vor seine Portion und machte sich darüber her. Die drei großen Hunde waren sehr zufrieden mit der Art, in der Chen das Fleisch teilte. Er hatte das aus Jack Londons Der Ruf der Wildnis gelernt, dem Buch, das er wohl nie wieder bekommen würde, nachdem er es verliehen hatte und es jetzt durch die Dritte Produktionsgruppe wanderte.

Die Bäuche der drei großen Hunde wurden dick und rund, aber sie mussten für ihre Tat noch eine Belohnung bekommen, seit altersher ein ungeschriebenes Gesetz des Graslands. Chen kam mit mehreren Leckereien aus der Jurte. Er gab zuerst Erlang zwei Stück, der genau beobachtete, wie sein Herr Huanghuang und Yir je eines zuwies, bevor er zufrieden an seinen zweien zu kauen begann. Huanghuang und Yir akzeptierten ihre geringere Belohnung und begannen sofort zu fressen. Chen vermutete, dass Erlang die gesamte Beute erlegt und die beiden nur beim Transport geholfen hatten.

Der Duft von frischem Fleisch machte den kleinen Wolf so heiß, dass er sich auf die Hinterbeine stellte und mit den Vorderpfoten wie wild in der Luft ruderte. Chen sah nicht zu ihm hin, damit er nicht noch wilder an der Kette zerrte. Erst nachdem er die Hunde versorgt hatte, kümmerte er sich um den Präriehund. Auf dem Grasland gab es viele Arten dieser kleinen Wildtiere, und von diesem hier war im Umkreis von fünf, sech Metern jeder Jurte ein Bau zu finden, vor dessen Eingang das Tier häufig saß und fiepte. Wenn eine Jurte versehentlich über einem solchen Bau aufgestellt wurde, änderte das Tier seine Ernährungsgewohnheiten schnell und fraß statt nur Gras auch Getreide, Milchprodukte und Fleisch, es urinierte und kotete in Lebensmitteltaschen und knabberte mitunter Bücher in Koffern an. Wenn sie umzogen, fanden Mongolen in lange nicht getragenen Schuhen und Stiefeln Nester mit Jungen, so widerlich wie sich krümmende Fleischmaden. Die Viehzüchter verabscheuten diese Tiere, und Chen und Yang noch mehr, hatten sie doch ihre zwei literarischen Klassiker auf dem Gewissen.

Bilgee sagte, früher hätten Kinder sich die Präriehunde zum Ziel genommen, wenn sie mit Pfeil und Bogen übten.

Die Tiere waren flink in ihren Reaktionen und liefen schnell, da konnte ein zu langsamer oder zu spät abgeschossener Pfeil sie leicht verfehlen. Mongolische Kinder durften am Abend erst nach Hause zurückkehren, wenn sie eine bestimmte Anzahl Tiere erlegt hatten. Doch war das Schießen für sie ein Spiel, das Grasland eine Art Vergnügungspark. Sie vergaßen über dem Bogenschießen mitunter sogar das Essen, und wenn sie groß waren, würden sie es mit großem Pfeil und Bogen zu Pferde tun. Der berühmteste Bogenschütze der Mongolen und General Dschingis Khans Jebe hatte diese alte Jagdmethode meisterhaft beherrscht. Bilgee sagte, nur mit Hilfe der besten Reiter und Bogenschützen der Welt hatten die Mongolen das Grasland schützen und die Welt erobern können. Ihre Bogenkunst hatten sie an dem kleinsten, pfiffigsten, schnellsten und am schwersten zu treffenden Ziel verfeinert, dem Streifenhörnchen. Ihren Nachwuchs anhand lebender Beute zu trainieren, hatten die Mongolen von den Wölfen gelernt. Wolfsmütter übten mit ihren Jungen zuerst das Jagen von Mäusen. Das machte Spaß, trainierte das Reaktionsvermögen und die Schnelligkeit und füllte den Magen – und so leisteten selbst die Kleinen ihren Beitrag zum Schutz des Graslands. Die Mongolen glaubten an die »Einheit von Himmel, Tier, Mensch und Grasland«, was sehr viel tiefer ging und kraftvoller war als der chinesische Glaube an die »Einheit von Himmel und Mensch«. Selbst ein natürlicher Feind des Graslands wie die Feldmaus erfüllte im Weltbild der Mongolen eine unersetzliche Funktion.

Chen nahm den Präriehund am Schwanz hoch, um ihn genau anzusehen. Er hatte beim Schafehüten oft welche gesehen, nie aber einen so großen. Er konnte nur in den fruchtbaren Bergen mit dem saftigen Gras herangewachsen sein. Chen nahm an, dass sein Fleisch zart und fettig sein musste, denn die Wölfe liebten es. Er stellte sich vor, wie der kleine Wolf allein bei dem Geruch Luftsprünge machen und das Tier in einem Bissen hinunterschlingen würde.

Als Chen das Tier hochhielt, tropfte Blut aus den Wunden in den Staub. Er rief den kleinen Wolf wie immer zum Fressen.

Der kleine Wolf starrte das Tier an, bis er rote Augen bekam. So ein Futter hatte er noch nie bekommen, erkannte aber am Blutgeruch, dass es etwas ganz besonders Gutes sein musste. Er sprang immer wieder hoch, um danach zu schnappen, doch Chen hielt das Tier stets noch etwas höher. Der Wolf fixierte die Beute, dabei wollte Chen ihn zwingen, seinen menschlichen Freund anzusehen, musste jedoch einsehen, dass seine Hoffnung diesmal vergeblich war. Beim Anblick des Präriehundes hatte der kleine Wolf sich in einen wilden Wolf verwandelt, bleckte die Zähne und zeigte die Krallen. Das Maul bis zum Anschlag aufgerissen, fletschte er seine vier Eckzähne bis hinunter zum Zahnfleisch. Das wilde Gebaren des kleinen Wolfes ließ Chen Zhen das Herz stocken. Ein paarmal noch zog er dem Wolf das Tier vor der Nase weg, konnte aber den Blick des Raubtieres nicht auf sich lenken und warf ihm das Fleisch schließlich hin. Er selbst hockte sich außerhalb des Wolfskreises nieder, um zuzusehen, wie der Kleine den Präriehund in Stücke riss und verschlang. Das, was geschah, nachdem der Wolf sich das Fleisch in der Luft geschnappt hatte, hatte Chen noch nie gesehen und würde es auch niemals vergessen.

Der kleine Wolf schrak zusammen, als halte er ein glühendes Stück Eisen im Maul, und ließ das Fleisch fallen. Dann zog er sich einen Meter zurück, spannte Rücken und Hals an und starrte mit Panik im Blick auf das Tier. Nach etwa drei Minuten löste sich sein Blick, er setzte zum Sprung an, machte sieben, acht Luftsprünge und war dann mit einem Satz auf dem Tier, biss einmal hinein und sprang wieder zurück. Als er sah, dass das Tier sich nicht bewegte, schoss er nochmals für einen Biss vor und wiederholte dieses Spiel mehrere Male, bis er sich wieder beruhigte.

In diesem Augenblick entdeckte Chen auf einmal Ehrerbietung statt Wildheit in seinen Augen, es schien ein anderer Wolf geworden zu sein. Langsam ging er auf das Tier zu, blieb daneben stehen und hielt inne, um plötzlich mit dem rechten Bein niederzuknien, dann mit dem linken, das Tier mit der rechten Seite seines Rückens zu berühren, sich herumzurollen und schnell wieder auf die Beine zu kommen. Er schüttelte sich den Sand vom Körper, ordnete die Kette und lief auf die andere Seite des Präriehundes, um die Prozedur zu wiederholen, allerdings in ungekehrter Reihenfolge, zuerst das linke, dann das rechte Bein gebeugt.

Chen sah neugierig zu und fragte sich, woher der Wolf das hatte und wozu es diente. Der Wolf kam ihm vor wie ein kleiner Junge, der zum ersten Mal ein gebratenes Hähnchen am Spieß ganz für sich allein bekommt, sein Glück nicht fassen kann und den Spieß ganz fest umklammert hält.

Der kleine Wolf wiederholte sein Ritual noch dreimal. So gut das Fleisch auch gewesen war, das Chen dem Wolf bisher vorgesetzt hatte, darunter auch blutiges, nie hatte er dieses Verhalten beobachtet. Feierten Wölfe auf diese Weise eine erfolgreiche Jagd? Die Ehrerbietung des kleinen Wolfes kam der eines Gläubigen beim Heiligen Abendmahl gleich.

Chen zerbrach sich den Kopf, bis es ihm plötzlich klar wurde: Bisher hatte er dem Wolf immer zerkleinertes Fleisch oder Teile eines Tieres vorgesetzt. Dieses war das erste »natürliche« Mahl, ein vollständiges Tier, so wie Schaf, Rind, Pferd oder Hund, mit Kopf, Schwanz und Pfoten (Hufen), Haut und Fell, ein vollständiges Etwas ähnlich ihm selbst. Vielleicht dachte er, nur »adlige« Wölfe dürften so etwas fressen.

Der Wolf atmete ein, rührte das tote Tier aber immer noch nicht an. Er schüttelte sich, um sein Fell zu säubern und zu glätten, dann stolzierte er um das Tier herum. Die Zunge aus dem halb geöffneten Maul hängend, Augen zusammengekniffen, hob er jede Pfote einzeln hoch wie die großen weißen Pferde im russischen Zirkus. Nach einigen Runden beschleunigte er plötzlich das Tempo, verkleinerte jedoch den Kreis nicht, sondern lief auf seinen eigenen Spuren weiter.

Da spürte Chen auf einmal ein Kribbeln auf der Kopfhaut, ihm fielen die geheimnisvollen Wolfsspuren aus dem Frühjahr ein. Dutzende Wölfe waren um Pferdekadaver gelaufen und hatten Spuren wie dämonische Zeichen oder göttliche Gemälde hinterlassen, wobei die Alten glaubten, es handele sich um ein Dankesschreiben der Wölfe an Tengger. Die Wolfsspuren damals waren exakt im Kreis verlaufen, genau wie die des kleinen Wolfs jetzt. In beiden Fällen bildeten erlegte Tiere die Mitte, unzerlegt und mit Haut und Haar.

Wollte der Wolfswelpe Tengger danken, bevor er sich über das frische Fleisch hermachte?

Das Tier lief immer noch aufgeregt im Kreis herum. Er hatte den ganzen Tag noch nichts gefressen und war ein hungriger Wolf. Normalerweise wurde ein hungriger Wolf beim Anblick von frischem, blutigem Fleisch zum wahnsinnigen Wolf. Wie also schaffte er es, seinen Hunger zu unterdrücken und Rituale wie die eines frommen Gläubigen auszuführen? Gab es in der Welt der Wölfe eine archaische Religiosität, die mit enormer geistiger Kraft das Verhalten der Wolfsrudel auf dem Grasland bestimmte? Die auch auf das Gebaren eines kleinen Wolfes Einfluss nahm, der vom Rudel getrennt worden war, noch bevor er seine Augen geöffnet hatte?

Endlich blieb der Wolf stehen. Er hockte sich neben den Präriehund, ließ seinen Atem ruhig werden und leckte sich über die Lippen. Im Nu war aus dem einfachen Gläubigen ein hungriger Wolf mit gierig glänzenden Augen geworden. Er warf sich auf das Tier, drückte es mit den Vorderpfoten zu Boden, biss ihm in die Brust und schüttelte heftig den Kopf, sodass das halbe Fell mit Haut von dem Tier abgerissen wurde und sein Fleisch offen lag. Der Wolf zitterte am ganzen Körper, riss und fraß. Nachdem er die Hälfte von Fleisch und Knochen des Tieres verschlungen hatte, riss er die Innereien heraus. Nicht dass er etwa Magen- und Darminhalt zur Seite getan hätte, nein. der kleine Wolf entwickelte mit jedem Bissen mehr das erregte Gebaren eines Wildtieres. Dabei stieß er rhythmische Freudenlaute dabei aus, die Chen Schauer über den Rücken jagten. Alles an dem Tier schlang er mit der gleichen Gier in sich hinein, Fleisch, Knochen, Haut und Haar, bittere Galle und gefüllte Blase, selbst die Exkremente, lauter Leckerbissen. Im nächsten Augenblick waren von dem riesigen Präriehund nur noch Kopf und Schwanz übrig. Aber auch das bremste den kleinen Wolf nicht. Er nahm den Kopf zwischen die Vorderpfoten, biss eine Hälfte ab und schluckte sie mitsamt den Zähnen hinunter, danach die andere Hälfte. Selbst um den buschigen Schwanz schien es ihm zu schade zu sein, auch er wurde mit Haar und Knochen aufgefressen. Auf dem sandigen Boden waren am Ende nur noch einige Tropfen Urin und Blut zu sehen. Doch der kleine Wolf schien noch nicht genug zu haben. Er starrte Chen an, sah seine leeren Hände und legte sich schließlich enttäuscht vor ihn hin.

Jetzt wusste Chen, dass der Wolf Nagetiere besonders liebte. Sie weckten all seine Instinkte, und das war wahrscheinlich der Grund dafür, dass die kleinen Nager sich hier nie in katastrophaler Weise hatten vermehren können.

In Chen wuchsen Liebe und Mitgefühl für den kleinen Wolf. Er wurde jetzt fast jeden Tag Augenzeuge eines neuen Schauspiels des Kleinen, bekam immer neue Denkanstöße und entwickelte sich zu seinem loyalsten Fan. Nur war die Bühne des Wolfes zu klein. Stünde ihm die riesige Bühne des Graslands zur Verfügung, er würde ein riesiges Lehrstück für die Menschen aufführen.

Der Wolf beobachtete sehnsüchtig die Hundewelpen, die noch an den Knochen nagten. Chen ging in die Jurte, um dem Murmeltier das Fell abzuziehen. Er schnitt die Teile von Nacken und Kopf heraus, die die Hunde angebissen hatten, und legte sie in eine Schale, um sie dem Wolf später als Abendmahlzeit vorsetzen zu können. Vom Rest schnitt er das Fleisch ab und füllte es in den Topf, eine stattliche Mahlzeit für ihn und seine zwei Freunde.

Gegen Abend starrte der kleine Wolf von seinem sandigen Gefängnis aus unruhig zur Sonne im Westen, die endlich versank. Als dann nur noch wenige Sonnenstrahlen übrig waren, wandte er sich der Jurte zu und vollführte verschiedene, höchst eigenartige Bewegungen, er schien zu trommeln, sich auf Futter zu stürzen, er schlug Purzelbäume vorwärts und rückwärts. Dann schlug er laut mit der Kette, um Yang und Chen daran zu erinnern, dass es jetzt Zeit für den Spaziergang war.

Chen hatte vorab schon von dem Fleisch gegessen, daher konnte er den kleinen Wolf ausführen. Erlang und Huanghuang folgten ihm. Diese Momente der Freiheit, immer zur Abenddämmerung, waren die glücklichsten für den kleinen Wolf, er freute sich mehr darauf als auf das Fressen. Für Chen aber war es anstrengender als für einen Soldaten, der seinen Wolfshund mitnahm. Es war die schönste und zugleich ermüdendste Arbeit des Tages.

Der kleine Wolf hatte einen guten Appetit, war inzwischen einen Kopf länger als die kleinen Hunde gleichen Alters und wog fast doppelt so viel. Sein Babyfell hatte er verloren, stattdessen trug er einen gelbgrau glänzenden Pelz mit einer aufrecht stehenden schwarzen Mähne den Rücken entlang, wie sie den großen Wölfen in der Wildnis wuchs. Der einst runde Kopf war flacher geworden und das gelbe Fell weiß gesprenkelt. Sein Gesicht hatte sich in die Länge gezogen, die feuchte schwarze Nase war hart und widerstandsfähig wie ein Kunststoffkorken. Chen fasste den Wolf gern zärtlich bei der Nase, woraufhin der den Kopf schüttelte und nieste, denn er verabscheute diese Liebesbekundung. Die niedlichen Öhrchen waren inzwischen lange, spitze Wolfsohren geworden – aus der Ferne sah das Tier schon wie ein richtiger großer wilder Wolf aus.

Seine Augen waren das faszinierendste und zugleich beängstigendste an ihm: Rund, nach oben außen in die Länge gezogen, blickten sie durchdringender als die eines maskierten Schauspielers der Peking-Oper, und der nach innen unten verlaufende Tränensack verstärkte noch das Furchterregende in seinem Blick. Die Augenbrauen waren gelbgrau wie das Fell und daher zum Ausdruck von Wut oder als Drohung nicht zu gebrauchen. Das Wütende, Bedrohliche des Wolfes lag in seinen Augen selbst und in den tiefen Furchen, die sich entlang seiner Nase bilden konnten.

Anders als bei Menschenaugen und denen vieler Tiere glich das Weiß seiner Augen der Farbe eines Bernsteins, und mit diesen Wolfsaugen durchdrang sein Blick die Seele von Tier und Mensch. Iris und Pupillen des Wolfes waren klein wie die Öffnung des Blasrohrs für Giftpfeile jenes Farbigen bei Sherlock Holmes, schwarz und düster. Wenn der Wolf wütend war, wagte Chen nicht, ihm in die Augen zu sehen, denn er fürchtete, giftige Pfeile daraus könnten ihn treffen.

Seit der Wolf sich an Chen gewöhnt hatte, ließ er sich von ihm bei den Ohren packen und Nase an Nase ins Gesicht sehen. Seit über hundert Tagen las Chen jetzt täglich darin. Ein niedliches Gesicht, das Chen dennoch gelegentlich in Angst und Schrecken versetzte. Wenn aber der kleine Wolf auch noch seine vier Reißzähne zeigte, die tödlicher sein konnten als die Giftzähne einer Kobra, dann jagte ihm das einen kalten Schauer nach dem anderen den Rücken hinunter. Ab und zu öffnete Chen das Maul des Wolfes und rieb über seine Zähne, ertastete ihre Härte und spürte, dass sie spitzer waren als die Nadel, die man zum Nähen von Schuhsohlen benutzte. Auch der Zahnschmelz war härter als der menschliche. Tengger hatte seine Liebe zum Wolf ausgedrückt, indem er ihm ein so hübsches und zugleich furchterregendes Gesicht gab, das seine wichtigste Waffe war und viele Tiere des Graslands dermaßen in Angst versetzte, dass sie kampflos aufgaben.

Der kleine Wolf wuchs in diesen Wochen erschreckend schnell und nahm an Körperkraft sogar noch schneller zu als an Gewicht. Chen sagte zwar jeden Abend, er führe den Wolf spazieren, inzwischen aber wurde er mehr vom Wolf gezogen. Sobald der Wolf sein offenes Gefängnis verließ, zerrte er Chen Richtung Berghang wie ein Ochse seinen Karren. Yang oder Chen rannten oft los, um den Wolf zu fordern, und wenn sie nicht mehr konnten, zog der Wolf sie aus Leibeskräften weiter, zuweilen eine halbe bis eine Stunde.

Chen taten nach so einem Ausflug Hand, Arm und Schulter weh, und er war in Schweiß gebadet. Da die Luft auf der mongolischen Hochebene dünner war als in Peking, wich Chen nach so einem Marathon mit dem Wolfswelpen oft die Farbe aus dem Gesicht, und seine Beine krampften, Zeichen für Sauerstoffmangel. Anfangs hatte er noch vor, mit dem Wolf gemeinsam zu rennen, um ein kräftiger sonnengebräunter Grasländer zu werden. Doch je weiter sich die Laufkraft des Wolfes entwickelte, umso mehr verließ ihn der Mut. Der Wolf war der Meister des Langstreckenlaufs auf dem Grasland, mit dem selbst das schnellste Mongolische Pferd nicht mithalten konnte, wie also seine chinesischen Beine? Yang und Chen fragten sich, wie sie den Wolf »spazieren« führen sollten, wenn er ausgewachsen war. Es konnte passieren, dass er sie mitten in ein Wolfsrudel zog.

Wenn Yang oder Chen so von dem Tier übers Gras gezerrt wurden, konnte es sein, dass Frauen und Kinder in der Ferne sich die Seiten hielten vor Lachen. Die Viehzüchter betrachteten es zwar als ausgemachten Unsinn, einen Wolf großzuziehen, waren aber einem amüsanten Schauspiel wie diesem nicht abgeneigt. Sie warteten nur darauf, dass der gerechte Tengger die Pekinger Schüler für ihr »wissenschaftliches Experiment« bestrafte. Ein Viehzüchter mittleren Alters, der etwas Russisch beherrschte, sagte zu Chen: »Menschen können Wölfe nicht zähmen, noch kann es die Wissenschaft.« Chen erklärte, es gehe ihm nur darum, den Wolf zu beobachten und zu erforschen, er habe nie vorgehabt ihn zu zähmen. Niemand glaubte ihm, und sein Plan, den Wolf mit einer Hündin zu kreuzen, war auch schon in aller Munde. Bei allen Trinkgelagen wurde es zum Dauerlacher, wie Chen und Yang von dem Wolf übers Grasland gezerrt wurden. Die Menschen sagten, sie warteten nur darauf, dass das Tier eine Hündin entjungfere.

Der Wolf rannte und zog wieder mal den japsenden Chen hinter sich her. Bislang war der Wolf ziellos herumgerannt, in den letzten Tagen jedoch zog er Chen Richtung Nordwesten, dorthin, wo seinerzeit das Heulen der Wölfinnen am intensivsten gewesen war. Die Neugier Chens war geweckt, er wollte der Sache jetzt auf den Grund gehen. Inzwischen war er länger mit dem Wolf unterwegs als jemals zuvor. Sie durchquerten ein Tal und gelangten an einen sanften Hügel. Chen wurde etwas unruhig, weil sie sich noch nie so weit von der Jurte entfernt hatten. Doch der Schutz Erlangs und Huanghuangs beruhigte ihn, und seinen Pferdeknüttel hatte er außerdem dabei. Nach weiteren fünfhundert Metern wurde der Wolf langsamer, schnüffelte und suchte alles ab, ob Kuhfladen, Erdhügel, Knochen, hohes Gras oder Stein, er ließ nichts aus.

Der Wolf schnüffelte sich bis zu einem Büschel Nadelspitzengras vor, wo er plötzlich erstarrte und die Haare auf seinem Rücken sich wie Nadeln aufstellten. Seine Augen blitzten freudig überrascht auf, er schnüffelte und suchte weiter, als wolle er am liebsten ganz und gar im Gras verschwinden. Auf einmal hob er den Kopf und heulte lange in Richtung des Sonnenuntergangs im Westen. Es war ein langgezogenes Heulen der Trauer und der Sehnsucht. Da war nichts von einer freudigen Begrüßung der Mutter, nur noch grenzenloses Verlangen nach der Familie und dem Rudel und unendlicher Schmerz über die langen Monate der Gefangenschaft.

Erlang und Huanghuang schnüffelten ebenfalls an dem Gras, ihre Haare stellten sich auf, und sie bellten aufgeregt Richtung Nordwesten. Da begriff Chen: Sie hatten den Urin freilebender Wölfe gerochen. Er trat mit seinen Stoffschuhen das Gras herunter und sah Wolfskot, ein intensiver Uringeruch stach ihm in die Nase. Er schrak zusammen, es war frischer Urin, die Wölfe schienen sich am Abend zuvor noch in der Nähe bewegt zu haben. Die Abenddämmerung verlor an Farbkraft, auf den Hang legten sich dunkle grüne Schatten, eine kühle Brise erhob sich, und im Gras schienen überall die Rücken großer Wölfe zu sehen zu sein. Chen schauderte. Er fürchtete ein Rudel todesmutiger Mutterwölfe, wollte sich seinen Wolf greifen und hastig nach Hause laufen.

Doch in diesem Moment hob das Tier ein Bein, um zu urinieren. Es wusste jetzt, wie es seiner Mutter eine Nachricht hinterlassen konnte. Doch die Folgen einer Begegnung von ihm und seiner Mutter waren unabsehbar. Deshalb zerrte Chen mit aller Kraft am Wolf, sodass der sich überschlug. In seinem Harndrang und seiner Suche nach der Mutter gestört, starrte der Wolf Chen kurz an und ging mit den Vorderbeinen runter, um sich mit einem Satz auf Chen zu stürzen wie ein Großer. Chen wich instinktiv zurück, stolperte über ein hohes Grasbüschel und stürzte. Der Wolf riss das Maul auf und schlug seine Zähne in den Unterschenkel Chens. Der junge Mann schrie auf, die spitzen Wolfszähne waren durch die Hose und ins Fleisch gedrungen. Chen setzte sich hastig auf und versuchte, den kleinen Wolf mit seinem Stock fortzustoßen, aber das Tier war wie besessen und schien seinem Ziehvater unbedingt ein Stück Fleisch aus der Wade reißen zu wollen.

Die beiden Hunde sprangen alarmiert in die Höhe, Huanghuang biss sich im Nacken des Wolfes fest und versuchte ihn fortzuzerren. Erlang bellte wie verrückt, dass es dem Wolf wie Donner in den Ohren klang und er den Biss lockerte.

Chen Zhen wurde fast ohnmächtig vor Schreck. Er sah sein eigenes Blut an den Zähnen des Wolfes, den er großgezogen hatte. Erlang und Huanghuang griffen den kleinen Wolf immer noch an, da packte Chen ihn am Hals und umarmte ihn fest. Doch der Wolf wehrte sich, schoss wütende Blitze aus den Augen ab und fletschte die Zähne.

Erst als Chen die Hunde zur Ruhe rief, beruhigte sich auch der Wolf. Er zitterte, als Chen seinen Griff lockerte, zog sich einige Schritte zurück und starrte ihn weiterhin gefährlich an. Seine Rückenhaare standen immer noch senkrecht. Chen war wütend und ängstlich zugleich und sprach mit dem Welpen: »Kleiner Wolf, kleiner Wolf, bist du blind? Du beißt mich?« Beim Klang der vertrauten Stimme kam der Wolf von seiner vulkanischen Wildheit und dem bestialischen Wahnsinn herunter. Er neigte den Kopf, um den Mann, der vor ihm stand, genau zu betrachten, und erkannte offenbar allmählich Chen. In seinem Blick lag dennoch nicht die geringste Spur von Bedauern.

Die Wunde blutete stark; das Blut war schon in die Schuhe hineingelaufen. Chen stand hastig auf, steckte seinen Stock tief in die Erdhöhle eines Nagetiers und schlang die Kette fest um diesen provisorischen Holzpfahl. Er befürchtete, dass der Wolf angesichts von Blut auf falsche Gedanken kommen könnte, trat ein paar Schritte zur Seite, setzte sich auf den Boden, zog seine Schuhe aus und krempelte die Hosenbeine hoch. An seinem Unterschenkel sah er vier kleine Wunden, glücklicherweise war seine Arbeitshose aus ähnlich festem Stoff wie Segeltuch und hatte einen Teil der Wucht der Wolfszähne abgebremst, sodass die Wunden nicht sehr tief waren. Chen wandte eine einfache Methode der Viehzüchter an, drückte kräftig alles Blut aus der Wunde, damit das saubere Blut aus den Blutgefäßen allen Schmutz aus der Wunde spülte, und riss dann ein Stück Stoff von seinem Hemd ab, um die Wunde zu verbinden.

Er stand wieder auf und zog den kleinen Wolf mithilfe der Kette in Richtung Jurte. Mit einem Blick auf den Rauch dort rief er: »Kleiner Wolf, kleiner Wolf. Es gibt zu fressen, es gibt Wasser.« Yang und Chen hatten sich diesen Trick ausgedacht; es war die einzige Möglichkeit, den Wolf nach seinem Abendspaziergang zur Heimkehr zu bewegen. Sobald er diese Worte hörte, tropfte ihm der Speichel aus dem Mund, und im selben Augenblick hatte er alles vergessen, was gerade geschehen war. Ohne sich einmal umzudrehen lief er mit Chen nach Hause, stürzte sich auf seinen Napf und wartete auf etwas zu fressen und zu saufen. Chen schlang die Kette um den Holzpflock, befestigte die Spitze, dann gab er dem Wolf den Nacken des Murmeltiers und eine Schale Wasser. Der Kleine stürzte sich zuerst auf das Wasser und soff die halbe Schale leer. Der beste Weg, ihn nach seinem Ausgang sicher wieder heimzubringen, war, ihm einen Tag lang kein Wasser zu geben, denn dann reichte die Nennung des Wortes »Wasser« dem verschwitzten Tier, und es zog seinen menschlichen Vater brav Richtung Heimat.

Als Chen die Jurte betrat und Gao Jianzhong die Bisswunde sah, überredete er seinen Freund, zum Arzt zu gehen. Chen lief zur Jurte der Schüler der Dritten Produktionsgruppe und bat den jungen Arzt Peng, ihn gegen Tollwut zu impfen und die Wunde zu versorgen, auf keinen Fall aber weiterzuerzählen, dass er vom Wolf gebissen worden war. Der Preis dafür war, Peng ein Buch zu überlassen, das er sich ausgeliehen hatte, und ihm zwei weitere zu borgen, Napoleon und Vater Goriot.

Peng stimmte widerwillig zu, nicht ohne zu jammern, er habe nur drei oder vier Tollwutspritzen im Hauptquartier bekommen, die Arbeiter würden dauernd von den Hunden der Viehzüchter gebissen und hätten schon zwei gebraucht, jetzt müsse er in der Hitze noch einmal hinlaufen. Chen redete beruhigend auf ihn ein, hörte aber selbst schon gar nicht mehr, was er sagte, denn er musste immerzu daran denken, wie er den Wolf schützen konnte. Er hatte einen Menschen gebissen, und auf dem Grasland galt die eiserne Regel: Wenn ein Hund ein Schaf überfiel, musste er sofort getötet, wenn er einen Menschen verletzte, auf der Stelle erschlagen werden. Für einen Wolf, der einen Menschen angefallen hatte, konnte es keine Hoffnung geben. Einen Wolf großzuziehen verstieß an sich schon gegen alle Regeln, und jetzt hing sein Leben am seidenen Faden. Chen saß auf und ritt ohne Rücksicht auf seine gerade versorgte Wunde los und schlug sich ununterbrochen selbst gegen den Kopf, in der Hoffnung, ihm würde ein Weg einfallen, den Wolfswelpen zu schützen.

Zu Hause angekommen hörte er als Erstes Yang und Gao erhitzt darüber debattieren, was mit dem Wolf geschehen solle, der einen Menschen gebissen hatte.

»Dieses kleine Vieh!«, ereiferte sich Gao. »Wenn er sogar auf Chen losgeht, wen wird er dann noch verschonen? Wir müssen ihn töten! Was, wenn er noch mehr Leute beißt! Unser Herbstquartier ist Dutzende von Kilometern weit auseinandergezogen, da kommt man nicht so schnell an eine Spritze, und ein Wolfsbiss ist gefährlicher als ein Hundebiss, er kann tödlich sein!«

»Ich fürchte«, sagte Yang leise, »man wird Chen und mir in Zukunft diese Spritze nicht mehr geben. Der Impfstoff ist für Notfälle, nicht für Leute, die sich einen Wolf halten. Ich denke … Ich glaube, wir sollten den Wolf laufen lassen, denn früher oder später wird die Brigade ihn töten wollen.«

»Er hat einen Menschen gebissen, und du willst ihn freilassen? Das ist Wahnsinn!«

In diesem Augenblick wusste Chen, was er zu tun hatte, und mischte sich in die Diskussion ein. »Ich habe es mir überlegt. Er wird weder getötet noch freigelassen. Wenn wir ihn töten, wäre ich umsonst gebissen worden, und all unser Herzblut wäre verschwendet. Wenn wir ihn laufen lassen, wird er vom Rudel als Fremder oder Verräter betrachtet, er hätte keine Chance.«

»Was sollen wir also tun?«, fragte Yang.

»Die einzige Möglichkeit«, erwiderte Chen Zhen, »ist eine Zahnoperation. Wir kappen mit einer Zange die Spitzen seiner Zähne, denn sie sind es, die den Wolf so gefährlich machen. Ohne sie kann er zubeißen, ohne dass Blut fließt und wir eine Spritze brauchen. In Zukunft müssen wir ihm sein Fleisch eben klein schneiden.«

»Das könnte funktionieren«, sagte Yang Ke. »Allerdings ist es das Gleiche, als würdest du ihn töten. Wie soll er ohne die Spitzen seiner Zähne auf dem Grasland überleben?«

»Etwas Besseres ist mir nicht eingefallen.« Chen ließ den Kopf hängen. »Jedenfalls werde ich nicht auf halbem Wege aufgeben, nur weil ich gebissen worden bin. Vielleicht wachsen die Spitzen ja sogar nach. Im Moment jedenfalls sind sie eine Bedrohung für uns.«

»Den Wolf am Zahn operieren?«, fragte Gao. »Das gibt mit Sicherheit den nächsten Biss.«

Am nächsten Morgen führten Chen und Yang die Operation durch, noch bevor sie die Schafe auf die Weide brachten. Sie fütterten den kleinen Wolf zunächst besonders reichlich, um ihn fröhlich zu stimmen. Dann fasste Yang ihn mit beiden Händen am hinteren Teil des Kopfes und zwang mit den Daumen seine Kiefer auseinander. Der Wolf wehrte sich nicht. Er hielt das alles für ein Spiel, mit dem die beiden ihm vielleicht einen Streich spielen wollten, und fand es lustig. Die beiden hielten sein geöffnetes Maul ins Sonnenlicht, um sich die Zähne genau anzusehen. Sie waren halb durchsichtig und ließen die Wurzel erkennen, die zum Glück nur halb so lang war wie der Zahn selbst. Wenn sie also die Spitze abkniffen, verletzten sie nichts, und der Wolf würde keinen Schmerz spüren. Er konnte seine Zähne behalten, deren Spitzen vielleicht schon bald nachwachsen würden.

Chen Zhen ließ den Wolf erst an der Zange riechen und mit ihr spielen. Nachdem der Wolf sich an sie gewöhnt hatte und seine Wachsamkeit nachließ, konzentrierte Yang sich darauf, ihm das Maul aufzuhalten, während Chen blitzschnell mit der Zange agierte und etwa ein Viertel von jedem Zahn kappte, als entfernte er das überstehende Ende einer Schraube. Die beiden hatten sich auf einen Kampf eingestellt und waren darauf vorbereitet gewesen, den Wolf zu fesseln, doch dann war alles in weniger als einer Minute vorbei. Der Wolf war nicht verletzt worden, er tastete nur mit der Zunge zu den stumpfen Zähnen hin, ohne offenbar den Unterschied zu vorher zu bemerken. Die beiden setzten ihn vorsichtig auf die Erde und wollten ihm etwas zu fressen geben, unterließen es jedoch aus Angst, ihn zu verletzen.

Chen und Yang atmeten erleichtert auf, jetzt mussten sie nicht mehr fürchten, dass jemand vom Wolf gebissen wurde. Beiden aber hing in den nächsten Tagen nach, was sie getan hatten. »Einem Wolf die Zähne zu stutzen«, sagte Yang, »ist schlimmer, als einen Mann zu kastrieren.«

Auch Chen beschlichen Zweifel. »Wieso scheint mir, dass wir uns von unserem Motiv, einen Wolf großzuziehen, immer weiter entfernen?«

Peng lieh sich drei gute Bücher nacheinander aus, die er mit Sicherheit nie zurückgeben würde. Doch Chen und Yang konnten sich nicht darüber beschweren. Von den mehr als hundert Pekinger Schülern in der Brigade hatten nur sie beide bekannte Klassiker des »Feudalismus, Kapitalismus und Revisionismus« mitgebracht. Nachdem der politische Wahnsinn der vergangenen zwei Jahre vorüber war, schlangen die Schüler in der Einsamkeit und Langeweile des Graslands die verbotenen Bücher in sich hinein. Und wenn Peng dann noch verraten würde, dass der Wolf einen Menschen gebissen hatte, würde Bao Shungui ihn mit Sicherheit erschießen lassen. Die Klassiker taten ihre Dienste; eine lange, lange Zeit erfuhr niemand in der Brigade, dass Chen Zhen von seinem Wolfsjungen gebissen worden war.

28

Nach seiner militärischen Erhebung focht Li Shimin (Kaiser Taizong der Tang-Dynastie, Anm. d. Romanautors) noch Dutzende von Kämpfen aus. Oft ergriff er die Initiative an der Spitze seiner Offiziere und Soldaten oder führte eine kleine Abteilung von Reitern und drang mit ihnen in die feindlichen Stellungen ein. Bei verschiedenen Gelegenheiten sah er dem Tod ins Auge, kam aber stets unbeschadet davon.
[...]
... Nachdem er Dutzende von Feinden getötet hatte, sah Li Shimin, dass seine Säbel stumpf geworden waren. Seine Ärmel waren voll Blut, er leerte sie aus und nahm den Kampf wieder auf. Durch ihn angespornt fassten seine niedergeschlagenen Soldaten neuen Mut.
[...]
Seine Majestät (Kaiser Taizong der Tang-Dynastie, Anm. d. Romanautors) sagte: »...Um eine Armee nach Kriegsrecht zu kommandieren, muss man sie vorantreiben, wenn sich die Dinge zu unseren Gunsten wenden, und andernfalls den sofortigen Rückzug antreten.«

Sima Guang, Allgemeiner Spiegel für die Regierung,
Kapitel 190, 184 und 196

Nach mehreren schweren Regengüssen brach eine schreckliche Mückenplage über das Grasland herein.

Für die Pekinger Schüler waren die Mücken eine größere Katastrophe als Schneestürme, Orkan, Feuer, Dürre, Krankheit und Wölfe zusammen. Die Mücken des Olonbulag waren einfach überall. Wo Luft war, gab es Mücken, und wenn man kein Moskitonetz über dem

Kopf trug, atmete man mit jedem Atemzug mehrere Mücken ein. Die mittlere und östliche Innere Mongolei war wahrscheinlich das Gebiet mit dem höchsten Mückenaufkommen weltweit, denn das Gras wuchs dicht, und es gab viele Flüsse und Seen. Hier fanden sie unendliche Mengen von Blut vor, von dem sie sich ernährten: von Menschen und Wölfen, von Rindern, Schafen und Pferden, von Streifenhörnchen, Kaninchen, Füchsen, Schlangen, Murmeltieren und Gazellen. Ein Mückenschwarm, der sich an Wolfsblut gelabt hatte, machte kürzlich einen der Pekinger Schüler so wild, dass er zurück nach Peking gebracht werden musste.

Auf dem neuen Weideland hatten besonders viele Mücken überwintert, weshalb die Plage hier besonders schwerwiegend war.

Am Nachmittag hatte Chen Zhen unter seinem Moskitonetz ein wenig gelesen. Jetzt setzte er als Mückenschutz eine Art Imkerhaube auf, griff nach einem Wedel aus Pferdehaar und verließ die fest verschlossene Jurte, um nach dem Wolfswelpen zu sehen. Es war die Tageszeit der aggressivsten Mückenangriffe des Tages. Chen war im Nu von Fluglärm schlimmer als bei Fliegeralarm umgeben.

Die großen gelben Mücken des Olonbulag waren nicht so klug wie Wölfe, dafür aber beim Angriff aggressiver und todesmutiger. Sie stürzten sich auf ein Tier, sobald sie es witterten, und stachen ohne zu zögern und ohne jede Strategie drauflos. Es war ihnen egal, wie viele von ihnen dem Schlag eines Pferde- oder Kuhschwanzes zum Opfer fielen, ja der Blutgeruch eines zerschmetterten Artgenossen stachelte sie zu noch mehr Todesmut an.

Chen wurde die Sicht durch seine Haube schlagartig von einem riesigen Schwarm gelber Mücken versperrt. Durch nahezu jede einzelne Masche der schützenden Gaze vor ihm bohrte eine Mücke ihren Rüssel. Chen erschrak, denn die Mückenschwärme an jenem Tag kamen ihm besonders dicht, die einzelnen Insekten besonders groß vor. Sie waren ununterbrochen in Bewegung, sodass man nicht ihre Flügel, sondern nur die gelben Körper sah, die so groß wie kleine Shrimps wirkten. Für einen Moment fühlte sich Chen wie jemand, der im See versunken war und über seinem Kopf große Mengen Plankton von unten sieht.

Der Schimmel Chens wollte nicht am Hang grasen. Er stand inmitten von Schafskot, der als Düngemittel ausgelegt war. An dieser Stelle wuchs kein Grashalm und gab es wenig Mücken. Auf dem Pferdekörper jedoch saß eine dicke Schicht gelber Mücken, die ein bisschen wie eine Decke aus süßem Puffreis aussah. Als das Pferd Chen Mücken vertreiben sah, wandte es sich ihm zu. Eilig löste Chen seine Fußfesseln, führte es zu dem Ochsenkarren, wo es noch weniger Mücken gab, und legte ihm den Lederriemen wieder an. Das Pferd nickte heftig mit dem Kopf und schlug mit seinem Schwanz kräftig nach den Mücken auf Bauch, Beinen und Hinterteil, während es den vorderen Körperteil nur mit Kopf und Maul schützen konnte. Myriaden von Mücken saßen in der Mähne des Pferdes und stachen wie mit Nadeln in das Fleisch des Tieres. Wenn sie vollgesogen waren, sahen sie wie lauter kleine rote Vogelbeeren aus. Das Pferd peitschte wütend mit seinem Schwanz, sodass blutig rote Spuren auf der Haut blieben, als sei das Tier einem tödlichen Angriff der Wölfe gerade noch entkommen.

Chen schlug dem Pferd mit seinem Wedel kräftig auf Vorderbeine und Rücken, um die Plagegeister zu vertreiben. Das Pferd bedankte sich kopfnickend, aber die Mückenwolken wurden immer dichter, und kaum war eine vertrieben, kam schon die nächste.

Plötzlich lief Chen voller Sorge zum kleinen Wolf. Die Höhle war halb voll Wasser gelaufen, sodass der Kleine nicht hinein konnte. Das dünne Sommerfell schützte ihn erst recht nicht vor den Stichen der Mücken, besonders an kaum oder gar nicht behaarten Körperteilen wie Nase, Ohren, Augenlidern, Gesichtshaut, Kopf, Bauch und den Pfoten. Die Blutsauger trieben den kleinen Wolf fast in den Wahnsinn. Für Graslandmücken musste Wolfsblut etwas Tonifizierendes haben, jedenfalls zog der Zögling Chens eine gelbe Wolke nach der anderen an und wälzte sich zum Schutz vor den Angreifern im Staub. Schließlich lief er wie besessen im Kreis herum und wagte nicht einmal, das Maul zum Hecheln zu öffnen, geschweige denn die Zunge herauszustrecken – aus Angst, die Mücken könnten ihn in den Rachen stechen. Dann wieder rollte er sich zusammen, um die kaum behaarten Hinterbeine unter den Leib zu ziehen und die Vorderpfoten schützend über die Nase zu halten. Chen war überrascht zu sehen, dass dieser Tyrann des Graslands durch Mücken in ein so jämmerliches Häufchen Elend verwandelt werden konnte. Seine Augen jedoch blickten lebhaft und blitzten voll ungebrochenen Stolzes.

Es wurde immer schwüler, der niedrige Luftdruck hielt die Mücken in geringer Höhe. Chen vertrieb sie mit dem Pferdeschwanzwedel aus der Nähe des Wolfswelpen, strich dem Tier liebevoll über Kopf und Körper, entfernte mit jeder Berührung eine Schicht Mücken und zog sich eine Schicht Blut auf der Hand zu.

Bilgee hatte ihn gewarnt, dass auf die Mückenplage die Wolfsplage folgen werde, denn Mücken verwandelten Wölfe in ausgehungerte, fast in den Wahnsinn getriebene Rudel, für die Mensch und Tier ihren Preis zahlten. Das Schlimmste auf dem Grasland seien Zwillingskatastrophen wie die der Mücken und Wölfe. Angst beherrschte die Menschen der Brigade.

Der kleine Wolf war sichtlich ausgelaugt, schien aber nicht abgenommen zu haben. Tag und Nacht wurde ihm wer weiß wie viel Blut ausgesaugt, doch seine Standhaftigkeit schien durch die Mücken in keiner Weise geschmälert. Die Mückenplage im Hochsommer bezahlten viele Schafe mit dem Leben, Chen konnte seinem Wolf oft frisches Fleisch bieten, und der Wolf stärkte mit doppelten Fleischrationen seine physischen und psychischen Abwehrkräfte.

Plötzlich schoss der kleine Wolf wie eine Rakete in die Höhe. Eine Mücke hatte den Weg zu seinem Unterbauch gefunden und ihm in den Penis gestochen. Der Schmerz war so unerträglich, dass er ein Hinterbein anhob, um zumindest den Juckreiz mit den Zähnen zu lindern. Doch damit bot er Hunderten von hungrigen Mücken die Möglichkeit zum Zugriff, was ihn so wütend machte, dass er das verdammte Ding am liebsten abbeißen wollte.

Chen überließ den Wolf seinem Schmerz, griff nach Messer und Weidenkorb und lief zu den Bergen im Westen. Im Jahr zuvor hatte es viel weniger Mücken gegeben, und Chen war zusammen mit Galsanma Beifuß sammeln gewesen. Auf dem neuen Weideplatz nahe dem See hatte Chen schon mit den ersten Regenfällen riesige Beifußbestände ausfindig gemacht. Der Regen schuf zwar für die blutsaugenden Mücken ein ideales Klima, aber eben auch für Beifuß, dessen medizinischer Duft über der Ebene lag. Chen sah zum Himmel. Beifuß, dankte er Tengger, ist die Lebensgrundlage der Menschen auf dem Grasland.

Die Angst vor Mücken im hohen Gras des Tals brachte die Hunde dazu, Chen nicht zu begleiten.

In dem Tal wehte kein Lüftchen, und Chen lief der Schweiß nur so den Rücken hinunter. Seine Arbeitskleidung war zum großen Teil schon durchweicht, sodass viele Mücken mit ihren Rüsseln versucht hatten, den dicken Stoff zu durchbohren, es nur zur Hälfte schafften, dann aber feststeckten. Seine Kleidung sah aus wie ein Nadelkissen, gespickt mit Mücken. Chen überließ sie ihrem Schicksal. Bis er einen stechenden Schmerz spürte, sich selbst auf die Schulter schlug – und die Hand blutig zurückzog.

Sobald er sich dem Beifußbewuchs näherte, wurden die Mücken mit einem Schlag weniger. Das Kraut wuchs gut einen Meter hoch, seine derben Blätter waren oben grün, unten weißgrau behaart. Kühe, Schafe und Pferde verschmähten das Gewächs, weil es ihnen zu sehr nach Medizin schmeckte. Chen verlangsamte seine Schritte, griff sein Messer fester und beugte sich vorsichtig zu den Pflanzen hinunter. Den Pekinger Schülern und Schafhirten war eingebläut worden, sich im Sommer vorsichtig in den Beifußfeldern zu bewegen. Wölfe wälzten sich gern darin und trugen danach eine Art Mückenschutzmantel.

Ohne seine Hunde wagte Chen sich zunächst nicht weiter vor. Er rief zweimal laut, und als sich nichts bewegte, setzte er vorsichtig einen Schritt vor den anderen. Er glaubte sich in Sicherheit und schnippelte so schnell wie möglich jede Menge Beifußpflanzen ab. Das Messer wurde grün, die Luft war geschwängert mit dichtem Medizingeruch. Er atmete tief ein, als wolle er sein Inneres damit füllen.

Mit dem Korb randvoll mit Beifuß eilte er nach Hause. Er zerrieb ein par Beifußblätter zwischen den Fingern, sodass der einzige unbekleidete Körperteil auch vor Mücken geschützt war.

Zurück in der Jurte heizte er den Ofen mit Kuhdung, suchte draußen sieben oder acht defekte Waschschüsseln zusammen, von denen er die größte mit qualmendem Kuhmist füllte und Beifuß darübergab. Sofort stieg weißer Qualm mit dem durchdringenden Geruch auf.

Die qualmende Schüssel trug er zum Wolfsgehege, stellte sie in den Wind und beobachtete, wie eine leichte Brise den Rauch über das Wolfsareal wehte. Mücken ließen bei diesem Geruch sogar von ihrem Opfer ab, wenn sie noch nicht satt waren. Der größte Teil des offenen Wolfskäfigs war binnen Sekunden von Mücken befreit.

Der Beifußgeruch war die Rettung für den kleinen Wolf, doch wie alle Wölfe hatte er Angst vor Feuer. Er sprang mit vor Schreck weit aufgerissenen Augen in die Höhe, rannte im Kreis herum, zerrte wild an der Kette und wurde brutal von ihr zurückgeworfen. Diese Angst vor Qualm und Feuer musste ein jahrtausendealter Instinkt sein, dachte Chen. Er legte Beifuß nach und schürte das Feuer, um den Wolf ganz und gar in seinen schützenden Geruch einzuhüllen. Das Tier musste an Qualm und Rauch gewöhnt werden, sonst hatte es während der Mückenplage im Sommer keine Chance zu überleben. In der Wildnis führte die Wolfsmutter ihre Jungen in schützende Beifußfelder in den Bergen; hier im Lager der Menschen musste Chen die Verantwortung übernehmen und den Wolf mit Beifußrauch schützen.

Der weiße Qualm wollte nicht abreißen, sodass der kleine Wolf sich bei seinen Fluchtversuchen fast strangulierte. Chen zwang sich, kein Mitleid zu haben, und gab weiter Beifuß ins Feuer. Schließlich blieb der

Wolf vor Erschöpfung zitternd einfach stehen. Zwar hatte er panische Angst vor dem weißen Rauch, schien sich aber dennoch zu entspannen, jetzt, da das tage- und nächtelange Gesumme der Mücken verstummt und kein blutsaugendes Insekt mehr zu sehen war. Verwundert drehte er den Kopf hin und her, senkte ihn, um jene Stelle an seinem Bauch anzusehen, die ihn gerade noch vor Schmerz hatte Luftsprünge machen lassen. Er blickte verwirrt und freudig drein, seine Lebensgeister erwachten.

Als der Qualm sich weiter in seine Richtung bewegte, rollte er sich am Boden zusammen. Da stoben plötzlich Funken aus der Schüssel mit dem Feuer, der kleine Wolf rannte fort von dem Rauch, war aber gleich wieder von Mücken umzingelt. Er sprang in die Höhe, bedeckte sein Gesicht mit den Vorderpfoten, und da auch das nicht half, rannte er wieder wie wahnsinnig im Kreis herum. Nach einigen Dutzend Runden verlangsamte sich sein Tempo, er schien zu begreifen, dass es dort, wo der Rauch hinwehte, weniger Mücken gab; sobald er diese Stellen hinter sich ließ, wurde er wieder wie von unzähligen Nadelstichen gequält. Er starrte mit großen Augen auf den weißen Qualm und verweilte immer länger darin. Der Wolf hatte die Situation schnell analysiert, auch wenn er den Rauch immer noch fürchtete und sich nur so kurz wie nötig darin aufhielt.

Die Hunde unter dem Ochsenkarren hatten den weißen Qualm entdeckt, und da sie wie alle Hunde des Graslands die Wirkung von Beifuß kannten, suchten sie mit den Welpen schnell diese Zuflucht auf. Sie wählten eine Stelle, an der der Qualm dick genug, aber nicht zu dick war, und legten sich hin, alle viere von sich gestreckt, um Schlaf nachzuholen. Für die Welpen war das alles neu, sie folgten den großen Hunden und legten sich ebenfalls nieder. Der Wolf blickte erstaunt auf sechs Hunde, die jetzt in seinem Gehege lagen.

Der kleine Wolf kniff glücklich die Augen zusammen, riss das Maul auf, und sein Schwanz stand aufrecht. Er hatte schon oft mit den Welpen spielen wollen, aber sie hatten ihn immer ignoriert. Jetzt waren sie auf einmal freiwillig gekommen – sogar Yir, die ihn am meisten hasste. Der Wolf war so aufgeregt, als hätte er drei fette Mäuse gefangen, er vergaß seine Angst, lief in den Qualm hinein und zu Erlang hin, dann wieder kuschelte er mit einer jungen Hündin. Der einsame kleine Wolf hatte plötzlich eine glückliche Familie, ja er gebärdete sich wie ein eingesperrter Verbrecher, der plötzlich seine Familienangehörigen sieht, er schnüffelte, küsste und leckte die Hundewelpen ab. Chen war verblüfft: So glücklich hatte er den Wolf noch nie erlebt.

Für die vielen Hunde und den Wolf wurde der Beifußrauch knapp, und die hündischen Besucher drängten ihren Gastgeber aus dem Qualmbereich. Er versuchte sich zu behaupten, aber die beiden männlichen Welpen stellten sich ihm in den Weg. Der Wolf war verwirrt; er versuchte den Angriff der Mücken abzuwehren und zugleich das Verhalten der Hunde zu verstehen. Einen Augenblick später hellte sein Blick sich auf, jetzt war es ihm klar: Die Hunde waren nicht zu ihm gekommen, sondern zu dem Qualm, der ihm so große Angst machte, in dessen Einzugsbereich es aber ohne diese fürchterlichen Insekten sehr angenehm war. Aber das war sein Gehege! Mit ausgefahrenen Krallen und gefletschten Zähnen ging er auf die zwei Welpen los und zerrte einen von ihnen, der sich weigerte zu gehen, am Ohr aus dem Kreis heraus, sodass der Hund vor Schmerz jaulte. Endlich nahm der Wolf ein Plätzchen in Besitz, wo der Qualm dick genug war, die Mücken zu vertreiben, aber nicht so dick, dass er Atemnot bekam. Wohlig streckte er sich aus und genoss die Abwesenheit von Mücken. Seine Neugier und Wissensdurst ließen ihn die Schüssel mit brennendem Beifuß unverwandt beobachten.

Plötzlich war Hufgetrappel zu hören, auch der Schimmel suchte den Schutz des weißen Qualms. Chen eilte hin, nahm dem Tier die Fußfesseln ab, führte es zur anderen Seite des Wolfsgeheges und legte ihm wieder Fußfesseln an. Der dichte Mantel aus Fliegen hob ab, das Pferd schnaufte erleichtert durch, senkte den Kopf und machte ein Nickerchen.

Auf dem Höhepunkt der Mückenplage war die Beifußschale für den kleinen Wolf, das Pferd und die sechs Hunde die Rettung, ähnlich wie eine Lade Kohle im Schneesturm. Die acht Tiere waren Chens Freunde, und er war froh, dass er ihnen hatte helfen können. Der Wolf und die Hundewelpen waren zu klein, um sich zu bedanken, sie waren mittlerweile fest eingeschlafen nach den zahlreichen durchwachten Nächten im Kampf gegen Mücken. Der Schimmel und die drei großen Hunde aber warfen Chen immer wieder dankbare Blicke zu und wedelten leicht mit dem Schwanz. Chen legte Beifuß und Rinderdung nach.

Beifuß wuchs in den Tälern unendlich viel, aber das Entscheidende war, ob es auch genug trockenen Rinderdung gab, denn Rinder- und Schafdung war der wichtigste Brennstoff auf dem Olonbulag. Im Winter diente Rindermist nur als Anzünder, wesentliches Brennmaterial war Schafskot. Immer wenn die Schafe auf die Weide gebracht wurden, sammelte man in ihrem Gehege den Mist, schaufelte ihn zu Haufen zusammen und ließ ihn von Wind und Sonne trocknen. Im Sommer aber war Schafskot viel zu flüssig, um ihn als Brennmaterial zu verwenden, also musste man auf Rinderdung zurückgreifen. Aber auch Rinder fraßen im Sommer frisches junges Gras und soffen viel, daher war ihr Kot ebenfalls dünn und weich, und die Viehzüchter mussten viel Zeit darauf verwenden, ihn zu trocknen.

In den Jurten der Nomaden war es Aufgabe der Frauen und Kinder, sich darum zu kümmern. Aus den Jurten der Pekinger Schüler sah man in ihrem ersten allein verbrachten Sommer keinen Rauch aufsteigen, es qualmte nur entsetzlich, und oft genug mussten sie sich von den Viehzüchtern trockenen Rinderdung leihen, um über die Regenzeit zu kommen. Vor der Jurte von Chen Zhen, Yang Ke und Gao Jianzhong befand sich aber jetzt nach zwei Jahren ein beachtlicher Stapel dieses Brennholzersatzes.

Gegen Abend kamen die Schafe aus den Bergen zurück. Yang hatte sich heiser gerufen, sein Pferd war schreckhaft und unruhig, er selbst konnte vor Müdigkeit kaum die Lassostange halten. Die Schafe brachten Milliarden von Mücken aus den Bergen mit, die Herde schien wie von einem Feuer in Brand gesetzt. Fast viertausend Ohren von zweitausend Schafen rotierten, um Mücken zu vertreiben, deren lautes Brummen in der Luft wie ein Bombergeschwader im Sturzflug klang. Die zuletzt geschorenen Schafe waren den Insektenstichen einen Tag lang schutzlos ausgeliefert gewesen, ihre Haut war braun vernarbt und verpickelt und bot einen gräßlichen Anblick. Da griff auch schon die nächste hungrige Mückenarmada an, und die Schafe waren dem Wahnsinn nahe. Sie blökten verzweifelt, sprangen in die Höhe, einige der Leittiere wollten Richtung Nordwesten durchbrennen und ließen sich auch von der Peitsche Yangs nicht aufhalten. Chen griff zu seinem Schäferstock, rannte hinüber und schlug wild um sich, bis die Leitschafe zur Herde zurückkehrten. Aber jetzt blickte die gesamte Herde nach Nordwesten und war bereit loszurennen, damit der Wind sie von Mücken befreie.

Chen holte sechs vorbereitete Schalen mit Beifuß, zündete sie an und positionierte die Schalen so, dass der Qualm zur Schafherde hinüberwehte. Wie sechs kräftige große Drachen wälzte sich der weiße Qualm auf den Mückenschwarm zu, der im nächsten Augenblick laut summend verschwunden war. Die rettende Beifußwolke legte sich über die Schafe, die – groß wie klein – erschöpft in die Knie gingen. Ein Tag der Qualen war vorbei. Stille legte sich über die Schafe, denen selbst zum Wiederkäuen die Kraft zu fehlen schien.

Yang saß ab, landete schwer auf dem Boden und führte das Pferd eilig in die von Beifuß geschützte Region. Dann nahm er die Haube ab, zog die schwere Schutzkleidung aus und rief wohlig: »Angenehm kühl! Ich wäre heute fast erstickt. Wenn du morgen mit den Schafen unterwegs bist, sei auf etwas gefasst!«

»Zu Hause war es auch die reinste Tortur«, sagte Chen. »Morgen musst du auch mit sechs Beifußschalen bereitstehen, wenn ich vom Schafehüten komme, und tagsüber eine für den Wolf und die Hunde.«

»Kein Problem«, erwiderte Yang.

»Sieh dir den Kleinen an«, sagte Chen. »Der weiß, was gut für ihn ist. Legt sich mitten im Qualm hin und schläft.«

Yang war erstaunt. »Aber haben Wölfe nicht Angst vor Feuer?«

»Aber vor Mücken noch mehr!«, sagte Chen. »Sobald die Hunde ihm den Qualm streitig machen wollten, hat er begriffen, dass er etwas Gutes ist. Schade, dass du das nicht erlebt hast.«

Chen blieb fast die ganze Nacht auf, um sicherzustellen, dass Schafe, Rinder und der Wolf immer von genug Beifußqualm umgeben waren. Die Hunde hatten ihre Aufgabe nicht vergessen, blieben an einer Seite der Herde bei den Beifußschalen und wachten abwechselnd über die Schafe.

Wo der Beifußqualm nicht hinkam, drängten sich Millionen hungriger, wütender Mücken, deren aggressives Gesumm immer zittriger wurde, die sich aber nicht in den Qualm hineinwagten. Chen freute sich an seinem Sieg über diesen starken Gegner.

In dieser Nacht wurde in jedem Lager der Brigade Beifuß verbrannt, in Hunderten von Feuerchen. Auf dem Grasland schien auf einmal das industrielle Zeitalter Einzug zu halten, weißer Qualm wie aus großen Fabriken wälzte sich über die Erde. Er hielt nicht nur Mücken fern, sondern auch die Wölfe, die während der Mückenplage zu verhungern drohten.

In den frühen Morgenstunden sah Chen, dass bei einigen weiter entfernten Jurten das Beifußfeuer ausging, und hörte, dass die Nachtwache haltenden Frauen und Pekinger Schüler die Schafe zurücktrieben. Der Beifuß dort schien verbraucht zu sein, oder der Familienvorstand wollte nicht noch mehr wertvollen Kuhmist verschwenden.

Die Mückenschwärme verdichteten sich wieder, die Bewegungen der einzelnen Mücken wurden hektischer, das Summen lauter. In der Hälfte der Brigade war es mit der Ruhe vorbei, menschliche Rufe und Hundegebell, vor allem im Norden, trugen dazu ebenso bei wie vermehrt aufblitzende Taschenlampen.

Plötzlich zerrissen Gewehrschüsse die Nacht. Chens Herz tat einen Sprung: Die Wölfe hatten angegriffen! Nachdem sie unter den Mücken schier unerträglich gelitten hatten, wagten sie nun einen Vorstoß. Chen seufzte und fragte sich, wen es wohl getroffen hatte. Zugleich beglückwünschte er sich dazu, dass seine Begeisterung für Wölfe ihm zum Vorteil gereichte: Je besser man sie verstand, desto weniger trafen einen die von ihnen verursachten Katastrophen.

Nicht lange, und es wurde wieder ruhig auf dem Grasland. Der Morgen dämmerte und kündigte den ersten Nebel an, der Tau machte den Mücken das Fliegen unmöglich. Die Feuer verloschen allmählich, aber die Hunde ließen in ihrer Wachsamkeit nicht nach, sie liefen weiter ihre Runden, um zu sehen, ob alles ruhig war. Die Frauen würden bald melken gehen, schätzte Chen Zhen, was bedeutete, dass die Wölfe sich zurückgezogen hatten. Er bedeckte seinen Kopf mit zwei dünnen Jacken und schlief ruhig ein. Der erste Schlaf, den er seit vierundzwanzig Stunden bekam, dauerte wunderbare vier Stunden.

Der nächste Tag war die reine Qual für Chen. Doch als er gegen Abend mit seiner Schafherde aus den Bergen zurückkehrte, kam er sich wie ein lang erwarteter Gast vor. Auf dem Dach der Jurte trockneten zwei große Schaffelle, der kleine Wolf und die Hunde machten sich freudig über Fleisch und Knochen her, in der Jurte sah er Fleisch in Streifen vom Küchenregal und allen vier Wänden hängen, und auf der Kochstelle brodelte ein Topf, ebenfalls voll Fleisch.

»In der letzten Nacht hat es die Herde von Olondun im Norden erwischt«, erzählte Yang. »Olondun ist wie Dorji Mongole und mit seiner Familie vor etlichen Jahren aus dem Nordosten zugereist. Gerade ist noch eine Braut mit halb agrarischem, halb nomadischem Hintergrund dazugekommen, die es gewöhnt ist, nachts zu schlafen. Also hat sie einige Feuer entzündet und sich neben der Herde schlafen gelegt. Die Feuer verloschen, die Schafe rannten gegen den Wind davon und wurden von mehreren Wölfen angefallen, die hundertachtzig Tiere töteten und ein paar verletzten. Zum Glück schlugen die Hunde laut Alarm, mehrere Männer schwangen sich bewaffnet auf ihre Pferde und verjagten die Wölfe mit Warnschüssen. Etwas später, und das gesamte Wolfsrudel wäre dazugekommen, dann hätte kein Schaf überlebt.«

»Bao Shungui und Bilgee«, fiel Gao ein, »waren heute den ganzen Tag damit beschäftigt, die Daheimgebliebenen zusammenzutrommeln, um die toten Schafe zu häuten und auszunehmen. Die Hälfte der hundertachtzig Schafe wurde billig an Kader und Arbeiter verkauft, der Rest blieb uns, mehrere Schafe pro Familie, kostenlos, nur die Felle müssen abgegeben werden. Wir haben zwei mit nach Hause gebracht, eines tot, das andere verletzt. Keine Ahnung, wie wir dieses viele Fleisch bei dem heißen Wetter bewältigen sollen.«

Chen dagegen war außer sich vor Freude. »Wer einen Wolf großzieht, wird sich nie über zu viel Fleisch beschweren. Aber – wie wird Bao die Familie bestrafen?«

»Sie müssen bezahlen«, sagte Gao, »jeden Monat die Hälfte ihres Einkommens. Bis Bao sagt, dass es genug ist. Galsanma und die anderen Frauen der Brigade sind wütend, dass diese zugereisten Schwiegereltern einer gerade eingetroffenen Braut die Nachtwache überlassen, und das während einer Mückenplage. Als wir gekommen sind, hat Galsanma zwei Monate lang Nachtwachen mit uns gemacht, bevor uns das allein zugetraut wurde. Bao hat den Eltern eine Gardinenpredigt gehalten, sie brächten Schande über die Mongolen aus der Mandschurei. Dafür stellte er sicher, dass die Wanderarbeiter aus seiner Heimat nicht zu kurz kamen, und schenkte ihnen ein Drittel der getöteten Schafe. Sie freuten sich unbändig.«

»Diese Leute ziehen auch noch Nutzen aus der Katastrophe«, sagte Chen.

Gao öffnete eine Flasche Graslandschnaps. »Zu kostenlosem Lammfleisch schmeckt der hier besonders gut«, sagte er. »Kommt, wir drei werden es uns jetzt so richtig gutgehen lassen.«

»Ich bin dabei!«, rief Yang. »Alle wollten uns mit dem Wolfswelpen baden gehen sehen, aber wer zuletzt lacht ... Denn ein Wolf zeigt dir nicht nur, wie man Hühner stiehlt, sondern auch, wie man den Reis zurückbekommt, den man an ihn verfüttert hat.«

Die drei Freunde mussten laut lachen.

Der kleine Wolf lag reglos neben seiner Futterschale im Qualm, zufrieden wie ein satt gefressener Wolf in freier Wildbahn, der sein Beuteopfer nicht aus den Augen lässt, und bewachte den Rest. Chen dachte bei sich, dass der kleine Wolf diese Mahlzeit in gewisser Weise seinen Verwandten zu verdanken hatte, die die Katastrophe schamlos ausgenutzt hatten, und die Ironie dieser Situation entging ihm nicht.

29

Und dem in unserem Blut und vor allem im Blut von Monarchen und Aristokratien schlummernden Nomadentum ist auch der stete Drang nach mehr Raum zuzuschreiben, der jeden Staat zwingt, seine Grenzen auszuweiten, wenn er kann, und seine Interessen bis ans Ende der Welt zu verbreiten.

H. G. Wells (brit. Schriftsteller und Historiker),
The Outline of History

Batu und Zhang Jiyuan ritten zwei volle Tage und wechselten unterdessen viermal die Pferde, bevor sie in den Bergen nordwestlich des neuen Weidelandes anlangten. Dort herrschte so heftiger Sturm, dass sie nicht zu fürchten brauchten, die Pferde könnten entgegen der Windrichtung durchgehen. Beide Männer schienen vor Erschöpfung an ihren Sätteln festzukleben und mussten mehrmals tief durchatmen, bevor sie vom Rücken ihrer Pferde rutschten und reglos im Gras liegen blieben. Sie öffneten den obersten Knopf ihrer Mäntel, um den kühlen Bergwind in ihre schweißnasse Kleidung fahren und sie trocknen zu lassen.

Der Wind blies aus Richtung Nordwesten, der See lag im Südosten des Beckens, die Pferdeherde verteilte sich über den sanft geschwungenen Berg. Die von Mücken vollkommen zerstochenen Pferde wussten nicht, ob sie zuerst in den Wind galoppieren oder lieber am See saufen sollten. Unentschlossen und müde liefen sie zwei-, dreimal im Kreis, dann wieherten die Leittiere mehrfach lang anhaltend, um anzuzeigen, dass sie das Wasser vorzögen, und schon wirbelten Tausende von Pferdehufen riesige Mückenschwärme aus dem hohen Gras auf, die sich sofort hungrig auf die verschwitzten Pferdeleiber stürzten, sodass die

Pferde wie wild um sich traten und bissen und über ihre eigenen Beine stolperten und stürzten, als litten sie an Kinderlähmung.

Als Batu und Zhang ihre Pferde den Berg hinunterstürzen sahen, schliefen sie ein, ohne ihre Hemden zugeknöpft zu haben. Mücken nahmen sich sofort Hälse und Brust der jungen Männer zum Ziel, doch nicht einmal ihre bohrenden Bisse konnten die beiden aufwecken. Seit Einbruch der Mückenplage vor sieben Tagen und Nächten hatten die beiden keine drei Stunden am Stück geschlafen. Die Pferde wurden über dem Insektenangriff wild, krank und verrückt, hörten weder auf Zurufe, noch reagierten sie auf Peitsche oder Lassostangen, ja selbst Wölfe versetzten sie nicht mehr in Schrecken. Ließ der Wind nach, schüttelten sie sich in Krämpfen, blies er ihnen entgegen, galoppierten sie wie wild hinein. Vor einigen Tagen noch waren die Pferde beinahe über die Grenze davongerannt, und wenn der Wind nicht gedreht hätte, fänden die beiden Männer sich jetzt womöglich bei internationalen Verhandlungen an der Grenzstation wieder. Eines Nachts war es ihnen gerade unter großen Mühen gelungen, die Pferde auf ihr eigenes Weideland zurückzulotsen, da brach unter der ersten Mückenattacke Chaos aus; die Pferde stoben in alle Richtungen auseinander. Wieder kostete es die beiden einen Tag und eine Nacht, ein gutes Dutzend Pferdefamilien erneut zusammenzutreiben, doch mussten sie beim Durchzählen feststellen, dass etwa zwanzig Tiere fehlten. Batu überließ Zhang allein die Wache über die wieder eingefangenen Tiere, schwang sich auf ein kräftiges Pferd und fand nach einem Tag Suche in einem Wüstenstreifen über vierzig Kilometer entfernt die fehlende Pferdefamilie. Aber es war kein einziges Fohlen übrig – die von den Mücken in den Wahnsinn getriebenen Wölfe hatten sich über die Jungtiere hergemacht, um ihren Blutverlust auszugleichen. Batu fand keine Spur mehr von ihnen, nichts, nicht einmal Hufe und Mähnen.

In Mückenschwärme eingehüllt wie in eine riesige Staubwolke, galoppierte die Pferdeherde jetzt zu dem See mit Wildenten. Die Mücken schienen ihnen alle Flüssigkeit entzogen zu haben, sie waren so durstig, dass sie nicht mehr schwitzen konnten, ja sie stürzten sich lieber ganz ins Wasser statt nur mit gesenktem Kopf zu saufen. Immer tiefer gingen sie hinein, sodass die Mücken erst von ihren Unterschenkeln und dann von den Oberschenkeln lassen mussten, die es am Bauch nicht rechtzeitig schafften, ihren Rüssel zurückzuziehen, soffen ab. Das von unzähligen Hufen aufgewühlte Wasser bedeckte schließlich die Rücken der Pferde. Es kühlte, tötete die Insekten und beruhigte zugleich den Juckreiz. Aufgeregt wiehernd drehten und wendeten die Pferde sich im See, auf dessen Oberfläche jetzt tausende tote Mücken schwammen. Mit dem Schutz der Schlammschicht auf dem Rücken gingen sie dann wieder in etwas seichteres Wasser, um zu schlafen. In aller Stille senkten sie die Köpfe wie zum Gedenken an ihre Verwandten, die den Mücken und Wölfen zum Opfer gefallen waren. Die Tiere im See und ihre Hirten auf den Bergen schliefen fest.

Fast zeitgleich erwachten Mensch und Tier irgendwann vor Hunger. Sie hatten tagelang nichts gegessen. Batu und Zhang ritten zur nächstgelegenen Jurte, holten kalten Tee und Joghurt, aßen so viel Fleisch wie sie konnten, und schliefen wieder ein. Die Pferde trieb der Hunger ans Ufer, wo die Sonne die schützende Schlammschicht schnell wegtrocknete, sodass die Mücken wieder eine Angriffsfläche sahen. Das Ufer war bereits von Rindern und Schafen abgeknabbert worden. Wenn die Pferde ihren Hunger stillen wollten, um Kraft für den nächsten Kampf mit den Wölfen zu sammeln, waren sie gezwungen, zurück zum Hügel ins tiefe Gras zu ziehen, wo sie wiederum dem Angriff der Mücken ausgesetzt waren.

Andertags fand eine Sitzung für alle Kader der Brigade bei Bilgee statt. »Die Wolken sind weder besonders dick noch dünn«, sagte der Alte. »Mit Regen ist nicht zu rechnen, und wenn es auch nachts so schwül bleibt, werden die Mücken unsere Pferde noch bei lebendigem Leib auffressen. Wir haben nicht genug Leute, und nach dem, was bei den Schafen gerade passiert ist, können wir dort unmöglich Hirten entbehren, um die Pferdehirten zu entlasten.« Bao Shungui und Bilgee beschlossen also, einige der Kader Schafe hüten zu lassen.

Zhang war zwar am Rande der totalen Erschöpfung, hielt aber wie ein sturer Ochse daran fest, auf seinem Posten zu bleiben, statt sich ablösen zu lassen. Wenn er diese Katastrophe hier meisterte, das wusste er, würde er als vollwertiger Pferdehirt des mongolischen Graslands anerkannt sein. Chen und Yang ermutigten ihn, denn sie hofften ebenfalls, dass aus der Jurte, in der ein Wolf großgezogen wurde, ein erstklassiger Pferdehirt hervorgehen möge.

Im Lauf des Nachmittags wurde es immer schwüler, ohne dass es auch nur im Entferntesten nach Regen aussah. Die Menschen auf dem Grasland erhofften Regen und fürchteten ihn zugleich. Schwere Niederschläge bedeuteten einerseits, dass keine Mücken mehr fliegen konnten, andererseits gab es hinterher umso mehr und größere Insekten, die das aggressive Wolfsblut in sich trugen, das ihre Vorfahren ihnen vererbt hatten. Das Olonbulag war zur Hölle auf Erden geworden, und Zhang war fest entschlossen, in diese Hölle hinabzusteigen und zusammen mit den anderen Pferdehirten auf das feuchte Grasland hinauszureiten.

Unter der Führung Bilgees führten Batu und Zhang ihre Pferdeherde in eine Gegend sechzig, siebzig Li weiter südwestlich, wo das Gras spärlicher wuchs und es weniger Wasser gab – und damit auch weniger Mücken. Es war eine Art Pufferzone, fast fünfzig Kilometer von der Grenze entfernt. Die anderen drei Pferdeherden der Brigade folgten dem Beispiel Bilgees und trieben ihre Tiere so schnell wie möglich in das trockene Gebiet.

»Die Wüste im Südwesten war einmal ein gutes Weideland des Olonbulag«, sagte Bilgee zu Zhang. »Damals gab es dort kleine Wasserläufe und Seen und das beste Gras. Das Vieh konnte sich satt fressen und Fett ansetzen, ohne sich gewaltsam vollstopfen zu müssen.« Der Alte sah seufzend zum Himmel. »Und das ist in den letzten Jahren daraus geworden – selbst die Flussbetten sind versandet.«

»Wie konnte das passieren?«, fragte Zhang.

Bilgee zeigte auf die Pferde. »Die haben es auf dem Gewissen, zusammen mit den Zuwanderern aus dem Süden. Der Staat China war gerade gegründet worden, es gab wenig Autos. Die Armee brauchte Pferde zur Landbebauung und für den Transport – woher sollten die vielen Tiere kommen? Aus der Inneren Mongolei natürlich! Es wurde von ganz oben angeordnet, die besten Pferde aufs Weideland zu treiben, wohin die Menschen aus dem Inland dann kamen und Tiere aussuchten, ausprobierten und kauften. Ehe wir uns versahen, war aus dem Weideland eine Rennstrecke für Pferde geworden. In Hunderten von Jahren ist kein Herrscher je auf die Idee gekommen, hier Pferde zu züchten. In den letzten Jahren haben sie sich dann von selber vermehrt und diesen Ort in eine Wüste verwandelt, die den einzigen Vorteil hat, dass es dort weniger Mücken gibt und wir unsere Pferde herbringen können, wenn es anderswo zu viele davon gibt. Aber Uljii hat verboten, diesen Ort zu nutzen, wenn nicht gerade Lebensgefahr besteht. Er möchte beobachten, wie viele Jahre es dauert, bis die Wüste sich in Grasland zurückverwandelt. Wegen der riesigen Mückenplage in diesem Jahr blieb ihm nichts anderes übrig, als der vorübergehenden Verlegung der Pferde zuzustimmen.«

»Alter Freund«, sagte Zhang, »inzwischen gibt es immer mehr Autos und Trecker, und im Kriegsfall hat die Armee Panzer statt einer Kavallerie. In Zukunft werden weniger Pferde gebraucht, da wird das Grasland sich doch erholen, oder?«

Der alte Mann wiegte nachdenklich den Kopf. »Menschen und Traktoren sind noch zerstörerischer. Im Zuge der immer intensiveren Kriegsvorbereitungen hat man beschlossen, Produktions- und Baugruppen der Armee hier zu stationieren. Menschen und Traktoren sind schon unterwegs.«

Zhang verschlug es die Sprache. Mit einem so schnellen Eintreffen der Bautrupps hatte er nicht gerechnet.

»Früher waren Hacken und Brandrodung die größten Gefahren für das Grasland«, sagte Bilgee. »Heute sind es Trecker. Vor einigen Tagen hat Uljii mit ein paar alten Viehzüchtern zusammen einen Brief an die Regierung der Autonomen Region geschrieben und darum gebeten, das Weideland Olonbulag vorerst nicht landwirtschaftlich zu nutzen – wer wisse schließlich, wozu es gut sei? Bao Shungui hatte fürchterlich schlechte Laune in letzter Zeit, und so viel Land brachliegen zu lassen sei reine Verschwendung, hat er gesagt, früher oder später könne man die Getreideproduktion steigern ... immer weiter steigern.«

Zhang wurde sehr traurig. Im Zeitalter der Traktoren näherte sich der Konflikt zwischen dem Volk, das vom Grasland lebte, und dem, das davon lebte, es platt zu machen, seinem Höhepunkt – und Ende.

Mit Einbruch der Nacht kamen vier Pferdeherden in die Bayangobi, wo auf Dutzenden Quadratkilometern feuchten Sandes allenthalben Schilf und viele Arten grüne Wüstengewächse von der Regenzeit profitierten und zum Teil erstaunlich hoch wucherten. Das hier sah nicht wie vernachlässigtes Weideland aus, sondern mehr wie eine verlassene Baustelle. »Das Grasland hat nur ein Leben«, sagte Bilgee. »Die Wurzeln des Weidegrases überwuchern das wilde Wüstengras, aber wenn sie einmal zerstört werden, gewinnen Wüstengewächse und Sand die Oberhand.«

Die Pferdeherden liefen tief in die Wüste hinein. Pferde setzten kein Fett an, wenn sie nachts nicht grasen konnten, und hier gab es einfach nicht das Richtige für sie zu fressen. Aber dafür waren fast gar keine Mücken unterwegs, sodass die Pferde wenigstens ein wenig ausruhen konnten und ihnen weniger Blut ausgesogen wurde.

Bao Shungui und Uljii galoppierten herbei. »Mehr können wir nicht tun«, sagte Bilgee. »Die Pferde nachts hungern lassen, sie vor Tagesanbruch, wenn der erste Tau fällt, auf die Weide bringen und am Nachmittag, wenn die Mücken kommen, hierher zurücktreiben. Auf diese Weise setzen die Tiere zwar kein Fett an, aber wir retten wenigstens ihr Leben.«

»Sie beide kennen sich aus«, sagte Bao erleichtert, »wissen immer einen Ausweg. Ich war krank vor Sorge.«

Doch Uljii runzelte besorgt die Stirn. »Ich fürchte nur, die Wölfe warten schon auf die Pferde. Wieso sollen sie nicht auf dieselbe Idee kommen wie wir Menschen?«

»Es wurde extra Munition an die Pferdehirten verteilt«, sagte Bao. »Ich hatte schon die Befürchtung, dass ich keine Gelegenheit zur Rache haben würde. Wenn die Wölfe kommen – umso besser.«

In der ersten Nacht ohne Mücken und Wölfe kamen Mensch und Pferd so richtig zur Ruhe. Die Pferdehirten trieben ihre Herden beizeiten Richtung Weideland, wo die Tiere sich so gierig über das saftige Gras hermachten wie hungrige Wölfe über ihre Beute. Als die Sonne aufging, wurden auch die Mücken lebendig, und die Herden zogen sich von selbst wieder in das schützende Stück Wüste zurück. Die zweite Nacht verlief wie die erste. Am dritten Tag schickte Bao einen leichten Pferdewagen mit zwei großen Schafen darauf. Gegen Abend, die Pferdehirten hatten inzwischen den fehlenden Schlaf nachgeholt, saßen sie bei Alkohol und Fleisch um die Feuerstelle herum und feierten mit besonders lautem Hallo und Gesang, um die Wölfe zu vertreiben. Zhang war im Lauf dieses Jahres sehr viel trinkfester geworden, und wenn er jetzt mit betrunkenem Kopf ein Sauflied anstimmte, klang es immer mehr nach dem langgezogenen Heulen eines Wolfes.

Am Morgen des vierten Tages kam ein Bote angaloppiert und überbrachte die Nachricht, dass zwei Kader des Produktionskorps bei der Brigade erschienen seien, um sich von Uljii und Bilgee über die Lage informieren zu lassen. Die beiden mussten also hineilen, doch Bilgee schärfte den Pferdehirten zuvor noch ein, wachsam zu bleiben.

Die beiden hatten sich kaum auf den Weg gemacht, da unterhielten einige junge Pferdehirten sich schon über ihre Geliebten. Bei Einbruch der Nacht galoppierten zwei von ihnen los, um die jungen mongolischen Frauen zu suchen, die Nachtwache hielten. Doch der Begriff »Nachtwache« war auf dem Olonbulag doppeldeutig, man durfte auf keinen Fall mit einem Mädchen Witze darüber machen, sonst wartete es die ganze Nacht auf den vermeintlichen Interessenten.

Die großen Pferdeherden hatten das trockene Gras und Gestrüpp so weit abgefressen, dass nur noch dürre Stoppeln übrig waren. Ohne ihre nächtliche Ration Gras wurden die Tiere schwach. Nur die Hengste blieben kräftige, unnachgiebige Gefängniswärter, die ihre Familien bewachten und jeden aufhielten, der zum Weideland zurückkehren wollte. Der Hunger war eine Strafe für alle, doch die Hengste blieben bei ihren Patrouillengängen.

Auch die Wölfe, die in der Ferne im hohen Gras verborgen warteten, litten Hunger – besonders wenn frischer Fleischgeruch zu ihnen geweht wurde. Andererseits entwickelten die Wölfe dank weniger Mücken auch wieder mehr Kräfte und warteten nur auf eine günstige Gelegenheit zum Angriff. Batu nahm an, dass die Hälfte aller Wolfsrudel des Olonbulag sich in der Nähe versteckt hielt und nur noch nicht den Mut zur Attacke gefunden hatte. Die Pferdehirten waren bewaffnet, besonders kräftige und wilde Hengste hielten am Rand der Herde Wache. Einige konnten ihre Kraft kaum bändigen; sie trampelten mit ihren Hufen und wieherten drohend in Richtung der Wolfsschatten in die Dunkelheit hinein, als wollten sie einen Wolf in den Rücken beißen, um ihn hoch in die Luft zu schleudern und ihm, wenn er heruntergefallen war, mit ihren Hufen den Schädel zertrampeln. Aber keine Hunde unterstützten Menschen und Hengste. Die Bewohner des Graslands hatten keine Lust, ihre Wachhunde zu Pferdebeschützern auszubilden.

Nach dem Abendessen nahm Batu Zhang mit, um nach Wolfspuren im Gras zu suchen. Sie gingen in immer weiteren Kreisen um die Herde, entdeckten aber nicht einen einzigen frischen Pfotenabdruck. Batu war dennoch nicht beruhigt, denn in den vergangenen Tagen hatte er bei Inspektionsgängen in der weiteren Umgebung ein, zwei Wölfe entdeckt, die aber verschwunden waren, sobald Menschen und Pferde in ihrer Wachsamkeit nachließen. Er kannte das Täuschungsmanöver von Wolfsrudeln, sich vor einem Überfall nicht in der Nähe ihres Ziels sehen zu lassen.

Auch Zhang machte die Ruhe nervös. In diesem Augenblick fiel beiden gleichzeitig das Wetter ein, und sie sahen zum Himmel. Kein Stern zu sehen, die Wolken schienen regelrecht auf die Wüste niederzudrücken. Hastig lenkten beide ihre Pferde zurück.

Noch vor Mitternacht waren bereits Rufe über der Wüste zu hören und der Schein von Taschenlampen zu sehen. Die mutigsten Pferdehirten und ihre Hengste drängten sich um die Pferde, die größten Hengste schienen die Gegenwart von Wölfen zu spüren und wollten ausbrechen, um sich mit einer Mauer aus Blut und Fleisch gegen die Wölfe zu stellen und die Stuten, Jungpferde und Fohlen in ihrer Mitte zu schützen. Die Fohlen drängten sich an ihre Mütter, Zhang glaubte Zehntausende Herzen schlagen zu hören, so schnell wie sein eigenes es tat.

Nach Mitternacht kam starker Sturm auf, gefolgt von lauten Donnerschlägen, die über die Herden hereinbrachen, als sei in ihrer Mitte ein Munitionslager explodiert. Die Berge schwankten, die Erde bebte, und die Pferde versuchten panisch, aus ihrer Herde auszubrechen. Die Hengste stellten sich ihnen entgegen, stiegen auf ihre Hinterbeine, ruderten und schlugen mit ihren Vorderbeinen nach den verängstigten Artgenossen. Die Pferdehirten riefen laut und peitschten die Pferde, um die Hengste beim Halten der letzten Verteidigungslinie zu unterstützen. Doch wieder entlud sich Donner, Blitze zuckten vom Himmel herunter wie elektrisierte Nerven, die mitten in den Pferdeherden endeten. Es war wie ein Erdbeben, alle Dämme brachen, die Pferde sprengten die schützende Mauer der Hengste und Hirten und galoppierten wie von Sinnen davon.

Die ohrenbetäubenden Donnerschläge übertönten alles Wiehern, menschliche Rufe und sogar Gewehrfeuer, unablässige Blitze ließen das Licht der Taschenlampen verblassen, und in den wenigen Sekunden der Helligkeit waren deutlich silbrig graue Wölfe zu erkennen, die sich von allen Seiten den Pferden näherten. Den Pferdehirten wich die Farbe aus dem Gesicht.

»Wölfe!«, rief Zhang. »Die Wölfe kommen!« Seine Stimme überschlug sich. Noch nie hatte er einen massiven konzertierten Angriff mehrerer Wolfsrudel im Schutz wütender Donnerschläge und elektrisierender Blitze gesehen. Wie von Tengger geschickte himmlische Soldaten, die Unrecht wiedergutmachten, das Grasland rächten und seinen ärgsten Feind töten sollten: die Mongolischen Pferde.

Die zu Tode erschrockenen Pferde sahen sich im nächsten Augenblick dem Angriff der stolzen Wölfe ausgesetzt, was ihren Gruppengeist erschütterte und nur einen einzigen instinktiven Impuls erhielt – die Flucht. Im Schutz von nächtlichem Blitz und Donner schossen die Wölfe pfeilschnell mitten in die Menge der Pferde hinein, drehten sich um und griffen an, sodass die Pferde auseinanderstoben – zum Vorteil der Wölfe, die sich jetzt auf einzelne Tiere stürzen konnten.

Als Erstes fielen die Fohlen den Wölfen zum Opfer. Nachdem sie zum ersten Mal in ihrem Leben Zeugen explosionsartigen Donners und taghellen Blitze geworden waren, erstarrten die Jungtiere vor Angst wie zu Holzpferden. In kürzester Zeit lag ein gutes Dutzend tot oder sterbend im Sand. Die mutigen und wachsamen unter ihnen hielten sich nah bei ihren fliehenden Müttern; die, die ihre Mütter nicht fanden, suchten Schutz bei ihren kräftigen Vätern.

Zhang suchte nervös nach »Prinzessin Schneeflocke«, seiner Lieblingsstute. Er fürchtete, das ganz und gar weiße Pferd könnte in der Dunkelheit besonders auffallen und gefährdet sein. Wieder zerriss ein Blitz das Dunkel und ließ erkennen, wie zwei große Hengste mit Hufen und Zähnen drei Wölfe abdrängten, die ein weißes Fohlen reißen wollten. Im Schutz der großen Pferde wagte das Fohlen sogar selbst, nach den Wölfen auszuschlagen. Die Stärke der Wölfe liegt in ihrer Geschwindigkeit; als sie sahen, dass sie das Fohlen nicht bekommen würden, verschwanden sie in der Dunkelheit, um sich das nächste Opfer zu suchen. Die Hengste riefen nach den Muttertieren, denn außer ihnen selbst waren das die überlegtesten, mutigsten Pferde, die auch sofort mit den Fohlen an ihrer Seite herkamen. Die kräftigsten Hengste trotzten zusammen mit den mutigsten Stuten und Fohlen dem Überfall von Gewitter und Wölfen, indem sie Familienfronten bildeten.

Dennoch war der größte Teil der Herde auseinandergefallen. Ein Kampfwolf nach dem anderen warf sich wie eine lebende Bombe in das Geschehen und löste dabei kreisförmige Wellen aus wie ein Stein, den man in einen See warf. Die Pferdehirten waren vollkommen schutzlos und verloren nach einer halben Stunde auch noch den Kontakt zu ihrem unmittelbaren Nebenmann. Batu machte ihnen entnervt Zeichen mit seiner Taschenlampe und schrie: »Vergesst den Südosten! Bleibt zusammen und verfolgt die Pferde Richtung Nordwesten! Lasst sie nicht über die Grenze!« Das riss die Hirten aus ihrer Verwirrung, sie wendeten ihre Pferde und galoppierten nach Nordwesten.

Der Vorgeschmack auf einen überlegenen Sieg steigerte die Wildheit und den Appetit der Wölfe. Sie nutzten jede sich bietende Gelegenheit und holten alle Kriegsbeute, derer sie auf dem Weg habhaft werden konnten. Sie gaben sich nicht mit den langsameren Fohlen zufrieden, die ihre Mütter nicht mehr fanden, sondern griffen auch noch Zwei- und Dreijährige an. Zu zweit und zu dritt brachten sie ein junges Pferd nach dem anderen zu Fall und bissen ihm die Halsschlagader durch, dass das Blut nur so sprudelte und die übrigen Pferde in Panik davonstoben.

Nachdem Blitz und Donner sich entfernt hatten, waren die Taschenlampen und Rufe der Hirten wieder wahrnehmbar, die Hengste führten ihre fliehenden Familien wiehernd zur Herde zurück. Die Herde bewegte sich Richtung Süden und nahm unterwegs die Soldaten der fliehenden Pferdeherde auf. Drei Dutzend große Hengste hatten sich von selbst an die Spitze der Herde gesetzt und stürmten gegen das Wolfsrudel an wie Stiere, wilde Entschlossenheit in den Augen. Die Wölfe drehten sofort um und wandten sich nach Süden. In diesem Augenblick strömten von allen Seiten die schwachen, kleinen und verletzten Pferde herbei, als hätten sie einen rettenden Stern gesehen, Hengste brachten ihre dezimierten Familien zur Herde zurück, wo vielfältiges Wiehern und Rufen von den Tieren ausging, die Eltern oder Kinder vermissten.

Das Wolfsrudel zog sich in geordneter Formation zurück; die Tiere schienen es nicht eilig zu haben, zu der von ihnen erlegten Beute zurückzukommen. Vielmehr nutzten sie die Gelegenheit, versprengten Tieren im Südwesten nachzujagen und sie zu Fall zu bringen, bevor Pferdehirten und Hengste sie zurückholen konnten. Batu zählte mit mehreren Kollegen zusammen von der Spitze der Pferdeherde aus die Hengste und stellte fest, dass ein Drittel fehlte. Er galoppierte ans hintere Ende und wies vier Hirten an, jeweils zu zweit das Einzugsgebiet Richtung Westen und Osten großzügig zu erweitern, während die übrigen Pferdehirten alles daransetzen sollten, die Pferde anzutreiben. Anschließend schickte er Zhang in den Südwesten, die Wölfe zu verjagen.

Aus dem Nordwesten kamen Wölfe denen im Südwesten zu Hilfe, die in bester Mordstimmung waren. Von einigen Pferdefamilien lebte kein Fohlen mehr, und mit vereinten Kräften gingen die Wölfe nun gegen alte und verletzte Tiere vor. Menschliche Rufe und Pferdewiehern aus dem Nordwesten mochten näher kommen, doch die Wölfe mordeten weiter und ließen die getötete Beute zurück. Die Wölfe, die das Klima auf dem Grasland gut kannten, schienen auf eine noch bessere Gelegenheit zu warten.

Die Pferdehirten hatten ihre Tiere inzwischen auf knapp zwei Kilometer an die schützende Sandwüste herangetrieben, als aus dem sumpfigen Gras mit einem Mal Schwärme von Mücken aufstiegen, wie Rauchwolken nach der Explosion mehrerer Ölfässer, und die Pferde ganz und gar einhüllten. Die wildesten Mücken der diesjährigen Plage bohrten ihre Rüssel zehntausendfach in Pferdefleisch und trieben eine Pferdeherde, die Blitz, Donner und Wolfsrudeln getrotzt hatte, in den Wahnsinn.

Am schlimmsten traf es die Schutzgeister der Herde, die Hengste. Sie waren gut gebaut, ihr Fell dünn, ihre Muskeln angespannt. Sie opferten sich seit Tagen auf, bis jetzt ihre Schwänze von Blut verklebt waren, als keine Kraft mehr da war, sich zu wehren. Die Mücken konzentrierten ihre Stiche auf die Hengste und insbesondere auf ihre Augenlider und

Genitalien und trieben die Tiere dadurch in den Wahnsinn, dass sie jedes Verantwortungsgefühl vergaßen. Die Hengste, halb blind und halb wahnsinnig gestochen, ließen Stuten, Alt und Jung im Stich und galoppierten in den schwachen Wind hinein, so schnell sie konnten.

Die Pferdehirten waren vom sandigen Teil des Graslands gekommen und trugen keinen Mückenschutz, ihr Kopf, Gesicht, Hals und Hände waren im Nu von den Insekten bedeckt. Die Augenlider der Pferdehirten schwollen an, sodass die Augen zu schmalen Strichen wurden; die Haut ihrer Gesichter sah aus, als sei sie verbrannt, die Lippen wurden so dick, dass sie fast aufzuplatzen schienen, die Finger geschwollen, dass sie die Lassostange fast nicht mehr zu halten vermochten. Die Pferde hörten nicht mehr auf ihre Reiter, sie bäumten sich auf, trippelten vor und zurück; sie senkten in einem Moment den Kopf und streckten den Hals, um den Juckreiz zu mildern, galoppierten im nächsten Augenblick wie wild im Gegenwind und wollten sich dann wieder auf dem Boden wälzen, egal ob jemand auf ihrem Rücken saß.

Die Kampfkraft hatte Mensch und Pferd verlassen, alle waren in einem Meer aus Mücken und Juckreiz versunken. Die Herde stürmte kopflos davon, ein paar verirrte Nachzügler änderten ihre Richtung und folgten den anderen Richtung Nordwesten.

Die Mücken stachen wie verrückt, die Pferde galoppierten wie verrückt, die Wölfe töteten wie verrückt. Gewitter-, Sturm-, Mücken- und Wolfsplage hatten den Pferdeherden des Olonbulag zugesetzt. Wieder einmal spürte Zhang mit jeder Faser seines Körpers die Härten, die das Leben für die Viehzüchter des Graslands bereithielt. Kein Bauernvolk, dachte er, würde diesen Lebensbedingungen gewachsen sein. Batu, aschfahl im Gesicht, peitschte frenetisch auf sein Pferd ein und ließ sogar den Kopf nicht aus, damit das Tier die Mückenstiche vergessen möge. Zhang, beeindruckt von Batus Durchhaltevermögen, griff ebenfalls an.

»Treibt die Pferde nach Westen!«, schrie Batu. »Dort gibt es Sand! Sie dürfen auf keinen Fall Richtung Grenze laufen!«

»Hey! Hey!«, antworteten die Pferdehirten.

Da hörte Zhang einen Schrei, sah ein Pferd stolpern und seinen Reiter in hohem Bogen abwerfen. Niemand half ihm, alle waren damit beschäftigt, wie von Sinnen weiterzugaloppieren.

Doch wie sollten Pferde mit Menschen auf dem Rücken auf die Dauer mit reiterlosen Pferden mithalten, die mit Höchstgeschwindigkeit vor Mücken und Wölfen flohen? Die Pferdehirten hatten keine Chance, die Pferdeherde nach Westen abzudrängen, ihre letzte Hoffnung schmolz dahin. Und doch brüllten Batu und die anderen weiter aus Leibeskräften und setzten ihre Jagd fort.

Plötzlich erleuchteten helle Lichtstrahlen von einem fernen Berg die Nacht. »Die Brigade hat ein Rettungsteam geschickt!«, rief Batu. Die Pferdehirten brüllten aufgeregt durcheinander und schalteten ihre Taschenlampen ein, um auf die Pferdeherde aufmerksam zu machen. Von der anderen Seite galoppierten Pferd und Reiter den Berg hinauf, die Menschen riefen laut zum Kampf und tasteten das Gelände vorn mit ihren Lampen ab, als wollten sie den Pferdeherden auf diese Weise den Fluchtweg abschneiden. Wieder waren die Pferde umzingelt und gezwungen umzukehren. Die Pferdehirten drängten sie so eng zusammen, dass die Mücken zwischen ihren Leibern zerquetscht wurden.

Wie ein alter Stammeshäuptling erschien in diesem entscheidenden Moment der alte Bilgee mit Verstärkung, und wie vom Anblick ihres alten Königs der Wölfe gestärkt, griffen die Pferdehirten das Wolfsrudel an, das von den neuen Stimmen und Lichtern überrascht worden war. Die Leittiere schienen die Stimme des alten Bilgee sogar herauszuhören, denn sie zogen sich zurück, den Rest des Rudels im Schlepptau. Ihr Ziel war klar. Sie wollten zum ersten Schlachtfeld zurück, so viel fressen wie sie konnten, um anschließend in den Bergen zu verschwinden.

Bilgee, Bao Shungui und Uljii hatten ein gutes Dutzend Schaf- und Kuhhirten mitgebracht, um mit den Pferdehirten die versprengten Pferde zusammenzutreiben und schnell in die Wüstengegend zu bringen. Zwei Viehzüchter sollten sich um den gestürzten Pferdehirten kümmern. Chen Zhen ritt zu Zhang Jiyuan, um Genaueres über die Ereignisse der letzten Nacht zu erfahren und um ihm zu sagen, dass Bilgee und Uljii das Rettungsteam schon beim Wetterumschwung organisiert hatten, weil sie die Gefahr vorausgesehen hatten. »Es war knapp!«, sagte Zhang. »Wir hätten alle Pferde verlieren können.«

Als sie die sandige, hügelige Gegend erreichten, wurde es hell. Die versprengten Pferde waren zurückgeholt worden, doch hatte die Herde empfindliche Verluste erlitten. Vier, fünf alte, verletzte und kranke Pferde waren tot, von den Zweijährigen ein gutes Dutzend; unter den Fohlen waren die Verluste am größten, fünfzig, sechzig musste es erwischt haben: insgesamt also gut siebzig tote Pferde. Donner, Blitz, Sturm und Mücken waren tödliche Plagen gewesen, aber die eigentlichen Mörder waren wieder einmal die Wölfe!

Bao überblickte vom Pferd aus das saftige Grasland und die Wüste. »Habe ich nicht gleich gesagt«, tobte er, »dass es absolute Priorität beim neuen Weideland ist, die Wölfe auszurotten? Ihr habt euch geweigert, und das ist jetzt die Strafe. Wer in Zukunft für die Wölfe Partei ergreift, verliert seine Arbeit, muss an einer Studiergruppe teilnehmen und für den Schaden aufkommen.«

Bilgee hatte die Hände übereinandergelegt, sah zum blauen Himmel auf und bewegte stumm die Lippen. Chen und Zhang konnten sich gut vorstellen, was er vor sich hin murmelte.

»Die Verwaltung des Graslands ist schwer«, flüsterte Chen Zhang zu. »Wahrscheinlich wird jeder, der die Verantwortung dafür übernimmt, früher oder später zum Sündenbock.«

Zhang trat zu Bao. »Eine Naturkatastrophe von dieser Größenordnung ist mit menschlicher Kraft nicht abzuwenden. Ich vermute, wir sind noch glimpflich davongekommen. Andere Kommunen im Grenzgebiet hat es vermutlich sehr viel härter getroffen. Die meisten Hengste, älteren Pferde, Stuten und der größte Teil der Jungpferde und Fohlen wurden verschont. Unsere Pferdehirten haben alles gegeben, einige sind verletzt, niemand hat sich gedrückt – ist das nichts? Zum Glück haben

Bilgee und Uljii uns vor fünf Tagen hierhergeführt, sonst wäre jetzt die ganze Herde verloren.«

»Das stimmt«, bestätigte Lamjab. »Ohne die beiden wären alle Pferde über die Grenze gelaufen.«

»Es ist mir egal, was sie sagen«, widersprach Bao. »Die Wölfe haben eine Menge Pferde auf dem Gewissen. Mücken können noch so eine Qual sein, sie töten nicht. Wenn wir die Wölfe rechtzeitig vernichtet hätten, wäre das alles nicht passiert, oder? Die Korpsführer sind in diesen Tagen im Hauptquartier, und wenn sie die vielen toten Pferde sehen, werden sie mich meines Amtes entheben. Wölfe sind die Pest, und solange sie nicht ausgerottet sind, werden Mensch und Tier niemals in Frieden leben können! Das Korps hat Lastwagen, Jeeps und Maschinengewehre genug!«

Die Viehzüchter schwärmten in kleinen Gruppen aus, das Schlachtfeld in Ordnung zu bringen, Trauer auf den Gesichtern. Einige von ihnen beluden zwei leichte Pferdekarren mit vollständigen Kadavern von Fohlen und ließen Schafhirten sie ins Lager bringen, um sie zu verteilen. Die von den Wölfen zerrissenen und halb verschlungenen Pferdekörper ließen sie im Sand liegen. Die Wölfe würden im Hochsommer, wenn sie ausgehungert waren und die Mückenplage ihren Höhepunkt erreichte, genug Nahrung vorfinden.

Den überlebenden Fohlen zitterten die Beine, als sie die Kadaver derer sahen, die nicht überlebt hatten. Nach dieser blutigen Lehre würden sie bei der nächsten Naturkatastrophe wachsamer und mutiger sein. Aber ein beängstigender Gedanke bemächtigte sich Chens: Würde es ein nächstes Mal geben?

30

Im Jahre 494 verlegte Kaiser Xiaowendi der Nördlichen Wei seine Hauptstadt von Pingcheng nach Luoyang. Dabei nahm er seine Edelleute, Minister, Generale und Offiziere mit sich, unter deren Kommando die Xianbei-Soldaten standen, ein Kontingent von zweihunderttausend Mann oder etwa eine Million Menschen, wenn man ihre Familien mit berücksichtigt.
[...]
Die im Becken des Gelben Flusses in der Zeit der Tang und der Sui lebenden Han waren aus einer Verbindung zwischen eingeborenen Han und zahlreichen weniger entwickelten Ethnien hervorgegangen, die seit der Zeit der Sechzehn Königreiche aus dem Norden und Nordwesten Chinas gekommen waren.

Fan Wenlan, Abriss der Geschichte Chinas, Bd. 1

In Gespräche von Zhu Xi, Bd. 3, Paragr. 116 des Kapitels »Im Laufe der Dynastien« steht zu lesen, dass die Herrscher der Tang von den Barbaren der Yi und Di abstammen; auch das Verhalten von Frauen mit lockeren Sitten gilt nicht als Bruch der Regeln und Riten.

Chen Yinke, Manuskript zur politischen Geschichte
der Tang-Dynastie

Kalter Herbstregen setzte dem kurzen Sommer auf der mongolischen Hochebene ein abruptes Ende und fror die wölfischen Mücken zu Eis.

Chen Zhen starrte auf das ruhige Olonbulag und glaubte zu verstehen, warum Wölfe und Mücken sich im Sommer wie die Wahnsinnigen gebärdeten – der Sommer war kurz, der anschließende Herbst noch kürzer, gefolgt von einem mehr als sechs Monate andauernden Winter. In dieser Zeit starben alle Tiere, die keinen Winterschlaf hielten, und selbst von den Mücken, die sich in die Höhlen der Murmeltiere flüchteten, überlebten nicht einmal die Hälfte. Ohne Winterspeck und dickes Fell hatten die Wölfe keine Chance; der strenge Winter des Olonbulag kostete die meisten knochigen, alten, kranken und verletzten Wölfe das Leben. Mücken mussten in dieser kurzen Zeit des Wachstums so viel Blut wie möglich aufnehmen, um sich selbst das Leben zu retten – daher ihre wilden Attacken. Auch die Wölfe lieferten sich um des eigenen Überlebens willen blutige Kämpfe; sie wollten für den nächsten Winter und möglichen Hunger im Frühjahr gerüstet sein.

Von dem Chen zugeteilten toten Fohlen waren noch die stinkenden Vorderbeine und Innereien übrig. Der kleine Wolf hatte mehrere Tage hintereinander das Gefühl eines vollen Magens genossen, und selbst von den Resten würde er noch eine Weile zehren können. Er schien guter Dinge, denn seine Nase sagte ihm, dass es zu Hause noch genug Nahrung gab. Er liebte frisches, blutiges Fleisch, mochte aber auch verdorbenes und fraß sogar die Maden mit, die darauf herumkrabbelten. »Er entwickelt sich zu so etwas wie unserem Mülleimer«, konstatierte Gao Jianzhong. »Wir können die meisten Abfälle in seinem Magen entsorgen.«

Am meisten verblüffte Chen, dass der kleine Wolf nie krank wurde, so stinkend und faulig und dreckig das Fleisch auch war, das er herunterschlang. Chen Zhen und Yang Ke bewunderten die Fähigkeit des Tieres, Kälte, Hitze, Hunger, Durst, Gestank, Dreck und Bakterien zu trotzen. Es war beeindruckend zu sehen, dass dieses Tier Jahrmillionen der Selektion in lebensfeindlicher Umgebung überlebt hatte – nur schade, dass Charles Darwin nie in der Inneren Mongolei gewesen war. Denn die Wölfe des Olonbulag hätten ihn so tief beeindruckt, dass er ihnen eigens ein Kapitel gewidmet hätte.

Je größer der kleine Wolf wurde, desto stattlicher und schöner sah er aus. Er wuchs zu einem richtigen Wolf des Graslands heran. Chen hatte ihn längst an eine erheblich längere Kette gelegt und wollte ihn statt »Kleiner Wolf« jetzt »Großer Wolf« nennen, doch das akzeptierte das Tier nicht. Rief Chen ihn »Kleiner Wolf«, kam er fröhlich angelaufen, leckte ihm die Hände, rieb sich an seinen Knien, sprang ihm auf den Bauch, legte sich auf den Rücken und spreizte die Beine, um sich am Unterleib kraulen zu lassen. Als Chen »Großer Wolf« rief, blickte das Tier sich verwirrt um, als suche es denjenigen, den sein Besitzer gemeint haben könnte.

Chen lachte. »Du bist mir ja einer, soll ich dich bis an dein Lebensende ›Kleiner Wolf‹ rufen?« Der Wolf ließ seine Zunge aus dem Maul hängen und sah aus, als wollte er Chen hänseln.

Chen liebte alles an dem kleinen Wolf; in letzter Zeit hatten es ihm seine Ohren besonders angetan. Sie waren das Erste, was an dem Wolf zu Erwachsenengröße heranwuchs, waren immer gespitzt, sauber und auf Empfang gestellt. Der Wolf entwickelte so etwas wie ein Bewusstsein seiner selbst. Wenn Chen im Schneidersitz in dem offenen Gehege des Wolfes saß und an seinen Ohren spielen wollte, gab es offenbar eine alte Grasland-Regel für Wölfe zu beachten: Erst mussten der Nacken und die Ohren an der Wurzel gestreichelt werden, bis der Wolf vor Wohlbehagen zitterte, dann durfte Chen mit den Ohren spielen. Er klappte die Ohren gern nach hinten und ließ sie plötzlich los, sodass sie nach vorn schnellten. Machte er das mit beiden Ohren zugleich, stellten sie sich nacheinander wieder senkrecht, nie zeitgleich, und gaben dabei ein schnalzendes Geräusch von sich. Dann zuckte der Wolf zusammen, als drohe Gefahr von einem Feind.

Genauso gerne knetete Chen stundenlang die Ohren des kleinen Wolfes, die die einzig unversehrten Exemplare waren, die er in diesen zwei Jahren an einem Wolf gesehen hatte. Ob er ein lebendes Tier aus der Ferne beobachten konnte oder einen toten oder das abgezogene Fell eines getöteten Tieres, die Ohren waren ausnahmslos verletzt und unvollständig. Einige sahen wie Briefmarken mit abgerissenen Ecken aus, bei anderen fehlte die Spitze, wieder andere hingen in Streifen herunter, waren an zwei oder drei Stellen ausgerissen, ungleich groß oder einfach gänzlich abgerissen. Je älter und wilder ein Wolf, desto hässlicher seine Ohren. Chen konnte sich beim besten Willen nicht an vollständige, aufrecht stehende, unversehrte Wolfsohren erinnern.

Waren die vollkommenen Ohren des kleinen Wolfes also eine widernatürliche Ausnahme? Traurigkeit überwältigte Chen, als ihm klar wurde, dass diese makellosen Ohren der größte Makel des Tieres waren. Der Wolf war ein Krieger des Graslands und brauchte zu seinem freien Leben den Kampf auf Leben und Tod mit den heimtückischen Hengsten ebenso wie mit den mächtigen Jagdhunden, den brutalen fremden Wolfsrudeln und gnadenlosen Jägern. War ein Wolf, der keine hundert Schlachten geschlagen hatte und dem zwei wunderschöne, unversehrte Ohren wuchsen, überhaupt noch ein Wolf? Chen wurde bewusst, wie grausam es war, dem Wolf seine Kriegernatur zu rauben und ihn zu einem Gefangenen zu machen, der Wolfsohren, aber keine Wolfsnatur mehr besaß.

Seit einiger Zeit beobachtete Chen immer mehr Militärfahrzeuge, die hohe Staubsäulen hinter sich her zogen, und dieser Anblick beunruhigte ihn. Ihm wurde klar, dass er zu den ersten und vielleicht auch zu den letzten Han-Chinesen gehörte, die mit den Nomaden und Viehzüchtern tief in der Inneren Mongolei nahe der Grenze lebten. Er war weder Journalist noch Tourist, sondern konnte stolz darauf sein, den Beruf eines Schafhirten bei den Viehzüchternomaden auszuüben. Auch stand ihm ein grandioses Untersuchungsfeld zur Verfügung – das Olonbulag in den Tiefen der Inneren Mongolei, wo es noch richtige Wolfsrudel gab. Und er zog selbst ein Wolfsjunges auf, das er mit eigenen Händen aus seinem Bau geraubt hatte.

Er schwor, sich seine Beobachtungen und Überlegungen gut zu merken, sich jedes Detail genau einzuprägen, um nichts zu vergessen. Später würde er Freunden und Familie alles erzählen, bis zu dem Tag, da er diese Welt verließ. Bedauerlich, dass die Nachfahren des Gelben Kaisers ihr angestammtes Gebiet längst verlassen hatten. Das Nomadenleben würde so, wie es einmal gewesen war, nicht mehr lange bestehen, und die Chinesen würden keine Gelegenheit mehr haben, zu dem unberührten Ort ihrer Herkunft zurückzukehren, um der Urahnin ihres Matriarchats die Ehre zu erweisen.

Sollte er wenigstens den Wolf dem grausamen, aber freien Leben auf dem Grasland, dem wahren Wolfsleben zurückgeben? Nein, denn seit er ihm die Spitzen seiner Eckzähne gekappt hatte, war der Wolf ohne die Waffen, die er auf dem Grasland zum Überleben brauchte. Sie glichen statt scharfen Ahlen nicht einmal mehr stumpfen Hundezähnen.

Noch mehr aber machte Chen zu schaffen, dass er beim Hantieren mit der Zange seinerzeit zwar sorgfältig darauf geachtet hatte, die Wurzeln nicht zu verletzen, dabei aber einen Zahn beschädigt und ihm einen feinen Riss zugefügt hatte. Nicht lange danach entzündete sich der Zahn und verfärbte sich dunkel wie der eines alten Wolfes. Beim Anblick dieses Zahns brach es Chen jedes Mal das Herz. Wahrscheinlich würde sein Zögling ihn in einem Jahr schon verloren haben. Die Eckzähne bedeuteten für einen Wolf das Leben. Mit nur dreien war es schwer, Fleisch zu zerreißen, ganz zu schweigen vom Jagen.

Langsam verzweifelte Chen an den Folgen dessen, was er damals so leichtfertig angerichtet hatte: Er würde seinen Freund weder im Grasland freilassen noch seinen Freund jemals dort besuchen können. Chen bereute zutiefst, dass er ihm vor über einem Monat, als seine Mutter ihn in jener Nacht rief, nicht die Freiheit geschenkt hatte. Er realisierte, dass er kein guter Wissenschaftler war – Phantasie und Gefühl verstellten ihm den nüchternen Blick, den er hasste, jetzt aber gebraucht hätte. Der Wolf war keine Ratte im Versuchslabor, sondern sein Freund und Lehrer.

Die Bewohner des Graslands warteten sehnsüchtig auf das Produktions- und Baukorps der Inneren Mongolei. Der Brief, den Bilgee, Uljii und die anderen Ältesten gemeinsam verfasst und abgeschickt hatten, zeigte Wirkung; das Korps beschloss, dass das Olonbulag in der Hauptsache Weideland bleiben würde. Einige Weidegebiete und Kommunen würden in landwirtschaftliche Nutzflächen umgewandelt, und die Gegend am Majuzi-Fluss, wo das berühmte Ujumchin-Kriegspferd gezüchtet wurde, sollte eine große agrarisch genutzte Fläche werden, wobei nur ein kleiner Teil zur Hälfte auch Weidegebiet bleiben würde.

Der ehrgeizige Entwurf des Korps bezog auch die altehrwürdigen Gebäude des Olonbulag mit ein: Die primitive Produktionsweise der Viehzüchter sollte schnellstens eingestellt werden. Das Korps würde Kapital, Ausrüstung und Ingenieure stellen, um Häuser mit geziegelten Dächern und Ställe aus Stein für die Viehzüchter zu bauen, sie würden Brunnen graben, Straßen anlegen, Schulen, Krankenhäuser und Postämter einrichten, Veranstaltungssäle, Geschäfte und Kinos bauen. Dann würden sie auf der fruchtbarsten Erde Gras, Getreide und Viehfutter sowie Gemüse anbauen. Es würde maschinisierte Ernteteams geben, Transporteinheiten und Traktorstationen. Den Wölfen würde ebenso der Garaus bereitet werden wie den Insekten und Nagetieren. Sie würden die Widerstandsfähigkeit des Graslands gegen Naturkatastrophen wie Schnee, Wölfe, Dürre, Trockenheit, Stürme, Feuer und Mücken stärken. Die Viehzüchter, die seit Jahrtausenden unter schwierigsten Bedingungen gelebt hatten, sollten sich allmählich niederlassen und ein sicheres, ruhiges Leben führen.

Viele der Pekinger Schüler, jungen Viehzüchter, Frauen und Kinder sahen der Ankunft des Korps erwartungsvoll entgegen, denn dann würden die wunderschönen Pläne, die die Kader und Bao Shungui vor ihnen ausgebreitet hatten, endlich in die Tat umgesetzt werden. Die meisten Viehzüchter höheren und mittleren Alters allerdings verhielten sich ruhig. Chen Zhen befragte deshalb Bilgee, und der seufzte nur. »Wir Viehzüchter haben uns immer eine Schule für unsere Kinder gewünscht und dass wir nicht mit Ochsen- oder Pferdewagen den weiten Weg zum Banner-Krankenhaus zurücklegen müssen. Auf dem Olonbulag gibt es kein Krankenhaus, und deshalb sind schon unzählige Menschen gestorben, die nicht hätten sterben müssen. Aber was wird jetzt aus dem Grasland? Es ist jetzt schon zu schwach, um all das Vieh zu tragen. Es ist wie ein Ochsenkarren mit Holzrädern, der nur eine begrenzte Anzahl Menschen und Vieh transportieren kann. Wenn mehr Menschen und Maschinen dazukommen, wird er umkippen. Und wenn das geschieht, kehrt ihr Han-Chinesen einfach nach Hause zurück – aber was ist mit uns?«

Die größten Sorgen machte Chen sich um die Wölfe. Wenn die Bauern kämen, würden sie Schwäne, Enten und wilde Gänse schlachten und aufessen, oder die Tiere würden fortfliegen. Aber Wölfe waren keine Vögel. Würden sie nach Generationen auf dem Grasland ausgerottet oder aus ihrer Heimat vertrieben werden?

Gegen Abend gesellte sich Yang zu Chen, der vor der Jurte saß, und goss Chen und sich Tee ein. »Hättest du gedacht, dass das Korps so bald hier sein würde?«, fragte er. »Ich hasse militärisch organisiertes Leben in Friedenszeiten und bin mit Mühe um das Produktionskorps am Schwarzdrachenfluss herumgekommen – und werde prompt vom Korps der Inneren Mongolei eingeholt. Ich habe zwar keine Ahnung, was mit dem Olonbulag geschehen wird, aber wir müssen auf jeden Fall die Sache mit den Wölfen klären, und zwar schnell.«

In diesem Augenblick kam ein Pferd auf dem Weg für Ochsenkarren auf sie zugaloppiert und zog eine lange Staubwolke hinter sich her. Sie erkannten Zhang Jiyuan, der heimkehrte, um sich auszuruhen. Er unterschied sich inzwischen in nichts von den anderen Pferdehirten, hatte viele schnelle Pferde, einen aggressiven Reitstil, bei dem er keine Rücksicht mehr auf die Tiere nahm.

Zhang sprang vom Pferd. »Schnell, seht her, was ich euch mitgebracht habe!« Er band eine große Segeltuchtasche vom Sattel los, in der sich etwas Lebendiges zu befinden schien.

Yang nahm sie entgegen und befühlte sie. »Du hast uns doch kein zweites Wolfsjunges mitgebracht?« flachste er. »Zur Gesellschaft für unseren Kleinen?«

»Zu dieser Jahreszeit wäre ein Wolf nicht mehr so klein«, sagte Zhang. »Pass auf, dass es dir nicht wegläuft.«

Yang öffnete die Tasche vorsichtig und sah zwei lange Ohren. Er griff danach und zog das Tier heraus. Ein großes Kaninchen strampelte wild, um sich zu befreien. In seinem seidig gelbgrauen Fell schimmerten schwarze Flecken, es mochte so groß wie eine Hauskatze sein und vier, fünf Pfund schwer.

Zhang band sein Pferd fest: »Heute Abend gibt es Kaninchenfleisch in brauner Sauce, ich kann das ewige Lammfleisch nicht mehr sehen.«

Der kleine Wolf, nur wenige Schritte entfernt, wurde wild und wollte sich auf das Kaninchen stürzen.

Die Hunde hatten ebenfalls alles beobachtet. Sie witterten das Tier, trauten sich aber nicht heran.

Mit einem Blick auf den gierigen Ausdruck des Wolfes hob Yang das Kaninchen hoch, ging hinüber und schwenkte es vor dem Kleinen hin und her. Sobald dessen Vorderpfoten das Kaninchen berührten, wurde das Tier zum wilden Wolf. Als das Kaninchen zurück zu Yang schwang, starrte der Wolf Menschen und Hunde gleichermaßen feindselig an; die mehrere Monate währende Freundschaft und Nähe zwischen Mensch und Wolf war wie weggewischt. Für den kleinen Wolf wurden Chen, Yang und Erlang in diesem Augenblick zu Todfeinden.

Yang wich unwillkürlich drei Schritte zurück. »Ich habe eine Idee«, sagte er, nachdem er sich beruhigt hatte. »Der kleine Wolf ist fast erwachsen und hat noch kein selbst erlegtes Tier gefressen; wir müssen seine natürlichen Triebe befriedigen. Warum lassen wir das mit dem Kaninchen in brauner Soße nicht bleiben und schenken das Tier stattdessen unserem Freund? Dann sehen wir aus nächster Nähe, wie ein Wolf seiner Natur freien Lauf lässt, ein Kaninchen tötet und auffrisst.«

Chen stimmte sofort begeistert zu. »Kaninchenfleisch allein schmeckt sowieso nicht gut, es ist nur mit Huhn zusammen essbar. Der Wolf hat uns in diesem Sommer bei den Nachtwachen unterstützt, sodass wir nicht ein Schaf verloren haben. Er hat eine Belohnung verdient.«

Zhang schluckte. »Na gut. Ich möchte auch sehen, ob unser Wolf sich noch wie einer verhält.«

Leider gab es keinen Zaun und keine Begrenzung, sodass die drei auf das Vergnügen, den Wolf das Kaninchen jagen zu sehen, würden verzichten müssen. Am Ende beschlossen sie, dem Kaninchen jeweils die Vorder- und Hinterbeine zusammen zu binden, damit es herum springen, aber nicht fortlaufen konnte.

Doch die drei schafften es nur mit vereinten Kräften, dem sich wehrenden Kaninchen die Hinterbeine zu fesseln. Das Tier lag reglos auf dem Boden, seine Augen glänzten bösartig.

»Es gibt etwas zu fressen, kleiner Wolf, komm!«, rief Yang dem Wolf zu und warf ihm das Kaninchen hin. Das Tier war sofort auf den Beinen und sprang wild umher. Der Wolf kam angerannt, schaffte es jedoch nicht zuzubeißen, er schlug mit den Krallen nach ihm, doch das Kaninchen rollte sich am Boden zusammen. Es zitterte vor Angst, sein Brustkorb hob und senkte sich hektisch. Seine großen Augen aber verfolgten mit erstaunlicher Ruhe jede Bewegung des Wolfes. Dieses wilde Kaninchen war in seinem Leben offenbar schon vielen Wolfsklauen entkommen.

Dann rollte sich das Kaninchen zitternd immer fester zusammen, bis es zu einer Kugel geworden war, und fuhr seine Krallen aus wie versteckte Waffen.

Nach dem fetten Präriehund seinerzeit hielt der Wolf das Kaninchen einfach für einen noch dickeren, ihm lief der Geifer aus dem Maul. Das Kaninchen zitterte immer noch, als der Wolf an ihm roch. Schließlich wollte der Wolf sein Opfer mit den Klauen zu Boden drücken und es sich zurechtlegen, wie er es sonst auch mit seinem Fleisch tat. Er versuchte es immer wieder und schnüffelte, um eine Stelle für den ersten Biss zu finden.

Das Kaninchen hörte abrupt auf zu zittern, als der Wolf an seinen

Hinterläufen roch. »Nein!« schrien die vier Männer wie aus einem Mund, aber die Warnung kam zu spät. Das Kaninchen nahm seine letzten Kräfte zusammen und explodierte – trotz der zusammengebundenen Läufe – mit seinen ausgefahrenen Krallen wie eine Landmine, dem Wolf genau vor den Kopf. Der Getroffene überschlug sich jaulend nach hinten, stand mit blutendem Schädel auf, ein Ohr eingerissen und mehrere tiefe Kratzer auf dem Schädel, einer davon fast bis zum rechten Auge.

Chen und Yang waren blass geworden und aufgesprungen. Yang wollte zu Hilfe eilen, aber Chen zwang sich, ihn zurückzuhalten. »Wölfe auf dem Grasland sind übersät mit Narben. Es wird Zeit, dass der Kleine fühlt, was es heißt, ein Wolf zu sein.«

Nach dieser ersten Niederlage seines Lebens spannte der Wolf seinen Rücken und starrte das Kaninchen mit einer Mischung aus Schrecken, Ärger und Wut aber auch Neugier an. Nach seinem ersten Sieg sprang und humpelte das Kaninchen auf den Rand des Wolfsgeheges zu. Die Hunde bellten in seine Richtung, und Erlang hätte sich schon auf das Kaninchen gestürzt und es getötet, wenn Chen ihn nicht festhalten würde.

Das Kaninchen näherte sich langsam der Begrenzung des Geheges, der Wolf in sicherem Abstand hinter ihm, und bei jedem Zucken der Hinterläufe machte er wie vom Skorpion gestochen einen Satz nach hinten.

»Damit ist das Kaninchen wohl der klare Gewinner«, sagte Yang. In freier Wildbahn wäre es nach diesem Schlag davongelaufen. Wir sollten es laufen lassen.«

Chen rang mit sich. »Geben wir dem Wolf eine letzte Chance«, sagte er dann. »Wenn das Kaninchen es aus dem Kreis herausschafft, hat es gewonnen. Wenn nicht, wird weitergekämpft.«

»In Ordnung«, stimmte Yang zu. »Die Kreisgrenze wird über Gewinner und Verlierer entscheiden.«

Als hätte das Kaninchen seine Rettung vor Augen, humpelte und kullerte es zur Kreisgrenze hin. Kurz bevor das Kaninchen aus seiner Reichweite verschwand, riss der Wolf es zurück, um sich anschließend sofort wieder in Sicherheit zu bringen. Und das Kaninchen strebte prompt der gegenüberliegenden Außenbegrenzung des Kreises zu. Endlich verriet sein Jagdinstinkt dem Wolf den Schwachpunkt des Kaninchens. Er vermied die Hinterläufe, rannte zum Kopf des Tieres, biss ihm von vorn in die Ohren und zog es daran in die Mitte des Kreises zurück. Er ließ nach, sobald das Kaninchen sich bewegte, merkte aber bald, dass er hier vor dessen Hinterbeinen sicher war. Er wurde mutiger und schleifte das Kaninchen bis zum Holzpflock.

Chen beschloss, dem kleinen Wolf etwas auf die Sprünge zu helfen und rief plötzlich laut: »Kleiner Wolf, es gibt etwas zu fressen! Fressen!« Der Wolf erstarrte; dieser Ruf weckte sofort sein Hungergefühl. Mit seinen Klauen fixierte er den Kopf des Kaninchens, schlug mit einem hässlichen Geräusch die Backenzähne in eins der langen Ohren, biss es durch und schlang es herunter. Wütend biss er das zweite ab und schluckte es herunter. Das nun ohrlose Kaninchen sah mehr aus wie ein Murmeltier, als es weiter wie wild um sein Leben kämpfte. Ein Wolfsjunges mit blutbespritztem Kopf und ein altes Kaninchen, dem das Blut nur so über den Kopf lief, fochten einen Kampf auf Leben und Tod aus und verwandelten das Wolfsgehege in ein Schlachtfeld.

Die Zähne des Wolfes waren zwar stumpf, hatten aber die Kraft von Kneifzangen und rissen ein Stück Kaninchenfell nach dem anderen heraus. Er kannte zwar die Halsschlagader nicht, bei der ein Biss genügt hätte, um das Kaninchen zu töten, fand aber instinktiv seine zweite besonders verwundbare Stelle, den Bauch. Die zarten, blutigen kleinen Stücke Fleisch ohne Fell waren eine Delikatesse für jeden Wolf des Graslands, und die Augen des Kleinen leuchteten, als er Darm, Magen, Herz, Lunge und Leber auf einmal verschlang.

Endlich hatte Chen dem Welpen Gelegenheit gegeben, wie ein Großer zu handeln. Der Wolf war nun erwachsen, auch wenn er dafür den Preis eines blutigen, zerschrammten Gesichts zahlen musste – jetzt trug auch er mit Stolz makellose Ohren mit Wunden.

Nach dem Kampf setzten sich die drei Schüler hin, um Hirse und Reis zu essen, dazu gedämpfte Pilze und Lammfleisch mit wildem Lauch.

»Du hast ein schnelles Pferd, also bringst du uns Neuigkeiten vom Korps«, sagte Yang zu Zhang.

»Das Brigadebüro ist inzwischen das des Korps«, erwiderte Zhang. »Die ersten Kader sind eingetroffen, zur Hälfte Mongolen, zur anderen Hälfte Chinesen. Das Erste, was sie tun, wird die Ausrottung der Wölfe sein. Als sie gesehen haben, wie viele Fohlen ihnen zum Opfer gefallen sind, haben sie vor Wut gekocht. Sie haben erzählt, dass sie früher auf dem Grasland immer zuerst Straßenräuber bekämpft haben. Heute werden es die Wölfe sein. Sie haben ihre besten Leute geschickt und sagen, es sei nur zu unserem Besten, und die alten Mongolen haben ihre liebe Not, den Landwirten in Uniform zu erklären, welchen Vorteil Wölfe haben – es ist wie Geigespielen für einen Ochsen. Außerdem wächst das Fell der Wölfe gerade sehr dicht, ihr Fell ist viel wert, und die Kader verdienen nicht besonders gut, selbst in den höchsten Rängen sind es nur sechzig, siebzig Yuan. Für ein Wolfsfell kann man zwanzig Yuan bekommen, dazu die Prämie, deshalb wollen sie unbedingt loslegen.«

Yang seufzte. »mongolische Wölfe«, sagte er, »die Zeit der Helden ist vorbei. Die Situation hat sich geändert, flieht schnell in die Äußere Mongolei!«

31

Li Yuan, der erste Kaiser der Tang-Dynastie, war von adliger Abstammung. [...] Seine Mutter war eine Tochter von Dugu Xin, einem Adligen der Xianbei, und eine Schwester der Gattin von Kaiser Wendi von den Sui.

Zhang Chuanxi, Abriss der alten Geschichte Chinas, Band 2

Mütterlicherseits stammten die Herrscher zu Beginn der Tang-Dynastie einschließlich des Dynastiegründers allesamt von Barbarenvölkern und nicht von Han-Chinesen ab – so Kaiser Gaozu von Dugu, Kaiser Taizong von Douling vom Volk der Huihe und Kaiser Gaozong von Changsun. Es ist also kein Geheimnis, dass die kaiserliche Familie der Tang mütterlicherseits Barbarenblut in sich trug.

Chen Yinke, Entwurf einer politischen Geschichte der Tang-Dynastie

Eines Morgens hielten zwei offene Armeejeeps nahe bei Chen Zhens Jurte. Als der junge Wolf diese zwei Ungetüme erblickte und noch dazu zum ersten Mal in seinem Leben Benzin roch, flüchtete er erschrocken in seine Höhle. Die Hunde dagegen stürmten herbei und umringten unter wildem Gebell die Jeeps. Chen und Yang Ke rannten aus ihrer Jurte herbei, geboten den Hunden lautstark Einhalt und scheuchten sie beiseite.

Aus einem der Wagen stieg Bao Shungui aus. Er hatte vier Soldaten mitgebracht. Alle fünf steuerten sie schnurstracks auf das Wolfsgehege zu. Über die Absicht der Ankömmlinge im Ungewissen, folgten ihnen Chen, Yang und Gao Jianzhong eilig. Chen versuchte ruhig Blut zu bewahren, lief vor und begrüßte sie: »Direktor Bao, sind Sie schon wieder auf Wolfsschau?«

Bao lächelte. »Also, ich mache euch mal bekannt.« Er zeigte auf zwei Offiziere in den Dreißigern. »Diese beiden Offiziere kommen vom Korps-Vorauskommando. Dies ist Stabsoffizier Xu und dies Baatar, Stabsoffizier Ba.« Dann wies er auf die beiden Fahrer. »Und dies sind der alte Liu und der kleine Wang. Sie wollen sich später alle auf dem Grasland niederlassen und, sobald die neuen Häuser für das Korps fertig sind, ihre Familienangehörigen nachholen. Das Korpskommando hat sie abgestellt, damit sie uns beim Kampf gegen die Wölfe helfen.«

Chens Herz pochte wie das eines fliehenden Wolfs. Er gab den Soldaten die Hand und lud sie nach Art der Viehzüchter sogleich zum Teetrinken in seine Jurte ein.

»Lass nur«, erwiderte Bao, »wir schauen uns erst mal den Wolf an. Ruf ihn gleich mal raus, die Herren Offiziere sind extra gekommen, um ihn sich anzusehen.«

Chen lächelte gezwungen. »Interessieren Sie sich wirklich so sehr für Wölfe?«

Stabsoffizier Xu antwortete freundlich mit einem Shaanxier Akzent. »Weil die Wölfe es hier zu bunt treiben, hat die Führung von Division und Korps uns zum Kampf gegen die Wölfe abkommandiert. Gestern hat sich der stellvertretende Regimentskommandeur Li selbst vor Ort ein Bild der Lage gemacht. Aber wir beide haben die hiesigen Wölfe noch nicht mit eigenen Augen gesehen, und deshalb hat uns der alte Bao hierhergebracht.«

Sein Kollege Ba ergänzte in nordostchinesischem Akzent: »Der alte Bao hat uns erzählt, wie gut ihr hier die Wölfe kennt und wie gut ihr euch darauf versteht, sie zu töten und ihre Welpen aus den Höhlen zu holen. Und dann zieht ihr auch noch selbst einen Wolf groß, um euch mit seinem Charakter vertraut zu machen – wirklich ein mutiger und weitsichtiger Schachzug. Deshalb bitten wir euch um Hilfe bei unserem Kampf.«

Die beiden Offiziere traten freundlich und bescheiden auf und wirkten sympathisch. Erleichtert nahm Chen zur Kenntnis, dass sie nicht gekommen waren, um seinen Wolf zu töten. »Wölfe ...«, stammelte er, »Wölfe ... Das sind sehr komplexe Tiere. Ich könnte Ihnen tagelang davon erzählen, ohne zu einem Ende zu kommen. Am besten, wir schauen uns den jungen Wolf an. Gehen Sie gleich ein paar Schritte zurück, und betreten Sie auf keinen Fall das Gehege. Der Wolf beißt Fremde; das letzte Mal hätte er fast einen Kader vom Bund verletzt.«

Chen holte aus seiner Jurte zwei Fleischstücke und ein altes Hackbrett und schlich damit zur Wolfshöhle. Nachdem er das Brett neben den Eingang gestellt hatte, rief er laut: »Kleiner Wolf, kleiner Wolf! Fressen!«

Der junge Wolf schoss heraus und stürzte sich auf das Fleisch. Hastig schob Chen das Brett vor den Höhleneingang, ehe er aus dem Gehege zurücksprang. Sonst fütterte er das Tier immer vormittags und nachmittags; noch nie hatte er ihm zu so früher Stunde zu fressen gegeben. Umso größer war nun die Freude des Wolfs; mit unbändiger Gier stürzte er sich auf das Fleisch. Bao und die Soldaten wichen einige Schritte zurück.

Erst auf einen Wink von Chen hin rückten die Besucher wieder bis auf einen Meter an das Gehege heran. Sie hockten sich in einem Halbkreis nieder. Eingeschüchtert durch den unvermittelten Anblick so vieler Männer in grüner Armeeuniform und durch die vielen fremden Gerüche, wagte der Wolf es ganz gegen seine Gewohnheit nicht, sich mit gefletschten Zähnen auf die Fremden zu stürzen. Stattdessen trug er mit eingezogenem Schwanz und geducktem Körper einen der zwei Fleischklumpen im Maul in die entfernteste Ecke des Geheges, legte ihn dort ab und brachte danach auch den zweiten Klumpen in Sicherheit. Dann, mit gesträubtem Nackenhaar, schlang er mit unverminderter Gier weiter das Fleisch hinunter. Doch die Gegenwart so vieler Zuschauer reizte ihn, und nach wenigen Bissen wurde er plötzlich aggressiv und stürzte mit bebender Nase und gefletschten Zähnen jählings auf die

Soldaten zu. Von der Geschwindigkeit und der Wildheit des Angriffs vollkommen überrumpelt, plumpsten drei der Besucher vor Schreck auf den Hosenboden. Nur die eiserne Kette hielt den Wolf in Schach, und doch war er mit seinem gefährlichen klaffenden Maul bis auf weniger als einen Meter an die Störenfriede herangekommen.

Stabsoffizier Ba machte es sich im Schneidersitz bequem, klopfte sich den Staub von den Händen und sagte: »Ganz schön wild! Der ist noch aggressiver als die Wolfshunde in unserm Militärgebiet. Ohne die Kette hätte er sich ein schönes Stück Fleisch von uns geschnappt.«

»Dass ein Wolfsjunges nach ein paar Monaten schon so groß ist!«, staunte sein Kollege Xu. »Fast schon wie ein ausgewachsener Wolfshund. Alter Bao, das war wirklich eine gute Idee, dass du uns heute hierhergebracht hast. Ich fühle mich schon wie auf dem Schlachtfeld.« Und an seinen Kollegen gewandt fuhr Xu fort: »Wölfe bewegen sich abrupter und heimtückischer als Hunde – da muss man besonders schnell am Abzug sein!«

Ba nickte mehrmals. Unterdessen drehte sich der Wolf abrupt um und stürzte sich wieder auf sein Fleisch, das er unter heiser drohendem Knurren hastig verschlang.

Die zwei Offiziere nahmen mit Augen und Fingern Maß, um die Proportion des Wolfskopfs zum hinteren Rumpf abzuschätzen. Danach musterten sie eingehend seine Haut und sein Fell und kamen überein, dass ein Wolf am besten durch einen Kopf- oder Brustschuss zu erlegen sei – ein solcher Schuss sei tödlich, ohne das Fell zu beschädigen.

Die beiden waren offensichtlich Experten. Bao strahlte übers ganze Gesicht und erklärte: »Alle Viehzüchter und die meisten Oberschüler waren dagegen, den Wolf aufzuziehen, aber ich hab's erlaubt. Tja, nur wer sich selbst und den Feind kennt, ist unbesiegbar. Diesen Sommer habe ich schon viele Gruppen von Kadern hierhergeführt. Die Han-Chinesen sind besonders scharf darauf, den Wolf zu sehen – und die, die am meisten Angst vor Wölfen haben. Sie alle sagen, dass dieser Wolf hier viel mehr hermacht als die Wölfe im Zoo und dass sie in der Inneren Mongolei sonst keine Gelegenheit bekommen, einen Wolf aus nächster Nähe zu sehen. Deshalb ist dieser Wolf hier einzigartig. Wenn die Korpsführer zur Inspektion kommen, werde ich sie als Erstes hierherführen, damit sie unseren berühmten mongolischen Wolf kennenlernen.«

»Wenn sie von ihm hören, wollen sie ihn bestimmt sehen«, bestätigten die Offiziere. Und Xu schärfte Chen noch ein: »Du musst regelmäßig die Kette und den Pflock überprüfen.«

Nach einem Blick auf die Uhr sagte Bao zu Chen: »Kommen wir zur Sache. Wir sind heute in aller Frühe hierhergefahren nicht nur, um den Wolf zu sehen, sondern auch, damit einer von euch, du oder Yang Ke, uns zu den Wölfen führt. Diese beiden Männer sind erfahrene Kavalleristen und meisterhafte Scharfschützen. Die Korpsführung hat sie eigens zur Beseitigung der Wolfsplage hierherversetzt. Gestern hat Stabsoffizier Xu mit einem Schuss einen Falken vom Himmel geholt – und das, obwohl der Falke so hoch flog, dass er auf Erbsengröße geschrumpft war. Also, wer von euch beiden kommt mit?«

Chen wurde schwer ums Herz: Die Todfeinde der Wölfe des Olonbulag waren angekommen. Mit der rapide anwachsenden Bauernbevölkerung war nun auch die Armee mit ihren Jeeps und Scharfschützen bis an die Grenze vorgerückt. Mit bedrückter Miene antwortete er: »Die Pferdehirten kennen die Gewohnheiten der Wölfe besser als wir und wissen auch, wo sie zu finden sind. Ihr solltet euch einen Pferdehirten zum Führer nehmen.«

»Die Alten wollen nicht, und die Jungen taugen nichts«, erwiderte Bao. »Die erfahrenen Pferdehirten sind mit ihren Herden in die Berge gezogen und unabkömmlich. Deshalb muss heute einer von euch mitkommen, damit die Offiziere den weiten Weg nicht umsonst gemacht haben. Das nächste Mal kann dann jemand anders mit.«

»Warum fragst du nicht Dorji?«, sagte Chen. »Er ist der berühmteste Wolfsjäger der ganzen Brigade.«

»Der stellvertretende Regimentskommandeur Li hat ihn bereits mitgenommen. Li ist ein guter Schütze und ein leidenschaftlicher Jäger. Er benutzt einen kleinen sowjetischen Lkw der Marke GAZ, der schnell und wendig ist. Von der Ladefläche aus schießt er im Stehen auf die Wölfe – das ist noch bequemer als vom Jeep aus.« Nach einem erneuten Blick auf die Uhr drängte Bao: »Also los jetzt, verschwenden wir keine Zeit mehr!«

Als Chen sah, dass einer von ihnen mitgehen musste, wandte er sich an Yang: »Dann geh du.«

»Ich kenne die Wölfe nicht so gut wie du – besser ... besser du gehst.«

»Dann entscheide ich«, fuhr Bao ungeduldig dazwischen. »Chen, du kommst mit! Aber keine faulen Tricks! Wenn du wie der alte Bilgee die Wölfe entwischen lässt, sodass wir mit leeren Händen heimkehren, dann erschieße ich deinen Wolf! Also, genug mit dem Palaver, los jetzt!«

Chen erbleichte; unwillkürlich trat er wie zum Schutz vor den jungen Wolf. »Ja gut, ich komme mit, jetzt gleich.«

Die zwei Armeejeeps schossen über den Weg dahin und wirbelten zwei riesige Drachen aus gelbem Staub hinter sich auf.

Das frühherbstliche Sonnenlicht war so stechend, dass Chen die Augen zusammenkniff. Er saß auf dem Beifahrersitz, und der ungestüme Wind pustete ihm fast die dünne Mütze vom Kopf. Selbst auf dem schnellsten Pferd wäre er nie einem solchen Gegenwind, der ihm fast den Atem raubte, ausgesetzt gewesen. Die beiden Jeeps waren noch ziemlich neu; sie machten nur wenig Lärm, waren wendig und strotzten vor Motorkraft. Die Fahrer verfügten offensichtlich über eine langjährige Erfahrung in militärischen Geländefahrten; sie lenkten die Wagen ebenso sicher wie schnell und fuhren durch das hügelige Grasland, als wäre es ebene Erde.

Chen war schon über zwei Jahre lang nicht mehr mit einem Jeep gefahren. Wenn ihn die Wölfe nicht so fasziniert hätten, wenn er ein eben erst im Grasland angekommener Neuling gewesen wäre, der die Lehren und den Geist dieses Landes und seiner Tiere noch nicht in sich aufgenommen hätte, dann wäre er nun überglücklich gewesen über diese außergewöhnliche Gelegenheit, auf derart moderne Weise auf die Wolfsjagd zu gehen. Hier in einem offenen Jeep pfeilschnell über das grüne Grasland zu fliegen, um den mongolischen Wölfen nachzustellen, was hätte das für eine erregende und berauschende Erfahrung sein können – noch berauschender vielleicht als die Fuchsjagden, die der englische Adel zu Pferde, mit Jagdhörnern und Hunden, unternahm, berauschender auch als die Bärenjagden des russischen Adels in verschneiten Wäldern und als die Einkreisungsjagden zu Pferde, denen die Angehörigen des mandschurischen und mongolischen Herrscherhauses und Adels zu Tausenden gleichzeitig gefrönt hatten.

In diesem Moment aber wünschte sich Chen nichts sehnlicher als eine Autopanne, denn er fühlte sich wie ein Verräter, der seine Freunde der feindlichen Armee ans Messer liefert. Doch Bao Shungui hatte seine Einstellung zu den Wölfen längst durchschaut, und deshalb wusste Chen sich keinen Rat, wie er sowohl seinen jungen Wolf beschützen als auch dessen Artgenossen vor dem Tod bewahren konnte.

Die von der Brigade initiierte Kampagne zur Ausrottung der Wölfe war schon im ganzen weiten Grasland, innerhalb der gesamten Division, angelaufen. Die letzten Wolfsrudel der Inneren Mongolei, deren Organisationsform seit grauer Vorzeit Bestand hatte und die ihre Kriegstaktiken und -strategien seit den Zeiten der Hunnen, der Türküt, der Xianbei und der Mongolen unter Dschingis Khan unverändert beibehalten hatten, drohten von der hoch technisierten Brigade umzingelt und gänzlich ausgelöscht zu werden. Ausgerechnet die Chinesen, die so nachhaltig von den Wölfen profitiert hatten, leugneten nun deren unschätzbare Verdienste und unabsehbaren Einfluss und wollten sie als Sündenböcke mit Schimpf und Schande aus ihrem Land und von der Bühne der Geschichte verjagen. Nur der alte Bilgee und die anderen alteingesessenen Bewohner des Graslands, die noch das Wolftotem verehrten, sowie die Gefährten, mit denen Chen seine Jurte teilte, konnten seinen Kummer verstehen. Dieser Kummer wurzelte darin, dass Chen zugleich altmodisch und seiner Zeit voraus war.

Im Olonbulag wechseln Wind und Wetter alle paar Kilometer. Die Jeeps fuhren nun auf einer feuchten, sandigen Straße. Der heulende Herbstwind machte Chen hellwach. Notgedrungen nahm er sich vor, die Soldaten zu den Wölfen zu führen – aber dort, wo die Gejagten sich verstecken und fliehen konnten.

Er drehte sich zu dem hinter ihm sitzenden Bao um und sagte: »Ich weiß, wo die Wölfe sind – aber da sind lauter steile Abhänge und schilfige Flächen, die man mit den Jeeps nicht befahren kann.«

Bao warf ihm einen bösen Blick zu. »Versuch nicht, mich für dumm zu verkaufen. Im Schilf gibt es jetzt gerade besonders viele Mücken, da können die Wölfe unmöglich bleiben. Glaubst du, ich weiß das nicht? Ich jage seit über einem halben Jahr Wölfe.«

Chen berichtigte sich: »Ich meine nur … wir können nicht auf die Berge und ins Schilf, wir müssen uns mit den sandigen Hügeln und den großen sanften Abhängen begnügen, auf denen es nur wenige Mücken gibt.«

Bao ließ nicht locker. »Nach dem Zwischenfall auf dem Sandhügel haben die Pferdehirten die Wölfe längst von dort vertrieben«, sagte er. »Gestern haben wir dort eine Runde nach der anderen gedreht und keinen einzigen Wolf gesehen. Du willst dich heute doch nicht dumm stellen? Also hör gut zu: Was ich gesagt habe, gilt auch weiterhin! Weil wir gestern keinen Wolf erlegt haben, haben wir heute eine Mordswut im Bauch.« Bao zog an seiner Zigarette und blies den Rauch Chen in den Nacken.

Chen begriff, dass er diesen Mann, der sich von ganz unten in der Hierarchie hochgekämpft hatte und mit allen Wassern gewaschen war, nur schwer täuschen konnte. »Ich kenne noch ein Stück sandiges Land am nordwestlichen Hang des Chaganuul. Das Land dort ist dem Wind ausgesetzt, das Gras wächst nur spärlich, dafür gibt es besonders viele Mäuse und Ziesel und auch ziemlich viele Murmeltiere. Weil die Wölfe nicht an die Fohlen rankommen, müssen sie dort jagen, wo es viele Mäuse und Murmeltiere gibt.«

Chen hatte sich entschlossen, die Soldaten zu einem kargen, sandigen, nur dünn mit Gras bewachsenen Landstrich am äußersten nordwestlichen Rand des Weidelands zu führen. Eigentlich war dort eine gute Zuflucht vor den Mücken und damit auch ein guter Weideplatz für Pferde, aber aufgrund der Nähe zur Grenze hatten die Hirten nie gewagt, ihre Pferde dort zu weiden. Chen hoffte, dort würden sie Wölfe zu Gesicht bekommen, aber die Wölfe könnten rechtzeitig über die Grenzstraße fliehen.

Bao überlegte einen Moment, ehe er lächelte und sagte: »Stimmt, dort könnten wirklich Wölfe sein. Komisch, dass ich nicht selbst darauf gekommen bin. Alter Liu, wir nehmen den Weg nach Norden, aber schnell!«

Chen ergänzte: »Die Wölfe jagen wir besser zu Fuß. Die Jeeps machen zu viel Lärm; ich fürchte, dass die Wölfe beim ersten Geräusch in den Niederungen verschwinden. Es ist in diesem Jahr viel Regen gefallen, und das Gras steht hoch – da können sich die Wölfe gut verstecken.«

»Du musst uns nur einen Wolf zeigen«, warf Stabsoffizier Xu ungerührt ein, »um alles andere kümmern wir uns schon.«

Chen ahnte, dass er möglicherweise einen schweren Fehler begangen hatte.

Die Jeeps rasten auf einem alten Weg, den die Viehhirten auf ihren Zügen zwischen den Weideplätzen im Wechsel der Jahreszeiten geschaffen hatten, in nordwestliche Richtung. Auf einer Fläche zum Lammen, die im Frühling vom Vieh kahl gefressen war, stand nun im Herbst das Gras schon wieder an die siebzig Zentimeter hoch; dicht an dicht wogten die Halme im Wind, gesprenkelt mit Herbstchrysanthemen. Der intensive Duft erstklassigen Weidegrases erfüllte die Luft.

Einige Rauchschwalben flogen den Jeeps hinterher und wetteiferten um die von den Eindringlingen aufgescheuchten Motten und anderen Insekten. Kaum hatten die Jeeps die ersten Schwalben abgeschüttelt, da stiegen vor ihnen neue empor, die in purpurnen Bögen ringsum durch die Luft schwirrten.

Chen sog den berauschenden Duft des herbstlichen Grases und der Blumen ein. Vor ihm erstreckte sich der Platz, an dem die Schafe im nächsten Frühjahr ihre Lämmer werfen würden, und deshalb lag ihm als Schafhirten das hiesige Gras besonders am Herzen. Siebzig Prozent ihrer Erlöse aus der Weidewirtschaft erzielten die Hirten mit dem Verkauf der Schafe und ihrer Wolle. Solch ein Platz zum Lammen war äußerst kostbar, an ihm hing das Leben des Weidelandes. Chen hatte den ganzen Weg über das Gras eingehend in Augenschein genommen: Es war ausgezeichnet gewachsen, ganz so wie ein eigens bestelltes und behütetes Weizenfeld. Seit die Produktionsbrigade an ihren neuen Sommerweidegrund umgezogen war, hatte hier niemand mehr seine Jurte aufgeschlagen. Chen war den Wölfen und Pferdehirten von Herzen dankbar. Ohne die Wölfe wäre ein derart verlockender, duftender Landstrich längst von den Gazellen, Kaninchen und Mäusen zugrunde gerichtet worden. Einen ganzen Sommer lang hatten die Wölfe diese notorischen Grasräuber in Schach gehalten.

Zugleich war alles, was Chen in diesem so üppigen Weideland erblickte, ihm auch beredtes Zeugnis von der Mühsal der Pferdehirten, die bei Tag und Nacht, trotz sengender Hitze und Mückenschwärmen, ihre gefräßigen, flinken Pferde unnachgiebig im Zaum hielten und auf das Grasland in den Bergen trieben, wo die Tiere das zweitklassige Wollgras und die anderen Gräser, die die Rinder und Schafe übrig gelassen hatten, essen durften. Niemals aber ließen die Pferdehirten ihre Herden in die Nähe jener Flächen, die für das Lammen vorgesehen waren. Alle Reitervölker liebten ihre Pferde wie ihr Leben. Aber wenn es ums Weiden ging, wappneten sich die Hirten gegen die Pferdeherden wie gegen Räuber oder Heuschrecken. Ohne die Pferdehirten wären vom

Grasland als der Lebensgrundlage der Viehzüchter nur lauter Pferdeäpfel aus kaum verdautem Gras und lauter von ihrem Urin versengte und verwelkte Gräser übrig geblieben. Aber wie sollten die Soldaten aus dem Ackerland diese Geheimnisse des Graslands und seiner Viehzucht begreifen?

Dennoch konnte Chen den Drang, diese Gedanken mit Stabsoffizier Xu zu teilen, nicht unterdrücken. »Schauen Sie nur, wie gut dieses Weideland gepflegt ist. Als in diesem Frühjahr die gesamte Brigade hierhergekommen ist, um das Lammen vorzubereiten, strömten aus der Äußeren Mongolei Zehntausende von Gazellen herbei, die man auch mit Gewehren nicht vertreiben konnte. Die am Tage verscheuchten Gazellen kehrten am Abend wieder zurück und machten den Mutterschafen das Futter streitig. Zum Glück sind dann Wolfsrudel gekommen und haben die Gazellen in wenigen Tagen restlos verjagt. Gäbe es im Grasland keine Wölfe, hätten die Mutterschafe kein Gras mehr zu fressen und die Lämmer keine Milch, und dann würden Zehntausende von Lämmern verhungern. Die Viehzucht ist anders als der Ackerbau. Der Ackerbauer verliert bei einer Naturkatas-trophe schlimmstenfalls die Ernte eines Jahres, aber den Viehzüchter kann eine Katastrophe den Verdienst von acht oder zehn Jahren, ja sogar eines ganzen Lebens kosten.«

Xu nickte, hörte aber nicht auf, mit seinen Adleraugen das Grasland vor sich abzusuchen. Dann hielt er einen Augenblick inne und sagte: »Man kann die Gazellenjagd doch nicht den Wölfen überlassen! Das ist doch rückständig! Den Viehzüchtern mangelt es an guten Gewehren und an Schusstechnik, und Lkws haben sie auch nicht. Warte mal, bis wir nächstes Frühjahr kommen. Mit unseren Autos, den Sturmgewehren und Maschinenpistolen werden wir mit noch so vielen Gazellen fertig. Im Westen der Inneren Mongolei habe ich sie schon gejagt. Das tut man am besten nachts bei Scheinwerferlicht; weil sie die Dunkelheit fürchten, drängen sie ins Licht. Im Fahren kann man sie mit Gewehrfeuer überziehen und so in einer Nacht Hunderte erledigen. Hier gibt's

Gazellen? Großartig! Je mehr, desto besser, dann haben der Divisionsstab und das Landwirtschaftskorps ordentlich Fleisch.«

»Da!«, rief Bao Shungui leise aus und zeigte nach links.

Chen schaute durch sein Fernrohr und sagte sofort: »Ein großer Fuchs. Schnell hinterher!«

Bao starrte eine Weile hinüber, ehe er enttäuscht sagte: »Tatsächlich, nur ein Fuchs. Fahren wir weiter.« Und er wandte sich an Xu, der aufgesprungen war und schon auf den Fuchs anlegte: »Nein, nicht schießen! Wölfe haben verdammt scharfe Ohren. Wenn wir sie erschrecken, sind sie gewarnt und entwischen uns.«

Xu setzte sich wieder. »Heute ist anscheinend unser Glückstag«, sagte er freudig. »Wo Füchse sind, sind auch Wölfe.«

Je näher sie dem sandigen Weideland kamen, desto mehr Tiere sahen sie in der Ebene und auf den Hängen: Uferschwalben, Steppenhühner, Präriehunde, Feldmäuse. Besonders zahlreich waren die rotbraunen Steppenhühner; sie flogen in großen Schwärmen umher und machten mit ihrem Gefieder ein Geräusch wie gurrende Tauben. Chen zeigte auf einen niedrigen, sanft ansteigenden Bergrücken in der Ferne. »Dahinter beginnt das sandige Gebiet. Die alten Hirten erzählen, dass dieses Gebiet ursprünglich ein weites Weideland mit einer großen Quelle war. Als das Olonbulag vor einigen Jahrzehnten mehrere Jahre hintereinander von einer großen Dürre heimgesucht wurde, trockneten die Seen aus, und die Flüsse und Brunnen versiegten. Nur diese Quelle gab noch Wasser. Damals wurden sämtliche Schaf-, Rinder- und Pferdeherden des Olonbulag zum Trinken hierhergetrieben. Von morgens bis abends standen Scharen von Vieh für das Wasser an. Dabei fraßen und trampelten sie alles nieder, was ihnen unter die Hufe kam, und in weniger als zwei Jahren hatten sie das Land in eine Wüste verwandelt. Zum Glück ist die Quelle nicht versiegt, und so hat sich das Land langsam wieder erholt; aber es wird noch Jahrzehnte dauern, bis es seine ursprüngliche Gestalt zurückgewonnen hat. Das Grasland ist sehr sensibel; sobald man es mit zu viel Vieh belastet, verödet es und wird zur Wüste.«

Eine Schar quiekender Mäuse floh vor den Vorderrädern blitzschnell nach allen Seiten. Chen zeigte auf sie und erklärte: »Die Mäuse sind ein Teil dieser Belastung. Sie richten im Grasland größeren Schaden an als das Vieh. Die Wölfe tragen das Hauptverdienst daran, dass diese Belastung nicht zu groß wird. Wenn Sie gleich einen Wolf erlegt haben, schneide ich seinen Magen auf, damit Sie sich den Inhalt ansehen können. Zu dieser Jahreszeit sind darin hauptsächlich Ziesel und Feldmäuse.«

»Dass Wölfe Mäuse fressen ist mir neu«, sagte Xu. »Dass Hunde den Katzen die Beute wegnehmen, weiß ich – aber Wölfe?«

»Der kleine Wolf, den ich aufziehe, liebt Mäuse. Er verschlingt sie mit Haut und Haaren – und mit dem Schwanz. Nur weil die Hirten die Wölfe nicht ausgerottet haben, wurde das Olonbulag noch niemals von einer Mäuseplage heimgesucht. Wenn Sie alle Wölfe abschießen, werden die Mäuse hemmungslos ihr Unwesen treiben und uns in eine Katastrophe stürzen ...«

Bao fiel ihm ins Wort: »Konzentrier dich lieber darauf, nach Wölfen zu spähen!«

Je näher sie dem Bergrücken kamen, umso angespannter wurde Stabsoffizier Xu. Nachdem er die Geländeverhältnisse geprüft hatte, gab er dem Fahrer die strikte Anweisung, nach Westen zu fahren. »Wenn es dort wirklich Wölfe gibt«, erklärte er, »können wir nicht einfach schnurstracks hineinfahren. Erst müssen wir die Wölfe erledigen, die ringsum patrouillieren.«

Sie fuhren in eine sanft abfallende Schlucht, die in west-östlicher Richtung verlief. Der schmale Ochsenkarrenpfad auf ihrem Grund wurde zur Linken von Bergen, zur Rechten von sandigen Anhöhen flankiert. Mit seinem Armee-Präzisionsfernglas suchte Xu gründlich das Gebiet zu beiden Seiten ab. Plötzlich zischte er leise: »Vorne links auf dem Berghang sind zwei Wölfe!« Unverzüglich drehte er sich zu dem hinteren Jeep um und signalisierte ihm seine Entdeckung mit der Hand. Auch Chen erspähte nun die Wölfe: zwei große Tiere, die in einer Entfernung von ungefähr drei oder vier Li gemächlich nach Westen trabten.

»Fahr nicht direkt auf sie zu«, wies Xu den alten Liu an. »Wir folgen dem Sandweg und behalten unsere Geschwindigkeit bei, aber sieh zu, dass wir auf eine Höhe mit den Wölfen kommen. Dann kann ich ihnen von der Seite in die Brust schießen.«

»Verstanden!«, bestätigte Liu und fuhr mit nur leicht erhöhter Geschwindigkeit in dieselbe Richtung, in die die Wölfe liefen.

Chen erkannte, dass Xu nicht nur ein meisterhafter Schütze war, sondern auch über hervorragende Gefechtserfahrungen verfügte. Die von ihm bestimmte Fahrweise verringerte zwar den Abstand zu den Wölfen, diente aber zugleich dazu, die Wölfe in einer trügerischen Sicherheit zu wiegen und ihnen das Gefühl zu vermitteln, die Jeeps wären nur im Vorüberfahren begriffen und hätten es nicht auf sie abgesehen. Wenn die Jeeps der Grenzschutzstation Streife fuhren, unterlagen sie strikten Befehlen: Solange keine außergewöhnlichen Umstände eintraten, war ihnen der Gebrauch von Schusswaffen untersagt, damit ihre Anwesenheit im Verborgenen blieb und sie gegebenenfalls blitzartig zuschlagen konnten. Deshalb hatten sich die Wölfe des Olonbulag längst an die Armeejeeps gewöhnt.

Der Weg war nun von niedrigem Gras bewachsen, der Untergrund bestand aus feuchtem Sand; entsprechend gedämpft war das Fahrgeräusch. Die beiden Wölfe behielten ihren ruhigen Trab bei, blieben allerdings von Zeit zu Zeit stehen und blickten zu den Jeeps hinüber. Aber der Weg, den sie nahmen, führte nun langsam vom Fuß der Berge auf die Hänge hinauf. Chen kannte ihre Absicht: Wenn die Jeeps tatsächlich nur vorüberfuhren, würden die Wölfe einfach ihren Weg oder ihre Streife fortsetzen; wenn die Jeeps dagegen auf sie zuhielten, würden sie sofort ihr Tempo verschärfen, um hinter dem Bergrücken die Eindringlinge abzuhängen.

Als Chen sah, dass die Wölfe ihre Geschwindigkeit nicht erhöhten, schwante ihm, dass es dieses Mal mit den Tieren ein böses Ende nehmen könnte. Denn diese Jeeps waren nicht auf Grenzstreife, sondern auf Wolfsjagd, und sie führten zwei Meisterschützen mit sich, wie sie die Wölfe des Olonbulag noch nicht gesehen hatten, Meisterschützen, die in Sekundenschnelle noch auf eine Entfernung trafen, von der die Viehhirten nur träumen konnten.

Bald würden die beiden Jeeps zu den Wölfen aufgeschlossen haben und parallel zu ihnen fahren. Der Abstand zu den Wölfen war schon auf ungefähr achthundert Meter geschrumpft. Die Wölfe schienen nun nervös zu werden; sie liefen ein wenig schneller. Dennoch hatte die gleichmäßige Geschwindigkeit der zwei Wagen sie nachhaltig verwirrt, und sie ließen es noch immer an Wachsamkeit fehlen. Chen fragte sich sogar, ob die Wölfe bewusst die Aufgabe übernommen hatten, die Jeeps auf sich zu ziehen und von ihren Artgenossen abzulenken. In diesem Moment visierten die beiden Scharfschützen mit ihren Gewehren bereits ihr Ziel an. Bei diesem Anblick schlug Chen das Herz bis zum Hals. Wie erstarrt verfolgte er jede Bewegung von Xu in der Hoffnung, im Moment des Abdrückens würde der Wagen plötzlich zum Stehen kommen und so den Wölfen eine Gelegenheit zur Flucht eröffnen.

Sie waren inzwischen tatsächlich fast auf gleicher Höhe, in einer Entfernung von etwa fünfhundert Metern. Die Wölfe hielten noch einmal inne und drehten sich um; bestimmt hatten sie die Gewehre erblickt, denn nun plötzlich stürmten sie auf den Bergrücken zu. Im selben Moment hörte Chen zwei Gewehrschüsse. Fast gleichzeitig stürzten beide Wölfe zu Boden. »Was für Schüsse! Phantastisch!«, schrie Bao Shungui. Chen brach vor Schreck der kalte Schweiß aus. Dass beide Schützen von zwei rüttelnden und schaukelnden Jeeps aus auf Anhieb ins Schwarze treffen konnten, hatte seine Vorstellungskraft wie auch die der Wölfe bei weitem überstiegen.

Für die beiden Scharfschützen war das anscheinend nur ein Appetitmacher; sie hatten jetzt Blut geleckt. Xu befahl dem alten Liu: »Schnell zum sandigen Gebiet! Schnell!« Danach signalisierte er dem hinteren Wagen eine zangenförmige Einkreisungsbewegung. Und beide Jeeps schossen mit voller Geschwindigkeit vom Weg hinunter auf die sandige Anhöhe zur Rechten.

Das sandige Grasland mit seinem sanft welligen Gelände war ein idealer Kampfplatz für die Jeeps. »Haltet euch gut fest«, schrie der alte Liu, »jetzt kriegt ihr was zu sehen! Ich mache auch ohne Gewehr ein paar von ihnen platt!«

Sie schienen dahinzufliegen, so schnell fuhren sie. Nur Gazellen konnten im Grasland mit einer solchen Geschwindigkeit mithalten. Alle anderen, selbst die schnellsten Pferde und Wölfe, blieben dahinter zurück, und wenn sie sich die Seele aus dem Leib liefen. Unerbittlich wie der Tod verfolgten die Jeeps ihre Beute. Nach etwas über zwanzig Minuten waren die anfangs sesamkleinen Wölfe schon auf Erbsengröße angewachsen – und sie wuchsen immer weiter, auf Bohnengröße. Dennoch eröffnete Xu nicht das Feuer. Wenn dieser Offizier, wunderte sich Chen, sogar einen erbsengroßen Falken vom Himmel holen kann, worauf wartet er dann noch?

»Ist es nicht Zeit zu schießen?«, fragte Bao.

»Sie sind noch zu weit weg. Wenn ich jetzt schieße, werden sich die Wölfe zerstreuen. Aber wenn wir noch näher herankommen, kann ich noch zwei mehr erlegen, ohne das Fell zu beschädigen.«

»Ja, das wäre was!«, rief der alte Liu erregt. »Vielleicht kann dann jeder von uns ein großes Fell abbekommen.«

»Konzentrier dich lieber aufs Fahren!«, herrschte Xu ihn an. »Wenn sich der Wagen überschlägt, enden wir alle als Wolfsfutter.«

Liu schwieg und fuhr noch schneller. Da tauchte plötzlich – unmittelbar hinter einer Düne – auf dem sandigen Abhang vor ihnen ein riesiges Ochsenskelett auf. Die abgebrochenen Hörner ragten wie Speere empor – wie eine Pferdebarriere aus Hirschgeweihen auf einem antiken Schlachtfeld. Die Wölfe konnten das Skelett einfach überspringen, aber für den Jeep bildete es ein massives, unüberwindliches Hindernis. Erschrocken riss der alte Liu das Lenkrad zur Seite. Der Wagen machte eine so abrupte Drehung, dass er mit der rechten Seite in der Luft hing und beinahe umgekippt wäre. Die Insassen wurden fast herausgeschleudert und schrien vor Schreck auf. Während sie an dem Gerippe vorbeifegten, war Chen wie betäubt, und lange, nachdem der Wagen sich wieder stabilisiert hatte, saß ihm der Schreck noch in den Knochen. Er wusste, dass die Wölfe sich die Geländeverhältnisse für ihren Rückzug zunutze machten; ihre kleine Falle hätte ihre Verfolger beinahe den Wagen, mehr noch: das Leben gekostet. Bao Shungui schrie mit aschfahlem Gesicht: »Langsamer! Langsamer!«

Der alte Liu wischte sich den Schweiß von der Stirn und drosselte die Geschwindigkeit, sodass die Wölfe wieder in größere Entfernung rückten. Aber schon kommandierte Stabsoffizier Xu lautstark: »Schneller!« Kaum hatte der Jeep wieder Tempo aufgenommen, tauchten auf der sandigen Fläche vor ihnen dichte Grasbüschel auf. Chen, der hier Schafe geweidet hatte und sich noch gut an das Gelände erinnerte, schrie: »Da vorn kommt eine Senke voller harter Grasbüschel, da können wir uns leicht überschlagen! Wir müssen langsamer fahren!«

Aber Xu zeigte sich unbeeindruckt. Nach außen gelehnt, die Hände fest am Haltegriff, starrte er nach vorn und erteilte Liu unaufhörlich dasselbe Kommando: »Schneller! Schneller!«

Liu gab Vollgas; der Jeep schoss derart entfesselt vorwärts, dass er immer wieder mit allen vier Rädern vom Boden abhob, um mit zwei Rädern wieder aufzuschlagen. Chen, dem die Eingeweide durcheinandergewirbelt wurden, klammerte sich verzweifelt an seinen Türgriff.

Er begriff, wie geschickt die Wölfe das Gelände für sich nutzten. Sie legten alle ihre Kräfte in den Endspurt, denn sie brauchten nur die Landsenke vor sich zu erreichen, um ihre Verfolger abzuschütteln.

»Die Wölfe sind verdammt gerissen«, fluchte der alte Liu, »dass sie sich ausgerechnet diesen Scheißlandstrich aussuchen!«

»Verlier jetzt bloß nicht die Nerven!«, herrschte ihn Xu an. »Das hier ist keine Übung, das ist Krieg!«

Nach weiteren dreieinhalb oder vier Kilometern wilder Verfolgungsjagd lag die Senke, die voller Grasbüschel hart wie Baumstümpfe war, direkt vor ihnen. Aber sie waren auch schon in Schussweite. »Dreh zur Seite!«, schrie Xu. Mit einer flinken Drehung schwang Lui den Jeep seitwärts wie ein Schlachtschiff, das seine Kanonen ausfährt. Die Wölfe waren Xus Gewehr preisgegeben. Ein Knall, und der größte Wolf stürzte mit einem Kopfschuss zu Boden. In Panik stob das Rudel auseinander. Aber schon streckte ein weiterer Schuss einen zweiten Wolf nieder. Die restlichen Wölfe indes verschwanden im nächsten Moment in den rettenden Grasbüscheln der Senke. Sie flohen zur Grenzstraße. Auch im Nordwesten verstummten die Schüsse. Der Wagen hielt am Hang vor der Senke.

Xu wischte sich den Schweiß ab. »Wenn die Wölfe hier nicht so durchtrieben wären, hätte ich noch ein paar mehr von ihnen erledigen können!«

Bao hielt beide Daumen in die Höhe und jubelte: »Ich bin begeistert! Drei große Wölfe in nicht mal einer halben Stunde! Ich hab in einem halben Jahr keinen einzigen erlegt.«

Xu, dessen Appetit noch nicht gestillt war, erwiderte: »Die Geländeverhältnisse hier sind zu komplex – der Ort ist wie geschaffen für die Wölfe und ihren Partisanenkrieg. Kein Wunder, dass man die Wolfsplage hier nicht in den Griff bekommt.«

Der Jeep fuhr langsam zu den toten Wölfen. Der zweite Wolf war seitlich in die Brust getroffen worden; sein Blut tränkte ringsum die Erde. Bao und der alte Liu trugen die schwere Leiche hinter den Wagen. Liu versetzte ihr einen Tritt. »Ha, ein ganz schöner Brocken! Von dem werden zehn Leute satt!« Dann holte er aus dem schmalen Kofferraum eine Segeltuchtasche, die er auf die Hintersitze legte, und zwei große Jutesäcke. In den einen der Säcke verfrachtete er den Wolf und stopfte ihn in den Kofferraum. Die an einer Hakenkette befestigte Heckklappe, die sich nun nicht mehr schließen ließ, wollte er augenscheinlich als offene Ladefläche für die anderen zwei toten Wölfe benutzen.

Chen hätte gern den Wolfsmagen aufgeschlitzt, um den Soldaten den Mageninhalt zu zeigen, aber er merkte, dass die Soldaten nicht die Absicht hatten, dem Wolf vor Ort das Fell abzuziehen. »Wollen Sie wirklich Wolfsfleisch essen?«, fragte er. »Es schmeckt sauer. Die Viehzüchter essen es niemals.«

»Blödsinn!«, entgegnete Liu. »Wolfsfleisch ist kein bisschen sauer, es schmeckt so ähnlich wie Hundefleisch. Wenn man es richtig zubereitet, schmeckt es sogar noch besser. Schaut euch nur mal an, wie fett dieser Wolf ist. Man muss das Fleisch genau wie Hundefleisch zubereiten. Erst muss man es einen Tag in kaltes Wasser legen, um den strengen Geruch loszuwerden, dann muss man viel Knoblauch und Chilipfeffer dazutun und es möglichst lange schmoren lassen – köstlich! Wenn in meiner Heimat jemand einen Topf Wolfsfleisch geschmort hat, kommen die Leute aus dem ganzen Dorf wie zu einem Festessen herbeigelaufen. Alle sagen, das Fleisch machte mutig und zufrieden.«

»Die Viehzüchter hier haben einen Brauch, der sich Himmelsbestattung nennt«, warf Chen boshaft ein. »Der Tote wird von den Hinterbliebenen mit einem Wagen auf das Bestattungsfeld gezogen und an die Wölfe verfüttert. Macht es Ihnen gar nichts aus, Wölfe zu essen, die menschliche Leichen gefressen haben?«

»Ich weiß darüber Bescheid«, antwortete Liu gleichgültig. »Solange man nicht den Magen und die Innereien isst, ist ja nichts dabei. Hunde fressen die Scheiße von Menschen, und trotzdem findet niemand ihr Fleisch schmutzig. Gemüse düngt man mit Urin und getrocknetem Kot – ist dir deshalb das Gemüse zu schmutzig? Wir Chinesen essen doch alle gerne Hundefleisch und Gemüse. Von der Brigade sind mit einem Schlag so viele Leute gekommen, dass das Lammfleisch rationiert ist. Die Leute werden noch verrückt, weil sie hier im Grasland kein Fleisch mehr bekommen. Diese paar Wölfe reichen nie und nimmer für alle! Es gibt eben auf der Welt mehr Schafe als Wölfe.« Liu lachte schallend über seinen Witz.

Auch Stabsoffizier Xu lachte amüsiert. »Die Leute vom Divisionsstab haben für heute Abend Wolfsfleisch bei mir bestellt. Manche sagen, es kann Luftröhrenentzündung heilen. Viele chronisch Kranke haben sich gleich bei mir vormerken lassen. Bald kann ich eine ambulante Arztpraxis aufmachen. Wölfe töten ist ein echter Traumjob: Erstens befreit man das Volk von einer Plage, zweitens erbeutet man Felle für sich selbst, drittens heilt man Kranke und rettet Leben, und viertens macht man auch noch einen Haufen Schlemmer glücklich – man schlägt also vier Fliegen mit einer Klappe!«

Chen begriff, dass er Xu und seinesgleichen niemals die Lust am Wölfetöten verderben könnte, auch wenn er ihnen noch so viele Wolfsmägen voller Mäuse zeigen würde.

Der alte Liu fuhr zu der Stelle zurück, wo der erste Wolf auf der Strecke geblieben war. Der Kopf war zerschmettert; die Patrone hatte den Hinterkopf durchschlagen und die Vorderseite des Schädels zur Hälfte in Stücke gerissen. Die Gehirnmasse war, vermischt mit Blut, ringsum auf den Boden gespritzt. Chen blickte bang auf Hals und Brust des Wolfs. Zum Glück war sein Fell dort nicht weiß – das war nicht der weiße Wolfskönig. Er atmete auf. Aber auch dieser Wolf war mit Sicherheit ein Leitwolf gewesen; offensichtlich hatte er einige schnelle Wölfe angeführt, um seine Feinde auf sich zu ziehen und so seinen Clan zu schützen. Leider hatte er nicht mit solch einem schnellen Jeep, solch einem meisterhaften Schützen und solch einem leistungsstarken Gewehr gerechnet. Mit diesen Dingen hatte er keine Erfahrung gehabt.

Nachdem der alte Liu und Bao Shungui mit einigen Grasbüscheln die Gehirnmasse und das Blut abgewischt hatten, verstauten sie den Wolf fröhlich in einem weiteren Sack, den sie auf die Heckklappe hievten und dort festbanden. Liu schnalzte anerkennend mit der Zunge: »Dieser Wolf ist fast so groß wie ein zweijähriger Bulle.« Liu und Bao wischten sich die Hände mit Gras ab, dann stiegen sie in den Wagen, um zu Stabsoffizier Ba zu fahren.

Die zwei Jeeps trafen sich und hielten. Auf den hinteren Sitzen von Stabsoffizier Bas Jeep lag ein prallvoller Jutesack. »Hier sind überall Weidenstümpfe«, rief Ba, »wir konnten unmöglich weiterfahren. Mit drei Schüssen hab ich nur einen kleinen Wolf erlegt. Diese Rotte bestand nur aus Wolfsmüttern und -jungen – als wär's eine Familie.«

Xu seufzte. »Die Wölfe hier sind wirklich gerissen. Die Männchen haben den Weibchen und Jungen den besten Fluchtweg überlassen.«

»Noch einer!«, rief Bao. »Was für ein Sieg, was für ein großer Sieg! Das ist mein glücklichster Tag, seit ich vor über einem Jahr hierhergekommen bin. Endlich konnte ich mal Dampf ablassen. Los, lasst uns die andern zwei toten Wölfe auch noch holen. Danach können wir ordentlich bechern, ich habe guten Schnaps und gutes Essen dabei.«

Chen sprang vom Wagen, um sich den jungen Wolf anzusehen. Er ging zum anderen Jeep und öffnete den Sack. Der tote Wolf ähnelte seinem eigenen jungen Wolf, nur war er noch größer. Damit hatte Chen nicht gerechnet: Sein Wolf, den er so gut gefüttert hatte, erreichte dennoch nicht die Größe seines wilden Altersgenossen, der nach weniger als einem Jahr schon ausgewachsen war und sich mit der Jagd selbst voll und ganz versorgen konnte. Aber nun war er, kaum dass sein Leben begonnen hatte, auch schon von einem Menschen erschossen worden. Schmerzerfüllt streichelte Chen seinen Kopf, als wäre es sein eigener Wolf. Um Letzteren zu schützen, hatte er diesen in Freiheit lebenden Artgenossen ans Messer geliefert.

Die Jeeps fuhren nach Süden. Chen sah mit leerem Blick zurück auf das Land an der Grenze. In nicht einmal einer Stunde hatte das Rudel seinen Leitwolf und seine wichtigsten Kämpfer verloren. Wahrscheinlich hatten sie einen derart raschen und tödlichen Angriff noch nie erlebt. Die übrig gebliebenen Wölfe waren über die Grenze geflohen und würden bestimmt nicht mehr zurückkehren. Aber wie konnte das Rudel dort ohne einen starken Anführer überleben? Der alte Bilgee hatte einmal gesagt: »Ein Rudel, das sein Territorium verloren hat, ist elender dran als ein streunender Hund.«

Sie fuhren zu der Stelle, an der die ersten Schüsse gefallen waren. Die beiden mächtigen Wölfe lagen in ihrem Blut, von großen Fliegen umschwärmt. Chen ertrug den Anblick nicht und setzte sich allein abseits ins Gras. Er starrte in den Himmel über der Grenze. Wenn Bilgee wüsste, dass er zwei Jeeps auf die Wolfsjagd geführt hatte, was würde sein alter Freund dann von ihm denken? All das viele Wissen über die Wölfe, das der alte Mann an ihn weitergegeben hatte, benutzte er nun dazu, die Wölfe zu töten. Ihm wurde schwer ums Herz; er fühlte sich schuldig und wusste nicht, wie er dem alten Mann noch in die Augen schauen konnte. Mit Einbruch der Nacht würden die Muttertiere und Jungen bestimmt zurückkehren, um ihre toten Väter und Partner zu suchen, und sie würden die Stellen mit der blutgetränkten Erde finden. Heute Nacht würde das Grasland von ihrem Klagegeheul widerhallen.

Die beiden Fahrer verstauten die zwei Jutesäcke unter den Rücksitzen des zweiten Wagens.

Dann richteten die Soldaten alle gemeinsam auf ein paar großen Munitionssäcken aus braunem Packpapier, die sie auf dem Gras ausgebreitet hatten, ein Picknick her: mit einigen Flaschen Graslandschnaps, einem großen Beutel mit gewürzten Erdnüssen, einem guten Dutzend Gurken, zwei Dosen Rindergulasch, drei Gläsern Schweinefleisch und einer weiteren Schüssel voll Fleisch.

Bao Shungui, mit einer Schnapsflasche in der Hand, und Stabsoffizier Xu gingen zu Chen und nötigten ihn zum Picknick herüber. Bao klopfte Chen auf die Schulter. »Heute hast du mir wirklich aus der Patsche geholfen. Du hast dir große Verdienste erworben. Ohne dich hätten unsere beiden Helden keine Gelegenheit gefunden, ihr Können zu zeigen.«

Xu und die drei anderen Soldaten hoben ihre Schnapsbecher, um mit Chen anzustoßen. Xu blickte Chen offenherzig an und ermunterte ihn: »Na komm, trink schon; ich stoße auf dein Wohl an. Du hast nicht umsonst deinen Wolf großgezogen und die Wölfe studiert. Auf Anhieb hast du uns zu ihrem Schlupfwinkel geführt. Du weißt nicht, dass Direktor Bao uns gestern über fünfzig Kilometer herumgeführt hat – und wir haben keinen einzigen Wolf gesehen. Na los, trink, wir sind dir dankbar.«

Chens Gesicht war geisterhaft bleich; er wollte etwas sagen, schluckte es aber hinunter. Stattdessen nahm er den Schnapsbecher und leerte ihn in einem Zug. Am liebsten hätte er sich in eine stille Ecke verzogen und lauthals losgeheult. Aber nach den Maßstäben der Han-Chinesen und der Soldaten war Stabsoffizier Xu ein ganzer Kerl. Er war gerade erst im Grasland angekommen, und deshalb konnte man ihm kaum Vorhaltungen machen. Unwillkürlich griff Chen zu einer Gurke, die er mit großem Appetit aß. In den Gemüsegärten, die die Arbeiter im Grasland für sich angelegt hatten, konnte man also schon Gurken ernten. Über zwei Jahre hatte er keine frische Gurke mehr gegessen. Sie schmeckte köstlich. Vielleicht würden die Chinesen lieber sterben als ihren Ackerbau aufgeben. Und er selbst, warum hatte er unter all den Leckerbissen, die das Picknick bereit hielt, zuerst ausgerechnet eine Gurke gewählt? Plötzlich schien das erfrischende Fruchtfleisch bitter zu schmecken.

Da klopfte ihm Xu auf den Rücken. »Hey, sei nicht traurig, dass wir so viele Wölfe getötet haben. Ich habe gemerkt, wie du an ihnen hängst, weil du einen großgezogen hast und weil du unter dem Einfluss der alten Hirten stehst. Indem die Wölfe Kaninchen, Mäuse, Gazellen und Murmeltiere jagen, machen sie sich tatsächlich um das Grasland verdient – aber auf eine primitive Weise. Heutzutage schicken wir Satelliten in den Himmel, da können wir auch das Grasland mit wissenschaftlichen Methoden beschützen. Die Brigade bereitet den Einsatz von Flugzeugen vor, die über dem Grasland Gift und vergiftete Köder abwerfen sollen, um der Mäuseplage ein für alle Mal Herr zu werden.«

Chen war wie vor den Kopf geschlagen, fasste sich aber im nächsten Moment und protestierte heftig: »Oh nein, nein! Wenn die vergifteten Mäuse von den Wölfen, Füchsen und Adlern gefressen werden, dann sterben doch alle Tiere im Grasland aus!«

»Wenn alle Mäuse tot sind, wozu braucht man dann noch Wölfe?«, warf Bao ein.

»Die Wölfe erfüllen viele Funktionen«, hielt Chen dagegen. »Ich versuche Ihnen ja die ganze Zeit schon klarzumachen, dass die Wölfe in jedem Fall die Anzahl der Gazellen, Kaninchen und Murmeltiere verringern können.«

Der alte Liu, dessen Gesicht vom Schnaps gerötet war, brach in schallendes Gelächter aus. »Gazellen, Kaninchen und Murmeltiere sind für ihr gutes Fleisch bekannt. Wenn erst mal alle unsere Leute hier eingetroffen sind, wird das Wild gar nicht für alle reichen – da können wir doch erst recht keins für die Wölfe übrig lassen!«

32

Mensch + bestialische Natur = westlicher Mensch ... Es erübrigt sich natürlich zu wiederholen, dass diese bestialische Natur auf den Gesichtern der Chinesen nicht erkennbar ist. Hat es diese Natur bei uns nie gegeben, oder ist sie erst in jüngster Zeit verschwunden? Und falls Letzteres zutrifft – ist dem eine allmähliche Abstoßung der bestialischen Natur vorausgegangen, an deren Ende nur noch die menschliche Natur übrig geblieben ist? Oder hat die bestialische Natur nur einen Prozess der Zähmung durchlaufen? Aus dem Wildrind wurde das Hausrind, aus dem Wildschwein das Hausschwein, aus dem Wolf der Hund; der Verlust der Wildheit jedoch ist bloß dazu angetan, den Züchter zu erfreuen, den Tieren selbst bringt er keinerlei Vorteile. Das Beste wäre es natürlich, wenn der Mensch seinem Wesen nach einfach nur Mensch wäre und kein Zwitterwesen. Wenn es aber unumgänglich ist, dann sollte er meiner Ansicht nach auch Züge der bestialischen Natur in sich aufnehmen; dagegen stellt es für ihn durchaus kein Glück dar, wenn er der folgenden Formel entspricht: Mensch + Haustiernatur = ein gewisser Menschenschlag.

Lu Xun, »Über die chinesische Physiognomie«,
in: Weiter nichts. Essays

Nach dem Picknick tuschelte Bao Shungui kurz mit Stabsoffizier Xu, dann rasten sie mit beiden Jeeps in nordöstliche Richtung.

»Wir fahren in die falsche Richtung«, sagte Chen Zhen eilig. »Wir sollten besser den Weg zurückfahren, den wir gekommen sind.«

»Bis zur Brigade«, erwiderte Bao, »sind es über siebzig Kilometer – ein so weiter Weg muss sich doch lohnen.«

»Wir werden die Stellen, wo wir vorhin geschossen haben, umfahren – vielleicht treffen wir dann auf noch mehr Wölfe«, klärte Xu ihn auf. »Und wenn nicht auf Wölfe, dann vielleicht auf Füchse – das wäre auch nicht übel. Wir sollten unserer glorreichen militärischen Tradition treu bleiben, also nie mit dem Krieg aussetzen, sondern Sieg an Sieg reihen.«

Bald kamen sie in ein weitläufiges Winterweideland. Vor Chens Augen erstreckten sich endlose Flächen von Nadelgras, einem vorzüglichen Weidegras für den Winter. Seine Blätter wurden an die siebzig Zentimeter lang und seine verstreuten Halme und Ähren über einen Meter hoch. Die jährlichen Schneefälle reichten in der Regel nicht aus, um das Nadelgras unter sich zu begraben, ja, selbst bei großen Schneekatastrophen ragten die Halme und Ähren noch zur Hälfte hervor und gaben ein entsprechend gutes Futter für die Viehherden ab. Die Schafe fraßen sogar die unter der Schneedecke verborgenen Blätter, indem sie sich an den Halmen entlang zu ihnen vorschaufelten. Während des sieben Monate dauernden Winters hing das Überleben des Viehs der gesamten Brigade allein von dieser großen Weidefläche ab.

Im Herbstwind wogte das Gras vom Grenzland sanft herüber bis zu den Jeeps und überflutete deren Räder; wie mit Schnellbooten befuhren die Männer das gräserne Meer. Chen atmete auf: In einem Landstrich mit derart dicht und hoch gewachsenem Gras würde man selbst mit einem Teleskop vergebens nach Wölfen suchen. Wieder überkam ihn ein Gefühl der Dankbarkeit für die Wölfe des Graslands und für die Pferdehirten. Jedes Jahr, wenn die Viehhirten nach dem ersten Schneefall ihre Herden auf diese Winterweide trieben, empfanden sie die Wohltat, die ihnen die Wölfe erwiesen hatten. Oft sangen die Hirten dann heimatliche Lieder, die sich leise zitternd in die Länge zogen wie die Gesänge der Wölfe.

Auch wenn die Jäger auf den dahinrasenden Jeeps schon beschwipst waren, suchten sie mit ihren Ferngläsern das Land weiter nach Wolfsfellen und Wolfsfleisch ab.

Chen war noch immer in Gedanken versunken. Nie zuvor hatte er noch vor der Ankunft von Mensch und Vieh die urtümliche Schönheit des Winterweidelands auf eine solche Weise – geruhsam und doch wie im Flug – in sich aufnehmen können. In diesem Moment war auf der grenzenlosen Fläche keine einzige Rauchsäule, kein Pferd, Rind oder Schaf. Trotz seines tiefen Grüns wirkte dieses Weideland, das sich nun fast ein halbes Jahr erholt hatte, öder als das Land, auf dem im Frühjahr die Schafe lammten. Die Frühjahrsweide war übersät von den Spuren menschlicher Arbeit: von Ställen aus Stein oder Erde, von Lagerhäusern und hohen Brunnen. Auf der Winterweide dagegen brauchte man keine Brunnen zu bauen; Mensch und Vieh hatten den Schnee, um ihren Durst zu stillen. Und für die Lämmer und Kälber brauchte man keine Ställe zu errichten, denn die Tiere waren schon groß. Als Schafställe genügten halbkreisförmige Windschutzbauten aus Ochsenkarren, beweglichen Gattern und großen Filzmatten. Wäre hier plötzlich Grigorij, der Held des Romans *Der stille Don,* mit seiner hohen Kosakenmütze aus schwarzem Lammpelz aufgetaucht, Chen hätte nicht daran gezweifelt, dass sie von dem berauschend schönen Grasland rund um den Don umgeben waren. Schon als er noch in die Unterstufe der Mittelschule gegangen war, hatte Chen den Roman mehrmals verschlungen und auch die Verfilmung wiederholt gesehen. Später, als er Peking verließ, nahm er das Buch zusammen mit anderen Romanen, die im Grasland spielten, ins Olonbulag mit.

Der stille Don war auch eine treibende Kraft hinter seinem Entschluss gewesen, ins Grasland zu gehen. Romanfiguren wie Grigorji, Natalja und Aksinja mit ihrer innigen Freiheitsliebe weckten in ihm die Sehnsucht nach der Steppe. Warum übte das Grasland eine solch mächtige Anziehungskraft auf ihn aus, dass die Kompassnadel seines Herzens fortwährend dorthin zeigte? Oft nahm er aus der Erde ein Zittern und einen Hilferuf wahr, sodass er sich in einem tiefen seelischen Einklang mit diesem Land fühlte, in einem Einklang, der geheimnisvoller und intensiver war als der Einklang zwischen Mutter und Sohn. Dieser Widerhall in seiner Seele reichte weiter zurück als zur Mutter, weiter zurück als zur Großmutter, Ur- und Ururgroßmutter, zurück bis zu einer

Urahnin in Urzeiten – in eine Tiefe, die in ihm nie empfundene Gefühle aus grauer Vorzeit wachrief.

Das Grasland ist die erste Ahnherrin der Menschheit. Chen empfand eine uralte, innige Verbundenheit mit jedem Blatt und jedem Sandkorn. Gleichzeitig fühlte er einen tiefen Zorn in sich aufwallen, der lange nicht abebben wollte. Die Ackerbau treibenden Menschenmassen, die das Ödland durch Brandrodung nutzbar machten und so das Grasland zerstörten, schienen ihm die dümmsten und brutalsten Verbrecher.

Die Jeeps rasten jetzt auf einem alten, von niedrigem Gras bewachsenen Pfad nach Osten. Der Untergrund war aus harter, fester Erde, aber dank der vielen Exkremente, die die Viehherden bei ihrem Umzug hinterlassen hatten, war das Gras darauf zwar kurz, aber kräftig gewachsen und von tiefgrüner Farbe. Plötzlich entdeckte Chen rechts vor ihnen im Gras in nicht allzu großer Entfernung drei schwarze Punkte. Er wusste: Das war ein großer Fuchs. Er hatte sich auf seine Hinterbeine gestellt, sodass sein Oberkörper aus dem Gras ragte, und beobachtete die Jeeps. Im orangefarbenen Nachmittagslicht färbte sich das schneeweiße Fell an Hals und Brust blassgelb, sodass es mit den Ähren des Nadelgrases verschmolz. Die drei schwarzen Punkte oberhalb seines Halses waren dafür umso deutlicher zu erkennen – das waren seine Ohren und seine Nasenspitze.

Jedes Mal, wenn Chen mit dem alten Bilgee auf Fuchsjagd ging – besonders im Winter, wenn Schnee lag –, zeigte ihm der Alte diese drei schwarzen Punkte. Erfahrene Jäger schossen auf die Stelle unterhalb dieser Punkte. Vor den Jägern des Graslands konnten sich die listigen Füchse aller Tarnung und allem Mut zum Trotz nicht versteckt halten, aber die Scharfschützen mit ihren Adleraugen narrten sie. Chen behielt seine Entdeckung für sich. Er wollte nicht noch mehr Blut sehen, umso weniger, da auch die ebenso schönen wie listigen Füchse meisterhafte Mäusejäger waren. Als sich die Jeeps den drei Punkten näherten, machten diese sich unsichtbar, indem sie sich lautlos ins Gras duckten.

Nachdem sie eine Weile weitergefahren waren, stellte sich ein großes Kaninchen im Gras auf, um sie zu beobachten. Sein Körper war kaum von den Grasähren zu unterscheiden und sein Brustfell fast von derselben Farbe, aber seine beiden großen Ohren ließen die Tarnung auffliegen. »He«, flüsterte Chen, »da vorn ist ein fettes Kaninchen. Die sind wirklich eine Plage hier. Wollen Sie es erlegen?«

»Jetzt nicht«, sagte Bao Shungui ein wenig enttäuscht. »Wenn wir alle Wölfe erledigt haben, dann sind die Kaninchen dran.«

Ohne die geringste Furcht vor den Autos richtete sich das Kaninchen noch ein wenig höher auf; erst als sie bis auf zehn, fünfzehn Meter herangekommen waren, zog es den Kopf ein und verschwand. Der Geruch des Nadelgrases, das wie stürmisches Meer wogte, wurde immer intensiver. Auch die Scharfschützen sahen nun ein, dass sie auf der Winterweide unmöglich die erhoffte Beute ausmachen konnten. Die Wagen wendeten deshalb nach Süden, hinaus aus der Nadelgrasweide, auf die hügelige Herbstweide zu.

Das Gras wuchs hier vergleichsweise niedrig, aber es war reich an Samen, und das war der Hauptgrund dafür, dass die Hirten diesen Landstrich seit Jahrtausenden als Herbstweide nutzten. Im Herbst waren hier die reifen Ähren und Samen aller möglichen Pflanzenarten – vom wilden Weizen und der wilden Luzerne bis hin zur Bohne – voller Fett und Eiweiß. Wenn die Schafe hierherkamen, streiften sie mit den Mäulern zielstrebig die Samen von den Gräsern ab; für sie war das ein Futter wie schwarze Bohnen oder Gerste. Dass die Schafe des Olonbulag im Herbst eine drei Finger dicke Fettschicht ansetzen konnten, verdankten sie diesen kostbaren Samen. Neuansiedler von auswärts, die diese Methode nicht verstanden, versäumten es, ihre Schafe ausreichend Fett ansetzen zu lassen. Oft überstanden diese Tiere den Winter gar nicht, und wenn doch, dann hatten die Mutterschafe im Frühling nicht genügend Milch, sodass die Lämmer massenweise verhungerten. Chen beugte sich über die Wagenseite, zupfte eine Handvoll Grassamen ab und zerrieb sie in der Hand. Die Samen waren fast reif – Zeit für die Brigade, sich auf die Umsiedlung zur Herbstweide vorzubereiten.

Das nun wesentlich kürzere Gras erlaubte ihnen eine freiere Sicht und eine höhere Fahrtgeschwindigkeit. Da entdeckte Bao Shungui frischen Wolfskot auf dem erdigen Pfad. Die Scharfschützen gerieten sofort wieder in Erregung – und Chen in Sorge. Sie waren jetzt fast achtzig Li von der Stelle entfernt, wo sie vorher ihre Schüsse abgegeben hatten. Wenn es hier Wölfe gab, dann wären sie nicht vorbereitet auf zwei Autos, die fast lautlos aus dem menschenleeren Norden kamen.

Als sie gerade einen sanften Hügel überquert hatten, riefen Chens drei Mitinsassen plötzlich leise: »Ein Wolf! Ein Wolf!« Chen rieb sich die Augen, und tatsächlich: Über dreihundert Meter vor ihnen nahm ein Wolf von der Größe eines Leoparden Reißaus. Auf dem Olonbulag sonderten sich derartige Riesenwölfe oft von ihrem Rudel ab und schlugen sich im Vertrauen auf ihre Kraft und Schnelligkeit allein durch. Dem Anschein nach völlige Einzelgänger, dienten sie in Wahrheit dem Rudel als Spezialeinheit und Spähpatrouille.

Der riesige Wolf hatte offenbar gerade gedöst und war durch das Geräusch der Jeeps aufgeschreckt worden; er stürzte auf eine dicht von Gras bewachsene Schlucht zu. Der alte Liu trat aufs Gaspedal und rief erregt: »Glaub bloß nicht, dass du uns jetzt noch entkommst!« Er schnitt dem Wolf den Fluchtweg ab, sodass dieser hastig kehrtmachte und auf den vor ihm liegenden Hügel zustürzte. Obwohl er dabei fast schon die Geschwindigkeit einer Gazelle erreichte, blieb ihm Stabsoffizier Ba mit seinem Wagen dicht auf den Fersen. Die Jeeps griffen den Wolf nun von zwei Seiten an. Der Gejagte rannte schon so schnell, wie er konnte, während seine Verfolger noch viel Luft nach oben hatten.

Die beiden Scharfschützen wollten einander gegenseitig den Vortritt lassen. Xu rief: »Deine Position ist besser, schieß du!«

»Nein«, erwiderte Ba: »Du bist der bessere Schütze, also schieß du!«

Da schrie Bao dazwischen: »Nicht schießen! Niemand schießt! Heute holen wir uns ein großes Wolfsfell ohne Einschussloch. Ich werde dem

Wolf bei lebendigem Leib das Fell abziehen, dann ist das Fell besonders gut und glänzend. So ein Lebendfell bringt das meiste Geld ein!«

»Tolle Idee!«, schrien die Fahrer und Schützen wie aus einem Mund.

Der alte Liu hielt Bao den Daumen entgegen und rief: »Passen Sie gut auf! Ich garantiere Ihnen, ich hetze den Wolf so lange, bis er zu Boden plumpst!«

»Und ich«, rief der kleine Wang, »jage ihn so lange, bis er Blut spuckt!«

Auf diesem Gelände, das mit seinen sanften Hügeln und dem niedrigen Gras wie geschaffen für die Jeeps war, hatte der riesige Wolf nicht die geringste Chance zu entkommen. Er hatte schon Schaum vor dem Maul. Aus einem gefährlichen, aufreibenden Kampf gegen die Wölfe war unversehens ein entspannter, vergnüglicher Zeitvertreib geworden. Solange er im Grasland gewesen war, hatte Chen sich nie träumen lassen, dass der Mensch einmal eine derart haushohe Überlegenheit über den Wolf erlangen könnte. Der Wolf, der Zehntausende von Jahren über das mongolische Grasland geherrscht hatte, war nun kläglicher als ein Kaninchen. War Tengger wirklich so unbarmherzig?

Die beiden Fahrer verstanden ihr Handwerk. Sie verfolgten den Wolf ganz gelassen, indem sie ihre Geschwindigkeit jeweils der seinen anpassten und ihn mit ohrenbetäubendem Gehupe antrieben; dabei wahrten sie eine gleichbleibende Distanz von gut fünfzig Metern zu ihm. So hoch die Geschwindigkeit des Wolfes war, so groß war – bedingt durch seine Körpermasse – seine Erschöpfung. Nach über zehn Kilometern Verfolgungsjagd riss er sein Maul, aus dem ihm der Schaum lief, so weit auf, wie er konnte, und schnappte nach Luft. Für einen Moment schloss Chen die Augen, weil er den Anblick nicht mehr ertrug, aber dann musste er doch wieder hinsehen. Er hoffte so sehr, dass der Wolf schneller laufen und in den Himmel oder in die Erde entschwinden könnte wie der fliegende Wolf der Legende, der sich vom Grasland in die Lüfte erhebt und in die Wolken eintaucht. Oder dass er in einer tiefen Höhle, die er sich gegraben hatte, Zuflucht finden würde. Aber der Wolf konnte weder in den Himmel fliegen noch in eine Höhle fliehen. Der Mythos von den fliegenden Wölfen des Graslands hatte sich angesichts der modernen Technik in Nichts aufgelöst.

Und dennoch rannte der Wolf vor ihnen noch immer um sein Leben, rannte unter Aufbietung all seiner Willenskraft. Es schien, als könnte er immer weiterlaufen, solange seine Verfolger ihn nicht einholten.

Die Gesichter der beiden Jäger, erregt von der Begegnung mit einem derart mächtigen und schönen Wolf, glänzten rot, als wären sie betrunken. »Dieser Wolf ist größer als alle vorher!«, schrie Bao. »Der reicht für eine ganze Bettunterlage, ohne dass man noch etwas drannähen muss.«

»Lasst uns das Fell nicht verkaufen«, schlug Xu vor. »Schenken wir es dem Korpskommandanten.«

»Genau!«, rief Ba. »So machen wir es! Dann wissen sie auch, wie groß die Wölfe hier sind und was für eine Plage sie darstellen.«

Der alte Liu klopfte begeistert auf das Lenkrad. »Die Innere Mongolei ist die reinste Goldgrube! In einem Jahr können wir uns Häuser bauen, die schöner sind als die in den Städten.«

Chen ballte seine Fäuste so heftig, dass seine Handflächen schweißnass wurden. Am liebsten hätte er diesem Liu einen Schlag gegen den Hinterkopf verpasst. Aber da tauchte vor seinem geistigen Auge plötzlich sein kleiner Wolf daheim auf, und ein Gefühl zärtlicher Fürsorge durchfuhr ihn, als ob zu Hause ein vor Hunger schreiendes Baby darauf wartete, von ihm gefüttert zu werden. Kraftlos ließ er seine Arme sinken, er war wie betäubt.

Schließlich hatten die Jeeps den Wolf auf einen weiten, langen Hang getrieben, einen Hang ohne Schlucht, ohne Gipfel, ohne Grube, ohne irgendeine Eigenheit, die sich der Wolf hätte zunutze machen können. Er wurde von Krämpfen geschüttelt und lief deutlich langsamer als zu Anfang. Selbst der höllische Lärm, den die Fahrer mit ihren Hupen veranstalteten, konnte ihn nicht mehr vorantreiben.

Bao schnappte sich das Gewehr von Xu und schoss gezielt zweimal so knapp über den Wolf hinweg, dass die Patronen fast sein Fell versengten. Einen Gewehrknall fürchteten die Wölfe mehr als alles andere; der Schreck fuhr dem Wolf tief in die Knochen und setzte den letzten Funken Kraft in ihm frei. Noch gut zweihundert Meter stürzte er weiter, dann hielt er unvermittelt inne, wandte sich um und hockte sich hin. Dies würde seine letzte Handlung sein.

Die Jeeps hielten wenige Meter von ihm entfernt. Bao sprang mit dem Gewehr aus dem Wagen, und nach ein paar Sekunden des Zögerns nahm er, da der Wolf sich nicht rührte, seinen Mut zusammen, steckte das Bajonett auf und schritt mit erhobenem Gewehr langsam auf den Wolf zu. Das riesige Tier zuckte von Krämpfen geschüttelt am ganzen Körper; sein Blick mit den geweiteten Pupillen ging ins Leere. Auch als Bao vor ihm stand, rührte sich der Wolf nicht. Bao stach ihm mit dem Bajonett ins Maul – der Wolf reagierte nicht. Bao lachte. »Wir haben ihm das letzte bisschen Verstand aus dem Hirn gejagt.« Dann streichelte er den riesigen Wolf am Kopf wie einen Hund. Er war vielleicht seit Jahrtausenden der erste Mensch im mongolischen Grasland, der es wagte, einen in der Wildnis hockenden, lebenden Wolf am Kopf zu berühren. Noch immer reagierte das Tier nicht. Aber als Bao seine Ohren streicheln wollte, brach der riesige Wolf zusammen wie eine steinerne Statue.

Wie ein Verbrecher kehrte Chen Zhen heim. Er wagte nicht einmal mehr, seine Jurte zu betreten; zögernd ging er schließlich doch hinein.

Zhang Jiyuan diskutierte gerade mit Yang Ke und Gao Jianzhong über die große Kampagne der gesamten Division zur Vernichtung der Wölfe, und er redete sich immer mehr in Rage. »Alle in der Division sind verrückt danach, Wölfe zu töten und ihnen die Felle abzuziehen. Jäger und Arbeiter, alle fahren sie mit Lkws und Autos auf die Jagd. Benzin und Munition gibt es genug. Selbst die Ärzte machen mit. Aus

Peking haben sie ein starkes Gift besorgt, das farb- und geschmacklos ist. Sie spritzen es in die Knochen von toten Schafen, die sie dann in die Wildnis werfen. Keine Ahnung, wie viele Wölfe sie damit schon vergiftet haben. Noch schlimmer sind die Straßenbautrupps, die mit dem Korps hierhergekommen sind. Sie ziehen mit allen möglichen Waffen in die Schlacht und haben sogar eine Sprengmethode gegen die Wölfe erfunden. Sie stecken die Zündsätze, mit denen sie sonst Berge und Felsen in die Luft sprengen, in die Knochen von Schafen. Dann schmieren sie die Knochen mit Schaffett ein und legen sie an Orte, wo häufig Wolfsrudel unterwegs sind. Sobald ein Wolf in so einen Knochen beißt, wird ihm der Kopf weggesprengt. Überall haben die Arbeiter ihre Schafsknochenbomben verstreut und damit auch viele Hirtenhunde getötet. Die Wölfe werden in einen erbitterten, fanatischen Krieg hineingerissen. Überall singen die Leute: ›Alt und Jung, alle miteinander ziehn wir in den Kampf, und ehe nicht die Wölfe und Schakale ausgemerzt sind, räumen wir das Schlachtfeld nicht.‹ Ich habe gehört, die Hirten haben sich schon im Militärbezirk beschwert.«

»Die Arbeiter in unserer Einheit«, berichtete Gao, »sind auch schon mit Feuereifer dabei. Auf einen Schlag haben sie fünf oder sechs große Wölfe getötet. Diese Leute, die von Hirten zu Bauern geworden sind, sind noch versierter im Töten von Wölfen. Es hat mich zwei Flaschen Schnaps gekostet zu erfahren, wie sie es anstellen. Sie benutzen Fallen wie die hiesigen Hirten, aber sie sind dabei viel gerissener. Die Hirtenjäger stellen ihre Fallen neben toten Schafen auf. Mit der Zeit erkennen die Wölfe, dass dahinter ein System steckt, und wenn sie in der Wildnis ein totes Schaf sehen, sind sie besonders auf der Hut und wagen nicht, es ohne Weiteres anzurühren. Oft machen sie sich erst über das Schaf her, wenn der Leitwolf mit der feinsten Nase die Falle erschnuppert und ausgegraben hat. Aber die Arbeiter benutzen eine andere Methode. Sie stellen ihre Fallen dort auf, wo viele Wölfe sind, einfach auf ebener Erde, ohne tote Schafe oder Knochen daneben. Ratet mal, was sie als Köder benutzen! Darauf kommt ihr nie. Sie weichen Pferdemist in geschmolzenem Schafsfett ein und trocknen ihn danach in der Sonne. Dann reiben sie den Pferdemist, der nun nur noch nach Schafsfett riecht, klein und streuen ihn in Reihen aus, die zu einer Falle führen. Das ist ihr Köder. Wenn nun ein Wolf vorbeikommt und das Schafsfett riecht, ohne dass er ein totes Schaf oder einen Knochen sieht, dann ist er nicht besonders auf der Hut. Er schnuppert so lange herum, bis die Falle zuschnappt. Ein grausamer Trick, oder? Und noch dazu kinderleicht. Der alte Wang sagt, dass sie mit dieser Methode schon die Wölfe in ihrer Heimat ausgerottet haben.«

Chen konnte es nicht mehr mit anhören. Er stieß die Tür wieder auf und ging zu dem Wolfsgehege. Leise rief er: »Kleiner Wolf, kleiner Wolf.« Auch der Wolf hatte ihn den ganzen Tag lang vermisst, denn er erwartete ihn schon ungeduldig mit aufgerichtetem Schwanz am äußersten Rand seines Geheges. Chen hockte sich zu ihm und drückte ihn lange an sich, das Gesicht an seinen Kopf geschmiegt. Kalt schien der weiße Herbstmond auf das weite neue Weideland; das langgezogene, vibrierende Klagegeheul der Wölfe war in weite Ferne gerückt. Ausgerechnet in diesem Moment, da Chen nicht mehr befürchten musste, dass die Wolfsmütter ihm seinen kleinen Wolf entreißen könnten, wünschte er sich nichts sehnlicher als eben dies: dass die Wolfsmütter seinen Schützling mit sich nähmen, weit weg über die Grenze im Norden.

Da hörte er, wie jemand hinter ihn trat; an der Stimme erkannte er Yang Ke. »Lamjab hat mir erzählt, er hat den weißen Wolfskönig gesehen, wie er ein Rudel über die Grenzstraße geführt hat, noch bevor die Jeeps es einholen konnten. Ich glaube, der Wolfskönig wird nie wieder auf das Olonbulag zurückkehren.«

In der Nacht wälzte Chen sich hin und her und konnte kein Auge zutun.

33

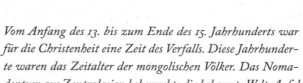

Vom Anfang des 13. bis zum Ende des 15. Jahrhunderts war für die Christenheit eine Zeit des Verfalls. Diese Jahrhunderte waren das Zeitalter der mongolischen Völker. Das Nomadentum aus Zentralasien beherrschte die bekannte Welt. Auf dem Höhepunkt dieser Periode waren die Herrscher von China, Indien, Persien, Ägypten, Nordafrika, der Balkanhalbinsel, Ungarn und Russland Angehörige der mongolischen oder der verwandten Turkrasse und deren nomadischer Tradition.

H. G. Wells, Die Geschichte unserer Welt

Ein Bär lässt sich zähmen, auch ein Tiger, ein Löwe oder ein Elefant. Aber nicht ein mongolischer Wolf.

Der junge Wolf hätte sich lieber erwürgen als sich hinter einem Ochsenkarren herziehen lassen.

Alle Kuh- und Schafherden der Brigade waren im Morgengrauen aufgebrochen. Auch der gewaltige Wagentross, der gruppenweise zum Herbstweideland zog, hatte schon den Bergrücken im Westen überquert. Nur die Kolonne der Jurte der Oberschüler mit ihren sechs schwer beladenen Ochsenkarren hatte sich noch nicht in Bewegung gesetzt. Bilgee und Galsanma hatten schon Leute geschickt, die sie zum Aufbruch drängten.

Zhang Jiyuan hatte sich eigens ein paar Tage freigenommen, um beim Umzug zu helfen. Aber der Starrsinn und die Ungebärdigkeit des jungen Wolfes stürzten ihn und Chen Zhen in Ratlosigkeit. Fast ein halbes Jahr hatte Chen den Wolf nun aufgezogen und dabei manche Probleme gemeistert; dass er jetzt an einem Umzug zu scheitern drohte, damit hatte er nicht gerechnet.

Als sie von der Frühjahrsweide hierhergezogen waren, war der Wolf noch ein kaum dem Säugen entwachsener Welpe gewesen, der um die dreißig Zentimeter gemessen hatte; in einer mit trockenem Rinderdung gefüllten Holzkiste hatte er den Transport mitgemacht. Nun aber, Anfang Herbst, nach einem ganzen Sommer und mehreren Frühlingswochen maßlosen Fressens, war das Tier schon zu einem mittelgroßen erwachsenen Wolf herangewachsen. Einen Käfig oder eine Kiste aus Metall, um ihn unterzubringen, hatten sie nicht – und wenn, dann hätte Chen ihn unmöglich dort hineinbekommen. Außerdem hatte er keinen freien Platz für den Transport des Wolfes auf einem der Wagen zur Verfügung. Es waren ohnehin nicht genug Wagen für die Oberschüler vorhanden; allein schon die Bücher von Chen und Yang füllten mehrere große Kisten und nahmen außerplanmäßig den Großteils eines Wagens in Beschlag. Alle sechs Wagen waren so bedenklich überladen, dass sie auf der langen Reise umzukippen oder kaputtzugehen drohten. Der Zeitpunkt für einen solchen Umzug hing vom Wetter ab, und war diesmal, um den bevorstehenden Regenfällen zu entgehen, für die gesamte Brigade unversehens vorverlegt worden. Chen war darauf nicht vorbereitet und wusste nicht mehr weiter.

Zhang Jiyuan, dem vor Aufregung der Schweiß auf der Stirn stand, machte seinem Ärger lauthals Luft: »Hättest du nicht früher daran denken können? Du hättest den Wolf längst trainieren sollen, dass er dir folgt.«

Chen antwortete verstimmt: »Ich soll ihn nicht trainiert haben? Als er noch klein und leicht war, da konnte ich ihn hinter mir herziehen – aber später? Den ganzen Sommer über hat er *mich* hinter sich hergezogen, nicht ich ihn. Wenn du versuchst, einen Wolf hinter dir herzuziehen, beißt er dich. Ein Wolf ist kein Hund; selbst wenn du ihn halbtot schlägst, er wird dir nie gehorchen. Ein Wolf ist auch kein Tiger oder Löwe – oder hast du schon mal eine Zirkustruppe mit einer Wolfsnummer gesehen? Auch der beste Dompteur, selbst die junge sowjetische Tigerbändigerin aus dem Film, kann einen Wolf nicht dressieren. Du hast mehr Wölfe gesehen als ich, so viel müsste dir doch klar sein!«

»Ich versuche ihn noch mal zu ziehen«, sagte Zhang voller Wut. »Wenn es wieder nicht klappt, dann kann er mir gestohlen bleiben!« Mit einem Pferdeknüttel ging er zu dem Wolf und ließ sich von Chen die Wolfskette mit dem Ring geben. Sobald er daran zog, fletschte der Wolf ihn an und heulte wild; dabei verlagerte er sein Gewicht nach hinten und stemmte alle viere, den Kopf trotzig hochgereckt, mit aller Macht in die Erde. Er gab keinen Fußbreit nach. Zhang legte wie bei einem Tauziehen all seine Kraft hinein, konnte den Wolf aber nicht von der Stelle bewegen. Also drehte er sich um, schulterte die Kette und zog aus Leibeskräften daran wie ein Treidler am Jangtse. Dieses Mal wurde der Wolf mitgeschleift; dabei wühlte er mit seinen Pfoten zwei Rinnen in die Erde mit kleinen Hügeln vorneweg. Außer sich vor Wut, verlagerte er sein Gewicht abrupt nach vorn, um sich auf Zhang zu stürzen.

Überrascht von der plötzlich lockeren Kette, stürzte dieser mit dem Gesicht voran zu Boden und riss dabei den Wolf mit sich. In dem Knäuel von Leibern, das die beiden nun bildeten, war der Wolf mit seiner Schnauze nur noch zwei Fußbreit von Zhangs Kehle entfernt. Erschrocken stürzte Chen hinzu und umklammerte den Wolf, indem er seine Arme um dessen Hals schlang. Trotz dieses Klammergriffs fletschte der Wolf noch die Zähne und trat mit den Pfoten um sich; er brannte darauf, seinem Feind die Fänge ins Fleisch zu schlagen.

Bleich vor Schreck schnappten die beiden jungen Männer nach Luft. »Jetzt haben wir ein echtes Problem«, sagte Zhang. »Der Umzug wird zwei oder drei Tage dauern. Wenn es nur ein Tag wäre, könnten wir den Wolf erst hierlassen und ihn am nächsten Tag mit einem Wagen nachholen. Aber für diesen Weg brauchen wir hin und zurück mindestens vier oder fünf Tage. Der Verwalter des Wollelagers und seine Arbeiter sind noch nicht umgezogen. Wenn die hier einen Wolf vorfinden, werden sie ihn töten – und wenn nicht sie, dann die Wolfsjäger. Ich denke, egal wie, wir müssen ihn mitnehmen. Wie wär's damit: Wir lassen ihn von einem Ochsenkarren ziehen.«

»Von einem Ochsenkarren? Das habe ich schon vor ein paar Tagen probiert. Zwecklos, fast hätte ich ihn damit erwürgt. Jetzt weiß ich, was das bedeutet: ›unbezähmbare Wildheit‹ und ›lieber tot als gefügig‹. Der Wolf lässt sich lieber erwürgen, als dass er sich unterwirft. Ich weiß keinen Ausweg mehr.«

»Das muss ich mit eigenen Augen sehen. Und wenn du neben ihn noch eine junge Hündin anbindest, damit er sich an ihr ein Beispiel nimmt?«

Chen schüttelte den Kopf. »Das hab ich auch schon probiert – zwecklos.«

Zhang blieb ungläubig. »Lass es uns noch mal probieren.« Er zog einen schwer beladenen Ochsenkarren herbei, band einen Strick um den Hals einer jungen Hündin und machte das andere Ende des Stricks an der Hinterachse des Wagens fest. Dann zog er den Karren im Kreis um den Wolf; die Hündin folgte ihm artig, ohne dass sich das Seil zu straffen brauchte. Dabei redete er dem Wolf im Flüsterton gut zu: »Wir wollen eine schöne Reise machen, schau mal, so läufst du dem Wagen hinterher. Kinderleicht ist das, und du bist doch viel intelligenter als ein Hund, da kannst du das hier doch locker lernen, also, pass gut auf.«

Der Wolf starrte die Hündin an, den Kopf voller Verachtung hochgereckt. Auch Chen redete besänftigend auf seinen Schützling ein, der sich widerwillig ein paar Schritte hinter der Hündin herziehen ließ. Tatsächlich war es allerdings eher der Wolf, der Chen zog, und nicht umgekehrt. Er folgte der Hündin, weil er sie mochte; mit Gehorsam hatte das nichts zu tun. Nach einer Runde im Kreis machte Chen in der Hoffnung, der Wolf würde nun von selbst dem Wagen folgen, die Kette an der Hinterachse fest. Aber sofort sträubte sich der Wolf mit aller Gewalt – noch heftiger, als wenn er an den Pfahl gekettet war – gegen den Zug nach vorn, sodass der schwere Wagen laut knarrte.

Beim Anblick des weiten Weidelands, auf dem schon keine Jurte und kein Schaf mehr zu sehen waren, geriet Chen in Panik. Wenn sie jetzt nicht aufbrachen, würden sie den provisorischen Lagerplatz selbst nach Einbruch der Dunkelheit nicht mehr erreichen. Wenn sie sich – bei all den vielen Nebenwegen und verschiedenen Gruppen – verirrten, wo würde Yang Ke seine Schafe und Gao Jianzhong seine Kühe unterbringen? Und wo würden die beiden etwas zu essen und zu trinken bekommen? Und – was noch gefährlicher war – wie würden sie ihrer Müdigkeit zum Trotz die Nacht ohne Hunde als Wächter durchstehen? Wenn den Schafen etwas zustieß und man herausfand, dass sein Wolf die Ursache war, dann würde er, Chen, zur Zielscheibe der Kritik werden, schlimmer noch: Dann drohte seinem Wolf der Tod durch Erschießen.

Die Angst bewirkte, dass er sich einen Ruck gab. »Wenn wir ihn hierlassen, stirbt er; wenn wir ihn mitziehen, stirbt er auch. Hoffen wir, dass sein Überlebenstrieb siegt, wenn ihn Todesangst packt. Also los! Nehmen wir ihn mit! Du übernimmst die Wagen, ich nehme dein Pferd und reite neben den Wagen her, um den Wolf im Auge zu behalten.«

Zhang seufzte tief: »Unter Nomaden kann man anscheinend wirklich keinen Wolf aufziehen.«

Chen manövrierte den Wagen, an den die junge Hündin und der Wolf gebunden waren, an das Ende der Wagenkolonne. Dann band er den Strick des letzten Ochsen an die Hinterachse des vorletzten Wagens und schrie: »Los geht's!«

Statt auf einem Wagen Platz zu nehmen schritt Zhang Jiyuan lieber langsam vorneweg, indem er den ersten Ochsen am Strick führte. Die Karren setzten sich einer nach dem anderen in Bewegung; als auch der letzte ins Rollen kam, folgte ihm die Hündin sofort. Der Wolf dagegen machte, auch als sich die knapp drei Meter lange Kette schon fast gespannt hatte, keinerlei Anstalten loszulaufen. Gao Jianzhong hatte die kräftigsten und schnellsten sechs Ochsen für den Umzug ausgewählt. Wie es im Grasland Brauch war, hatte er den Ochsen vor dem Umzug drei Tage lang viel zu trinken, kaum zu essen gegeben, denn nun, da ihre riesigen Bäuche leer waren, zogen sie die Karren besonders energisch. Natürlich konnte sich der junge Wolf den sechs mächtig ausschreitenden Ochsen unmöglich entgegenstemmen. Er hatte noch nicht einmal die Zeit gefunden, seine Pfoten in die Erde zu drücken, da wurde er mit einem so heftigen Ruck vorwärtsgerissen, dass er sich überschlug.

Überrascht und wütend wehrte er sich aus Leibeskräften, schleuderte die Pfoten um sich und krallte sie in die Erde. Wild warf er sich herum, kam hastig wieder auf die Beine und rannte einige Schritte, um sogleich mit in die Erde gestemmten Pfoten Widerstand zu leisten. Die Wagen erreichten nun den Pfad und nahmen Fahrt auf. Der Wolf hielt sich mit trotzig gerecktem Kopf, die Pfoten in den Boden gestemmt, gut zehn Meter schwankend und stolpernd auf den Beinen, ehe er wieder vornübergerissen wurde und sich überschlug. Wie ein toter Hund wurde er mitgeschleift, und dabei schabten ihm die Grasstoppeln und -wurzeln einen Teil seiner Haare vom Rückenfell. Das Lederhalsband zog sich immer enger um seinen Hals und seine Kehle, sodass er die Zunge ausstreckte, die Augen verdrehte und mit weit aufgerissenem Maul nach Luft schnappte, während er mit den Beinen wie wild Halt suchte.

Die Hündin schaute ihn mitleidig von der Seite an, winselte und hielt ihm ihre Pfoten entgegen, als wollte sie ihm bedeuten: Schnell, mach's wie ich, sonst wirst du zu Tode geschleift. Aber der Wolf schenkte ihr keine Beachtung, er hielt es für unter seiner Würde, sich mit ihr gemein zu machen; stattdessen setzte er auf die ihm eigene Weise seinen erbitterten Widerstand fort.

Chen merkte, dass der Wolf keineswegs unfähig war, wie die Hündin dem Wagen hinterherzutrotten, nein, er nahm lieber den schmerzhaften Kampf mit seinem Tod bringenden Galgenstrick auf, als dass er sich wie ein Hund hätte führen lassen. Sein Widerstand markierte die grundlegende Trennlinie zwischen Wölfen und Hunden, aber auch zwischen Wölfen und Löwen, Tigern, Bären oder Elefanten – und zwischen den Wölfen und den meisten Menschen. Kein Wolf des Graslands würde diese Grenze je überschreiten und sich einem Menschen unterwerfen. Die Verweigerung jeden Gehorsams und der Widerstand gegen jedes Geführtwerden lagen einem mongolischen Wolf im Blut – selbst wenn er wie Chens Wolf keine Unterweisung durch das Rudel erfahren hatte.

Wie grobkörniges Schleifpapier rieb der feste, harte Sand auf dem Pfad dem Wolf, der noch immer erbitterten Widerstand leistete, die Pfoten blutig. Chens Herz krampfte sich zusammen. Der Wolf, das jahrtausendealte Totemtier des unbeugsamen Steppenvolks, besaß eine Kraft, die im Menschen Scham und Verehrung weckte. Nur wenige Menschen vermochten so unerschütterlich wie die Wölfe des Graslands ihrem eigenen Willen gemäß zu leben; noch weniger Menschen hätten auch um den Preis ihres Leben, einer schier unüberwindlichen äußeren Macht die Stirn geboten.

Chen dämmerte, wie oberflächlich seine Kenntnis der Wölfe immer noch war. Lange Zeit hatte er geglaubt, die Wölfe würden nichts Wichtigeres kennen als zu fressen und zu töten. Weit gefehlt – er hatte die Wölfe nur mit seinen menschlichen Maßstäben beurteilt. Das Fressen und Töten war für die Wölfe des Graslands kein Selbstzweck, sondern diente ihrer heiligen, unverletzlichen Freiheit, Unabhängigkeit und Würde. So heilig waren diese Prinzipien, dass alle Hirten, die den Wolf wahrhaft verehrten, mit Freuden bereit waren, ihre sterbliche Hülle an die mystische Stätte der Himmelsbestattung bringen zu lassen, in der Hoffnung, ihre Seelen würden genauso frei wie die Seelen der Wölfe emporsteigen.

Nachdem er fast fünf Li mitgeschleift worden war, hatte der starrsinnige Wolf schon die Hälfte seines Nackenfells verloren, und unter dem verbliebenen Haar sickerte Blut hervor. Selbst seine dicken, widerstandsfähigen Pfoten waren vom harten Sand zu einer blutigen Masse gerieben worden. Als der Wolf nun erneut vornübergerissen wurde, konnte er sich vor Erschöpfung nicht mehr herumwerfen. Wie ein sterbender Wolf, der von einem schnellen Pferd an einer Lassostange über den Jagdplatz geschleift wird, konnte er sich nicht mehr wehren, nur noch heftig keuchen. Und dann spie er auf einmal einen roten Sprühregen von Blut aus dem Maul: Das Halsband hatte seine Kehle aufgescheuert. Erschrocken schrie Chen: »Anhalten!« Hastig sprang er vom Pferd und trug den von Krämpfen geschüttelten Wolf in seinen Armen einen guten Meter nach vorn, damit sich die Kette lockerte. Der Wolf schnappte nach Luft und spie Blut auf Chens Hände; auch seine Arme wurden vom Blut an Hals und Nacken besudelt. Der Atem des Wolfs ging nur noch schwach; er hörte nicht auf, Blut zu spucken. Vor Schmerz versuchte er Chens Hände zu kratzen; aber seine Pfoten waren nur noch blutige Klumpen von zartem, bloßem Fleisch. Chens Tränen vermischten sich mit dem Blut des Wolfs.

Der herbeigerannte Zhang Jiyuan war beim Anblick des aus mehreren Wunden blutenden Wolfes schockiert. Hilflos ging er mehrmals um Chen und den Wolf herum und sagte: »Wie kann er nur so dickköpfig sein! Als ob er sterben *will!* Was sollen wir nur tun?«

Auch Chen, der den Wolf an sich drückte, war ratlos. Zu sehen, wie der Wolf vor Schmerz zitterte, zerriss ihm das Herz.

Zhang wischte sich den Schweiß von der Stirn und überlegte. »Er ist erst ein halbes Jahr alt und lässt sich schon nicht mehr von uns führen. Selbst wenn wir ihn zur Herbstweide bringen können, müssen wir danach jeden Monat umziehen – wie sollen wir ihn dann mitnehmen, wenn er erst ausgewachsen ist? Ich denke ... ich denke ... wir lassen ihn besser ... hier ... damit er sich allein durchschlägt ...«

Chens Gesicht lief vor Zorn bläulich an. »Du hast ihn nicht mit eigenen Händen aufgezogen!«, brüllte er seinen Freund an. »Du verstehst das nicht! Damit er sich allein durchschlägt?! Dann können wir ihm gleich die Kugel geben! Ich werde ihn auf jeden Fall behalten und weiter großziehen! Damit er lebt!« Ungestüm, in blinder Wut, sprang er auf und rannte zu dem Wagen, der mit getrocknetem Rinderdung und Kleinkram beladen war, löste wutschnaubend den Ochsenstrick und zog den Wagen an das Ende der Kolonne. Grimmig entschlossen band er einen Weidenkorb los und schüttete ruck, zuck den Inhalt – einen Großteil der Rinderdungladung des Wagens – am Wegrand aus. Sein Entschluss stand fest: Er wollte den Korb zu einem provisorischen Gefangenenkäfig, einer mobilen Zelle, umfunktionieren.

Zhang, der ihm bis dahin nur zugeschaut hatte, schrie ihn zornig an: »Drehst du jetzt völlig durch! Fürs Essenmachen und Teekochen sind wir den ganzen langen Weg über auf die Ladung Dung angewiesen! Wenn es unterwegs regnet, können wir vier uns nicht mal genug zu essen machen. Und selbst auf dem neuen Lagerplatz müssen wir uns an den ersten Tagen mit diesem Dung behelfen. Wie kannst du es wagen, den Dung abzuladen, um den Wolf zu transportieren? Die Hirten werden dir die Leviten lesen, ganz zu schweigen von Gao Jianzhong!«

Während er den leeren Korb rasch wieder auflud, erwiderte Chen feindselig: »Heute in unserem Nachtlager leihe ich mir Dung von Galsanma, und sobald wir am neuen Lagerplatz angekommen sind, sammle ich welchen, damit ihr auch ja nicht auf euern Tee und euer Essen verzichten müsst!«

Obwohl er eben noch in Todesgefahr geschwebt hatte, blieb der Wolf unbeugsam und stellte sich ungeachtet seiner schmerzenden Pfoten schon wieder auf den Sandboden. Seine Beine zitterten, aus seinem Maul tropfte immer noch Blut, und dennoch nahm er mit erhobenem Kopf wieder seine alte Kampfstellung ein, um nicht von einem plötzlichen Anfahren der Wagenkolonne überrumpelt zu werden. Mit seinen weit aufgerissenen Augen und seinem Gehabe demonstrierte er seine Entschlossenheit, bis in den Tod zu kämpfen, selbst wenn seine Pfoten und Beine kahl und blutig geschleift würden, bis die Knochen splitterten. Schmerzerfüllt kniete Chen nieder, umfasste den Wolf und legte ihn auf den Boden. Er konnte es nicht mehr ertragen zu sehen, wie die Pfoten des Tiers die Erde berührten. Dann holte er von einem der Wagen weißes Wundpulver aus Yunnan und trug es auf die Pfoten und den Hals des Verletzten auf. Da aus dessen Maul immer noch Blut tropfte, bestrich Chen auch zwei spindelförmige Streifen von glattem, garem Ochsenfleisch mit dem Wundpulver. Der Wolf schlang die Stücke unzerkaut hinunter. Chen hoffte, das Pulver würde die Blutung an der Kehle stoppen.

Dann band er den Korb wieder auf dem Wagen fest, stapelte das diverse Transportgut neu und räumte mit alten Brettern einen Großteil der Ladefläche für den Gefangenenkäfig frei. Mit einem Stück ungegerbtem Schafsleder als Unterlage und der Hälfte einer großen Filzmatte als Decke waren die Vorbereitungen abgeschlossen. Seiner Schätzung nach würde der Gefangenenkäfig gerade groß genug sein. Aber wie sollte er den Wolf in den Korb hineinbekommen?

Chen löste die Kette vom Wagen, krempelte sich die Ärmel hoch und umfasste den Wolf, um ihn in den Korb zu heben. Aber kaum hatte er mit dem Tier in den Armen einen Schritt hin zum Wagen gemacht, heulte der Wolf auf und wehrte sich wie wild. Chen wollte hastig die verbliebenen paar Schritte zum Wagen rennen, um den Wolf in den Korb zu schleudern, doch noch ehe er auch nur in die Nähe des Korbes gekommen war, verbiss sich der Wolf heftig in seinem Arm. Chen schrie vor Schmerz auf; der Schweiß trat ihm aus allen Poren.

Erst als er den Wolf abgesetzt hatte, löste dieser seinen Biss. Chen schüttelte seinen Arm, um den Schmerz zu lindern. Er musterte die Wunde: Blut floss keines, aber da waren vier purpurne Male – als wäre er auf dem Fußballplatz gestürzt und jemand hätte ihm einen derben Tritt mit dem Stollenschuh verpasst.

Zhang war schreckensbleich. »Zum Glück hast du ihm die Zahnspitzen abgekniffen, sonst hätte er dir bestimmt den Arm durchgebissen. Ich denke, du solltest ihn freilassen. Bald kann er dir auch mit stumpfen Zähnen den Arm abbeißen.«

»Erinnere mich bloß nicht an seine Zähne«, erwiderte Chen wutentbrannt. »Wenn ich ihm nicht die Zahnspitzen abgekniffen hätte, hätte ich ihn vielleicht schon längst wieder im Grasland ausgesetzt. Aber jetzt ist er ein Krüppel. Wie soll er mit diesen Zähnen, die nicht mal mehr meinen Arm aufreißen können, in der Wildnis überleben? *Ich* habe ihn zum Krüppel gemacht, also muss ich auch für ihn sorgen, solange er lebt. Jetzt, wo das Korps hier ist, sagen sie doch, sie wollen eine Siedlung errichten – dann kann ich dem Wolf einen richtigen Stall mauern und brauche ihn nicht mehr an der Kette zu halten.«

»Jaja, schon gut. Ich kann dich ja doch nicht aufhalten. Lass uns lieber überlegen, wie wir ihn auf den Wagen bringen und weiterfahren können. Du bist verletzt, also lass mich mal versuchen.«

»Besser, ich trage ihn. Dich kennt er nicht, mit dir wird er kurzen Prozess machen. Vielleicht beißt er dir gleich die Nase ab. Pass auf: Du hältst dich mit der Filzmatte bereit, und sobald ich den Wolf in den Korb werfe, bedeckst du ihn damit.«

»Du bist wohl lebensmüde! Wenn du ihn noch mal in den Arm nimmst, beißt er dich tot! Im Streit kennt ein Wolf keine Freunde. Wenn du Pech hast, beißt er dir die Kehle durch!«

Chen überlegte einen Moment, ehe er antwortete: »Ich muss es tun, auch wenn er mich wieder beißt! Ich fürchte, ich muss einen Regenmantel opfern.« Er lief zu einem der anderen Wagen hinüber und nahm einen Armeeregenmantel herunter, der ihm selbst gehörte und der auf der einen Seite aus grünem Segeltuch, auf der anderen aus einem schwarz gummierten Stoff bestand. Wieder gab er dem Wolf zwei Fleischstücke, damit dieser in seiner Wachsamkeit nachließ. Nachdem er sich innerlich gesammelt und seine leise zitternden Hände unter Kontrolle gebracht hatte, warf er, während der Wolf noch mit gesenktem Kopf fraß, mit einer abrupten Bewegung den Regenmantel über ihn und hüllte ihn flugs darin ein. Durch die plötzlich über ihn hereingebrochene Finsternis orientierungslos geworden, wusste der Wolf für einige Sekunden nicht, wohin er beißen sollte. Chen nutzte das aus und stürmte mit dem Tier, das sich wie wahnsinnig wehrte, wie mit einer Sprengladung zum Wagen, wo er den Wolf samt Regenmantel in den Korb schleuderte. Daraufhin stürzte Zhang vor und warf die halbe Filzdecke über den Korb. Als der Wolf den Regenmantel aufgerissen und sich daraus befreit hatte, war er schon ein Gefangener geworden. Mit einem langen Strick aus

Pferdehaar hatten die beiden Männer die Filzbedeckung fest mit dem Wagen verschnürt. Vollkommen erschöpft sank er zu Boden und blieb dort, heftig keuchend und schweißgebadet, wie gelähmt sitzen. Als der Wolf sich einmal im Kreis drehte, sprang Chen aber sofort wieder auf, um den Gefangenen nötigenfalls daran zu hindern, die Decke zu zerreißen oder gegen den Käfig anzurennen.

Die Wagenkolonne war wieder aufbruchbereit, aber Chen fürchtete, dass ein so leicht gebauter Weidenkorb unmöglich ein so kräftiges, tobendes Raubtier gefangen halten konnte. Unter gutem Zureden warf er dem Wolf rasch ein paar große Fleischstücke in den Korb. Im Flüsterton besänftigte er ihn und rief dann sämtliche Hunde ans Ende der Wagenkolonne, damit sie dem Gefangenen Gesellschaft leisteten. Zhang setzte inzwischen die Kolonne wieder in Bewegung, indem er den ersten Ochsen antrieb. Chen wappnete sich unterdessen mit einem kräftigen Knüppel, den er auf einem der Wagen gefunden hatte, gegen den wilden Widerstand, den er von dem Wolf befürchtete. Er achtete darauf, mit seinem Pferd immer direkt hinter dem letzten Wagen zu bleiben, aus Sorge, dass der Wolf ihn bloß in trügerischer Sicherheit wiegen wollte und bei der erstbesten Gelegenheit wütend rebellieren und den Korb in Stücke beißen und reißen würde.

Aber seine Befürchtung erwies sich als vollkommen unbegründet: Als die Kolonne wieder ins Rollen kam, rebellierte der Wolf nicht wie von Sinnen, im Gegenteil, in seine Augen trat ganz gegen sein Wesen ein Ausdruck von Angst, wie ihn Chen noch nie gesehen hatte. So verängstigt war der Wolf, dass er sich nicht einmal hinzulegen wagte; stattdessen blieb er mit gesenktem Kopf, gekrümmtem Rücken und eingeklemmtem Schwanz zitternd stehen, den Blick auf Chen gerichtet. Dieser verfolgte durch die Weidengerten des Korbs hindurch, wie der Wolf mit wachsendem Schrecken in seinem Käfig auf dem schwankenden Wagen kauerte – so verstört, dass er sich fast wie ein Igel zusammenrollte. Er fraß und trank nicht, heulte und lärmte nicht, kratzte und biss nicht; wie ein seekranker Häftling hatte er auf einmal all seine Kampfkraft verloren.

Wie vor den Kopf geschlagen hielt sich Chen, in der Hand den Knüttel, dicht am Wagen, während sie einen Bergrücken überquerten. Der Wolf blickte Chen wie ein Häufchen Elend mit einem ganz fremden, verstörten Blick an. Aber auch wenn seine Kräfte vollkommen erschöpft und seine Pfoten verletzt waren und auch wenn noch immer Blut aus seinem Maul rann, schien er doch bei klarem Verstand zu sein – nur dass er nicht wagte, sich hinzulegen und auszuruhen. Anscheinend flößten ihm das Holpern und Rütteln des Wagens und die Tatsache, dass er mit seinen Pfoten die Verbindung mit dem Grasland unter sich verloren hatte, eine instinktive Angst ein. Auch nach über einem halben Jahr gab das Verhalten des Wolfs Chen immer wieder Rätsel auf.

Die Ochsen wollten so schnell wie möglich die Herde vor ihnen einholen, und so bewegte sich die Wagenkolonne zügig, aber zugleich ruhig und sicher voran. Chen fand beim Reiten genügend Muße, um seinen Gedanken nachzuhängen. Warum war der Wolf, der sich eben noch so ungebärdig und wild aufgeführt hatte, mit einem Mal derart verängstigt und schwach geworden? Gab es auf der Welt tatsächlich keine vollkommenen Helden, hatte ein jeder eine tödliche Schwäche? War selbst der Wolf des Graslands, den Chen immer für ein perfektes Produkt der Evolution gehalten hatte, nicht frei von einem solchen Makel?

Wieder durchfuhr Chen ein stechender Schmerz in seiner Armwunde; aber er grollte dem Wolf nicht, im Gegenteil, er war ihm dankbar für diesen und all die anderen Denkanstöße. Koste es, was es wolle, er war entschlossen, den Wolf großzuziehen, bis dieser gänzlich ausgewachsen war, und auch um seine Nachkommen wollte er sich unbedingt kümmern. Doch zuerst musste er sich der Wirklichkeit stellen und eine Antwort auf die Frage finden, was er später, beim häufigen Weidewechsel im Herbst und Winter, mit dem Wolf machen sollte. Wer würde noch wagen, ihn in einen Korb zu tragen, wenn er erst einmal ausgewachsen war? Ohnehin würde ein Korb ihn dann nicht mehr fassen – und einen ganzen Wagen allein für den Wolf konnte er kaum freimachen. Zudem würden sie im Winter einen Wagen nur für das Fleisch brauchen, die

Wagenknappheit würde sich also noch verschärfen. Und wie konnten sie sich dann auf den winterlichen Umzügen ohne den Rinderdung am Feuer wärmen und Tee und Essen zubereiten? Diese drängenden Fragen ließen ihm keine Ruhe.

Nachdem sie den Berg überquert hatten, rochen die Ochsen die Kuhherde vor ihnen und beschleunigten ihren Schritt, um die Wagenkolonnen, die sich in der Ferne klein wie Sesamkörner aneinanderreihten, so schnell wie möglich einzuholen.

Auf einem Bergpass am Rand des Sommerweidelands kam ihnen, Staubwolken hinter sich aufwirbelnd, ein kleiner Lkw entgegen. Ohne darauf zu warten, dass die Wagenkolonne ihm Platz machte, passierte der Lkw sie am Wegrand. Dabei erkannte Chen zwei Soldaten mit Gewehren, einige Arbeiter und einen Hirten in einem dünnen mongolischen Gewand. Der Hirte winkte ihm zu – es war Dorji. Beim Anblick dieses erfahrenen Wolfsjägers auf dem Lastwagen schlug Chen das Herz bis zum Hals. Er ritt nach vorn und fragte Zhang Jiyuan: »Führt Dorji schon wieder Leute auf die Wolfsjagd?«

»Da drüben sind nur Berge, Seen und Flüsse, da nützt ihnen der Wagen nichts. Wie könnten sie da Wölfe jagen! Wahrscheinlich helfen sie beim Transport des Lagerschuppens.«

Kaum hatten sie die grasbewachsene Ebene erreicht, kam von den Karawanen vor ihnen ein Pferd auf sie zugaloppiert. Als es in ihre Nähe gekommen war, erkannten die beiden jungen Männer den alten Bilgee. Seine Miene war finsterer denn je, und er schnaubte aufgebracht. »Habt ihr gesehen«, fragte er, »ob Dorji gerade auf dem Wagen war?«

Als beide bejahten, sagte der Alte zu Chen: »Du kommst mit mir zum alten Lagerplatz. Und du« – er wandte sich an Zhang – »fährst schon mal allein weiter. Wir kommen gleich nach.«

»Behalt den Wagen mit dem Wolf im Auge«, flüsterte Chen Zhang zu. »Wenn er Ärger macht, unternimm nichts und warte, bis ich zurück bin.« Dann galoppierte er mit dem Alten den Weg zurück.

»Dorji führt bestimmt wieder Leute auf die Wolfsjagd«, sagte Bilgee. »In diesen Tagen sind seine Künste sehr gefragt. Weil er noch dazu gut Chinesisch spricht, hat er es als Wolfsjäger im Regiment schon zum Stabsoffizier gebracht. Seine Herde hat er seinem jüngeren Bruder überlassen, er selbst führt den ganzen Tag die motorisierte Artillerie auf die Jagd. Mit den Offizieren versteht er sich bestens; vor ein paar Tagen hat er ein paar hohen Tieren von der Division dabei geholfen, einige große Wölfe zu erlegen. Als Wolfstöter ist er jetzt der Held der Division.«

»Aber wie kann man in einem Gebiet voller Berge und Flüsse Wölfe jagen?«, fragte Chen. »Das verstehe ich nicht.«

»Ein Pferdehirt hat mir erzählt, dass Dorji die Soldaten zu den alten Lagerplätzen geführt hat. Da wusste ich sofort, was er vorhat.«

»Was denn?«

»Er legt dort überall Gift und Fallen aus. Die alten, lahmen und kranken Wölfe sind erbärmlich dran. Sie können selbst keine Nahrung mehr erbeuten und sind zum Überleben auf die Knochen angewiesen, die ihnen die Wolfsrudel übrig lassen. Um ihren Hunger wenigstens für den Moment zu stillen, lesen sie auch die Essensreste von Menschen und Hunden auf. Jedes Mal, wenn wir umziehen, laufen sie zu den alten Lagerplätzen und durchwühlen die Asche- und Müllhaufen nach Essbarem. Sie fressen alles, stinkende Schaffelle, Schafsknochen, -schädel und Essensreste, ja selbst geronnene Milch. Sie scharren sogar tote Hunde und verendete Schafe und Kälber heraus. Die alten Hirten des Olonbulag wissen das. Wenn ein Hirte bei einem Umzug etwas vergessen hat und deshalb zum alten Lagerplatz zurückkehrt, kann er dort oft die Spuren der Wölfe finden. Aber als gläubige Lamaisten sind die Hirten gutherzig; sie wissen, wie bemitleidenswert die alten und kranken Wölfe sind, die auf Nahrungssuche zu den alten Lagerplätzen kommen, und deshalb käme keiner auf die Idee, dort vergiftete Köder oder Fallen auszulegen. Manche alten Leute lassen bei einem Umzug sogar absichtlich etwas zurück für die alten Wölfe.«

Der alte Mann seufzte. »Aber die Auswärtigen, die hierhergekommen sind, haben sich mit der Zeit auch einen Reim auf die Wölfe gemacht. Dorjis ganze Familie – schon sein Vater – hat sich schon immer einen Spaß daraus gemacht, bei einem Umzug tote Schafe mit Gift darin und Fallen zurückzulassen, um den Opfern ein, zwei Tage später – falls sie noch nicht tot sind – den Rest zu geben und ihnen die Haut abzuziehen. Warum sonst verkauft seine Familie mehr Wolfsfelle als jede andere? Weil sie keine Lamaisten sind und die Wölfe nicht respektieren. Sie scheuen vor keinem Mittel zurück, egal, wie brutal es ist, und egal, ob die Wölfe schon alt oder lahm sind. Sag selbst: Sind die Menschen nicht viel grausamer als die Wölfe?«

Aus seinen Augen sprach eine tiefe Bedrücktheit, als der alte Mann fortfuhr: »Wie viele Wölfe sie in den letzten Tagen getötet haben! Die Tiere sind so verstört, dass sie sich nur noch verstecken und nicht mehr auf Nahrungssuche trauen. Ich schätze, dass nun, da die Brigade weg ist, selbst die gesunden Wölfe auf den alten Lagerplätzen nach etwas Essbarem suchen müssen. Dorji ist heimtückischer als die Wölfe. Wenn das Töten so weitergeht, dann werden die Menschen des Graslands nicht mehr zu Tengger aufsteigen können, und das Olonbulag wird zugrunde gehen.«

Chen vermochte den Schmerz des alten Nomaden, der einer untergehenden Kultur angehörte, nicht zu lindern. Die rasch voranschreitende Ausbreitung der Ackerbauern und den Raubbau, den sie mit dem Grasland trieben, konnte niemand aufhalten. Unfähig, seinen alten Freund zu trösten, konnte Chen nur sagen: »Hör zu, ich werde heute alle ihre Fallen umstoßen!«

Sie ritten über den Bergrücken auf den ersten Lagerplatz zu. In seiner Nähe fanden sie wie erwartet Spuren von Autoreifen. Der Wagen war schon hinter dem nächsten Hang verschwunden.

Die beiden Männer wagten nicht weiterzureiten, aus Furcht, die stählernen Fallen könnten die Hufe und Knöchel ihrer Pferde zerschmettern. Sie saßen ab.

Der Alte blickte sich einen Moment um und zeigte dann auf eine

Aschegrube. »Dorji versteht sich wirklich aufs Fallenlegen. Schau dir die Asche da drüben an: Sie sieht aus, als hätte sie der Wind zusammengeweht, aber tatsächlich hat er sie dorthin gestreut. Darunter hat er eine Falle platziert und daneben noch zwei Schafhufe gelegt. Wenn er richtiges Schaffleisch dort hingelegt hätte, wären die Wölfe misstrauisch geworden. Aber solche fleischlosen Hufe gehören auf den Abfall und sind deshalb genau richtig, um die Wölfe hinters Licht zu führen. Ich vermute, dass er sich die Hände mit Asche eingerieben hat, bevor er die Fallen auslegte, damit der Menschengeruch durch den von der Asche überdeckt wird. Nur die alten Wölfe mit dem besten Geruchssinn können dann noch seinen Geruch herausfiltern. Wenn sie allerdings zu alt sind, sind ihre Nasen auch schon abgestumpft.«

Chen brachte vor Bestürzung und Zorn kein Wort heraus.

Der Alte zeigte auf einen halben Kadaver, der neben einem Haufen Rinderkot lag. »In dem Schafkadaver ist bestimmt Gift. Ich habe gehört, dass sie sich ein besonders wirkungsvolles Gift aus Peking besorgt haben, das die Wölfe nicht riechen können. Aber wenn sie es herunterschlucken, sind sie im Handumdrehen tot.«

»Dann werfe ich die Kadaver in einen versiegten Brunnen.«

»Wie willst du das flächendeckend schaffen! Es gibt zu viele Lagerplätze.«

Sie stiegen wieder auf ihre Pferde und besichtigten vier oder fünf weitere Lagerplätze. Dabei entdeckten sie, dass Dorji durchaus nicht überall im selben Maße seinem schmutzigen Handwerk nachgegangen war. Mancherorts hatte er nur Gift ausgelegt, anderswo nur Fallen; mancherorts beides zugleich, andernorts aber auch keins von beidem. Der Plan, nach dem er vorgegangen war, strotzte vor Finten und Listen, um den Gegner irrezuführen. Mit jedem Lagerplatz wechselte er seine Vorgehensweise und wählte die Plätze häufig so, dass sie durch kleine Hügel getrennt waren. Fiel an dem einen Platz ein Wolf einem Giftköder oder einer Falle zum Opfer, wurde ein anderer Wolf am nächsten Platz nicht gewarnt.

Sie bemerkten auch, dass Dorji mehr Gift als Fallen eingesetzt hatte. Für die Fallen aber hatte er die vorhandenen Aschegruben benutzt und sich die Mühe gespart, selbst Gruben auszuheben. Das hatte ihm erlaubt, mit großer Geschwindigkeit vorzugehen; für alle Lagerplätze der Brigade benötigte er kaum mehr als einen halben Tag.

Sie konnten nicht mehr weiterreiten, sonst hätte Dorji sie entdeckt. Während Bilgee sein Pferd zurücklenkte, murmelte er: »Mehr als diese paar Wölfe können wir nicht retten.« Als sie wieder einen von Dorji präparierten Lagerplatz erreicht hatten, stieg der Alte vom Pferd und ging vorsichtig zu einem verfaulten halben Schafbein. Dann zog er aus seiner Brusttasche einen kleinen Beutel aus Schaffell hervor und schüttete daraus ein paar aschgraue Kristalle auf das Schafbein. Chen begriff sofort, was Bilgee vorhatte. Er benutzte ein minderwertiges Tiergift, das von der Weidegenossenschaft verkauft wurde. So schwach es in seiner Wirkung war, so stark war es im Geruch; man konnte damit nur die dümmsten Wölfe und Füchse töten. Dieses minderwertige Gift, das von den Wölfen für gewöhnlich gerochen wurde, würde das hochwertige Gift wertlos machen; Dorjis Mühe wäre umsonst.

Dem Alten kann Dorji nicht das Wasser reichen, dachte Chen. Aber dann kam ihm doch noch ein Zweifel. »Und wenn der Geruch vom Wind zerstreut wird?«

»Keine Sorge. Auch wenn wir das Gift dann nicht mehr riechen können, die Wölfe können es.«

Als der Alte damit begann, Fallen aufzuspüren, wies er Chen an, große Schafsknochen darauf zu schleudern, damit die Fallen zuschnappten – eine Methode, die auch gerissene alte Wölfe benutzten.

Dann suchten sie den nächsten Lagerplatz auf und ritten erst zurück, als Bilgee all sein minderwertiges Gift aufgebraucht hatte.

»Alter Freund«, fragte Chen, »was machen wir, wenn sie auf dem Rückweg entdecken, dass ihre Fallen zugeschnappt sind?«

»Das werden sie nicht«, sagte der Alte. »Sie sind zu sehr damit beschäftigt, Wölfe zu jagen.«

»Und wenn sie in ein paar Tagen die Fallen kontrollieren und merken, dass jemand sie ausgelöst hat? Das ist Sabotage der Kampagne zur Vernichtung der Wölfe, dafür bekommst du mächtig Schwierigkeiten.«

»Und wenn schon – was wäre das im Vergleich zu dem Leid der Wölfe. Ohne die Wölfe werden die Mäuse und Kaninchen hier alles auf den Kopf stellen, und das Grasland wird zugrunde gehen. Dann wird auch Dorji und seinen Freunden das Lachen vergehen. Niemand kann dem entrinnen. Zumindest habe ich ein paar Wölfe gerettet, das ist besser als nichts. Ihr Wölfe des Olonbulag, flieht. Lauft fort von hier. Und wenn Dorji und seine Kumpane wirklich zu mir kommen und Rechenschaft fordern, umso besser – dann kann ich dem Zorn, den ich in mir aufgestaut habe, endlich Luft machen!«

Als sie den Bergrücken erreicht hatten, zogen über ihnen in der Luft einige einsame Wildgänse, die unter Klageschreien nach Artgenossen Ausschau hielten, ihre Kreise. Der Alte zügelte sein Pferd und blickte auf. »Sogar die Wildgänse bringen auf ihrem Flug nach Süden keinen Schwarm mehr zusammen«, sagte er seufzend. »Sie haben fast alle aufgegessen.« Dann schaute er zurück zu dem neuen Weideland, das er selbst erschlossen hatte, und seine Augen füllten sich mit Tränen.

Chen erinnerte sich an die Schönheit dieses Landstrichs, als sie ihn zum ersten Mal betreten hatten; in nur einem Sommer hatte sich dieses Land rund um den Schwanensee für die Schwäne und Wildgänse, für die wilden Enten und die Wölfe in einen Friedhof verwandelt. »Alter Freund, warum müssen wir wie Diebe herumschleichen, obwohl wir doch etwas Gutes tun? Mir ist zum Heulen zumute.«

»Nur zu, mir auch. Generationen von alten Mongolen haben die Wölfe mit sich fortgetragen – warum lassen sie jetzt ausgerechnet mich im Stich?« Mit tränenüberströmtem Gesicht blickte er zu Tengger auf und heulte – heulte und schluchzte wie ein alter Wolf. Auch Chens Tränen flossen in Strömen und netzten gemeinsam mit denen seines Freundes das alte Olonbulag.

Der junge Wolf ertrug seinen Schmerz zwei volle Tage lang stehend in seinem Käfig. Am Abend des zweiten Tages hielt die Wagenkolonne von Chen Zhen und Zhang Jiyuan endlich an einem sanften, dicht mit Herbstgras bewachsenen Hang. Ihr Nachbar Gombo baute gerade mit seiner Familie die Jurte auf. Gao Jianzhong, der seine Kuhherde schon auf die Weide getrieben hatte, erwartete sie bereits an der Stelle, die der alte Bilgee für sie ausgesucht hatte. Auch Yang Kes Schafherde näherte sich dem neuen Lagerplatz.

Im Handumdrehen bauten Chen, Zhang und Gao ihre Jurte auf. Galsanma hatte Bayar mit einem Ochsenkarren zu ihnen geschickt, damit er ihnen zwei Körbe trockenen Rinderdung brachte. Nach der zwei Tage langen, beschwerlichen Reise konnten die drei endlich wieder Feuer machen, um sich Tee und Essen zuzubereiten. Noch vor dem Abendessen traf auch Yang Ke endlich ein. Mit einem Pferdehalfter zog er eine große, morsche Deichsel hinter sich her, die er unterwegs gefunden hatte – genug Brennholz für zwei Mahlzeiten. Gao Jianzhong, der die letzten zwei Tage ein missmutiges Gesicht aufgesetzt hatte, weil Chen einen Großteil des Rinderdungs weggeworfen hatte, war damit endlich besänftigt.

Chen, Zhang und Yang gingen zum Gefangenenwagen. Als sie die dicke Filzmatte entfernten, die den Korb bedeckte, entdeckten sie zu ihrem Schreck auf der einen Seite des Korbs ein fußballgroßes Loch, das der Wolf mit seinen stumpfen Klauen und Zähnen hineingerissen hatte. Auch die Weidengerten auf den anderen Seiten des Korbs waren von Kratz- und Beißspuren übersät, und den alten Regenmantel bedeckten lauter Holzstückchen und -späne. Chens Herz pochte heftig vor Schreck. Als Chen die Weidengerten genauer untersuchte, fand er darauf Blutspuren.

Rasch hob er mit Zhang zusammen den Korb vom Wagen. Der Wolf stürzte sich auf den Grasboden. Eilig löste Chen das andere Ende der Kette und führte den Wolf seitlich vor seine Jurte. Yang hob geschwind eine Grube aus, hämmerte einen Pfahl in die Erde und befestigte den

Ring am Ende der Kette daran. Nach all dem Schrecken, den er durchlebt hatte, schien sich dem Wolf alles vor den Augen zu drehen; deshalb ließ er sich, kaum dass er die heimische Erde unter den Füßen zurückgewonnen hatte, artig auf den sicheren Grasboden fallen, wo seine zerschundenen Pfoten endlich wieder weich gebettet waren. Er war so erschöpft, dass er kaum den Kopf heben konnte.

Chen umfasste den Hinterkopf des Tieres mit beiden Händen und drückte mit den Daumen sein Maul auf. Von der Wunde im Rachen war nicht mehr viel Blut zu sehen, aber der eine Zahn blutete noch.

Während er den Kopf des Wolfs fest umklammert hielt, bat er Yang, den Zahn zu befühlen. Yang nahm den schwarz verfärbten Zahn zwischen die Finger und prüfte seine Festigkeit. »Der Zahn ist wacklig, anscheinend ist er nicht mehr zu retten.« Diese Worte schmerzten Chen mehr, als hätte man ihm selbst einen gesunden Zahn gezogen.

Zwei Tage lang hatte sich der Wolf mit Leib und Leben gegen Transport und Gefangenschaft zur Wehr gesetzt, hatte sich dabei am ganzen Körper eine Vielzahl von Wunden zugezogen und nicht einmal seine Zähne geschont. Als Chen ihn losließ, leckte er unentwegt seinen faulen Zahn, der ihm anscheinend große Schmerzen bereitete. Unterdessen bestrich Yang seine Pfoten vorsichtig mit Wundpulver.

Nach dem Abendessen bereitete Chen dem Wolf aus den übrig gebliebenen Nudeln, dem klein geschnittenen Fleisch und der Fleischsuppe einen großer Teller breiartiger, halb flüssiger Nahrung zu. Erst als das Essen abgekühlt war, brachte er es dem Wolf. In Windeseile schlang das ausgehungerte Tier den Teller leer. Dennoch konnte der Wolf das Essen nicht so leicht hinunterschlucken wie sonst; oft musste er aufstoßen, während er weiter den blutenden Zahn leckte. Außerdem brach er nach dem Fressen in Husten aus, und dabei spuckte er auch blutige Essensreste aus. Chen war bedrückt: Der Wolf hatte sich nicht nur den Zahn, sondern auch die Kehle und die Speiseröhre schwer verletzt – aber welcher Tierarzt wäre willens, ihn zu behandeln?

»Eins ist mir jetzt klar«, sagte Yang. »Dass die Wölfe so zäh und unbeugsam sind, heißt nicht, dass es unter ihnen keine ›Verräter‹ und Schwächlinge gibt – aber ihre grausame Umwelt sondert frühzeitig alle Weichlinge aus.«

»Nur leider hat dieser Wolf für seine Unbeugsamkeit einen allzu hohen Preis bezahlt«, antwortete Chen traurig. »Bei einem Menschen kann man mit drei Jahren sehen, wie er als Erwachsener, und mit sieben Jahren, wie er als Greis sein wird – bei einem Wolf schon mit drei beziehungsweise sieben Monaten.«

Am nächsten Morgen, als Chen das Wolfsgehege säuberte, entdeckte er, dass der Kot des Tieres nicht mehr grauweiß war wie sonst, sondern schwarz. Erschrocken presste er das Maul des Wolfes auf und blickte hinein. Die Wunde im Rachen blutete noch immer. Sofort bat er Yang, das Maul des Tieres aufzuhalten, während er selbst ein kleines, mit Wundpulver bestrichenes Filzstück, das er mit zwei Essstäbchen hielt, in seinen Rachen hinunterführte. Doch die tief liegende Wunde konnte er damit nicht erreichen. Beide versuchten alle möglichen Tricks und Hausmittel, um dem Wolf zu helfen, bis sie sich völlig verausgabt hatten, voller Reue darüber, dass sie sich nicht schon längst tierärztliches Wissen angeeignet hatten.

Erst am vierten Tag, als sich der Kot aufzuhellen begann und der Wolf wieder munterer wurde, atmeten sie auf.

34

Über lange Zeiten hinweg haben sich alle Zivilisationen auf monarchistischen Bahnen entwickelt, auf den Bahnen absoluter Monarchie, und in jeder Monarchie und Dynastie haben wir – als wäre dies ein notwendiger Prozess – gesehen, wie ihre Effizienz und Energie schwinden zugunsten von Prunksucht, Trägheit und Verfall weichen und wie sie schließlich einem frischeren Geschlecht aus der Wüste oder aus der Steppe unterliegen.
[...]
Wir finden bei allen Nomaden – gleich ob bei den Nordländern, den Semiten oder den Mongolen – eine ursprünglich ähnliche individuelle Veranlagung, die willensstärker und aufrechter war als die des sesshaften Volkes.

H. G. Wells, The Outline of History

Der alte Bilgee wurde nie mehr zu den Produktionssitzungen der Korps- oder Divisionsführung eingeladen. Chen Zhen sah ihn oft zu Hause in seiner Jurte, wie er in aller Stille Lederarbeiten herstellte.

Durch den häufigen Sommer- und Herbstregen waren die Halfter, Zügel, Kandare und Fußstricke für die Pferde der Schaf-, Rinder- und Pferdehirten so durchnässt, dass das zum Gerben verwendete Glaubersalz schon weitgehend ausgewaschen war; nach dem Trocknen in der Sonne war das Leder steif und brüchig geworden und seine Haltbarkeit stark beeinträchtigt. Immer wieder riss ein Pferd seine Zügel durch oder streifte seine Fußstricke ab, um zu seiner Herde zurückzulaufen.

Bilgee hatte nun Zeit genug, für seine Familie, für die Pferdehirten seiner Gruppe und für die Oberschüler die notwendigen Lederarbeiten zu erledigen. Chen Zhen, Yang Ke und Gao Jianzhong nahmen sich oft die Zeit, vom alten Mann zu lernen. Nach rund zwei Wochen konnten sie schon sehr ansehnliche Pferdehalfter und Reitpeitschen anfertigen. Yang brachte sogar die Fußstricke zustande, die schwieriger als alles andere waren.

Bilgees geräumige Jurte verwandelte sich in eine mongolische Lederwerkstatt, in der sich weiße, noch ungegerbte Kuhhäute häuften und der beißende Geruch von Glaubersalz die Luft schwängerte. All diese Lederarbeiten mussten noch den letzten Arbeitsschritt durchlaufen: das Einreiben mit Murmeltierfett.

Murmeltierfett war das hochwertigste und eigenartigste Tierfett des Graslands. In den äußerst strengen Wintern, wenn Schaf- und Gazellenfett, Diesel- und Maschinenöl gefrieren, blieb allein das Murmeltierfett flüssig; selbst wenn die Temperatur auf dreißig Grad unter null fiel, konnte man das dickflüssige, klebrige Fett noch aus der Flasche gießen. Es war eine Spezialität des Graslands, eine Kostbarkeit, die in keiner Hirtenfamilie fehlen durfte.

Selbst bei einem Schneesturm im tiefsten Winter brauchten die Pferde- und Schafhirten nur ihr Gesicht mit diesem Fett einzureiben, und schon waren sie vor Erfrierungen geschützt. Die mongolischen Mehlkuchen, die in Murmeltierfett frittiert wurden, glänzten goldgelb und schmeckten köstlich. Sie wurden meist nur auf Hochzeitsbanketten oder zur Bewirtung hoher Gäste serviert. Mit Murmeltierfett konnte man auch Brandwunden behandeln, und zwar genauso wirkungsvoll wie mit Dachsfett.

Das Fett und das Fell der Murmeltiere waren zwei wichtige Nebenerwerbsquellen für die Hirten. Alljährlich im Herbst, wenn das Fell und die Fettschicht der Tiere besonders dick waren, brachen alle Hirten zur Murmeltierjagd in die Berge auf. Das Fleisch der erlegten Tiere aßen sie selbst, die Felle und das Fett aber lieferten sie im Tausch gegen Ziegeltee, Seide, Batterien, Reitstiefel, Süßigkeiten und diverse Gebrauchsartikel an die Ankaufsstelle und die Genossenschaft. Ein großes Murmeltierfell brachte vier Yuan ein, ein Pfund Murmeltierfett mehr als einen Yuan. Murmeltierpelz gab ein erstklassiges Material für Damenpelzmäntel ab und wurde gegen Devisen exportiert. Die Fettschicht eines großen Murmeltiers ist einen Finger dick; man kann aus ihr ein Kilo Fett gewinnen. Mit einem großen Murmeltier konnte ein Hirte also – zusätzlich zu dem Fleisch – fünf oder sechs Yuan verdienen. Wenn er in einem Herbst hundert Tiere erlegte, konnte er folglich auf einen Verdienst von fünfhundert oder sechshundert Yuan kommen – mehr, als ein Schafhirte in einem Jahr verdiente. Fast jede Hirtenfamilie verfügte über Ersparnisse, die einen Stadtbewohner in Erstaunen versetzt hätten.

Aber die Einnahmen aus der Jagd schwankten. Abhängig vom Wetter, vom Graswuchs, von Naturkatastrophen und anderen Faktoren hatten die wilden Tiere des Graslands ähnlich wie die Obstbäume im übrigen China fette und magere Jahre. Doch die Hirten des Olonbulag wussten den Umfang ihrer Jagd zu beschränken und hielten sich nicht an starre Planziffern mit festgeschriebenen jährlichen Wachstumsraten. Wenn es mehr Wildtiere gab, jagten sie auch mehr, und wenn es weniger Tiere gab, jagten sie weniger; gab es aber einmal kaum noch Tiere, dann stellten sie die Jagd ganz ein. Auf diese Weise hatten sie über Jahrtausende hinweg fast alljährlich genug zu jagen gehabt.

Die Felle der Murmeltiere verkauften sie fast ausnahmslos, ihr Fett aber behielten sie zu einem Gutteil lieber für sich, denn sie konnten es vielfältig verwenden und verbrauchten es in großen Mengen – vor allem für Lederarbeiten, die durch das Fett eine tiefbraune Farbe annahmen und geschmeidig wurden. Weil das Murmeltierfett so vielseitig verwendbar war und so viel benutzt wurde, reichten die Vorräte der Hirten oft nicht bis zur nächsten Jagdsaison.

Bilgee betrachtete die Lederarbeiten, die den Filzboden bedeckten, und sagte zu Chen: »Wir haben zu Hause nur noch eine halbe Flasche Murmeltierfett übrig, und außerdem habe ich Appetit auf Murmeltierfleisch – zu dieser Zeit schmeckt es am besten. Früher haben selbst die Adligen in dieser Jahreszeit lieber Murmeltier als Lamm gegessen. Morgen nehme ich dich mit auf die Jagd.«

»Sobald ihr mir wieder Murmeltierfett bringt«, sagte Galsanma, »seid ihr hier alle zu Tee und in Murmeltierfett frittiertem Kuchen eingeladen.«

»Großartig«, antwortete Chen. »Ich muss mir in diesem Jahr auch einen größeren Vorrat anlegen, ich kann mir ja nicht immer bei euch den Bauch vollhauen.«

Galsanma lachte. »Ach was, seit du den Wolf aufziehst, hast du mich doch schon fast vergessen. Wie oft bist du denn in den letzten Monaten noch auf einen Tee hier vorbeigekommen?«

»Ich habe dir als Gruppenleiterin so viel Ärger gemacht mit meinem Wolf, dass ich mich gar nicht mehr hergetraut habe.«

»Na ja, wenn ich dich nicht in Schutz genommen hätte, hätten die Pferdehirten der anderen Gruppen deinen Wolf längst getötet.«

»Was hast du ihnen gesagt?«

Sie lächelte. »Ich habe gesagt: ›Die Han-Chinesen hassen Wölfe und essen sie – nur nicht Chen Zhen und Yang Ke. Für die beiden ist der Wolf ihr Adoptivkind. Wenn sie die Wölfe erst so gut wie wir verstehen, werden sie die reinsten Mongolen sein.‹«

Chen empfand tiefe Dankbarkeit und äußerte das auch nachdrücklich.

Galsanma lachte herzhaft. »Du kannst mir danken, indem du für mich etwas typisch Chinesisches wie aus dem Restaurant kochst: Pfannkuchen gefüllt mit Lamm und Winterzwiebeln.« Sie zwinkerte ihm zu und zeigte auf den trübsinnigen alten Bilgee. »Dein alter Freund isst auch gern eure Pfannkuchen.«

Chen lachte auf und erklärte sich sofort einverstanden: »Zhang Jiyuan hat im Brigadequartier schön viele Winterzwiebeln gekauft; ein halbes Bündel hat er noch übrig. Heute Abend bringe ich alles mit und koche für euch alle, dass ihr schlemmen könnt, so viel ihr wollt.«

Mit einem schwachen Lächeln sagte der Alte: »Lammfleisch brauchst du nicht mitzubringen, ich habe gerade ein Schaf geschlachtet. Gao Jianzhongs gefüllte Pfannkuchen schmecken besser als die in den hiesigen Restaurants. Bring Gao und Yang Ke mit, dann zechen wir zusammen.«

Am Abend brachte Gao Galsanma bei, wie man die Füllung macht und einrollt, wie man den Teig auswalkt und wie man die Pfannkuchen brät. Dann aßen, tranken und sangen alle miteinander, bis der Alte abrupt seine Schüssel abstellte und sagte: »Das Korps will, dass sich die Hirten an einem Ort niederlassen – dann würden wir, sagen sie, nicht mehr so oft krank werden und hätten nicht mehr so hart zu arbeiten. Was haltet ihr davon? Ihr Han-Chinesen lasst euch doch gerne in Häusern nieder, oder?«

»Wir wissen nicht«, antwortete Yang, »ob die Hirten ihr jahrtausendelanges Nomadenleben aufgeben und sesshaft werden können. Ich glaube, nein. Die Grasnarbe hier ist sehr dünn und verträgt nicht viel Getrampel. Deshalb müssen Mensch und Vieh nach spätestens ein oder zwei Monaten umziehen. Wenn wir uns an einem Ort niederlassen, werden wir dort ringsum in weniger als einem Jahr alles zu Sand getrampelt haben, und wenn sich die Ansiedlungen später miteinander verbinden, haben wir am Ende eine einzige große Wüste. Außerdem ist es schwer zu entscheiden, wo wir uns eigentlich niederlassen sollen.«

Der Alte nickte. »Sich im mongolischen Grasland niederzulassen ist grober Unfug. Die Leute aus den Ackerbaugebieten verstehen das Grasland nicht. Nur weil sie selbst gern sesshaft sind, wollen sie ihre Lebensweise auch anderen aufzwingen. Natürlich, gemütlich ist das sesshafte Leben, das weiß jeder; aber wir Hirten des mongolischen Graslands ziehen seit unzähligen Generationen umher – und folgen damit Tenggers Bestimmung. Denkt nur mal an die Weiden: Jede Weide hat – ihrer Saison gemäß – ihren eigenen Nutzen. Die Frühjahrsweide, die zum Lammen genutzt wird, hat gutes Gras. Aber das Gras ist kurz, und wenn man sich dort niederlässt, stirbt das Vieh im Winter, wenn die großen Schneefälle das Gras unter sich begraben. Die Winterweide hat so hohes Gras, dass der Schnee es nicht bedeckt. Aber wenn man dort das ganze Jahr über das Vieh weidet, ist von dem Gras im Winter nicht mehr viel übrig. Die Sommerweide muss nahe am Wasser liegen, damit das Vieh nicht verdurstet. Aber die wassernahen Plätze liegen alle in den Bergen, und wenn man sich dort niederlässt, erfriert das Vieh im Winter. Und die Herbstweide zeichnet sich durch ihre vielen Grassamen aus. Aber wenn man das Vieh dort auch im Frühjahr und Sommer fressen lässt, dann gibt es im Herbst keine Samen mehr. Jede Weide hat eine Reihe von Nachteilen und nur einen einzigen Vorteil. Darum ziehen wir ja immer umher: um die Nachteile zu vermeiden und den Vorteil zu nutzen. Wenn wir uns irgendwo niederlassen, sind wir all den Nachteilen ausgesetzt, und obendrein geht uns auch noch der Vorteil verloren – wie sollen wir dann noch weiden?«

Chen, Yang und Gao nickten. Chen freilich fand zumindest einen Vorteil am Sesshaftwerden: Dann könnte er seinen Wolf leichter aufziehen. Aber er wagte nicht, das auszusprechen.

Der Alte trank viel und aß vier große Pfannkuchen, aber seine Stimmung schien sich weiter verdüstert zu haben.

Am nächsten Morgen ritt Chen, der seine Schicht mit Yang Ke getauscht hatte, mit Bilgee zur Murmeltierjagd in die Berge. Hinter seinem Sattel hatte der Alte einen Jutesack mit Dutzenden von Fallen befestigt. Eine Murmeltierfalle war sehr simpel konstruiert: aus einem rund zwanzig Zentimeter langen Holzpflock und aus einer daran befestigten Schlinge, die aus acht Eisendrähten gewickelt und durch eine Drahtschnur mit dem Pflock verbunden war. Die Falle funktionierte wie ein Galgenstrick. Der Pflock wurde nahe einer Murmeltierhöhle eingeschlagen und die Schlinge über dem Eingang platziert. Sie durfte aber nicht den Boden berühren, sondern musste zwei Fingerbreit über der Erde hängen; nur so konnte sich ein Murmeltier, das die Höhle verließ, mit dem Hals oder mit den Hinterbeinen darin verfangen. »Das letzte Mal«, sagte Chen, »habe ich deine Fallen benutzt und trotzdem keine großen Tiere gefangen. Kannst du mir sagen, warum?«

Der Alte kicherte vor sich hin. »Weil ich dir noch nicht das Geheimnis verraten habe, wie man die Fallen aufstellt. Die Jäger des Olonbulag geben ihre Techniken niemals an Auswärtige weiter – aus Angst, Fremde könnten die Tiere ausrotten. Mein Junge, ich bin schon alt, also verrate ich dir das Geheimnis. Die Auswärtigen benutzen starre Fallen, aber die Murmeltiere sind schlau und schlüpfen aus ihnen hinaus, indem sie sich zusammenrollen. Meine Fallen sind elastisch; die Schlingen ziehen sich bei der leichtesten Berührung zusammen. Wenn ein Murmeltier sich darin verfangen hat – ob nun mit dem Hals oder mit den Hinterbeinen –, kommt es nicht mehr raus. Bevor du die Falle aufstellst, musst du die Schlinge erst schmaler machen. Wenn du sie danach auseinanderziehst, zieht sie sich zu, sobald du loslässt, richtig?«

»Und wie fixierst du sie?«

»Du machst einen winzigen Haken in den Draht, dann ziehst du die Schlinge durch den Haken und drückst ihn sachte zu. Zu sachte darfst du allerdings auch nicht zudrücken, denn dann zieht sich die Schlinge beim ersten Windstoß zusammen, und alles ist umsonst; wenn du aber zu fest zudrückst, wird sich die Schlinge gar nicht zuziehen, und das Murmeltier geht dir auch wieder durch die Lappen. Du musst unbedingt die goldene Mitte finden, um die Schlinge zu fixieren und trotzdem elastisch zu halten. Wenn dann ein Murmeltier herauskommt, braucht es nur den Draht zu berühren, schon zieht sich die Schlinge zu. Mit zehn solcher Fallen kannst du sechs oder sieben große Murmeltiere fangen.«

Chen schlug sich an die Stirn. »Genial! Einfach genial! Kein Wunder, dass ich mit meinen Schlingen kein Murmeltier gefangen habe – meine Schlingen waren starr, sodass die Murmeltiere einfach hindurchschlüpfen konnten.«

»Ich zeige dir gleich, wie man's macht. Es ist gar nicht so einfach, weil man auch darauf achten muss, wie groß die Höhle und die Spuren des Tieres sind. Und es gibt noch einen besonders wichtigen Trick – sieh mir einfach zu, wenn es so weit ist. Du wirst ihn sofort verstehen. Aber all diese Kniffe bringe ich nur dir bei! Verrate sie keinem anderen Zugereisten!«

»Versprochen.«

»Mein Junge, etwas musst du dir noch merken. Du darfst nur die großen Murmeltiermännchen und die Weibchen ohne Junge jagen. Wenn du ein Weibchen, das Junge hat, oder ein Junges gefangen hast, musst du es wieder freilassen. Dass wir Mongolen auch nach Jahrhunderten der Jagd immer noch Murmeltierfleisch, -fell und -fett haben, liegt nur daran, dass keiner von uns die Regeln der Ahnen zu brechen wagt. Die Murmeltiere schädigen zwar das Grasland, aber sie bringen uns auch viele Vorteile. Ihr Chinesen habt keine Ahnung, wie vielen armen Mongolen die Murmeltiere das Leben gerettet haben.«

Während ihre Pferde durch das dichte Herbstgras galoppierten, scheuchten sie mit ihren Hufen unzählige rosa- und orangefarbene, weiße und blaue Motten sowie grüne, gelbe und bunte Heuschrecken und andere Herbstinsekten auf. In der Luft umkreisten einige Rauchschwalben unter hellem Gezwitscher die Reiter; mal streiften sie fast die Pferderücken, mal stiegen sie hoch in den Himmel auf, während sie das üppige Festmahl genossen, das ihnen Pferde und Reiter bereiteten. Über viele Kilometer hinweg begleiteten die Schwalben die Reiter; und sobald die ersten unter ihnen gesättigt fortflogen, kamen neue, die sich dem singenden und tanzenden Begleitzug in den Lüften anschlossen.

Bilgee zeigte mit dem Pferdeknüttel auf die großen Hügel vor ihnen. »In ein paar Tagen werden alle Familien zum Berg der Murmeltiere kommen, denn die Jagd ist in diesem Jahr besonders leicht.«

»Warum?«

Der Blick des Alten verdüsterte sich, und er seufzte. »Weil es so wenig Wölfe gibt. Dann gehen die Murmeltiere leichter in die Falle. Die Wölfe brauchen im Herbst die Murmeltiere, um sich die nötige Fettschicht anzufressen, sonst kommen sie nicht über den Winter. Die Wölfe jagen auch nur die großen Murmeltiere, nicht die Jungen, und deshalb haben sie jedes Jahr welche zum Fressen. Hier im Grasland verstehen nur die Hirten und die Wölfe Tenggers Regeln.«

Während sie sich noch dem großen Murmeltierberg näherten, entdeckten sie in einer Senke zwei Zelte aus Segeltuch, vor denen Rauch aufstieg, dazu ein Pferdegespann und einen Wasserwagen mit Eimern – als wäre dort eine provisorische Baubaracke errichtet worden.

»Verdammt! Sie sind uns schon wieder einen Schritt voraus.« Bilgees Miene verfinsterte sich schlagartig: Mit vor Zorn funkelnden Augen preschte er auf die Zelte zu.

Schon von weitem konnten sie den Duft von Murmeltierfleisch riechen. Als sie, bei den Zelten angekommen, eilig von den Pferden stiegen, sahen sie auf einem Herd im Freien einen riesigen Topf, der zu einem Großteil mit kochendem, glucksendem Murmeltierfett gefüllt war. Darin trieben einige große Murmeltiere mit schon ausgelassenem Fett; ihr Fleisch war goldgelb und knusprig gekocht. Ein junger Arbeiter fischte ein gar gesottenes Murmeltier heraus und schickte sich an, ein anderes, von einer dicken Fettschicht umhülltes Tier, das gehäutet und ausgeweidet war, in den Topf zu werfen. Der alte Wang und ein anderer Arbeiter saßen vor einer lädierten Kiste, auf der eine Schüssel mit Sojasoße, ein kleiner Teller mit Gewürzsalz und ein Teller mit rohen Zwiebeln standen. Beide tranken Alkohol aus Flaschen und genossen ihr Festmahl in vollen Zügen.

Neben dem Herd mit dem Topf stand eine große blecherne Waschschüssel, die mit gehäuteten Murmeltieren gefüllt war, ein Großteil davon Jungtiere, die keinen halben Meter groß waren. Auf dem Gras lagen über ein Dutzend Weidenkörbe groß wie Esstische, darauf waren Murmeltierfelle in allen Größen ausgebreitet – gut und gerne ein- oder zweihundert Stück. Chen ging mit dem Alten in eines der Zelte. Auf dem Zeltboden waren mehrere gut hüfthohe Stapel mit in der Sonne getrockneten Murmeltierfellen errichtet – wahrscheinlich wieder über hundert Stück. In der Zeltmitte stand ein über einen Meter hoher Benzinkanister, der zur Hälfte mit Murmeltierfett gefüllt war. Weitere kleine Kannen und Eimer mit demselben Inhalt standen verstreut herum.

Der Alte stürzte aus dem Zelt zur Waschschüssel. Als er mit seinem Knüttel einige Jungtiere, die an der Oberfläche trieben, beiseiteschob, entdeckte er auf dem Grund der Schüssel mehrere Muttertiere mit dünner Fettschicht.

Zornentbrannt hämmerte er mit dem Knüttel gegen die Blechschüssel und brüllte den alten Wang an: »Wer hat euch gesagt, ihr könnt auch die Muttertiere und die Jungen jagen? Diese Murmeltiere sind Eigentum der Brigade und das mühsam bewahrte Erbe von Generationen von Hirten des Olonbulag! Wie könnt ihr es wagen, ohne die Erlaubnis der Brigade so viele Murmeltiere zu töten!«

Der alte Wang, der schon leicht angetrunken war, ließ sich bei seinem Mahl nicht stören. Seelenruhig antwortete er: »Ich würde nie wagen, auf *Ihrem* Gebiet Murmeltiere zu jagen – aber untersteht dieses Gebiet Ihnen? Selbst die Brigade gehört jetzt zum Korps. Damit Sie's wissen: Das Korpskommando hat uns hierhergeschickt. Die Murmeltiere zerstören das Weideland, hat Stabschef Sun gesagt, und noch dazu sind sie die Hauptnahrungsquelle für die Wölfe, um über den Winter zu kommen. Wenn wir die Murmeltiere vernichten, sind auch die Tage der Wölfe gezählt! Das Korpskommando hat es befohlen: Die Vernichtung der Wölfe muss mit der Beseitigung der Murmeltiere einhergehen. Die Ärzte im Divisionskrankenhaus haben gesagt, die Murmeltiere verbreiten die Pest. Jetzt, wo so viele Leute in diese Region gezogen sind, wollen Sie die Verantwortung übernehmen, wenn hier eine Seuche ausbricht?«

Bilgee schwieg eine Weile, aber dann brach der Zorn wieder aus ihm heraus. »Selbst wenn der Befehl vom Korps kommt – so was dürft ihr nicht tun! Wenn ihr die Murmeltiere ausrottet, womit sollen wir Hirten dann unsere Lederarbeiten herstellen? Wenn ein Halfter oder ein Zügel reißt, sodass das Pferd scheut und der Reiter sich verletzt, wer übernimmt dann die Verantwortung? Ihr beschädigt fremdes Eigentum!«

Der alte Wang rülpste. »Na klar übernimmt jemand die Verantwortung dafür, schließlich kommt der Befehl von oben. Wenn Sie den Mumm dazu haben, suchen Sie doch die hohen Tiere auf, statt hier vor uns den starken Mann zu markieren! Wir machen nur die Dreckarbeit.« Er warf einen Blick auf den Jutesack, der am Sattel des Alten befestigt war. »Sie sind doch selbst auch zum Jagen gekommen, oder etwa nicht? Sie dürfen das, aber wir nicht, ja? Sie haben diese Tiere doch nicht aufgezogen, also kann sie jagen, wer will!«

Sein Bart zitterte vor Zorn, als der Alte erwiderte: »Na wartet, ich hole die Pferdehirten! Die Felle und das Fett, das müsst ihr alles der Brigade geben!«

»Das Fleisch und das Fett hat die Korpskantine geordert, das müssen wir morgen dort abliefern. Nehmen Sie uns ruhig unsere Beute weg, nur zu – aber dafür wird man Sie zur Rechenschaft ziehen! Und die Felle sind auch schon von einigen hohen Herren bestellt, die muss Direktor Bao persönlich abliefern.«

Bilgee ließ die Arme hängen; er war sprachlos.

»Da habt ihr ja wirklich ganze Arbeit geleistet«, sagte Chen kühl. »All die großen und kleinen Murmeltiere – ihr habt die Höhlen ja richtig leer geräumt. Ich frage mich nur, was ihr im nächsten Jahr noch jagen wollt!«

»Ihr nennt uns doch ›Streuner‹! Streuner, Streuner, dumme Streuner! Also: Was kümmert uns das nächste Jahr! Wo es was zu essen gibt, da streunen wir hin. Wir schauen nicht auf das nächste Jahr. Ihr sorgt euch um die Murmeltiere, aber um uns sorgt sich niemand!«

Chen wusste, dass man mit diesen ungehobelten Kerlen nicht vernünftig reden konnte. Er wollte nur wissen, mit welchem Trick sie so viele Murmeltiere erlegt hatten. Sollten sie etwa auch flexible Fallen ausgelegt haben? In einem versöhnlicheren Ton fragte er: »Wie habt ihr so viele Tiere erlegt?«

»Du willst von uns lernen?«, fragte der alte Wang selbstzufrieden. »Zu spät! Auf diesem Berg haben wir kaum einen Murmeltierbau ausgelassen. Vor drei Tagen haben wir schon eine Wagenladung Fleisch und Fett an die Divisionsleitung geliefert. Du willst wissen, wie wir es gemacht haben? Geh auf den Berg und schau dich um – aber beeil dich, sonst kriegst du nichts mehr zu sehen.«

Chen half dem Alten aufs Pferd, dann ritten sie auf die Bergkuppe. Auf einer Hügelkuppe im Nordosten sahen sie vier oder fünf Männer, die sich geschäftig über etwas beugten. Chen und Bilgee ritten, so schnell sie konnten, dorthin. »Halt!«, schrie der Alte. »Halt!« Die Arbeiter hielten inne, erhoben sich und schauten sich um. Chen und Bilgee saßen ab.

Als Chen die Lage erfasste, war er starr vor Schreck. Auf der Hügelkuppe gab es sechs Murmeltierhöhlen, die, wie Chen sofort erkannte, miteinander verbunden waren. Aber abgesehen von der Haupt- und einer Nebenhöhle waren die Eingänge der übrigen vier Höhlen mit Erde und Steinen blockiert. Am meisten jedoch bestürzte Chen, dass der Anführer der Arbeiter ein junges Murmeltier von fast einem halben Meter Größe gepackt hielt. Am kurzen Schwanz des Tieres, das sich verzweifelt wehrte, war eine große Knallfroschkordel festgebunden und dazu ein Strick, an dessen anderem Ende ein faustgroßes Stück alter Filz befestigt war. Der Filz war mit gemahlenem rotem Chilipfeffer bestreut und mit stinkendem Dieselöl durchtränkt. Daneben stand ein Arbeiter mit einer Streichholzschachtel bereit. Wenn Chen und Bilgee einen Moment später gekommen wären, hätten die Arbeiter das junge Murmeltier in die Höhle gesetzt und die Feuerwerkskörper angezündet, um die Höhle auszuräuchern.

Bilgee rannte hastig hin und stellte einen Fuß in die Höhle. Dann setzte er sich neben sie und herrschte die Arbeiter lautstark an, sie sollten alles fallen lassen. Die Arbeiter, die den ganzen Sommer unter Bilgees Leitung gestanden hatten, wagten keine Widerrede und lösten den Strick.

Eine derart raffgierige, niederträchtige Jagdmethode, die eine ganze Sippe auslöschen konnte, hatte Chen noch nicht erlebt. Diese Methode war barbarischer, als wenn man einen Teich trockenlegte, um an die Fische zu kommen. Sobald das junge Murmeltier mit den in Brand gesetzten Knallfröschen und dem mit Chilipfeffer und Dieselöl präparierten Filz in die Höhle liefe, wäre der ganze Bau dem Untergang geweiht. Kein anderes Tier des Graslands gräbt so tiefe, steile und reich verzweigte Höhlen wie das Murmeltier. Selbst gegen Rauch treffen die Tiere Vorkehrungen. Wenn Menschen versuchen sie auszuräuchern, blockieren die Murmeltiere flugs einen schmalen Durchgang in der Mitte des Baus. Aber diesen Arbeitern, die aus Gebieten stammten, in denen teils Ackerbau, teils Viehzucht betrieben wurde – diesen Arbeitern mit ihren grausamen Kniffen waren sie nicht gewachsen. In panischer Angst würde das junge Murmeltier schnurstracks zu seinen Artgenossen in die Tiefe der Höhle stürzen. Und noch ehe die anderen Tiere eine Chance hätten, die Höhle zu blockieren, würden dort, im Herzen des Baus, die eingeschleppten Feuerwerkskörper explodieren. Die anhaltenden Explosionen und der beißend scharfe, dichte Rauch würde sämtliche Höhlenbewohner in die Flucht schlagen. An dem einzig verbliebenen Ausgang würden Knüppel und Säcke sie erwarten. Die Methode war ebenso grausam wie simpel: Man musste nur zuerst ein junges Murmeltier als »Träger« fangen. Binnen weniger Tage war so ein Berg, der seit Jahrtausenden Murmeltiere beherbergte, verwüstet. Den hiesigen Murmeltieren drohte die völlige Ausrottung.

Bilgee hämmerte mit seinem Knüttel so wild auf den Boden, dass die Steinsplitter umherflogen. Seine Augäpfel sprangen fast aus den Höhlen, während er brüllte: »Schneidet die Knallfrösche ab! Schneidet die Schnur mit dem Pfeffer ab! Und setzt das Murmeltier wieder in die Höhle!«

Widerwillig lösten die Arbeiter den Strick, aber das Murmeltier ließen sie nicht frei.

Da kam der alte Wang mit einem leichten Pferdewagen angefahren. Er schien wieder nüchtern zu sein, als er mit breitem Grinsen vom Wagen sprang und dem alten Bilgee geflissentlich eine Zigarette anbot. Dabei drehte er sich herum und putzte die Arbeiter herunter. Er ging zu dem Mann, der das Murmeltier gepackt hielt, nahm ihm das Tier weg und schnitt mit dem Messer die Schnur ab, ehe er wieder zu dem Alten ging und zu ihm sagte: »Stehen Sie auf, ich lasse das Tier frei.«

Der alte Mann erhob sich langsam und klopfte sich den Schmutz von den Kleidern. »Lass es auf der Stelle frei. Und versuch nicht noch mal, unserer Brigade ins Handwerk zu pfuschen.«

Wang lächelte begütigend. »Ich doch nicht! Ich handle nur auf Befehl. Solange wir die Murmeltiere nicht ausmerzen, lassen wir den Wölfen immer noch ein Schlupfloch zum Überleben. Deshalb sind ja die Murmeltiere eine Plage, von der wir das Volk befreien. Aber Sie haben auch Recht: Ohne Murmeltierfett halten die Halfter und Zügel nicht so gut, und es kommt leicht zu Unfällen. Deshalb müssen wir den Hirten wirklich ein paar Murmeltiere übrig lassen.«

Er setzte das Murmeltier auf der ebenen Fläche vor dem Eingang ab, in dem das Tier augenblicklich verschwand.

Dann seufzte er. »Allerdings ist es ganz schön mühsam, an eine ganze Höhle mit Murmeltieren ranzukommen. Was meinen Sie, wie schwer es war, so ein junges Murmeltier zu fangen! Nachdem wir in den letzten Tagen einen Knallkörper nach dem andern gezündet haben, trauen sich die Viecher vor Angst gar nicht mehr raus.«

Der Alte blieb hart. »Damit ist es nicht getan! Du bringst alles, was du gejagt hast, sofort zum Brigadebüro! Wenn Lamjab und die anderen Pferdehirten von dieser Sache Wind bekommen, schlagen sie dir deine Wagen und Zelte kaputt!«

»Wir packen nur schnell unsere Sachen zusammen und machen uns gleich auf den Weg. Ich muss Direktor Bao noch Bericht erstatten.«

Der Alte blickte auf seine Uhr. Besorgt um den kleinen Murmeltierberg im Norden sagte er zum alten Wang: »Ich muss jetzt jemanden besuchen, aber ich komme gleich wieder.« Dann stiegen er und Chen auf die Pferde und ritten auf die Grenzstraße zu.

Sie hatten gerade zwei Hügel überquert, da hörten sie hinter sich das Geballer von Feuerwerkskörpern. Gleich darauf war es wieder still. »O nein! Sie haben uns reingelegt.« Eilig wendeten die Männer ihre Pferde und galoppierten zurück. Von der nächsten Hügelkuppe aus sahen sie den alten Wang, der sich Mund und Nase mit einem nassen Tuch verhüllt hatte und die Arbeiter beim Fangen und Töten der Murmeltiere dirigierte. Der Boden rings um den Höhleneingang war schon von lauter toten Tieren bedeckt. Aus der Höhle quoll ohne Unterlass beißend scharfer Rauch und trieb die letzten Murmeltiere aus dem Eingang, wo sie zu Tode geknüppelt wurden. Bilgee bekam von dem Rauch einen so heftigen Hustenanfall, dass Chen ihn an eine windige Stelle führen und ihm lange auf den Rücken klopfen musste.

Die Arbeiter, die mit den nassen Tüchern vor ihren Gesichtern wie eine Piratenmeute aussahen, verstauten das gute Dutzend großer und kleiner Murmeltiere, das sie erlegt hatten, hastig in einem Jutesack, warfen den Sack auf den Wagen und fuhren den Hügel hinunter.

»Ich verstehe das nicht«, sagte Chen. »Wie konnten sie so schnell ein weiteres Murmeltier fangen?«

»Vielleicht hatten sie vorher zwei gefangen, und das zweite steckte im Sack, sodass wir es nicht gesehen haben. Oder sie haben die Feuerwerkskörper an einer langen Stange bis tief in die Höhle hineinbugsiert. Diese Banditen! Dieses Pack ist noch verachtungswürdiger als die Pferderäuber früher!« Auf seinen Knüttel gestützt, erhob sich der alte Mann, und während er auf die Höhle blickte, deren gesamte Murmeltiersippe nun ausgelöscht war, strömten die Tränen über sein Gesicht. »Was für eine Sünde! Ich kenne diese Höhle. Als Kind habe ich mit meinem Vater hier Fallen ausgelegt. Unzählige Generationen haben die Murmeltiere dieser Höhle gejagt, und doch haben die Murmeltiere immer weiter Junge gezeugt, und jedes Jahr haben sie ihr fröhliches Pfeifen ausgestoßen. Diese Höhle hier war mindestens hundert Jahre lang voller Leben. Und jetzt ist der alte Bau im Handumdrehen verwaist!«

Chen, der genauso bedrückt wie sein väterlicher Freund war, versuchte ihn zu trösten. »Ärgere dich nicht. Wollen wir zurückreiten und uns überlegen, was wir tun können?«

Bilgee konnte sich nicht beruhigen. Plötzlich entfuhr es ihm: »Warum war Dorji nicht hier? Ich glaube, er hat die Leute zu dem kleinen Murmeltierberg im Norden geführt. Sie haben einen Wagen und sind schnell – sie sind uns immer einen Schritt voraus. Wir müssen dorthin, schnell!« Und sie galoppierten nach Norden. Nachdem sie mehrere sanfte Hänge überquert hatten, erblickten sie die riesigen Gebirgszüge der Äußeren Mongolei, an deren Fuß sich die Grenze entlangzog.

Allmählich verlangsamten die Pferde ihren Schritt, um zwischendurch immer wieder kurz zu grasen. Chen bemerkte, dass das Gras, das die Pferde fraßen, viel grüner war als das Gras auf den Weideflächen. Zudem waren die Halme besonders dick und an den Spitzen noch voller Ähren und Samen – ein erstklassiges Weidegras. Als Chen genauer hinschaute, entdeckte er unter den Halmen lauter Grashäuflein auf dem Boden, alle so groß wie das Nest einer Elster. Er wusste, dass die Feldmäuse dieses Gras als Nahrung für den Winter gesammelt hatten. Vor ihren Höhlen ließen die Mäuse das Gras trocknen, um es anschließend in ihre Höhlen hinunterzutragen. Eigentlich hatte sich das herbstliche Gras zu dieser Zeit schon gelblich verfärbt, das Gras jedoch, das die Mäuse gesammelt hatten, war noch tiefgrün, denn sie hatten es einige Tage zuvor, unmittelbar bevor das Gras sich zu verfärben begann, abgebissen.

Der Alte zügelte sein Pferd und führte es zu einer Stelle, an der das Gras besonders dicht lag. »Rasten wir ein wenig, damit die Pferde sich ein bisschen gutes Mäusegras holen. Ich hätte nicht gedacht, dass die Mäuse, kaum dass die Wölfe fort sind, hier gleich alles auf den Kopf stellen. Sie haben in diesem Jahr um ein Vielfaches mehr Gras aufgehäuft als im letzten Jahr.«

Sie saßen ab und nahmen den Pferden die Kandare ab, damit diese nach Herzenslust fressen konnten. Freudig schoben die Pferde mit den Mäulern die oberste, schon trockene Schicht der Grashäuflein beiseite, um sich an dem saftigen Gras darunter gütlich zu tun. Wie auf einem Festbankett fraßen sie schnaubend Häuflein um Häuflein, dass ihnen der grüne Saft aus den Mäulern troff und sich ein intensiver Duft von frischem Gras ausbreitete. Der Alte stieß mit dem Fuß ein Grashäuflein beiseite. Darunter kam ein teetassengroßer Höhleneingang zum Vorschein, aus dem eine große Maus spähend den Kopf herausstreckte. Als sie sah, dass jemand ihren Winterproviant angerührt hatte, schoss sie hervor und biss dem Alten in die Stiefelspitze, um genauso blitzschnell und unter aufgeregtem Gequieke wieder in der Höhle zu verschwinden. Kurz darauf hörten die Männer, wie hinter ihnen eines der Pferde scheute. Als sie sich umdrehten, sahen sie eine gut dreißig Zentimeter lange Maus, die aus ihrer Höhle geschossen war und dem grasenden Pferd die Nase blutig gebissen hatte, während rings um die Männer und Pferde das Gequieke von Mäusen wogte.

Der Alte schimpfte zornig: »Was sind das für Zeiten, in denen eine Maus ein Pferd zu beißen wagt! Wenn die Wölfe weiter so drangsaliert werden, dann fressen die Mäuse noch Menschen!« Chen rannte zu seinem Pferd und band die Zügel an dessen Vorderbeinen fest. Das Pferd hatte aus Erfahrung gelernt: Bevor es zum Grasen den Kopf senkte, brachte es erst mit dem Huf den jeweiligen Höhleneingang zum Einsturz, oder es blockierte den Eingang einfach mit seinem Huf.

Der Alte stieß einen Grashaufen nach dem andern um. »Alle sieben oder acht Schritt liegt so ein Haufen! Die Mäuse haben sich nur das beste Gras herausgepickt; nicht mal die Zuchtwidder aus Xinjiang bekommen in der Besamungsstation ein so gutes Futter zu fressen. Die Mäuse sind schlimmer als eine Mähmaschine – die mäht wenigstens alles, gutes wie schlechtes Gras, während die Mäuse sich nur das gute Gras herauspicken. Diesen Winter werden sie viel Gras in ihren Höhlen gehortet haben, und entsprechend wenige werden an Kälte und Hunger sterben. Dann werden die Weibchen im Frühjahr viel Milch haben und viele Junge werfen, sie werden noch mehr Gras rauben und Erde aus ihren Höhlen werfen – sie werden hier alles auf den Kopf stellen. Schau es dir an: Sobald die Wölfe weniger werden, verwandeln sich die Mäuse von Dieben in Banditen, die sich ungeniert vor aller Augen ans Werk machen.«

Beim Anblick der unzähligen Grashäuflein ringsumher wurde Chen beklommen zumute. Jedes Jahr im Herbst führten Mensch und Vieh Krieg gegen die Mäuse. Der Feind war listig, aber er besaß eine tödliche Schwäche: So tief er seine Höhlen auch grub, um darin reichlich Winterproviant lagern zu können, er musste beizeiten das nötige Gras sammeln und trocknen, denn feuchtes Gras wäre in den Höhlen verrottet. Und mochten sie das Gras auch noch so verstohlen einsammeln, sie gaben mit dieser kollektiven Aktion unweigerlich ihren Standort preis – für Mensch und Vieh eine gute Gelegenheit, sie zu vernichten.

Wenn ein Hirte auf dem Weideland Grashäuflein in großen Mengen entdeckte, alarmierte er rasch die Produktionsgruppe, die unverzüglich sämtliche Schafe, Kühe und sogar Pferde zum Fressen dorthin trieb. Zu dieser Zeit verfärbte sich das Gras schon gelb, während die Grashäuflein der Mäuse noch immer grün und duftend und noch dazu reich an fetten Samen waren. Die Viehherden brauchten nur wenige Tage, um die Grashäuflein aufzufressen, noch bevor das Gras trocken war. Ohne Vorräte für den Winter verhungerten oder erfroren die Mäuse.

Aber um den herbstlichen Krieg gegen die Mäuse effektiv führen zu können, waren Mensch und Vieh auf die Zusammenarbeit mit den Wölfen angewiesen. Die Wölfe waren dafür verantwortlich, die Mäuse zu fressen und in Schach zu halten. Immer wenn die Mäuse am fettesten waren, brach für die Wölfe die goldene Zeit des großen Mäusefestessens an. Wenn sie das Gras abbissen und mit sich schleppten, waren die Mäuse leichte Beute. Zudem verrieten die Grashäuflein den Wölfen, wo die reichste Beute zu erwarten war. Noch wichtiger aber war, dass die Mäuse aus Angst vor den Wölfen ausgerechnet an diesen für sie so entscheidenden Tagen nicht wagten, nach Lust und Laune ihre Höhle zu verlassen und Gras zu sammeln – mit der Folge, dass sie später in großer Zahl verhungerten, weil sie nicht genug Vorräte angelegt hatten, zumal gleichzeitig die schon gesammelten Häuflein vom Vieh vernichtet wurden.

Seit Jahrtausenden hatten Wolf, Mensch und Vieh so in stillem Einvernehmen auf wirkungsvolle Weise eine Mäuseplage verhütet, und alle profitierten davon. Wie sollten die Neuankömmlinge aus Ackerbau treibenden Gebieten das Geheimnis dieses Kriegs, an dem das Schicksal des Graslands hing, verstehen?

Die Pferde schlangen das Gras so gierig hinunter, dass ihre Bäuche nach nicht einmal einer halben Stunde prallvoll waren. Der enormen Anzahl von Grashaufen konnte die Brigade offensichtlich nicht genügend Vieh entgegensetzen. Angesichts dieser Kriegslage versank der Alte in Gedanken, denn so etwas hatte er noch nicht erlebt. »Sollen wir die Pferde herbringen? Das geht nicht, diese Weide ist für Kühe und Schafe bestimmt. Die Pferde würden die altbewährte Ordnung durcheinanderbringen. Zusammenharken kann man das Gras auch nicht, dafür ist es zu viel. Über dem Grasland braut sich anscheinend wirklich eine Katastrophe zusammen.«

»Eine von Menschen gemachte Katastrophe!«, sagte Chen grimmig.

Sie saßen wieder auf und ritten mit sorgenschweren Herzen weiter nach Norden. Den ganzen Weg zur Grenzstraße über nahmen die Grashäuflein, hier nah beieinander, dort weiter verstreut, kein Ende.

In der Nähe des kleinen Murmeltierbergs drang plötzlich ein lautes Knallen zu ihnen herüber, das sich weder nach einem Gewehr noch nach Knallfröschen anhörte. Danach war es wieder still. Der Alte seufzte resigniert. »Mit Dorji als Stabsoffizier für die Wolfsjagd hat sich das Korps wirklich den Richtigen ausgesucht. Wo immer die Wölfe sind, ist er nicht weit. Sogar in ihrem letzten Rückzugsgebiet setzt er ihnen nach.«

Sie trieben die Pferde zum schnellen Galopp an, da kam ihnen aus dem Tal auch schon ein Armeejeep entgegen. Sie zügelten die Pferde, während der Jeep mit den beiden Scharfschützen und Dorji vor ihnen anhielt. Stabsoffizier Xu saß am Steuer, Dorji dahinter, zu seinen Füßen ein blutbesudelter, großer Jutesack. Der Kofferraum war so vollgestopft, dass sich die Klappe nicht mehr schließen ließ. Die Aufmerksamkeit des alten Bilgee aber galt sofort dem Gewehr mit dem langen

Lauf, das Stabsoffizier Ba in Händen hielt. Chen erkannte, dass es sich um ein kleinkalibriges Sportgewehr handelte, der alte Mann aber, der diesen eigenartigen Gewehrtyp noch nie gesehen hatte, starrte die Waffe unentwegt an.

Die beiden Offiziere grüßten den Alten beflissen auf Mongolisch, dann fragte Stabsoffizier Ba: »Sind Sie auch auf Murmeltierjagd? Lassen Sie es gut sein, ich schenke Ihnen zwei von unseren.«

Bilgee starrte ihn an. »Warum sollte ich nicht selbst jagen gehen?«

»Die Murmeltiere außerhalb der Höhlen haben wir alle getötet, und die andern trauen sich nicht mehr raus.«

»Was für eine Waffe haben Sie denn da? Wieso ist der Lauf so lang?«

»Das ist ein Gewehr speziell für die Entenjagd. Die Patronen sind so klein wie die Spitze eines Essstäbchens und deshalb sehr praktisch für die Murmeltierjagd. Die Einschusslöcher bleiben so klein, dass das Fell kaum beschädigt wird. Schauen Sie sich's ruhig mal an.«

Der Alte nahm das Gewehr und musterte es mitsamt den Patronen eingehend.

Um ihm die Vorzüge seines Gewehrs zu demonstrieren, stieg Ba aus dem Wagen und nahm das Gewehr wieder an sich. Dann blickte er sich um und erspähte auf einem Hang in über zwanzig Metern Entfernung eine große Maus, die quiekend neben dem Grashäuflein vor ihrer Höhle stand. Er zielte nur kurz und feuerte. Der Schuss riss der Maus den Kopf ab. Der Alte erschauerte.

Stabsoffizier Xu lächelte. »Die Wölfe sind alle in die Äußere Mongolei geflohen. Dorji hat uns heute stundenlang überallhin geführt, und trotzdem haben wir keinen einzigen zu Gesicht bekommen. Zum Glück hatten wir diese Vogelflinte mitgenommen, damit konnten wir einen schönen Haufen Murmeltiere erlegen. Diese Viecher sind wirklich strohdumm; man kann sich ihnen bis auf zehn Schritt nähern, und sie warten immer noch brav darauf, dass man sie abknallt.«

»Unsere beiden Meisterschützen«, prahlte Dorji, »können auf über fünfzig Meter einem Murmeltier in den Kopf schießen. Den ganzen Weg über haben wir alle erlegt, die uns unter die Augen gekommen sind – kein Vergleich mit dem langwierigen Fallenlegen!«

»Wenn wir gleich auf dem Rückweg bei Ihnen zu Hause vorbeikommen, lasse ich Ihnen zwei große Murmeltiere da«, sagte Ba. »Reiten Sie nach Hause.«

Der Jeep war verschwunden, noch ehe der Alte sich von dem Schock erholt hatte, den die Macht der neuen Waffe ihm versetzt hatte. In nur wenig mehr als einem Monat war eine beängstigende Flut neuer Menschen und Waffen, neuer Dinge und Kniffe über das Grasland hereingebrochen, die den Alten in eine heillose Verwirrung stürzte. Die Abgas- und Staubwolke des Jeeps hatte sich schon längst aufgelöst, da erst wendete der Alte wortlos sein Pferd. Er hielt die Zügel lose und überließ es dem Pferd, den Heimweg zu finden. Alle sagten, dass niemand mehr leidet als der letzte Kaiser einer Dynastie, dachte Chen, während er langsam neben dem Alten herritt. Aber der letzte nomadische Hirte leidet noch mehr. Der Untergang einer zehntausendjährigen urtümlichen Landschaft ist schwerer zu akzeptieren als der Zusammenbruch einer tausendjährigen Dynastie. Als hätte eine Patrone aus dem Jagdgewehr ihn durchlöchert und ihm alle Lebenskraft geraubt, war der Alte in sich zusammengesunken und wie um die Hälfte geschrumpft. Tränen rannen über die Furchen seines müden Gesichts und fielen auf die weiß-blauen Chrysanthemen, die in großer Zahl den Weg säumten.

Chen wusste nicht, wie er seinem alten Freund helfen und seinen Kummer lindern konnte. Schließlich brach er aber doch sein Schweigen und stammelte: »Das Gras ist wirklich gut in diesem Herbst ... Das Olonbulag ist so schön. Nächstes Jahr wird vielleicht.«

»Nächstes Jahr?«, unterbrach ihn der Alte tonlos. »Wer weiß, was uns das nächste Jahr noch an Absonderlichem bringen wird. Früher konnte selbst ein blinder alter Mann die Schönheit des Graslands sehen. Nun, da es nicht mehr schön ist, wünschte ich, ich wäre blind, dann müsste ich nicht mit ansehen, wie das Grasland zerstört wird.«

Der Alte schwankte im Sattel, während sein Pferd schweren Schrittes vorantrottete. Er hatte seine Augen geschlossen, und aus seiner Kehle drang, verschwommen und müde, ein leiser Gesang, der den Duft von grünem Gras und welken Chrysanthemen zu atmen schien. Für Chen klangen seine Verse wie ein schönes, schlichtes Kinderlied:

Die Lerche singt, der Frühling kommt.
Das Murmeltier ruft, die Orchidee erblüht.
Der Graue Kranich ruft, der Regen kommt.
Das Wolfsjunge heult, der Mond steigt auf.

Er sang dieses Lied wieder und wieder, und dabei wurden die Melodie immer dumpfer und die Worte immer undeutlicher – wie ein ferner Bach, der sich durch das weite Grasland schlängelt und am Horizont entschwindet. Vielleicht, dachte Chen, haben die Kinder der Quanrong, der Hunnen, der Xianbei, der Türküt und der Kitan genauso wie die Nachkommen Dschingis Khans dieses Kinderlied gesungen? Aber werden die zukünftigen Kinder des Graslands es noch verstehen? Oder werden sie fragen: Was ist eine Lerche? Was ist ein Murmeltier? Ein Kranich? Ein Wolf? Eine Wildgans? Eine Orchidee? Eine Chrysantheme?

Aus dem gelblich welken Gras der endlos sich dehnenden Steppe stiegen Lerchen empor, verharrten Flügel schlagend in der Luft, und ihr Gesang klang hell und freudig wie eh und je.

35

Kaiser Yan trug den Familiennamen Jiang. [...] Die Jiang-Sippe war ein Zweig der Westlichen Rong aus dem Qiang-Volk, die als erster Nomadenstamm aus dem Westen nach Zentralchina kam.

Fan Wenlan, Abriss der Geschichte Chinas, Band 1

Die Westlichen Qiang [...] halten es für ein Zeichen des Glücks, im Krieg zu fallen, und für ein Zeichen des Unglücks, im Krankenbett zu sterben. Sie sind äußerst widerstandsfähig gegen Kälte, wie die Vögel und anderes Getier. Sogar wenn die Frauen niederkommen, scheuen sie weder Wind noch Schnee. Ihre standhafte, unerschrockene Natur haben sie aus dem Westen, der ihnen die Energie des Goldes einflößt.

Geschichte der Späteren Han-Dynastie,
Überlieferung der Westlichen Qiang

Der erste Schnee des Winters schmolz rasch und spendete der Luft Feuchtigkeit, während er die Erde erfrischte. Mit dem Verlassen des Sommerweidelandes war der Trubel der Lagerplätze Vergangenheit geworden. Jede Gruppe war nun durch Dutzende Kilometer von den anderen getrennt, sodass nicht einmal Hundegebell herüberdrang. Das dichte Wintergras auf der weiten Ebene war gelb und welk; das Land wirkte so öde wie eine Wüstenhochebene. Nur der Himmel über dem Grasland war immer noch tiefblau und hoch wie im Spätherbst, und die Wolken waren dünn und durchsichtig, wie ein klarer See. Die Raubvögel flogen hoch und waren kleiner als Rostflecken auf einem Spiegel. Murmeltiere und Feldmäuse, die ihre Höhlen verschlossen hatten, konnten sie nicht mehr fangen und mussten deshalb hoch in die Wolken aufsteigen, um im weiten Umkreis nach Kaninchen zu spähen. Aber die mongolischen Kaninchen, die sich mit ihrem Farbkleid der Jahreszeit anpassten und sich im hohen Wintergras versteckt hielten, waren selbst für die Füchse kaum auszumachen. Bilgee hatte einmal gesagt, dass jeden Winter viele Raubvögel verhungerten.

Im Winter bedeckte der Schnee einen Großteil des Grases, das damit für das Vieh verloren war. Deshalb zogen die Hirten jeden Monat um. Sobald die Kühe und Schafe eine Weidefläche kahl gefressen hatten, mussten die Hirten sie zu einer anderen gelblichen Schneefläche treiben. Das übrige Gras auf der alten Fläche aber, das unter dem Schnee begraben lag, überließen sie den Pferden, die es mit ihren Hufen freischarrten. Bei keinem dieser winterlichen Umzüge legten sie große Entfernungen zurück, denn es genügte, wenn sie die alte, abgegraste Fläche hinter sich ließen, was für gewöhnlich nur einen halben Tag Wegstrecke bedeutete.

Chen atmete erleichtert auf. Nach langem Grübeln hatte er endlich eine Lösung gefunden, wie der Wolf die häufigen Umzüge im Winter überleben konnte.

Mit einer Rolle von dickem Draht, den er bei der Korps-Genossenschaft gekauft hatte, besserte er den Weidenkorb aus, den der junge Wolf demoliert hatte. Danach verbrachte er einen ganzen Tag damit, aus dem Draht ein dichtmaschiges Netz zur Verstärkung des Korbinnern und einen Korbdeckel zu flechten. Der Draht war fast so dick wie ein Essstäbchen; man hätte eine Kneifzange und zwei kräftige Hände gebraucht, um ihn zu durchtrennen. Chen war sich sicher, dass der Wolf den neuen Gefangenenkäfig nicht zerbeißen konnte, auch wenn er sich noch so anstrengte und einen weiteren Zahn opferte. Und falls doch, dann gab es reichlich Draht, um den Käfig zu reparieren.

Chen Zhen und Yang Ke hatten sich auch eine Methode ausgedacht, wie sie den Wolf in den Käfig bekommen konnten: Erst würden sie ihn unter dem umgedrehten Korb gefangen setzen, dann die Deichsel des Ochsenkarrens anheben und das Wagenende unter den Korb bugsieren und schließlich den Korb mitsamt dem Wolf auf den Wagen schieben. Danach brauchten sie den Karren nur noch herunterzulassen und den Korb festzubinden. Auf diese Weise konnten sie den Wolf sicher auf den Wagen bringen, ohne dass er sie oder sich selbst verletzte. Am neuen Lagerplatz angekommen, konnten sie die Prozedur in umgekehrter Reihenfolge wiederholen. Sie hofften, dass sie diese Methode so lange anwenden konnten, bis sie sich an einem Ort niederließen. Dann würden sie dem Wolf einen soliden Steinstall bauen, wären endgültig ihrer Sorgen ledig und könnten Seite an Seite mit dem Wolf leben. Und dann würden sie ihm auch die junge Hündin zugesellen; die Zuneigung zwischen diesen beiden Gefährten, die von klein auf in inniger Vertrautheit miteinander gelebt hatten, würde mit Sicherheit auf Jahre hinaus Früchte tragen – eine ganze Reihe von Wolfshundwürfen. Das wären dann wahre Nachfahren der wilden Wölfe des Graslands.

Oft nahmen Chen und Yang den Wolf in die Mitte und streichelten ihn, während sie sich unterhielten. Das Tier pflegte dann seinen Kopf auf eines ihrer Beine zu legen und neugierig, mit gespitzten Ohren, ihren Stimmen zu lauschen. Wenn es davon genug hatte, schüttelte es sich und rieb seinen Hals an dem Bein, auf dem es gerade ruhte. Oder es legte seinen Kopf in den Nacken, damit sie seine Ohren und Backen kraulten. Die beiden Männer malten sich dabei die gemeinsame Zukunft mit ihrem Wolf aus.

Während Yang ihn in den Armen hielt und ihm behutsam das Fell kämmte, sagte er: »Wenn er erst einmal eigene Junge hat, wird er bestimmt nicht mehr weglaufen wollen. Wölfe haben einen ausgeprägten Familiensinn, und alle Wolfsrüden sind musterhafte Ehemänner. Solange kein wilder Wolf kommt, bräuchten wir ihn nicht mehr anzuketten; wir könnten ihn auf dem Grasland herumtoben lassen, er würde von allein zu seinem Bau zurückkehren.«

Chen schüttelte den Kopf. »Dann wäre er kein Wolf mehr. Ich will ihn gar nicht hierbehalten. Ich habe immer davon geträumt, einen richtigen Wolf zum Freund zu haben. Wenn ich auf die Hügel an der

Grenzstraße im Nordwesten reiten und mit lauter Stimme zu den Bergen jenseits der Straße rufen würde: ›Kleiner Wolf, kleiner Wolf, Fressen‹, dann würde er mit seiner ganzen Familie kommen, einer Familie von richtigen Graslandwölfen, die übermütig auf mich zugetollt kämen. Um den Hals trügen sie keine Ketten, ihre Zähne wären scharf und ihre Körper kräftig, und doch würden sie sich mit mir auf dem Gras wälzen, mir das Kinn ablecken und nach meinen Armen schnappen, ohne wirklich zuzubeißen. Aber seit unser Wolf keine scharfen Zähne mehr hat, ist mein Traum nur noch ein Luftschloss.«

Er seufzte leise. »Aber ich habe die Hoffnung noch nicht aufgegeben. Seit einigen Tagen träume ich einen neuen Traum: Ich bin Zahnarzt und setze dem Wolf vier scharfe Zähne aus Stahl ein, und zu Beginn des nächsten Frühjahrs, wenn er vollkommen ausgewachsen ist, bringe ich ihn heimlich zur Grenzstraße und setze ihn in den Bergen der Äußeren Mongolei aus. Dort leben noch Wolfsrudel, und vielleicht hat sein Vater, der weiße Wolfskönig, sich dort seinen blutigen Weg gebahnt und sich einen neuen Stützpunkt geschaffen. So intelligent, wie der kleine Wolf ist, wird er seinen königlichen Vater bestimmt finden. Und wenn sie einander erst einmal von nahem begegnen, wird der Wolfskönig ihre Blutsverwandtschaft riechen und ihn bei sich aufnehmen. Bewaffnet mit vier scharfen Stahlzähnen, wird unser kleiner Wolf dort sicher jeden Gegner in die Schranken weisen. Und vielleicht wird nach ein paar Jahren der weiße Wolfskönig sogar die Königswürde an ihn weitergeben.

Unser Wolf vereint die vorzüglichsten Erbanlagen der Wölfe des Olonbulag in sich: einen unbeugsamen Charakter und eine hohe Intelligenz. Er ist zum nächsten Wolfskönig geboren. Aber dazu müsste er in seine wahre Heimat, die Äußere Mongolei, zurückkehren, wo sich auf ein riesiges Gebiet nur zwei Millionen Menschen verteilen – ein spirituelles Paradies, in dem das Wolftotem noch wahrhaft verehrt wird und das frei ist von dem Einfluss der Bauern, die die Wölfe hassen und vernichten wollen. In der Weite des dortigen Graslands könnte er seine Fähigkeiten voll zur Entfaltung bringen. Ich habe mich schuldig gemacht, indem ich die Zukunft, die diesem außergewöhnlichen Wolf offen stand, zerstört habe.«

Yang starrte geistesabwesend zu den fernen Bergen an der Grenze im Norden, und sein Blick verdüsterte sich. Seufzend antwortete er: »Dein ursprünglicher Traum hätte vielleicht sogar wahr werden können, wenn du zehn Jahre früher ins Grasland gekommen wärst. Aber dein jetziger Traum lässt sich unmöglich verwirklichen. Woher willst du dir denn die Geräte eines Zahnarztes besorgen? Nicht einmal das Banner-Krankenhaus hat eine so kostspielige Ausstattung. Um sich einen Zahn einsetzen zu lassen, muss ein alter Hirte achthundert Li weit zum Bund-Hospital reisen. Du willst doch nicht mit einem Wolf in den Armen dort im Krankenhaus aufkreuzen! Hör auf zu träumen, sonst endest du noch als Klagegeist, der in einem fort das Schicksal seines Wolfs bejammert. Wir sollten besser der Realität ins Auge sehen.«

In die Realität zurückgekehrt, galt ihrer beider Sorge vor allem den Wunden ihres Wolfs. Seine Pfoten waren schon verheilt, aber der schwarz verfärbte Zahn wurde immer wackliger, und das Zahnfleisch schwoll rot an. Beim Zerreißen seiner Nahrung mit den Zähnen war er gehemmt, und wenn er doch einmal voller Gier seine Fänge einsetzte, ließ er im nächsten Moment vor Schmerz das Fleisch fallen, sog mit weit aufgerissenem Maul kühle Luft ein und leckte unaufhörlich an seinem Zahn, und erst wenn der Schmerz nachließ, kaute er – vorsichtig und nur auf der einen Seite – weiter.

Noch mehr beunruhigte Chen die Wunde an der Kehle, die noch immer nicht verheilt war. Immer wieder hatte er die Fleischstücke für den Wolf mit Wundpulver bestrichen, aber der Wolf hatte, auch wenn seine Wunde nicht mehr blutete, Mühe, das Fleisch hinunterzuschlucken. Zudem hustete er häufig. Einen Tierarzt wagte Chen nicht zu rufen; notgedrungen lieh er sich einige tiermedizinische Bücher, über denen er allein brütete.

Die Kühe und Schafe, die das Fleisch für den Winter lieferten, waren bereits geschlachtet und eingefroren. Den vier Bewohnern von Chens Jurte standen jeweils sechs Schafe für den Winter zu, insgesamt also vierundzwanzig Schafe, dazu eine Kuh. Die Getrideration der Oberschüler blieb unverändert hoch bei dreißig Pfund pro Monat und Person. Dagegen erhielten die Hirten nur neunzehn Pfund im Monat, während ihre Fleischration der der Schüler entsprach. Deshalb gab es in Chens Jurte genug Fleisch für alle: für die Menschen, für die Hunde und für den Wolf. Außerdem starben im Winter häufig Schafe vor Kälte oder an einer Krankheit, und weil die Menschen diese Schafe nicht aßen, konnten sie an die Hunde und den Wolf verfüttert werden. Um die Nahrung für seinen Wolf musste sich Chen nicht mehr sorgen.

Er und Gao Jianzhong lagerten einen Großteil des gefrorenen Fleisches im Lagerhaus ihrer Gruppe, einem Lehmhaus mit drei Räumen, das auf der Frühlingsweide, am Weg zum Korps, errichtet war. In der Jurte behielten sie nur einen Korb mit Fleisch zurück, den sie, wenn das Fleisch aufgegessen war, im Lagerhaus auffüllten.

Im Winter waren die Tage kurz auf dem Grasland; man konnte die Schafe nur sechs oder sieben Stunden am Tag grasen lassen – gut die Hälfte der Zeit, die man im Sommer zur Verfügung hatte. Für die Schaf- und Kuhhirten jedoch war der Winter, wenn nicht gerade ein Schneesturm herrschte, eine gute Zeit, um sich zu erholen. Chen beabsichtigte mehr Zeit mit seinem Wolf zu verbringen, zu lesen und seine Notizen durchzusehen. Er freute sich schon auf die herrliche Vorführung, die ihm der Wolf inmitten tanzender Schneeflocken bieten würde. Die Unbeugsamkeit, Weisheit und Unergründlichkeit der Wölfe bildeten – davon war Chen überzeugt – das Herzstück des im Grasland aufgeführten Schauspiels, und sein Wolf würde ihn, den glühendsten Verehrer dieses Wolfsdramas, bestimmt nicht enttäuschen.

Während des langen, strengen Winters sahen sich die Wölfe, die über die Grenze geflohen waren, mit einer um ein Vielfaches unerbittlicheren Umwelt konfrontiert; der kleine Wolf dagegen lebte in einem Hirtenlager, das Fleisch in Hülle und Fülle bereithielt. Mit seinem Winterfell wirkte er schlagartig größer und sah nun vollkommen ausgewachsen aus. Wenn Chen mit der Hand durch das Wolfsfell strich, verschwanden seine Finger im dichten Haar, und er fühlte die Körperwärme, die der Wolf abgab – wie ein kleiner Ofen, besser als Handschuhe. Den Namen »Großer Wolf« nahm der Wolf weiterhin nicht an; wenn man ihn so rief, stellte er sich taub. Nur auf »Kleiner Wolf« hin kam er freudig zu dem Rufer gelaufen und schmiegte sich an dessen Beine und Knie. Die junge Hündin besuchte ihn oft in seinem Gehege, um mit ihm zu spielen. Er biss seine Freundin nicht mehr schmerzhaft, stattdessen bestieg er sie häufig von hinten, wie um die Paarung zu üben. Dieses ebenso intime wie grobe Verhalten kommentierte Yang Ke grinsend: »Sieht gut aus fürs nächste Jahr.«

Wie ein primitiver Nomadenstamm zog Galsanmas Hirtengruppe eines Morgens wieder tiefer in das weite, wilde Land. Wieder stand für Chen mit seinem Wolf ein Umzug an, zu einem anderen, mit Nadelgras bewachsenen Winterweideland, isoliert von der Welt und allen störenden Eindringlingen.

Nachdem sie die Jurte zu dritt abgebaut und alles auf den Karren verstaut hatten, setzten sie schließlich ganz mühelos den Wolf unter seinem Käfig gefangen, schoben den Käfig auf den Wagen und banden ihn fest. Wütend biss der Wolf in den Maschendraht, mit dem sein Käfig von innen ausgekleidet war, aber sein schmerzender Zahn gebot ihm bald Einhalt. Und sobald der Karren sich in Bewegung setzte, senkte der Wolf wieder völlig verängstigt den Kopf, zog den Hals ein und kauerte, auf den Hinterbeinen hockend, mit eingekniffenem Schwanz regungslos in seinem Verschlag, bis sie den neuen Lagerplatz erreichten.

Nachdem Chen den Wolf in seinem neuen Gehege untergebracht hatte, gab er ihm einen echten Leckerbissen zu fressen: gekochten fetten Schafschwanz – für die Fettreserven, die der Wolf zum Schutz gegen die Kälte brauchte. Damit der Wolf den Schwanz besser hinunterschlingen konnte, schnitt Chen ihn in Streifen.

An zwei Prinzipien, die ihm seine Natur eingab, hielt der Wolf auch als angeketteter Gefangener bedingungslos fest. Erstens duldete er beim Fressen niemanden in seiner Nähe, nicht einmal Chen und Yang, mit denen er sonst so vertrauten Umgang pflegte. Zweitens ließ er sich, wenn er sich außerhalb seines Geheges bewegen durfte, von niemandem herumziehen; gegen jeden Versuch dieser Art leistete er erbitterten Widerstand. Chen bemühte sich nach Kräften, diese zwei Prinzipien zu respektieren. Während der kalten Wintermonate war der Appetit des Wolfs und seine Freude am Fressen noch größer als sonst. Bei jeder Fütterung bleckte er die Zähne und knurrte, und seine Augen sprühten Feuer. Und erst wenn er Chen bis nahe an den Rand des Stalls zurückgetrieben hatte, wandte er sich halbwegs beruhigt seinem Essen zu, nicht ohne Chen von Zeit zu Zeit bedrohlich anzuknurren. Trotz der Wunden war seine Körperkraft ungebrochen, und mit dem Mehr an Essen, das er mit seiner gesteigerten Gefräßigkeit hinunterschlang, schien er seinen Blutverlust kompensieren zu wollen.

Dennoch minderten der faule Zahn und die Wunde an der Kehle seine Vitalität: Um den Schafschwanz, für den ihm sonst zwei, drei Bisse genügt hätten, hinunterzuschlingen, brauchte er nun dreimal so lang. Immer begleitete Chen die unbestimmte Sorge, dass der Wolf nie vollkommen von seinen Wunden genesen würde.

Auf dem winterlichen Weideland nahe der Grenze – einem Gebiet, das kaum je von Menschen betreten wurde – lastete eine noch weit größere Trostlosigkeit als im Herbst. Die kurze grüne Jahreszeit war vorüber; die Zugvögel, die das Gewehrfeuer überlebt hatten, waren fortgeflogen, und die Wolfsrudel, die hier einst so furchtlos ihr Geheul angestimmt hatten und wie Gespenster aus dem Nichts aufgetaucht und wieder verschwunden waren, hatten dem Land für immer den Rücken gekehrt. Das öde, einsame, eintönige Grasland wirkte nun noch lebloser. Wieder und wieder überwältigte Chen ein Gefühl grenzenloser Trauer. Wie nur, fragte er sich, hatte der chinesische Gesandte Su Wu vor über zweitausend Jahren das langjährige Exil am Baikalsee ertragen, das ihm die Hunnen aufgezwungen hatten? Noch mehr fragte er sich, ob er selbst in einer solch kalten, verschneiten Einöde ohne seinen Wolf und die Bücher, die er aus Peking mitgebracht hatte, verrückt oder stumpfsinnig geworden wäre. Yang Ke hatte ihm einmal erzählt, sein Vater habe während seines Studiums in England erfahren, dass die Europäer, die nahe dem nördlichen Polarkreis lebten, von einer besonders hohen Selbstmordrate betroffen waren. Auch die slawische Melancholie, die in der russischen und sibirischen Steppe über viele Jahrhunderte verbreitet war, hing mit den langen, dunklen Winternächten auf endlosen verschneiten Ebenen zusammen. Warum aber hatten dann die Mongolen unter ähnlichen Bedingungen seit Jahrtausenden auf dem Grasland leben können, ohne dass es ihrer geistigen Gesundheit geschadet hätte? Bestimmt hatte Generation um Generation ihre geistige und körperliche Lebensenergie aus dem angespannten, heftigen und grausamen Krieg gegen die Wölfe geschöpft.

Körperlich waren die Wölfe ein Hauptfeind der Graslandbewohner, spirituell aber deren hoch verehrte Meister. Löschte man die Wölfe aus, würde auch die strahlendste Sonne das Grasland nicht mehr erhellen; eine gleichförmige Ruhe würde Mutlosigkeit, Erschlaffung, Depression, tödliche Langeweile und andere fürchterliche Feinde des menschlichen Geistes heraufbeschwören und die beherzte Kühnheit, die das Graslandvolk so viele Jahrtausende ausgezeichnet hatte, von Grund auf zerstören.

Nach dem Verschwinden der Wölfe hatte sich der Schnapskonsum im Olonbulag nahezu verdoppelt.

Wolftotem, Seele des Graslands, freier, standhafter Geist seines Volkes.

Glücklicherweise blieb die Wildheit des Wolfs auch während dieser trostlosen Tage ungezügelt.

Je größer der Wolf wurde, desto kürzer wirkte seine Kette. Sobald der Wolf, der ein Gespür für Ungerechtigkeit hatte, merkte, dass sich das Verhältnis zwischen der Länge der Kette und seinem eigenen Körper zu seinen Ungunsten verschoben hatte, erhob er wie ein unbeugsamer Gefangener, der misshandelt wurde, wütenden Protest: Er zog und zerrte mit aller Kraft an Kette und Pflock, den er zudem auch noch rammte, um seiner Forderung nach Verlängerung der Kette Gehör zu verschaffen. Und da die Wunde an seiner Kehle noch immer nicht verheilt war, blieb Chen nichts anderes übrig, als die Kette zumindest um ein kleines Stück von zwanzig Zentimetern zu verlängern. Chen sah selbst, dass die Kette für den ausgewachsenen kleinen Wolf zu kurz war. Aber er wagte nicht, sie noch weiter zu verlängern, denn je länger die Kette wurde, desto länger wurde auch der Anlauf, den der Wolf nehmen konnte, um an der Kette zu ziehen. Und früher oder später, fürchtete er, würde die Kette dem Verschleiß, den der Wolf verursachte, Tribut zollen und reißen.

Im Verlauf seiner Gefängnisrevolte feierte der Wolf frenetisch jeden Zoll mehr an Kette, den er erkämpft hatte: Er lief dann wie verrückt im Kreis, und wenn er seine Pfoten außerhalb des alten Geheges mit dem gelben Gras auf den neuen, schneebedeckten Grund setzte, dann war das, als hätte er ein neues Territorium erobert. Seine Erregung überstieg die eines Wolfs, der gerade ein fleischiges Fohlen getötet hat. Und noch ehe Chen für das neue Gehege den Schnee weggeräumt hatte, rannte der Wolf völlig entfesselt wie ein rotierendes Roulette auf dem neuen Grund im Kreis. Eine Runde nach der anderen drehte er in so rasendem Tempo, dass er aussah wie ein ganzes Dutzend Wölfe, die einer hinter dem anderen herjagten.

Als Chen dieses Schauspiel wieder einmal beobachtete, entdeckte er, dass der Wolf nicht nur die Verlängerung seiner Kette feierte, sondern allem Anschein nach noch etwas anderes im Sinn hatte. Denn auch als sich seine Erregung gelegt hatte, rannte er noch weiter. Offenbar trainierte der Wolf – das spürte Chen – instinktiv seine läuferischen Fähigkeiten und damit sein Vermögen, aus seinem Gefängnis auszubrechen. Und der Eifer, mit dem er seinen Plan verfolgte, war weit größer als im Sommer und Herbst. Während er mit jedem Tag stärker und erwachsener wurde, ging sein Blick voll schmerzlicher Sehnsucht in die Weite des Graslands, in eine Freiheit, die er fast mit den Pfoten greifen konnte und die ebendarum derart aufreizend und verlockend war, dass ihm das Joch um seinen Hals gänzlich unerträglich wurde. Chen spürte diese Sehnsucht und litt aus tiefstem Herzen mit, doch er konnte den Wolf nicht von seinem Leid erlösen, denn während des langen, strengen Winters hätte die Flucht den sicheren Tod bedeutet.

Der Wolf zerrte weiter an seiner Kette und verzögerte damit den Heilungsprozess seiner Kehle. Alles, was Chen tun konnte, war die Zahl der Kontrollen von Kette, Halsband und Pfahl zu erhöhen, um zu verhindern, dass der Wolf seinen Plan in die Tat umsetzte und unter seinen Augen in das Reich der Freiheit und des Todes floh.

Chen wurde von schweren Schuldgefühlen überwältigt. An diesem öden, menschenleeren Ort spendeten ihm nur die Gesellschaft des jungen Wolfes und dessen nie versiegende Vitalität die nötige Kraft, um den schier endlosen Winter durchzustehen. Sein Leben lang würde er von dem zehren, was er hier auf diesem fruchtbaren und doch von Dorngestrüpp überwucherten Ödland erlebt hatte: das Aufeinanderprallen von Mensch und Wolf und ihrer beider Schicksal und Natur. Aber war es wirklich nötig, dass er, der er die Wölfe so sehr bewunderte und verehrte, einen von ihnen gefangen hielt, um ihn zu studieren und auf diesem Weg die Ignoranz und die Vorurteile der Han-Chinesen zu überwinden? Konnte er sein Vorhaben wirklich nur um den Preis der Freiheit und des Glücks seines Wolfes verwirklichen?

Ihn befielen bohrende Zweifel an der Richtigkeit seines Tuns.

Es war Zeit für ein paar Arbeiten, aber er konnte sich kaum von seinem Wolf trennen. Er fühlte sich geistig wie emotional auf geradezu krankhafte Weise abhängig von seinem Tier. Als er sich schließlich von ihm losriss, blickte er bei jedem Schritt zu ihm zurück, im Kopf die Frage, was er für seinen Gefangenen noch tun konnte.

Der kleine Wolf besiegelte sein Schicksal durch seine eigene wölfische Natur.

Chen Zhen war seit Anbruch des Winters das Gefühl nicht losgeworden, er würde den Wolf in der bitteren Kälte verlieren – so war es von Tengger bestimmt, als Strafe für Chen, der sich sein Leben lang schuldig fühlen und niemals Vergebung erlangen würde.

Die Wunde des Wolfs verschlimmerte sich unvermittelt in einer windstillen, düsteren Nacht, in der kein Mond und keine Sterne schienen und kein Hund bellte. Das alte Olonbulag lag still und vollkommen leblos da wie eine Pflanze in einem Fossil.

In der zweiten Hälfte der Nacht wurde Chen von einem heftigen Kettenrasseln geweckt. Angst bemächtigte sich seiner, er war augenblicklich hellwach und sein Gehör ungewöhnlich scharf. Er horchte angestrengt: Zwischen dem Kettenrasseln drang von den Bergen an der Grenze undeutlich ein schwaches, immer wieder abbrechendes Wolfsheulen herüber. Es klang wie eine Bambusflöte, hinfällig und trübselig, aufgewühlt und zornig. Vielleicht waren die dezimierten und aus ihrer Heimat vertriebenen Wolfsrudel auf der anderen Seite der Grenze von feindlichen Wolfstruppen, die ihnen an Stärke und Entschlossenheit überlegen waren, so vernichtend geschlagen worden, dass nur noch der weiße Wolfskönig und einige wenige verletzte und einsame Getreue übrig waren, die zurück nach Süden geflohen waren, in das Niemandsland zwischen Grenzstein, Feuerschutzweg und Grenzstraße. In ihre blutgetränkte Heimat konnten die Überlebenden nicht mehr zurückkehren. Das erregte Heulen des Leitwolfs klang, als ob er hastig versuchte, seine zerstreuten Kämpfer zusammenzurufen, um sie in eine letzte Schlacht auf Leben und Tod zu führen.

Es war über einen Monat her, dass Chen zuletzt das Heulen freier Wölfe auf dem Olonbulag gehört hatte. Nun bestätigte ihm das schwache, zitternde, aufgewühlte Heulen all seine Befürchtungen. Er fragte sich, ob der alte Bilgee in diesem Moment weinte. Denn das erbärmliche Heulen stimmte noch verzweifelter, als wenn man gar nichts gehört hätte. Die meisten der besonders kräftigen, wilden und schlauen Leitwölfe waren von den Scharfschützen längst getötet worden. Mit ihren Jeeps konnten die Jäger das tief verschneite Grasland zwar nicht mehr befahren, aber sie hatten die Geländewagen gegen schnelle Pferde getauscht, mit denen sie genauso gut umzugehen verstanden, und so ihre Jagd auf die letzten Wölfe fortgesetzt. Anscheinend hatten diese Wölfe schon nicht mehr die Kampfkraft, um sich einen Ausweg zu bahnen und sich ein neues Territorium zu erobern.

Was Chen so sehr gefürchtet hatte, war schließlich eingetreten. Das so lange verstummte Wolfsheulen rief im jungen Wolf schlagartig alle Hoffnung, alle Leidenschaft, allen Widerstandswillen und alle Kampflust wach. Wie ein eingekerkerter, verwaister Prinz des Graslands, der den Ruf seines lange verloren geglaubten königlichen Vaters hört – den Hilferuf eines alten Mannes –, wurde der Wolf augenblicklich von einer heftigen, aggressiven Erregung gepackt – so heftig, dass er sich am liebsten in ein Geschoss verwandelt hätte oder so donnernd wie eine Kanone auf das Heulen geantwortet hätte.

Aber seine verwundete Kehle machte es ihm unmöglich, die Rufe seines königlichen Vaters und seiner Artgenossen zu erwidern. Völlig von Sinnen vor Ungeduld schonte er weder Leib noch Leben und zerrte und rüttelte rennend und springend an Kette und Pfahl, bereit, sich den Hals zu brechen, wenn ihm das die Freiheit einbrachte. Chen spürte, wie der gefrorene Boden unter ihm erzitterte, und während er das Krachen und Lärmen hörte, das vom Wolfsgehege herübertönte, sah er vor seinem geistigen Auge, wie der Wolf Anlauf nahm, wie er den Pfahl rammte, wie er Blut spuckte und sich immer mehr in sein unbändiges Wüten hineinsteigerte.

Besorgt schlug Chen die Decke zur Seite, schlüpfte hastig in seine Fellkleidung und stürzte aus der Jurte. Im Licht seiner Taschenlampe sah er Blutflecken auf dem schneebedeckten Boden. Auch wenn er schon Blut spuckte und sein Halsband ihm den Hals so zuschnürte, dass seine Zunge bluttriefend heraushing – der Wolf zerrte weiter wie wahnsinnig an seiner Kette, die so straff gespannt war wie ein Bogen kurz vor dem Zerspringen. An seiner Brust hingen gefrorene Rinnsale von Blut.

Chen ließ jede Vorsicht fahren und stürzte vor in der Absicht, den Wolf am Hals zu umklammern. Aber in dem Moment, als er die Hand ausstreckte, schnappte der Wolf zu und biss ein großes Stück Schaffell von seinem Ärmel ab. Auch Yang Ke stürmte nun herbei. Aber selbst zu zweit konnten sie sich dem Wolf nicht nähern. Der Zorn, der sich in ihm aufgestaut hatte, verwandelte ihn in einen Dämon im Blutrausch, in einen grausamen, todessüchtigen Wolf. Mit einer großen, dicken, schmutzigen Filzmatte, die zum Abdecken des Rinderdungs diente, stürzten sich die Männer auf ihn und drückten ihn energisch zu Boden.

Wie in einer Schlacht um Leben und Tod verfiel der Wolf in Raserei. Er biss in den Boden, in den Filz, in überhaupt alles, was ihm zwischen die Zähne kam, und dabei schleuderte er seinen Kopf hin und her, um die Kette abzuschütteln. Chen hatte das Gefühl, er selbst wäre auch schon drauf und dran, den Verstand zu verlieren, aber er zwang sich dazu, kühlen Kopf zu bewahren und ein ums andere Mal besänftigend zu rufen: »Kleiner Wolf, kleiner Wolf!« Endlich, nach einer halben Ewigkeit, hatte sich der Wolf gänzlich verausgabt und gab seinen Widerstand langsam auf. Erschöpft sanken die beiden Männer zu Boden und schnappten nach Luft, als hätten sie gerade mit bloßen Händen einen wilden Wolf niedergerungen.

Der Morgen dämmerte schon, als sie die Filzmatte beiseitezogen und sahen, welche Folgen der Wolf nach seinem verzweifelten Widerstand, seinem Freiheitskampf und seiner Sehnsucht nach väterlicher Liebe zu gewärtigen hatte. Der wackelige Zahn ragte schief aus dem Maul; er war offensichtlich an der Wurzel abgebrochen, als der Wolf an der Filzmatte gerissen hatte. Die Wunde blutete und war wahrscheinlich schon durch die Bakterien auf dem schmutzigen Filz infiziert. Die Kehle blutete noch stärker als beim Umzug auf die Winterweide; offenkundig war die alte Wunde wieder aufgebrochen und nun größer denn je. Die Augen blutunterlaufen, schluckte der Wolf in einem fort nichts als Blut. Auf ihren Fellgewändern, auf dem Filz, auf dem Boden, überall war Blut – mehr, so schien es, als bei einem geschlachteten Fohlen –, und es war gefroren. Chen war so erschüttert, dass ihm die Knie weich wurden. Mit zitternder Stimme stammelte er: »Es ist aus. Jetzt ist alles aus. Er wird sterben.«

»Er hat vielleicht die Hälfte seines Bluts verloren. Wenn das so weitergeht, verblutet er«, sagte Yang.

Beide suchten fieberhaft nach einer Möglichkeit, wie sie die Blutung stillen konnten – vergeblich. In aller Hast stieg Chen aufs Pferd und galoppierte zu Bilgee.

Beim Anblick seines blutbesudelten jungen Freundes erschrak der Alte und ritt eilig mit ihm zurück. Als er den noch immer blutenden Wolf sah, fragte er sofort: »Habt ihr ein blutstillendes Mittel?«

Chen brachte ihm all seine vier Fläschchen mit dem weißen Wundpulver aus Yunnan. Bilgee betrat die Jurte, wo er sich aus einer Schüssel mit Fleisch eine gekochte Schafslunge heraussuchte. Mit heißem Wasser aus der Thermoskanne weichte er die Lunge ein, schnitt die harten Luftröhren ab und durchtrennte die beiden Lungenflügel, bevor er ihre eingeweichte Oberfläche mit dem Wundpulver bestrich. Damit ging er zum Gehege zurück und übergab Chen die Futterschüssel mit der Lunge. Kaum hatte Chen die Schüssel ins Gehege gestellt, schnappte sich der Wolf einen Lungenflügel und schluckte ihn hinunter. Da sich der Lungenflügel in der Speiseröhre mit Blut vollsaugte und anschwoll, blieb er fast in der Speiseröhre stecken. Erst nach einer ganzen Weile glitt das weiche, mit Wundpulver bestrichene Lungenfleisch langsam tiefer, nachdem es auf die Blutgefäße gedrückt und gleichzeitig das Wundpulver auf der Wunde in der Speiseröhre verteilt hatte. Als der Wolf mühsam beide Lungenflügel hinuntergeschluckt hatte, wurde die Blutung in seinem Rachen allmählich schwächer.

Der Alte schüttelte den Kopf. »Er kann es nicht schaffen. Er hat zu viel Blut verloren, außerdem ist er an der Kehle verletzt – die Wunde wird ihn früher oder später töten. Selbst wenn du jetzt die Blutung stoppen kannst – kannst du es auch das nächste Mal, wenn er wieder Wölfe heulen hört? Armer Kerl! Ich habe dir gleich gesagt, lass es bleiben, aber du musstest ihn ja unbedingt großziehen! Ihn so zu sehen, das tut mir weh, als wenn mir ein Messer den Hals zerschnitte. Das ist kein Leben für einen Wolf, jeder Hund lebt besser. So elend ging es nicht einmal den Sklaven in der alten Mongolei. Ein mongolischer Wolf stirbt lieber, als dass er so ein Dasein fristet.«

»Alter Freund«, erwiderte Chen flehentlich, »ich will ihn pflegen, bis er alt wird. Gibt es nicht doch noch einen Weg, ihn zu retten? Bitte bring mir all deine Heilmethoden bei.«

Der Alte durchbohrte ihn mit seinem Blick. »Du willst ihn immer noch aufziehen? Töte ihn, solange er noch ein richtiger Wolf ist und sein Wolfsgeist noch nicht gebrochen ist. Lass ihn wie einen wilden Wolf sterben – in der Schlacht! Und nicht so jämmerlich wie einen kranken Hund! Steh seiner Seele bei!«

Chens Hände zitterten. Nie hätte er für möglich gehalten, dass er einmal mit eigenen Händen seinen Wolf töten müsste – den Wolf, den er unter tausenderlei Mühen und Gefahren großgezogen hatte. Während er gegen seine Tränen ankämpfte, flehte er noch einmal inständig: »Alter Freund, bitte! Ich könnte ihm nie etwas antun. Solange es noch einen winzigen Funken Hoffnung gibt, muss ich ihn retten.«

Die Miene des alten Mannes verfinsterte sich. Vor Zorn hustete er heftig und spuckte Schleim auf den Boden, ehe er brüllte: »Ihr Chinesen werdet unsere mongolischen Wölfe nie verstehen!«

Mit diesen Worten stieg er wutentbrannt auf sein Pferd, versetzte ihm einen heftigen Schlag mit der Peitsche und galoppierte zu seiner Jurte, ohne sich noch einmal umzusehen.

Chen spürte den Peitschenhieb als stechenden Schmerz in seinem Herzen.

Völlig verloren standen die beiden Männer starr wie Pfähle im Schnee.

Yang Ke stocherte mit seinem Stiefel im Schnee und sagte mit gesenktem Kopf: »So zornig war Bilgee noch nie auf uns. Der Wolf ist kein Welpe mehr, er ist ausgewachsen, und er wird alles daransetzen, sich von uns die Freiheit zu erkämpfen. Die Wölfe sind wirklich von Natur aus so: Lieber sterben sie, als dass sie in Unfreiheit leben. Schau ihn dir an: Das wird er niemals überleben. Ich denke, wir sollten auf Bilgee hören und dem Wolf seine Würde zurückgeben.«

Chens Tränen waren auf seiner Wange zu einer Schnur von Eisperlen gefroren. »Natürlich verstehe ich, was Bilgee meint. Aber wie könnte ich es übers Herz bringen, das zu tun! Falls ich später mal einen Sohn haben sollte, werde ich ihn auch nicht so über alles lieben wie den Wolf. Gib mir noch ein bisschen Zeit zum Überlegen.«

Geschwächt durch den übergroßen Blutverlust, erhob sich der Wolf schwankend und schleppte sich an den Rand seines Geheges, wo er mit den Pfoten in dem aufgehäuften Schnee scharrte. Er öffnete schon das Maul zum Fressen, da umklammerte Chen ihn hastig und fragte Yang: »Mit dem Schnee will er bestimmt seinen Schmerz lindern – sollen wir ihn fressen lassen?«

»Ich denke, er ist durstig. Kein Wunder, nachdem er so viel Blut verloren hat! Lassen wir ihn tun, was immer er will; legen wir sein Schicksal in seine Hände.«

Chen ließ den Wolf los, der sofort mehrere große Schneeklumpen hinunterschlang. Ohnehin schon geschwächt, zitterte der Wolf heftig vor Schmerz und Kälte, wie ein Sklave in der alten Mongolei, dem man zur Strafe das Fellgewand ausgezogen hat, um ihn der Kälte auszusetzen. Schließlich konnte sich der Wolf nicht mehr auf den Beinen halten und sackte zu Boden. Mühsam rollte er sich zusammen und bedeckte mit dem Schwanz sein Gesicht. Jedes Mal, wenn er die frostige Luft einatmete, wurde er wie von einem Krampf geschüttelt, und erst wenn er ausatmete, ließ das Zittern nach. Lange Zeit hielt dieses krampfartige Zittern an, und Chen zog sich bei diesem Anblick das Herz zusammen. Noch nie hatte er den Wolf so schwach und hilflos gesehen. Er holte eine dicke Filzdecke, und als er damit den Wolf zudeckte, glaubte er wie in Trance zu sehen, wie die Seele des Wolfs nach und nach seinen Körper verließ, als läge da vor ihm schon nicht mehr der Wolf, den er einst großgezogen hatte.

Gegen Mittag kochte Chen einen Brei mit dem kleingeschnittenen fetten Schwanzfleisch eines Schafes. Nachdem er einen Schneeklumpen darin verrührt hatte, um den Brei abzukühlen, brachte er ihn dem Wolf. Dieser nahm all seine Kraft zusammen, um seine alte Gefräßigkeit an den Tag zu legen, aber es wollte ihm nicht gelingen. Er aß nur stockend und hustete zwischendurch immer wieder, und dabei blutete er, denn die Wunde tief in seiner Kehle war noch nicht verheilt. Während er sonst einen Topf mit Fleischbrei auf einmal leer fressen konnte, brauchte er dafür nun drei Mahlzeiten, verteilt auf zwei Tage.

Chen und Yang hielten, beide in quälender Sorge, Tag und Nacht abwechselnd Krankenwache. Aber der Wolf aß immer weniger, bis er schließlich fast gar nichts mehr hinunterschlucken konnte außer seinem eigenen Blut. Chen galoppierte mit drei Flaschen Graslandschnaps los, um Hilfe vom Brigadetierarzt zu holen. Der Tierarzt kam, warf nur einen Blick auf den blutbesudelten Boden und sagte: »Reine Zeitverschwendung. Pech für ihn, dass er ein Wolf ist, denn wenn er ein Hund wäre, hätte er es längst hinter sich.«

Ohne auch nur eine Pille dazulassen, schwang sich der Tierarzt gleich wieder aufs Pferd und ritt zu einer anderen Jurte.

Als Chen am dritten Morgen aus der Jurte ging, entdeckte er, dass der Wolf die Filzdecke abgestreift hatte und mit nach hinten gestrecktem Kopf rasch und heftig schnaufend dalag. Als Chen und Yang zu ihm liefen, um ihn zu untersuchen, gerieten sie in Panik. Denn sein Hals war so stark angeschwollen, dass ihm das Halsband die Luftröhre abschnürte. Nur wenn er den Kopf in den Nacken legte, war die Luftzufuhr noch nicht völlig abgeschnitten. Hastig lockerte Chen das Halsband um zwei Löcher. Der Wolf schnappte nach Luft; sein Atem wollte und wollte sich nicht beruhigen, während er sich mühsam erhob. Als die Männer mit Gewalt sein Maul öffneten, sahen sie, dass sein Rachen und das halbe Zahnfleisch geschwollen waren wie ein riesiger Tumor und dass die Haut schon eiterte.

Verzweifelt sank Chen zu Boden. Auf seine Vorderbeine gestützt, gelang es dem Wolf mit großer Mühe, sich aufrecht vor Chen hinzusetzen. Von seiner Zunge, die ihm aus dem Maul hing, tropfte blutiger Speichel, während er Chen anblickte wie einen alten Wolf, dem er etwas mitteilen wollte. Aber er keuchte so angestrengt, dass er nicht einen Ton herausbrachte. Chens Tränen flossen in Strömen; er schlang die Arme um den Hals des Tieres und berührte ein letztes Mal seine Stirn und seine Nase. Die Kräfte des Wolfs schwanden; er konnte sich kaum noch auf den Vorderbeinen halten, die heftig zu zittern anfingen.

Abrupt sprang Chen auf und rannte zur Jurte. Verstohlen ergriff er einen abgebrochenen eisernen Meißel, der draußen neben der Jurte lag. Als er zurückrannte, hielt er den Meißel hinter dem Rücken versteckt. Der Wolf saß immer noch schwer keuchend dort, seine Beine zitterten noch heftiger und drohten jeden Moment einzuknicken. Chen lief hinter ihn und schlug den Meißel mit aller Kraft, die er besaß, auf seinen Hinterkopf. Lautlos sank der Wolf nieder – ein wahrer mongolischer Graslandwolf, stolz und willensstark bis zur letzten Sekunde.

In diesem Moment war es Chen, als hätte er sich seine eigene Seele aus dem Leib geschlagen, und er glaubte zu hören, wie sie klirrend durch die Schädeldecke austrat. Dieses Mal, so schien es, würde sie nie wiederkehren. Starr gefroren, wie eine fahle Eissäule, stand er in dem blutbesudelten Gehege.

Die Hunde, die nicht wussten, was geschehen war, kamen herbeigelaufen und schnupperten an dem toten Wolf, ehe sie erschrocken wieder auseinanderliefen. Nur Erlang bellte Chen und Yang in einem fort zornig an.

Mit Tränen in den Augen sagte Yang: »Bei allem, was jetzt noch zu tun bleibt, sollten wir Bilgee folgen. Ich ziehe das Fell ab, du kannst dich in der Jurte ausruhen.«

»Wir haben ihn damals als Welpen gemeinsam aus der Höhle geholt«, erwiderte Chen tonlos, »jetzt sollten wir ihm auch gemeinsam das Fell abziehen und ihn auf seine Reise zu Tengger geleiten.«

Sie brachten ihre zitternden Hände unter Kontrolle und häuteten den Wolf behutsam. Das Fell war immer noch dicht und glänzend, der Körper dagegen nur noch von einer dünnen Fettschicht umhüllt. Yang breitete das Fell auf das Dach der Jurte, während Chen den Körper in einen sauberen Jutesack legte, den er hinter seinem Sattel festband. Dann ritten sie in die Berge. Auf einer Bergkuppe fanden sie einige Felsen, die mit weißem Greifvogelkot übersät waren. Mit ihren Ärmeln fegten sie den Schnee beiseite und legten den toten Wolf sachte auf die ebene Erde. An der Stätte der Himmelsbestattung, die sie spontan für ihn ausgewählt hatten, herrschten eisige Kälte und feierliche Stille.

Seiner Kriegstracht beraubt, hatte sich der Wolf so sehr verändert, dass Chen ihn nicht mehr erkannte: Der Wolf sah nun genauso aus wie alle erwachsenen Wölfe, die auf dem Schlachtfeld gestorben und von Menschenhand gehäutet worden waren. Nun, beim Anblick des bleichen Leichnams ihres geliebten kleinen Wolfes, vergossen Chen und Yang keine Träne mehr. Im mongolischen Grasland kam beinahe jeder Wolf dicht behaart auf die Welt, um sie splitternackt zu verlassen; seinen Mut jedoch, seine Stärke und Weisheit und das schöne Grasland ließ er zurück für die Menschen. Mochte der Wolf in diesem Moment auch schon seine Kriegstracht eingebüßt haben, er hatte zugleich auch seine Kette abgeworfen und konnte nun endlich – wie seine Familienmitglieder und alle Wölfe, die auf dem Schlachtfeld gefallen waren – frei und aller Fesseln ledig dem großen, weiten Grasland gegenübertreten.

Nun würde er zu seinem Rudel zurückkehren, zurück in die Reihen der Graslandkrieger, denn Tengger würde seine Seele gewiss nicht zurückweisen.

Die beiden Männer blickten gleichzeitig zum Himmel auf: Da kreisten schon zwei Habichte über ihren Köpfen. Als sie die Blicke wieder senkten, sahen die Männer, dass die Leiche zu frieren anfing. Da ritten sie schnell den Berg hinab. In der Ebene angekommen, schauten sie zurück: Die zwei Habichte setzten bereits in spiralförmigem Flug zur Landung nahe bei den Felsen an. Dem Wolf, der noch nicht hart gefroren war, würde eine rasche Himmelsbestattung zuteilwerden, und die Habichte des Graslands würden ihn zu Tengger in die Lüfte tragen.

Als sie nach Hause kehrten, hatte Gao Jianzhong schon eine sechs oder sieben Meter lange Stange aus Birkenholz vor die Jurte gelegt und das Wolfsfell mit gelbem Heu ausgestopft. Chen zog eine dünne Lederschnur durch die Nasenlöcher des Wolfs und band das andere Ende der Schnur an der Spitze der Stange fest. Zu dritt richteten sie die Stange auf und pflanzten sie kerzengerade in einen großen Schneehaufen vor der Jurte.

Ein stürmischer Nordwestwind hob das lange Fell des Wolfs hoch in die Luft und kämmte seine Kriegstracht glatt und sauber, als wäre sie ein Festgewand für ein Himmelsbankett. Darunter trieb der weiße Rauch, der aus dem Rauchabzug der Jurte aufstieg, sodass es aussah, als würde der Wolf auf den Wolken reiten und darin frei und ausgelassen Salti schlagen und tanzen. Keine Kette und kein Joch hielt in diesem Moment noch seinen Hals gefesselt, und unter seinen Füßen beengte ihn kein Gefängnisgrund.

Lange blickten Chen Zhen und Yang Ke hinauf zu ihrem Wolf, hinauf zu Tengger. »Kleiner Wolf, kleiner Wolf«, murmelte Chen vor sich hin, »Tengger wird dir die Wahrheit erzählen über dich und dein Schicksal. In meinen Träumen kannst du mich ruhig beißen, hemmungslos beißen.«

Chens verschwommener Blick folgte dem ungebärdigen, quicklebendigen Tanz des Wolfs. Seine äußere, unvergängliche Hülle hatte der Wolf auf der Erde zurückgelassen – eine schöne, machtvolle Hülle, die noch den freien, unbeugsamen Geist ihres Trägers zu bergen schien. Da plötzlich wand und schlängelte sich die lange, röhrenförmige Wolfshülle mit dem großen, buschigen Schwanz einige Male wie ein fliegender Drache. Chen erschrak, glaubte er doch, inmitten von treibenden Wolken und wirbelndem Schnee einen Drachen mit dem Kopf eines Wolfs erblickt zu haben. Dann wieder bewegte sich der Wolf auf und nieder wie ein Delfin auf den Wellen, der kraftvoll schneller und schneller dahingleitet. Der Wind heulte, das weiße Haar flatterte, und der Wolf ritt wie ein fliegender goldener Drache auf den Wolken, reiste auf Schnee und Wind und stieg in seligem Schweben auf zu Tengger, auf zum Sirius, auf ins freie All, auf zu jenem Ort, an dem sich seit Jahrtausenden die Seelen all der mongolischen Wölfe versammelten, die in der Schlacht gefallen waren.

In diesem Augenblick – davon war er überzeugt – erblickte Chen Zhen sein ureigenes, inneres Wolftotem.

Epilog

Nachdem der Jeep die Grenzstraße überquert hatte, konnte man den Schwarzfels in südöstlicher Ferne ahnen. Langsam steuerte Yang Ke den Wagen auf dem lehmigen Weg durch die Grasebene.

Chen Zhen seufzte. »Der Bestand der Wölfe ist ein ökologischer Index für das Grasland. Sind die Wölfe verschwunden, hat das Grasland seine Seele ausgehaucht. Das Leben hier hat sich völlig verändert. Wie sehr sehne ich mich nach dem ursprünglichen, saftigen, weiten Grasland zurück!«

Yang rieb sich mit einer Hand die Schläfe. »Mich übermannt auch die Nostalgie. Sobald ich das Grasland betrete, kommen in mir all die Szenen aus unserem einfachen Nomadenleben hoch. Es liegt schon fast dreißig Jahre zurück, aber ich habe das Gefühl, als sei es gerade erst gestern gewesen.«

Sie erreichten das Weideland südlich der Grenzstraße. Das Gras war so niedrig, dass es am Boden klebte. Ein karges Gebiet, das an einen Fahrzeugübungsplatz erinnerte. Yang verließ den Lehmweg und steuerte den Wagen auf den Schwarzfels zu.

Von dem früheren dichten Schilfwald am Fuß des Berges war nichts mehr zu sehen. Der Jeep überquerte ein dünn bewachsenes Schilfmoor mit niedrigen, teils verdorrten, gelben Büschen und kletterte einen sanften Berghang hoch.

»Erinnerst du dich noch an den Wolfsbau des kleinen Wolfs?«, fragte Yang.

Chens Ton ließ keinen Zweifel an seiner Antwort: »Wie kann ein Schüler den Eingang zum Haus seines Lehrers vergessen! Lass uns unten am Berghang vor dem Wolfsbau aussteigen, das letzte Stück gehen wir zu Fuß, das muss sein!«

Der Jeep bewegte sich schleichend vorwärts, der Geburtsort des kleinen Wolfs rückte immer näher. Plötzlich zog sich Chens Herz zusammen. Er kam sich vor wie ein alter Kriegsverbrecher auf dem Weg zu einem Grab, vor dem er um Verzeihung bitten würde. In dem Grab waren sieben Wölfe des mongolischen Graslands, die er in den Tod geschickt hatte. Fünf Welpen hatten ihre Augen noch nie geöffnet und waren nicht einmal entwöhnt, einer hatte gerade erst laufen gelernt, und dem letzten, dem hatte er selbst mit einer Zange die Zähne herausgebrochen, hatte ihm mit einer Eisenkette die Freiheit seines kurzen Lebens geraubt und – ihn eigenhändig totgeschlagen. Chen, ein Mann mit angeborenem Freiheitsdrang, der Freiheit immer mehr zu schätzen wusste, hatte etwas so Furchtbares getan, schlimmste Despotie und Diktatur. Er konnte sich dem blutigen Verbrechen seiner Jugend kaum stellen. Manchmal hasste er die Ergebnisse seiner Forschung, denn nichts anderes als seine Neugier und sein Forscherdrang hatten den sieben Wolfswelpen ihre Freude und Freiheit genommen. Das Manuskript über diese Zeit war mit dem Blut von sieben Tieren geschrieben, Tiere, in deren Adern das Blut des weißen Wolfkönigs floss. Seit Jahrzehnten fühlte sich Chen tief im Innern durch seine Blutschuld gebrandmarkt. Aber er verstand jetzt auch, warum die Graslandbewohner, die in ihrem Leben häufig Wölfe töten mussten, ihre eigenen sterblichen Überreste nach ihrem Tod bereitwillig den Wolfsrudeln überließen. Das taten sie nicht nur, um ihre Seelen mithilfe der Wölfe zum Himmel aufsteigen zu lassen, und auch nicht nur, um dem Gesetz »Wer Fleisch isst, gibt das Fleisch zurück« zu gehorchen. Vermutlich wurden sie ebenso von Gewissensbissen geplagt und wollten ihre Schuld abbüßen.

Himmelsbestattungen gab es schon lange keine mehr auf dem Grasland. Chen hatte eines Tages von Galsanma erfahren, dass Bilgee der letzte der mongolischen Nomaden war, dessen Seele durch die Wölfe zu Tengger aufstieg. Vier Jahre nachdem Chen das Grasland verlassen hatte, ritten zwei Männer neben einem Ochsenkarren her in Richtung Grenze. Auf dem Karren lag Bilgees Leichnam. Zwei der drei Orte für die Himmelsbestattung waren längst aufgegeben worden, denn immer mehr Hirten ließen sich wie Han-Chinesen in der Erde begraben. Doch der alte Mann hatte darauf bestanden, wenn es so weit sei, an einen Ort gebracht zu werden, wo es noch Wölfe gab. Und deshalb brachten die beiden Männer den toten Bilgee in ein Niemandsland nördlich der Grenzstraße.

Im Lauf der vergangenen Jahre hatte Chen in Träumen und Gedanken oft Besuch von dem kleinen Wolf gehabt, doch kein einziges Mal hatte ihn der Kleine gebissen oder sich an ihm gerächt. Immer kam das Tier fröhlich hechelnd zu ihm gelaufen, umklammerte seine Beine, rieb sich an seinen Knien, und oft leckte es ihn an den Fingern und am Kinn. Einmal hatte Chen geträumt, dass er aus dem Schlaf hochfuhr und den kleinen Wolf unmittelbar vor sich kauern sah. Unbewusst hatte Chen eine Hand schützend vor seinen Hals gehalten. Der kleine Wolf aber, als er ihn erwachen sah, wälzte sich auf den Rücken, damit Chen ihm den Bauch kraulen konnte. In all den Jahren zeigte sich das Tier in Chens unzähligen Träumen stets als jemand, der Böses mit Gutem vergalt. Was Chen verwirrte, war, dass der kleine Wolf nicht nur keinen Hass für ihn empfand, ihn weder anknurrte noch ihm zähnefletschend drohte, sondern dass er ihm unablässig die Freundschaft und Liebe eines Wolfs darbot. Einer Liebe, wie sie aus den Augen eines Wolfs spricht, begegnete man unter den Menschen nie. Die Liebe des kleinen Wolfs war so bedingungslos und erratisch, so zärtlich und unschuldig.

Der Anblick des öden, von Geröll und Wildgräsern bedeckten Berghangs schien auch Yang an das grausame Verbrechen zu erinnern, das vor sieben- oder achtundzwanzig Jahren zur Ausrottung einer ganzen Wolfsfamilie geführt hatte. Seine Augen wurden trüb von Schuldgefühlen und Selbstvorwürfen.

Der Jeep hielt an. Chen zeigte auf ein ebenes Gelände in der Nähe. »Dort war das provisorische Versteck der Wolfsjungen. Ich habe sie herausgeholt, nicht alleine, aber ich war zweifellos der Haupttäter. Die

Höhle war schon eingestürzt, als ich das Olonbulag damals verließ. Jetzt ist von ihr gar nichts mehr zu sehen. Lass uns zum alten Wolfsbau laufen.«

Sie stiegen aus. Chen warf sich eine Umhängetasche über die Schulter und ging vor. In einem Bogen führte sie der Pfad zur Bergkuppe.

Ganz oben fanden sie einen kahlen Hügel vor. Damals war derselbe Hügel von Disteln, Dornen und mannshohem Wildgras überwuchert, er wirkte unheimlich und lag gut versteckt hinter undurchdringlichem Schilfmoor. Von all dem war nichts mehr da. Die beiden Männer setzten ihren Weg fort. Nach einiger Zeit sprang ihnen der hundert Jahre alte Wolfsbau ins Auge. Die Höhle schien größer geworden zu sein. Aus der Entfernung sah sie aus wie eine kleine, verlassene Höhlenwohnung in den Hängen der Lößhochebene am Mittellauf des Gelben Flusses. Mit angehaltenem Atem marschierte Chen Zhen bis vor die Höhle und merkte, dass der alte Wolfsbau keineswegs größer geworden war, sondern nur deshalb so wirkte, weil er nicht mehr wie früher von hohem Gras umgeben war. Wegen der jahrelangen Trockenheit war die Form der Höhle im Wesentlichen unverändert. Lediglich am Höhleneingang lagen Kiesel und Erdbrocken herum, die von der Decke des Tunnels gefallen sein mussten. Chen ging zum Höhleneingang, kniete davor nieder und versuchte sich zu sammeln. Dann steckte er den Kopf in die Öffnung und sah, dass der Tunnel zum großen Teil voll Alang-Alang-Gras, Disteln und Dornen war. Er holte aus seiner Umhängetasche eine Taschenlampe und leuchtete den Tunnel aus. Die Biegung im Tunnel war durch Erde, Steine, Sand und Gras versperrt. Enttäuscht setzte sich Chen auf das Plateau vor der Höhle und starrte auf den alten Wolfsbau.

Auch Yang schaute sich den Höhlentunnel im Strahl der Taschenlampe an. Dann sagte er: »Genau, das ist sie! In diese Wolfshöhle bist du hineingekrochen! Damals stand ich hier draußen und wusste nicht, wovor ich mehr Angst haben sollte, davor, dass du drinnen auf eine Wolfsmutter stoßen könntest, oder davor, dass mich ein Rudel angreifen würde. Mann, wir zwei hatten vielleicht Mut!« Er beugte sich vor und rief in die Höhle hinein: »Kleiner Wolf! Kleiner Wolf! Lecker Fressen! Chen und ich kommen dich besuchen!« Doch das Tier würde nie wieder aus der Höhle stürzen, ungestüm und wild, wie es das einst getan hatte ...

Chen stand auf, klopfte sich den Staub von den Kleidern und ging in die Hocke. Eins nach dem anderen rupfte er die wenigen Grashalme auf dem Plateau vor der Höhle aus. Dann holte er sieben Stücke Pekinger Schinkenwurst aus seiner Umhängetasche, eines davon besonders lang und dick – das war für seinen Wolfswelpen. Ehrfürchtig legte er die Opfergaben auf das Plateau. Als Nächstes holte er sieben Bündel Räucherstäbchen heraus, steckte sie in den Boden und zündete sie an. Zum Schluss nahm er das erste Blatt von seinem Manuskript und entzündete es als Opfergabe. Die Flamme verschlang die Schriftzeichen auf dem Blatt, erst den Titel »Der letzte Wolf«, dann den Namen »Chen Zhen«. Chen hoffte inniglich, dass die Seelen des kleinen Wolfs und seines alten Freundes Bilgee im Himmel die Einlösung seines Versprechens und seine Beichte empfangen konnten.

Die Flamme erlosch erst, als sie Chens Finger erreichte. Er zog aus seiner Tasche noch eine Flasche Kornbrand aus Peking, den der alte Bilgee besonders gemocht hatte. Chen schüttete den Inhalt der flachen Flasche über das Plateau und auf den Boden um den alten Wolfsbau herum. Er wusste, dass der alte Mann nahe jedem Wolfsbau auf dem Weideland der einstigen Zweiten Brigade des Olonbulag-Graslands Fußspuren hinterlassen hatte. Und er wusste, dass er, indem er nicht auf Bilgee hören und den Wolfswelpen unbedingt hatte aufziehen wollen, den alten Freund sehr verletzt hatte. Sein schlechtes Gewissen würde er niemals entlasten können.

Chen Zhen und Yang Ke hoben gemeinsam die Hände und schauten zu Tengger auf. Dem Rauch der Räucherstäbchen folgend, suchten sie die Seelen des kleinen Wolfs und des alten Bilgee. Chen wollte am liebsten laut rufen: »Kleiner Wolf! Kleiner Wolf! Alter Freund! Alter

Freund! Ich bin da, um euch wiederzusehen.« Aber er traute sich nicht, weil er es auch nicht verdient hatte. Er wagte nicht, ihre Seelen zu stören, aus Sorge, die beiden Gerufenen könnten ihre Augen öffnen, nach unten schauen und dort das Grasland sehen – dürr, gelb, ruiniert.

Der Himmel – Tengger – wollte weinen, aber die Tränen waren längst versiegt.

Chen ließ den Blick über den stillen Wolfsberg schweifen. Er hatte keine Ahnung, wann er wieder hierherkommen würde.

Im Frühjahr 2002 bekam Chen Zhen einen Anruf von Batu und Galsanma aus dem Olonbulag-Grasland. Am anderen Ende der Leitung war zu hören: »Bei uns im Kreis Sumu sind achtzig Prozent des Weidelands zu Sandwüste geworden. In einem Jahr wird die Viehzucht im gesamten Gebiet des Kreises umgestellt. Die Rinder und Schafe werden nicht mehr von der Siedlung aus zur Weide geführt, sondern nur noch im Stall gehalten. Es wird genauso sein wie bei euch in den Dörfern, mit festen Ställen für das Vieh und großen Häusern für jede Familie.«

Chen fand eine ganze Weile keine Worte.

Einige Tage später wütete plötzlich ein Sandsturm draußen vor seinem Fenster. Am helllichten Tag war der Himmel dunkel und die Sonne verdeckt. Ganz Peking war in einen pulverfeinen, beißenden Sand gehüllt. Die chinesische Hauptstadt, in der einst Kaiser residierten, verschwand unter einem gelben Schleier aus Sand.

Chen stand von seinem Computer auf und ging zum Fenster. Allein stand er da und blickte traurig in Richtung Norden. Wolfsrudel waren zu einem Mythos geworden, das Grasland gehörte dem Reich der Erinnerung an, die Zivilisation der Nomaden ging zu Ende, und selbst das letzte Zeugnis von den Wölfen auf dem Grasland der Inneren Mongolei – der alte Wolfsbau des kleinen Wolfs – würde unter gelbem Sand begraben werden.

Entstehungsgeschichte

1971 bis 1996, gedankliches Konzept, östliches Ujumchin-Grasland des Xi-Meng in der Inneren Mongolei und Peking.
1997, erste Fassung, Peking.
2001, zweite Fassung, Peking.
20.03.2002, dritte Fassung, Peking im starken Sandsturm.
Ende 2003, Endfassung, Peking.

Interview mit Jiang Rong zu seinem Roman
»Der letzte Wolf«)

Warum haben Sie dieses Buch geschrieben?

Ich bin ein unbeugsamer Verteidiger der Freiheit. Mein ganzes Leben lang habe ich für sie gekämpft. In China wird die Freiheit des Menschen, und vor allem die Gedankenfreiheit, seit jeher vom Staat eingeschränkt. Alle Aktivitäten im Dienste der Freiheit endeten in meinem Land auf tragische Weise. Das liegt vor allem daran, dass die Idee der Freiheit in der chinesischen Tradition keine Wurzeln hat. Die chinesische Bevölkerung setzt sich hauptsächlich aus Bauern und intellektuellen Beamten zusammen. Letztere sind vom Konfuzianismus geprägt, der sich für die Unterwerfung ausspricht, während die Bauern es sich zum wichtigsten Ziel im Leben gesetzt haben, ihre primären Bedürfnisse und ihren Wunsch nach Sicherheit zu erfüllen. Dies mag deutlich machen, warum der Kampf für die Freiheit in China immer gescheitert ist.

Damit eine solche Bewegung gelingen kann, muss das Land zunächst in eine Umbruchphase eintreten und an das Verständnis von Freiheit herangeführt werden. Als ich in die Innere Mongolei aufgebrochen bin, um dort zu leben [Anm.: von 1967 bis 1978], habe ich dies freiwillig getan – ein Jahr bevor Mao die Intellektuellen zur Umerziehung zu den Bauern schickte. Während der Jahre, die ich dort verbracht habe, kam ich mit dem mongolischen Volk in Berührung, mit den Wölfen, und speziell mit dem jungen Wolf, den ich aufgezogen habe, und ich habe festgestellt, wie ungeheuer stark ihr aller Freiheitsdrang ist. Das hat mich tiefgreifend verändert.

Die beiden Kulturen – die Nomadenkultur der Mongolen und die sesshafte der Han [Anm.: die ethnische Gruppe der Han-Chinesen repräsentiert mehr als neunzig Prozent der Gesamtbevölkerung Chinas] – sind sehr unterschiedlich, und als ich sie miteinander verglich, habe ich die Schwächen in der Kultur der Han-Chinesen begriffen. Im Verlauf ihrer Geschichte sind sie fünfmal besiegt und unterworfen worden (zum Teil sogar mehrere Jahrhunderte lang), und dies durch Führer von maßgeblich kleineren Völkern, als ihr eigenes es war – darunter auch von den Mongolen. Warum? Weil ein Volk ohne Freiheitsbewusstsein sich nicht weiterentwickeln kann, weil es schwach ist und leicht zu unterwerfen. China muss sich heute den eigenen Schwächen stellen. Die Chinesen sind von Grund auf konservativ in ihren Werten. Sie setzen sich wenig für die Freiheit ein und haben kein Bewusstsein für Unabhängigkeit und Demokratie.

Aber es ist meine Hoffnung, dass sie diese Zusammenhänge wahrnehmen und verstehen können, dass sie ihre Sichtweise auf die Dinge verändern, wenn es mir gelingt, ihnen das Freiheitsstreben der Mongolen nahezubringen. Darum geht es in »Der letzte Wolf«.

Die Zeit, die ich in der mongolischen Steppe verbracht habe, hat mich außerdem mit der Kultur der Nomaden tief verbunden. Während der darauffolgenden zwanzig Jahre habe ich nach und nach ein immer zwingenderes Bedürfnis verspürt, von all dem, was ich gesehen, verstanden und geliebt hatte, zu erzählen. Ich war wie ein Kochtopf, der drohte überzulaufen. Ich musste dieses Buch einfach schreiben, ich hatte keine andere Wahl. Schließlich habe ich es getan – und ich habe sechs Jahre dafür gebraucht.

Die mongolische Kultur ist im Begriff zu verschwinden oder ist in Teilen sogar bereits untergegangen, wie Sie es auf so atemberaubende Weise in Ihrem Roman schildern. Ist »Der letzte Wolf« ein nostalgisches Buch oder eine Kampfansage?

Wie könnte dieser Roman nicht nostalgisch sein, wenn ich darin meine eigenen Erinnerungen und diejenigen von vielen anderen, denen die

Mongolei vertraut ist, verarbeitet habe! Natürlich könnten die Ereignisse, die ich schildere, heute so nicht mehr stattfinden. Aber gleichzeitig versuche ich mit meinem Roman auch, gegen das konfuzianische »mittelalterliche« Denken der Chinesen und ihre kleinbäuerliche Geisteshaltung anzugehen.

Ich fühle mich als Botschafter der Mongolen. Mein Roman ist das Zeugnis ihrer Nomadenkultur. Mit »Der letzte Wolf« verfolgte ich zwei Ziele: Einerseits wollte ich es den Chinesen nahebringen, die Schwächen ihrer eigenen Kultur zu begreifen, andererseits war es mir ein Bedürfnis, ein möglichst originalgetreues Bild dieser größtenteils verlorenen Kultur des Steppenvolkes zu zeichnen – und der Wölfe, die eng mit ihm verbunden sind.

Sind Sie der Meinung, dass Sie ihre Ziele verwirklicht haben? Wie wurde Ihr Roman von der Öffentlichkeit aufgenommen?

Der wirtschaftliche Erfolg ist gigantisch: Mittlerweile wurden vier Millionen Exemplare der Originalausgabe verkauft, ohne die unzähligen Raubkopien mit einzurechnen, die auf dem Markt zirkulieren [man geht von fünfzehn bis zwanzig Millionen Raubkopien aus, die in China verkauft wurden].

So wie der Roman von den Intellektuellen aufgenommen wurde, denke ich auch, dass seine Botschaft bei ihnen angekommen ist. Die größten Verleumder des Buches sind die Verfechter des Konfuzianismus, die Ultranationalisten und die konservativen Intellektuellen.

Auch heute noch, drei Jahre nach der Erstveröffentlichung, findet man im Internet Aufrufe zum Verbot meines Romans. Aber er hat einen enormen Erfolg beim Publikum und bei allen, die sich für die Verteidigung der Freiheit, die Öffnung Chinas und die Demokratie einsetzen.

»Der letzte Wolf« wird in Schulen und Universitäten diskutiert und ist Gegenstand zahlreicher Thesen und Theorien. In der Welt der Künste, des Sports, bei Journalisten und sogar in der Politik und beim Militär hat das Buch einen enormen Widerhall ausgelöst.

Ja, ich denke, dass der Roman für viele Chinesen nicht ohne Wirkung geblieben ist, und genau das habe ich mir erhofft.

Und in der Mongolei?

Also, das ist kaum zu glauben. Das Buch wurde erst letztes Jahr ins Mongolische übersetzt, aber ich habe den Eindruck, dass es bis heute alle Menschen dort gelesen haben. Ich habe viele Dankesbriefe erhalten, einen davon – der mich zutiefst berührt hat – von dem berühmtesten zeitgenössischen mongolischen Schriftsteller.

Die Mongolen, die nach Peking kommen, nehmen Kontakt zu meinem Verleger auf und bitten um ein Treffen mit mir. In der Ebene der Mongolei, in der ich mich meistens aufgehalten habe wurde ein Pfeiler mit der Aufschrift »Das Land des Wolftotems« errichtet. Die Gegend ist zum Reiseziel geworden und wird von den Veranstaltern unter dem Namen »Reise zum Land des Wolftotems« angeboten. Dort stehen Wohnwägen von Pekingern und sogar von Einwohnern von Hunan [Anm.: Provinz im Süden Chinas], die per Auto anreisen, um diesen Ort zu besuchen.

Sie werden sicher sehr oft eingeladen, an Treffen und Diskussionsrunden teilzunehmen. Nehmen Sie gerne teil daran?

Ich habe zahlreiche Einladungen erhalten und erhalte immer noch viele. Aber ich gehe niemals hin.

Warum nicht?

Ich weiß, dass solche Einladungen unvermeidlich persönlich werden. Man würde nicht mehr nur über den Roman sprechen. Man würde mich nach meinen Absichten, meinen Einstellungen, meinen Beschäftigungen fragen. Aber welchen Zweck hätte das? Es würde nur die Angst vor einer Verschärfung der staatlichen Kontrolle verstärken. Die Tatsache, dass das Buch seit seinem Erscheinen nicht verboten wurde, zeigt die großen Schritte, die die chinesische Gesellschaft auf dem Weg zur Meinungs- und Gedankenfreiheit bereits unternommen hat. Aber man darf nichts überstürzen oder erzwingen. Man muss dem jeweiligen Zeitalter seine Zeit lassen. In Europa spricht man vom Zeitalter der Aufklärung, nicht wahr? Es braucht Zeit, bis die Einstellungen sich verändern.

Wenn ich mich selbst zum Medienereignis gemacht hätte, dann hätte das Buch darunter gelitten. Indem ich es unter einem Pseudonym veröffentlicht habe, wurde die ganze Polemik über seinen Inhalt vermieden, und auf diese Weise ermöglicht, dass »Der letzte Wolf« ein großes Publikum anspricht. Das war mir am wichtigsten, die persönlichen Opfer zählen nicht.

© Bourin Editeur
2008

Glossar

Banner Das autonome Gebiet Innere Mongolei ist unmittelbar unter der Regierungsebene in mehrere Verwaltungsgebiete geteilt (heute noch drei), die auf deutsch meistens Liga genannt werden. Die wiederum setzen sich aus Bannern zusammen, eine Einteilung auf Kreisebene, die von den Mandschus eingeführt wurde und sich bis heute erhalten hat.

Alten Vier Von Mao Zedong während der Kulturrevolution ausgerufene Kampagne zur Bekämpfung alter Ideen, alter Kultur, alter Sitten und alter Gewohnheiten, die als kapitalistisch, feudal, reaktionär und revisionistisch galten.

Li 1 Li entspricht etwa 500 Metern

Produktionsbrigade die größte Produktionseinheit in einer Kommune

Yuan entspricht circa 0,10 Euro

Jurte ein rundes Zelt aus Filz

Hot zwei Jurten ergeben ein Hot

Tengrismus eine Form des Schamanismus

Die drei Hauptregeln der Disziplin und die acht Punkte zur Beachtung Von Mao Zedong während des Widerstandskriegs gegen Japan an die Achte Route-Armee und die Neue Vierte Armee ausgegebene Parolen: Die drei Hauptregeln der Disziplin lauten: (1) Gehorche dem Kommando in allem, was du tust. (2) Nimm den Massen nicht eine Nadel, nicht einen Faden weg. (3) Liefere alles Beutegut ab.
Die acht Punkte zur Beachtung lauten: (1) Sprich höflich. (2) Sei ehrlich, wenn du was kaufst und verkaufst. (3) Gib zurück, was du entliehen hast. (4) Bezahle für das, was du beschädigt hast. (5) Schlage und beschimpfe niemanden. (6) Beschädige nicht die Ackerbaukulturen. (7) Belästige keine Frauen. (8) Mißhandle keine Gefangenen.

Dong Cunrui, Huang Jiguang und Yang Gensi Drei Soldaten, die zu Helden der Volksbefreiungsarmee erklärt wurden, nachdem sie für eine gewonnene Schlacht im Bürgerkrieg 1948 (Dong Cunrui und Huang Jiguang) bzw. im Koreakrieg 1950 (Yang Gensi) starben.

Liu Shaoqi Nach Gründung der VR China stellvertretender Vorsitzender der Volksregierung und 1954–59 Vorsitzender des Nationalen Volkskongresses. 1956 wurde er stellvertretender Vorsitzender der KPCh und 1959 Staatsoberhaupt. Liu Shaoqi galt als designierter Nachfolger Mao Zedongs, zu dem er jedoch wegen seiner pragmatischeren Politik bald in scharfen Gegensatz geriet. Während der Kulturrevolution wurde er 1966 weitgehend entmachtet und 1968 aller Ämter enthoben sowie aus der Partei ausgeschlossen; er starb in der Haft.

Wu Zetian Wu Zetian, einzige Kaiserin Chinas (690–705). Von ihr wird erzählt, dass sie mit 14 Jahren ein Pferd zu zähmen verspricht, das niemand zu bändigen vermag. Wu Zetian sagt, sie brauche dazu eine Peitsche aus Eisen und einen Dolch. Sie werde das Pferd mit der eisernen Peitsche schlagen, zum Schluss auch auf den Kopf, und wenn selbst das nicht zum Ziel führe, den Hals des Pferdes durchschneiden.

Die vier großen Erfindungen Chinas Papier, Buchdruck, Schwarzpulver und der Kompass

Lu Xun Lu Xun (1881–1936), eigentlich Zhou Shuren, chinesischer Schriftsteller und Intellektueller der Bewegung des vierten Mai (1919), Vater der modernen Literatur.

Li Bai Li Bai (701–762), neben Du Fu der mit Abstand namhafteste lyrische Dichter der Tang-Zeit.

36 Strategeme Eine Sammlung von Strategemen, die dem chinesischen General Tan Daoji († 436) zugeschrieben werden. Die 36 Strategeme sind in China Allgemeingut, dienen als Schullektüre und werden als Cartoons gedruckt.